루비
라이크

§ 루비라이크 2 §

2017년 9월 25일 초판 1쇄 인쇄
2017년 9월 27일 초판 1쇄 발행

지은이 § 문은숙
발행인 § 곽동현
기획&편집디자인 § 신연제, 이윤아
발행처 § (주)조은세상

등록 § 2002-23호(1998년 01월 20일)
주소 § 경기도 연천군 미산면 청정로 1355
Tel § (02)587-2977
e-mail romance@comics21c.co.kr
블로그 http://goodworld24.blog.me

값 11,000원

ISBN 979-11-6171-255-0 / ISBN 979-11-6171-253-6(set)

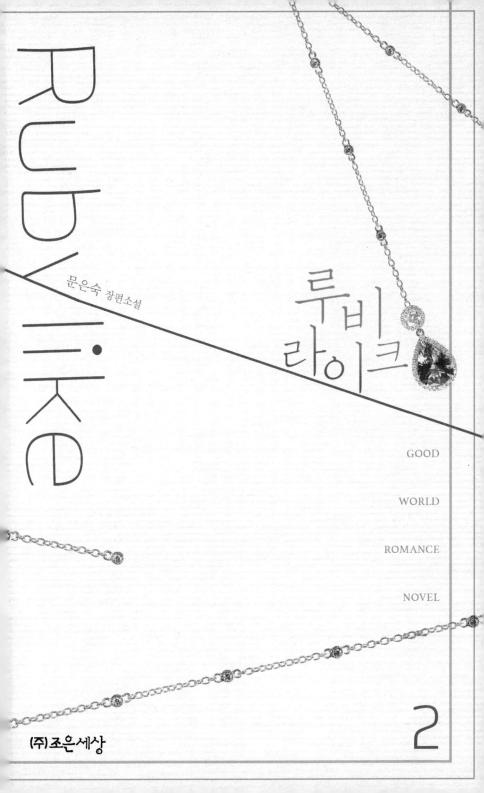

Ruby like

문은숙 장편소설

루비
라이크

GOOD

WORLD

ROMANCE

NOVEL

2

(주)조은세상

Contents

2부. Tarantella

3.

변한 듯 변치 않은

K.I.S.S.

라고 하면 'Keep it simple, stupid!' 라는 말이 먼저 떠오르는 자, 서화담. 첫 키스라고 하면 한용운 시인의 〈님의 침묵〉을 줄줄 외울 수 있는, 나름 인텔리전트, 서화담.

하지만 오늘부로 거기엔 막대한 변화가 불가피해졌다.

손끝부터 발끝까지, 심지어 눈썹 한 올까지도 얼어서 꼼짝 않는 화담에게서 천천히 입술을 떼며 인후가 중얼거렸다.

"잘 지냈어?"

조금 잠긴 듯한 목소리를 북돋우느라 고개를 옆으로 돌려 헛기침을 하고 화담을 돌아본 인후는 아직 바짝 얼어 있는 그녀의 모습에 의아한 표정을 지었다.

"화담아, 서화담?"

눈앞에서 손을 흔들어도 눈동자조차 꼼짝도 않던 화담은 인후의 얼굴이 슥 다가오자 흠칫 숨죽이며 옆으로 몸을 피한다는 게 그만 소파에서 굴러 떨어지고 말았다.

"으아앗!"

비록 푹신한 러그가 깔려 있긴 해도 얼굴을 바닥으로 하고 떨어진 상황은 아픔과 창피함의 병살타가 아닐 수 없다.

"너 괜찮아?"

하물며 붙들어 일으켜주려고 내밀어준 손의 주인이 인생 롤모델인 경우라면 이건 뭐 골든 솜브레로 급. 플러스, 방금 그 사람이랑 특정 신체 부위의 접촉이 있었던 경우엔 급격한 삶의 회의까지 온다. 화담은 얼굴을 들기 전의 짧은 몇 초 동안 미친 듯이 머리를 굴린 끝에 웃음부터 터뜨렸다.

"하하하, 당연히 괜찮죠! 이 러그가 얼마나 푹신한데요, 선배는 모르겠지만 내가 가끔 여기서 잠도 잤어요. 물론 세탁도 주기적으로 했으니까 오염 걱정은 할 거 없고요. 아차, 그러고 보니 내 발이 지금 오염된 상황이네. 안 되겠다, 어서 가서 발부터 씻어야지……."

교묘히 시선을 피하며 말을 늘어놓은 화담은 두 손과 두 무릎으로 기는 방법으로 거실에서 달아났다.

인후는 그 모습을 바라보다가 몸을 일으켜 소파 옆의 서랍장 앞으로 걸어갔다. 전과 똑같은 장소에 있는 구급상자를 열어보니 이런저런 약들이 있었다. 상처에 바르는 연고는 유통기한이 한참 남아 있다. 다른 약들도 오래된 것은 정리하고 쓸 수 있는 걸로 바꿔 넣었다는 것을 한 번 훑어보며 확인한 뒤 돌아서서 욕실로 향했다.

막 욕실에 들어가 문을 닫으려는 찰나 인후가 문 틈새로 손을 넣는 바람에 화담은 화들짝 놀라 물러서다가 비틀거리기까지 했다. 인후가 제꺽 손을 뻗어 그녀의 팔을 붙든 까닭에 욕실 타일 바닥에 뒹구는 사태는 피했다. 그대로 욕실로 들어온 인후가 그녀더러 욕조 부스에 걸터앉으라고 말했다.

"어, 저기……."

"뭐해, 어서 앉아. 앉아서 바지 단 좀 걷고."

"아니, 저기, 내가 알아서 할 테니까 선배는……."

벌써 샤워기 레버를 올려 물 온도를 맞추던 인후가 화담의 웅얼거림이 길어지자 눈을 가늘게 뜨고 쏘아보았다. 그 시선이 6년 전과 똑같은 효력을 내는 바람에 화담은 어느새 얌전히 욕조 부스에 걸터앉아 바지를 걷고 있었다.

"쯧. 발이 이게 뭐냐, 대체. 이 정도면 상당히 아팠을 텐데 싸구려 슬리퍼라도 사서 갈아 신었어야지."

미온수를 화담의 발에 끼얹어주면서 다시 두 발을 살펴본 인후가 비누 거품을 내서 발까지 씻겨줄 태세인 걸 보고 화담은 기겁을 해서 손을 저었다.

"관둬요, 제발! 진짜 내가 할게요, 선배. 발도 발이지만, 나 샤워하고 싶어서 죽을 지경이거든요. 오늘 산에 올라갔다 와서 땀을 얼마나 흘렸는지, 와 땀 냄새 나는 것 좀 봐."

이 팔, 저 팔 들어 보며 코를 킁킁거리곤 오만상을 찌푸리는 화담과 달리 인후는 고개를 약간 갸웃하는데 그쳤다.

"그럼 나갈 테니까 씻고 나서 연고 제대로 발라."

"네, 네!"

인후가 손을 헹구고 욕실에서 나갔다. 화담은 재빨리 문을 잠그고 문에 귀를 대고 바깥의 동정을 살폈다. 희미하게 그가 멀어져가는 기척이 들려왔다. 욕조 부스까지 돌아와 앉은 화담은 새삼 어리둥절한 얼굴로 눈을 깜박거렸다.

"그러니까 지금 이게 꿈이 아닌 건가? 그럼 어디서부터 꿈이 아닌 거지? ……아, 뭐지? 역시 나 지금 버스 안에서 졸고 있는 거 아냐? 깨봐, 깨봐, 서화담, 어서!"

화담은 제 뺨을 타다다 두드려도 보고 애먼 살쩍을 몇 가닥 뽑아보기도 하며 꿈에서 깨려고 무진 애를 썼다. 샤워기 레버를 올리고 찬물을 뒤집어써보기도 했다. 전혀 소용이 없다. 꿈이 깨지 않는다. 로댕의 생각하는 사람 포즈를 취하고 화담은 이 상황에 대한 가능성 두 가지를 따져보았다.

"일, 구운몽에 버금가는 뭔가 엄청 스펙터클한 꿈에 발목을 잡힌 거다. 이, 실은 이게 다 꿈이 아니라 현실이다. 자, 그럼 정답은…… 구운몽인가?"

아직도 현실 도피의 가능성에서 미련을 못 버리고 있는데 문득 똑똑 하고 노크소리가 들렸다. 숨죽인 화담에게 차분한 목소리가 들려왔다.

"갈아입을 옷 대충 챙겨왔어. 문 앞에 둘 테니까."

"네엣!"

얼떨결에 대답을 하고 멍하니 화담은 문을 쳐다보았다. 서서히, 아주 서서히 실감이 나기 시작했다.

"인후 선배가 돌아왔어."

말로 단정을 짓자, 홀연히 시야가 선명해지는 느낌과 함께 등을 타고 찌르르 한줄기 전율이 내달렸다. 찬물을 끼얹은 몸에 한기가 돌았다. 양팔을 썩썩 문지르다가 우선 씻고 볼 생각으로 옷을 벗기 시작했다.

"그래, 깨끗이 씻고 나가서 침착하게, 어른스럽게 대면하는 거야. 재회는 꼴사나웠지만 내가 늘 그러고 사는 건 아니라는 걸 선배에게 어필……."

막 청바지를 끌어내리다 말고 어떤 생각에 화담은 몸이 굳어졌다. 그러고 보니 방금 선배가 갈아입을 옷을 챙겨다 주었지.

"으아아, 내 속옷을 봤단 거잖아! 안 돼, 창피해, 젠장, 구멍 난 건 좀 추려서 버리는 건데!"

엄마가 그랬듯 화담의 속옷도 모두 빨아서 삶기 좋은 흰색 면으로 통일. 단 자주 삶다 보면 필연적으로 면이 해지는 단점이 있다. 그러다가 구멍 몇 개 생겨도 형태를 유지하는 한 버리지 않고 입어 왔는데…….

'어디까지나 남한테 보일 일 없는 속옷이니까!'

화담은 울상을 짓고 벽에 콩콩 머리를 찧었다. 안 그래도 속옷이 전반적으로 다 낡아서 올해까지만 입고 새로 싹 살 생각이 있었거늘, 왜, 왜!

"내년에 오지, 인후 선배."

원망의 화살은 그렇게 엉뚱한 방향으로 비켜서 날아갔다. 덕분에 한번에 여러 가지를 함께 생각 못하는 그녀답게 더 충격적이었던 일에 대해선 까맣게 잊었다.

'러닝셔츠에 구멍 세 개. 팬티에 한 개. 다행히 브래지어는 멀쩡했어.'

샤워 후 방에 가서 상처에 연고를 바르고 양말까지 신고 거실로 나오면서도 화담의 머릿속에선 속옷의 구멍들이 춤을 췄다. 나사 몇 개가 빠진 얼굴로 소파에 앉아 있길 한참, 뒤늦게 인후의 기척이 없다는 생각에 주위를 두리번거렸다.

인후가 간 건지, 아니면 역시 꿈이었던 건지 확인하러 현관으로 향한 화담은 점잖게 광이 나는 검은 로퍼를 보고 거실로 되돌아왔다가 주방으로 향했다. 주방에도 없었다.

"그럼 방에 있나…….."

인후의 방이 있는 방향으로 시선을 던졌던 화담은 비로소 목이 마르다는 걸 깨닫고 냉장고에서 물병을 꺼냈다. 가득 따른 보리차에 막 입을 대고 한 모금 마시는데 "맥주?" 하고 묻는 소리가 등 뒤에서 들려왔다.

"아뇨, 보리차……예요."

뒤를 돌아본 화담의 목소리가 조금 널을 뛰었다. 그녀와 마찬가지로 샤워를 끝낸 인후는 반소매의 담회색 티셔츠에 검은 면바지 차림이다. 평소의 푸른빛이 돌도록 창백하던 피부가 상기되어 혈색을 머금고 촉촉한 눈가 또한 불그스름하게 물들어 있다. 긴 속눈썹에 감싸인 별을 박은 듯 반짝이는 까만 눈과 말갛게 윤이 나는 짙은 산수유 빛깔 입술.

무슨 남자 분위기가 이렇게 고혹적일까 생각하며 화담은 꿀꺽꿀꺽 물을 넘겼다. 6년 전만 해도 그가 스무 살, 아직 수염도 제대로 안 날 때인지라 조금 중성적이어도 그러려니 했는데 이젠 스물여섯, 틀림없는 이십 대 중반으로 들어섰는데도 차인후의 '미모'는 오히려 도드라졌다.

"맥주 한 캔 했으면 좋겠는데 있어?"

푸르스름하게 수염 자국이 있는 턱을 쓰다듬으며 인후가 물었다. 화담은 고개를 저으며 컵 너머로 그를 관찰했다. 이제 그는 분명히 수염도 난다. 가냘픈 느낌이 있던 턱도 보다 선이 굵어졌고 웃자란 것처럼 키에 쫓아가지 못하던 호리호리한 체격도 한결 실팍해져 전보다 커 보였다.

"설마 그동안 키가 더 큰 거예요, 선배?"

"키? 잘은 모르지만 거의 그대로일걸?"

인후는 자못 목이 마른지 입술을 손가락으로 쓰다듬으며 냉장고를 열어보곤 김이 샌 눈빛을 화담에게 던졌다.

"마실 게 우유랑 보리차뿐이야?"

"아니에요, 식혜도 있는데? 식혜 안 보여요?"

화담이 인후의 옆으로 가서 음료수 칸을 살피려는데 그가 머리를 흔들었다.

"그런 애들 음료 말고, 술. 알코올과 관련된 거 말이야."

"없어요. 내가 술을 안 마시니까."

"……안 마셔? 전혀 안 마신단 소리야?"

"네."

"왜?"

인후는 사뭇 의외란 표정을 지었다. 화담은 그런 시선을 곧잘 받아봤다. 어느 모로 봐도 애주가가 될 법한 사람으로 보이나 하며 화담은 전부터 늘 써먹는 답을 내놓았다.

"살이 되는 것도 아니고 뼈가 되는 것도 아닌데 뭐 하러 그런 거에 돈 낭비를 해요."

인후가 피식 웃더니 천천히 입술을 핥으며 중얼거렸다.

"아직 어린애네."

"그거야 선배 편견이고요. 자, 말했다시피 술은 없으니까 다른 걸 골라야죠. 식혜 아니면 물? 아, 당이 떨어져 보이니까 식혜 마셔요, 식혜."

당장에 컵을 가져온 화담은 인후의 뜨악한 표정에 아랑곳하지 않고 식혜를 가득 따라 그에게 내밀었다. 컵을 내려다보던 인후가 결국 투덜거리며 받아들었다.

"제멋대로인 건 변함없군."

"그래서 나랑 얘기할 맛이 나죠?"

씩 웃은 화담이 자신의 컵도 비워서 식혜를 따른 후 아직 입도 대지 않은 인후의 컵 앞으로 내밀었다.

"알코올은 아니지만 우리 이걸로 건배하죠. 돌아온 거 환영해요, 선배!"

쨍하고 컵을 부딪치며 화담이 인후를 올려보니 인후도 고개를 끄덕이곤 컵을 입으로 가져갔다. 입술에 대고 마신다. 그예 눈이 약간 찌푸려졌지만 잠자코 식혜를 마셨다. 화담은 빙그레 웃고 식혜를 쭈욱 들이켰다.

"캬아, 그 식혜 누가 만들었는지 맛 한 번 좋다. 선배, 한 잔 더 줄까요?"

"보리차."

억지로 한 컵 다 비우긴 했지만 단 것이라면 질색을 하는 사람답게 인후는 단호히 두 번째 제안을 내쳤다. 낄낄거리며 화담이 보리차를 내주었다.

자리를 옮겨 거실로 가 이야기를 재개했다. 인후가 언제 온 건지, 얼마나 있을 건지, 용건은 무엇인지 등등 화담의 궁금증은 꼬리에 꼬리를 물었다. 기실, 6년—정확하게 만으로 5년하고도 반년이 훌쩍 넘는—만의 재회였던 것이다.

인후는 고3이던 당시 수시에 전혀 관심을 두지 않아 정시를 노리는 줄만 알았는데 정작 수능시험 당일에 시험조차 치지 않아 학교에 파란을 일으켰다. 결국 겨울방학과 동시에 훌쩍 영국으로 건너간 그는 졸업식에도 나타나지 않았다.

그 후 그는 런던에서 대학입학 예비과정이랄 수 있는 파운데이션 과정을 마치고 UCL, 이른바 런던대학교의 일원인 LSE(London School of Economics)에 입학해 경제학을 공부했다. 3년간의 학사과정을 수료한 뒤 경영학을 배울 대학원으로는 옥스퍼드를 택했다.

"……트리니티 텀이 막 끝난 참이야. 10월에 새 학기 시작하기 전까진 여유 있으니까, 한국에 나와도 지장은 없어."

"아, 그렇겠구나. 푸른 선배한테 들어서 알아요. 트리니티 텀이면 4월부터 6월까지든가 그렇죠? 옥스퍼드는 1년이 3학기인데 한 학기가 8주고 그 사이사이에 3주씩 방학이 끼어 있는 거, 내가 맞게 아는 거예요?"

"응."

"앞으로 1년 더 있으면 석사 과정 수료죠? 그럼 그다음엔 뭐할 거예요? 박사 과정 고고?"

"아직 생각 중이긴 한데 바로 박사 과정을 밟지는 않을 것 같아. 공부엔 슬슬 물린달까."

"에엑?"

화담은 화들짝 놀라 소파에서 일어설 뻔했다. 차인후가 공부를 싫증내다니? 자신은 취미가 없다고 공언하는 자의 그나마 가장 취미에 근접한 것이 '공부'인데 그조차도 질렸다고 하면 차인후는 무엇으로 살 셈인가! 뭘 해도 재미가 없는 인생, 이제 질렸다고 내던지는 건…….

"안 돼요, 선배! 죽기엔 일러요!"

별안간 파랗게 질려서 인후의 손을 붙잡는 화담을 인후는 멀뚱멀뚱 구경했다. 화담은 데굴데굴 소리가 나지 않을까 싶을 만큼 눈을 굴리면서 할 말을 끌어모았다.

"그래요, 선배, 아무리 바퀴라고 해도 계속 돌다 보면 어느 순간 매너리즘에 빠져서 네모나 세모가 되고 싶은 순간이 올 법해요. 구르는 돌도 가끔은 쉬면서 이끼 맛도 보고 그래야죠, 암요. 그러니까 선배도 잠시 쉬면서 다른 일을 찾아봐요. 다른 일, 으음…… 맞다, 세계일주 같은 거 어때요? 지구는 둥글고 세상에 사람은 많다는 거, 몸으로 체험해 보는 거죠. 막 가슴이 두근거리지 않아요?"

"글쎄. 예측 불가능한 위험 속으로 스스로를 몰아넣는 발상에 짜릿함을 느낄 만큼 마조히즘 기질은 없는데."

열심히 생각해서 꺼낸 제안에 재고의 여지도 없이 찬물을 끼얹는 차인후 씨. 화담은 아, 그런가요, 라고 중얼거렸다.

"하기야 치안이 좋은 나라만 있는 게 아니니까. 그래도 선배는 내가 아는 사람 중에 제일 센데."

"그렇지만 불사신은 아니잖아?"

가늘게 뜬 인후의 눈에 엷게 웃음기가 스며들었다. 화담은 그래도 미련이 있는 듯한 얼굴이었지만 자신이 쥐고 있는 인후의 손을 들여다보며 고개를 끄덕였다.

"게다가 음식도 엄청 가리지."

덧붙인 그의 말에도 고개를 주억거리며 화담은 한숨을 쉬었다.

"내가 생각한다고 딱히 도움이 될 것 같진 않지만, 그래도 열심히 생각해 볼게요. 그러니까 선배, 극단적인 생각은 절대 금물이에요."

"머리 한켠에 네가 그런 말을 했다는 건 기억해둘게."

공부에 물린다고 했을 뿐인데 어째서 대번에 그가 죽을 거라는 비약으로 치달았는지, 그 점에 대한 의문은 고이 접어둔 채 인후가 건넨 말에 화담은 반색을 했다가 금세 시무룩한 표정이 되었다.

"머리가 너무 좋은 것에도 문제가 있네요. 공부를 못해서 겪는 곤란 같은 것하곤 인연 없을지 몰라도 그 대신 머리에 생각이 너무 많잖아요."

연민 가득한 눈길로 화담은 인후의 손을 힘주어 잡았다.

"한국에 나온 김에 실컷 재충전하고 가요, 선배. 내가 필요한 일 있으면 언제든 말하고요."

물끄러미 그 눈을 마주하던 인후가 "언제든?" 하고 확인하자 비로소 어폐를 깨닫고 화담은 머리를 긁적였다.

"물론 나도 일정이 있으니까 24시간 대기는 무리지만요. 하지만 선배를

1순위에 놓을 테니까 어렵게 생각하지 말고 자주 연락해요. 한밤중이라도 벌떡 일어나 달려올게요."

말 내용에 걸리는 부분이 있어 인후는 느긋하게 화담의 언행을 감상하던 자세를 버리고 반듯하게 고쳐 앉았다.

"어디 다른 데로 갈 생각이야?"

화담은 눈을 동그랗게 뜨더니 이내 고개를 주억거렸다.

"집주인이 왔는데 관리인이 어슬렁거릴 이유는 없잖아요. 선배가 있는 동안엔 한남동에 가 있을게요. 내 물건이 죄 여기 있으니 곧잘 들락날락하긴 하겠지만요."

"한남동이라. 곤란하지 않나?"

"이젠 그렇지도 않아요. 소현이가 유학 갔잖아요."

거리낌 없는 대꾸에 인후는 고개를 모로 꼬고 입술을 문지르며 중얼거렸다.

"지금 문제는 소현이가 아닌 줄 아는데."

비로소 그의 의도를 깨닫고 화담은 당황한 기색을 여실히 드러냈다.

"무슨 이야기 들은 거 있어요, 선배? 어……. 누가 무슨 말을 어떻게 했으려나?"

"다현이한테 사고가 났고, 그 후에 병실에서 네게 마음을 고백했다는 정도. 덧붙여 푸른이가 느낀 대로라면 한남동 아주머니는 다현이 돌발 행동에 반대할 의사가 없다던데."

화담의 어색한 분위기에 휩쓸려가지 않고 인후는 차분히 대답했지만 그 바람에 눈에 띄게 당황한 화담의 쩔쩔매는 모습이 더 부각되었다.

"으하하, 진짜 별 웃기는 일도 다 있죠, 선배? 드라마에만 막장이 있는 게 아니라니까요. 가끔 현실이 더 해."

"피가 섞인 것도 아니고 의붓남매인 것도 아니잖아? 심정적으로 금기가 있었을 수는 있지만, 어쩌면 그 때문에 다현이에게 더 매력으로 작용했을 수도 있지."

"으으, 그런 분석 같은 건 하지 않아도 돼요. 가뜩이나 곤란한데 놀리는 것도 아니고."

인후는 이해할 수 없다는 듯 냉소를 지었다.

"왜 그리 곤란해하는 건데? 아직 안 헤어지고 만나는 남자친구 있지 않나? 설마 그 사실이 방패가 안 될 정도로 마음이 흔들리는 거야?"

"흔들리긴 누가요!"

화담은 펄쩍 뛰며 자리에서 일어났다.

"나한텐 아무 의미 없는 고백이에요. 다현 형도 어떤 희망 같은 걸 가지고 한 말은 결코 아닐 테고요. 내가 화나는 건, 속에 묻었어야 할 말을 굳이 바깥으로 꺼낸 저의에요."

"……저의?"

인후는 화담이 고른 그 단어에 강한 흥미를 느꼈다. 화담도 말실수를 깨닫고 흠칫 놀랐으나 부러 별 뜻 없다는 듯 무시하며 다음 말로 이어 갔다.

"아무튼 곧 해프닝으로 끝날 텐데 그런 일에 공부하느라 정신없는 승준일 끌어들일 필요 없잖아요. 얼마 안 가서 흐지부지될 거니까 선배도 알은체하지 말아줘요. 기왕이면 푸른 선배한테도 모른 체하라고 좀 해줄래요? 인후 선배 말이라면 듣잖아요, 그 선배."

이렇다 할 대꾸 없이 인후는 소파에 등을 깊이 묻고 팔짱을 끼며 다른 질문을 꺼냈다.

"재수했다고 들었으니 이제 본과 1학년쯤 되나?"

다현이나 푸른을 통해 승준이 이야기도 전해들은 모양이구나 하고 화담은 그렇다고 대답했다. 딱딱했던 표정이 사르르 풀어지며 언제 그랬냐 싶게 온화한 분위기로 옮겨가는 그녀를 보며 인후가 빈정거렸다.

"아무리 공부에 정신이 없어도 애인 근처에 얼쩡거리는 늑대가 있다는 데 와서 치우는 시늉 정도는 해야 하지 않아? 네 멋대로 그 녀석 권리를 뺏는 것 같은데."

"알면 좋은 내색할 리가 없죠. 하지만 승준인 지금 공부가 최우선이에요. 생화학이라는 과목이 있는데, 그 교수님 별명이 텐프로거든요. 아, 유흥업소하고 관련 없어요. 텐프로랬더니 푸른 선배는 대뜸 야시꾸리한 말을 하더라고요."

잠깐 말의 방향이 빗나갔지만 재빨리 키를 돌려 화담은 승준의 고충에 대해 열변을 토했다.

"유급이래요, 유급. 일 학년 학생 정원이 백 명이면 그중 열 명이 F를 받아서 1학년을 또 다녀야 하는 거예요. 너무 무섭지 않아요? 뭔 놈의 재시는 또 그리 많은지. 이제 7월인데도 방학이 뭐예요, 아직도 시험에 치이면서 위에 구멍이 나도록 공부를 하는데 딱해 죽겠어요."

한숨을 쉬며 소파에 앉는 화담의 주변으로 긴 머리가 너울거리며 흩어졌다. 반질반질 윤이 나는 그 긴 머리 탓일까, 무주 남자친구 때문에 근심에 젖은 눈에서부터 전신으로 아련한, 심지어 연약해 보이기까지 하는 기운이 맴돌았다.

보기 싫은 것을 외면하듯 그녀에게서 시선을 돌리던 인후의 눈이 불현듯 모종의 뜻으로 반짝거렸다. 한쪽 입가가 또렷이 위로 올라가더니 이윽고 그는 짐짓 덤덤한 얼굴로 화담을 보며 물었다.

"그러니 앞으로도 지승준은 완벽히 배제하겠다? 네 선에서 깔끔히 묻을 작정으로."

"그래야죠. 뭐 여기서 더 커지고 말고 할 일도 아니니까."

오산이었다. 인생은 때로 아무런 전조도 없이 생각지도 못한 패를 내놓는다. 화담은 그것을 이미 배웠다고 여겼지만 그렇지 않았다. 화담이 낙관론을 펼치는 바로 이 순간에도 일은 그녀는 상상도 못할 방향으로 틀어지고 있었다.

"그 일은 차차 이야기하기로 하고, 저녁 먹었어? 난 뭘 좀 먹어야겠는데."

화제가 바뀌자 이내 화담의 얼굴에 생기가 돌아왔다.

"나도 아직이에요. 집에 와서 라면 먹을 생각이었는데 선배한텐 무리고. 음, 먹을 만한 게…… 아, 기정떡 냉동고에 있거든요, 그거 해동해 줄 테니까 맛이나 보고 있어요. 내가 얼른 나가서 장 좀 봐올게요."

"설마 6년 된 기정떡을 먹으라는……?"

"에이, 내가 먹으려고 사온 거예요. 삼사일 됐나? 사와서 바로 냉동고에 넣은 거니까 먹고 안 죽어요."

손사래를 치며 일어나 주방으로 가려는 화담을 인후가 잠깐 기다리라며 불러 세웠다.

"그냥 같이 나가자. 맥주도 살 겸 짐꾼 할게."

"어, 그러지 마요. 6년 만에 만났는데 첫 끼니 정도는 내가 전부 준비해서 대접할래요. 어차피 내일부터는 알바 때문에 당분간 저녁 같이 먹을 일도 없어요."

"저녁이 안 되면 점심이나 아침도 있잖아? 어쨌든 나가자. 내내 비행기에 있었더니 좀 걷고 싶거든."

화담의 만류에도 인후는 지갑을 가져오겠다며 방으로 갔다. 화담도 방으로 향하다가 불현듯 눈을 빛내며 현관으로 내달렸다. 인후를 떼놓고 혼자 갈 참이었지만 스니커즈를 손에 들고 현관문부터 열던 찰나 뒷덜미를 잡혔다.

"하여간 이상한데 고집 있더라, 서화담?"

그럴 상황이 아니긴 하지만, 귓전을 때린 나직한 저음에 화담은 저도 모르게 감탄하며 인후를 돌아보았다.

"선배 목소리 진짜 좋은 거 알아요? 특히 목소리 착 깔고 공포 분위기 조성할 때가 단연 베스트, 아야!"

"얼렁뚱땅 아부하지 마."

"아부 아닌데!"

딱밤 맞은 자리가 아파서 화담이 이마를 문지르는 동안 인후는 신을 신고 현관을 나섰다. 스르르 문이 닫히는 걸 화담이 같이 가자며 부랴부랴 쫓아나갔다. 이미 엘리베이터로 걸어가는 인후를 뒤따라가 엘리베이터 안에서 겨우 스니커즈를 신으며 화담이 볼멘소리를 했다.

"영국에서 6년이나 있었으면 조금 젠틀맨다운 구석이 생겨야 하는 거 아니에요?"

"어린애 대접을 해달라는 거야?"

"어린애가 아니라 여자요, 여자. 숙녀."

화담의 항변에 인후가 천천히 그녀의 머리부터 발끝까지 훑어내려갔다가 다시 올라와 눈을 마주하며 물었다.

"레이디?"

"말을 말죠."

정말이지 그 어떤 여자가 이 남자에게 여자 대접을 받을까 생각하며 화담은 고개를 설레설레 저었다. 그간 머리도 이렇게나 길었는데 거기에 대해선 일언반구도 없고.

'설마 내가 머리를 길렀단 사실 자체를 모르나?'

화담의 쏘아보는 눈길에 인후가 "왜?" 하고 물었다. 머리에 대해 말할 참이었지만 그의 눈과 마주한 순간 전혀 다른 생각이 머릿속을 차지했다. 배시시 그녀는 웃기부터 했다.

"신기해서요."

"뭐가?"

"6년 만인데 하나도 안 어색해. 심지어 전화 한 통화도 안 했잖아요, 우리. 근데 꼭 어제 만났던 사람 같아."

싱글거리던 화담은 문득 정색을 하고 인후에게 물었다.

"혹시 선배는 어색해요?"

인후는 물끄러미 화담을 쳐다보다가 고개를 저었다.

"딱히."

화담이 활짝 웃으며 그쵸? 하고 연신 고개를 끄덕였다.

"역시 같은 날 태어난 사람들이라 통하는 게 있다니까요. 그래서 말인데, 아직도 나랑 의남매 할 생각 없어요?"

말똥말똥한 화담의 눈 너머로 엘리베이터 문이 열렸다. 인후는 주저 없이 화담을 두고 걸어 나갔다. 화담은 어깨를 늘어뜨리며 한숨을 쉬었다.

"사람은 안 변한다니까. 선배, 같이 가요!"

잠자리에 들어서야 화담은 인후에게 받은 '제대로 된 인사'에 대해서 생각했다. 당황한 바람에 그 자리를 얼렁뚱땅 넘겨버린 후론 거기에 대해서 따로 말을 하는 것이 촌스러운 일처럼 보일까 봐 차마 말을 꺼내지 못

했다. 나중에 적당한 기회를 봐서 물어볼 수 있다면…….

"아니, 역시 못 물어보겠어. 어쩜 선배는 이미 잊어버렸을걸. 그래, 뭐 그 정도 인사는 해외 드라마 보면 드물지도 않더만. 나중에 어학연수 갈 때를 대비해서 그 정도는 융통성 있게 받아들여야지. 암, 예방접종했다고 치면 돼."

천장을 보면서 혼잣말을 주절거렸지만 마음의 수런거림은 전혀 잦아들지 않았다. 화담은 옆으로 돌아누우며 전혀 졸릴 기미가 없는 눈을 깜박거렸다.

키스니 뭐니 심각할 것 없는 일이다. 요새 애들은 유치원 다닐 나이만 돼도 남자친구니 여자친구니 하면서 그 정도 뽀뽀는 쪽쪽 해댄다. 생각해 보니 화담도 유치원 다닐 때 승준에게 뽀뽀를 받은 기억이 어렴풋이…….

"에잇, 그건 볼 뽀뽀였잖아. 쳇."

화담은 약간 억울해졌다. 기왕 입술을 부비는 뽀뽀라면 그녀를 좋아하는 상대에게 받는 게 좋았을 텐데. 고등학교를 졸업한 후부터 승준이 곧잘 묘한 분위기를 만들곤 했는데 한사코 모른 체한 벌인가 싶어 씁쓸함마저 느꼈다. 성년의 날에도 승준은 화담의 볼에 뽀뽀하는 데 그쳤다.

"승준이였다면."

다시 머리를 세게 흔들며 화담은 반대쪽으로 돌아누웠다. 유감스럽게도 상상하고 싶지 않은 광경이었다. 여전히.

어쩌다 보니 7년 넘게 사귄 오랜 커플 반열에 들어버렸지만 입맞춤 한 번 한 적이 없다. 누가 보면 아주 지독하게 엄격한 혼전순결주의자라고 여길지도 모르겠다. 전혀 그럴 의도 같은 건 없는데도 불구하고.

지그시 가슴을 누르며 화담은 그 안의 심장을 의식했다. 막연히 기다리고 있다. 이 심장을 온전히 사로잡아 울고 웃게 할 사람. 열망으로 그녀의 눈을 멀게 할 사람.

그리하여 자신의 연애가 시작되리라고.

하지만 그러는 사이 어느덧 스물세 살. 열여섯 살 때 승준에게 고백을 받고 곤란해 하던 그때처럼 화담은 여전히 한 가지가 궁금했다.

"사람을 좋아한다는 게 뭘까?"

아마 연애학이란 과목이 있다면 자신은 틀림없이 낙제는 따 놓은 당상이라고 생각하며 화담은 이불을 뒤집어썼다.

같은 시각, 인후는 침대 옆 창문을 열어놓고 바깥을 내다보며 맥주를 마시고 있었다. 야경을 안주 삼아 한 모금 두 모금 하는 사이 어느새 비어버린 병을 보곤 새 병으로 바꾸려고 보니 그게 마지막 병이었다.

마시려고 가지고 들어온 것이 두 병. 저녁 먹으면서 한 병을 마셨으니 아직 냉장고에는 세 병이 더 있다. 어쩔까, 인후는 이삼 초쯤 고민했다. 그리고는 침실을 나갔다.

주방에서 맥주 뚜껑을 열고 부리를 입으로 가져오던 인후의 눈이 무언가에 멎었다. 냉장고 문에 꽃과 과일 모양의 자석들이 다닥다닥 붙어 있다. 인후가 살 때엔 없었던 것들. 아까는 별생각 없이 지나쳤지만 이제 보니 이런 게 있는 데는 의미가 있을 터였다. 인후는 맥주 마시는 걸 잠시 미루고 냉장고 주변을 수색하기 시작했다.

"빙고."

유리그릇을 보관해놓은 수납장에서 그는 급하게 숨겨놓은 티가 다분한 종이 더미를 발견했다. 거의가 사진이었다. 엄마랑 찍은 사진이 주였고 친구들과 찍은 사진도 있었다. 가장 최근에 찍은 듯한 사진 속에서 화담은 승준과 서윤을 양팔에 끼고 온통 이를 드러내며 웃고 있었다. 인후는 차가운 눈길로 화담의 양옆을 차지한 친구들을 관찰했다.

"한 명은 우울하고, 한 명은 미숙하군."

단연 어울리지 않는 그림이었다. 그 튀는 요소가 자신이란 걸 화담이 전혀 모른다는 데에 인후는 얼마라도 걸 수 있다.

사진 말고도 편지지로 짐작되는 종이가 한 장 있었다. 하지만 필체로 봐선 편지는 아니고 화담이 그냥 마음에 드는 말을 휘갈겨 놓은 걸로 보였다.

"Eu, Kalos, Dikaion. 소크라테스라."

'훌륭하게, 아름답게, 올바르게' 살라는 뜻으로 소크라테스가 했던 말을 또박또박 적어놓은 아래엔 또 한마디의 괄목할 만한 대목이 있었다.

[서화담, 우아한 교양인이 되어라!]

덤덤하게 바라보던 인후는 결국 눈을 가리고 작게 웃음을 터뜨렸다.

"맙소사, 서화담. 너란 녀석 진짜."

인후는 식탁 의자에 기대앉아 맥주를 마시며 사진을 감상하고 지루하다 싶으면 편지지를 들여다보며 웃음을 불러왔다. 그렇게 남은 맥주 세 병도 마법처럼 사라졌다. 그럼에도 불구하고 아직 술이 부족한 표정으로 그는 중얼거렸다.

"네 말대로야, 사람은 안 변해. 본성은 더더욱……."

빈병을 치우고 일어선 인후는 어딘가로 걸음을 옮겼다. 그러다 조용한 실내에서 유난히 크게 울리는 노크 소리에 흠칫하며 정신을 차렸다.

화담의 방문 앞이었다. 오늘은 시간이 늦었으니 한남동엔 내일 가라고 인후가 말했고 화담도 그러기로 하고 자러 들어간 후였다. 불러내서 뭘 어쩔 작정이냐고 스스로를 면박하며 인후는 급히 자리를 피하다가 그렇게 도망치는 게 더 이상해 보일 거란 생각에 내키지 않는 발길을 억지로 돌렸다.

하지만 좀처럼 안에서 나와 보는 기미가 없다. 인후는 그제야 열한 시가 넘은 시각을 확인했다. 피식 그의 입가에 미소가 떠올랐다. 예나 지금이나 서화담은 일찍 자고 일찍 일어나는 꿈나무인 모양이었다.

말했다시피, 사람은 좀처럼 변하지 않는 법이다.

차인후가 한국에 돌아왔다. 그 사실에 화담만큼 드라마틱한 반응을 보이는 사람은 드물었다. 감정을 다소 극적으로 표현하는 데 일가견이 있는 푸른이 별안간 네 아파트 앞이라고 나타난 인후를 보고 오 마이 갓을 연발하다가 빈축을 사긴 했다. 6년간 일대일로는 소식 한번 주고받지 않은 화담의 경우와 달리 푸른은 인후와 꾸준히 연락을 취한 것 외에도 일 년에 서너 번씩 영국에 가곤 했으니 말이다.

"뭐냐! 옥스퍼드 칼리지 교수를 노리는 거 아니었냐, 차인후? 박사가 되기 전까지 한국 땅을 밟지 않는다던 꿈은? 십 년 공부는 어쩌고 돌아온 거야! 나는 떡을 썰고 너는 글씨를 써야 하는 이 상황은 뭐냐고?"

"그만하고 다현이나 보러 가자. 자칫하다 퇴원하겠어."

인후를 따라 덩달아 푸른도 시각을 확인했다. 오전 열 시가 막 넘은 시각이다. 올빼미족이 된 터라 한창 달게 자다 깬 푸른은 눈앞의 차인후를 아직도 반신반의의 눈으로 바라보다가 뭔가 크게 감동받은 얼굴을 했다.

"다현이 사고 소식에 들어온 거였어? 차인후, 너 사람 됐구나. 이럴 줄 알았으면 내가 먼저 사고가 나는 건데."

경망스런 소리를 하는 푸른의 이마를 찰싹 때려주며 인후가 혀를 찼다.

"씻고 내려와. 누가 보면 네가 시차병인 줄 알겠다."

푸른은 고개를 끄덕이고 돌아가다가 갑자기 뛰어와 벼락처럼 인후의 뒤통수를 때렸다. 그사이 다른 생각에 빠져 골똘해 있던 인후가 천천히 고개를 돌려 푸른을 보았다.

"……강푸른?"

조용히 친구의 풀내임을 부르는 인후를 멀뚱히 쳐다보던 푸른이 방금 인후의 뒤통수를 때린 손을 보며 고개를 갸웃했다.

"이상하네. 나한테 얌전히 맞고 있을 놈이 아닌데. 아무래도 내가 술이 덜 깨서 헛것을 보나. 야, 차인후, 네가 차인후면 진짜 차인후라는 증거를 좀……."

고개를 든 순간 붕 하고 날아온 주먹이 귓가를 스치며 봉두난발이던 푸른의 머리카락이 흩날렸다. 푸른의 멍한 얼굴은 잠시 후 헤식은 웃음에 점령되었다.

"진짜 차인후구나. 알았어. 나 씻고 올게."

등을 돌려 걸어가던 푸른이 몇 걸음 만에 되돌아오는 걸 보고 인후가 눈살을 찌푸리며 이번엔 또 뭐냐고 묻는데 푸른은 마냥 싱글거리며 오른손을 높이 쳐들었다. 몇 초쯤 외면하던 인후가 마침내 마지못해 그 손에 제 손을 가져다 대며 하이파이브를 했다. 그리고 재빨리 떼어내려는 손을 푸른이 움켜쥐고 신나게 흔들었다.

"영국도 좋지만 역시 한국에서 보는 게 좋구나, 친구."

"적당히 좀 해."

'영화처럼 산다'는 좌우명을 가진 강푸른이 인후에겐 때때로 버겁다.

결국 한바탕 포옹까지 한 후에야 인후는 자유의 몸이 되었다. 기분이 좋아져서 건들건들 걸어가는 푸른의 등에서 시선을 떼며 인후는 왜 하고많은 사람 중에 저 녀석이 죽마고우인지 한탄했다.

그 한탄은 이내 희미한 웃음에 자리를 내주었다. 이유는 너무 간단하다. 강푸른이 차인후를 계속 붙들고 있기 때문이다. 둘은 정말로 오래 알고 지낸 사이지만 언제라도 푸른이 놓았으면 거기서 그대로 끊어질 사이였다.

인후의 대인관계는 늘 그런 식이었다. 상대가 놓으면 끝. 그리고 누구든 결국에는 놓았다. 사람은 백을 주는데 십도 받지 못하는 일엔 결국 질리게 마련이니까. 그런 면에서 푸른은 확고한 예외였다.

거기에 또 하나의 예외를 보탠다면…….

"아, 태양이다."

하늘의 구름이 꽤 흩어져 햇살이 인후의 머리 위로 내리쬐기 시작했다. 지그시 눈을 감고 햇살을 호흡하는 나무 흉내를 내보려 했던 것도 잠시, 금세 진저리를 내며 그는 그늘을 찾아 움직였다. 그늘에서 인후는 바지주머니에 손을 찌른 채 넘실거리는 햇살을 응시했다.

부신 듯 가늘게 뜬 눈은 햇살 사이로 노니는 먼지의 춤을 보는 중이다. 대중없는 카오스의 세계. 그러다 어느 순간 그것은 묘한 통일성을 갖추고 일정한 형체를 띄기 시작한다. 마치 직소 퍼즐을 짜맞추듯이 하나씩, 하나씩.

백일몽과도 흡사한 인후의 가상 퍼즐은 차도의 연쇄적인 경적 소리 때문에 빠르게 분해되었다. 아쉬운 듯 햇살의 무도회 자리를 더듬는 인후의 입가에 쓴웃음이 떠올랐다.

"몹쓸 버릇 같으니."

푸른이 최대한 빨리 외출 준비를 마치고 애마 페페와 함께 인후를 픽업하러 나타났을 때 인후는 휴대전화로 체스게임을 하고 있었다. 차에 탄 후에도 게임에 집중하느라 병원에 다 가도록 푸른은 뒷전이었다. 졸지에 운전기사 취급당한 푸른은 다현의 병실에 들어가면서도 심기가 몹시 나빴다.

"언제 퇴원할 거냐? 오늘? 내일?"

"오늘 선생님 허가 떨어지면. 왜 그래? 잠을 설쳤어?"

다친 늑골 때문에 말할 때마다 명치가 뻐근한 다현보다도 더 표정이 부루퉁한 푸른이 문가를 가리켰다.

"런던, 아니 옥스퍼드의 탕아 인계해 주러 왔다. 퇴원하면 집으로 찾아갈게. 몸조리 잘해라."

"어, 그래."

다현은 어리둥절한 얼굴로 푸른의 등에 대고 잘 가라고 인사를 하면서도 옥스퍼드의 탕아가 인후란 생각까지는 미처 못 했다. 그래서 병실문 안으로 인후가 들어선 순간 놀란 마음에 상반신을 움직이다가 기침을 터뜨렸다. 간병인이 재빨리 따라준 따뜻한 물을 들이켜며 옆구리를 누르고 있는 다현의 옆으로 오며 인후가 물었다.

"팻보이랑 너, 둘 중에 누가 더 중상이야?"

컵에서 입술을 떼며 다현이 쿡쿡 웃었다.

"엇비슷해. 그래도 굳이 따지자면 내가 더 다쳤겠지. 이쪽 다리로 그 녀석을 받쳐줬거든."

인후는 다현이 가리킨 오른발의 깁스를 보며 매직펜을 달라고 했다.

"다리 가진 보람이 있네. 애지중지하는 바이크 폐차 위기도 막아주고."

푸른이 몇 줄 써놓은 아래쪽에 짤막한 글귀를 적은 후 인후는 침상 가까이 의자를 가져다 앉았다. 간병인이 챙겨준 음료를 만지작거리다 도로 내려놓는 인후를 한참 보던 다현이 신기하다는 듯 웃었다.

"뭐냐, 차인후. 낮도깨비도 아니고 무슨 바람이 분 거야?"

올해 3월에 푸른이 영국에 갈 때 다현도 동행했던 터라 이게 얼마 만이냐고 호들갑까지 떨건 없었다. 그래도 한국에서 인후를 만나게 된 감회는 누구 못지않았다.

"안 그래도 들어올 시기를 조율하던 차였어. 네 소식도 있고 해서 조금 당겼을 뿐이야. 오후엔 수원 내려가 봐야 돼."

"수원? 본가 말하는 거야?"

다현은 의외란 표정으로 확인했다. 인후가 응, 하고 가볍게 수긍하는 순간 병실문이 열리며 이미 간 줄 알았던 푸른이 쏙 머리를 내밀었다.

"본가라니, 이게 다 무슨 소리냐?"

인후는 돌아보지 않고 다현을 보며 대꾸했다.

"할아버지 병세가 최악인가 봐. 호스피스 병동으로 옮기신다나."

"아, 저런······."

다현과 푸른이 인후의 머리 위로 빠르게 눈길을 주고받는 걸 볼 것도 없이 인후가 차게 웃었다.

"마음 쓸 것 없어. 그 집안 누가 죽어도 내가 눈 하나 깜짝할 일 없다는 건, 주지하는 바잖아? 오히려 조심해야지. 가서 웃지나 말아야 할 텐데."

인간미라곤 느껴지지 않는 말투였지만 누구도 불편한 내색 따위는 하지 않았다. 푸른은 언제 토라졌냐 싶게 침상 옆으로 와 "나도 같이 갈까?" 하고 묻기까지 했다.

"같이 가서 뭐하게? 내가 웃지 못하게 발이라도 밟아주려고?"

팔짱을 낀 채 푸른을 올려다보는 인후의 표정은 그 어느 때보다도 냉랭했다. 무기물처럼 감정 없이 눈을 번득거리며 그는 푸른이 더 말을 꺼내지 못하도록 못을 박았다.

"걱정 마. 내가 받을 몫은 분명하게 챙길 거니까. 멍청한 짓 따위 안 해."

이어서 흥얼거리듯 덧붙였다.

"돈은 많을수록 좋다. 차씨 집안의 유일무이한 가훈이라고."

4.

돌발적

월요일 오후에 수원에 내려간 인후는 수요일에도 올라온다는 말이 없었다. 그 때문에 화담이 한남동으로 거처를 옮기는 일은 하루 더 연기될 성싶었다.

"내일도 안 오려나. 하긴 6년 만에 돌아왔는데 반가울 만도 하지."

설거지를 하면서 화담은 인후의 본가 귀환이 궁금해 이런저런 상상의 나래를 펼쳤다. 예나 지금이나 그녀는 인후의 가족 사항에 대해서 아는 게 별로 없다. 그저 이따금씩 다현과 푸른이 주고받는 대화를 귀동냥하며 접한 정보로 가족끼리 썩 살가운 집이 아니란 정도만 짐작했다. 뭐 그 점은 일찌감치 독립해서 살고 있는 것만 봐도 유추 가능하지만.

그래도 이번에 내려가서 이틀 밤을 거기서 보내는 걸 보면 확실히 핏줄은 핏줄인가 보다 하면서 화담은 빙그레 웃었다. 자신처럼 사방을 둘러봐도 변변한 살붙이 하나 없는 것보다야 훨씬 낫다.

"외삼촌은 밥이나 먹고 사나."

소식 끊긴 지 오래인 상만의 일을 떠올리며 화담은 인상을 썼다. 남한테 폐 안 끼치고 제 밥벌이나 착실히 해서 살면 더 바랄 것이 없겠는데 워낙에 부잡한 종자다 보니 무소식이 되레 근심이다. 눈에 보여도 걱정, 안 보여도 걱정이란 말이 딱 이럴 때를 위해 있구나 하며 푹 한숨을 쉬었다.

"무슨 걱정 있어, 화담 학생? 한숨 소리에 땅 꺼지겠어."

바닥에 둘러앉아 김치를 담그던 아주머니 중 한 분이 건네는 말에 화담은 아무것도 아니라고 둘러대며 다시 빠르게 손을 놀렸다. 무슨 생각을 한 건지 찬모 아주머니가 엉뚱하게 오지랖을 부렸다.

"원래 장거리 연애라는 게 힘들지. 특히 사내란 놈들은 걸핏하면 옆에 있는 여자들한테 눈길을 돌리거든. 화담 학생이야 키 크지, 인물 좋지 어딜 봐도 흠잡을 데 없지만 그래도 애인이 의사잖아?"

"아직 의사 되려면 한참 멀었어요."

전에 한 번 남자친구가 의대생이란 소릴 한 뒤로 식당 사람들은 하나같이 의사 애인, 의사 애인해댔다. 밝힐 생각은 없었는데 자꾸만 좋은 남자 소개 시켜주겠다는 소리를 하는 터라 사양하며 꺼낸 말에 단단히 발목을 잡힌 셈이다.

"썩어도 준치라고 의대생이면 이미 반은 의사지. 손가락만 대도 팬티 벗고 달려들 년들이 수두룩 빽빽할걸. 단단히 잡도리해야 해, 암."

찬모 아주머니의 질펀한 언사에 다른 아주머니들도 아무렴, 아무렴 하며 맞장구를 쳤다.

"푸흐흐, 승준인 그럴 애 아니에요. 무서워서 엉엉 울지나 않으면 다행이다."

웃는 화담을 보며 아주머니들은 너나 할 것 없이 물정 모르는 소리를 한다고 한소리씩 보탰다. 예, 예, 하고 대답하면서도 화담은 속으로 세상이 온통 그렇게 막장스럽진 않다고 꿋꿋이 생각했다.

열 시가 지나 식당을 나선 화담은 막 골목을 벗어나려다가 누군가 꾸벅 인사해오는 사람과 마주쳤다.

"신 기사 아저씨?"

"사모님께서 모셔 오라십니다."

"아, 돌아가서 과제 할 거 있는데……."

마뜩찮은 얼굴로 머리를 긁적였지만 신 기사는 공손히 서서 화담이 차로 향하길 기다릴 뿐이었다. 오늘이 아니면 내일 또 불려갈 테지. 그럴 거면 당장 해치우기로 결심하고 화담은 차로 걸어갔다.

"퇴원은 했죠?"

넌지시 물은 말에 신 기사가 어제저녁에 집으로 돌아왔다고 알려주었다. 화담은 가만히 고개를 끄덕이고 한남동까지 갈 동안 잠시 눈을 붙였다.

도착했다는 소리에 눈을 뜨고 차에서 내렸더니 어느 틈엔가 날씨가 일변해 쿠르르릉 하고 하늘에서 심상찮은 소리가 들렸다. 비구름으로 뒤덮인 하늘을 올려다보고 소나기나마 좍좍 쏟아지길 바라며 걷던 화담의 눈에 정원에 나와 있는 다현이 들어왔다. 휠체어에 앉아서 그 또한 하늘을 보고 있었다. 금세라도 비가 쏟아질 것 같은데 옆에 아무도 없이 혼자인 걸 보고 화담이 혀를 차며 달려갔다.

"뭐야, 그러고 있다 벼락 맞는다."

"왔어?"

무사태평한 얼굴로 다현은 빙그레 웃을 따름이었다. 멀지 않은 하늘에서 꽈르릉하는 소리가 연달아 이어지며 시간차를 두고 번개가 번쩍였지만 조금도 놀라는 기미가 없었다. 화담도 잠시 번개의 잔상을 구경하다가 아무튼 들어가자고 하면서 휠체어 손잡이를 잡았다.

"나온 지 얼마 안 됐어. 포치 아래에서 좀 세워줄래? 곧 비가 올 것 같은데."

"그럴게."

라고 운을 떼자마자 툭 굵은 빗방울 하나가 화담의 얼굴을 때리더니 이내 툭툭, 투두둑 하며 비 떨어지는 소리가 꼬리를 이었다. 화담은 으아아, 하고 소리를 지르며 달렸다. 그녀가 현관 포치로 휠체어를 밀어 올리는 거의 동시에 온 정원이 쏟아지는 소나기에 포위되었다.

"휴, 아슬아슬했네."

앞머리를 쓸어 넘기며 화담은 수원에도 비가 올까 하고 궁금해했다. 그렇게 시원시원하게 쏟아지는 비 구경을 하던 얼마 후 화담은 다현을 내려다보며 괜찮으냐고 물었다.

"다친 데가 더 아프거나 그러진 않아? 왜 날 궂으면 삭신이 쑤신다고들 하잖아."

"견딜 만해. 아픈 것보다 답답한 게 더 못 견디겠어."

"음, 그도 그렇겠네."

크게 고개를 주억거리며 화담은 다시 정원을 쳐다보았다. 이제 다현이 그런 그녀를 물끄러미 올려다보았다. 화담도 그 시선을 느꼈지만 알은체 않고 정원에 서 있는 느티나무만 뚫어져라 응시했다. 그만 들어가자고 할 셈으로 미리 거짓 하품까지 끌어내 보는데 다현이 한 발 더 빨랐다.

"나 같은 경우는 아니었겠지만, 크게 다쳐본 일 있어?"

"없진 않지. 어릴 때 워낙 덤벙이에 골목대장이었으니 자잘한 상처는 늘 달고 살았고, 정글짐에서 떨어져서 팔이 부러지기도 해보고 싸우다 코뼈도 부러져 보고. 뭐 일일이 열거하자면 한이 없어."

"그 코가 부러졌던 코란 말이야?"

믿지 못하겠다는 듯한 다현의 말에 화담이 씩 웃으며 제 오똑한 코를 만졌다.

"운이 좋았지. 지금 생각해 보면 내 얼굴에 큰 흉 하나도 안 남은 게 참 신기해. 정말이지 말썽꾸러기였거든."

"어머니가 마음고생깨나 하셨겠네."

"그건 형이 우리 엄마를 몰라서 하는 소리고. 정글짐에서 떨어진 날만 해도 그래. 병원에 엄마가 오면 엄청 혼나겠구나 하고 있었는데 우리 엄마, 응급실에 와서 날 보더니 '죽지 않을 만큼만 놀아라, 응?' 하고 말씀하신 게 전부였어."

"엄청 대범하신데?"

"내가 아는 최고의 여장부야. 나 같은 건 발끝에도 못 따라가."

"네가 왜? 이미 충분히 큰 그릇이라고 보는데."

화담은 설레설레 고개를 가로저었다.

"형이 잘못 봤어. 난 옹졸한 사람이야. 그릇이라고 부를 만한 것도 없는."

주저 없는 단정에 다현은 몇 번 눈을 깜박거릴 동안 침묵하다가 역시 이해할 수 없다는 듯 물었다.

"어떤 근거로?"

화담은 눈을 굴리며 대답할 말을 생각했다. 다현에게 들려줄 만한 게 곧 떠올랐다.

"근거는 헤아릴 수 없이 많지만, 단적으로 '뒤끝'에 대한 태도가 있어. 시장터에서 장사하는 사람들, 대체로 성격이 온순하지는 않아. 식당 골목 사람들끼리도 수틀리면 쌍욕 퍼부으며 싸우기 일쑤고 저녁이면 술장사가 되다 보니 손님이랑 시비 붙는 일도 예사였지. 우리 엄마는 싸웠다 하면

불도저가 따로 없었어. 폭력은 질색했지만 저편에서 손찌검을 하면 맞고
있지도 않았고. 하지만 그런 시비는 어디까지나 일회성. 죽이네 살리네
하면서 싸워도 다음 날이면 언제 그랬냐 싶게 툭툭 털고 사람 좋은 국밥
집 아줌마로 컴백하는 거야. 전날 손님 뺏어갔다고 머리 뜯으며 싸운 앞
가게 아줌마가 허릴 삐끗해서 누워 있다고 하면 두 팔 걷어붙이고 앞집
장사까지 도맡아서 챙겨주는 건 일도 아니었어. 정말이지 뒤끝이라곤 없
는 사람이지. 반면 나는?"

삐딱하게 웃으며 화담은 제 코를 어루만졌다.

"이 코를 부러뜨렸던 녀석이랑은 같은 태권도 학원에 다녔어. 승준이
랑 내 사이를 두고 못된 말을 지어내던 되바라진 놈이었지. 사범님이 원
생들끼리 싸우면 둘 다 쫓아낸다고 해서 참고 참다가 어느 날 폭발해서는
원 없이 흠씬 패줬어. 나는 코가 부러졌지만 걔는 이가 몇 개 부러졌다고.
그 녀석 엄마가 식당에 쫓아와 그냥 두지 않는다고 아주 난리난리. 걔 아
빠가 경찰에 친척 중에 변호사가 있다나 뭐라나.

우리 엄마도 그땐 돈 좀 깨지겠구나 하며 한숨을 쉴 정도였는데 묘하게
흐지부지되더라? 알고 보니 걔가 자기가 다 잘못한 거라면서 싹싹 빌었
다나 봐. 그 꼴통이 뭔 일이래 하고 그냥 잘 됐다 하고 넘어갔는데 나중에
태권도 학원에서 다시 만났을 때 나한테 편지를 주지 뭐야?"

"설마……."

다현이 뭔가 짐작 가는 바가 있는 듯 쓴웃음을 짓는 걸 힐끗 보며 화담
이 말했다.

"그게 내가 태어나서 처음 받아본 러브레터였어."

으음, 하고 다현이 신음 비슷한 소리를 냈다.

"대답해줬어? 아니면 그냥 무시했어?"

화담은 기세 좋게 퍼붓는 비를 보며 서슴없이 말했다.

"대답했어. 그 녀석 눈앞에서 그 편지를 좍좍 찢으면서 두 번 다시 나한테 말 걸지 말라고 해줬지."

"……딱하군."

다현은 아무래도 그때 그 녀석이 가여운 모양이었다. 화담이 코웃음 쳤다.

"지금이야 웃어넘길 수 있어. 하지만 지금 다시 만나게 된다고 해도 난 그 녀석이랑은 말 섞을 생각 없어. 뒤끝 작렬. 어때? 충분히 옹졸하다고 자부할 만하지?"

웃음이 담긴 화담의 눈과 올려다보는 다현의 눈이 마주쳤다. 다현이 나지막하게 물었다.

"언제 적 일인데, 그게?"

"초등학교 6학년 때."

열세 살. 십 년 전 일이다. 그리고 지금 화담은 스물세 살. 십 년이 지나도 여전한 뒤끝이라니 확실히 예사 수준이 아니다.

다현이 천천히 눈길을 내리깔았다. 화담은 다현을 보면서 속으로 '언중유골'이란 말을 곱씹었다. 그녀가 말 속에 숨긴 뼈. 충분히 전해졌으리라 확신하며.

그때 현관문이 열리고 메이드가 나와 그만들 들어오라는 명혜의 전언을 전했다. 화담이 네, 하고 대답하고 다현의 휠체어를 밀며 안으로 들어갔다.

응접실의 카드 테이블에서 홀로 솔리테어 게임을 하던 명혜가 화담을 보곤 앞에 와서 앉으라고 손짓했다.

"셋이 모였으니 간단하게 바카라나 몇 판 할까?"

"제가 플레이어가 되는 건가요?"

"다현일 시켜도 돼. 다만 카드 확인은 화담이 네가 해줘야겠지. 어쩔 거니, 다현아?"

"마담과 마드무아젤의 뜻에 따르죠."

늘 그랬듯이 다현은 레이디 퍼스트를 고수한다. 일단 첫판은 명혜가 뱅커, 화담이 플레이어가 되어 시작했다. 대체적으로 카드운이 박한 화담은 오늘도 어김없이 큰 숫자의 카드가 연달아 들어와 숫자 9하고는 인연이 멀었다.

"숫자 9가 딱 맞아떨어지는 날이 오면 기필코 로또를 살 거예요."

연달아 네 판을 명혜보다 낮은 숫자로 마감한 화담이 단골 대사를 읊조리자 명혜가 엷게 웃으며 횡재수는 재복과는 무관하다고 위로하듯 말했다. 안 그러냐고 다현에게 동의를 구하자 그도 고개를 끄덕였다.

"이런 자잘한 운은 없어도 큰 운이 좋은 게 훨씬 나아."

"그거야 형 생각이고. 난 기왕이면 자잘한 운도 가끔은 찾아왔으면 좋겠어."

화담의 새침한 대꾸에 다현이 그럼 내 운도 보태줄게 하고 화담의 카드에 손을 가져다댔다. 화담은 입술을 비죽거리며 혀를 찼다.

"내 박한 운이 형의 운도 말아먹고 말 걸."

"그거야 카드를 뒤집어보면 알겠지."

묘하게 자신 있어 보이는 다현의 말에 화담은 슥 눈썹을 추켜세우며 조심스레 두 장의 카드를 확인했다. 그러곤 두 눈이 동그래졌다.

"9라도 나온 표정인데?"

명혜의 지적에 화담은 눈을 말똥거리다 다시 한 번 카드를 확인해보곤 의자에서 벌떡 일어났다.

"아주머니, 전 로또복권 좀 사러 가야겠어요."

그리고 진지한 얼굴로 다현을 돌아보았다.

"형 좀 빌려가도 되죠?"

명혜가 입을 가리고 웃고 다현도 미소했다. 화담도 자리에 도로 앉아 다이아몬드 4와 클로버 5로 이루어진 두 장의 카드를 제 이마에 붙이고 두 팔을 벌리며 웃었다.

"이 맛에 도박을 하는구나. 와우."

"두 사람 합이 좋은 것 같은데. 다현이도 썩 카드운이 좋은 편은 못 되잖니?"

의미심장하게 들리는 명혜의 말을 슬쩍 눙치며 화담은 이 기세로 다음 판 한 번 해보자며 손뼉을 쳤다. 이어진 다음 네 판은 확실히 승기가 화담 쪽으로 기울었다. 한 판을 주고 세 판을 이겼다. 너스레를 떨며 판돈을 올리자고 외치던 화담이 이윽고 하품을 하면서 게임은 접는 분위기가 되었다.

카드를 정돈하는 화담에게 명혜가 오늘부터 집에서 지내라고 말했다.

"인후 군이 수원에 간 게 이틀 전이라지? 내일쯤은 올라올 성싶은데 그 전에 집을 비워줘야지."

"안 그래도 그럴 참이었어요. 내일 일찍 가서 짐 좀 챙겨두고 일 끝나고 오면서 가지고 올게요."

화담이 순순히 대답했지만 명혜는 그것조차 단속했다.

"짐은 내일 신 기사 시켜서 챙겨오게 할 테니까 따로 드나들 것 없어. 그리고 인후가 다시 영국으로 나가도 네가 그 집에 돌아가는 건 생각해 봐야겠구나."

화담은 카드를 종류별로 모으던 손을 멈칫하며 명혜를 바라보았다. 명혜는 교묘하게 시선을 피했다.

"애초에 네가 여기서 나간 이유가 소현이 때문 아니었니? 이제 그 아이도 미국에 있으니까. 공부 욕심이 많은 아이니 금명간에 돌아올 리는 없어."

"제가 여기로 들어온 거 알면 좋은 낯 안 할 거예요."

"시샘 좀 부리겠지. 하지만 기다렸다는 듯이 들어오는 건 아니잖아? 소현이가 미국에 간 지도 벌써 이 년이 넘었는데. 다현이가 머잖아 중국에 갈 거란 것도 알고. 완강하게 싫다고는 못할 테니 두고 보렴."

화담 또한 다현까지 떠나면 명혜를 위해서라도 한남동에 들어올까 생각해보긴 했다. 다만 그 생각은 어디까지나 다현의 바이크 사고 전에 한 것이었다.

화담은 카드 정리를 재개하면서 힐긋 다현 쪽을 쳐다보았다. 완쾌하는 데 오륙 주 정도 잡은 부상들. 별일 없다면 8월 말까지는 완쾌해서 북경으로 갈 테지만······.

그런데도 뭔가 영 내키지 않아서 화담은 오늘 밤 여기서 지내려던 생각조차 고쳐먹었다. 일단 그녀는 손님방으로 올라가는 것처럼 하고 샤워를 마치기 무섭게 허둥지둥 명혜의 방으로 가서 노크를 했다.

"저, 조별과제 때문에 당장 가봐야겠어요."

"컴퓨터가 필요한 거라면 소현이 방에 있는 걸 쓰지 그러니? 안 되면 다현이한테······."

"아뇨, 제 노트북에 있는 자료가 필요해서요. 문서 만들던 것도 있고 책도 다 거기 있잖아요."

"그럼 신 기사한테 가져오라고 하면 되지."

"아뇨, 제가 얼른 가는 게 낫겠어요. 안 그래도 조원들이 기다리고 있거든요. 아주머니, 저 내일 오든가 할게요."

화담은 명혜가 더는 붙잡을 엄두를 못 내도록 재빨리 인사를 하고 부산을 떨며 현관으로 향했다. 다현이 아래층에서 들리는 말소리에 무슨 일인지 확인했을 땐 이미 화담이 우산을 쓰고 정원을 내달리는 중이었다.

"이렇게 되어버렸구나."

"네……."

조별과제란 말은 명혜에게는 통했을지 몰라도 다현에겐 전혀 효력이 없었다. 한 달 안으로 바삐 진도를 마쳐야 하는 계절학기 수업 중에 조별과제 같은 걸 내어준다고?

"내일이면 올 테니까 괜히 마음 쓰지 말고."

명혜 나름의 배려에 다현이 엷은 미소와 함께 고개를 끄덕였다. 다현이 듣고 있던 오디오북 볼륨을 올려주고 돌아서서 나가는 명혜를 다현이 불렀다.

"죄송한데 저 그것 좀 가져다주시겠어요, 어머니?"

"뭐 말이니?"

얼마쯤 쑥스러워하는 듯이 다현이 망설이는 것을 명혜가 물끄러미 보았더니 이윽고 그가 카드, 라고 중얼거렸다.

"아까 게임했던 그 카드 좀."

"한 벌 전부?"

명혜는 자신이 얼마쯤 짓궂게 굴고 있음을 의식했다. 과연 다현의 뺨에 홍조의 안개가 피어올랐다.

"어차피 한 벌 속에 제게 필요한 것도 들어 있으니까요."

고개를 끄덕이고 명혜는 응접실로 갔다. 얼마 후 돌아온 그녀는 다현의 머리맡 협탁에 두 장의 카드를 내려놓았다.

"좋은 꿈 꾸렴."

다현의 방을 뒤로 하고 복도로 나서면서 명혜는 퍽 생경한 기분에 젖어 들었다. 가슴에 뭉실뭉실한 구름이 들어찬 것 같은……. 그래, 꼭 자애로운 엄마곰이 된 듯한 기분이랄까.

방안의 다현은 협탁에 놓인 두 장의 카드, 다이아몬드의 4와 클로버의 5를 보면서 나직이 한숨지었다.

"뒤끝이라……."

엘리베이터에서 내린 화담은 종종걸음으로 아파트 문 앞으로 뛰어가 도어락을 해제했다. 경쾌한 해제음을 콧노래로 흥얼거리며 문을 당겨 열던 화담은 무심코 문과 함께 딸려 나오는 무언가를 보고는 화들짝 놀라 비명을 지를 뻔했다.

'으아아아, 인후 선배?'

아랫입술을 꽉 깨물어 비명을 삼키며 화담은 문틈 사이로 끼어들어 가듯이 아파트로 들어갔다.

"선배, 뭐예요, 왜 이러고 있어요?"

신도 벗지 않고 현관문에 기대앉아 있는 인후는 흔들어 봐도 좀체 의식을 차리질 못했다. 비를 맞았는지 전신이 흠뻑 젖어 현관엔 웅덩이마저 생겨 있다. 주변에 진동하는 알코올 향이 지금의 상태를 설명할 유일한 단서였다.

"세상에, 천식도 앓았다는 사람이 무슨 술을 이렇게 되도록 마셨대. 이러다 재발하면 자기만 고생이면서."

비를 맞은 것치곤 체온이 떨어지지 않았다. 몸에 술 들어간 게 있어서 그럴지도 모르겠다고 생각하며 화담은 인후의 로퍼를 벗긴 뒤 옆구리 아래로 손을 넣어 안으로 끌고 들어갔다. 자신이 돌아오지 않았다면 내내 현관에서 그러고 있었을 거란 생각에 거듭거듭 기가 막혀왔다.

"영국에서 이상한 버릇이 생겨왔군. 쯧쯧."

욕실 옆 벽에 인후를 앉혀놓고 수건을 있는 대로 가지고 나온 화담은 인후의 몸 위로 수건을 덮어 두드리는 식으로 물기를 훔쳐냈다. 그 와중에 스르륵 머리가 옆으로 기울며 보인 얼굴이 어찌나 창백한지 화담은 덜컥 가슴이 뛸 정도였다. 놀란 김에 숨은 쉬는지, 심장은 뛰는지 확인해보곤 더할 나위 없이 잘 살아 있다는 사실에 한숨을 내쉬었다.

"자기관리에선 타의 추종을 불허하는 차인후 아니었어요? 선배, 오늘 은근히 날 실망시켰다는 거 알아두라고요."

실망한 건 맞지만 그러고 있는 사이에 예전에 엄마 뒤치다꺼리를 하던 일들이 새록새록 떠올랐다. 술꾼 서강희. 어지간히 마셔선 취하지도 않았고 주사라고 해봤자 노래를 부르는 정도. 한계에 도달하면 그대로 쓰러져 자곤 했다. 화담은 새벽녘에 물 마시러 나와서 엄마가 없으면 으레 식당에 내려가 엄마를 업고 이층으로 올라오는 것이다.

그때 조금은 성가시게 여겼던 일도 지금은 추억. 지금 이 일도 나중엔 또 모르지 하며 화담은 어느 정도 물기를 훔쳐낸 인후와 다시 행군에 나섰다. 인후의 침실에 입성한 화담은 침실에 딸린 욕실에서 수건을 챙겨와 침대에 잔뜩 깔고 인후를 굴리듯이 그 위로 눕히는 데 성공했다.

"아, 힘들어. 뼈 때문인가, 보기보다 엄청 무겁네."

숨 좀 돌리고 화담은 유종의 미를 거두기 위해 인후를 돌아보았다. 옷을 갈아입히는 것까진 못해도, 젖은 옷을 벗기는 정도까지는 해야지 하며 양말에 손을 댔다.

"발가락도 예쁘네? 역시 요정과라니까. 뭐더라, 선배한테 딱 어울리는 종족 있었는데. 다크 템플러? 아니, 그건 스탄가? 맞다, 다크 엘프. 어쩜,

인후 선밴 발 냄새도 희미해."

누가 봐도 변태로 오인할 만큼 뜨거운 시선을 인후의 발에 던지다가 스스로도 좀 위험하다 싶어 머리를 흔들며 고개를 들었다. 두 번째로 도전한 것은 상의 셔츠. 양쪽 소매부터 시작해 단추를 빼는 단순작업. 마지막 단추까지 풀고 셔츠를 양쪽으로 젖혔다. 눈에 들어온 광경에 엷은 홍조가 화담의 뺨을 채웠다.

"선배, 영국에서도 운동 계속했군요."

이번엔 빗물이 고일 듯한 쇄골이라던가 실팍한 가슴, 과하지 않은 잔근육으로 덮인 복부라던가 이상적인 역삼각형 라인의 허리, 우묵한 배꼽 따위를 일일이 찬양하지 않았다.

"안 되겠어, 눈에 음란마귀가 쓰일 것 같아."

두 팔을 소매에서 빼내고 셔츠를 아주 벗기기 무섭게 시트를 끌어다 상체를 덮어주고 마지막으로 바지를 벗기려고 시도하다가 멈칫했다.

"겨울도 아닌데 바지 정도는 입고 자도……."

약한 마음이 현실과 타협을 시도한다. 그래서 그냥 시트로 덮어주고 몸을 일으키다가 끄응 소리를 내며 도로 앉았다.

"역지사지, 서화담. 내가 받고 싶은 대로 남한테 행하는 거야. 나라면 젖은 옷을 입고 자고 싶지 않을 거야. 젖은 옷을 입고 자고 싶어 하는 사람은 없지. 찜찜하니까. 하물며 여기 누워 있는 게 승준이었다고 생각해 봐. 응."

그런 경로로 화담은 인후의 허리띠에 손을 댔다. 버클을 풀고 지퍼를 내렸다. 이후엔 고개를 모로 꼬고 딴 데를 보면서 꼼지락꼼지락 임무완료. 빛의 속도로 시트로 그의 발까지 덮어준 후에야 바지를 시트 밖으로 끌어냈다. 땀 한 방울이 뚝 턱을 타고 흘러내렸다. 하얗게 불태웠다……

이걸로 자신의 도리는 다했다고 생각하며 화담이 젖은 옷가지를 주워서 일어나는데 내내 꼼짝 않고 있던 인후가 뒤척이는 듯하더니 갑자기 잔기침을 터뜨렸다. 모른 체하고 가버리기엔 기침이 꽤 길게 이어졌다. 화담은 난처한 얼굴로 눈을 깜박거리다가 몸을 돌려 침실을 나갔다.

그리고 따뜻한 물 한 컵을 가지고 되돌아왔다. 그때까지도 인후의 기침은 완전히 떨어지지 않은 상태였다.

"선배, 물 좀 마셔 봐요. 조금씩. 이크, 안 되겠네."

인후의 머리를 들어 올려 입가에 컵을 대어주었지만 입으로 들어가는 물보다 옆으로 흘리는 물이 더 많은 상황에 당황해서 자세를 바꾸었다. 머리맡으로 다가앉아 인후의 상체를 제 무릎에 얹고 그의 머리를 한 팔로 감싸 안듯 받치고서 다시 물을 마시게끔 시도했다.

"마셔요, 물이에요. 옳지, 옳지."

인후는 간간이 기침을 했지만 그 사이사이 따뜻한 물을 조금씩 들이켰다. 이윽고 컵이 빌 즈음엔 기침 소리도 거의 잦아들었다. "아주 잘했어요." 하고 화담이 생긋 웃으며 칭찬하는 순간 불현듯 인후의 눈이 뜨였다.

"……서화담?"

아슴푸레 뜬 눈은 취기 때문인지 초점이 잘 맞지 않아 평소의 예기는 전혀 찾아볼 수 없다. 하지만 바로 그래서 전에 없이 그는 온순하고도 연약한 분위기를 띠었다.

"정신 좀 들어요? 선배, 무슨 술을 얼마나……."

"너, 그만 좀 나타나."

화담의 말은 인후의 풀기 없는 짜증에 가로막혔다. 인후는 감기려는 눈을 억지로 부릅 떠가며 몸을 일으켜보려고 했지만 몇 번의 시도에도 뜻을 이루지 못했다.

"선배, 그냥 자요. 많이 취했어요."

만류하는 화담의 손목을 인후가 붙잡았다. 몸도 잘 가누지 못함에도 불구하고 그녀의 손목을 잡은 손아귀 힘은 깜짝 놀랄 만큼 억셌다. 그가 그녀를 버팀목 삼아 일어나려고 했지만 실패하는 바람에 되레 화담이 균형을 잃고 침대로 엎어졌다. 부리나케 일어나려는 화담과 아직 화담의 손목을 쥔 인후 때문에 엉겁결에 엎치락뒤치락 승강이가 일어났다.

술 취한 사람은 무거울 뿐 아니라 힘도 세다. 오랜만에 그 사실을 실감하면서 화담이 발끈해 소리쳤다.

"차인후, 그냥 좀 자, 너 취했다니까!"

"……그래서?"

꿈속에서 레슬링이라도 하는지 화담의 목 바로 아래를 팔꿈치로 눌러 제압한 채 인후가 입꼬리를 올렸다.

"술은 원래 취하라고 마시는 거란다, 꼬마야."

감길락 말락 하는 눈을 하고 웃는 인후를 보니 화가 나려다가도 푸스스 소리를 내며 꺼졌다. 화담은 예, 예하며 비위를 맞춰주기로 했다.

"네, 차인후 씨, 소기의 목적을 훌륭히 달성하셨으니까 이젠 좀 주무세요. 이 몸은 더 이상 방해하지 않을 테니까요."

"방해……."

눈을 감고서 그 말을 되뇌는가 싶던 인후가 다시 눈을 떴다. 몇 번이나 눈을 깜박이다가 초점이 얼핏 맞는 어느 순간 그가 중얼거렸다.

"너 나 좋아하냐?"

"좋아하지요, 암요, 좋아하고말고요. 전에도 몇 번이나 말했는데 기억 못 해요, 선배?"

인후는 고개를 끄덕이나 싶더니 가로저었다. 가로젓나 싶더니 끄덕인
다. 혹시 이러다 토하는 거 아닌가 하며 화담이 불안하게 올려다보는데
인후가 입을 열었다.

"나는 너 싫어."

"어머, 저런."

"꼴 보기 싫어, 정말로. 정말이야. 그러니까…… 내 앞에서 좀 사라
져……."

흔들거리던 머리가 가까워진다 싶더니 그대로 풀썩 인후는 침대 위로
쓰러졌다. 얼마 안 있어 잠든 사람 특유의 색색거리는 숨소리가 들려왔
다.

화담은 어쩌다 보니 그에게 상체를 얼마쯤 깔린 상태이다. 다행히 인
후가 그토록 꽉 붙들고 있던 손목을 쥔 손에 힘이 풀려 이젠 빼낼 수 있다
는 것을 확인했다. 그럼에도 잠시 동안 그녀는 그대로 누워 천장을 올려
다보고 있었다.

"취중 진담……."

흔히들 그런 말을 하는데. 화담은 천천히 고개를 돌려 제 옆에 놓인 인
후의 머리를 보았다. 얼굴은 보이지 않고 새카만 머리카락 사이로 귀가
보일 따름이다. 매끈한 귓바퀴하며 너무 얇지도 두껍지도 않은 둥그런 귓
불까지, 마치 귀의 표본이란 이런 것입니다 하고 보여주는 듯한 예쁜 귀.

그 귀에 대고 화담이 물었다.

"역시 그게 진짜 선배 속마음인 거죠?"

이튿날 아침. 인후가 주방에 들어가니 구미를 돋우는 알싸한 국 냄새
가 떠돌고 있었다. 갈증부터 잡을 참으로 연달아 두 컵의 물을 마시면서

가스레인지 위의 냄비를 보고 있는데 가까이에서 부스럭거리며 인기척이 났다.

"어? 알아서 깼네요, 선배?"

돌아보니 화담이 활력 가득한 눈을 빛내며 머리를 까딱하는 것으로 아침 인사를 했다. 냉장고에서 다른 물병을 꺼내 물을 따르는 그녀는 조깅이라도 다녀오는 참인지 입고 있는 빨간 셔츠의 등판이 흠뻑 젖어 있었다.

화담은 컵 가득 따른 물을 들이켜고 손등으로 입을 훔치며 그에게 씩 웃었다. 전에 한창 그을린 그녀의 살갗을 보고 커피땅콩이니 뭐니 했지만 이제는 7월에 접어들었어도 말간 베이지 정도. 그것이 건강한 혈색이며 땀과 어우러져 유난한 싱그러움을 뿜어내 본래보다 훨씬 밝은 느낌을 준다.

"푸른 선배는 영국 한 번 나갔다 오면 시차 때문에 일주일이 넘게 죽는 소리를 하던데 선배는 전혀 그런 게 없네요. 좋은 일입니다."

엄지를 척 세우며 고개를 끄덕거린 화담이 좀 이르긴 한데 식사를 하겠느냐고 물었다.

"해장해야죠, 술이 좀 과한 것 같던데."

"씻고 와서."

"그래요, 그럼. 나도 샤워 좀 하고. 꼼지락거리면 나 혼자 다 먹어버릴지도 몰라요."

경고를 던지고서 화담이 먼저 주방을 나갔다. 인후는 물을 더 마시고 물병을 냉장고에 넣으면서 반질거리는 조리대에 비친 자신의 모습을 보았다. 괜히 확인했다. 얼마나 엉망인진 보지 않고도 뻔한 것을. 그나마 파자마 바지라도 입고 있었던 것을 다행으로 여기며 그도 주방을 나갔다.

인후가 최대한 말쑥한 모습으로 주방에 되돌아왔을 때 화담은 젖은 머리를 풀어 내린 채 콧노래를 흥얼거리며 국을 뜨고 있었다. 수저 좀 놓으라는 그녀의 말에 인후가 식탁에 수저를 늘어놓고 국도 가져왔다. 잠시 후 화담이 왼쪽 의자에 와 앉으면서 어서 들어요, 하고 손짓했다.

"괜찮아요?"

인후가 국부터 한술 떠 삼키는 것을 보고 화담이 확인하듯 물었다. 인후가 고개를 끄덕이자 그녀는 앞에 놓인 고춧가루 통을 가리키며 넣고 싶으면 넣으라고 말했다. 그러고서 자신의 국에는 반 숟가락쯤 고춧가루를 풀었다. 맑은 소고기뭇국이 금세 빨갛게 물들었다. 그녀가 한 플라스틱 머리띠만큼은 아니지만.

"언제 온 거야? 어제부터 한남동에 들어간 줄 알았는데."

인후의 질문에 화담은 입 안에 든 걸 삼키고 대답했다.

"그렇게 될 뻔했어요. 하지만 과제 때문에 허겁지겁 돌아왔죠. 근데 그건 누구한테 들었어요?"

"누구겠어. 푸른이지."

"역시 강푸른. 정보의 물류센터."

혀를 내두르고서 화담은 크게 한술 뜬 밥을 입에 넣었다. 어디서 뭘 먹든 매우 맛있는 것을 먹는 것처럼 보이는 그녀의 재주를 감상하다가 인후는 껄끄러운 주제를 언급했다.

"어젯밤 일이 잘 기억이 안 나서 그러는데, 혹시 내가 너한테 무슨 실수 같은 건 안 했어?"

"했어요!"

단호하게 외치며 화담이 쏘아보는 바람에 인후는 움찔했다.

"어떤 실수를······."

얼굴색이 바뀔 정도로 긴장하는 그를 빤히 보면서 화담은 물을 마셨다. 그리고 물컵을 내려놓으며 절대 말하지 않겠다고 굳게 맹세했다.

"뭐? 왜?"

"왜긴 왜에요, 나도 선배 약점 하나 잡고 있어야죠. 차인후 씨, 앞으로 내 앞에서 행동 조심하는 게 좋을 거예요."

인후의 뺨을 툭툭 건드리며 어디서 본 양아치 흉내를 낸 화담은 이내 낄낄거리며 맛나게 밥을 먹었다. 정말 무슨 일이 있었던 건지, 기회를 잡아 놀리는 건지 알 수가 없어 식사를 재개하는 인후의 심사는 복잡했다. 필름이 끊길 정도로 마신 건 어제가 처음이었는데 하필 그때 화담이 한 공간에 있었다는 게 영 께름칙했다.

"수원에 간 일, 뭐가 잘 안 됐어요?"

식사를 끝내고 식탁을 치우면서 화담이 지나치는 말처럼 물었다. 이런 경우 인후는 보통 단답으로 대꾸하며 마뜩찮은 화제를 끊어버리곤 했다. 더 알려들지 마, 라는 경고였고 그러면 화담은 잘 알아듣고 더는 묻지 않았다. 오지랖이 넓은 듯하면서도 어떤 면선 칼같이 자르는 그녀의 동물적인 균형감각을 오랜만에 확인할 때, 라는 생각과 별개로 인후의 눈동자는 짧은 사이 빠르게 춤을 추었다.

"으음. 조금 곤란한 일이 생겨서."

인후의 대답에 화담은 동작을 멈추고 그를 쳐다보았다. 덤덤한 얼굴로 빈 그릇을 싱크대에 가져다 두면서도 인후는 그녀의 시선을 의식했다. 그는 분명히 공을 네트 너머로 넘겼다. 그 공이 인이 될지 아웃이 될지는 화담의 몫이다.

"어떤 곤란한 일이요?"

인. 그리고 다시 공은 그에게 넘어왔다. 인후는 고무장갑에 손을 끼워 넣으며 얼마쯤 뜸을 들였다가 말했다.

"나, 조만간 약혼할지도 모르겠어."

"네에?"

화담의 목소리가 높게 뜨더니 잠시 후 싱크대로 다가와 그의 얼굴을 들여다보며 정말이냐고 물었다.

"누구 사귄다는 말 못 들었는데, 그런 사람 있었어요? 와, 그게 사실이면 푸른 선배가 실은 엄청 입이 무거운 사람인 거네요! 유주얼 서스펙트 급반전! 대체 어떤 사람이에요?"

인후는 가늘게 한숨을 섞어 중얼거렸다.

"그런 사람 없으니까 푸른일 다시 볼 필요도 없어."

"네? 그럼 약혼할지도 모른다는 말은…… 설마 말로만 듣던 정략결혼?"

그건 부정하지 않는다. 화담은 도무지 이해할 수 없다는 표정이 되었다.

"진짜 정략결혼? 선배가요? 선배가 뭐가 부족해서?"

"부족한 것 없어. 바로 그게 마음에 안 드는 모양이야."

인후는 싸늘한 미소를 띠며 보이지 않는 누군가를 향해 이죽거렸다.

"호적에서 파버리겠다더군."

"뭐 그런 게 다 있어요! 선배가 무슨 잘못을 했다고. 아니 사람이니까 잘못을 할 수도 있겠지만 아무렴 선배가 아무 이유도 없이 잘못을 할 리가 없잖아요."

자초지종에 대해 전혀 모르는 상황에서도 화담은 인후의 역성을 들었다. 어쩌면 맹목적이라고 해도 좋을 그 신뢰에 인후는 쓴웃음을 짓고서 화담을 돌아보았다.

"어때, 서화담? 혹시 내가 도와달라고 하면……."

"도와줄게요, 당근!"

말이 채 끝나기도 전에 화담이 대답했다.

"뭘 도와야 할지도 모르면서 장담부터 하기야? 사람을 죽이자고 하면 어쩌려고."

"선배가 죽일 각오까지 하는 사람이라면 두말할 것도 없이 나쁜 놈이 겠죠."

너무도 선연한 맹목에 인후의 입가가 가볍게 떨렸다.

"너 나랑 6년 만에 만난 거잖아. 내가 그동안 어떻게 변했을지 생각해 본 적 없어? 6년은 긴 시간이야."

화담은 인후의 눈을 똑바로 마주하면서 그가 한 말에 대해서 생각했 다. 답은 이미 정해져 있었다. 6년 전부터. 인후의 말처럼 그는 그간 변했 을지도 모른다. 하지만 화담에게 중요한 건 그런 게 아니었다.

"선배는 내 히어로예요. 나는 그런 선배 팬이고요. 선배가 설사 안티 히어로가 된다고 해도 등 돌릴 생각 없어요. 진짜 팬은 그런 거예요."

상대가 원치 않는 인연을 이어갈 생각은 없다. 하지만 인연이 끊어져 도 화담은 인후의 앞날을 응원할 수 있다. 그것이 팬의 자세이다. 6년간 의 공백기 동안 그랬던 것처럼.

인후가 실소를 지었다. 눈은 웃지 않고 입가만 일그러뜨리며 짓는 미 소는 화담의 대답을 그가 탐탁찮아 한다는 것을 드러냈다.

취중 진담. 그런 생각과 함께 화담은 오랜만에 마음속 동굴에서 찬바 람이 강하게 이는 걸 느꼈다.

'방해밖에 안 돼.'

언젠가 바람결에 들었던 목소리가 되풀이되면서.

"헤헷, 내 마음이 그렇다 이거예요. 무슨 일이건 돕고 싶긴 한데, 전에 그랬듯이 괜히 더 걸리적거릴까 봐 겁나네요. 그놈의 우산 들고 설치다가 선배 햇빛 알레르기만 심해져서 병원 신세 지게 만든 걸 생각하면······."

머리를 긁적이며 자리를 뜰 궁리를 하는 화담을 딱 안성맞춤으로 구해 주려는 손길이 있었다. 불쑥 그녀의 휴대전화가 울려대서 알람인가 하고 확인해 보니 승준의 전화였다. 죽마고우의 텔레파시라는 게 있는지 내심 놀라워하며 화담은 인후에게 양해를 구했다.

"지닥터 전화네요. 슬슬 학교 갈 준비도 해야 하니까 이야기는 나중에 해요, 선배."

걸음을 떼며 화담이 막 전화를 받으려는 순간, 휴대폰 화면을 가리는 손이 있었다. 그것이 세제 거품이 묻은 장갑 낀 손이다 보니 화담은 히스테리컬하게 소리를 질렀다.

"선배!"

세제 거품이 뚝뚝 떨어지는 장갑으로 화담이 산지 일 년도 안 된 아이폰을 붙잡는 폭거를 저지르고도, 인후는 눈 하나 깜짝 안 하면서 화담에게 물었다.

"돕는다, 이거지?"

"그러겠다니까요, 그러니까 당장 이 손······."

치우라는 말이 혀끝까지 밀려왔다가 마주한 인후의 눈빛에서 본 무언가에 굳어졌다. 경쾌한 포크송의 가사가 런, 런, 런 하고 세상 끝까지 달려가라고 흥겹게 외쳐대는 속에서 인후와 화담 사이엔 묵직한 긴장감이 감돌았다.

"내가 도와야 할 일이 어려운 일이에요?"

"······어렵다면 어렵지. 특히 지금 네 목소릴 기다리고 있는 누군가에게 거짓말을 해야 할 거야. 그럴 수 있겠어?"

화담은 살짝 눈살을 찌푸렸다가 흥 하고 코웃음 쳤다.

"왜요, 무주촌뜨기는 거짓말도 못할까 봐? 나도 거짓말 정도는 해요. 하얀 거짓말부터 아슬아슬할 정도로 찐한 회색 거짓말까지. 선배가 보기엔 가소로울지 몰라도 나도 나이 허투루 먹은 건 아니거든요."

제법 도도한 화담의 거들먹거림에도 인후는 입꼬리를 약간 올리는데 그쳤다. 정말로 가소로워 보여 저러나 하고 화담이 쏘아보는데 인후는 가만히 눈을 내리깔고 화담의 휴대전화를 응시했다. 고지식한 승준답게 전화는 딱 안내멘트로 넘어갈 즈음이 되어서야 끊어졌다. 사오 초쯤 지나자 다시 같은 노래가 울려 퍼졌다.

"끈질기군."

"성실한 거죠."

화담의 두둔에 인후가 눈길을 들어 그녀를 보았다. 또다시 아까 그녀의 말을 멈추게 한 무언가가 그의 눈가에 어른거렸다. 그것은, 한겨울의 이른 아침에 집을 나선 순간 사방에서 화악 밀려오는 쨍하게 얼어붙을 것 같은 공기와도 비슷하다. 몸이 조여들며 저도 모르게 숨죽이게 만드는.

"성실한 녀석을 고의로 속여야 하는데, 그래도 괜찮다고?"

위협이 내포된 질문에 화담은 비로소 조금 망설여졌다. 도무지 읽기 힘든 인후의 눈빛을 향해 그녀가 물었다.

"그건 선배 대답에 달려 있어요. 내가 선배를 돕는 일로, 승준이에게 피해가 갈 수도 있나요?"

인후의 눈이 가늘게 휘어졌다. 이어서 얼굴에 퍼진 엷은 미소와 함께 그가 고개를 저었다.

"아니."

그제야 화담도 안심했다는 듯 고개를 끄덕였다.

"그럼 괜찮아요. 우린 친구이기 이전에 개별 인격체인 걸요. 겹치지 않는 부분에서 각자 인생을 사는 걸, 모조리 알릴 필요는 없다고 생각해요."

제 소신을 밝힌 뒤 화담은 못내 궁금한 얼굴로 물었다.

"그래서, 내가 도와야 할 일이란 게 뭐예요?"

방금 전 얼굴을 장악한 미소를 그대로 담은 채 인후가 말했다.

"나랑 약혼하자, 서화담."

5.

매머드의 고뇌

7월 첫 주의 목요일은 서화담 인생에서도 보기 드문 실수 연발 대잔치였다. 학교 가려고 탄 버스에서 멍하니 있다가 내릴 곳을 다섯 정거장이나 지나서 허둥지둥 돌아간 걸 시작으로 강의실을 잘못 들어가고, 점심먹을 땐 샌드위치 포장지를 반이나 먹고 그 직후의 강의엔 오전 수업 교재를 챙겨갔다. 칼국수집에 일하러 가선 주문을 연달아 실수하질 않나, 설거지 다 마친 그릇들을 옮기다 바닥에 와르르 쏟질 않나, 오죽 불안해 보였으면 나중엔 음식 내가는 건 하지 말라는 소리까지 들었다.

긴 하루가 얼추 끝나고 집으로의 귀환은 거의 무의식에 맡겼다. 그러다 퍼뜩 정신을 차린 것은 엘리베이터에 올라타 층수를 누르기 위해 손을 뻗은 때였다.

"맙소사, 여기로 오다니!"

6년의 습관은 화담을 당연하다는 듯이 인후의 아파트로 인도했다. 화담은 엉엉 울고 싶은 기분으로 허둥지둥 엘리베이터에서 내렸다. 그나마 11층에서 내려 문 앞까지 안 간 게 어디냐 위안 삼으며 걸음을 재우치던 그녀는 로비 중간에서 누군가와 딱 맞닥뜨리는 불운까지 겪었다.

"오, 마성의 미녀! 어딜 그리 바삐 가는 길이냐?"

여름을 맞이해 알록달록한 하이비스커스 꽃무늬로 넘쳐나는 연분홍 반팔 슈트를 입을 수 있는 용자, 강푸른. 이 또한 인후가 아닌 게 어디냐 위안할 수도 있겠지만 푸른의 가볍고 빠른 입을 생각하면 두려움이 해일처럼 밀려왔다. 화담은 일단 만면의 미소와 함께 인사를 했다.

"굿 이브닝, 선배. 인후 선배 만나러 왔나 보네?"

"응, 왔다는 소리 듣고 공항에서 휭하니 날아왔지."

"어디 놀러 갔다 왔나 봐? 그러고 보니 좀 탄 것 같다."

푸른은 그 말에 깜짝 놀라서 휴대폰을 꺼내 제 얼굴을 이리저리 비춰보았다.

"역시 바닷가는 완벽 방어가 안 돼. 어이, 너도 너무 일만 하지 말고 바닷가도 좀 가고 그래. 제주도 물 좋더라. 이 오빠 별장 있으니까 비행기표만 사서 놀다 오라니까?"

"그래, 다음에 기회 되면."

"그놈의 다음에, 다음에. 이러다 아예 십 년을 채워라? 비싼 녀석 같으니."

입술을 비죽거리던 푸른은 문득 뭔가 떠올랐는지 고개를 갸웃하며 화담을 새삼스레 쳐다보았다.

"근데 네가 여기 왜 있냐? 오늘부터는 한남동에 있어야 하는 거 아닌가?"

"아, 그게 뭣 좀 가……."

가지러 왔다 가는 길이라고 말해봤자 푸른이 올라가 인후를 만나면 금세 들통날 거짓말. 화담은 둘러대는 대신 이실직고해서 광명을 찾기로 했다.

"실은 나도 모르게 발이 이리 온 거야. 영 안 풀린 날이라 이제 다 끝났구나 하고 지쳐서 방심했더니 그만."

"저런, 저런. 천하의 서화담 양이 그런 실수를 다?"

아니나 다를까 능글맞게 웃으며 푸른은 놀릴 의욕으로 가득 찼다. 거기에 대고 화담은 두 손을 착 모아 빌었다.

"부탁이야, 이건 선배랑 나만 아는 사실로 하자. 응?"

"오올, 안 그러던 녀석이 갑자기 왜 이러실까? 누구 눈치를 보는 거지? 누구일까나, 혹시 차 모 씨 때문인가?"

그 세밀한 이유야 어찌 됐든 푸른의 지적은 정확하다. 화담은 속으로 이를 갈면서 푸른에게 다시 한 번 부탁했다.

"덮어주라, 응? 그럼 그 대신에……."

"대신에?"

기왕 흥정하는 거 화담은 크게 내주기로 결심했다. 여장부 서강희의 무남독녀답게 호탕하게!

"날 꺽정이로 불러도 좋아."

"오늘 하루만?"

"기한 없음. 오케이?"

"오케이, 딜!"

찡긋 윙크까지 하며 푸른은 신이 나서 깨춤을 췄다. 세상 참 즐겁게 사는 사람이다.

호탕하게 내어주고 속으로 한 몇 년 늙은 기분으로 화담이 터덜터덜 로비를 나가는데 푸른이 불러 세우더니 뭔가를 던져주었다. "나이스 캐치!"라는 푸른의 감탄과 함께 받아든 것을 보니 제주도산 감귤 초콜릿.

"껵정아, 너 어째 좀 말라 보인다. 잘 먹고 다녀. 이 오빠가 조만간 고기 한 번 쏘마."

"됐네요, 선배 썸녀들한테나 잘하셔."

"지금도 너무 잘해서 곤란해."

한동안 사귀던 미모의 모델과 깨진 후 푸른은 현재 공식적인 썸녀만 네 사람이다. 공식적이라고 말할 수 있는 건 그 썸녀들이 서로의 존재를 다 알고 있는 까닭. 화담으로선 불가사의지만 그런 공개경쟁을 통해서라도 푸른을 얻으려는 여자들이 있다. 어디 한 군데 모자라면 그런가 보다 하겠는데 다 멀쩡한 걸 넘어 퀸카로 추앙받을 만한 여자들이다.

답이 없다는 뜻의 한숨을 내쉰 뒤 초콜릿 잘 먹겠다고 손을 흔들어 인사하고서 화담은 돌아섰다. 푸른은 화담이 아주 건물을 나갈 때까지 지켜보다가 발길을 돌렸다.

"쟤 한남동에 가기 싫어서 저러는 거 아냐?"

속사정을 모두 아는 게 아니니 푸른의 추측은 그 방향으로만 뻗어나갔다. 그리고 그 추측을 잠시 후 거실에서 책을 읽고 있던 인후를 보기 무섭게 쏟아냈다.

"화담이 여긴 안 올라왔지? 역시 그 녀석도 심사가 복잡하긴 한 모양이야. 여자구나, 확실히."

인후는 별 관심 없다는 듯 책으로 다시 시선을 돌렸지만 눈을 깜박이는 속도가 현저히 빨라진 것이 푸른의 눈에 잡혔다. 푸른은 씩 웃으며 인후의 맞은편 소파에 앉았다.

"내일 우리가 한남동 가서 다현이랑 좀 놀아주다가 거기서 묵고 토요일 아침에 화담이 데리고 튈까? 머리 복잡할 때는 바다가 최고잖아. 아까 안 그래도 제주도 이야기했는데 거기로 가도 좋겠다, 어때?"

"네가 가고 싶어서 화담이 핑계 대는 거 아냐?"

심드렁한 인후의 대꾸에 푸른이 발끈해서 따졌다.

"야, 나 세 시간 전만 해도 제주도에 있었거든? 아까 통화할 때 제주도라고 했잖아, 벌써 까먹었냐?"

인후는 거기엔 묵묵부답으로 책 페이지를 넘겼다.

"쓸데없는 정보라고 한 귀로 흘렸다 이거지? 너는 인마, 사람이 무심한 걸 넘어서 기본 예의가 없어. 그러니 너한테 사람이 오래 붙어 있질 못하는 거야."

역시나 듣는 시늉도 안 하는 걸 보면서도 푸른은 낙숫물이 돌 뚫는다는 심정으로 가시 같은 말을 던졌다.

"지금이야 스스로가 완전체 같지? 나중에 나이 들고 문득 외로워졌을 때 주위를 보면 뭐가 있을 것 같냐? 풀 한 포기 없는 사막에 홀로 있는 바오밥나무를 떠올리라고, 차인후."

그 말은 인후도 꽤 진지하게 생각하는 눈치다.

"그 나무처럼 오래 살 수 있다면 세상에 대한 궁금증도 꽤 많이 풀릴 텐데. 부러워."

"야, 야, 지금 그 나무를 부러워하라는 게 아니라…… 어우, 말을 말자."

두 손 들고 일어난 푸른이 주방으로 가 맥주를 양손에 두 병씩 끼고 돌아왔을 때 인후는 책이 아니라 휴대전화를 들여다보고 있었다. 맥주 마실 거냐는 푸른의 말에 손을 내밀어 병을 건네받으며 인후가 말했다.

"제주도, 가도 상관없어."

"응?"

무슨 심경의 변화지 하고 의아해하며 맥주 뚜껑을 돌리다 불쑥 동작을 멈추고 푸른도 휴대전화를 손에 들었다. 잠시 후 그가 쯧쯧 혀를 찼다.

"오전부터 비 쏟아진다는구만, 장난하냐?"

검색해 보니 제주는 모레인 토요일 오전부터 비, 오후에도 비, 밤에나 갠다고 한다. 하물며 일요일에도 비와 구름이 오락가락한다는 일기예보. 맥주를 쭉 들이켜며 다시 책을 한 손에 든 인후가 말했다.

"비 내리는 바다를 구경하는 것도 운치 있잖아."

"너 같은 별종이나 그렇지."

"네 기준으론 서화담도 별종이잖아."

"흐음. 아무튼 동참 의사 있는 건 확인했다?"

인후는 분명히 고개를 끄덕였다. 푸른은 당장 제주도의 별장 관리인에게 전화를 걸어 몇 가지 당부를 했다.

"네, 토요일 점심 준비도 해주시고요. 인원은 셋, 아니 넉넉히 네 사람 정도 생각해서요. 다른 건 알아서 할게요. 네. 부탁할게요."

"왜 넷이야?"

전화를 끊는 푸른에게 인후가 묻자 푸른이 찡긋 윙크와 함께 새끼손가락을 들어 보였다.

"기왕이면 남녀 숫자가 맞는 게 좋잖아?"

"그런 속셈이면 밤엔 딴 데서 자. 분위기 흐리지 말고."

손님 주제에 주인더러 당당하게 나가서 자라고 요구하는 것에 한 번쯤 꼬장을 부려볼 법도 하건만 푸른은 선선히 고개를 끄덕였다.

"알았어, 분위기가 그쪽으로 흐르면 드라이브 간다고 빠질 테니까 그리 알아."

인후는 맥주를 마시며 푸른을 힐긋거리곤 다시 책으로 시선을 던졌다. 찰나이긴 해도 그 한심해하는 눈빛, 그간 숱하게 받아온 푸른은 귀신같이 알아챘다.

"너 지금 나 저속하다고 생각했지? 야, 평생 동정으로 살 거 아니면 그렇게 고상한 척하지 마. 꼭 너처럼 금욕주의자 행세를 하는 것들이 알고 보면 호박씨를 트럭으로 까더라. 내가 아주 너 벼르고 있다는 거 알아라. 응?"

"벼르든지 말든지."

빈정거리는 미소를 감추지 않으며 인후는 빈병을 내려놓고 새 병을 들었다. 푸른도 첫 병을 비우기 위해 기세를 높이면서 인후의 얼굴을 유심히 쳐다보았다. 남자 치고 입술이 저렇게 빨간 사람들, 열에 아홉은 주색에 도가 텄다는 걸 경험상 체득하고 있다. 이미 술에는 눈을 떴는데, 과연 색에는 어찌 되는지 두고 보자며 푸른은 씩 웃었다.

또 다현이 정원에 나와 있었다. 이번엔 화담을 기다렸다는 것을 감추지 않고, 가까이 가자 "어서 와."하고 미소했다.

"조금 늦었네. 길이 좀 붐볐나봐?"

"어딜 좀 들렀다 오느라고. 들어갈 거야?"

"많이 피곤해?"

"아니, 그 정도는 아닌데."

"그럼 정원 한 바퀴만 같이 돌지 않을래?"

특유의 선한 미소와 더불어 부드럽게 부탁하는 목소리를 거절하는 것은 아무래도 어렵다. 가방을 벤치에 내려놓고 화담은 다현의 휠체어를 밀며 산책에 나섰다.

어제 내린 비로 한껏 깨끗하게 씻긴 하늘은 서울답지 않게 별이 많았다. 보름에서 한 며칠 모자란 달도 말갛게 빛나고 있는 가운데 정원의 가장자리를 따라 넝쿨을 이룬 장미나무에선 늦게 만개한 흰 장미들이 한껏 향을 발하고 있었다. 여러모로 근사한 밤이었다.

"산책하기 좋은 밤이지?"

왠지 속을 읽힌 느낌에 화담은 응, 하고 짧게 대꾸했다.

"여름엔 장미가 피니까 참 좋아. 장미가 만발할 때 그 향에 취해 밤 산책을 하고 있으면 덩달아 나도 더 나은 사람인 것 같은 기분이 들거든. 전혀 근거가 없는 믿음이겠지만 괜히 내가 더 가치 있고 우아한 존재가 된 것처럼 느껴진달까. 음, 이런 거 이해가 가?"

다현이 어깨너머로 돌아보며 물었다. 그가 고상한 취향을 갖춘 섬세한 사람인 것은 변함없다. 그런 면이 서윤과 닮아서 친하게 지냈으면 하고 바라던 때도 있었다. 약간의 유감스러움을 느끼면서 화담은 대답했다.

"어떤 건지 조금은 알 것 같아."

다현은 다행이라는 듯 빙긋 웃고 다시 앞을 보았다.

그 후 그는 밤의 장미향에 푹 빠졌는지 출발한 곳으로 거의 다 와 갈 때까지 내내 조용했다. 돌벤치가 가까워지는 것에 안도하면서도 속으로 화담은 내일부터 본채의 손님방 대신 아틀리에에서 묵을 궁리를 하고 있었다.

그럴 게 아니라 차라리 무주에 갈까? 두 친구가 공부 때문에 눈코 뜰 새 없이 바쁘긴 하지만 밥은 먹고 살 테니까. 예고 없이 서윤의 자취방에 나타나면 그게 또 나름의 서프라이즈 이벤트가 될 테고.

요즘도 화담은 한 달에 한 번씩은 무주에 내려간다. 승준이 예과 2학년이던 작년까지는 그도 곧잘 서울에 올라와 못해도 한 달에 두 번은 만나곤 했지만 골학骨學 스터디를 하던 지난 겨울방학부터는 통 시간을 못 내서 화담이 내려가야 만날 수 있었다.

그마저도 오월 들어 강희의 기일을 맞아 내려갔을 땐 두 친구의 중간고사 기간과 겹쳐 제대로 얼굴도 못 봤다. 유월에 내려갔을 땐 승준이 유행성 장염에 걸려서 약 먹고 자는 것만 실컷 보고. 먼저 장염에 걸렸다 회복 중이던 서윤도 얼굴이 말이 아니라 놀자고 말할 계제가 아니었다.

이제 칠월, 화담은 생일을 며칠 앞둔 다음 주 주말에나 내려갈 계획이었지만 한 주 더 빨리 가도 상관없다고 생각했다. 까짓 생일이 별건가. 그냥 밥 한 끼씩 하는 거지.

'마냥 여기 있는 것보다는 낫겠어. 아, 갑자기 소현이가 다 그리워지네.'

이런저런 생각들로 명절 닥친 시장통 같은 화담의 마음에 첨벙, 돌 던지는 소리가 났다. 다현이 입을 연 것이다.

"한참 전부터 이런 밤에 같이 산책하면 어떨까 생각했었는데, 그게 결국 이런 식으로 이뤄지네."

그의 등을 보고 있기에 화담은 얼굴에 드러난 불편한 감정을 감추지 않았다. 다현이 아쉬움이 흠씬 배인 목소리로 말을 이었다.

"제대로 사과하고 이제라도 모든 걸 원점으로 돌릴 수는 없을까, 다시 처음 만났다고 치고 앞으로 잘해보자고 하면 네가 들어줄까, 그런 걸 수도 없이 생각했어. 하지만 마음뿐이었고 행동에 옮기진 못했어. 사람들 앞에서 겸손하고 사람 좋은 체하는 것도 다 허울인 거지. 내가 잘못한 일에 사과하는 거, 그 간단한 일도 못하는 녀석이 말이야."

돌벤치 옆에 이르렀다. 화담은 휠체어를 세우고 가방을 가져와 어깨에 걸쳤다. 다현의 고해성사가 그쯤에서 끝났으면 좋겠다고 생각했지만 그녀의 생각대로는 되지 않았다. 고개를 돌리자 다현이 그녀를 바라보고 있었다.

"보다시피 이런 꼴이 되어서야 겨우 용기를 냈어. 이번 일이 어쩌면 내게 행운이었을지도 몰라."

웅변은 은이고 침묵은 금이다. 아마 그런 말이 있는 걸로 화담은 기억했다. 그런 이유로 침묵, 그 자체를 그녀의 답으로 여겨주길 바랐다.

하지만 이제 다현을 보면서 화담은 제 손으로 칼같이 끊어버리기로 마음먹었다. 다현의 눈빛에서 그가 자신의 고백에 거는 희망 비슷한 것을 엿보았기 때문이다.

'내가 응할 여지가 있다고 생각하는 거야? 저번에 그런 말을 듣고도? 대체 무슨 생각이지?'

그렇게 묻고 싶은 걸 속으로 억누르며 화담이 차분히 입을 열었다.

"형이 일전에 한 말에 대해 내가 여태 아무 말도 하지 않은 건, 형이 그런 무반응을 대답으로 해석할 수 있을 거라고 생각했기 때문이야. 혹시 그걸 내 나름의 심사숙고라고 받아들였다면, 오해한 거야. 한 치의 어긋남도 없는 오해."

묘하게 담담하게 바라보는 다현의 표정에 오히려 화담이 초조해져서 재차 못 박았다.

"나는 남다현이란 사람을 남자로 생각해 본 적이 단 한 번도 없어. 나는 오래 사귄 남자친구도 있고."

다현이 고개를 끄덕이며 부드럽게 미소를 지었다.

"알아. 그런 기미가 있었다면 누구보다도 내가 먼저 알았을 테니까. 나, 조급하게 생각하지 않아. 다만 이제부터라도 네가 날 남자로 볼 여지를 갖는 것. 그것으로 충분해."

"내 말을 절반만 들었나 보네. 나는 승준이 이야기도 분명히 했거든? 형은 걔가 나한테 남자가 아니니 뭐니 했지만, 승준인 남자야, 분명히."

다현은 눈살을 찌푸린 화담을 바라보며 감춰둔 입술을 가볍게 빨았다. 이 말을 어떻게 꺼낼까 하고 고심하는 느낌에 화담은 좀 의아해졌다. 그는 난감해하고 있었다. 그건 승준이라는 막강한 라이벌 때문은 아니었다.

"미리 말해두지만 엿듣고 싶어서 엿들었던 건 아니야."

엿듣다니, 뭘? 저도 모르게 화담이 정색을 하며 허리를 곧추세웠다.

"기억하는지 모르겠지만 2년 전 성년의 날을 며칠 앞둔 주말엔 서울에 내내 비가 왔었어. 그때 지승준이 널 보러 서울에 왔었고. 넌 지승준을 온실로 안내했었지."

화담의 눈이 휘둥그레 커졌다. 까맣게 잊고 있었던 일이 다현의 말로 순간 생생하게 뇌리를 때렸다.

그의 말대로 2년 전 성년의 날을 사흘 앞두고 승준이 서울에 올라왔다. 승준은 한남동 저택으로 왔다. 그도 그럴 것이 승준은 화담이 줄곧 한남동에서 사는 줄 알기 때문이다. 화담이 한남동에서 나가 인후의 오피스텔에서 반년쯤 살다가 인후가 영국으로 떠난 후 그의 아파트로 옮겨 방 한 칸을 빌려 쓰며 살았다는 건 서윤만 안다.

대개 승준이 서울에 오면 터미널 근처에서 만나서 놀았기에 집에 오는 일은 드물었다. 하지만 그날은 미리부터 약속했기에 화담도 명혜에게 집으로 간다고 말을 해두었다. 주말이 되자 비가 내렸고, 찾아온 승준은 모종의 결의로 가득 차 있는지라 화담은 그의 주의를 분산시킬 겸 명혜가 기르는 진귀한 난들을 구경하자며 온실로 데려갔었다…….

"너흰 끝내 모르고 나갔지만, 나는 너희가 들어오기 전부터 온실에 있었어. 막 첫 송이가 개화한 미인장미를 스케치할 생각이었거든."

생각지도 못했던 그림이 화담의 뇌리에 펼쳐졌다. 그날 온실에서 있었던 작은 해프닝. 그런데 그 장소에 이미 다현이 있었다니!

화담은 엄청난 스피드로 눈을 깜박거리다 마침내 입술을 열어 더듬거리며 말했다.

"어, 그, 글쎄, 무슨 일이 있었는지 잘 기억이 안 나는데. 내가 승준이랑 좀 다퉜나?"

시치미를 뗄 작정이었지만 전혀 통하지 않는 작전이었다. 사위가 조용해지자 다현이 말했다.

"지승준은 너한테 키스하고 싶어 했지만 네가 거절했어."

애석하게도 정답이다. 볼에 한 뽀뽀도 넓은 범위의 키스라고 우긴다면 오답일 수도 있지만. 오랜 커플이 성년의 날을 맞아 나눌 법한 첫 키스는 물거품이 되었다. 이유는…….

"'넌 나한테 남자 아니야.' 너는 그렇게 말했어."

아마 그랬으리라고 화담은 생각한다. 말보다도 확실하게 떠오르는 건 눈에 띄게 낙담했던 승준의 얼굴과 그걸 보면서 답답함에 부글거리던 자신의 가슴. 친구로서 아주 많이 좋아하지만 애타게 원하는 유일로 이어지진 않는다. 그게 그때만큼 속상해본 적도 없다.

화담은 쓸쓸한 얼굴로 고개를 저었다.

"승준이의 마음과 내 마음이 같지 않다는 게 형한테 어떤 빌미를 줄 순 없어. 아, 단념할 이유는 되겠네. 내 둘도 없는 친구 지승준도 못한 일을 형이 할 수 있다고 생각해?"

파르라니 날을 세운 말의 칼이 장미 향기 어린 밤공기를 갈랐다.

"어림없어. 꿈도 꾸지 마."

물론 맺고 끊는 건 확실한 게 좋다. 좋지만, 아무리 그래도 최소한의 배려는 했어야 하지 않을까. 나 좋다고 한 사람한테 너무 야멸치고 냉혹하게 굴었다는 생각에 이튿날인 금요일도 화담은 반쯤 넋이 나가 있었다.

"전생에 빙하시대에 살던 매머드였나, 어쩜 그렇게 사람한테 모질지? 난 좋은 사람이 아닌가 봐. 가슴 깊은 곳에 냉혈한이 살고 있어. 위기상황이 되면 그 사람 바닥이 드러난다던데 설마 그게 내 본성일까?"

도서관 앞 벤치에 앉아 꽃이 핀 백합나무를 상대로 말을 하던 화담은 속이 좀 풀리긴커녕 더 기분이 다운되는 것 같아 일어나서 걷기 시작했다. 정처 없이 교정을 걸어 다니다가 휴대전화로 승준에게 같은 요지의 말을 보냈다. 세상에 없는 엄마 대신 그 누구보다 화담을 오래 안 사람에게 전혀 그런 거 아니니까 안심하라는 말을 듣고 싶었다.

하지만 다섯 시가 넘도록 그는 메시지를 확인하질 않았다. 공부 중일 거라고 짐작하고 화담은 일하러 가기 전에 요기라도 할 생각으로 열람실에 가방을 가지러 돌아갔다.

"서윤이한테 상의해볼까."

학생식당에서 백반을 먹으면서 그런 생각도 해본다. 같은 본과 1학년생이지만 서윤은 워낙 공부에 인이 박인 탓인지 승준보다는 그 압박감이 덜해 보였다. 그러면서도 우수한 성적을 유지하는 한편 아울러 늘 공부에 허덕이는 승준의 튜터 노릇도 해주고 있다.

당장 지난 4월만 해도 서윤이 아니었다면 승준은 의대를 관뒀을지도 모른다. 해부학 실습 첫수업을 마치고 나오면서 기절했던 승준은 이건 도저히 내 길이 아닌 것 같다면서 서윤 앞에서 펑펑 울기까지 했다고 한다. 화담에게는 남자랍시고 감쪽같이 시치미를 뗀 바람에 악몽 같았던 승준의 4월에 대해선 화담도 최근에야 알았다. 승준은 어지간히 겸연쩍었던지 서윤에게 크게 신세 졌다고만 할 뿐 그때 일은 좀처럼 말하려 하지 않는다.

오서윤, 약한 듯해도 강단이 있는 아이란 건 예전부터 알아봤다. 그런 아이가 승준 곁에 있어서 새삼 다행이라고 생각하며 화담은 멀건 어묵탕 국물을 휘저었다.

"거기에 나까지 기대는 건 도리가 아닌가."

서윤이도 사람인데 아무리 머리가 좋다고 해도 하루에 서너 시간밖에 못 자며 하는 공부가 힘들지 않을 리 없다. 서윤이나 승준에 비하면 자신은 배부른 고민이나 하는 거라고 생각하며 오롯이 혼자 해결해야지 결심했다.

"그래, 까짓 매머드에 빙의하면 빙의하는 거지. 어중간하게 좋은 사람 노릇 하는 건 한 번이면 충분해."

잠시 달아났던 입맛을 억지로 붙들어와 식판을 싹싹 비우고, 지난밤에 폐 끼친 걸 만회할 셈으로 열심히 알바를 뛴 뒤 한남동으로 갔다. 오늘은 다행히 정원에 다현이 보이지 않았는데 현관에 들어서는 그녀를 맞이한 메이드가 도련님 친구분들이 와 있다고 알려주었다.

"혹시 내가 아는 사람들?"

부디 그건 아니길 내심 바랐는데 메이드가 웃는 낯으로 네, 하고 대답했다. 화담은 알겠다고 대답하고 명혜가 어디에 있는지 물었다.

"시어터룸에 계세요."

가방을 내려놓고 화담은 그리로 향했다. 노크를 해도 답이 없어 조심스레 들여다보니 어둑한 방에서 커다란 스크린을 바라보며 앉아 있는 명혜의 뒷모습이 보였다. 그녀는 고전 영화를 즐겨보는 취미가 있었는데, 오늘도 스크린을 채운 건 흑백 영화였다.

"아주머니, 저 왔어요."

명혜의 왼편 뒷자리에 서서 가만히 말을 건네자 흠칫 명혜의 어깨가 떨리는 기척이 났다. 화담을 돌아보기 전에 오른편으로 고개를 돌리고 잠시 부스럭거리는 명혜를 보고 화담은 그녀가 울고 있었음을 깨달았다.

영화 때문인가 하고 앞을 본 화담은 그렇지만도 않다는 걸 알게 되었다. 찰리 채플린의 코미디 영화였던 것이다. 스크린에선 한창 채플린식의 엉뚱한 소극이 펼쳐지고 있었다.

"왔니? 피곤하겠구나."

"길이 들어서 괜찮아요. 이 영화 〈모던 타임즈〉에요?"

명혜가 앉아 있는 안락의자의 팔걸이에 기대앉으며 화담은 아무렇지 않게 밝은 목소리를 냈다. 명혜가 머리를 저으며 웃었다.

"채플린이 나오니까 모던 타임즈야? 그런 면은 아버지랑 똑 닮았다니까."

애서가이기도 했던 남재현은 영화를 볼 시간에 책 한 장이라도 더 보는 주의였단다. 화담은 그런 신념까지는 없지만 소위 말하는 천만 영화 어쩌고 하는 것들도 본 것보다 안 본 것이 훨씬 많을 정도로 영화에 큰 흥미가 없었다. 그나마 본 몇 편은 승준과 함께 본 정도.

"안 그래도 너무 그쪽에 무식한 것 같아서 1학기 때 영화 관련 수업 들었어요. 덕분에 영화 좀 봤죠."

"그런 수업을 몇 개 더 들어야겠구나, 그럼."

"음, 그 비슷한 수업은 또 없을 것 같은데. 교양수업이었거든요."

"그러지 말고 집에 들러서 종종 보렴. 이렇게 좋은 영화가 많은데 봐주는 사람이 없는 건 쓸쓸하잖니."

명혜는 팔걸이를 붙들고 있는 화담의 손을 가만히 들여다보며 쓰다듬었다. 언젠가 화담더러 손도 아버지를 닮았다고 한 명혜의 말을 떠올리며 화담은 몇 년 사이 부쩍 시든 여인의 얼굴을 눈에 담았다. 그녀는 끝나가는 가을 하늘 가장자리에 선 코스모스를 닮았다. 화담의 어머니 강희와는 너무도 달랐지만, 바로 그 때문에 볼 때마다 강희가 떠올랐다. 화담은 이 여인에게 상냥해지고 싶었다.

"많아도 너무 많아서 엄두가 안 나요. 아, 그럴 게 아니라 아주머니에게 과외 수업이라도 받을까요?"

"응?"

"토요일에 식사하러 올 때 같이 영화 한 편을 보는 거예요. 그걸 아주머니가 골라두는 거죠. 이른바 '조명혜가 추천하는 토요일의 영화!'"

"내가 추천을……?"

어리둥절해하는 명혜의 손을 감싸쥐며 화담이 고개를 주억거렸다.

"서화담이 교양인이 되는데 아주머니도 일조하실 영예를 드리는 거니까 한 번 잘 생각해 보세요."

천천히 눈을 깜박이며 명혜는 스크린을 돌아보았다. 나른한 명혜의 눈매가 조금 생생하게 빛나는 것처럼 보인 게 아주 착각은 아니었으면 싶다.

인사를 드리고 손님방으로 간 화담은 목욕을 마치고 침대에 누웠다가 다시 몸을 일으켰다. 어쨌든 얼굴은 비추고 올 셈으로 캐리어를 뒤져 어떤 옷을 꺼내 한참을 쳐다본 끝에 갈아입었다. 그리고 거울을 보자 대뜸 웃음이 났는데 입아귀가 파르르 떨리는, 그런 웃음이었다.

이층 거실에 둘러앉아 축구경기를 보던 셋 중 인후가 제일 먼저 화담을 발견했다. 다가오는 화담을 쳐다보는 인후의 표정은 덤덤했지만 눈을 깜박이지 않는 시간이 평소보다 길었다. 태연해 보이지만 실은 꽤 놀란 그를 다현이 보고 인후의 시선을 따라 고개를 돌렸다. 다현의 턱이 툭 떨어지며 입이 벌어졌다. 그따위로 시합할 거면 집에 가서 발 닦고 잠이나 자라고 야유하던 푸른이 마지막으로 화담을 보았다.

그리고 그는 가가대소했다.

"꺄하하하하, 뭐냐, 서꺽정, 너 어디서 그런 괴상망측한 옷을 주워 입었냐? 대단하다 진짜, 그걸 입으니까 미모가 마이너스 만 제곱쯤 뒤로 후퇴했어!"

"뭐긴 뭐야, 잠옷이지. 호들갑하고는."

짐짓 새침을 떨지만 화담의 뺨엔 감출 수 없는 홍조가 또렷했다. 그녀도 눈이 있으니 입은 옷이 얼마나 안 어울리는지 잘 안다. 그녀는 어지간한 붉은색 계열 옷은 다 소화하지만 지금 걸친 원피스 파자마는 그 예외였다.

물 바랜 느낌이 도는 어중간한 분홍색 파자마는 목이며 어깨 둘레, 무릎 언저리의 끝단에 프릴과 샛노란 리본 장식이 달려 있다. 그 정도에서 그쳤다면 좋았을 텐데 가슴 중앙엔 커다란 반짝이 재질의 빨간 하트가 딱! 그 하트 둘레엔 음표 무늬와 함께 'All you need is LOVE♥'라는 문자가 춤을 춘다. 문자는 또 금색 스팽글이다.

총체적 난국의, 미취학 아동조차 입으라고 주면 화를 낼 것 같은 옷을 키 백칠십이 넘는 서늘한 알타이 북방계 미녀가 입고 있다. 푸른은 배를 끌어안고 웃는 것으로 모자라 사진으로 찍는다고 휴대전화를 들었다가 성희롱이라는 화담의 외침에 애석해하며 단념했다.

"남이야 잠옷으로 포대자루를 뒤집어쓰든 말든. 그럼 어르신들, 소녀는 그만 자러 가겠습니다. 놀다 가십시오."

배꼽인사를 하고 돌아서는 화담에게 푸른이 갈 때 가더라도 그런 잠옷은 어디서 구하는지 알려주고 가라고 외쳤다. 화담이 치렁거리는 잠옷 자락을 흔들며 대꾸했다.

73

"미안하지만 나도 몰라. 선물 받은 거라."

"선물? 야, 꺽정아, 그걸 선물이랍시고 준 애 널 싫어하는 거야. 아무리 눈치가 없어도 그 정도는 알아야지. 다현아, 저 옷에서 저걸 준 여우의 고도의 증오가 느껴지지 않냐?"

어깨 너머로 돌아보며 화담이 푸른에게 인상을 썼다.

"적당히 좀 하지? 이거 엄연히 커플 파자마거든?"

"커플…… 설마 네 남자친구가 준 거야? 맙소사, 정말 그런 모양이네. 걔 이제 보니 색맹이냐? 인후야, 색맹이 의사가 될 수 있어? 피가 녹색으로 보일 텐데?"

흥, 하고 콧방귀를 뀌며 돌아서면서 화담은 푸른을 향해 가운뎃손가락을 휘둘러 보였다. 기분 상했다는 듯 쿵쿵 발을 구르며 멀어져가는 그녀의 뒷모습을 보며 푸른은 진심으로 애석해했다.

"대충 사이즈 맞는 흰 티에 청바지만 입어도 모델 삘 나는 애가 저러고 사는 것도 재주는 재주다, 진짜. 아니 근데, 꺽정인 애가 워낙 털털 맞아서 그렇다 치고 쟤 남친은 뭔 생각이지?"

친구들을 돌아보며 푸른은 대뜸 떠오른 한 가지 가능성에 대해 늘어놓았다.

"장거리 연애에 여친 미모 폭발하면 남자들이 불나방처럼 뛰어들까 봐 고차원적으로 머리 쓰는 걸까? 넌 안 꾸며도 예뻐, 터프한 게 멋있어, 뭐 이런 식으로 세뇌하면서?"

인후는 제 손바닥을 들여다보며 손금 속에서 천하를 경영할 구상이라도 하는지 영 듣는 척도 하지 않아 푸른의 시선은 다현에게로 향했다.

"다현아, 넌 꺽정이 남친 자주 봤으니 알 거 아냐? 생긴 거 하곤 다르게 영악한 놈이냐?"

오래전에 레스토랑에서 인사를 나눴을 뿐, 이후 푸른은 승준과 다시 만난 일이 없다. 인후는 아예 통성명도 한 적 없으니 열외. 그나마 다현이 몇 번 더 만난 것은 사실이다.

"나도 그렇게 자주라고는 할 수 없어. 열 손가락도 못 채우지 싶은데. 나눈 이야기도 별것 없고."

슬며시 발을 빼는 다현의 언사에 푸른이 손사래를 쳤다.

"사람 인상 파악하는 건 그 정도도 충분하지. 그냥 네가 봤을 때 어떤 놈인지 말해보라고."

다현의 단정한 눈매가 생각에 잠긴 듯 가늘어졌다.

"그냥…… 평범해. 선하고 성실하고…… 아무튼 좋은 사람이라는 정도?"

"다시 말해 재미없는 녀석인 거네. 그건 처음 봤을 때 딱 알아봤지."

팔짱을 끼며 푸른이 소파에 깊게 등을 묻었다. 거칠게 때려 맞춘 감은 없잖아 있지만 그의 말은 꽤나 사실에 근접했다. 그런 쪽으로 동물적인 감을 타고난 것이다.

"착하고 성실한 것 좋지. 하지만 그것뿐이면 영 매력이 없잖아? 그런 녀석이랑 미적지근한 연애를 하고 있으니 꺽정이가 도무지 잠재력을 못 터뜨리는 거야. 오빠로서 가슴이 아프군."

갑자기 연애 상담사도 부족해 화담의 오빠로 빙의를 한 푸른이 고개를 절레절레 저으며 한탄했다.

"근데도 꺽정이, 야무진 거하곤 별개로 순진해 빠져서 저런 미적지근한 연애에 코 꿰어 다니다 결국 결혼까지 할 것 같단 말이지. 순진한 것도 순진한 건데, 내가 보기엔 애가 그런 쪽에 둔하기까지 하거든. 어지간한 각오 아니면 먼저 선점한 놈이 결국 승리자가 될 거야."

누군가에게 들으란 듯이 지껄이고서 달게 맥주로 목을 축이는 푸른을 다현이 웃을 듯 말 듯한 얼굴로 바라보다가 고개를 돌렸다. 각오라면 충분하다. 다만 다현이 후회하는 건, 제 각오를 드러낸 시기. 한동안 시원찮을 제 팔다리를 내려다보며 다현은 쓴웃음을 지었다.

'성급했어.'

여태 묻어왔으니 몇 주 더 참다가 터뜨릴 수도 있었을 텐데. 별안간 겪은 사고로 마음이 붕 뜬 나머지 판단 미스를 했다고 생각 중이다. 차분히 회복을 기다리면서 소원했던 관계를 어느 정도라도 개선하고 고백을 하면 어땠을까.

인후의 귀환과 맞물려 화담이 저택에 다시 들어오긴 했지만 다현의 고백으로 인해 오히려 전보다 더 서름해진 태도를 보이는 것을 떠올리며 다현은 복잡한 심사에 저도 모르게 한숨을 내쉬었다.

어느새 도로 축구에 푹 빠진 푸른 옆에서 인후가 천천히 손가락을 감아쥐며 그런 다현을 쳐다보았다. 주먹에 꽉 힘을 주자 손등에 솟아오르는 푸른 혈관이 어떤 면에선 아름답기까지 한 인후의 얼굴과 선명한 대조를 이루는 가운데 그의 입가에 한줄기 미소가 떠올랐다가 가뭇없이 사라졌다.

짐짓 화난 체 성큼거리며 세 사람이 모인 거실을 뒤로 하고 돌아가던 화담은 이윽고 파자마를 내려다보며 웃음 지었다. 다현과 인후에게 이게 어떤 옷인지 알려주는 걸로 소기의 목적은 달성했다.

"미안, 승준아. 이런 이유로 잠옷을 처음 입다니 내가 좀 나쁘구나. 암만해도 빙하시대의 매머드가 내 전생 맞나 봐."

그 대신이라고 말하긴 뭐하지만 오늘은 이 잠옷을 입고 자리라 각오했다. 그럼에도 불구하고 가다가 복도에 걸린 거울로 제 모습을 보곤 그만 흠칫하고 말았다. 아무래도 꿈자리가 뒤숭숭할 것 같은 밤이다.

실제로 잠을 설친 탓에 다음날 화담은 조깅을 하러 나가면서도 영 머리가 무거웠다. 그러나 한 시간 남짓 흘러 다시 정원으로 들어설 땐 흘린 땀만큼이나 머릿속이 말끔해져 콧노래까지 흥얼거리고 있었다.

"토요일, 토요일, 아침 먹고 한숨 더 잘 수 있는 토요일, 이날 저 날 해도 제일 좋은 건 토요일."

기분 내키는 대로 아무렇게나 불러 젖히는 노래는 어디까지나 주위에 듣는 사람이 없어야 신나는 법.

화담이 별안간 다른 사람의 기척을 알아챈 건 새벽의 싸늘한 기운이 빠르게 가셔가는 아침 공기 속에 흐르는 커피 내음을 맡았을 때였다. 저택 창문이라도 열려 있나 하고 돌아보던 그녀의 시야에 뜻밖의 인물이 들어왔다.

"……인후 선배?"

잘못 봤나 싶어 손등으로 눈까지 비벼봤지만 돌벤치에 앉아 머그잔을 기울이는 사람은 인후가 틀림없었다.

"여기서 잤어요?"

그쪽으로 발걸음을 옮기며 화담이 건넨 물음에 인후가 머그잔 너머로 눈인사 겸 고개를 까딱했다.

"푸른 선배도?"

"응. 네 시 넘어서나 들어갔을 테니 한창 꿈나라겠지."

"아, 꿈. 달갑지 않아요. 어젠 별나게 꿈을 많이 꿔서 자도 잔 것 같지 않아."

푸념을 하며 화담은 인후 옆에 간격을 두고 걸터앉았다. 그녀는 고양이처럼 한껏 기지개를 켜고서 바람결에 실려 오는 커피 냄새에 코를 킁킁거렸다.

"커피 냄새 좋다."

"마실래?"

인후가 잔을 내밀자 화담은 목을 빼며 관심을 보였으나 이내 설레설레 머리를 저으며 원위치했다.

"마시고 싶긴 한데 배 좀 채우고 한숨 더 잘 거거든요. 맛있게 자려면 카페인은 참아야겠죠?"

"얼마나 잘 건데?"

인후가 시계를 들여다보며 묻자 화담은 고개를 젖혀 구름 낀 하늘을 올려다보며 답했다.

"맥시멈으로 세 시간쯤? 그 후엔 일어나서 공부할 거예요. 계절학기 공부란 게 만만치가 않거든요. 잠깐 사이에 훅훅 진도가 나간다니까요. 멋모르고 난 세 과목도 들을 수 있는데 왜 6학점으로 제한하냐고 투덜거린 게 바보 같아요."

"경영학 복수전공 할 거라며?"

인후가 알은체하자 화담이 쑥스러운 듯 이마를 문질렀다.

"꿈 한 번 크죠? 성적이 되기에 무작정 해보자고 저질렀는데 잘한 건지 몰라."

"왜 경영학이야? 숫자혐오증은 좀 극복했나?"

"전혀요, 여전히 말도 못해요."

손사래를 친 뒤 화담은 하늘을 올려다보며 말했다.

"하지만 잘만 배우면 사는 데 도움이 될 것 같아서. 나, 대학 졸업 후에 어쩌면 자영업자가 될 가능성도 있거든요."

"자영업자? 어떤 분야의?"

화담이 사업을 벌이는 모습이 도무지 상상이 되질 않아 인후는 더없이 어리둥절한 얼굴이 되었다. 화담은 배시시 웃으며 머리를 흔들었다.

"비밀. 말만 앞세웠다 이뤄지지 않으면 창피하니까."

"힌트라도 좀 주면 안 되나?"

드물게 인후가 보채는 듯한 말을 하니 화담은 슬며시 주위를 둘러보곤 목소리를 낮춰 소곤거렸다.

"그게 무주에 하나도 없는 업종이에요. 특히 무주대학교 쪽에 열면 스트레스 풀러 대학생들이 많이 오지 않을까 생각 중이고요. 나는 꽤 자주 가니까."

"영화관?"

"선배! 무주가 무슨 아프리카 오지쯤 되는 줄 알아요? 엄연히 국립대학교도 있는 시예요, 시!"

발끈하며 언성을 높이는 화담에게 인후는 건성으로 사과하고는 그럼 대체 뭘까 골똘히 생각했다. 그의 무성의한 사과에 화담은 더욱 무주에 대한 애착으로 불타올랐다.

"어차피 월요일에도 쉬는데 역시 무주에 가야겠어."

"월요일엔 왜 쉬는데?"

"개교기념일이에요."

인후는 살짝 가늘어진 눈을 내리깔며 머그잔을 들여다보았다.

"어차피 가면 놀게 될 거 아냐. 공부한다며?"

"가서 하면 되죠. 친구들 사이에 꼽사리 껴서. 서윤이 자취방에 옹기종기 모여서 공부하는 거 재밌거든요."

"눈치 없는 훼방꾼 노릇이 재밌다고?"

인후의 비난에 화담은 이맛살을 찌푸리며 항변했다.

"훼방 안 놔요, 나도 공부한다니까요? 때 되면 내가 식사 준비도 할 거고요."

"그건 어디까지나 네 생각이지. 그 둘 이미 너랑은 다른 패턴으로 공부하는 게 습관이 되었을걸? 정 이해가 안 가면 고3 수험생 옆에서 초등학교 저학년 아이가 방학숙제 하는 모습을 상상해봐. 존재 자체가 훼방이야."

"내, 내 공부를 그렇게 폄하할 것까진 없잖아요. 의대 공부하고 비교할 게 아닌 건 알지만 그래도……. 선배 참 못됐어요! 승준이랑 서윤이도 그런 눈치 안 주는데."

가차 없이 깎아내리는 인후의 발언에 화담은 발끈해서 말조차 더듬었지만, 따지는 동안에도 고3 수험생과 초등학교 저학년 아이 비유가 어찌나 생생한지 그만 왈칵 속이 상하고 말았다. 하지만 제3자, 이 경우엔 인후가 보는 게 정확할지도 모른다. 정말 훼방인가. 아, 역시 훼방에 가까울까.

화담은 별안간 의기소침해져선 벤치에서 일어났다. "앉아봐."라는 인후의 말이 들리는 것도 모른 체하고 가려는데 인후가 그녀의 팔을 거머쥐었다. 화담이 시큰둥한 얼굴로 돌아보니 인후가 턱짓으로 옆자리를 가리켰다.

다시 앉긴 했지만 삐죽 나온 입술도 그렇고 양 볼도 뚱하니 부어 있다. 인후는 식어버린 커피를 홀짝이고는 도로 뱉고 싶은 표정으로 머그잔을 옆에 내려놓았다.

"그러지 말고 제주도나 가자."

생뚱맞은 발언에 화담은 뾰로통해 있던 것도 잊고 인후를 돌아보았다.

"무주 가는 것보다 그편이 더 빠를걸? 무주에 비행기 타고 갈 건 아니
잖아. 안 그래?"

"그건 그렇지만."

"고도의 집중이 필요한 일은 기존의 익숙한 생활 반경을 벗어났을 때
더 높은 효율을 얻는 케이스가 왕왕 있잖아. 단기 프로젝트 같은 경우에
호텔 같은 데서 반짝 합숙하면서 일하는 경우처럼."

무슨 뜻인지는 알겠는데 그렇다고 갑자기 제주도라니. 화담이 멀뚱해
있자 인후가 지그시 눈을 맞추며 말했다.

"푸른이가 먼저 생각한 거야. 너 여기 있는 거 불편할 것 같다고 납치
해 가자더라. 거기 걔네 별장 있거든? 거기서 묵재. 걔가 은근히 네 걱정
많이 하더라."

대충 짐작 가는 바가 생긴 화담이 괜히 불퉁거렸다.

"그 선배도 하여간 오지랖이 장난 아냐."

"성가신 모양이네? 그래도 푸른이 딴엔 사람을 가리는데."

인후가 오해하지 않도록 화담은 분명히 짚고 넘어갔다.

"나 푸른 선배 싫어하는 거 아니에요. 단지 내가 보기엔 영 시시한 일
에 시간 뿌리고 다니는 것 같아서, 얼굴만 보면 모난 소리가 오토로 나오
는 거지. 따지고 보면 나도 오지랖이지만 대충 못 본 체하는 것도 좀처럼
안 되고. 인후 선배도 알겠지만 강푸른, 좋은 사람이잖아요."

"착하지. 보기 드문 진성 낙천주의자기도 하고."

동감을 표현하는 인후의 목소리가 모처럼 부드럽게 울렸다. 이십년지
기쯤 되면 저 정도로 신뢰 받는구나 하는 생각에 화담은 문득 푸른이 몹
시 부러워졌다.

"그쯤 되니까 인후 선배 같은 염세주의자하고도 그토록 오래 잘 지낸 거

아니겠어요?"

인후의 입가에 묘한 미소가 떠올랐다.

"내가 염세주의자로 보여?"

"아니에요?"

부정도 긍정도 하지 않고 인후는 눈을 내리깔았다. 다만 웃음을 머금은 탓에 인후의 뺨에 있는 흉터가 보조개처럼 깊어졌다. 화담은 전부터 종종 그 흉터를 만져보고 싶다는 충동이 강하게 들끓을 때가 있었는데 이날 아침도 그랬다.

하지만 무심코 들어 올린 오른손을 깨닫고는 재빨리 머리를 다듬는 척하며 잘 묶여 있던 머리를 풀어서 손보았다. 머리카락을 헤집으며 흔들어 터는 화담에게 어느새 인후의 눈길이 머무른 것을 그녀는 몰랐다.

머리를 단단히 돌려 묶던 화담은 문득 하늘을 올려다보며 중얼거렸다.

"아무래도 섬이라 날씨가 변화무쌍하려나?"

"주말 내내 비가 올 거랬어."

척하면 척인 인후의 대답에 싱긋 웃으며 그를 쳐다본 화담이 만약 간다고 하면 선배는 뭘 할 거냐고 물었다. 인후가 어깨를 으쓱했다.

"아무것도 안 해."

화담은 눈을 동그랗게 뜨더니 곧 이를 드러내며 웃었다.

"퍽이나 그러겠네요."

푸른과 인후, 거기에 화담까지 한남동 저택을 나선 게 열 시 십 분경. 둘은 귀가, 화담은 독서실에 간다는 명분의 외출이었다. 그러나 화담은 독서실 앞에서 내려주겠다던 푸른에게 납치당해 얼떨결에 공항까지 가 제주도 비행기에 몸을 싣는다는 시나리오……였으나, 세상일은 짜놓은 플롯대로 돌아가기엔 변수가 너무도 많다.

공항에서 합류하자고 한 후 썸녀를 데리러 간 푸른은 인후와 화담이 공항에 도착해 한 시간을 기다리도록 감감무소식이었다. 결국 인후가 전화를 걸어보니 어찌 된 게 푸른은 경찰서에 잡혀 있단다.

"경찰서라뇨? 푸른 선배가 왜?"

화담의 경악에도 덤덤히 통화를 계속하던 인후는 얼마 후 전화를 끊고 먼저 출발하자며 자리에서 일어나 표를 끊으러 갔다. 화담은 무슨 일이 벌어진 거냐고 다그쳐 물었다.

"여자를 데리고 나오다가 오피스텔 앞에서 여자 애인하고 마주쳤다나 봐. 별안간 주먹을 날리는 통에 무심코 맞대응하다가 신고 받고 온 경찰한테 잡혔대."

"아이고, 하여간 별일을 다 겪네, 그 바람둥이."

질렸다는 듯 고개를 젓던 화담이 인후의 옷소매를 붙잡고 반대쪽을 가리켰다.

"아무튼 그러면 우리가 제주도에 갈 게 아니라 경찰서로 가야죠."

"변호사 불렀대. 푸른이도 먼저 가랬고."

"먼저 가란 건 그냥 해보는 말 아니에요?"

"이 경우엔 진심이지. 너 같으면 그런 일로 경찰서에 있는 꼴 보여주는 게 달갑겠어? 그것도 강푸른이?"

"나 같으면 아예 그런 일을……. 어쨌든 가는 건 그렇다 쳐도 기왕 기다린 김에 의리 지켜서 더 기다려요."

인후가 한숨을 내쉬곤 머리를 쓸어 올리며 대꾸했다.

"강푸른 군이 해프닝에 힘입어 데리러 간 여자랑은 깨끗하게 정리했고 현재 제주도 데려갈 스페어를 찾는 중이란다. 그게 좀 시간이 걸릴 거라고. 그러니 우리가 먼저 가는 게 좋겠다는데. 어때, 그래도 기다릴래?"

"스페어……."

화담은 그만 어안이 벙벙해져서 눈을 깜박거렸다. 졸지에 봉변을 당한 푸른을 걱정하던 마음도 싹 가시며 놀란 시간조차 아까워졌다. 하여간에 강푸른은 난쟁이 삽자루 같은 인간이라고 의미 불명의 말을 투덜거리는 화담과 함께 인후는 제주행 비행기에 몸을 실었다.

섬이 보일 즈음부터 비행기 창밖으로 비구름이 보인다 싶더니 제주도에는 엷은 가랑비가 내리고 있었다. 공항 밖에 푸른의 별장관리인이 마중나와 있어 별장까지는 수월하게 갔다. 그때가 열두 시 반이 막 지난 무렵. 전화해 봤더니 푸른은 여태 공항 근처에도 안 간 터라 둘이서 먼저 점심 식사를 했다.

"이번 일로 여자관계를 좀 단출하게 정리하면 좋을 텐데, 그럴 가망이 별로 없겠죠?"

"장담하건대 와서 자랑삼아 반나절은 지절댈 거야. 훨씬 더 호된 짓을 당해봐야 정신 차리지."

식사를 하면서도 화제는 단연 바람둥이 강푸른이다. 잠시 젓가락을 입에 물고 생각해보던 화담이 "호된 짓이라면 어떤 게 있을까."하고 중얼거렸다.

"차인 여자가 스토커로 돌변해서 둘 중 하나는 죽자고 나온다거나……."

인후가 든 예에 화담은 얼굴을 찡그리며 고개를 흔들었다.

"아무리 그래도 그런 일은 없었으면 좋겠어요. 서로 좋아서 만난 건데 헤어질 때도 잘 헤어져야죠."

"그런 깔끔한 이별이 얼마나 될까? 사람 마음이란 게 두 사람이 동시에 달아오르고 동시에 식는 그런 편리한 건가? 대개는 어느 한쪽이 먼저 끝이 나서 다른 사람 가슴을 난도질하는 거 아냐?"

과격한 비유에 화담은 더욱 눈살을 찌푸렸다.

"정말 좋아했다면 설사 마음이 식는다고 해도 상대방에 대한 연민은 남지 않을까요? 그 연민으로 상대가 마음을 추스를 때까지는 배려해 줘야 한다고 봐요."

"얄팍한 동정을 받아야 하는 상대방 입장에서도 그게 배려일까? 어쭙잖은 착한 사람 행세가 상대를 더 진창으로 몰아넣을 가능성은?"

정말이지 냉소적인 사고방식이지만 화담이 생각 못한 핵심을 콕콕 찌른다는 면에서 할 말이 없다. 화담은 한숨을 쉬며 젓가락으로 인후를 가리켰다.

"역시 선밴, 염세주의자 맞아요."

그러고서 반찬으로 손을 뻗는 화담에게 "틀려."라는 짤막한 대꾸가 들려왔다. 눈길을 든 화담은 미간을 찡그린 인후의 표정에 젓가락을 내려놓고 진지하게 바라보았다.

"세상은 악취 나는 슬럼가 뒷골목 같은 것. 내가 그런 경멸을 담아 세상을 보는 것까진 부정 안 해. 하지만 그렇다고 그 세상 속에 가치 있는 게 전혀 없다고는 생각하지 않아. 나도 진창에 핀 연꽃 한두 송이 정도는 믿어……."

진창에 핀 연꽃. 어쩌면 고루한 표현인데도 인후가 입에 담자 더할 수 없이 고결한 무엇으로 느껴졌다. 화담은 저도 모르게 상체를 앞으로 내밀고 있었다.

"그거 혹시 사람을 가리키는 말이에요?"

인후는 말없이 물컵을 들어 입에 댔다. 사람이 맞나 보다. 그럼 그게 누구일까 화담은 더듬어 보았다. 한 송이라면 틀림없이 푸른이 아닐까. 한두 송이라고 했으니 다현이 포함될락 말락 한 건지도 모르겠다.

"부럽다."

생각하기 무섭게 말로 누수 되었다. 흘려버렸다는 감각도 없다. 인후의 눈에 형편없기만 한 세상 속에서 자그마치 연꽃으로 보이는 사람이라니, 몹시 부러울 따름이었다.

"앞으로 한 삼십 년쯤 알고 지내면 나도 선배한테 연꽃이 되는 날이 올까요?"

웃으면서 묻는 화담을 인후가 컵 너머로 빤히 쳐다보았다. 그 강한 안력에 화담은 머쓱해하며 두 손을 내저었다.

"그냥 해 본 말이에요, 해 본 말. 어차피 삼십 년 후면…… 우리 둘 사이에 접점 같은 게 있을 것 같지도 않네."

씁쓸하게 중얼거리곤 화담은 한껏 입을 채운 후 휴대전화를 들어 무슨 연락 온 게 없나 살폈다. 승준과 주고받은 의례적인 아침 인사가 최종 연락. 이번엔 서윤에게 점심 먹었느냐고 묻는 메시지를 보내는데 날카롭게 컵 내려놓는 소리에 이어 인후가 물어왔다.

"내 제안은 생각해 봤어?"

6.

제주도. 첫날

화담은 휴대전화를 들여다보며 손가락을 놀렸다.

[점심 먹었어? 나는 월요일이 공강이라 오늘 무주에 내려갈까 하다가.]

그녀를 바라보고 있는 인후의 시선에 손의 움직임은 썩 자연스럽지 못했다. 속으로 심호흡을 하면서 화담은 마저 문장을 마치는데 노력을 기울였다.

[시험 끝나고 홀가분하게 내려가려고 참았어. 이제 막 밥 먹는 중이야. 먹고 열공해야지.]

메시지를 보내고 전화기를 테이블에 내려놓으며 화담은 입을 열었다.

"해봤어요."

숟가락을 들어 말갛게 가라앉은 된장국을 헤집듯 저었다.

"그런데 그거, 역시 연기력이 필요하지 않을까요? 그것도 상당한 연기력이. 정말 돕고 싶긴 한데 내 능력이 안 될 것 같아요, 선배."

인후는 말없이 컵으로 손을 뻗어 물을 마셨다. 화담은 된장국을 두 술 뜨고 맛깔스럽게 차린 반찬들을 훑어보았지만 딱히 손이 가는 게 없었다.

그저 빨간 더덕구이를 그 색깔 때문에 바라보고 있자니 인후의 목소리가 들렸다.

"너무 어렵게 생각하는 거 아냐?"

손가락으로 탁탁 식탁을 두드리며 인후가 말했다.

"연기력이야 단연 배우겠지만 전문 배우가 필요할 정도의 일이란 건 현실에 거의 없어. 그렇게까지 머리 쓰는 게 오히려 더 작위적이지. 대본 같은 건 드라마에나 통하는 거야. 현실엔 돌발적인 요소가 도처에 즐비하기 마련이잖아?"

냉소를 지으며 인후는 고개를 저었다.

"하물며 급조한 약혼자? 핀 뽑은 수류탄이나 다름없지."

"선배는 머리가 좋으니까 그런 돌발 상황도 충분히 예상할 법한데."

"어느 정도까지는. 그래서 더 확신할 수 있어. 그렇게 머리 쓰며 편법을 부려봤자 얼마 못 가 들통날 거라는 거."

이해가 안 간다는 듯 바라보는 화담을 보며 인후는 한숨을 쉬었다.

"내 대인관계라고 해봤자 극단적으로 좁은 울타리 안에서 이뤄진다는 거 딱히 비밀도 아니야. 별안간 하늘에서 뚝 떨어진 여자를 데려다가 실은 사귀던 사람입니다, 하는 게 과연 통하겠어? 신원 조회라도 할라치면 단박에 게임 오버지."

"신원 조회까지……."

"할 거야. 누가 했든, 어쩌면 동시다발적으로. 돈이 걸린 일인데 그 정도 수고가 대수겠어?"

인후의 장담에 화담은 약간 질린 얼굴로 몸을 뒤로 젖혔다. 인후가 말을 이었다.

"그런 면에서 너는 쓸만한 카드야. 몇 년 전부터 알고 지낸 사이에다 학벌도 그럭저럭 양호, 게다가 서라가구 대표이사가 후견인이지."

"격식 따지는 사람들이 보자면 나는 미혼모 밑에서 자란 사생아일 뿐인 걸요."

도전적인 화담의 말에 인후가 냉소를 던졌다.

"엄연히 작고한 서라가구 전 사장의 혼외자식이지. 그 정도면 나한테 딱이라고 생각할걸."

"네?"

얼른 이해가 되지 않는 말에 화담이 눈살을 찌푸렸다. 인후는 거기에 대해선 이렇다 할 부연 없이 중얼거렸다.

"오래가지 않아. 길어봤자 앞으로 한두 달……. 나도 최대한 보조해 줄 테니까 벌써부터 겁먹을 것 없어."

인후의 눈가에 조금은 부드러운 웃음이 떠올랐다.

"말로는 능력이 부족하다느니 뭐니 해도 실전이 닥치면 잘할걸? 배짱 하면 또 서화담이잖아? 안 어울리게 겁쟁이처럼 굴지 말라고."

겁쟁이란 말에 화담은 눈썹을 치켜 올렸으나 끙 하고 한순간 쉬어가며 팔짱을 꼈다. 뻔한 도발에 넘어가 펄쩍거리는 단세포 시절은 지나갔음을 증명해야 했다.

"어쨌든 한두 달은 주변 사람들을 다 속여야 하는 거잖아요. 당장 푸른 선배가 얼씨구나 하고 속겠네요."

"걔한텐 사정을 미리 말해야지. 너보다는 훨씬 뛰어난 연기자니까 그 일은 걱정 마."

"입이 그렇게 가벼운데?"

"그 녀석 너한테 어지간히 신용이 없구나. 그래 보여도 할 말, 안 할 말 정도는 가리니까 안심해."

그건 두고 보자는 듯 입술을 비죽거리고 화담은 다시 더덕구이에 눈길을 던졌다. 잠시 머뭇거리다가 물었다.

"그럼 다현 형에게도?"

"다현이한텐, 말하지 않는 편이 낫지 않나?"

묘하게 가시 돋친 말투라 화담은 인후를 쳐다보았다. 오늘따라 더 불타는 것 같은 붉은 입술에 냉소를 걸며 인후가 고개를 갸웃했다.

"도랑 치고 가재 잡기 몰라? 다현이 그 녀석, 무주촌뜨기는 무시해도 나는 무시 못 할 걸?"

"승준인 촌뜨기 아니에요."

화담이 으르렁거리자 인후가 쿡 소리 내어 웃었다.

"말이 그렇다는 거야. 어쨌든 너랑 내 약혼 소식이 남다현한테 미칠 영향은 꽤 크지 않겠어? 괜스레 여지를 줘서 여러 사람 관계만 복잡하게 만들 것 없이 북경으로 갈 때까지라도 내 후광을 이용하라 이거야. 나 정도면 훌륭한 방패일 텐데, 쓰기 싫어?"

굳은 얼굴로 화담이 인후의 눈을 마주하고 있자 인후의 눈이 살짝 커졌다.

"왜, 며칠 새 다현이 고백에 대한 마음이 바뀐 거야?"

"그런 일 없어요!"

화담이 결연히 외치는 순간 테이블에 올려둔 휴대전화가 메시지 수신음을 냈다. 신경질적으로 손을 뻗어 메시지를 확인하던 그녀의 굳은 표정이 사르르 풀어졌다.

[네 메시지 받고 광합성도 할 겸 점심 먹으러 가고 있어. 우리 둘 다 햇살이 눈부셔서 그늘만 찾아대는 게 굴에서 뛰쳐나온 곰 같아.]

화담은 재빠르게 메시지로 대꾸했다.

[승준이도 같이 있어?]

이번엔 얼마 기다리지 않아서 답이 왔다.

[응. 왔으면 다크서클로 줄넘기하는 묘기를 보여줄 수 있는데, 라고 승준이가 그러네. 다음 주에 꼭 와. 사람 되기 일보 직전에서 실패한 곰 두 마리를 볼 수 있을 거야.]

[갈게. 보고 싶어.]

우리도, 라고 오는 답에 화담은 점심 맛있게 먹으라는 메시지를 끝으로 전화기를 내려놓았다. 미소 어린 한숨을 내쉬고 그녀는 왼편으로 고개를 돌리면 보이는 창문을 응시했다. 창문으로만 봐선 모르겠지만 빗발이 좀 굵어졌는지 아까보다는 비 떨어지는 소리가 또렷하다. 그 소리에 반주를 하듯 화담은 손가락 끝으로 식탁을 두드렸다.

"설사 내가 선배 제안을 받아들인다고 해도 그걸로 다현 형 고백을 얼버무리겠다는 생각 같은 건 없어요. 그건 그것대로 확실히 거절할 거예요. 솔직히 말해서 선배가 하려는 일 자체도 마음에 들지 않아요."

"사람을 속이는 일이라? 좋게 생각해. 가시는 분 마음 편하게 해드리는 일도 될뿐더러 성공보수도 보장할 테니까."

금전을 암시하는 말에 흥 하고 화담이 콧방귀를 뀌었다.

"돈 같은 건 관심 없어요. 나도 있을 만큼 있다고요."

인후가 빙그레 웃었다. 화담은 성인이 되면서 아버지의 유산을 물려받았다. 서류상으로 물려받은 거지 계속 명혜에게 맡겨서 명혜의 재정관리인이 투자하고 있다고 들었다. 다현이 말한 바에 의하면 지금은 육칠억 남짓 된다나. 적은 돈은 아니지만 요즘 세상엔 대단한 돈도 아니다.

"진짜 부자는 있을 만큼 있다는 소리 같은 건 안 해."

"그래요? 안 됐네요, 만족할 줄 모르다니. 아무튼, 조금만 더 생각할 시간을 줘요."

"정확히 어느 정도?"

태연해 보이던 인후가 살짝 조바심을 드러냈다. 하기야 돌아가실 분이 길어야 한두 달이랬으니 여유를 부릴 일은 아니다. 눈을 깜박거리던 화담이 이윽고 잘라 말했다.

"여길 떠나기 전까지. 서울 가면 대답할게요."

인후가 고개를 끄덕였다. 화담은 식사나 마저 하자며 젓가락을 들었다.

"먹어. 난 이제 생각 없어."

"그러지 말고 자, 어서요."

인후의 밥공기에 화담은 아까부터 눈독 들였던 더덕구이 한 점을 들어 올려놓았다. 그러곤 자기도 더덕구이 하나를 집어 들고 인후더러 어서 먹으라고 손짓을 했다. 그가 먹을 때까지 한사코 눈으로 압박하고 있는 것에 결국 인후가 두 손 들었다. 그가 먹는 것을 보고서 비로소 더덕을 날름 입에 넣은 화담은 몇 번 씹으면서 탄성을 울렸다.

"완전 맛있다, 내가 먹어본 더덕요리 중에서도 일품인데? 숯불에 구웠나? 선배, 어때요? 맛있지 않아요?"

"그럭저럭."

"레시피 알려달라고 해야겠어요. 무주 가면 더덕 사서 솜씨 발휘 좀 하게. 장어에 더덕 구워서 우리 지담이랑 오닥 몸보신 시켜줘야지!"

화담이 싱글거리며 더덕구이를 밥에 올려 한 숟갈 뜨는데 인후가 물을 마시더니 의자에서 일어났다.

"어디 가요, 밥 마저 먹으라니까. 선배!"

인후는 들은 체도 하지 않고 주방을 나갔다. 화담은 맞은편의 밥공기를 보며 고개를 젓다가 냉큼 제 밥그릇 옆에 가져다 놓고 주먹을 불끈 쥐었다.

"나라도 먹어야지. 이렇게 좋은 반찬을 앞에 두고 밥을 남기다니, 안 될 말이야."

금강산도 식후경. 고민에 앞서 배부터 든든하게 채우고 보는 건 예나 지금이나 똑같은 왈가닥 아가씨였다.

바깥 날씨가 침침해서 시간이 가는지 마는지 모르고 공부를 하던 화담은 문득 목이 뻐근하다 싶어서야 기지개를 켜며 자리에서 일어났다. 그제야 여섯 시가 다 돼가는 시각을 확인하곤 고개를 갸웃했다. 아직까지 별장에 푸른이 온 기척이 없었다. 이미 와 있는 건가 싶어 화담은 방을 나섰다.

별장은 적적하기 짝이 없었다. 인후가 쓴다던 복도 끝 방을 노크해봤지만 대답이 없어 문을 열어보니 비어 있었다. 화담은 1층으로 내려가면서 인후를 불렀다.

"선배, 선배? 서어어어언배! 어딨어요?"

거실이며 주방을 비롯해 방마다 다니며 찾아봤지만 보이지 않는다. 혹시나 싶어 테라스로 나가봤다. 사람 그림자 하나 볼 수 없다. 비가 들치지 않는 최대 경계까지 걸어 나가 정원을 둘러본 화담은 소득 없이 한숨을 쉬었다.

점심 먹을 때보다 더 굵어진 빗발이 끊임없이 내리는 정원은 희뿌연 안개에 잠긴 듯이 보였다. 별장이 높은 지대에 있는 점은 감안하더라도 시계視界가 형편없이 나빴다.

"장마도 지났는데 무슨 비가 이렇게. ⋯⋯설마 태풍?"

화담은 급히 휴대전화를 꺼내 날씨 검색을 했다. 태풍 이야기는 어디에도 없어서 가슴을 쓸어내리며 안도했지만 안도의 한편으로 조금 아쉽다.

"여긴 제주도니까 태풍의 기세가 굉장할 텐데."

무주는 별다른 특징이 없는 대신 기후만큼은 타고났다고 내세울 수 있을 만큼 온화하다. 봄가을 날씨가 좋은 것은 말할 것도 없고 여름에도 열대야라는 걸 모르고 지낼 만큼 더위가 수월하다. 겨울에도 동장군이라고 부를 만한 추위는 드물다. 냉해, 가뭄, 홍수도 멀고 먼 이야기. 화담이 무주를 떠나기 전까지 태풍이 온 적도 없을 정도라—딱 한 번, 무영산 일대에 사상자가 나올 정도로 대폭우가 온 날이 있었는데 화담이 사는 곳은 잠잠했다—서울에 온 뒤에 맛보기 식으로 지나쳐가는 폭풍의 잔향을 느낀 게 전부였다.

그런 이유로, 팔자 좋은 소리 한다고 누군가는 욕할지 몰라도 화담은 언젠가 한 번 태풍을 본격적으로 겪어볼 날을 기대하고 있었다.

"수영도 잘하니까. 응."

엉뚱한 자신감을 가슴 가득 품고 먹구름 그득한 하늘을 올려다보던 화담은 별안간 킁킁거리기 시작하며 주위를 둘러보았다. 테라스 끝에서 끝까지 오가며 어떤 냄새를 추적하던 화담이 퍼뜩 위를 올려다보았다. 곧 "아아아앗!" 하고 소리를 내질렀다. 내쳐 별장으로 뛰어 들어간 그녀가 눈부신 준족을 자랑하며 옥상까지 질주했다.

옥상에 이르러 계단참에 서서 화담은 자신의 눈을 비볐다. 역시 잘못 본 게 아니다. 화담의 시선 끝에 서 있는 남자의 얼굴 근처에서 희푸른 연기가 가늘게 피어오르고 있었다.

차인후가, 담배를 피우고 있다니! 눈에 보이는 사실을 두고도 화담은 단호하게 고개를 저었다.

"아니야, 선배가 미치지 않고서야 그럴 리 없어. 담배가 아니야, 담배가 아니라면 뭐지? 설마…… 저건!"

영어 공부 때문에 틈틈이 본 영국 드라마며 미국 드라마 속의 어떤 광경이 화담의 머릿속에서 굴러다녔다. 마리화나, 코카인, 헤로인, 암페타민 등등의…… 마약! 선배는 영국에서 마약에 손을 댄 건가! 얼굴이 새파래져서 달려간 화담이 인후의 팔을 붙잡아 흔들었다.

"선배, 마리화나건 뭐건 대한민국에선 그거 범죄예요, 여긴 영국이 아니라고요! 설사 영국이어도 그런 건 나빠요. 안 돼요, 선배 몸을 생각해야죠! 세상엔 몸에 좋은 마약 같은 건 없어요!"

인후는 다소 멍한 얼굴로 화담의 읍소를 지켜보다가 곧 그녀의 돌발 행동의 원인을 깨닫고 씁쓸히 웃었다.

"그런 거 안 해. 이건 그냥 담배일 뿐이야."

"어, 그래요? 정말 마약 안 해요? 다행이에요, 난 또 마리화난 줄 알고 식겁했는데 그냥 담배라니……. 담배요?!"

머리를 때리는 충격은 마약에 비해 더했으면 더했지 덜하지 않다. 그 얼떨떨한 충격에서 간신히 회복한 순간 화담은 인후의 담배를 빼앗아 옥상난간 밖으로 내던졌다. 그리고 손을 내밀며 인후에게 내놓으라고 말했다.

"뭘?"

"담뱃갑 내놓으라고요. 내가 뒤져요?"

피식 웃으면서 인후가 바지 주머니에서 담배 케이스를 꺼냈다. 그냥 담뱃갑도 아니고 담배를 넣을 수 있는 고급 케이스였다! 화담은 케이스를 열어보고 거기 채워진 담배를 쏘아보다가 우수수 바닥에 떨어내고 발로 지근지근 밟았다.

그리고 케이스를 인후에게 내밀었다. 인후가 여전히 웃는 낮으로 케이스를 잡았으나 화담은 한쪽 끝을 잡은 채 놓아주지 않았다.

"인후 선배, 이제 보니 기억상실 환자예요?"

"아닌데 왜?"

"그런 게 아니면 본인이 천식 환자였다는 걸 기억한다는 말이네요?"

"당연히. 그게 뭐?"

"그게 뭐냐고요? 그게 뭔지 몰라서 물어요!"

화담은 아예 담배 케이스를 빼앗아 그것마저 바닥에 내동댕이쳤다. 케이스가 나뒹굴며 퉁퉁 튀는 것을 쫓아가 발로 확 걷어차니 발끝에 정통으로 차인 케이스가 포물선을 그리며 정원 뒤쪽 숲으로 사라졌다. 그래도 부족하다는 듯 화담이 씩씩거리며 떨어진 케이스를 찾아 레이저빔을 쏘는데 별안간 인후의 웃음소리가 공기를 갈랐다.

"하하, 아하하하하, 크큭, 풋, 하하하!"

자제해보려고 해도 통제가 안 돼 웃음이 연이어졌다. 가끔 화담이 생각지도 못한 바보짓을 하면 보여주곤 했던 인후의 파안대소. 오랜만에 보는 천진한 웃음의 향연에 화담은 저도 모르게 그리운 기분에 젖어들었다. 그러나 그 웃음을 일으킨 일련의 원인, 담배를 떠올리자 다시 도깨비처럼 얼굴이 벌겋게 달아올랐다.

"이게 지금 웃겨요? 내가 웃기냐고요, 네?"

"어…… 미안, 웃기는 게 아니라, 여전히 운동신경이 참 좋구나 싶어서, 푸홋. 크크크큭."

화담이 성큼성큼 다가가 멱살이라도 붙잡고 흔들 기세인데도 인후는 고개를 돌리고 터져버린 웃음보를 닫느라 쩔쩔맸다. 화담은 킁킁거리며 그의 옷에 밴 냄새를 맡고 그의 손을 들어 손가락 끝까지 매의 눈으로 살폈다.

"이거 봐, 이거 봐, 옷에선 담배 쩐내 나고, 손가락도 니코틴 배서 누런 게 아주 가관도 아니야! 대체 담배를 얼마나 피우는 거예요!"

"어이어이, 그건 과장이 너무 지나치잖아. 오늘 두 개비밖에 안 피웠고, 평소에도 하루에 두세 개비 피우는 게 고작이야. 누굴 하루 두세 갑씩 달고 사는 골초 취급이야?"

인후가 손가락을 쫙 펴서 화담에게 보였다.

"너 보고 싶은 대로 보지 말라고. 이 손의 어디가 누렇다는 거야?"

"선배야말로 보고 싶은 대로 보지 말아요, 내가 누렇다면 누런 거예요! 내 시력 아직도 양쪽 다 2.0이거든요? 선배는 전보다 더 떨어졌죠?"

"쓸데없는데 경쟁심은."

시시하다는 듯 손을 젓고 인후가 돌아섰다. 그는 몇 걸음 옮기다가 돌아보며 안 오느냐 물었다. 검은 장우산을 받치고 선 그는 얄미울 만큼 멀끔한 반면 옥상에 올라온 지 얼마 안 된 화담은 잠깐의 소동에 벌써 젖을 대로 젖었다.

씩씩대며 걸어간 화담은 부러 그를 밀치듯이 지나치며 계단으로 내려갔다. 뒤따라가며 우산을 접으면서 인후는 옥상 바닥에 흩어져 있는 담배의 잔해를 돌아보았다. 웃음기가 새삼 치밀어 올라 입술을 깨물었다.

나는 듯 걸어가 방으로 돌아간 화담은 수건을 가져와 얼굴을 닦다가 신경질적으로 내던졌다. 그러나 이내 한숨을 내쉬고 다시 주워들어 꼼꼼히 물기를 훔치며 의자에 앉았다.

"이놈의 욱하는 성질머리하곤."

이렇게 저렇게 나이 먹는 사이 다혈질 기질도 그럭저럭 다스릴 수 있게 됐지만 여차 하는 순간 말보다 몸이 움직이는 건 여전했다. 인후의 웃음엔 그런 의미도 들어 있었겠지 싶어 자괴감이 울컥 머리를 쳐들었다.

하지만 이내 생각의 포커스는 인후의 담배 문제로 돌아갔다.

"소아천식 병력이 있는 사람이 어쩌자고 담배를."

푸욱 한숨을 내쉬는데 노크 소리에 이어 "들어가도 돼?"하고 묻는 인후의 목소리가 들려왔다. 꼴 보기 싫어요, 라고 입속말로 중얼거렸지만 이성적으로 대처하자고 스스로를 달래며 잠시 후 "네."하고 대답했다.

문이 열리고 인후가 문설주에 기대서 안을 들여다보았다.

"아직 화났어?"

당연히 화나 있지 그걸 말이라고 하나 싶어 욱했다. 그래서 돌아보려다가 이게 인후의 노림수라는 계시가 머릿속에서 번득였다. 화담은 입근육을 풀고 짐짓 차분하게 말했다.

"아뇨. 생각해 보니까 내가 화낼 일도 아니네요. 담배를 피우는 거야, 선배의 자유의지에 달렸죠. 한두 살 먹은 애도 아니고 지적 능력도 아주 훌륭하신 분이 어련히 알아서 하시는 일을 나 같은 사람이 뭐라고 왈가왈부하겠어요?"

딱딱거리는 그녀의 말에 인후의 입가에 미소가 번졌다.

"이해해준다니 잘 됐네. 나도 주의해서 네가 담배 냄새 맡거나 할 일은 없게 할 테니까."

"좋을 대로 해요."

"참, 푸른이 좀 전에 왔다는데 공항 근처 호텔에 묵겠대. 내일 날 개는 거 봐서 들른다니까 오늘은 마음 푹 놓고 공부에 전념해. 저녁은 나가서 먹을 거 아니면 일곱 시쯤에 준비할게. 이상, 오케이?"

그제야 화담이 고개를 돌릴 듯하다가 다시 머리를 북북 닦으면서 말했다.

"옷 갈아입고 내려갈게요. 같이 준비해요."

인후는 고개를 끄덕인 뒤 문을 닫고 나갔다. 화담은 어깨를 축 늘어뜨리며 한숨을 쉬었다.

"그래, 서화담. 저 사람은 네가 좌지우지할 수 있는 사람이 아니야. 신경 끄고 너나 잘해."

몸을 일으킨 화담은 옷을 갈아입고 머리를 새로 빗었다. 거울 속의 어쩐지 조금 창백하게 보이는 제 얼굴을 들여다보며 억지로 웃는 연습을 했다.

복도로 나왔을 때 역시 방에서 나오던 인후와 마주쳤다. 색은 비슷해도 칼라 형태가 조금 다른 셔츠로 갈아입은 그에게선 말간 비누향이 났다. 이래서 여태 만나면서도 몰랐던 모양이다.

"서화담, 볼이 퉁퉁 부었잖아."

인후의 손이 화담의 정수리를 툭툭 두드렸다. 화담은 보란 듯이 그 손을 뿌리치고 싶은 유치한 갈망과 싸우면서 입을 꾹 다물고 걸음을 옮겼다.

"내 경우엔 소아천식이기도 했고, 몸에도 충분히 신경 쓰고 있으니까 담배 몇 개비 피운다고 해서 천식이 재발할 일은 없어."

"어련히 잘 아시겠어요."

"얼마나 건강한지 증명서라도 보여야 믿겠어?"

"내가 믿든 말든 그런 게 무슨 의미가 있다고요. 인후 선배 좋을 대로 살아요, 각자의 인생이니까."

한껏 빈정거린 화담은 잠시 후 뭔가가 떠올라 한마디 보탰다.

"담배 케이스도 찾아줄게요. 망가졌으면 다른 걸로 갚겠어요. 담배는…… 그 정도는 선배가 알아서 다시 채워요."

저녁을 준비해서 식사를 하고 뒷정리를 다 하기까지 주방 안은 조용했다. 고요한 가운데 때로 움직이는 사람과, 움직이는 가운데 때로 고요한 사람 둘 다에게 있어 사뭇 견디기 힘든 종류의 침묵이었다.

"그럼 난 올라가서 공부할게요."

마실 걸 챙겨서 2층으로 향하는 화담의 뒷모습에선 그런 침묵의 늪에서 벗어난 홀가분함이 한껏 드러났다. 잠자코 그 등을 바라보는 인후의 눈에 잔잔히 물결이 일었다.

흠칫 몸을 떨며 머리를 든 화담은 어느샌가 책에 머리를 박고 자던 중이었음을 깨닫고 머쓱하게 입가를 닦았다. 눈을 비비며 시계를 확인하니 두 시 반이 넘은 시각. 목이 텁텁해서 가져온 머그잔으로 손을 뻗었지만 그득 채웠던 물이 이미 똑 떨어진 후였다.

오늘 처음 온 낯선 집이지만 불을 켜지 않고도 척척 계단을 내려가 주방을 찾아갔다. 물을 마시고 머그잔도 채워서 방으로 돌아가던 화담은 계단참에서 문득 발을 멈추었다.

어딘가에서 시계 초침 소리가 나는 것 말고 사위는 그지없이 고요했다. 화담의 발길을 붙든 것은 어둠을 살며시 휘젓고 있는 푸른 불빛이었다. 그 아지랑이 같은 불빛에 끌려 그녀는 천천히 걸음을 내딛었다.

발소리를 죽이고 주위에 무기가 될 만한 게 없을지 살펴보는 눈매가 매섭게 번득였다. 불빛의 정체를 알기 전까지 그녀의 경계도는 가파르게 최고치를 갱신했다.

"에이, 뭐야."

샤샤샥! 불빛의 원천으로 짐작되는 거실로 뛰어든 그녀는 문제의 푸른 불빛의 정체에 그만 웃고 말았다. 거실 한쪽 벽면에 자리한 대형 수족관이 밤이 되자 푸른 불빛을 뿜어내는 중이었다. 가짜 수초 사이로 한가로

이 노니는 열대어들을 잠시 쳐다보다가 화담은 고개를 저으며 몸을 돌렸다.

"인생이 그렇게 스펙터클한 줄 아냐, 서화담."

나도 참 어지간히 한가로운 사람이라고 스스로에게 쓴웃음 짓던 그녀는 무심코 보고 지나친 무언가 때문에 다시 소스라쳐 몸을 돌렸다. 소파에 누군가 있다! 화담은 미리 눈여겨봐두었던 스위치로 달려가 불을 켰다.

"읏."

그 누군가는 불빛에 눈이 부신지 눈가를 가렸다. 화담은 먼저 소리부터 치지 않아서 정말 다행이라고 생각했다. 하마터면 인후를 도둑으로 오인해 소란을 피울 뻔했던 것이다.

"선배, 여기서 뭐해요? 설마 앉아서 자요?"

화담의 질문에 인후는 눈을 가린 팔을 내리지 않고 중얼거렸다.

"아무것도 안 해."

나직해도 우물거림 없이 깔끔한 인후의 목소리는 졸린 사람과는 거리가 멀었다. 화담은 그를 향해 다가가며 그의 옆에 놓인 책들을 발견하고 물었다.

"독서 중?"

"기대를 깨서 미안한데, 아무리 나라도 어둠 속에서 책을 보는 능력은 없어."

"그럼 정말 그냥 앉아 있었다는 말이에요? 멍하니?"

화담은 뭔가가 떠올라 탁 하고 손바닥을 주먹으로 쳤다.

"알겠다. 사색 아니면 명상. 그런 거죠?"

인후는 팔을 내리고 까칠한 눈매에 담긴 불쾌한 기분을 여과 없이 화담에게 쏘아 보냈다.

"내가 아무것도 안 했다고 하면 아무것도 안 한 거야. 어설픈 추측으로 넘겨짚지 마."

네가 나에 대해 뭘 아냐는 듯 쨍한 눈빛. 예전이었다면 그 눈빛에 얼마쯤 주눅이 들었을지도 모른다. 아니, 틀림없이 그랬다. 열일곱 살 적의 서화담은 눈앞에 있는 이 사람의 마음에 들고 싶어서 몸이 달아 있었으니까.

하지만 지금은 빙그레 웃으며 그렇구나, 하고 고개를 끄덕이는 여유를 부린다.

"멋대로 넘겨짚어서 미안해요. 요놈의 호기심은 좀처럼 죽지를 않아서. 그치만 선배, 운 좋은 줄 알아요. 도둑인 줄 알고 이걸 던지기 일보 직전이었어요."

손에 든 머그잔을 흔들어 보이곤 뚜껑을 열어 입술을 축이며 화담은 도로 스위치 쪽으로 걸어갔다.

"그럼 하던 거 계속, 아, 이 말은 좀 웃긴가요? 아무튼 훼방꾼은 사라지겠습니다. 구테 나흐트!"

독일어 밤인사를 남기고 화담은 스위치를 눌렀다. 거실에 어둠이 찾아오며 수족관의 푸른 불빛이 어둠 속으로 넘실거렸다. 화담은 소파 쪽으로 향하려는 시선을 억제하며 몸을 돌렸다. 그런데 인후의 목소리가 그녀를 붙잡았다.

"운명이 바뀌는 순간이란 거, 믿어?"

로맨스 영화에서나 나옴직한 단어의 나열이 차인후 입에서 나왔다는 것에 놀라워하며 화담이 고개를 돌렸다.

"있지 않나요? 내 생각엔 운명이 바뀐다기보다는…… 운명이 생각지 못한 방향으로 가지를 치는 순간 같긴 하지만요."

"음. 그 표현도 그럴듯하군."

고개를 끄덕이던 인후는 눈을 들어 부러 초점을 흐릿하게 해서 수족관을 응시하며 물었다.

"그 새로운 가지라는 것에 사람의 의지는 얼마나 작용할까?"

우등생은 못 돼도 모범생인 건 확실한 학생답게 화담은 진지하게 질문의 해답을 궁리했다.

"운칠기삼이란 말이 있긴 하지만 아직은 거기에 동의하고 싶지 않아요. 그러니까 나라면 운삼기칠. 고로 나한테 묻는다면 정답은 칠 할입니다. 내 운명인데 적어도 칠십 프로는 내가 좌지우지해야 하지 않겠어요?"

희미하게 인후의 입가에 웃음이 맴돌았다. "운삼기칠이라……." 하고 나지막하게 입속말로 중얼거린 뒤 인후는 화담을 돌아보았다.

"대답, 도움이 됐어. 고마워."

"아뇨, 뭘."

생각지 못한 칭찬에 화담은 머쓱해져서 눈을 깜박거렸다. 그리고 다시 걸음을 내딛는데 인후가 또 말을 걸었다.

"자려고?"

"자야죠, 벌써 두 시 반이에요."

"여기서 자지 않을래?"

귀를 의심하며 돌아보았지만 화담이 제대로 들은 게 맞았다.

"잠깐 누워봤는데 소파가 꽤 쿠션감이 좋아."

"아니요, 소파가 아무리 편해도 위에 멀쩡한 침대가 있는데 왜……."

"나, 통 잠이 오질 않아서. 별안간 자리 가림을 하는 건지, 시차병이 이제야 나타난 건지는 모르겠지만."

인후의 고충은 안타깝다. 안타깝지만 그것이 화담이 여기서 자야 하는 이유라고는 생각할 수 없었다.

"잠도 전염된다잖아. 네가 잘 자는 모습 보면 나도 슬슬 잠이 오지 않을까?"

"흠……."

무슨 말이든 인후의 입을 거치면 일리가 있는 것을 넘어 지극히 합리적으로 들린다. 경애하는 히어로를 대하는 팬의 필터링일지는 모르지만 어쨌든 화담에겐 그랬다.

그리고 거실의 소파는 확실히 크고 넓었다. 디근자 형태로 열 명도 앉을 만하다. 잠꼬대를 할까 봐 걱정이긴 했지만 인후가 잠이 온다면야 그 정도는 감수할 수 있었다.

"좋아요, 선배. 잠들지 못하는 가련한 715 소사이어티 예비회원을 위해 이 한 몸, 침대를 희생하겠습니다."

"……그거 아직도 안 잊어버렸어?"

"그렇게 말하는 걸 보니 선배도 기억하나 보네요?"

싱긋 웃고서 화담은 베개랑 이불을 가져오겠다며 계단을 올라갔다. 방에 돌아가 그 두 가지를 챙기다 말고 우두커니 생각에 잠기기도 했지만 결국 그녀는 되돌아갔다. 인후가 기다리는 곳으로.

"과연. 이만 하면 잘 수 있겠어요."

인후의 맞은편에 잠자리를 만들고 누워본 화담은 합격의 뜻으로 엄지를 들어 보였다.

"혹시 내가 자다가 코를 골아도 어디까지나 자리가 바뀐 탓이니까 감안하고 들어요. 졸리다 싶으면 올라가서 자고요. 소레쟈, 오야스미나사이 (그럼 안녕히 주무세요)!"

얇은 인견 이불을 목까지 끌어올리고 화담은 눈을 감았다. 고요해진 거실. 화담은 감은 눈꺼풀 사이로 푸르스름한 물그림자가 춤추는 것이 영 신경 쓰였다. 그래서 소파 등받이 쪽으로 돌아누웠다. 조금 더 낫다. 그리 하여 화담은 안락한 잠의 바다로 풍덩, 풍덩, 푸우우우웅덩…….

'물수제비를 뜨고 있잖아!'

잘 의욕은 넘쳐나거늘 저 잠의 바다가 그녀를 가지고 신나게 물수제비를 뜨는 데는 당해낼 도리가 없다. 이 정도 물수제비면 너끈히 기네스북에 오르겠다는 엉뚱한 생각을 하며 화담은 어디 누가 이기나 보자고 입술을 깨물었다.

……한참 후, 화담은 이게 쉽사리 결판날 경기가 아님을 깨달았다. 노력하면 할수록 머릿속이 더 청명해지며 오감이 더할 수 없이 선명해졌다. 자는 척하느라 꼼짝도 안 하고 있자니 팔다리가 꼭 달궈진 납덩이 같은 느낌이다.

'그땐 안 그랬는데.'

화담은 눈을 뜨고 물빛으로 어른대는 초콜릿색 소파 가죽을 응시하며 언젠가의 일을 떠올렸다. 이와 비슷한 형태로 인후와 밤을 보낸 적이 있었다.

딱 이즈음의 여름밤. 6년 전의 그날은 엄마 강희의 사십구재 날이었다. 평일이었던 터라 그녀는 결석계를 내고 새벽 버스로 무주에 내려갔다가 저녁 버스로 서울로 올라왔다. 그리고 곧장 오피스텔로 돌아갔지만 아직 낯이 설던 공간은 그 하루 내내 화담을 삼키고 있던 공허함을 더욱 증폭시켜 그만 견디지 못하고 밖으로 뛰쳐나갔더랬다.

평소라면 달리기를 하는 것으로 먹먹한 속을 달랬겠지만 그날은 지쳐서 그럴 힘도 없었다. 그런 화담이 향한 곳은 아파트 안에 있는 정원.

자정이 넘은 시각, 아파트 주민 외엔 들어올 수 없는 정원에 사람이라 곤 그녀 하나뿐이었다.

가로등이 켜져 있어도 괴괴하기만 한 정원을 하릴없이 거니는 사이 비가 떨어지기 시작했다. 그냥 걸었다. 가는 빗줄기는 어떤 면에선 따뜻하기까지 했다. 비가 위로가 되었다, 라는 말을 누군가는 이해할 것이다.

거기서 인후와 마주쳤다.

그는 무슨 바보짓을 하는 거냐는 힐난 같은 건 하지 않았다. 그저 천천히 다가와 우산을 씌워주면서 잠이 안 오느냐고 물은 게 전부였다. 화담이 고개를 끄덕이자 인후는 물끄러미 그녀를 보다가 그의 집으로 가자고 했다.

인후는 화담을 위해 거실 소파에 잘 자리를 만들어주었다. 화담은 그가 준 마른 옷으로 갈아입고 나와서 그 자리에 쏙 들어가 누웠다. 그러고선 마주 보이는 자리에서 독서등의 불빛으로 책을 읽는 인후를 말똥말똥 쳐다보다가 언제라고 할 것 없이 졸음이 쏟아져 잠이 들었다.

이튿날 아침 깨어났을 때 인후는 그 자리에 없었다. 자러 들어갔겠거니 하고 화담은 말없이 그의 아파트를 나와 오피스텔로 돌아갔다. 며칠 후 빌렸던 옷을 세탁해서 돌려주었지만 그날 밤의 일에 대해선 둘 다 언급하지 않았다.

시간이 흐른 후엔, 정말 그런 일이 있었나 싶게 현실감이 흐려져 화담은 인후에게 그날 일을 기억하느냐고 묻고 싶을 때가 있었다. 묻지 않은 건, 인후가 얘는 또 무슨 헛소리를 하는 걸까 하는 표정을 지을지 모른다는 불안 때문.

몇 년이 흐른 지금도 반신반의하고 있다. 여전히 확인할 생각은 없다. 현실이었다면 그건 그것대로 좋고, 꿈이었다면 그건 그것대로 나쁘지 않으니까.

빗속에서 물거품처럼 스러져도 좋다고 생각했던 그 하루를 인후에게 구원받았다. 그것으로 족하다. 이미 차인후가 영웅이란 사실은 화담의 가슴에 새겨진 절대명제였으니까.

'그런데 오늘 밤은 왜?'

영웅이 함께 있는데 잠이 오지 않는 이유. 아, 하면서 번득 뇌리에 스치는 바가 있다. 화담은 꼼짝 않던 걸 관두고 크게 부스럭거리며 반대쪽으로 몸을 돌렸다. 그리고 인후를 찾아 눈을 굴렸다.

어둠 속에서도 단려한 조각처럼 앉아 있던 인후가 화담이 자지 않는 걸 알아챘는지 나지막이 말을 걸어왔다.

"너도 잠이 안 와?"

"이 소파, 의외로 불편해요. 침대 대용으론 추천 못 하겠어요."

"그럼 그만 올라가서 자. 편하게 자야지."

"아뇨, 내 생존 능력을 무시하지 마요. 소파 따위에겐 질 줄 알아요!"

훗 하며 인후가 엷게 웃었다.

"그냥 올라가. 너 벌세울 생각은 없어."

화담은 검지를 흔들며 쯧쯧 혀를 찼다.

"벌이 아니라 훈련이에요. 서화담 인생에 한 번 시작한 싸움에 기권은 없습니다. 내가 이 녀석을 이겨서 보란 듯이 푹 자고 말 테니까 두고 보라고요."

우스꽝스러운 오기에 인후는 고개를 숙이며 소리죽여 웃었다. 그걸 보며 화담도 만면에 웃음을 머금었다.

이러니저러니 해도 역시 저 사람이 좋다. 함께 있으면 가슴이 절로 설렌다. 히어로. 반짝반짝 후광까지 둘렀는걸.

다시 한 번 화담이 퇴색하지 않은 팬심을 강하게 자각한 순간이었다.

"뭐야, 이것들은. 멀쩡한 방 놔두고 왜 이러고 있어?"

일요일 오전 느지막이 별장을 찾은 푸른은 거실 소파 양쪽에서 마주보며 자고 있는 두 사람을 보곤 황당한 얼굴을 했다. 그는 먼저 인후에게 걸어가 인후의 어깨로 손을 뻗다가 손이 닿기 직전 스톱하고, 쌍꺼풀이 또렷한 눈매 속의 맑은 다갈색 눈동자를 또르르 굴렸다. 이렇게 좋은 기회를, 고스란히 낭비할 뻔하다니!

발뒤꿈치를 세워 슬금슬금 거실에서 빠져나온 푸른은 주방으로 가서 척척 뭔가를 준비해 돌아왔다. 이윽고 그는,

"일어들 나라, 이 게으름뱅이들, 일어나서 소처럼 일하지 못할까! 차인후, 서꺽정, 기상!"

깡깡깡 국자로 신나게 프라이팬을 바닥을 난타하며 늦잠꾸러기들을 깨웠다. 그 소란에 인후가 부스스 눈을 떠 고개를 들고 화담은 놀라서 벌떡 일어나다가 소파에서 떨어지며 바닥에 머리를 찧었다. 아픈 머리를 누르면서 화담은 뭐냐고, 어디 불났냐고 물어댔다.

"와하하하, 서꺽정 얼굴 좀 봐. 너 밤에 뭘 먹고 잤기에 그렇게 호빵이 됐냐?"

"먹긴 뭘 먹어, 물 마셨지. 아, 나 오줌 마려워. 꿈에서 오줌을 싸는데 홍수가 나서 노아의 방주가…… 비둘기랑 까마귀가 날아가선 안 와, 둘이 살림을 차렸나……."

한창 꿈꾸다 깼던지 화담은 꾸벅꾸벅 졸면서 엉뚱한 소리를 했다. 푸른은 그 잠꼬대를 진지하게 듣다가 뭔가에 필이 팍 꽂혀 화담 옆으로 가서 꿈을 팔라고 구슬렸다.

"그거 태몽 같다, 꺽정아. 너한텐 필요 없을 테니까 나한테 팔아. 태몽 필요한 사람 내가 좀 알거든."

"태몽? 푸른 선배, 사고 쳤어?"

"내가 아니라 필요한 사람을 안다고. 그러니까, 아얏!"

푸른이 화담에게 정신이 팔린 새 소파에서 일어난 인후가 소리 없이 다가와 찰싹 푸른의 뒤통수를 때려 헛소리를 그치게 했다.

"왜 때려! 태몽 좀 사겠다는데 왜 방해하냐, 차인후!"

악을 쓰는 푸른을 심드렁하게 바라보며 인후는 바닥에서 프라이팬을 들어 올렸다. 다만 들어 올린데 그치지 않고 머리 위로 치켜들었다. 움찔하는 푸른을 보며 인후가 물었다.

"또 이럴래?"

꿀꺽 마른침을 삼킨 푸른이 휙휙 소리가 나도록 고개를 저었다.

"안 해, 절대 안 해. 안 합니다. 강푸른 목숨을 걸고."

그래도 인후가 프라이팬을 든 손을 내릴 생각을 안 하자 푸른은 슬며시 무릎을 꿇고는 그지없이 양순한 눈빛으로 인후를 올려다보았다. 다시 한번 고개를 저으며 "안 합니다."라고 맹세하자 비로소 인후가 팔을 내리고 들고 있던 프라이팬을 푸른에게 던져줬다. 힐긋 화담을 쳐다봤지만 그뿐, 이내 하품을 하며 인후는 거실을 떠났다.

그제야 푸른이 구시렁구시렁 인후 험담을 했다.

"짜식이 아침이면 저혈압이라서 눈에 뵈는 게 없다니까."

"그런 경향이 없잖아 있지. 그래도 설마 프라이팬으로 때렸을까."

하품을 늘어지게 하며 화담이 끼어드는 말에 푸른이 눈을 동그랗게 뜨고 목청을 높였다.

"때려! 쟨 얼마든지 때릴 수 있어. 곱상한 게 머리가 좋아서 다들 깜빡

속는데 쟤 문명인의 탈을 쓴 오스트랄로피테쿠스야. 한 번 눈 돌면 뵈는 게 없는 놈이라고."

"할 때는 하는 사람인 건 아는데 사람은 가릴 거 아냐. 푸른 선배를 프라이팬으로 때린다고? 말이 되는 소릴 해."

"아니라니까! 진짜 때려! 내가 좋아서 따라다니긴 했지만 한때 나 엄청 맞았다. 여기, 정수리에 죽도로 맞아서 생긴 흉터도 있어."

푸른은 이걸 보라는 듯 분홍색 머리를 헤집어 흉터 자국을 보여주었다. 아닌 게 아니라 삼 센티 정도 되는 길쭉한 상처가 정수리에 비스듬하게 나 있긴 했다. 푸른이 이제 믿겠냐는 표정으로 쳐다보자 화담은 손사래를 쳤다.

"에이, 설마 인후 선배가 그랬을까."

"진짜래도! 내 목숨 건다!"

"흠. 인후 선배는 나쁜 사람만 때려. 그러니까 푸른 선배가 맞을 짓 했겠지."

"나는 친구가 되고 싶었을 뿐이야, 그게 나쁜 짓이냐?"

결사적인 푸른의 호소에 화담도 살짝 미심쩍은 듯 위를 올려다보다가 다시 푸른을 보더니 언제 그랬냐 싶게 인후 편을 들었다.

"푸른 선배 방법이 나빴나 보지. 지금도 이런데 어릴 땐 오죽 깐죽거렸겠어? 노력은 이해할게. 지금은 누가 뭐래도 차인후 베스트프렌드잖아. 장해, 선배."

툭툭 푸른의 어깨를 두드려주고 화담은 자리에서 일어났다. 하품과 동시에 기지개를 켜며 시계를 찾아 두리번거리던 그녀는 눈에 들어온 시계를 보고는 소스라치게 놀랐다.

"벌써 열한 시 다 됐네? 와, 대체 얼마나 잔 거야. 배고프다. 빨리 씻고 내려와야지."

타박타박 뛰어가던 화담이 창문으로 바깥을 내다보곤 "날 갰다!"하고 외치는 소리가 활기차다. 거실에 홀로 남은 푸른만 어둠과 눈보라 속에 갇혀 있다. 그저 만화에서 본 것처럼 떠들썩하게 친구들을 깨워보는 소박한 바람을 품었을 뿐인데 어째서 혼자 만신창이가 된 걸까.

"아니야, 이 비슷한 일을 겪은 적이 있어. 그래, 그것도 여러 번……."

푸른의 말이 옳았다. 몇 해가 지나 자연스레 잊고 있었지만 이것은 그야말로 고등학교 3학년 때의 데자뷰였다. 인후 옆에 저 외관만 미녀인 선머슴애가 추종자로 등장하면서 방금 전 같은 상황이 얼마나 빈번했던지!

"둘이 다시 콤비를 이뤘다 이거지? 좋아, 내가 무슨 영화를 보겠다고 그사이에 끼어 찬밥이 되겠냐? 내가 없어 봐야 소중함을 알지. 어디 둘이 재미없어서 죽어봐라, 흥!"

이를 부드득 갈며 푸른은 온다간다 말도 없이 별장을 떠났다.

그에겐 안 된 말이지만 인후나 화담, 둘 다 푸른이 별장 어디에도 없다는 것을 식사를 다 마치도록 몰랐다. 식사 준비를 하면서 화담이 밥 먹으라고 푸른을 찾으려는 걸 인후가 호텔에서 먹고 왔을 거라며 주저앉힌 탓이었다. 후식으로 차 준비를 하면서 비로소 인후가 찾으러 나섰다가 밖에 차가 없는 걸 보고 갔나 보다고 돌아왔다.

이 두 사람, 참으로 태평하게도 한 사람은 그새를 못 참고 또 어딜 갔을까 혀를 차고 다른 한 사람은 놀 곳이 없어 고민이겠어? 라고 응수했다. 자신들이 원인을 제공했다는 자각이 눈곱만큼도 없다.

"하여간 팔자 좋은 사람이야. 뭐 나도 그 좋은 팔자에 덕을 보긴 하지만."

그늘진 테라스에서 차를 마시며 햇볕이 내리쬐는 제주 정원을 감상하는 여유에 젖어 화담은 콧노래를 흥얼거렸다. 어제는 비 때문에 눈에 들어오지 않던 정원의 꽃들이 오늘은 싱그러운 제 색깔을 뽐내며 서로 다투는 모습이 가히 볼만했다. 담장을 따라 심어진 감귤나무도 연둣빛 잎사귀가 보석같이 반짝여 바라보는 것만으로도 기분이 좋았다.

"오늘도 선배는 아무것도 안 할 거예요?"

"응. 안 해."

인후는 턱을 괴고 제 앞의 찻잔만 들여다보고 있다. 고개를 살짝만 돌려도 저렇게나 구경할 것이 많은데. 저런 정도는 눈요깃거리도 안 되는가 보다 하며 화담이 일없이 목덜미를 문지르고 있자니 그가 눈길을 들어 마주보며 말했다.

"어차피 너도 공부밖에 할 거 없잖아? 아니면 어디라도 가고 싶은 거야? 바다 보고 싶어?"

마음이야 굴뚝같지만, 화담은 고개를 저었다.

"놀러온 거 아니니까 아무 데도 안 갈 거예요. 그래도 열심히 공부한 후에 잠깐 휴식은 취해야죠. 보니까 뒤에 수영장이 있더라고요."

그러니 선배도 같이 놀지 않겠냐는 말은 차마 날씨 때문에 하지 못했다. 화창한 여름날에 야외에서 물놀이를 하자는 건, 인후에겐 자칫 조롱으로 들릴지도 모른다. 대신 화담은 찻잔을 내려다보며 짤막히 덧붙였다.

"오후엔 날이 흐리면 좋을 텐데."

인후의 시선이 내리깐 그녀의 속눈썹에서 생각에 잠길 때면 으레 그러듯 종긋해진 입술로, 이어서 아까부터 연신 문지르고 있는 목덜미로 옮겨갔다. 손가락 아래로 언뜻언뜻 보이는 그 부근의 살갗이 다른 데 비해 한결 빨갛다.

그때 별안간 일제히 울기 시작한 매미 소리에 화담이 깜짝 놀라 고개를 돌렸다. 테라스에서 아주 가까운 나무에 자리를 잡았는지 소리가 쩌렁쩌렁했다.

"어머, 저기 무화과나무에 매미 있어요. 보여요? 저기요, 저기. 근데 이 소린 한 마리가 아닌데, 쟤도 친구들끼리 놀러 왔나? 다른 애들은 어딨지?"

화담이 테라스 가까이 있는 나무들을 살피느라 목을 늘여 빼면서 목덜미의 붉은 자국이 숨김없이 드러났다. 오백 원짜리 동전만 해진 그 자국은 중앙으로 갈수록 빛깔이 짙어져, 거의 핏빛에 가깝다. 살짝 흔들리는 눈을 내리깔며 인후는 찻잔을 들었다.

"쫓아버리지 그래? 여기서 단체 미팅이라도 하면 곤란한 건 너 아냐?"

"괜찮아요. 창문 닫으면 참을 만하겠죠."

화담은 손사래를 친데 이어 아련한 눈매로 나무를 올려다보았다.

"땅밖으로 나온 매미는 오래 살아봤자 칠일이라는데 그 짧은 동안 사람들한테 훼방꾼 취급이나 당한다는 건 가엾잖아요. 이 세상은 매미들 세상이기도 하니까."

이내 그녀가 빙긋 웃더니 인후를 돌아보며 말했다.

"다들 일찌감치 제 짝 찾아서 칠일 꽉꽉 채워서 데이트하면 좋을 텐데요. 안 그래요?"

"오로지 짝짓기가 전부인 멋진 삶이로군."

꼭 그답게 시니컬한 말에 화담이 입술을 비죽거리다 탕 하고 테이블을 쳤다.

"선배 가슴에 손을 얹고 저 매미처럼 열심히 짝을 찾으려고 노력한 적이 있는지 생각해 봐요. 그런 게 아니면 생애를 걸고 짝을 찾고 있는 매미를 비웃지 말아요. 매미가 선배보다 훨씬, 어른인 거니까."

인후는 빤히 화담을 쳐다보다가 입꼬리를 올리는 사늘한 미소와 함께 물었다.

"그러는 너는?"

"나? 내가 뭐, 뭘요."

"저 매미처럼 열심히, 생애를 걸어서 찾은 게 무주에 있는 그 친구? 그런 이유로 너도 어른이라고 주장할 참이야?"

화담은 꿀 먹은 벙어리 같은 얼굴로 눈을 빠르게 씀벅이다가 벌떡 의자에서 일어났다. 그리고 쟁반에 빈 찻잔을 달그락거리며 담는 그녀에게 인후가 "대답은?"하고 재촉했다. 화담은 반쯤 돌아서면서 대꾸했다.

"세상일에는 운이란 게 작용하니까요. 로또복권처럼."

총총히 테라스를 뒤로 하고 화담은 집 안으로 들어갔다. 인후는 쓴웃음을 머금는 제 입술을 문지르며 몸을 젖혀 무화과나무를 올려다보았다.

"어젯밤만 해도 운삼기칠이라더니……. 뭐 착각은 자유니까. 안 그래?"

잠깐 소강상태였던 매미들의 합창이 재개되었다. 무더운 하루가 될 것 같다. 그 하루가 어서 흘러가길 바라는 마음과, 조금이라도 더디 흘러가길 바라는 마음. 그 둘 사이에서 인후는 가만히 눈을 감았다.

7.

제주도에서, 각자가 결심한 바

"이놈의 것이 대체 어디로 숨어 버렸담?"

화담은 주위를 둘러보며 귀신이 곡할 노릇이라고 의아해했다. 소화도 시킬 겸 뜰을 돌아보겠다는 핑계로 어제 자신이 던져버렸던 담배 케이스를 찾는 중이었다. 걷어찬 방향은 물론 떨어진 부근까지 똑똑히 기억하는데 어찌 된 게 눈을 씻고 봐도 영 보이질 않았다. 까치나 고양이가 물고간 건 아닐까 하는 의심이 일었지만 마지막으로 한 번 더, 라는 각오로 팔을 걷어붙였다.

"아, 없어, 없는 거야. 금속탐지기를 가져와도 이건 못 찾아."

예상 지점을 최대한 넓혀서 돌아보며 잔디 속까지 샅샅이 훑었지만 결국 담배케이스를 찾지 못했다. 어제 맘먹었을 때 찾으러 나올 걸, 뒤로 미룬 결과가 이건가 하고 화담은 낙담의 한숨을 거듭 토했다. 그녀의 속을 알아주는 듯이 하늘도 구름으로 뒤덮였다. 그리고 가는 실 같은 는개가……

"엇? 비 오잖아?"

더위 속에서 한 시간여를 뜰을 헤매고 다닌 화담에겐 반가운 비였다. 집안 어딘가에 있을 인후에게도 냉큼 메시지를 보냈다.

[선배, 날씨 좋아졌어요. 구름 끼고 비도 내려요!]

그러곤 얼굴을 하늘로 향한 채 눈을 감고 비를 맞다가 더 좋은 생각이 나서 얼른 집으로 들어갔다. 그녀는 가벼운 옷으로 갈아입고 나와 뒤뜰로 향했다. 곧장 신나게 달려가는 곳은 다름 아닌 수영장. 이미 준비운동은 넘치게 했다고 생각하는 터라 풀에 뛰어드는데 한 치의 주저도 없다.

"꺄하하, 시원해! 역시 여름엔 물이 최고다!"

한바탕 물장구치며 까불다가 밖으로 나와서 슬라이드를 타고 갖가지 스타일로 풀로 입수하는 등 혼자 놀아도 조금도 심심할 새가 없다. 메시지를 받고 밖을 내다본 인후가 이윽고 뒤뜰로 나온 이십 여분 후에도 화담은 아드레날린의 홍수 속에서 세상모르고 노는 중이었다.

"서화담, 물개로 변신!"

싱크로나이징 흉내도 부족했던지 화담은 번쩍 하늘로 손을 들며 구호를 외치곤 물속으로 사라졌다. 숨을 참으며 최대한 잠수해서 잠영을 한다. 지금 놀고 있는 아담한 풀 정도면 끝에서 끝까지 잠수로 오가는 것쯤 일도 아니다. 거기에 재미가 들려 지칠 줄도 모르고 반복, 또 반복이다.

그러나 몇 차례 왕복했는지 기억도 안 날 즈음 막 수면 위로 솟구쳐 오른 화담은 별안간 뒷골이 띵하는 느낌과 함께 눈앞이 깜깜해지는 뇌빈혈과 맞닥뜨렸다. 뒤통수를 누르며, 다른 손으론 수영장 벽을 짚는다는 게 그만 손이 미끄러지면서 그녀는 순간 확 물에 잠겨 들었다. 머리만 어찔한 게 아니라 계속 움직여줘야 할 물속의 발이 별나게 무겁게 느껴지는 등, 몸이 전반적으로 말을 안 들었다.

그 둔한 몸으로 허우적거리는 동안 몇 모금 물을 마셨고 마침내는 코로 확 물이 들어가면서 머릿속이 찡하게 울렸다. 별것 아닌 잠깐의 합선. 그러나 그것이 일어나는 장소가 물속이라면 이야기가 달라진다는 것을 화담은 비로소 배웠다.

"화담아!"

유난히 멀게 느껴지는 수면을 향해 손을 뻗던 화담의 팔을 꽉 움켜쥐는 손이 있었다. 강하게 붙잡아 당기는 힘 덕분에 머리가 수면 위로 떠오른 순간 가물거리는 화담의 눈에 인후가 어렴풋이 보였다.

'그래, 당연히 이 사람이지.'

크나큰 안도감에 순간 까무러지듯 의식을 놓쳐버렸다.

그의 팔에 이끌려 위로 올라오는 화담의 상체를 인후는 다른 손으로 껴안아 올렸다. 축 늘어져선 몸을 가누지 못하는 와중에도 화담이 뒷머리를 꽉 누르고 있는 걸 보고 그가 거칠게 얼굴을 잡아 돌리며 물었다.

"머리를 부딪쳤어? 그런 거야? 어디가 어떻게 아픈지 말을 해, 서화담! 화담아? 눈 뜨고 말 좀 해봐, 어서!"

인후의 다급한 목소리를 닻줄로 삼아 멀어졌던 의식도 조금씩 돌아왔지만 아직 화담은 입을 열 정신이 없었다. 눈을 꼭 감은 채 뒷골의 욱신거림이 가라앉길 기다리자니 구역질이 날 것 같은 기분도 점차 가셨고, 눈속에서 오가던 반점 같은 잔상도 사라졌다. 남의 것처럼 느껴지던 사지에도 점차 감각이 살아났다.

그러자 문제가 되는 것은…… 부끄러움. 나무에서 떨어지는 꼴을 보이고만 대장원숭이가 느낄 법한 뻘쭘함 때문에 화담은 눈 뜨기가 무서웠다.

그렇게 머뭇거린 시간이라고 해봤자 얼마 되지 않았는데 그사이 인후는 화담의 맥이며 숨을 확인하고선 번쩍 그녀를 안아 들고 집으로 들어갔다. 공주님 안기에 더욱 당황한 화담은 눈뜰 때를 자꾸만 놓치고 있었다.

'나 좀 내려놔 봐요, 선배. 그러면 내가 눈을 번쩍 뜨고 와하하 웃으면서 놀랬죠? 하고 서프라이즈 쇼였던 것처럼…… 응? 으응?'

어딘가 눕힐 곳에 데려갈 줄 알았는데 문득 등허리가 서늘하다 싶어서 실눈을 뜨는 화담에게 뜨뜻한 물벼락이 쏟아졌다. 인후가 화담을 욕실로 데리고 들어와 샤워기 레버를 틀었던 것이다. 다소 뜨거울 정도의 물이 화담을 향해 쏟아지게 해놓고서 인후는 화담의 팔다리를 주물렀다. 꼼꼼히 살갗을 비벼가며 열을 내도록 하는 것이 아무래도 화담이 체온이 내려가 쇼크가 온 걸로 짐작하는 모양이었다.

"화담아? 서화담, 정신 좀 차려봐, 화담아?"

이름을 불러주는 인후의 목소리가 전에 없이 애절하게 들리는 건, 화담이 못내 감동해버린 탓일까? 이제라도 눈을 뜨자 하면서도, 걱정하는 인후의 말 몇 마디라도 더 듣고 싶어서 우물쭈물하는 사이 인후가 그녀를 두고 욕실을 나갔다. 슬그머니 눈을 뜬 화담은 혹시 인후가 그녀가 깨어 있는 걸 알아채고 나가버린 건가 생각했다.

'꼬리가 길면 밟힌다잖아. 하물며 상대는 차인후, 이크.'

자수해서 광명 찾자고 부스스 몸을 움직이다가 문득 되돌아오는 발소리를 듣고는 퍼뜩 놀라 도로 눈을 감고 널브러졌다.

'어, 이거 아닌데? 어쩌자는 거야, 진짜?'

믿어 마지않던 본능적인 운동신경을 원망하는 날이 다 오고. 어쨌든 도루묵. 인후가 샤워기 레버를 내리고 바로 옆에 다가와 앉는 게 느껴졌다. 화담의 등을 받쳐 팔 안에 안고 인후는 가져온 컵을 화담의 입가에 가져다댔다. 그 내용물이 입술에 닿기도 전에 화담은 속으로 소스라쳤다.

'이 알싸한 향, 설마……? 아아앗, 술이잖아, 안 돼, 나한테 술 주지 마요! 으아앗, 독해, 이거 몇 도짜리야? 목구멍이 타잖아, 큰일이다, 비상,

비상……!'

가져온 보드카를 한 모금쯤 흘려 넣자 화담이 기침을 터뜨리는 것을 보고 인후는 입가에 얼핏 미소를 지으며 다시 한 모금을 더 마시게끔 했다. 화담의 머리가 스르륵 옆으로 기우는 것을 손으로 받쳐서 컵에 따라온 술을 계속 입술에 대어주었다.

"더 마셔. 얼른 몸이 따뜻해져야 돼."

그가 말을 건네자 화담의 눈꺼풀이 파르르 떨리다 약간 들어 올려졌다. 하지만 인후가 뭐라고 말하기도 전에 도로 감겼다. 인후는 효과가 있다고 생각하며 보드카가 담긴 술잔을 힘주어 잡았다. 그리고 남은 술을 마저 마시게 했다.

빈혈과는 다른 의미로 가물거리기 시작한 화담의 머릿속에는 동물원에서나 볼 법한 경고문구가 오락가락했다. 이 동물에게 과자나 음식물을 주지 마세요. 왜냐하면…….

'달려들 수 있습니다.'

화담이 기억하는 건 거기까지다.

목욕수건으로 꽁꽁 감싼 화담을 자신에게 기대앉혀 놓고 인후는 드라이어로 그녀의 머리카락을 말렸다. 전에 머리를 잘라주면서 알았듯이 머리숱이 어지간히도 많은데다 하물며 길기까지 한 지금 제대로 말리는 건 꽤 긴 시간을 잡아먹었다. 머리 다음으론 목욕수건 속 젖은 옷 위로 드라이어를 쪼였다. 옷을 갈아입혀주는 것이 최선임은 모르는 바가 아니나 그것까지는 무리였다.

윙윙 울리는 제습기 소리며 드라이어 소리를 참아내며 묵묵히 같은 일을 반복한 지 얼마나 됐을까. 죽은 듯 조용하던 화담이 머리를 뒤채며 잔기침을 하기 시작했다. 목이 마른 거라고 짐작하고 미리 준비해둔 따뜻한 물을 가져와 마시게끔 하자 과연 기침소리가 잦아들었다. 하아, 하고 만족스럽다는 듯 한숨을 내쉰 화담이 반짝 눈을 뜬 것도 그때다.

"……정신 좀 들어?"

조금 뚝뚝하다 싶게 건넨 말에 화담은 몽롱한 기운이 여실한 젖은 눈으로 인후의 얼굴을 더듬다가 배시시, 웃었다. 슬며시 인후의 미간이 찌푸려졌다.

"너 때문에 별안간 얼마나 놀랐는지 알기나 해? 근데 넌 지금 웃음이……."

"안아줘."

인후는 제 귀를 의심했지만 가느다란 두 팔을 들어 올리며 화담이 "안아줘, 안아줘."하고 칭얼대는 소리가 연이어지니 의심의 여지가 없어졌다. 그 간청에서 도망치듯 인후는 뒤로 몸을 젖혔지만 화담은 끙끙 강아지 않는 듯한 소리를 내며 계속 졸라댔다.

"안아줘, 안아주세요, 우리 예쁜 화담이, 좋은 거 해줘요."

"왜, 왜 이래."

어린아이 같은 그녀의 몸짓에 인후는 낯빛마저 달라질 지경. 조금만 더하면 팽개치고 달아날지도 모를 그의 옷자락을 움켜쥐고 화담이 속살거렸다.

"안아줘, 보고 싶었단 말이야. 나 안 보고 싶었어요? 왜? 보고 싶었지? 그치? 안아줘, 어서, 어서요."

"진짜 머리라도 다친 거야? 그게 아니면 아, 설마……."

혹시 아까 마신 보드카 반 컵 탓인가 하는 의문이 뇌리에 스쳤다. 말도 안 된다고 생각했다. 그 술이 얼마나 된다고 취할 리가. 서화담, 한눈에 봐도 술에 강하게……

거기까지 생각한 순간 스윽 화담의 팔이 그의 목을 감아왔다. 이어서 다른 팔도. 두 팔로 매달리듯이 안겨오는 힘이 어쩌나 센지 당황한 인후의 상반신이 무너지듯 화담 위로 쓰러졌다.

"서화담, 너 진짜……"

간신히 두 팔로 바닥을 짚으며 화담의 팔에서 벗어나려고 머리를 드는 인후의 귓가에 흐느낌 같은 목소리가 들려왔다. 웅얼거림이 심해서 잠깐은 알아듣기 힘들었지만 이윽고 그 단어를 알아들은 순간부터 너무도 또렷이 들려왔다.

"엄마, 엄마, 엄마."

인후는 엷은 한숨을 삼키며 억지로 버티던 것을 관두고 화담에게 안겼다. 구름처럼 퍼진 머리칼을 베고서 품 가득히 화담을 꼭 안아주며 그녀를 토닥거렸다.

"그래, 화담아. 말해."

"가지 마, 엄마. 나랑 있어. 아무 데도 가면 안 돼, 응."

"그래, 여기 있을 게. 우리 화담이 옆에."

별달리 목소리를 꾸미지도 않는데도 인후의 목소리를 철석같이 엄마 것으로 알아듣고 화담은 응, 응 하며 대꾸했다.

"계속 나쁜 꿈을 꿔, 엄마. 거기는 계속 찬바람이 불고, 엄마는 어디에도 없어."

"꿈이야 그런 건."

"알아, 꿈이야. 꿈인데, 꿈이 너무 길어, 엄마. 나 잠 안 자게 지켜줘. 잠자면 또 그 나쁜 꿈을 꿀 거야. 엄마는 그 꿈이 얼마나 긴지 모를 거야……"

화담의 한숨이 인후의 머리카락을 뜨겁게 적셨다. 허공의 한점을 노려보며 인후도 가늘게 한숨을 뱉었다.

"나도 지켜주고 싶지만 언제까지 이러고 있을 순 없어. 우린 그만 다른 꿈을 꾸러 가야 해."

"엄마도 꿈을 꿔?"

"꾸지 그럼. 봄 꿈이 끝나면 여름 꿈을 꾸고, 여름 꿈이 끝나면 가을 꿈을 꾸고……. 그렇게 계속 꿈을 꾸는 거야."

"그렇구나. 엄마는 이제 다른 꿈을 꾸는 거구나."

어린애처럼 순순한 긍정에 이어 화담은 조용해졌다. 그 고요함이 사뭇 오래 이어지는 것에 인후는 이제 잠든 건가 하고 슬쩍 머리를 들었다. 하지만 그의 눈을 사로잡은 것은 화담의 뺨을 적시는 반짝이는 기운. 꼭 감은 그녀의 눈 사이로 자꾸만 반짝이는 이슬이 솟아나고 있었다.

"화담아……."

소리 없는 눈물은 인후의 부름에 알아달라고 보채는 흐느낌으로 변했다.

"엄마, 나, 엄마가 꾸는 그 꿈으로 가면 안 돼? 우리 다시 같은 꿈을 꾸면 안 되는 거야?"

"그럼 너, 지금 꾸고 있는 꿈은 어쩌고."

"엄마가 없는데 그게 다 뭐야. 재미없어. 아무 재미도 없어."

어리광쟁이가 된 화담의 얼굴을 들여다보던 인후가 더없이 상냥하게 그녀에게 말했다.

"아니야, 화담아. 잘 생각해 보면 재미난 일들이 떠오를 거야. 그 꿈엔 널 좋아하는 사람들도 많잖아."

"……없어도 돼."

"그 사람들 전부? 다 못 만나도 좋아?"

부러 놀란 듯이 꾸며내는 목소리에 화담은 숨죽였다가 대꾸했다.

"결국 참아서 이겨낼 수 있을 거야. 죄다 시시하니까."

예정에 없던 엄마 놀이에 심취해가던 인후의 눈이 순간 야릇하게 반짝였다.

"승준이도? 그 오랜 친구도 우리 화담이에겐 시시한 거야?"

"……승준인 괜찮아. 서윤이가 있으니까."

인후는 눈썹을 슬쩍 치켜 올렸지만 그 건은 그쯤하고 화담의 머리칼을 쓰다듬으며 물었다.

"이루고 싶은 일은? 지금 꿈속에서 꼭 이루고 싶은 일 말이야. 그 꿈에서 떠나 버리면 못 이뤄서 가슴 아플 일, 하나도 없어?"

"그런 건……."

무언지 몰라도 화담은 선뜻 대답하지 못하고 머뭇거렸다. 불현듯 그녀는 한숨을 내쉬었고 이어서 도리질을 했다.

"어차피 못 이룰 거야, 난 엄마처럼은 못 하겠어. 너무 쓸쓸해 그런 건……."

인후를 안은 팔에 힘을 주어 꼭 매달리며 화담은 거듭 한숨을 내쉰다.

"엄마, 난 무주에 돌아가면 집으로 가는 길에 있는 터널을 지날 때마다 꼭 눈을 감아. 터널이 끝나고 눈을 뜨면 세상이 다시 육 년 전으로 돌아가 있기를 바라면서. 정말 간절한데, 아무리 빌어도 이뤄지지 않아. 내가 죽도록 열심히 소망하는 건 하나도 이뤄지지 않아. 그래서 이젠 간절해질 것 같은 건 안 만들려고."

그것으로 하고픈 말이 어느 정도 끝났는지 팔에 힘이 풀어지면서 화담의 숨결도 조용해졌다. 하지만 인후가 조심스럽게 그녀의 팔을 풀어

내려는 순간 화담이 다시 입술을 들썩였다.

"내가 잘못했을까, 엄마?"

"무슨 잘못?"

"명혜 아줌마한테. 아줌마는 아버질 따라 죽고 싶어 했는데 내가 말렸잖아. 그땐 그게 옳다고 믿었는데 아직도 마음에 걸려. 내가 하고 싶지 않은 일을 남에게 시켰어. 아줌마는 그 후에 부쩍 늙으셨어. 응. 사막에 갇힌 장미꽃처럼."

"……."

"가슴에서 늘 찬바람이 불겠지. 이후의 시간에 무슨 의미가 있었을까. 내가 잘못했나 봐. 그냥 우리 둘 다 그때 죽는 건데."

한껏 괴로운 얼굴로 그녀가, 쥐어짜듯 말했다.

"그 사람이 그때 전화하지 말았어야 했어."

그 말을 끝으로 화담은 더 이상 엄마를 찾지 않았다. 인후는 그러고도 한참 더 화담을 토닥이면서 언젠가의 일을 떠올리고 있었다.

"그래, 서화담. 그땐 참, 네 그림자가 엷었지."

갓 만났던 무렵, 특히 병원 앞에서 처음 마주쳤던 화담의 모습이 바로 직전의 일처럼 생생해졌다. 기억한다. 기억한다. 그때 그에게로 불었던 바람을. 그 바람에 떠밀려 그녀에게 다가가던 자신도.

그 최초의 오해가, 화담이 차인후란 사람을 '상냥한 사람'이라고 단단히 착각하게 만들었다. 심지어 지금까지도 그 착각을 믿고 있다. '영웅'이라니 말 다했지.

쓴웃음을 짓고서 인후는 고개를 들어 화담을 내려다보았다. 눈물에 아롱진 민낯이 더없이 처연하도록 아리따워 그는 더 쓰게 웃으며 입술을 깨문다.

"진저리나게 싫다, 너."

그런 말을 내뱉는 입술이 화담의 담홍색 입술에 주춤거리며 다가간다. 그러나 손가락 한 마디쯤 위에서 방향을 바꾸어 아래로 향했다. 이미 목덜미에 만들어진 붉은 자국 위에 망설임 없이 입술을 댔다. 두 손이 몇 번이나 화담의 몸에 가 닿으려는 것을 그녀의 머리칼을 움켜쥐는 것으로 극복하며 인후는 목덜미의 그 한 곳만을 강하게 빨아들였다.

그리하여 한결 또렷해진 키스마크. 그것을 꾹 문지르자 아팠던지 화담이 신음소리를 냈다. 더할 수 없이 어두워진 눈으로 그녀를 바라보던 인후가 벌떡 일어나 그녀를 남겨두고 방을 나갔다.

"그쪽, 그쪽으로, 아니 안 돼! 거기로 가면 사육사가, 야아, 안 돼! 그래도 여태 먹이 날라다 준 공로가 있잖아!"

확 앞으로 손을 내뻗으며 뭔가를 움켜쥐려다가 화담은 눈을 떴다. 꿈과 현실의 경계선에서 그녀는 방금 전까지 함께 있던 동료들이 어디로 갔나 싶어 어리둥절하게 두리번거렸다.

바나나폭동. 한 번 사는 세상, 바나나라도 실컷 먹고 죽겠다고 다 함께 우리를 탈출해서 도망가는 중이었다. 화담은 전체 서열 2위로서 당당히 후위를 지키며 달아나고 있었다. 한마디로 그녀는 원숭이였는데―.

"어…… 꿈인가. 맞다, 나 사람이지. 그래, 지금은 사람이야. 사람 만세."

흐흣 하고 웃으면서 화담은 뒹굴 옆으로 돌아누웠다. 자그맣게 하품을 하며 바나나폭동 꿈이나 마저 꿨으면 좋겠다고 생각하며 잠을 청했다. 그러다 번쩍 눈을 떴다.

잠시 얼어붙은 듯이 꼼짝도 않던 화담은 마침내 벌떡 몸을 일으키고 휘휘 사방을 둘러보았다. 꽤 어둑하긴 해도 어제 짐을 풀었던 방인 걸 못 알아볼 정도는 아니다.

침대 옆의 러그 위에서 목욕수건을 칭칭 말고 있는 그녀는 수영하러 나갔을 때와 같은 복장. 옷은 이미 말랐고 머리도 산발이 되긴 했지만 바싹 말랐다. 화담은 머리를 쓸어 넘기며 휴대전화를 찾아봤지만 그건 보이지 않았다.

마른침을 삼키며 일어서는데 왼쪽 관자놀이가 찌잉 하고 아파왔다. 별안간 무슨 두통이지 하고 생각하다가 벼락이라도 맞은 듯 모든 게 기억났다.

"술. 나한테 술을 줬어."

싸악 머릿속에서 피 마르는 소리가 들리면서 무릎에 힘이 풀리는 것을 겨우 침대에 걸터앉는 것으로 대처했다. 머리를 싸매고 이 꿈보다 못한 현실에 끙끙거리는 것도 잠시. 화담은 매는 먼저 맞는다는 자신의 신조대로 용감하게 방을 나섰다. 비록 금세 다시 돌아와 옷도 갈아입고 머리도 손보았지만 용기는 조금도 꺾이지 않았다.

"인후 선배!"

겁 없이 인후의 방에 노크도 않고 문을 열어젖히는 호기를 부렸으나 사람이 없다. 어쩐지 안심하는 자신을 깨닫고 화담은 인상을 찡그리며 다시 복도로 나가 행진했다.

1층으로 내려가면서 화담은 두 가지 새로운 사실을 알았다. 수영장에서 놀 때보다 빗발이 한결 굵어졌다는 것. 계단참의 벽시계가 알려준 또한 가지는 일곱 시 반이 넘은 시각. 서울로 돌아가려면 늑장 부릴 때가 아니다 싶어 화담은 마음이 급해졌다.

"선배? 어딨어요, 선배……."

해답은 공기 중에 떠도는 은근한 음식 냄새가 알려주었다. 주방으로 걸어간 화담은 닫혀 있는 미닫이문 유리 너머로 국 간을 보고 있는 인후를 보곤 머리를 긁적였다. 역시 얼굴을 보려니 민망하다.

시선을 느꼈던지 인후가 문쪽을 돌아보더니 화담을 보곤 까딱 고갯짓했다. 들어오란 소리로 알아듣고 화담은 빠끔히 문을 열곤 여전히 밖에서 쭈뼛거리며 말했다.

"……선배 저녁 준비해요? 근데 서울 가려면 지금 나가야 하는 거 아니에요?"

"언제 깰지 몰라서 표는 취소했어."

"네? 어, 그래도 공항에 가면 표가 있지 않을까요?"

"있기야 하겠지만 그렇게 헐레벌떡 올라가야 해? 어차피 내일 하루 공강이라며? 하루 더 묵고 아침 일찍 올라가도 괜찮지 않아?"

인후의 말대로 화급한 일은 없다. 공부할 것도 넉넉하게 챙겨왔다. 그래도 하룻밤 더 묵는다는 말에 마음이 불편해지는 것을, 그지없이 쿨한 인후의 태도에 자극받아 내색하지 않기로 했다.

"선배가 괜찮다면 나도 뭐."

"동의했으면 손 씻고 식탁 차리는 거나 거들어."

"옙!"

재빨리 주방에 들어가 싱크대에서 손을 씻으며 인후의 뒤통수를 보는데 그가 거기에 눈이라도 달린 듯이 말했다.

"숙주가 있기에 그걸로 국 끓였어. 먹을 수 있지?"

"당근이죠. 가구랑 사람 빼고는 다 먹습니다. 어쩌면 가구도 먹을 수 있을지도."

그건 어떤 나무냐에 달렸겠지, 하고 생각하던 중에 퍼뜩 인후에게 생각이 미쳤다.

"선배는요? 숙주 괜찮나? 녹두인데."

"괜찮아."

"오! 그러면 언제 빈대떡 해줄게요. 이렇게 비 오는 날이면 엄마가 손님들한테 빈대떡 서비스를 했는데 항상 인기 만발이었어요. 그런 날엔 소주며 막걸리도 기가 막히게 잘 팔렸죠. 비가 오면 다들 술이 당기는 모양……인가 봐요."

그만 향수에 취해서 화담은 스스로 지뢰를 밟는 우를 범했다. 술, 이란 한 단어가 머릿속에 쾅하고 폭죽을 터뜨리며 삐질 이마에 땀이 돋았다. 냉장고로 가 꺼낼 반찬을 고르는 척하면서 화담은 일단 쉬운 주제부터 건드렸다.

"아까는 느닷없이 놀랐죠? 내가 너무 들떴었나 봐요, 생전 그런 일이 없는데 물속에서 뇌빈혈이 다 나고. 원숭이가 나무에서 떨어진다더니 딱 내가 그 꼴 났지 뭐예요. 푸른 선배가 봤으면 십 년 놀림감인데 거기 없었기 망정이지. 잠깐, 혹시 선배가 이미 말해준 거 아니에요?"

정말 걱정이 되어 돌아본 화담의 눈에 설레설레 고개 젓는 인후의 뒤통수가 보였다.

"아침에 그러고 가서 연락 없었어."

"전혀? 아무래도 단단히 삐쳤나 본데요."

"그러든지 말든지."

"그러지 말고 선배가 먼저 연락해 봐요."

"내버려둬. 풀릴 때 되면 어련히 알아서 풀려."

"풀리는 게 아니라 체념하고 넘어가는 거겠죠. 가끔은 선배가 먼저 연락 좀 하고 그래 봐요. 가만 보면 인후 선배가 너무 갑의 입장이야."

화담의 충고에도 인후는 듣는 둥 마는 둥 한소끔 더 끓인 국 냄비 불을 끄고 밥을 담았다. 반찬 몇 가지를 내어놓고 인후가 남은 채소들을 사용해 만든 샐러드 볼을 내놓자 식탁이 풍성해졌다. 숙주를 넣어 끓인 해장국이며 샐러드를 맛본 화담은 짝짝 손뼉을 치며 휘파람을 불었다.

"선배는 별것 아닌 것처럼 뚝딱뚝딱하는데 하나같이 맛있게 한다니까요. 이건 진짜 타고난 센스 차인가 봐. 누군 해도 해도 안 되던데."

"누구? 무주에 있는 애인?"

"애인 '들' 이요. 승준이랑 서윤이, 둘 다 암담할 정도로 음식에 재주가 없어요. 오죽하면 내가 너희는 돈 많이 벌어서 도우미 두고 사는 수밖에 없다고 그랬다니까요."

"그중 한 명은 네가 구제해줄 거 아닌가?"

"글쎄요, 그건 내가 하고 싶다고 될 일은 아니라."

무심한 듯 떠보는 말에 화담은 천장의 한 점을 보며 진지하게 고민하는 얼굴이 되었다.

"언젠가 셋이서 룸메이트로 살아보고 싶긴 한데 어디까지나 내 희망이거든요. 일단 나는 내년까지는 서울에 있어야 하고. 같이 살면 걔들 잘 먹일 자신은 있어요. 둘 다 공부하느라 홀쭉해져서 좀 찌워야 돼 진짜. 이번에 내려가면 엄청 고칼로리 음식을 해줘야지."

예상에서 훌쩍 빗나간 화담의 장래구상에 인후는 웃음이 번지는 입술을 물컵으로 가렸다. 화담은 퍼뜩 인후를 보더니 수저를 내려놓고 일어서서 공손히 배꼽인사를 했다.

"내가 이렇지 참. 아직까지 감사 인사도 안 한 것 좀 봐요. 선배, 오늘도 도와줘서 고마워요. 이렇게 번번이 폐만 끼치는 녀석이라 미안합니다."

"앉아서 밥이나 먹어."

쑥스러웠는지 약간 퉁명해진 인후의 말투에 화담이 빙긋 웃고선 의자에 앉았다. 수다를 자제하고 조용조용히 밥을 먹으면서도 그녀는 한 가지 근심 때문에 영 개운치가 못했다. 그래서 순간순간 인후의 눈치를 살피는 것을 인후는 짐짓 모른 체하다가 어느 정도 식사가 마무리될 무렵 하고 싶은 말 있으면 시원하게 하라고 쏘아붙였다.

"그게요, 선배. 나 물에서 꺼내준 후에 그…… 나한테 술 먹인 거 맞죠?"

"그랬지. 지금 머리 좀 아프지 않아? 있는 게 보드카뿐이라 그걸 마시게 했거든."

"약간요."

슬며시 관자놀이를 눌러보며 화담은 입술을 감쳐물었다. 깨어났을 때부터 계속 하고 싶었던 말이었지만 여전히 입이 떨어지지 않았다.

"저기요, 선배. 혹시 내가……."

어렵사리 운을 떼었으나 거기서 또 미적미적. 도와줄 수도 있지만 인후는 쩔쩔매는 화담을 구경하는 쪽을 택했다.

"혹시 내가 뭔가 이상한……."

갑자기 목이 다 잠겨서 화담은 마른기침을 하고 불끈 주먹을 쥐며 물었다.

"내가 혹시 이상한 짓 안 했어요?"

차마 눈도 똑바로 못 보며 죄인의 심정으로 인후의 답을 기다리는데, 들려온 대답이 천만뜻밖.

"이상한 짓? 어떤 이상한 짓?"

별 이상한 말을 다 듣겠다는 듯한 반문에 화담은 번쩍 고개를 들어 인후를 쳐다보았다. 여느 때처럼 무심함이 도도히 서린 단려한 얼굴이 그녀를 보곤 고개를 갸웃했다.

"뭘 묻는 건지 좀 더 구체적으로 말을 해봐. 네가 이상한 게 어디 한둘이야?"

"그, 그러니까 내가 혹시 주사를 부리진 않았나 하고……."

"주사?"

인후의 입가가 살짝 일그러지더니 이내 엷은 웃음기가 떠올랐다.

"서화담, 너 주사도 부려?"

그 물음에 화담의 머릿속에서 순간 여러 감정이 오갔다. 그가 이렇게 물어올 정도라면, 화담의 주사를 못 봤다는 뜻?

"네, 그게 좀, 부린다고 하던데. 빛의 속도로 필름이 끊겨서 나도 잘은 모르는 데 말이죠."

"어쩐지 내 앞에서 술을 안 마시더라니. 무슨 주사를 어떻게 부리는데?"

정말 못 봤나보다. 주사 부리는 걸 봤으면 봤다고 하지 이렇게 딱 잡아 시치미 뗄 이유가 없지 않은가? 확신의 순간, 꽁꽁 언 겨울 들녘 같았던 화담의 얼굴은 춘풍 불고 연둣빛 새싹 파릇파릇한 봄으로 변했다.

"그냥 뭐 이런저런 주사요. 울기도 하고 스킨십대마왕도 되고."

때로는 엄마 찾는 어린애가 돼서 아무나 붙들고 엄마라고 부르고. 그것만큼은 속에 가만히 묻으며 화담은 가슴을 쓸어내렸다.

"친구들이 나한테 어디 가서 멋모르고 술 마시지 말라고 신신당부를 했거든요. 얌전히 잔 걸 보면 무의식중에라도 선배 무서운 줄은 알았나봐요."

"흐응. 친구들이랑은 꽤 마신 모양인데?"

"무주 친구들이랑 재수할 때 몇 번 마셨는데, 그걸로 질렸는지 더는 술을 안 권해요. 나도 자꾸만 필름이 끊기니까 마시고 싶은 생각이 없고요. 엄마도 그렇고 남재현 씨도 술을 못 마시진 않았다는데 나만 별종이네요. 누굴 닮았을까."

"격세유전 같은 건지도 모르지."

"오, 그럴 수도 있겠네요. 격세유전, 흐음."

근심에서 해방된 화담은 단번에 경쾌한 본모습으로 돌아왔다. 풍부한 감정을 드러내는 생동감 넘치는 눈으로 이쪽을 주시하며 웃고 재잘대는 것을 보고 있노라면 저도 모르게 이쪽의 기분마저 고조된다. 자력처럼 사람을 휘말려 들게 하는 이 각별한 재주의 정체.

전에도 곧잘 의아해했던 것의 해답을 이제 인후는 알고 있다. 장미에게 장미의 향기가, 백합에게 백합의 향기가 있는 것처럼 이건 서화담 본연의 향기와 같은 것.

진득한 꿀의 달콤함에 구름을 굽이굽이 펴 넣은 보드라움, 거기에 붉은 보석 가루를 한 움큼 뿌려 버무린다. 마지막으로 벨라도나의 검은 열매에서 추출한 액을 한 방울 떨어뜨린다. 모든 아름다운 것이 다소간의 독을 품고 있듯이.

차인후에게 서화담의 향기는 그런 것이다.

"아무튼 팬이 될 수밖에 없다니까요. 설사 매머드였다고 해도 선배 팬이 됐을 거예요. 원숭이는 말할 것도 없고."

먼저 식사를 다 마치고서도 인후의 식사가 다 끝나도록 자리를 지키고 앉아 있는 화담이 싱글거리며 말했다. 인후는 미간을 찡그리고 뿌리치듯 말했다.

"마음은 알겠으니까 입에 발린 소리는 그쯤 해. 백 마디 말보다 한 번의 행동이 훨씬 달갑겠어, 나는."

"네에, 알겠습니다."

"알긴 뭘. 예나 지금이나 똑같은데."

그는 지나치듯이 한 말인지 몰라도 거기 담긴 의미만큼은 또렷이 전달되었다. 화담은 왼팔 안쪽에 남은 멍 자국—수영장에서 히어로에게 구조될 때 생긴 손가락 자국—을 들여다보며 의외로 인후가 모든 것을 다 아는 건 아니구나, 하고 생각했다. 그가 원하는 한 번의 행동. 그거라면 이미 답이 나와 있었던 건데.

사실 말이지, 영웅을 도울 기회를 진심으로 마다하는 팬이 어디 있겠는가?

단지 이제 화담은 거기에 한 가지 조건을 걸 생각이었다.

"선배, 담배 끊을 생각 없어요?"

어디까지나 영웅을 위해서.

수영장 비치의자에 방치되었던 휴대전화는 화담이 찾으러 나갔을 땐 보기에도 딱할 만큼 비를 맞은 후였다. 물기를 닦아내고 드라이어로 말린 뒤 혹시나 하는 기대를 품고 액정을 눌러보았으나 역시 먹통. 인후가 있으니 서울 집에 전화하는 건 걱정이 없었지만 변함없는 숫자치답게 화담은 승준과 서윤의 전화번호를 기억해내는 데 실패했다.

"선배, 혹시 승준이 전화번호 기억해요?"

한가득 처량한 표정을 지으며 화담이 묻는 말에 인후는 책에 시선을 둔 채 자신의 머리를 툭툭 두드렸다.

"내 데이터베이스는 5년 주기로 자료를 갱신해서."

"네, 네, 알아 모시지요. 으아아아, 절친 전화번호 정도는 외우고 살아라,

서화담! 이번에 올라가면 기어코 외우고 만다, 내가."

뿌드득 이를 갈고서 화담은 인후에게 빌린 휴대전화를 정수리에 올리고 천지의 기운을 끌어모은다며 주문을 외우기 시작했는데 그 순간 정말로 전화벨이 울렸다.

"……선배, 전화 왔어요."

말도 안 되는 기적을 꿈꾸었다가 낯선 번호를 보곤 시무룩해져서 인후에게 휴대폰을 가져다주었다. 인후는 번호를 들여다보더니 "받아봐." 하고 말했다.

"나보고 받으라고요? 난 처음 보는 번혼데? 잠깐만요……. 역시 모르는 번호 맞아요."

어지간히 스스로에게 신뢰도가 낮은 터라 재삼 확인하고서 화담은 고개를 저었다.

"당연히 모르겠지. 받아. 그리고 날 찾으면 지금 씻고 있으니까 나오면 말해주겠다고 해."

받기 싫은 전화인가 의아해하면서 화담은 전화를 받았다.

"여보세요, 차인후 씨 휴대폰입니다."

저편에서 잠시 숨을 죽이는 듯한 기척이 들려왔다. "여보세요?" 하고 화담이 한 번 더 말하자 "네." 하고 대답하는 목소리는 틀림없이 여자의 것이다.

"인후와 통화를 하고 싶은데요."

고운 명주를 개킬 때의 그 사락사락한 감촉이 연상되는 허스키한 목소리에 화담은 귀를 쫑긋 세우며 인후가 시킨 대로 읊었다.

"그렇군요. 그럼 나오면 연락 왔다고 전해 주세요."

"네, 아, 그런데 누구시라고 전할까요?"

"……번호를 보여주면 알 거예요."

"네, 그럼 그렇게 하겠습니다."

저편이 먼저 끊기를 기다렸는데 상대편은 왠지 조금 시간을 끌었다. 그래 봤자 삼사 초쯤. 그러다 전화를 끊기 직전, 여자가 얼핏 웃는 소리를 들은 것 같다.

고개를 갸웃하는 그녀에게 인후가 "왜?"하고 물어왔다. 화담은 아무것도 아니라고 하며 그에게 전화기를 건넸다.

"어땠어?"

전화기를 받으며 인후가 묻자 화담은 질문의 의도를 알 수 없어 고개를 갸우뚱했다.

"뭐가 어땠냐는 말이에요?"

"방금 통화한 사람 첫인상."

"에이, 무슨 말을 했다고 첫인상 같은 게 있어요."

화담은 손사래를 쳤지만 인후는 자세를 고쳐 앉더니 책까지 덮고 진지하게 말했다.

"첫인상 5초의 법칙은 꼭 눈에만 해당되는 이야기는 아니야. 사람의 목소리란 것도 충분히 어떤 인상을 남길 수 있거든. 여기 이 손의 지문처럼 목소리에도 성문聲紋이란 게 있다는 말 못 들어봤어? 한번 잘 생각해 봐."

"그건 아는데…… 글쎄요, 첫인상?"

제 손의 지문을 들여다보고 또르르 눈을 굴린 화담은 아닌 게 아니라 뭔가 말할 거리가 있다는 사실에 놀라워했다.

"잠깐이긴 했지만 목소리가 무척 매끄럽다고 생각했어요. 한복 개킬 때의 느낌이라면 선배가 알려나. 발음도 굉장히 또렷하고, 딱딱 끊어 말하는데 은근히 무게도 있고. 젊은 사람은 아닐 거예요, 그렇죠? 몽타주를 말하라고 한다면 꽤 높은 학력을 가진 세련된 커리어우먼이란 느낌?"

턱을 괴고 그녀를 보던 인후의 입가에 미소가 떠올랐다.

"봐. 하면 되잖아, 서화담?"

"내가 비슷하게 맞췄어요? 허참, 신기하네. 소가 뒷걸음치다 쥐 잡는 격 아닌가, 이거?"

쑥스러워하며 괜스레 이리저리 어정거리던 화담은 정작 궁금했던 것, 그 사람이 누군데 전화를 그렇게 따돌렸는지에 대해 물었다. 인후는 전화기를 앞에 있는 커피테이블에 던지듯 올려두며 대꾸했다.

"어머니."

"오, 어머니. 과연 인후 선배 어머니쯤 되면 목소리도 그렇게……. 잠깐? 진짜 어머니라고요?"

화담은 질겁하여 뒷걸음질 치다가 테이블에 걸려 넘어질 뻔했다. 인후가 번개처럼 손을 뻗어 잡아준 덕에 뒤로 넘어지는 대신 테이블에 주저앉는데 그친 화담의 놀란 얼굴을 보며 그가 혀를 찼다.

"뭘 또 그렇게 놀라? 누구한테 무슨 이야기라도 들었어?"

"아뇨, 자세히는 모르고, 전에 아나운서를 하셨다고 지나치듯이……. 물어보고 다닌 건 아니에요, 절대."

화담의 정색에 인후는 쓴웃음을 지었다.

"알아. 개나 소나 다 아는 이야기지, 그거."

인후는 다시 책을 펼치며 읽다 만 부분을 찾아 책장을 넘겼다.

"좀 묻고 다니지 그랬어. 모친 도박 빚 때문에 부동산 재벌한테 팔려가듯 시집간 아나운서 스토리, 나름 유명한데."

온갖 종류의 사장 딸, 회장 손자가 넘쳐나는 수연고에서 인후에겐 이렇다 할 기업 이름이 붙어 다니지 않았지만 행세깨나 하는 집 일원이란 건 그를 대하는 주위의 태도로 화담도 짐작하고 있었다. 딱 꼬집어 그의 집안이 부동산과 관계된 일을 한다고 말을 해준 사람은 없었지만 다현과 푸른이 나누는 대화의 조각으로 나름 추측한 것도 있었다.

하지만 짐작이 맞았다는 건 차치하고 모친의 도박 빚 운운에는 대꾸할 바가 막연해 입술만 빨았다. 그러다 뒤늦게 어떤 사실이 뇌리를 때려 화담의 안색이 창백해졌다.

"저기 선배?"

"왜 궁금한 거라도?"

"아까 나 선배 어머니한테 선배가 씻고 있다고 나중에 전화하라고 한 것 같은데……."

"그랬지."

"이 시간에, 아들에게 전화했다가 그런 말을 들은 어머니께서, 날 어떤 사람으로 생각하셨겠어요?"

"글쎄?"

"웃지 마요!"

화담이 손에 집히는 대로 내던진 쿠션은 인후가 피하고 말 것도 없이 그의 머리 위로 붕 날아갔다. 힘이 넘치네, 하고 놀리듯 중얼거리는 소리를 듣자 화담은 꼭지가 열려 다른 쿠션을 움켜쥐었다. 그리고 그것을 한껏 높이 치켜들었지만 빙글거리며 자신을 바라보는 인후의 모습에 분풀이의 의욕도 확 꺾이고 말았다.

"정말 선배란 사람, 알다가도 모르겠어. 뒤로는 아무리 난잡하게 놀아도 엄마 앞에선 보통 시치미 떼는 게 정상 아닌가? 근데 이건 보란 듯이 오해하란 식으로……. 진짜 무슨 생각을 하는 거예요?"

"맞아, 오해하라고 그랬어."

너무 산뜻한 인정에 화담은 벌어진 입을 다물지 못했다. 웃긴 얼굴이라고 쿡쿡거리던 인후가 짧은 한숨을 내쉬며 뒤로 머리를 젖혔다.

"그분은 단순히 오해하고 넘어가는 게 아니라 증거까지 찾으실 분이야."

"증거라면, 뒷조사를?"

인후가 딱 손가락을 튕겨서 수긍해주자 화담은 더욱 뭐가 뭔지 알 수가 없어졌다.

"바람피운 배우자 잡으려고 흥신소에 의뢰하는 것 같은 그런 뒷조사 말이에요? 선배 어머니께서, 어머, 우리 인후한테 여자가 생겼나봐, 그러면서 뒷조사를 할 거라고요?"

또다시 따닥 하고 인후가 손가락을 튕겼다. 화담은 그 장난 같은 손짓에 퍼뜩 눈살을 찌푸리며 샐쭉거렸다.

"아아, 뭔지 알겠어. 그냥 지금 나 놀리는 거 맞죠? 안 속아. 이 정도로는 나도 이젠 안 속는다고요."

"푸른이가 너 곧잘 골탕먹였다고 자랑하더니 그 말이 맞네. 그렇다고 이젠 내 말도 못 믿는다는 건 좀 심하지 않아? 네가 내세운 팬심이란 것도 매미 날개나 다름없구나."

매미 날개라면 예쁘지만 얇다. 그러니까 방금 그 말은 화담의 팬심이 얄팍하다는 조롱! 화담은 발끈했지만 심호흡을 하곤 최대한 침착하게 말했다.

"선배 말대로 푸른 선배한테 데인 게 좀 있어서 사람에 대한 불신이 좀 쌓인 것 인정할게요. 그래요, 선배 말을 믿을게요. 그렇지만 자식을 보살피는 마음의 일환이라 쳐도 그런 종류의 뒷조사는 심히 유감임을 밝히는 바입니다."

그녀답지 않은 딱딱한 언사에 인후가 젖혔던 머리를 원상태로 하고 피식 웃었다.

"보살핌 같은 젖내 나는 거 아냐. 단순히 감시지. 난 꽤 비싼 몸이라서."

"예, 예. 그러시겠지요."

넉살 좋게 맞장구를 치며 화담은 속으로 한탄했다. 인후 선배도 나이 들면서 제 자랑이 느는구나. 하기야 사람이 아주 안 변할 수는 없지. 내가 이렇게 차분해진 걸 보라고.

"그렇게 뒷조사를 시킬 걸 뻔히 알면서 엉뚱한 일을 벌인 이유를 물어도 될까요? 설마 그게 재밌는 장난이라고 생각한 건 아니죠?"

물어놓고 보니 그게 정답인 것 같아 덜컥 인후의 유머감각이 걱정스러워진 그녀에게 인후는 뜻밖의 답변을 했다.

"포석을 깐 거야."

"포석? 뭘 위해서요?"

"두루두루."

인후가 한쪽 눈썹을 치켜 올리며 말하자 화담도 보란 듯이 검지로 눈썹을 들어 올리며 말했다.

"호호호, 즐기시는 선문답일랑 모쪼록 수준이 맞는 엘리트들과 하시고요, 소녀 같은 노말 휴먼에겐 주저리주저리 입 아프게 설명해주심이 어떨까요? 오랜만이라 제 지적 수준도 잊었다면 다시 친절히 가르쳐 드리지요."

"비꼬는 스킬이 늘었네."

"네. 푸른 선배 덕분이지요. 참 뿌듯합니다."

턱을 치켜들며 으스대는 화담 때문에 결국 인후가 웃음을 터뜨렸다. 눈을 가리고 웃고 있는 그를 보니 한 건 했다는 자부심에 화담은 정말로 뿌듯해졌다. 인후를 웃길 때의 충족감이란 건 도대체 비교할 데가 없다. 6년 동안 이 맛을 잊고 어찌 살았나 싶을 정도이다.

한참 웃다가 조금 진정이 된 인후가 입을 열었다.

"그래, 각설하고 나는 내 주위에 여자가 있다는 걸 넌지시 비치고 싶었어."

"그 정도면 넌지시가 아니죠."

화담이 투덜거리자 인후도 자신의 말을 정정했다.

"조금 노골적이었나? 아무튼 원한 대로 됐어. 이로써 며칠 후 내가 피앙세 감이라고 누군가를 데리고 나타나도 하늘에서 뚝 떨어진 사람 취급은 안 당할 거야."

"아……."

화담은 저도 모르게 팔등이 소름이 일어난 것을 문질렀다. 인후의 제안을 받아들이겠다고 한 게 불과 두 시간도 안 됐는데 벌써 머리가 그쪽으로 돌다니.

"와우, 선배, 선배는 정말……."

가늘게 뜬 눈으로 인후를 보며 화담이 연신 고개를 젓자 인후가 턱을 까닥이며 말했다.

"교활하지 좀? 알아."

"아뇨, 나쁜 의미가 아니라 치밀하다고요. 머리 좋은 허당들도 많던데 선배는 빈틈이 없어. 나같이 머리도 나쁜 허당은 어찌 살라는 건지."

"방법이야 뻔하잖아?"

"네?"

화담의 자기비하는 어디까지나 분위기에 편승한 유머임을 인후도 잘 안다. 그러니 이쪽을 치켜세워주려는 그 속뜻만 가납하고 한 귀로 흘리면 그만인 것을 구태여 붙들어 가지를 친 건 순간적인 충동의 발로였다.

이제 동그랗게 뜬 눈으로 자신을 바라보는 화담에게 인후는 대답을 해야 했다. 무난하게 얼버무릴 수도 있고, 속내를 내비칠 수도 있는 두 가지 길. 인후의 머릿속에서 흑백의 양면을 가진 동전이 튕겨 올랐다.

"나 같은 남자를 잡아."

눈을 끔벅거리던 화담이 에이, 하며 웃음을 터뜨렸다.

"무슨 수로 잡아요. 다 끼리끼리 논다고 잘난 사람은 잘난 사람을 만나는 거죠."

"아니, 불가능할 것도 없어."

인후는 자리에서 일어나 아직 커피테이블에 앉아 있는 화담에게 다가 갔다. 바로 앞에서 그녀의 턱을 들어 올리며 그가 말했다.

"넌 미인이거든. 남자라면 누구나 탐낼 법한."

동전은 떨어졌고, 길은 확고해졌다.

바야흐로 차인후는 뻔뻔해지기로 결심했다.

8.

추가변수들

김포공항 주차장에서 차에 오른 인후는 화담을 한남동에 데려다주는 길에 휴대전화 대리점에 들렀다. 먹통인 아이폰을 수리센터에 맡길 생각만 했던 화담은 인후가 아이폰 최신 기종을 가리키며 색을 고르라고 하는 말에 눈을 멀뚱거렸다.

"안 골라? 그럼 내가 고른다. 쓰던 게 실버였으니 블랙으로 할래? 아니면 나랑 같은 그레이?"

인후가 전시용을 색을 비교하는 모습에, 비로소 그의 의도를 눈치챈 화담이 팔을 잡아 구석으로 이끌었다.

"나 지금 쓰는 거 수리해서 쓸 거예요. 수리만 하면 멀쩡한 건데 뭐 하러 돈 아깝게 새 걸 사요?"

대리점 직원들 귀에 닿지 않도록 속살거리는 말에 인후의 한쪽 입꼬리가 올라갔다.

"돈 아깝다니 하는 말인데, 그거 침수 수리비용이 얼마나 나올 것 같아?"

"수리비용이요? 그야, 음, 오…… 십만 원?"

화담은 오만 원쯤 불러보려다가 인후의 눈빛이 심상찮아 통 크게 두 배를 불렀다. 인후는 왼쪽 볼의 흉터가 보조개처럼 보일 정도로 미소 지으며 잠자코 손가락 세 개를 펼쳐 보였다. 화담이 그 암호를 해독하는 데엔 몇 초가 더 필요했다. 그녀의 얼굴은 경악으로 물들었다.

"삼십만 원이요? 말도 안 돼, 뭔 놈의 수리비가."

인후는 대답 대신 자신의 휴대폰으로 빠르게 검색한 뭔가를 보여주었다. 과연 그의 말대로 침수 수리비용에 대한 정보가 가득한 액정 화면을 들여다보다 몇 개를 터치해서 살펴본 화담은 거듭 놀라서 얼굴을 구겼다.

"으앗, 드라이어로 말리면 안 된다고? 에엑, 전원도 켜면 안 되는 거였어? 나는 수십 번도 넘게 눌러댔는데!"

무식하면 용감하다는 말밖에 떠오르지 않는 자신의 대처에 괴로워하며 화담은 고개를 푹 숙였다. 인후는 "최악의 경우엔 수리 불가라지 아마."하고 남의 일인 양 중얼거렸다.

"무서운 소리 말아요, 선배! 아직 이 년도 안 된 거라고요. 15일 돼야 겨우 이 주년인데. 삼 년은 쓰자고 약속했는데 승준이한텐 뭐라고 하지?"

잔뜩 풀이 죽은 화담을 보는 인후의 눈에 탐탁찮은 기색이 실렸다. 방금 그 몇 마디 말로 인후는 고장 난 아이폰의 유래에 대해 거의 다 알아챘다. 2년 전 화담의 생일에 맞춰서 둘이 같은 걸로 구매한 것일 테지. 십중팔구는 남자가 준 생일선물. 그 정도 명분이 아니면 고가의 선물을 줘도 받을 리 없으니까.

언짢은 걸 털어버리듯 고개를 돌리며 인후가 말했다.

"그걸 고치든 말든 네 자유지만 일단 대체할 건 있어야 하잖아? 그러니 골라. 어떤 색이야?"

"대체재라는 게 쓰던 것보다 신품이 되면, 배보다 배꼽이 더 큰 거 아니에요? 수리기간 동안 쓸 거라면 대리점에서 빌려주는 폰도 있다던데."

"그거야 그게 고칠 수 있다는 가능성이 있을 때의 이야기고. 뭐든 최악으로 가정하면 실망할 일은 없는 법이야. 그러니 이제 그건 네 인생에 없다 치고 새로 쓸 걸 골라."

역시 비관론자 맞네, 하며 화담은 인후의 뒤통수에 대고 혀를 날름거리다가 하필 그때 딱 돌아본 인후와 눈이 마주쳤다. 방금 무얼 봤냐 싶게 눈썹 하나 꿈쩍 않고 시선을 돌리는 인후 때문에 화담은 더욱 머쓱해졌다.

"1, 블랙. 2, 실버. 3, 그레이. 숫자 셋 셀 동안 결정 안 하면 무조건 3번이야. 하나, 둘, 셋. 몇 번?"

"3번, 3번이요!"

부랴부랴 손을 들며 외치고 생각해 보니 안 골라도 어차피 3번이었다. 살짝 맥이 풀려버린 화담과 달리 인후는 왠지 기분이 좋아진 듯 다가온 직원에게 꽤 상냥하게 굴었다. 일사천리로 계약서까지 받아든 인후 옆으로 온 화담은 기재사항을 보곤 눈이 휘둥그레졌다.

"그걸 왜 선배 앞으로 해요, 주세요."

전화기 대금이며 납부에 관한 난을 인후가 자기 인적사항으로 채우는 걸 보고 화담이 계약서를 뺏으려 하자 인후가 손을 밀쳐내며 혀를 찼다.

"내가 너한테 부탁하는 입장이란 거 잊었어?"

"안 잊었어요, 그렇지만……."

"어차피 세컨드폰으로 하나 사줄 셈이었어. 우리가 할 일엔 상당한 디테일이 요구될 테니까."

사각사각 유려한 필체를 자랑하듯 볼펜을 움직이던 인후는 더 쓸데가 없는지 훑어보곤 마저 쓰라며 화담에게 계약서를 내밀었다. 화담은 한숨을 내쉬었지만 볼펜을 쥐자 꼼꼼히 필요한 사항을 기재했다. 턱을 괴고 그녀의 글씨를 구경하던 인후가 쿡 웃었다.

"예나 지금이나 아기 같이 쓰는 건 여전하네."

"예, 이게 바로 장안의 화제인 서화담체입니다. 봄 햇살 같은 밝음과 통통한 곰벌레가 굴러가는 것 같은 똥글똥글함이 특징이지요. 차인후 씨께서 부러워하는 심정은 십분 이해하지만 어쩌겠어요. 명필의 소양은 타고나는 거랍니다."

화담은 인후의 글씨를 툭툭 두드리며 말했다.

"모쪼록 사는 동안 선업을 쌓으세요. 그럼 다음 세상에선 거사님께서도 지금 같은 악필로 태어나진 않을 테지요. 나무아미타불 관세음보살."

그녀가 경건하게 기원까지 하는 모습에 인후는 그만 얼굴을 돌리며 웃음을 터뜨렸다. 푸른이 함께 있었다면 이게 웃기냐고, 왜 웃기냐고 황당해 미쳤을 광경이다. 오죽하면 언젠가 푸른은 화담의 목소리 주파수에 인후를 웃기는 모종의 특수음역대가 있는 게 분명하다고 주장한 바 있다.

여하튼 그렇게 해서 화담은 새 휴대전화를 구했다. 한남동으로 향하는 차 안에서 화담은 자신의 새로운 전화기 구경에 폭 빠져 있다가 갑자기 인후의 전화기도 달라고 했다. 그리고 두 개를 양손에 들고 번갈아 보다가 말했다.

"선배, 더 치밀한 디테일을 위해서, 우리 휴대폰 케이스를 바꾸는 게 어떨까요?"

"케이스?"

둘 다 살 때 제공된 검정과 브라운의 가죽케이스에 감싸인 휴대전화를 힐긋 쳐다보고 인후는 난색을 표했다.

"요란한 건 싫은데."

"최대한 안 요란한 걸로!"

인후는 어깨를 으쓱했다. 내키지 않는 건 확실했지만 인도를 힐긋거리다 휴대전화 액세서리를 살 만한 곳이 보이자 바로 차를 대는 결정력은 전광석화가 따로 없다.

여느 때의 화담이라면 결정장애하고는 전혀 인연이 없겠지만 이번만큼은 원하는 걸 찾기가 영 고역이었다. 요란해서는 안 되는데 너무 흔해서도 안 되는 무엇. 그런 게 도무지 눈에 들어오지 않아 결국 다른 곳에 가보자고 했다.

딱 세 번째 방문지에서 화담은 난처함에 머리를 긁적였다.

"어렵네요, 선배. 이거 은근 어려운 일이었구나. 나야 아무거나 상관없는데 선배 일이 되니까 이게 영……."

인후는 부러 천천히 화담의 행색을 훑어보며 "아무거나?"라고 중얼거렸다. 뼈가 있는 말인지라 화담은 눈이 동그래져서 인후를 돌아보았다.

"왜요, 또. 무슨 소릴 하려고."

"아무거나라고 주장하기엔 상당히 취향이 한결같은 거 본인이 모르나 싶어서."

"나한테 무슨 취향이 있다고 그래요. 싸고 튼튼한 거 고르는 것도 취향이라면 인정하지만요."

손사래를 치는 화담의 손에 채워진 손목시계 줄은 버건디색이다. 옆진열대에 있는 건 어떤지 살피러 걸음을 옮기는 운동화 끈은 형광빛이 도는 빨강. 또한 뒷모습에서 보이는 머리를 질끈 동여맨 고무줄 색 역시 빨갛다.

"오, 이거 괜찮다!"

화담은 거기서 뭔가 마음에 드는 걸 발견했는지 인후를 돌아보며 손짓했다.

"근데 이건 아무래도 색부터 요란한 쪽에 속하죠?"

조심스럽게 인후에게 보여주는 건 마블 무늬가 있는 가죽케이스. 색은, 선명한 자줏빛이 감도는 '빨강'이다.

정말이지 꿋꿋한 취향이라고 생각하면서 인후는 화담에게 다가가 그녀의 손에 들린 휴대폰 케이스를 눈높이보다 살짝 높게 들어 올리며 중얼거렸다.

"빛깔 좋네. 피전블러드처럼."

"피전블러드? 그거 설마 비둘기 피라는 뜻이에요?"

화담이 고개를 갸웃하며 묻자 인후는 빙그레 웃으며 똑같이 질문으로 대꾸했다.

"7월의 탄생석이 뭔지 알아?"

"알아요. 루비잖아요."

"루비 중에서도 최고의 루비는 비둘기의 피처럼 선명한 붉은색을 띤다고 해서 피전블러드라고 불러."

"오오, 그래요? 근데 왜 하필 비둘기죠? 비둘기 피가 다른 피보다 더 붉어요?"

"궁금하면 한 마리 잡아줄까?"

인후가 말하면 전혀 농담으로 들리지 않아 화담은 연신 됐다고 고개를 저었다. 어쨌든 새로 배운 단어를 기억해두려고 몇 번이고 그 단어를 되뇌어 보다가 말했다.

"어감 자체는 멋지네요. 어쩐지 비밀결사 같은 느낌이 난달까. 오, 그렇지! 선배, 앞으로 715 소사이어티는 피전블러드 클럽으로 명명하겠어요.

장기 비활동회원의 이의 제기는 받지 않겠습니다."

다혈질답게 삽시간에 피가 끓어올라 뺨이 발그레해진 화담이 인후의 손에 들린 케이스와 다른 케이스 하나, 도합 두 개를 집더니 이걸 사겠다고 선언하고 계산하러 갔다.

"받아요. 이거 선배도 빛깔 좋다고 말했으니까 요란하니 뭐니 하기 없기예요."

화담은 차로 돌아오기 무섭게 케이스를 바꿔 끼었다. 그리고 흐뭇하게 안팎을 살피다가 역시 승준에게 낯이 안 서지 싶어 씁쓸해하고 있는데 전화벨이 울리기 시작했다. 첫 전화라 조금 설레는 기분으로 액정을 확인한 화담은 "얘 진짜 양반 아니라니까." 하고 웃으며 전화를 받았다.

"지닥, 안 그래도 네 생각하는 중이었다."

"생각만 하면 나한테 텔레파시라도 와? 서화담, 너 지금 어디야? 아직도 제주도야?"

연락이 안 돼서 많이 걱정했었는지 대뜸 언성을 높인 승준의 목소리가 밖으로 흘러나와 화담은 힐긋 인후의 눈치를 보며 차창 쪽으로 몸을 수그렸다.

"아냐, 이젠 서울. 어떻게 알았어? 집에 전화했어?"

어제저녁, 화담은 한남동에 전화해 하루 더 묵고 갈 거라고 알리면서 다현에게 가서 승준의 전화번호를 알아봐달라고 부탁했다. 메이드는 잠시 후 도련님이 주무시고 계시니 나중에 전화 드리겠다고 전해왔다. 그 말대로 화담은 시험공부를 하며 기다렸지만 메이드의 전화는 없었다.

전화가 안 온 것도 너무 늦게 깨달은 나머지 다시 한남동에 전화를 걸기도 뭣한 시간이 되어 아침 일찍 연락을 해야지 했지만 아침밥 먹고 서

둘러 공항에 가고 어쩐다 하면서 또 까맣게 잊고 있었다. 미안하다고 연거푸 사과하는 화담에게 승준이 신경질적으로 쏘아붙였다.

"내가 진짜 화나는 건 네가 이미 토요일에 제주도에 가 있었단 거야. 나랑 통화도 하고 메시지도 주고받았으면서 그런 소린 한마디도 없었잖아?"

"아니 그게, 거기엔 약간의 사정이 있었는데, 음, 너도 한창 정신없을 때니까 나중에 숨 좀 돌리면 다 몰아서 말해야지 하고……."

"나중에? 나중에 좋지. 그런데 네 알량한 기억력이 과연 얼마나 나중까지 버틸지 엄청 의문인걸?"

너무도 날이 선 승준의 말에 화담은 약간 놀라서 숨을 삼켰다. 그녀의 침묵에도 아랑곳 않고 그는 계속 몰아붙였다.

"그러다 잊어버리면 잊은 건 잊은 거니까 하고 넘어가 버릴 테지. 그걸 너는 털털한 걸로 착각할 테고 말이야. 분명히 말하는데 너 그거 무심한 거야. 어제만 해도 그래, 연락 안 되면 내가 신경 쓸 거 알면서 종일 뭘 한 거야?"

화담은 휴대전화의 고장부터 한남동에 전화해 그의 전화번호를 알아내려 했던 일까지 차근차근 말했지만 돌아온 반응은 더 냉담했다.

"그거 알아? 내 전화번호, 처음 휴대폰 산 그때부터 내내 똑같아. 넌 9년간 내 전화번호를 못 외웠어. 끊을게. 나 시험 보러 들어가야 돼."

"어, 그래, 시험 잘 봐, 승준아……."

그녀의 말이 채 끝나기 전에 승준이 전화를 끊어 그녀의 마지막 말은 곧장 허공으로 추락했다. 씁쓸한 기분에 하릴없이 화담은 마른세수를 했다.

무심함에 대한 질타. 확실히 화담은 거기에서 아주 자유로울 수는 없는 입장이다. 화담의 딴에는 최선을 다한 것이 승준에게는 최소에 불과하다는 둘의 감정 차이에서부터 기인된 터. 승준이가 은근히 서운한 모양이더란 조언을 서윤에게 들은 것만 해도 수십 차례는 될 것이다.

"다툰 거야?"

모른 체해줬으면 좋겠는데 인후가 툭 질문을 던졌다. 화담은 애써 웃음 지으며 중얼거렸다.

"얘랑 난 남녀가 뒤바뀌었으면 훨씬 낫지 않을까, 하는 생각을 종종해요."

"지금도 그렇게 울적해하면서 내가 부탁한 일 할 수나 있겠어?"

화담은 잠시 입을 다물고 휴대폰 케이스를 검지로 두드렸다. 이미 하기로 결심한 일을 재고하는 건 아니었다. 다만 일이 잘못되면 승준과의 관계에도 변화가 불가피하다는 사실을 두고 자신의 각오를 살피는 중이었다.

10월이면 런던에 가서 언제 돌아올지 모를 사람을 위해 오랜 소꿉친구를 기만하는 일. 사람 관계에서 시간의 장단이 절대적일 수는 없다고 하지만 이 경우엔 저울이 기우는 방향이 너무도 뚜렷했다.

그럼에도 불구하고, 화담은 그 반대로 간다. 살다 보면 머리가 이건 아니라고 하는 일도 하게 되는 때가 있다.

"미안할 짓을 했으니 울적한 건 당연하지만 그건 그거고 이건 이거예요. 내가 하겠다고 내뱉은 말은 지켜요."

"터프하군."

인후의 빈정거림에 화담은 얼핏 쓴웃음을 지었다. 바보, 바보 하고 냉철한 자아는 한숨을 내쉬었다.

"연락할게."

한남동 저택 앞에서 그녀를 내려주고서 인후는 돌아갔다. 초인종을 누른 화담은 메이드에게 명혜가 집에 있는지 묻고서 없다는 대답에 곧장 별채에 있는 아틀리에로 갔다.

언제 와도 막 누군가 있다가 나간 것 같은 기운이 감도는 아틀리에를 한 바퀴 돌아보며 아버지의 그림을 감상하고선 복층으로 올라가 책상 앞에 앉았다. 그대로 엉덩일 붙이고 메이드가 인터폰을 할 때까지 공부를 했다.

"전 가볍게 샌드위치 정도면 돼요. 이쪽으로 가져다주시면 고맙고요."

한 시 십오 분 전인 시각을 확인하곤 다시 얼마나 공부를 했을까, 노크 소리가 들려와 화담은 들어오라고 말했다.

"거기 테이블에 두고 가세요. 늘 고맙습니다."

책에 시선을 둔 채 손을 흔들어주고 읽던 페이지를 넘기는데 뒤에서 난처한 듯 한숨 쉬는 소리가 났다.

"운반은 가능한데 그 이상은 아직 무리야. 쟁반 좀 받아줘야겠어."

화담은 빠르게 눈을 몇 번 깜박이곤 웃음을 준비한 뒤 계단을 내려갔다.

"형이 한가해지니까 좋네. 이렇게 배달도 다 받아보고."

휠체어에 앉아 있는 다현의 무릎에 2인분은 족히 됨직한 음식 쟁반이 놓여 있었다. 그는 며칠 전보다 더 적응됐는지 휠체어 방향을 바꾸는 게 능숙했다.

화담이 쟁반을 받아 테이블에 두는 사이 다현은 리모컨을 찾아 오디오를 켰다. 곧 슈만의 〈어린이 정경〉이 아틀리에를 나른하게 잠식해 갔다. 둘은 얼마간 오디오를 바라보며 음악에 귀를 기울였다.

"말했던가? 아버진 곧잘 이 곡을 들으면서 그림을 그리시곤 했어."

다현의 말에 화담은 고개를 갸웃하는 것으로 금시초문임을 밝혔다. 그는 눈을 내리깔며 약한 한숨을 뱉었다.

"시간이 넘칠 듯이 많았는데……."

그동안 그런 이야기조차 안 했구나, 하는 회한이 담긴 중얼거림이었다. 화담은 개의치 않는 얼굴로 주스 컵으로 손을 뻗고 다현에게도 샌드위치 하나를 내밀었다.

"먹어, 형. 촉촉할 때 뚝딱 해치우자고."

쓸 수 있는 왼손도 아직 움직이기가 부자연스러운 다현을 생각해서인지 여느 때보다 얇은 감이 있는 샌드위치를 나눠 먹으며 둘은 각자의 생각에 골똘했다. 평상시라면 세 쪽, 네 쪽도 먹을 수 있는 화담이었지만 오늘은 두 쪽을 먹자 손을 털고 주스로 입을 가셨다. 마찬가지로 다현도 그만 먹고 머그잔에 손을 뻗는 걸 화담이 거들어주며 말했다.

"좀 더 먹어야지. 난 이따가 나가기 전에 뭐든 더 먹을 거지만 형은 이걸로 되겠어? 가뜩이나 뼈도 붙어야 하면서."

"그래서 우유 먹잖아. 요즘 같이 우유 먹다간 어느 날 일어나면 젖소가 돼 있는 거 아닌지 몰라."

"흐하하하, 아침에 눈을 떴더니 젖소로 변신했다? 그래도 뭐 벌레가 되는 것보다야 훨씬 낫네. 앗, 근데 젖소는 암컷이 아니면 곤란한 거 아냐?"

박수를 치며 웃다 말고 미간을 찡그리는 화담을 보며 다현이 빙그레 웃었다.

"우유는 못 짜겠지만 어머니가 목장 하나 사서 실컷 풀 뜯어 먹으며 살게 해주시지 않을까?"

"오, 그렇지. 암만 젖소가 됐어도 아들인데 차마 나쁘게야 하실 리 없지. 생각해 보니 그거 굉장히 한갓진 팔자인걸? 형, 정말 젖소가 돼도 너무 상심하지 마. 내가 아주머니 모시고 자주 놀러 갈게. 풋, 하하하하."

떠올려본 광경이 암만해도 우스워서 화담은 또 한껏 웃었다. 다현은 눈이 부신 듯한 표정으로 그런 그녀를 본다.

상대가 하나를 말하면 셋, 넷으로 반응해 이야기를 부풀리는 재주는 전부터 변함이 없다. 때문에 상대가 눌변에 가까워도 화담 앞에선 무척 말을 잘하는 것 같은 착각을 안게 되는 것이다. 화담의 호쾌한 웃음소리가 더해지면 그것은 필연적으로 사람을 들뜨게 한다.

"난 네 웃는 모습이 참 좋아. 거기에 꼼짝없이 반하고 말았나 봐."

갑작스러운 다현의 고백에 흠칫 화담의 얼굴이 굳어졌다. 그녀는 주스를 다 비운 것도 잊고 컵으로 손을 뻗다가 의자에서 일어났다. 창가로 걸어가 드리워져 있던 연녹색 레이스 커튼을 젖히고 창문 하나를 열었다. 올려다본 하늘은 아침에 도착했을 땐 구름이 끼어 뿌옇더니 이젠 언제 그랬냐 싶게 활짝 개어 있다. 그러니 아마도 커튼을 꽁꽁 친 집에 틀어박혀 있을 누군가를 떠올리며 화담은 입을 열었다.

"마음은 고마워, 형."

이어서 천천히 다현을 돌아보았다.

"그렇지만 내 마음은 확고해. 나는 한 번 아닌 건 돌아보지 않는 주의니까 형이 그만 접어. 자꾸 이러면 둘이 있는 자체가 불편해질 거야."

"……성가실 거란 건 알아."

쓸쓸한 미소를 짓는 다현에게서 눈길을 돌리고 싶은 걸 화담은 겨우 참았다. 앞으로 아예 안 보고 살 게 아닌지라 아직도 성실하게, 인간적으로 거절하고 싶다는 마음을 품고 있다. 저편이 마음을 접을 때까지 몇 번이고 간곡히.

바로 그러한 유약함을 다현이 파고들 여지라고 여기는 것까지는 생각이 미치지 않는다.

"하지만 접고 싶다고 접어지는 게 아니야. 너는 네 마음, 마음대로 할 수 있어? 아닐걸. 그랬다면 지금쯤 지승준과 진짜 커플이 되어 있겠지."

"승준이 이야긴 하지 마."

"안 할 수 있나? 상황이 어쨌든 내 라이벌인 걸."

라이벌이라니. 화담은 기껏 먹은 샌드위치가 명치에 걸린 느낌에 쿵쿵 가슴을 두드렸다. 아랑곳 않고 다현은 파고든 자리에 쐐기를 박아 넣었다.

"나, 그 정도 녀석을 상대로 지고 싶진 않아."

"그 정도 녀석?"

화담이 눈살을 찌푸렸지만 다현은 자신의 말을 전혀 정정하지 않고 지그시 그녀를 볼 따름이다. 자신의 편을 향해선 자상하고 젠틀한 사람. 하지만 그 밖의 사람에게는 놀라우리만치 무심해질 수 있는—그렇기에 가혹해질 수도 있는—다현의 면모를 새삼 확인한 느낌이었다.

뭘 안다고 승준을 얕잡아 보느냐고 따질 수도 있었다. 실제로 그 말이 목구멍까지 차올랐지만 화담은 거기서 한 호흡 기다렸다. 연륜이라고 해도 좋을 그러한 말미가 화담의 뇌리에 다른 생각을 불어넣었다.

구구절절하게 승준의 좋은 점에 대해 늘어놓는 게 지금 상황에서 무슨 의미가 있을까? 다현은 두둔쯤으로 여기고 무시하거나 반박할 것이다. 요는, 이미 만만해 보인다 이거지. 하지만 애당초 그가 만만히 여기지 못할 상대라면?

—다현이 그 녀석, 무주촌뜨기는 무시해도 나는 무시 못 할 걸?

이쯤 되면 인후의 날카로운 눈에 혀를 내두를 뿐이다. 그러자 그의 다른 말도 확고한 무게를 갖고 부상했다.

　─북경으로 갈 때까지라도 내 후광을 이용하라 이거야. 나 정도면 훌륭한 방패일 텐데, 쓰기 싫어?

　'아뇨, 쓸게요. 우리 한 번 윈윈해 보자고요, 차인후 씨.'

　생각을 정리한 후 마음의 방패를 앞에 세운 화담은 그 방패의 주인처럼 더없이 냉소적인 기분이 되었다. 그녀는 머뭇거리듯이 아랫입술을 매만지다가 못 이긴 척 입을 열었다.

　"뭐, 형도 조만간 알게 될 테니까 미리 말해서 나쁠 건 없겠지. 라이벌 이야기 말이야, 형이 크게 착각하는 게 있어."

　다현은 예상과는 다른 화담의 반응에 살짝 눈을 크게 떴다.

　"확실히 승준인 나한테 남자가 아니야. 내가 아직 덜 자라서 잘 모를 뿐인가 솔직히 고민도 했었지만…… 그건 아니었어. 음, 그건 정말 아니었어. 나 같은 털털이도 어떤 남자를 보면 확실하게 여기가 반응하거든."

　가슴에 손을 올리고 화담은 나직이 한숨을 내쉬었다. 풋사랑에 빠진 소녀 같은 설렘이 드러나는 몸짓이었다. 다현은 의아한 얼굴로 눈을 씀벅거리다 이내 믿을 수 없다는 듯 고개를 저었다.

　"이제 와서 느닷없이 다른 남자? 우리가 아주 친밀하게 지낸 건 아니지만 나도 네 생활에 대해선 어느 정도 꿰고 있어. 어설픈 핑계라면 관둬."

　"물론 그 남자는 형도 아는 사람이야. 모르는 게 말이 안 되지."

　화담이 그렇게나 확신하는 사람이라면 다현과 화담이 공통으로 알고 있는 사람임에 틀림없었다. 공통반경에서, 화담의 마음을 뺏을 만한 남자?

　제일 먼저 떠오르는 인물은 강푸른. 푸른과 화담은 마주칠 때마다 티격태격하지만 그것도 죽이 잘 맞으니 가능한 일. 이번에 즉흥적으로 제주도에 데려간 것만 봐도…….

거기서 다현의 추측에 강력한 반론이 제시되었다. 어제 정오 무렵 푸른은 병문안이라며 홀쩍 찾아왔다. 화담인 어쩌고 혼자 왔냐는 물음에 푸른은 기다렸다는 듯이 재결성한 콤비에게 자신이 겪은 수모를 늘어놓았다…….

"인후?"

설마 하며 꺼낸 말은 이쪽을 바라보는 화담의 표정에 순식간에 단단한 형체를 갖춰갔다. 수줍게 눈을 내리뜨는 화담의 뺨이 엷은 홍조로 반짝였다.

"응. 나…… 선배를 좋아해. 좋아했어. 오래전부터."

오후 공부는 거의 허탕치다시피 하고 화담은 아르바이트를 가려고 집을 나섰다. 버스를 타고 가는데 운 좋게 자리가 나서 앉아서 가면서 승준에게 보낼 사과메시지를 작성했다.

기분 좀 풀리면 연락하란 말을 끝으로 긴 메시지를 보내고 나니 어느새 숙인여대가 코앞. 한 코스 전에서 내려서 단팥빵을 사서 베어 먹으며 일터로 향하는데 허리에 찬 보조가방에서 휴대전화가 진동했다.

"오, 지승준, 빨리도 풀어졌는데?"

싱긋 웃으며 전화기를 꺼냈지만 전화 주인은 따로 있었다.

"내일 아침 시간 괜찮아?"

다짜고짜 인후가 화담의 스케줄을 물었다.

"아침 시간이요? 몇 시쯤이요? 나 열 시에는 수업 들어가야 하는데."

"그때까진 데려다줄 수 있어. 차가 막힐지도 모르니까 일곱 시에는 집 앞에서 출발해야 할 거야. 가능해?"

화담이 잠시 멀뚱해 있자니 비로소 인후는 다른 약속이 있느냐 물었다.

"그리 이른 시간에 약속 같은 게 있겠어요? 근데 무슨 용무인지부터 알려주는 게 순서라고 생각하는데요?"

"무슨 일인진 닥쳐서 아는 게 좋을 거야. 괜히 긴장만 할 테니까."

"선배? 내 멘탈 그렇게 약하지 않으니까 미리 알려줘요. 난 궁금해서 못 견디는 쪽이 더 싫어요."

"어딜 가서 누굴 만날 거야. 그렇게만 알고 있어."

"뭐야, 더 궁금해졌어! 가뜩이나 더운데 열나게 할래요?"

약이 오른 걸 진정시키기 위해 단팥빵의 앙꼬 부분을 집중적으로 크게 베어 우물거리자니 인후가 얼마쯤 부드러워진 목소리로 물어왔다.

"뭐가 그렇게 더워? 아주머니 부자니까 아끼지 말고 에어컨 풀가동하지?"

"무슨 소리! 부자일수록 더 아껴야죠. 그리고 여기 집 아니에요. 안 들려요? 인도인데."

화담은 주변 소음을 들을 수 있게 휴대폰을 휘휘 저은 뒤 다시 받았다.

"알바 가는 길? 벌써?"

벌써란 말에 손목시계를 보니 아직 다섯 시 오 분 전. 화담은 쩝 입맛을 다셨다.

"심란해서 일찍 나왔어요. 이 근처에 야구연습장이 있으면 딱이겠는데. 아니면 오락실이라도. 그나마 노래방은 있으니까 노래 좀 부르다 가야겠어요."

뭐가 그리 심란하냐고 물으면 대답할 말을 궁리해보는데 인후는 단지 해브 펀, 이라고 짤막하게 대꾸한 뒤 내일 일곱 시에 집 앞에 차를 대 놓겠다고 하고 전화를 끊었다. 화담은 재삼 입맛을 다시다 단팥빵을 덥석 물었다. 어슬렁거리며 노래방을 찾아가는 그녀의 걸음이 다소 무겁다.

하지만 노래방에서 삼십 분 동안 열창을 하고 식당에 가서 엉덩이 붙일 틈 없이 없는 일도 만들어내며 뛰어다녔더니 근심이고 걱정이고 다 다른 세상 이야기가 되었다. 일을 끝내고 나올 때쯤엔 한차례 반짝 소나기가 지나간 후라 공기도 후텁지근한 기운이 덜 해서 화담은 콧노래를 흥얼거릴 정도로 기분이 좋았다.

"얼른 집에 가서 씻고 공부해야지. 아, 이러다 나 시험을 너무 잘 봐서 올 에이 나오는 거 아니야? 요즘처럼만 공부하면 전액 장학금도 불가능이 아니지 않을까? 호오, 납부금이 빵원인 건 대체 어떤 기분일까?"

뺨에 한 손을 대고 망상에 빠져 춤추듯 걸어가는 그녀를 스르륵 따라오는 차가 있었다. 하지만 달걀을 팔아서 목장을 살 꿈에 부푼 시골뜨기 아가씨가 도무지 알아봐주질 않는 터라 마침내 빠앙 하고 경적을 울렸다.

화담은 힐긋 옆을 돌아보고 제 갈 길을 가다가 우뚝 멈춰 서더니 재차 돌아보았다. 눈에 익은 차에 이어 운전석의 사람을 알아본 그녀의 얼굴에 활짝 미소가 돌았다.

"선배!"

반색을 하고 달려온 화담이 조수석 창문을 똑똑 두드렸다. 인후가 팔을 뻗어 문을 열어주며 손짓했다.

"더운 바람 들어와. 타."

화담이 올라타 안전벨트를 매자 그가 차를 출발시켰다.

"이 근처에 볼일 있었어요? 아니면 다른 데 가는 길?"

"헬스 갔다가 돌아가는 길이야."

과연 그에게서 비누 냄새가 나서 코를 벌름거리던 화담은 자신에게선 땀냄새가 날 거란 생각에 흠칫하며 최대한 창 쪽으로 붙어 앉았다.

"헬스 좋죠. 나도 한 번 해볼까 하다가 어차피 달리기를 하고 있으니까 생각만 하고 말았어요. 근데 헬스장이 어디에요? 이 근처라면 아파트에서 좀 멀지 않나?"

지하철로 이십 분은 걸리는 거리니 차로 오간다고 해도 썩 가깝지 않다. 화담이 의아해하는 모습에 인후는 별안간 음악을 고르면서 대꾸했다.

"헬스 하다가 네 말이 생각나서 이쪽으로 온 거야."

"무슨 말이요?"

"야구연습장. 영국에서 한 번도 못 갔거든."

"아아. 헛, 설마 영국엔 야구연습장이 없어요?"

"찾아보면 있을 것 같긴 한데 안 찾아봤어. 거길 가야겠다는 생각 자체를 한 적이 없거든."

인후의 대답에 화담은 크게 고개를 끄덕이면서 짐짓 의기양양하게 웃었다.

"선배가 하는 일이 뭐 그렇죠. 애초에 놀 줄 아는 인간이 아니라니까. 틀림없이 영국에서 만날 책보고 공부나 했을 거야. 털어놔보시죠. 거기서 책을 한 오천 권쯤 읽었죠?"

"헬스도 했어."

"헬스 '도' 라면, 책은 진짜 오천 권쯤 읽었다는 소리?"

인후가 심드렁하게 "얼추."하고 중얼거리는 걸 보고 화담은 벌어진 턱을 다물질 못했다.

"오천, 오천 권. 나는 만화책까지 포함해서 겨우 천 권 읽기를 성공했는데 선배는……. 혹시 선배도 만화책을? 네, 그럴 리 없죠. 역시 사람이 아니야, 앗 이제 보니 얼굴에서 빛이 나잖아, 무서워!"

화담은 버둥거리며 아예 옆 도어에 찰싹 몸을 붙이고 필사적으로 얼굴을 가렸다. 그녀의 원맨쇼가 끝나도록 충분히 기다렸다가 인후는 신호대기를 받을 즈음 화담의 손을 얼굴에서 떼어냈다.

"천 권을 성공했다면 다음 이천 권까지는 보다 수월하게, 더 빨리 갈 거야. 이미 독서가 습관이 됐을 테니까. 또 만화책인 게 어때서? 끝까지 한 권, 한 권 읽은 거라면 그 정도 시간을 투자할 가치가 있었다는 거 아냐? 설마 아무 가치도 없는 것에 시간을 버리고, '읽었다'라고 자부한 거야?"

"아뇨, 〈원피스〉와 〈강철의 연금술사〉는 좋은 만화예요. 읽으면서 운 적도 있지만 정말 재미있었어요. 〈유리가면〉은 음……. 어쨌든 아유미가 멋져요. 언젠가 전질을 살 거라고요. 문제는 작가님이 과연 생전에 완결을 내느냐인데. 미래가 좀 어둡달까."

가끔 인후의 말이 화담에게 그렇듯 화담의 미시만화학도 인후에겐 암호나 다름없다. 어쨌든 그는 한숨을 내쉬는 화담의 어깨를 가볍게 쥐었다 놓았다.

"걸작은 미완이라도 걸작이라잖아. 모나리자를 봐."

"모나리자하곤 경우가 달라요, 이건 홍천녀가 걸린 문제라고요!"

화담의 눈에서 불꽃이 튀었다. 인후로선 도무지 풀 가망 없는 암호에 그저 고개를 끄덕이고 앞을 보았다. 다시 차가 출발한 뒤로도 화담은 예의 홍천녀 때문에 근심에 잠겨 있다가 퍼뜩 정신을 차리곤 주위를 확인했다.

"그래서 우린 지금 야구연습장 가는 거예요?"

"가고 싶지 않아? 일한 뒤라 졸려서 그래?"

"선배는 많이 가고 싶어요?"

오히려 화담은 인후의 의견을 물었다. 인후는 그 정도는 아니라고 대답했다.

"내친김이라고 생각했을 뿐이야. 네가 생각 없다면 다음으로 미루자."

"가고 싶긴 한데 내일 아침에 어딜 가자면서요? 컨디션 조절해야죠. 나 금요일엔 수업 전혀 없어요. 시간 괜찮으면 그날…… 아니다, 목요일 이 시간은 어때요?"

"금요일 빈다면서 왜?"

"금요일엔 애들 보러 갈 거예요."

"무주? 저녁 알바는 어쩌고?"

화담은 손사래를 치면서 자원봉사 하러 다니는 보육원 이름을 댔다.

"주말엔 무주 갔다 올 거라 미리 다녀오려고요. 가서 이불 빨래 싹 할 참이에요."

"녹초가 되겠군."

"괜찮아요, 애들 얼굴 보면 지쳤다가도 언제 그랬냐는 듯 원기 풀 회복! 보약이 따로 없다고요. 흐하하하하!"

생각만 해도 힘이 솟는 듯이 화담이 두 주먹 불끈 쥐며 웃는 바람에 덩달아 인후까지 피식 웃었다.

"기세 좋네. 너라면 걱정 없겠어."

인후의 중얼거림엔 달리 속뜻이 있었지만 당장 화담은 보육원 애들 생각에 들떠서 미처 알아채지 못했다.

오늘은 그냥 집에 바래다주는 걸로 하고 운전을 하던 인후가 계절학기가 끝난 후의 스케줄에 대해 물었다.

"알바 하느라 계속 서울에 있어야 하나?"

"아뇨, 알바는 다음 주까지만 하고 당분간 쉬어요. 어쨌든 학생 장사라서 방학엔 알바 한 명 더 둘 필요까진 없거든요. 이번 여름엔 좀 오래 했네요."

"그럼 그 후엔 따로 계획한 거라도 있어?"

인후는 푸른의 가볍고 빠른 입을 통해서 화담이 방학이면 최소 한 달은 무주에서 지내다 올라온다는 걸 익히 알고 있지만, 전혀 내색하지 않았다.

"보통은 무주에 가는 게 가장 큰 이벤트에요. 근데 실은 이번엔 어마어마한 기획을 했어요. 이건 아직 아무한테도 말 안 한 극비 프로젝트라······."

딴에는 표정을 단속하려고 하지만 눈은 휘황하게 빛나고 입가엔 웃음이 피식피식 새어 나올 정도로 좋은 일이라고 화담의 얼굴에 적혀 있다.

"그럼 나도 나중에 듣지. 어깨가 좀 뭉쳤나? 영 안 좋네."

짐짓 인후가 관심 없는 척 왼쪽 어깨를 주무르고 있자 화담이 입술을 비죽거리다 제풀에 터뜨렸다.

"아니, 사람이 말을 하면 좀 관심을 보이라고요! 이 서화담이 마침내 나 홀로 유럽여행에 도전할 참인데."

"유럽?"

"네, 유럽! 내가 이날을 위해서 2년 동안 적금을 들어서 7월 20일부로 사백만 원짜리 적금을 찾습니다! 브라보!"

화담이 박수를 치며 환호하는 모습에 인후도 훗 웃긴 했다. 하지만 얼마쯤 어이가 없어서 지은 웃음이다.

"단지 그것 때문에 2년 동안 적금을 부었단 거야?"

"아, 초 치지 말아요, 선배. 내 기쁨에 재를 뿌린다면 아무리 선배라고 해도 용서 안 해요."

화담이 눈을 부라리건 말건 인후는 제 할 말은 하고 봤다.

"돈이 없는 것도 아니고 가고 싶었으면 진작 갔으면 될 일이잖아. 뭐 그런 걸 굳이 2년이나 수고를 들여서. 도무지 이해할 수가 없군."

"아이참, 선배가 말하는 돈은 엄밀히 말해서 내가 번 돈이 아니잖아요. 나는 개같이 벌어서 정승처럼 쓰고 싶었거든요. 어때요, 나 좀 멋지지 않아요?"

"세상에 멋질 일이 그렇게나 없나……."

그녀의 열정에 제대로 찬물을 끼얹는 말에 노기가 끓어오르는 것도 한순간, 화담은 쯧쯧 고개 저으며 혀를 찼다.

"봉황의 깊은 뜻을 참새가 어찌 알리. 선배한테 기대한 내가 꿈이 컸죠. 다현 형이면 모를까."

"다현이? 왜, 걔는 과외를 했다 이거야?"

"과외를 했다는 게 포인트가 아니에요. 과외로 '돈'을 모아서 바이크를 샀다는 게 핵심이지."

"그 바이크 때문에 뼈가 금가고 부러지는 진귀한 경험도 하고 말이지."

서슴없이 빈정거리는 인후를 화담은 못마땅한 눈으로 쳐다보았다. 왜 이렇게 말귀를 못 알아듣고 심통이람? 한 대 쥐어박아주고 싶어서 근질거리는 손을 팔짱을 끼는 것으로 원천 봉쇄하고 그녀는 쌀쌀맞게 말했다.

"괜히 말했네요, 역시. 그냥 다 못 들은 걸로 쳐요."

"알았어, 알았어. 내가 말 곱게 안 했어. 사과할게."

"그런 건성인 사과 필요 없어요."

"참새한테 뭘 더 바라? 봉황이 이해해야지."

"아이참, 가끔 보면 미운 일곱 살 같이 구는데 뭐 있어."

뚱하니 볼이 부어서 화담이 쏘아붙이는 말에 인후가 웃으며 그걸 이제 알았느냐 물었다. 그 웃음에 화담의 화는 언제 그랬냐 싶게 풀어졌다. 더 화내고 싶어도 화가 안 난다.

"내가 진짜 눈에 콩깍지가 쓰이긴 했어. 다른 사람 같으면 어림도 없는데 선배한테는 마음이 바다처럼 넓어진다니까요. 이게 다 단단한 팬심 탓이지."

휴우, 한숨을 내쉬는 그녀를 힐긋 보며 인후가 물었다.

"그렇게 강렬한 팬심이라 떡밥 없이도 6년이나 버텼나?"

"으응? 선배, 떡밥이란 말도 알아요? 이거 뭔가 냄새가 나는데……. 선배, 실은 전혀 안 그럴 것 같은 얼굴로 누구 팬질을 했거나, 지금 하고 있는 거 아니에요?"

인후가 대꾸할 가치도 없다는 듯 코웃음 치는 것을 화담은 의심 그득한 눈으로 요리조리 뜯어보다가 불현듯 뭔가가 떠올라 눈을 크게 뜨며 물었다.

"담배케이스, 그거 혹시 선배가 도로 주웠어요? 나 그거 찾으러 나갔다가 허탕 쳤는데."

"아니. 그러고 보니 그걸 잊고 있었네."

"선배도 못 찾았구나. 진짜 까마귀가 물어갔나?"

화담은 이마에 손을 대고 생각해보다가 거기서 촉발된 다른 질문거리를 떠올렸다.

"그럼 오늘 담배는 아예 안 피웠어요?"

"아니, 아침에 일어나서 한 개비……."

힐긋 화담을 곁눈질한 인후는 그녀의 얼굴에 드러나는 노골적인 실망을 무마하듯 급히 덧붙였다.

"하지만 그것뿐이야. 아직까지 그게 다라고."

"하루에 하나. 시작은 나쁘지 않네요. 근데 엄청 피우고 싶은 걸 겨우 겨우 참고 있는 거예요?"

"그런 거 아니야. 단순한 기호 식품 따위에 휘둘려 다니는 줄 알아?"

"그렇다면 다행이고."

화담은 안심했다는 듯 웃다가 이내 고개를 끄덕였다.

"하기야 선배는 그런 사람이 아니니까."

"무슨 뜻이지?"

그녀의 말투에 배인 무언가에 인후의 신경이 날카롭게 반응했다. 화담은 나쁜 말 아니라며 미리부터 변명했다.

"작년에 심리학과 수업에서 중독자가 될 소지가 높은 사람의 유형에 대해 배웠거든요. 선배처럼 자신감 넘치고 매사에 선 긋기가 확실한 사람하고는 먼 나라 이야기죠. 하물며 취미조차 없잖아요. 그런 선배가 뭔가에 푹 빠져 의존성을 갖게 된다? 말이 안 되는 이야기라고요."

그즈음 신호대기를 하면서 차가 멈추었고 인후는 아무 말 없이 물끄러미 그녀를 쳐다보았다. 그 시간이 길어지자 차 안 공기가 조금씩 어색한 형체를 띄기 시작했다.

오래지 않아 화담은 휙 고개를 돌려 앞차를 보며 무릎에 얹은 손가락을 까딱거렸다. 옆얼굴에 시선이 느껴졌다. 화담은 옆 차를 보려는 듯 아예 고개를 모로 꼬았지만 차 대신 유리에 비친 인후의 얼굴이 보였다. 뒤통수가 화끈거리는 느낌에 괜스레 뒷머리를 누르며 그녀는 침묵을 깨트렸다.

"참! 이번에 유럽여행 가면 영국에도 갈 참이었어요. 런던 지도도 샀어요. 좀 오래된 거라 새로 사야 하나 고민했는데, 어때요, 선배? 거의 6년

된 지도, 믿을 만할까요?"

"명소만 둘러볼 거라면 크게 지장 없겠지."

인후는 자세를 고쳐 앉으며 팔짱을 끼었다.

"여행은 며칠쯤 잡고 있어?"

"한 달?"

"그 돈으로 한 달? 길에서 잘 참이야?"

인후는 빈정거릴 의도가 없었다지만 화담의 미간은 금세 찌푸려졌다.

"따로 모은 돈도 이백쯤 있어요. 거기엔 손 안 댔으면 하지만 써야 한다면 쓸 거예요. 절대 길에선 안 잘 테니까 걱정 붙들어 매시죠."

그래 봤자 상당히 빠듯한 여행이 될 게 뻔하다. 유럽은 교통편이 특히 비싸기 때문에 오고 가는 비행기 삯까지 빼버리면 숙소로 잡을 수 있는 곳도 한정적. 게다가 동반자 없는 유럽여행이라니…….

"이런 말 하게 되어 유감이지만, 아마도 내 부탁이 8월까지 잡아먹지 않을까 싶은데."

"어…… 8월 전부 다? 내가 여행을 3주로 줄여보면."

어름거리며 화담이 말했지만 인후는 고개를 저었다. 신호가 바뀌고 차를 운전하면서 인후는 극히 사무적으로 중얼거렸다.

"할아버지가 이번 달 안에 돌아가신다면 몰라도."

화담은 인상을 찌푸리며 그의 오른팔을 찰싹 때렸다.

"말이 씨 돼요! 그런 소리는 가정으로라도 하지 말아요."

"정색할 거 없어. 나는 혈연관계인 사람들한테 쌀 한 톨만큼의 정도 없으니까. 그 사람들에게 내가 그럴 것처럼. 어설픈 홈드라마 같은 걸 기대한다면 제발 꿈 깨."

"네, 네, 비즈니스라 이거죠. 잘 기억하고 있어요. 그래도 난 선배가 최소한의 선은 지켜줬으면 싶어요. 그 사람들이야 어찌 됐건 선배는 뼛속부터 모진 사람이 아니잖아요?"

자신이 때렸던 부분을 감싸듯이 화담은 인후의 팔에 손을 얹었다. 모처럼 반팔을 입어서 드러난 살갗에 닿는 그녀의 손이 유난히 뜨거웠다. 인후의 시선이 언뜻 그리로 향했으나 화담은 이미 펄쩍 놀라 손을 떼며 묻고 있었다.

"팔이 왜 이리 차요? 완전 얼음장이 따로 없네. 에어컨 바람 때문에 이러나? 선배, 잠깐 에어컨 끄고 창문 좀 열어두면 안 돼요?"

인후는 말없이 에어컨을 끄는 것으로 그녀의 뜻에 따랐다. 차 안 공기에 비할 바는 아니지만, 그래도 비 온 끝이라 바람에 실려 들어온 공기는 제법 시원했다. 화담은 차창에 팔꿈치를 올리고 창밖을 내다보며 거리의 풍경을 즐겼다. 이미 차는 한남동 일대에 들어서 있었다.

"역시 난 여름이 좋아요, 하물며 이 습기조차도 좋아!"

선언에 이어 화담은 작게 한숨을 쉬었다.

"그래서 이 좋은 계절에 물 건너 여행을 가볼까 했는데, 까짓 안 되면 일 년 더 미루죠. 비용을 더 많이 모아서 막 사치를 하면서 다닐 테다! 민박이나 유스호스텔 말고 아예 호텔에서 자볼까? 아냐, 아냐, 먹는데 더 투자해야지. 미슐랭 가이드에서 별 받은 데도 한 번 가보고……."

눈을 빛내며 불야성을 이루는 대로변의 레스토랑이며 카페 등을 훑어가는 화담에게 인후가 머뭇거리다가 입을 열었다.

"겨울도 크게 나쁠 건 없어. 마이켈마스 텀이 12월 중순에는 끝나니까 그때 일정 맞춰서 오면 내가 한 2주일 정도는 같이, 서화담, 머리 그렇게 내밀지 마, 위험해."

화담이 빠끔히 창밖에 반쯤 머리를 내밀고 뭘 보느라 여념이 없는 모습에 인후는 인상을 쓰며 그녀의 어깨를 잡아당겼다. 어린애처럼 뭐 하는 짓이냐고 야단을 쳤지만 화담은 반쯤 정신이 딴 데 간 얼굴로 눈을 깜박거리다 갑자기 내려달라고 말했다.

"아직 집에 가려면 좀 더 가야 하잖아?"

"뭐 살 게 있는 걸 깜박했어요. 여기서 내려줘요. 아무튼 빨리."

초조한 듯 입술을 빠는 화담을 의아하게 쳐다보면서 인후는 일단 가까이 있는 연석 쪽으로 차를 댔다. 벨트를 풀기 무섭게 차문을 열려는 화담의 팔을 인후가 붙잡았다.

"내일 아침에 데리러 올게. 일곱 시까지, 알지?"

"알아요. 그럼 내일 봐요, 선배."

화담은 인후의 손을 거의 뿌리치다시피 하고 차에서 내렸다. 의아한 눈빛으로 창밖을 내다보는 그의 시야에서 화담은 차가 왔던 반대 방향으로 걷기 시작했다. 처음엔 설렁설렁 걷다가 이내 발동이 걸렸다는 듯이 뛰었다. 사람들 사이를 교묘하게 비켜가면서 어찌나 속도를 내는지 시야에서 사라지는 데 몇 초 걸리지도 않았다.

"……그냥 야구연습장에 데려갈 걸 그랬나?"

인후는 고개를 갸웃하고는 차창을 올리고 에어컨을 켰다. 그러다 그의 시선이 문득 조수석으로 향했다. 가만히 빈 좌석을 바라보던 그가 손을 뻗어 좌석을 쓰다듬었다.

아직 거기에 온기가 남아 있었다. 그 온기의 주인과 나눈 대화를 반추하는 사이 쓴웃음이 피어올랐다.

"의존성. 그렇게 볼 수도 있는 건가."

인후가 가슴 속 깊은 곳에서 끌어올린 한숨을 내쉬는 그 순간에도 화담의 달리기는 현재진행형이었다. 그러다 마침내 달리기를 멈춘 화담은 이번엔 반대쪽으로 몸을 틀어 달려온 길을 되짚어가기 시작했다.

이번엔 그냥 걸으면서 인도에서 마주치는 사람들을 하나하나 살펴보았다. 아니다, 아니다, 이 사람도, 저 사람도.

"봤는데, 분명히. 틀림없이 봤어."

눈을 크게 뜨고 아무리 찾아봐도 그녀가 봤다고 생각한 사람이 보이지 않았다. 이미 길을 건너간 건가 하고 차로의 반대편도 쳐다보았지만 시야의 끝에서 끝까지 그 사람으로 짐작되는 실루엣은 없었다. 머리를 부여잡고 이리저리 사방을 돌아보며 화담은 한탄했다.

"대체 여기서 뭘 하고 있었던 거예요, 외삼촌!"

9.

동굴 안의 죄수

철컹 대문 소리가 나서 고개를 돌린 인후는 거기 나타난 화담을 보고 선글라스 속 눈이 커졌다. 무릎길이의 네이비색 원피스에 검은 플랫슈즈를 신은 그녀는 어깨 한쪽엔 큼직한 숄더백을 메고 다른 손엔 토트백을 달랑거리며 계단을 내려오다가 인후를 향해 빙긋 웃었다.

시원하게 목을 드러낸 올림머리는 잔머리를 깔끔하게 정리해서 단정한 매무새를 강조했다. 또 한 쌍의 진주귀걸이와 목걸이로 귀와 목을 장식했다. 사교계에서 그럭저럭 조신하다고 평판을 얻는 젊은 여자들에게서 흔히 볼법한 클래식한 스타일이지만 화담이 그러고 나타나니 정신이 번쩍 들 정도로 이채로웠다.

"너…… 이런 옷도 입을 줄 알아?"

인후의 말에 화담은 입을 가리며 호호, 하고 웃었다. 가까워지는 그녀에게서 라일락 향기가 은은하게 풍겼다.

"그럼요. 가끔 격식 갖춘 자리에 갈 때 입을 옷 정도는 있어요."

옷차림이 달라지니 행동조차 달라진 건가 했지만 이내 입술을 비죽이며 토트백을 내려다보는 눈길이 심상찮았다.

"실은 너무 많아서 탈이에요. 아주머니가 철철이 옷이며 가방 같은 걸 준비해 주시거든요. 이 가방이며 구두가 얼마짜린지, 이젠 알고 싶지도 않아요. 그리고 옷은 또……. 사람들은 옷이 날개라고 하는데 난 이런 걸 입고 있으면 무슨 죄지은 것처럼 가슴이 두근거린다니까요. 오, 지금도 그래."

가슴에 손을 얹어 제 심장박동을 확인한 화담이 얼마나 빨리 뛰는지 맥이라도 좀 잡아보겠느냐 묻는 걸 인후는 한 귀로 듣고 한 귀로 흘렸다. 그는 평소와 느낌이 다른 그녀의 얼굴에 정신이 팔려 있었다.

"화장까지?"

"했어요. 눈썹 좀 다듬었는데 이상해요?"

"이상할 정도는 아닌데……."

"입술색이 너무 진해요? 아주머니가 나한테 가장 잘 어울린다고 한 색인데. 난 화장품은 봐도 봐도 모르겠더라고요. 그래도 스킨로션에 선크림까지 꼬박꼬박 바르니까 이만하면 장족의 발전이죠?"

명혜의 심미안은 인후가 토를 달 여지가 없었다. 화담은 살결이 약간 거무스름한 편인데도 불구하고 선명한 심홍색이 더없이 잘 어울렸다. 잘못 바르면 촌스러움으로 치달을 수 있는 색이 그녀에게 와선 본래의 시원스러운 미모를 확 끌어올리는 기폭제가 되었다.

생동감 넘치는 고양이의 그것 같은 새카만 눈과 불타는 듯한 레드 립스틱의 완벽한 조합. 이래서야 누가 봐도 미인이겠다고 조금 못마땅하게 여기며 인후는 한숨을 쉬었다.

"어디 가는 줄 알고 이런 복장을 한 거야?"

"병원, 아니에요?"

화담이 고개를 갸웃하며 묻자 인후의 눈은 또 한 번 커졌다. 정말이지 선글라스를 쓴 게 신의 한 수였다.

"무슨 근거로?"

"이리저리 생각해보다가 혹시 아침 면회 시간 맞춰서 가는 건가 싶어서요. 중환자라고 해도 식사 시간엔 면회가 되잖아요."

더할 나위 없는 정답이었기에 인후는 작게 한숨을 내쉬곤 화담이 타도록 조수석 문을 열어주고 자신도 운전석으로 갔다. 수업교재가 든 숄더백을 뒷좌석에 놓아두고 돌아앉아 옷매무새를 정리하는 그녀를 보며 인후는 혀를 찼다.

"이 향수, 너한테 안 어울려."

"으잉, 그럴 리가."

화담은 손목 안쪽을 킁킁거려보곤 울상을 지었다.

"다들 좋다고 하던데, 왜 또 선배만 태클이에요?"

"입에 발린 말은 누가 못해. 내 말이 옳아. 안 어울려."

가늘게 뜬 눈으로 인후를 쏘아보며 거듭해서 향수냄새를 확인해본 화담은 암만 맡아도 좋기만 한 향기에 "극도의 부정주의자!"라고 투덜거리곤 앵돌아앉았다. 인후는 인후대로 미간에 주름을 세우고 한마디도 없이 운전을 했다.

얼마 안 있어 제풀에 화가 풀어진 화담은 휴대전화를 꺼내 어제부터 잠잠했던 승준과의 메시지창을 들여다보곤 오늘 저녁까지 기다려보고 전화를 해야지 하고 다짐했다. 휴대폰과 교대하듯이 손거울을 꺼낸 그녀는 나름 힘을 준 제 모습이 어색해 이리 비춰보고 저리 비춰보면서 눈썹도 건드려보고 입술도 오물거렸다. 그래도 영 거울 속 자신과 친해질 수가 없어 그만 거울을 집어넣고 주름 하나 없는 치맛단을 펴보기도 하고 스타킹을 신은 다리를 만져보기도 했다.

"그렇게 불편해할 걸 뭐 하러 입어가지곤."

보다 못해 인후가 툭 내뱉은 말에 화담은 꿋꿋이 인후를 무시한 채로 말했다.

"나 좋자고 입었나. 누구 면 세워주려고 입은 거지."

"아, 내 면을 세워주려고 입은 거라고? 황송해서 몸 둘 바를 모르겠네."

"으이그, 진짜!"

하해같이 넓은 포용력이 두메산골 옹달샘이 되는 것도 삽시간. 화담은 폭발했다.

"봐요, 차인후 씨, 나 데려가는 거 싫어요? 싫으면 지금이라도 내려주고! 내가 아쉽나? 자기만 아쉽지."

씩씩대며 노려보는 화담을 힐긋 쳐다보고 계속 운전을 하던 인후는 신호대기를 받을 즈음해서 머리를 쓸어 넘기며 순순히 사과했다.

"짜증 나게 굴어서 미안. 실은 내가 가기 싫어서 심통 부리는 거야."

인후의 고백에 화담의 옹달샘은 금세 바다로 불어났다.

"그렇게 가기가 싫어요?"

"응. 말도 못하게 싫어."

애꿎은 머리를 헝클어뜨리며 인후는 무뚝뚝하게 인정했다. 화담은 애처로운 눈길로 그의 손을 잡아주고 싶은 충동과 싸웠다. 머릿속엔 얼마 전에 그와 나눈 대화가 물결쳤다.

—언젠가 내가 아이를 갖게 된다면 말이야, 그 아이는 꼭 아내 성을 따르게 할 거야.

아닌 밤중에 홍두깨처럼 밑도 끝도 없이 약혼하자는 말을 꺼냈던 밤에, 인후는 어안이 벙벙한 화담에게 그런 말을 해서 더욱 그녀의 의아함을 부추겼다.

—차 씨 집안엔 한 명의 사람도 더 보태주고 싶지 않거든. 그 사람들은 사람으로 태어난 걸 괴물로 키워. 아무리 멀쩡한 사람도 황금 송아지를 숭배하는 광신도에게 휩쓸려 부대끼다 보면 결국 그 세계 사람이 되어버리고 말아.

냉소 그득한 입술로 인후는 자신을 가리키며 말했었다.

—나는 발을 뺐다고 뺐는데, 그 사람들에겐 내가 아직도 반인반수쯤으로 보이나 봐. 그래서 이참에 제대로 엿 한 번 먹여보려고.

그러면서 인후는 자신의 할아버지에 대해 말했다.

차석인. 지지난달 말에 췌장암 4기 판정을 받고 수술을 위해 배를 열었다가 전이가 너무 심해 칼 한 번 못 대보고 도로 덮고 현재 호스피스 병동에서 생을 정리 중이라는 분. 길어도 두세 달이라는 삶의 마지노선을 받아놓고도 기력만은 전혀 꺾이지 않아 자신의 왕국을 공고히 할 최후의 방법으로 손자들의 정략결혼을 추진하는데 여념이 없으시다고 한다.

손자들의 의사는 전혀 중요치 않았다. 그에겐 제 뜻을 거스르면 유언장에서 이름을 빼겠다는 절대반지 같은 수단이 있었으니까. 실제로 친가족들조차 정해진 시간 외엔 면회가 힘든 상황에서 변호사가 아예 병실 하나를 잡아서 언제든지 유언장을 바꿔 쓸 수 있게 병원에 상시 대기하고 있단다.

—차라리 유언장에서 제명되는 걸 감수하는 게 어때요?

화담의 물음에 인후는 쓴웃음을 지었었다.

—제명으로 끝날 일이라면 영국에서 여기까지 오지도 않았어. 그 폭군은 나 모르게 혼인신고라도 해치울 사람이야.

—그런 사태가 와도 선배가 영국에 있었다는 걸 증명하고 혼인무효소송? 그런 걸로 취소할 수도 있는 거잖아요.

—그런 짓을 벌일 작정이면 미리 날 한국에 데려다 놓겠지. 납치를 해서라도. 목표가 정해지면 거기까지 가는 길은 아무래도 좋은 분이야, 그분은.

화담의 상식으로는 이해할 수 없는 이야기를 인후는 너무도 당연하다는 듯 이야기했었다.

사람 가면을 쓴 괴물들이 황금 송아지를 숭배하는 그런 세계. 화담은 명혜에게 이끌려 찾아간 여러 고상한 장소에서 그런 세계의 군상들을 얼핏얼핏 구경한 게 고작이다. 적어도 명혜는 사람 냄새를 풍기는 진짜 사람이었고…….

지금도 인후가 이렇게나 질색하는 사람을 만나러 간다. 자신의 사전지식이 너무 부족하다는 불안이 피어오르며 화담은 미리 명혜나 푸른에게라도 정보를 얻지 못한 것을 후회했다. 그러나 후회도 잠깐, 화담은 '무식하면 용감하다'는 만고의 격언을 속으로 복창했다.

'그래, 아는 게 독이란 말도 있어. 부딪치는 거야. 어차피 나한테 뚝심말고 뭐 있어?'

화담은 씩 웃고는 인후의 어깨를 찰싹 때렸다.

"도망치고 싶어요, 선배? 그런 거면 여기서 차 돌리고."

"도망 같은 거 안 쳐."

퉁명하게 중얼거리며 화담을 본 인후는 그녀가 웃고 있는 걸 보고 움찔했다. 화담은 새빨간 입술을 한껏 끌어올리며 자신만만하게 말했다.

"그럼 우는소리 그만하고 시원하게 밟아요! 가서 괴물보스한테 여기 애가 내 여자다, 난 얘 말고 다른 여자 필요 없다, 화끈하게 선언하라고요.

또 알아요? 내 어마어마한 미모에 할아버님이 역시 내 손자구나 하고 박수 쳐줄지?"

너스레도 모자라 두 손으로 꽃받침을 하고선 눈썹을 깜빡거리며 예쁜 척하는 화담의 모습에 반쯤 멍해 있던 인후에게서 마침내 실소에 가까운 웃음이 흘러나왔다.

"……그런 경우의 수가 있었구나. 와, 서화담 너 천잰데?"

"아잉, 천재가 아니라 미녀. 옛날로 치면 경국지색."

낯빛 하나 변하지 않고 턱을 치켜들며 잘난 체한다. 인후가 손등으로 입술을 누르며 웃음을 참는데 뒤에서 경적 소리가 요란해 정신을 차려보니 어느새 신호가 바뀌어 있다.

다시 차를 운전하면서 인후는 아까 정차하기 전과는 기분이 백팔십도 달라진 자신을 느꼈다.

"너, 그 콘셉트 할아버지 앞에 가서도 유지할 수 있겠어?"

"무슨 콘셉트요? 미녀? 당연하죠, 난 본투뷰티니까. 천하의 차인후도 인정했듯이?"

"기왕이면 안하무인 경국지색 콘셉트라고 하자. 착하게 굴지 마. 절벽 위의 꽃처럼 당당하게 굴라고."

"안하무인 경국지색이라……. 이를테면 장희빈 같은 건가?"

"요부 흉내를 내란 건 아니고."

"그렇다면 미실! 몰라요, 미실? 에이, 됐어요, 아무튼 내 걱정은 말아요. 뚝심을 보여줄 테니까."

너무 겁이 없어 보여서 인후는 조금쯤 불안하기도 했다. 그렇다고 미리부터 겁을 줘서 위축된 모습으로 데리고 가기도 싫었다. 병원 주차장에 이르러, 인후는 차 뒷좌석에 두었던 작은 쇼핑백을 가져와 그 안에서 상자를 꺼냈다.

"이건?"

벨벳 케이스 안의 내용물에 화담의 눈이 휘둥그레졌다. 한 쌍의 반지였다.

"영국에서 구한 거라 맞을지는 모르겠는데……."

인후는 살짝 머뭇거리는 기색을 보이며 작은 쪽 반지를 화담에게 건넸다. 중앙에 붉은 큐빅이 박힌 심플한 백금반지를 눈앞에 들어 쳐다보던 화담은 큐빅의 깊고 그윽한 빛깔에 저도 모르게 매료되었다.

"선배……. 이거 설마 진짜 보석이에요?"

인후는 잠시 대꾸하지 않고 자신 몫의 반지를 들여다보았다. 화담이 재차 그의 팔을 흔들며 물었다.

"설마 이거 진짜 루비? 어, 근데 루비라기엔 색이 너무 진한 것도 같고 그럼 가넷인가. 그도 아니면 석류석? 말 좀 해줘요, 나 이런 거 볼 줄 모른단 말이에요."

"진짜면 어떻고 아니면 어때."

"그래요, 아무래도 상관없는 선배 거니까 좀 가르쳐 달라고요. 자꾸 이러면 이대로 반지를 훔쳐서 금은방으로 튀는 수가 있어요!"

인후의 무뚝뚝한 반응에 화담은 협박이랍시고 그런 으름장을 놓았다. 인후는 어쩔 수 없이 입을 열었다.

"감정서가 가짜가 아니라면 루비 맞아. 미얀마산, 피전블러드라고 불리는."

"어머머, 이게 바로 그? 와, 반갑다, 너. 난 7월에 태어난 서화담이라고 해."

"돌조각에게 인사를 하는 거냐, 너……."

"그냥 돌조각이 아니라 우리 탄생석이잖아요! 용기, 정의, 열정과 애정! 정말 좋은 뜻을 가진 보석 아니에요? 나중에 하나쯤 꼭 진짜를 갖고 싶다고 바랐단 말이에요."

가뜩이나 동공이 큰 화담의 눈이 더욱 커져 빨아들일 듯이 반지에 박힌 루비를 바라보다가, 들뜬 게 조금 진정되자 인후를 돌아보며 그래서 이건 웬 거냐고 물었다. 인후는 쌍으로 있는 반지를 가리키며 정말 모르겠냐고 반문했다. 화담은 자신이 들고 있는 반지와 인후의 손에 들린 상자 속 반지를 번갈아 보다가 천천히 확인하듯 물었다.

"아까 맞을지 모르겠다고 말한 건 이걸 나한테 끼란 뜻으로……?"

잠자코 보기만 하는 인후를 가리키며 화담은 거듭 물었다.

"그럼 그 반지는 선배가 끼고?"

인후는 대답 대신 상자에서 반지를 꺼내 왼손 약지에 끼웠다. 조금은 신경질적인 듯한 기질을 드러내는 섬세하고도 흰 손가락에 붉은 돌을 머금은 심플한 링이 맞춘 듯이 제자리를 찾았다.

"우린 오래전에 마음을 확인하고 조심스레 애정을 키워온 사이야. 이 정도 반지 하나 없다면 말이 안 되잖아?"

화담을 돌아본 인후는 그녀의 손을 내려다보며 커플링 정도는 끼고 있을 줄 알았다고 혼잣말처럼 중얼거렸다. 화담은 머쓱한 표정으로 아무것도 없는 손가락을 감추듯 주먹을 쥐었다.

"승준이는 하고 싶어 했어요. 하지만 내가 워낙 그런 거에 알레르기가 있어서. 셋이서 같이 한 우정반지조차 영 갑갑해서 빼버린 사람이라고요, 내가."

자신 때문에 무성의한 남친으로 오해받을 위기에 처한 승준을 감싼 뒤 화담은 반지를 보며 가늘게 한숨을 내쉬었다.

"결혼하면 꼼짝없이 반지를 목에 걸고 다녀야겠다고 생각할 정도니 말 다했죠."

반지에 이어 제 손을 바라본 화담은, 마치 결단이라도 내리듯 아랫입술을 질끈 깨물며 약지에 반지를 끼우기 시작했다. 조금 작지 않나 싶었던 반지가 넘치지도 모자라지도 않고 약지에 딱 맞아 화담은 눈이 동그래졌다.

"보여요?"

"잘 맞네."

"안 신기해요? 내 손 여자치곤 큰데 용케도 어림짐작으로 사온 반지가 다 맞고. 와, 차인후, 완벽한 걸 넘어 진짜 좀 무섭다. 으앗, 또 후광이 보여."

오버해서 익살을 부리는 화담 때문에 피식 웃으면서 인후는 그녀의 왼손에 자리한 반지를 눈에 담았다. 피가 한층 뜨거워질 것 같은 붉은색. 깊은 우물처럼 검은 그의 눈에 짧은 찰나 풍랑이 일었다가 언제 그랬냐 싶게 잠들었다.

"내리자, 그만. 사십 분에 뵙기로 했어. 약속엔 칼 같은 분이야."

화담은 힘차게 고개를 끄덕이고 차에서 내렸다. 부유층을 대상으로 하는 호스피스 전문병원답게 휴양림에 가까운 널따란 정원을 병풍처럼 두른 병원 본동으로 걸음을 옮겼다.

"준비됐어?"

3층에 당도해 왼쪽 복도로 걸어가면서 인후가 물었다. 화담이 도도한 태깔로 씩 웃었다.

"무식하면 용감하다. 오늘 내 모토예요."

"백치미는 곤란한데."

딴에는 농담을 했지만 인후가 초조한지 아랫입술을 빠는 모습에 화담
은 더욱 정신이 번쩍 들었다. 좋아, 괴물보스. 이 서화담이 간다. 한 번 붙
어 보자고.

차석인의 병실 앞에서 인후가 세 번 노크를 했다. 잠시 후 문이 빠끔히
열리며 부은 게 살이 된 듯이 푸석푸석한 얼굴의 중년 여자가 내다보았
다.

"할아버지를 뵈러 왔는데요."

"들어오세요."

간병인은 병실에서 나오더니 무거워 보이는 다리를 끌며 멀어져갔다.
인후 일행이 들어가든 말든 눈 하나 주지 않고 달아나듯 서두르는 모습을
눈여겨보곤 화담은 인후를 따라 병실로 들어갔다. 그리고 그녀는, 왜 인
후가 화담의 향수 냄새를 그렇게 마뜩찮아 했는지 온몸으로 깨달았다.

'화생방 훈련도 아니고, 맙소사, 이게 대체 무슨 난리야.'

빈자리마다 노란 장미가 꽂힌 화병들에게 점령당한 병실에선 짙은 장
미 향 때문에 숨이 막힐 지경이었다. 그러한 꽃의 지옥 한복판에 놓인 병
상—베개커버부터 덮는 시트에 이르기까지 모조리 황금색이라 병실 주인
의 일관된 취향에 대해선 의심의 여지가 없었다—에 피골이 상접하도록
야윈 노인이 눈을 감고 누워 있었다.

"할아버님, 저 인후입니다."

"왔냐."

그렁그렁 울리는 목소리에 이어 푹 꺼진 눈꺼풀이 스르륵 들렸다. 노
인은 인후를 본 후 화담에게로 시선을 옮겼다.

"계집을 데려왔구나."

번득인다고 밖에는 표현할 수 없는 엄청난 안력의 눈과 마주한 순간,

화담은 핏줄의 강한 힘을 느끼는 한편 뒷덜미가 서늘한 공포의 한 조각을 맛보았다.

우리에 갇힌 맹수. 노인은, 붕괴되기 일보 직전의 감옥에 갇혔으나 여전히 삶을 갈구하는 사형수였다!

저도 모르게 기가 질리며 한 발짝 뒤로 물러날 뻔했지만 조금 앞에서 들려온 인후의 차분한 목소리 덕분에 그녀는 위기를 모면했다.

"네, 말씀드렸던 그 아가씨입니다."

"흠. 이리 가까이 좀 보내봐."

인후가 돌아보자 화담이 고개를 살짝 끄덕이며 걸음을 옮겼다.

"평생 눈 하나는 좋았는데 요즘 들어 급속도로 눈이 나빠져서 말이야."

노인은 인후에게 손짓해 돋보기안경을 가져오게 해서 콧등에 걸치고 화담을 응시했다. 화담은 고개 숙여 인사하며 자기소개를 했다.

"처음 뵙겠습니다. 서화담입니다."

고개를 들고 꼿꼿이 선 그녀를 노인은 족히 일이 분은 되도록 관찰했다. 그러다 슥 인후를 보며 비죽이 웃었다.

"너도 별수 없는 사내놈이구나. 반반한 거죽에 홀리고 말이야."

그 웃음은 다시 화담을 쳐다보면서 씻은 듯이 사라졌다.

"네 애비가 그 바람에 패가망신한 걸 잊을 만큼 저 거죽이 곱긴 하구나."

금시초문. 화담은 풍문으로 인후의 아버지가 중국에서 부동산 관련 일을 하는 것으로 알고 있었다. 패가망신, 이라니 속으론 의아해하면서도 화담은 입꼬리를 들어 올려 생긋 웃었다. 눈을 마주한 노인의 입가가 실룩 떨렸다.

"뭐가 우습나, 자네?"

한 줌밖에 안 되는 몸집에도 불구하고 노인의 관록은 무시할 수 없다. 그 간단한 말 한마디조차 위압감을 뿜어내는 것을 화담 또한 깡으로 밀어 냈다.

"우스운 게 아니라 즐거워서요, 어르신 말씀이."

"내 말이?"

"네. 미모에 대한 칭찬은 아무리 들어도 물리지가 않네요. 정작 선배는 결코 해주지 않는 말이라 들을 수 있을 때 듣고 만끽하자는 주의거든요."

"그래? 인후, 너 계집 다룰 줄 모르는 게냐? 이 할애비가 가르쳐 주마. 계집을 어루만지는 데는 세 가지 방법이 있다. 말로 어루만지고, 손으로 어루만지고, 돈으로 어루만지는 것. 이 세 반경을 벗어나는 계집을 난 본 적이 없지."

노인은 그러한 훈계를 화담을 빤히 쳐다보며 했다. 그녀의 반응을 살피는 것이었다. 화담은 고개를 갸웃이 하고 짐짓 생각에 잠긴 표정을 지었다.

"셋을 다 쓰는 것이 으뜸이지만, 여의치 않으면 마지막 거라도 제대로 하면 그만이다. 돈, 여자는 돈에 환장을 하지. 개가 똥을 보고 그러듯이."

말의 수위가 슬그머니 높아졌지만 화담은 무슨 소릴 들었냐 싶은 표정 으로 주위를 둘러보았다. 장미를 구경하는 척 딴청을 부린다. 노인이 직접 묻기 전에는 결코 입을 열지 않을 참이었다.

"자네는 내 말에 해당 사항이 없다고 생각하는 모양이지?"

툭 던져오는 노인의 질문에 화담은 눈을 동그랗게 뜨며 "네?" 하고 반 문했다.

"편모가 출세한 자네 아비에게 땡전 한 푼 받지 않고 자존심 지켜가며 길러냈으니 나는 당신이 말하는 것들과는 종자가 다르다, 그리 생각하느냔 말이야."

눈 하나 깜빡 않고 화담의 아픈 부분을 쑤셔오는 노인의 말에 화담은 힐끗 인후를 쳐다보았다. 그윽한 우물처럼 까만 그의 눈이 그녀를 보고 있다.

그는 아니다. 그렇다면 이게 그가 말한 뒷조사, 내지 신원 조회의 결과물일 것이다. 그 빠른 속도에 화담은 속으로 혀를 내둘렀다.

"이만하면 우수한 자질을 타고났다고 자부하는 건 사실이랍니다."

일단 그렇게 운을 떼고 화담은 생긋 웃으며 덧붙였다.

"게다가 멋진 어머니가 있었던 것도 사실이고요. 맹모삼천지교 같은 건 제 어머니에게 비하면 시시하다고 생각해요."

"허, 주제에 감히 자신을 맹자에 견주는 건가?"

"그렇게 들리셨어요? 전 다만 어머니라는 공통점을 놓고 예를 든 건데요. 어르신쯤 되는 연배시라면 다른 것보다 맹모의 전고를 드는 것이 이해가 빠르시지 않을까 해서."

유유한 화담의 대꾸에 노인은 흠 하고 목을 가다듬으며 돋보기를 올려썼다. 급격히 살이 빠져서인지 유난히 축 늘어진 얼굴살 속에서, 덕지덕지 심술보를 매달고 있는 처진 입술을 앙다무니 노인의 완악한 기질이 고스란히 드러났다.

"흥, 그렇게나 대단한 여자였으면 언제 죽었어도 자식 앞가림 정도는 해놨겠지. 자식 앞가림만 못했나? 살면서 초연했을진 몰라도 저승 갈 땐 저 버린 사내 물귀신처럼 끄집어 간 걸 봐. 뭐라 뭐라 떠들어봤자 말짱 헛일! 사람이 선종善終을 못하면 살았다 할 것이 없어!"

역시 날 닦아세우려고 작정을 한 건가? 화담이 멀거니 노인을 바라보며 생각하는 옆에서 얼굴이 굳다 못해 창백해진 인후가 입술을 열었다.

"초면인데 말씀이 너무 지나치십니다, 할아버님."

"지나쳐? 그럼 예 와서 무슨 영화를 기대했더냐?"

노인은 콧방귀를 뀌며 인후에게 눈을 부라리더니 화담에게 시선을 못 박고 카랑카랑한 목청을 돋워 지껄였다.

"계집이 그래도 고개 빳빳이 들고 있는 것 좀 보라지. 용케 인복이 있어 여태 불쌍하다, 가엾다 돌봐주는 사람들 신세를 졌는지 몰라도 응당 제 주제를 파악할 일이야. 아무나 조실부모하는 게 아니다. 하물며 부모 먼저 보내고 팔자가 피는 거? 그만큼 저 계집 팔자가 드세다는 게야. 주변인을 하나하나 잡아먹을수록 얼굴이 피는 사람, 더러 있지."

할아버님, 하고 중간에 인후가 씹어뱉듯이 부르며 노인을 제지하려는 것을 화담이 그의 소매를 잡아당겨 가만히 있으라고 신호를 줬다. 미간을 찌푸린 인후가 화담을 돌아보았으나 그녀는 침을 튀겨가며 열변을 토하는 노인을 빤히 응시할 따름이다.

"제 부모도 잡아먹는 팔자, 남자라고 못 잡아먹을 줄 아느냐? 내 평생의 견문을 걸고 장담컨대 일부종사할 계집이 아니다. 사내였다면 지 애비처럼 바깥에 다른 시앗을 볼 것이지만 계집이니 신발 갈아 신듯 남자를 바꾸겠지. 시시한 놈이라면 저 기에 말려 명조차 단축할 게야, 크흠!"

마디마디가 악의어린 조롱. 뭘 알고 하는 소리인지, 순전히 악담인지. 화담이 그 점이 궁금해 고개를 갸웃하는 사이 노인은 가래가 들끓어 기침을 하느라 한줌의 몸을 이리 비틀고 저리 비틀며 괴로워했다. 인후가 노인에게 다가가 등을 두드려주며 타구를 입가에 받쳐주었다.

전혀 내키지 않는 얼굴을 하고서도 손놀림은 세심한 그를 보며 화담은 미소했다. 이 병실은 너무 많은 장미 때문에 아름다움을 넘어 괴기스러웠지만 인후만 놓고 보자면 황홀한 그림이 되었다. 그 하나로도 그와의 동행은 가치가 있었다.

'시간이 흐르면 아마 장미와 선배의 얼굴만 기억나겠지.'

그런 짐작을 해보며 장미 속의 인후를 감상하고 있자니 이윽고 노인이 가래를 뱉어내서 기침도 잦아들었다. 뒤처리를 깔끔히 마친 후 인후는 화담의 옆으로 왔다. 그녀를 보는 그의 눈빛에서 못내 미안해하는 감정이 읽혔다. 그 등에 대고 선포하듯이 노인은 내처 으름장을 놓았다.

"결혼 한 번 하고 말 계집이 아니다. 내 말이 틀리면 내 죽은 무덤에 침을 뱉어라. 인후 너도 그런 말을 알 게다, 사람이 죽을 때가 되면 하는 말이 선하다고들 하지. 가슴에 새겨야 할 게야, 암!"

"선배."

화담은 다가온 인후의 팔에 자신의 팔을 꿰며 그를 올려다보았다.

"솔직히 말하자면, 나 결혼을 한 번 하는 건 아까운 일이라고 생각해요. 나 같은 여자가 웨딩드레스를 딱 한 번 입고 마는 건 재능 낭비 아냐?"

인후는 묵묵히 화담을 내려다보았다. 화담은 생긋 웃고선 천천히 병상의 노인을 돌아보았다.

"어르신, '삼 년 고개'라는 이야기 들어보셨어요? 전래동화인데. 금시초문이신가?"

노인이 대답할 짬도 거의 주지 않고 화담은 나긋나긋이 말을 이었다.

"옛날 어느 고을에 한 번 넘어지면 삼 년밖에 못 사는 고개가 있었대요. 신통하게도 넘어지는 사람마다 하나같이 삼 년밖에 못 사는 거예요. 그러다 어떤 할아버지가 거기서 그만 넘어지고 말았죠. 이젠 꼼짝없이 죽겠구나 하고 걱정하는 할아버지를 보고 이웃집 소년이 이렇게 말했어요. '삼 년 고개에서 또 넘어지세요'라고. 왜냐하면……."

"누굴 바보천치로 아는 거냐? 그런 시시껄렁한 이야길 누가 몰라? 그래서 고개로 가서 데굴데굴 굴러서 오래 살았다, 그거 아니냐?"

"어머, 잘 아시네. 그럼 이야기가 빠르겠네요."

화담은 인후의 어깨에 뺨을 기대며 짐짓 교태를 부렸다.

"그러니까 선배, 우리 결혼식을 십 년 주기로 다시 해요. 첫 번째 결혼식을 올린 십 년 후에 두 번째 결혼식을 올리고, 그다음 십 년 후에 세 번째 결혼식을 올리고. 그럼 우리 한 다섯 번쯤 결혼할 수 있으려나? 어때요, 어르신? 제 얼굴에 다섯 번쯤 결혼할 여자라고 적혀 있나요? 더 많이 해야 하나요? 그럼 오 년 주기로 결혼식을 올릴게요."

완악한 노인도 이런 어깃장은 생각도 못 했던지 할 말을 잃고 있다. 화담은 다시 인후를 보며 스윽 손을 올려 그의 뺨을 장난스레 꼬집어 흔들었다.

"아내가 예쁘면 처갓집 말뚝 보고도 절한다더니 내가 딱 그 꼴 났어. 내 욕심은 둘째 치고, 선배를 위해서라도 어르신 무덤에 침 뱉을 일은 하고 싶지 않네요. 어때요, 선배? 나 너무 갸륵하죠?"

인후는 손을 들어 자신의 눈을 가렸다. 고개도 수그러졌다. 얼마 후 앙다문 그의 입술 새로 웃음소리가 흘러나왔다. 화담은 짐짓 크게 눈을 깜박거리며 그를 쳐다보다가 병상의 노인을 돌아보았다. 보란 듯한 미소와 함께 그녀는 말했다.

"손자분이 어르신을 안 닮아서 얼마나 다행이에요?"

인후는 병실에서 나와서도 잠잠할라 치면 한 번씩 쿡, 웃음을 삼켰다. 정작 화담은 별나게 시무룩한 얼굴로 이따금 한숨을 내쉬었다.

이윽고 둘 다 차에 올라타 바깥과 완전히 격리되었을 때, 인후는 핸들에 엎드려 크게 웃음을 터뜨렸다. 간혹 그가 웃는 걸 봐왔지만 이 정도로 실성한 듯 웃는 건 처음 본 화담은 의기소침한 표정을 짓고 있다가 웃음이 조금 잦아들었을 때 침통하게 자신의 잘못을 사과했다.

"그놈의 장미향기가 너무 진해서 머리가 좀 어떻게 됐었나봐요. 나 나름대로 생각한 바가 있었는데 뭘 한 건지 모르겠어요……. 아무래도 선배는, 유언장에서 제명되거나 부모 이름밖에 모르는 여자랑 결혼하게 될 것 같아요. 그렇지만 자포자기하지 말아요, 선배! 혹시 그렇게 결혼해서 행복하게 잘 살지 어떻게 알아요?"

인후는 핸들 위에 숙이고 있던 상체를 바로 하면서 눈꼬리에 배어 나온 이슬을 훔쳤다. 한바탕 웃느라 얼굴이며 목까지 발갛게 상기된 그를 보고 화담은 더더욱 어깨가 쳐졌다.

"다 장미 때문이라니까요, 선배. 예상치 못했던 복병이었어요. 그런 게 있다고 미리 말 좀 해주지."

"노친네에겐 노란 장미가 나폴레옹의 네잎클로버 급이야. 안 그래도 말할까 하다가 말았어. 그거 말하면 더 기분 나쁜 것도 말해야 할 것 같아서."

"그게 뭔데요? 얼버무리지 말고 그냥 말해줘요."

"이를테면…… 노친네가 피전블러드 클럽의 회원 자격이 있다는 사실 같은 거."

"잠깐, 그 말은 설마."

경악으로 눈이 동그래진 화담에게 인후가 고개를 주억거렸다.

"그 설마야. 할아버지는 7월 15일생이야."

"아, 싫다. 왜 그런 고약한 인연이. 성전에 별안간 먹구름이 낀 기분이야!"

"더 기분 나쁜 것도 있는데. 마저 들을래?"

"듣겠습니다!"

불 꺼놓고 이불 두르고 손가락 사이로 공포영화를 보는 기분으로 화담은 마저 청했다. 인후는 얼마쯤 웃음이 남아 있던 얼굴에 새로이 쓴웃음을 지으며 중얼거렸다.

"내가 그날 태어난 건 우연이 아니야. 예정일이 아직 남았는데도 불구하고 할아버지 명령 한마디에 제왕절개를 했대."

"네? 뭘 일부러 그렇게까지……."

화담이 아직 놀랄 일이 하나 더 남아 있었다.

"그래서 나는 쌍둥이가 되었어."

"네?! 선배, 쌍둥이였어요?"

"응. 기록상으론 그래."

기록상의 쌍둥이? 화담의 머리론 얼른 이해가 가지 않아 알쏭달쏭해하다가 불현듯 어떤 가능성이 머리를 때렸다. 쌍둥이로 태어났는데, 출산 과정에서 다른 쪽이 죽은 게 아닐까? 대뜸 딱한 표정이 되어 화담이 인후의 팔에 손을 올리자 인후가 피식 웃으며 고개를 저었다.

"안 죽었어, 그 녀석. 며칠 먼저 태어난 내 쌍둥이 형은 펜실베이니아에서 공부 중이야. 지금은 잠깐 한국에 들어와 있는 모양이었지만."

그 사람도 유학생이구나 하고 생각한 것도 잠시 화담은 몇 단어가 거슬려서 묻지 않고는 배길 수가 없었다.

"쌍둥이인데 며칠 먼저 태어나다니 그런 경우도 있나요? 아니 잠깐, 선배는 제왕절개 했다고 방금 말했잖아요."

"응. 나는 제왕절개로. 그 녀석은 자연분만으로. 우린 같은 배에서 태어나지 않았어."

"그 말은, 그러니까 둘 중 한 사람은, 혼외자라는……?"

인후가 준 정보면 그런 유추가 가능했다. 그가 말없이 웃자 화담은 머쓱하게 입술을 우물거렸다. 이런 경우에 어떤 말을 해야 할지는 어른이라고 해도 막막했다.

짧은 사이 갖가지 생각이 화담의 머릿속에서 춤을 췄다. 어느 순간 그것을 털어버리듯 머리를 젓고서 화담은 인후에게 두 손을 모으며 사과했다.

"미안해요, 선배. 나 방금 전에 나쁜 생각했어요. 진짜 미안해요."

"어떤 점에서?"

화담이 잠자코 고개를 숙이자 인후가 알 만하다는 듯 물었다.

"늦게 태어난 내 쪽이 혼외자식인가보다 했어?"

더욱 입을 꾹 다무는 화담을 바라보며 인후는 잠시 생각을 정리했다. 이윽고 그는 한없이 가볍게 "이런들 어떠하며 저런들 어떠하리."하고 시조 한 대목을 흥얼거렸다. 화담이 그런 그를 알 수 없다는 눈빛으로 쳐다보았다. 맞다는 건지, 아니라는 건지.

"어쨌든 공식기록상으로 나와 내 쌍둥이는 같은 부모를 두고 있어. 그거면 됐지 않아?"

"선배가 그렇다면 그런 거라고 해야죠."

왜요, 왜요 하고 캐묻고도 남을 여느 때와 달리 화담은 얼른 그의 뜻을 받아들이고 뒤로 물러났다. 동물적인 균형감각. 인후의 눈에 한 찰나 씁쓸한 기운이 스쳐갔다.

"아무튼 내겐 이란성쌍둥이가 있어. 그 이전에 형이 한 명 더 있었는데, 어릴 때 죽었고. 형제 사항은 그게 다고 위로 부모님이 계시지. 외가랑은 거의 절연하다시피 했고, 친가에는 너도 봤다시피 오늘내일하는 할아버지 외에 고모들이 네 분 있어. 다들 한 성격 하는데, 그런 쟁쟁한 분들을 제치고 내 모친이 할아버지의 오른팔 자리를 장악하고 있어. 가업은 땅장사. 서울을 중심으로 전국의 요지를 아우르는 광범위한 네트워크를 형성한…… 투기꾼들이야. 요 몇 년 사이 허울 좋게 회사명 걸고 사업체화한 모양이지만 뭐 본성 어디 가나.”

삭막한 가족 소개를 마치곤 인후가 질문을 받겠다며 화담을 돌아보았다. 묻고 싶은 건 한둘이 아니지만 화담은 스스로에게 딱 하나만 허용하기로 했다.

“선배 아버님께서는?”

아무래도 병실에서 들었던 ‘패가망신’ 운운하는 말이 목에 걸린 것처럼 남아 있었다. 인후는 묘한 미소를 짓더니 “병원.”이라고 중얼거렸다.

“입원해 계신다는 말이에요?”

“응. 이십육 년째. 내 나이를 생각하면 간단해.”

“세상에. 무슨 병을 앓고 계시기에.”

인후는 더없이 덤덤한 얼굴로 자신의 관자놀이 옆에서 검지를 둥글게 돌렸다.

“돌아버렸거든.”

벌려진 입이 다물어지지 않는 걸 화담은 겨우 닫았다. 인후는 그걸 기다렸다는 듯이 “왜 그렇게 됐냐면 말이야.”하고 운을 뗐다. 화담은 급히 손을 내저었다.

“아뇨, 그만하면 됐어요. 말하기 싫은 거, 억지로 들으려고 한 건 아니에요. 더 안 물을게요.”

“별로 난 아무렇지도 않은데. 내가 태어났을 땐 이미 병원에 계셨던 터라. 아버지라고 불러본 적도 없고.”

인후의 덤덤한 얼굴이 되레 화담은 슬펐다. 우물처럼 깊은 그의 눈이 때때로 세상의 온갖 빛을 밀어내는 늪처럼 잠겨들 때가 있는 것, 그 까닭을 어렴풋이나마 이해했다. 그리고 자신이 그런 것을 이해하게 되었단 사실에 유감을 느꼈다. 허락 없이 인후의 마음 어딘가를 짓밟은 느낌이랄까.

"뭐야, 그 눈은? 갑자기 내가 불쌍해졌어?"

가늘게 뜬 눈으로 바라보며 인후가 던진 말에 화담은 속으로 움찔했지만 겉으론 으쓱하며 코웃음까지 쳤다.

"불쌍하긴 개뿔. 선배도 사람인데 그만한 사연 하나 없을까. 그리고 선배보다야 내가 훨씬 더 불쌍하죠. 어쨌든 선배네 부모들은 살아는 있죠. 난 둘 다 가루가 됐어……."

땅이 꺼져라 한숨을 내쉬며 화담은 우는 시늉을 했다. 인후가 쓴웃음을 짓고 있자니 화담이 별안간 정색을 하고 그에게 아침은 먹었느냐고 물었다. 인후가 고개를 젓자 화담이 이를 드러내며 씩 웃었다.

"그럼 우리 배 채우러 가요."

"아침 먹고 나오지 않았어?"

"먹었지만 더 먹을 수 있어요! 선배네 할아버지, 은근히 기 빨리더라니까요. 게다가 그 병실. 장미 냄새 때문에 속이 뒤집어질 거라고 누가 알았겠어요?"

화담은 제 손목을 킁킁거려 보더니 대뜸 질색하며 진저리를 쳤다.

"와, 사람처럼 간사한 게 없다니까. 덩달아 이 냄새도 싫어졌어. 나 당분간 향수라면 질색할 것 같아요."

"아마 한 몇 년은 장미 근처에도 가기 싫을걸. 향기와 결부된 기억이란 거, 생각 외로 막강해."

"아아, 안 되는데. 볼 때마다 뿌리기로 약속했는데."

막 차 시동을 걸려던 인후가 그 말에 슥 눈을 치켜떴다.

"남자친구가 준 향수야?"

"성년의 날에 받은 거예요. 찔끔찔끔 쓰는 거 보다 그냥 날아가는 게 더 많은 것 같아서 이젠 자주 써야지 했는데. 그런데 이런 복병을 만날 줄이야."

거짓 한숨과는 분위기부터 다른 깊은 한숨을 내뱉는 화담에게서 시선을 돌리며 인후는 차를 출발시켰다.

숙인여대 쪽으로 방향을 잡고 가는 길에 정한 대로 죽 전문점이 보이자 안으로 들어갔다. 가리는 것 많은 인후의 주문에 시간이 좀 지체된 후 점원이 자리를 떴다.

주문한 음식을 기다리는 동안 인후는 문득 종이냅킨을 집더니 꽃을 접기 시작했다. 화담이 턱을 괴고 구경하는 사이 꽃이 한 송이, 두 송이, 세 송이로 늘어갔다. 여전히 손재주가 좋네, 하며 감탄하는 그녀에게 인후가 물었다.

"후회 안 해?"

"무슨 후회요?"

"괜한 일을 떠맡아 버렸다는 후회."

"아아, 괜찮아요. 살다 보면 이런 사람도 만나고 저런 사람도 만나는 거지. 나 싫다는 사람 만난 게 처음도 아니고."

"널 싫어하는 사람도 있어?"

인후가 홱 고개를 들며 묻자 화담의 눈이 휘둥그레졌다. 그러곤 곧 웃음을 터뜨렸다.

"뭐예요, 그 바보 같은 질문은? 소현이 잊어버렸어요, 소현이? 뭐, 걔도 나이 드니까 전처럼 대놓고 날을 세우지는 않지만 그래도 일일이 열거하자면 말할 거 꽤 돼요."

화담은 느긋이 머리를 젖혀 천장을 보며 말했다.

"대학교 와서는 앞에선 친한 체하고 뒤에선 이상한 소문내고 다니면서 뒤통수치는 애들도 겪어봤고. 모두가 좋아하는 사람이 있기는 할까요? 글쎄…… 하물며 석가모니나 예수님도 배척한 사람이 있었다고 하니까. 결국 'Everybody's friend is nobody's friend.(모든 사람의 친구는 누구의 친구도 아니다)'라는 말이 맞다고 생각해요."

화담은 불쑥 인후 쪽으로 상체를 숙이며 물었다.

"영어 속담이나 격언 같은 건 너무 직설적이지 않아요? 우리 속담이랑은 다르게 뭔가 딱딱하고 재치 면에서도 떨어지는 것 같은데, 선배는 어떻게 생각해요?"

그녀의 이야기가 엉뚱하게 방향을 튼 덕분에 인후는 답이 뻔한 질문을 해버린 열없음에서 빨리 회복했다. 그는 헛기침으로 목을 가다듬고 원래 화제로 돌아갔다.

"노친네, 많이 불쾌했지? 마음에 둔 말이 있다면 곱씹지 말고 털어버려. 그 사람, 전형적인 폭군이라서 어디에서나 희생자를 물색하거든. 관중이 있으면 더 극성을 부려."

화담은 검지를 턱에 대고 가만히 생각해 보다가 대꾸했다.

"불쾌하다기보다는, 불쌍했어요."

"불쌍해?"

너무도 뜻밖의 단어에 꽃을 접던 인후의 손이 멈추었다.

"노친네가 불쌍해? 불쌍하다고?"

어이가 없다는 듯 거듭 확인하는 데도 화담은 먼 곳을 바라보는 눈길을 하곤 한탄하듯 말할 따름이다.

"그렇게나 늙어버렸으니……."

"그렇게 늙을 동안 사람들 고혈을 짜내서 떵떵거리며 끊임없이 다른 사람 괴롭히는 재미로 살았어. 그런 사람이 불쌍해?"

인후의 언성이 높아졌지만 여전히 화담은 골똘한 시선으로 뭔가를 생각하다가 조금 생뚱맞은 이야길 꺼냈다.

"선배, 플라톤의 '동굴의 비유' 알죠?"

"그게 왜."

라고 말하던 인후는 불현듯 드는 어떤 생각에 입을 다물고 눈을 깜박였다.

여기, 평생을 동굴에 갇혀 벽에 비친 그림자만을 보고 사는 죄수들이 있다. 그들에게는 그 벽의 그림자가 세상의 전부이자 진실. 그러다 어떤 죄수가 동굴에서 탈출하는 데 성공했다. 그는 동굴 밖의, 태양이 존재하는 진짜 세상을 보았다. 그는 그 멋진 세계를 보지 못하는 동료들을 생각해내고 동굴로 돌아가 바깥 세계에 대해 알린다.

이른바 플라톤이 '이데아'를 설명하기 위해 만들어낸 비유를 화담이 언급한 이유를 인후도 어렴풋이 알 것 같았다.

"플라톤의 동굴과는 다르겠지만, 어쨌든 선배 할아버지란 분도 동굴에 갇힌 죄수가 아닐까, 그런 생각을 했어요. 창도 출구도 없고, 비대한 에고 말고는 아무것도 없는 동굴. 그분이 마음을 기울여 누군가를 귀히 여기고 또 그만큼 살뜰히 마음 받은 적이 있긴 했을까요? 아마 없지 않을까요. 있었다고 해도 완전히 잊어버렸거나……."

화담은 안타까운 눈빛으로 머리를 흔들었다.

"다른 길을 가기엔 시간이 너무 부족해요. 결국 그분은 동굴에 갇혀 돌아가시겠죠. 돌아가신 뒤에 마음에 그분을 묻고 그리워하는 이가 있을까요? 말해 봐요, 선배. 그럴 만한 사람을 알아요? 한 사람이라도?"

인후는 대답하지 않았다. 바로 그부터가 그럴 생각이 추호도 없었다. 그를 응시하던 화담이 덤덤히 말을 맺었다.

"완전한 죽음. 역시 난 그분이 불쌍해요."

그즈음해서 주문했던 음식이 나왔고, 둘은 약속이라도 한 듯 묵묵히 식사에만 집중했다. 식사를 마친 후 화담이 식당 화장실에 들렀다 주차장으로 나와보니 차에 기대서 있는 인후의 머리 위로 한 줄기 푸른 연기가 올라가는 게 보였다.

"식후의 담배? 중독 아니라더니 갈 데까지 갔네 뭘."

인후는 화담을 돌아보곤 주차장 구석의 재떨이용 단지에 꽁초를 버리고 왔다.

"원래는 아침에 일어나면 바로 피웠는데 오늘은 이게 시작이야."

변명조의 말에 화담이 어깨를 으쓱했다.

"괜찮아요, 피우라 마라 잔소리 안 할 테니까. 주위에 물어봤더니 금연이란 거 옆에서 노래를 부른다고 되는 게 아니라던데요. 자기 의지가 없으면 일 년을 끊든 삼 년을 끊든, 그 사람은 흡연자라나."

"음. 확실히……"

고개를 끄덕이는 것으로 동의하는 인후를 보는 화담의 눈에 못마땅한 기운이 확 솟구쳤으나—그걸 공감하면 어떡하자는 거예요!—짐짓 대범하게 생긋 웃었다.

"선배가 진짜 내 약혼자라면 두들겨 패서, 막말로 손모가지를 분질러서라도 안 피우게 만들 자신 있지만 그것도 아니니까 뭐, 선배님 기호를 존중하겠어요."

"남편의 흡연은 죽어도 용납 못 한다?"

"죽어도."

화담은 주먹을 불끈 쥐며 단언하고서 장난스레 덧붙였다.

"그러니까 차인후 씨, 나랑 결혼하고 싶으면 담배부터 끊고 와요."

찡긋 윙크를 던지고 화담은 차에 탔다. 손에 담배냄새가 배었는지 확인하는 인후의 입가에 뒤늦게, 훗 하고 웃음이 떠올랐다. 화담은 차창 너머로 보이는 인후의 등을 바라보며 슬그머니 울상을 지었다.

"말하기 전에 생각을 좀 해라, 서화담. 넌 자존심도 없니? 저 사람이 너랑 잘도 결혼을……. 쳇, 농담 좀 했기로서니 왜? 어딜 봐도 농담이잖아? 농담이지, 농담이고말고."

자아분열에 가까운 입속말을 웅얼거리다가 운전석 문이 열리는 걸 보고 시치미를 뗐다.

"얼른 가야겠다. 구름이 걷히기 시작했어."

선글라스를 끼고 시동을 거는 그에게 화담이 물었다.

"선배는 어서 옥스퍼드로 돌아가고 싶죠?"

인후는 멈칫하더니 화담을 보았다.

"보내고 싶어?"

"내가 보내고 싶다고 보내지나요, 선배가 가고 싶어서 가는 거지. 푸른 선배 말로는 거기서 선배 물 만난 물고기처럼 좋아 보인다던데요? 이러다 영국에 아주 터를 잡게 생겼다고요. 푸른 선배가 아무렴 아무 근거도 없는 소릴 할까요?"

"생각이 아주 없는 건 아니야. 서울보다야 거기가 백 배 낫지."

그 정도였나 하고 놀란 것을 화담은 시무룩하니 웃음으로 추슬렀다. 그러곤 이내 목소리를 돋워 재잘거렸다.

"유럽여행 갈 때 옥스퍼드 꼭 들러야겠네요. 그렇게나 좋은 곳을 안 보고 올 수야 없죠. 이걸로 영국에선 런던, 에딘버러, 옥스퍼드! 벌써 세 군데가 됐네. 거기 더 추가할 만한 지역 있나요, 선배?"

인후는 가볍게 한숨을 쉬고선 차를 출발시켰다.

초인종을 몇 차례 누른 푸른은 휴대전화로 집주인을 호출했지만 이쪽도 불통이긴 마찬가지였다. 그래서 거리낌 없이 비밀번호를 누르고 집 안으로 들어갔다.

"인후야, 차인후! 어디 숨었냐? 놀자!"

거실이 휑했다. 주방은 물론 화장실, 베란다까지 내다봤지만 인후의 머리카락 하나 찾지 못했다. 머리를 긁적이고 있는데 혼자 윙윙거리며 거실을 오가던 로봇청소기가 그의 발에 부딪혀 방향을 바꾸었다.

"야, 인후 어디 나가던?"

알 바 아니라는 듯 로봇청소기는 쭈욱 미끄러져갔다. 하여간 이 집은 저런 것 하나까지 주인을 닮았다고 생각하며 혀를 차고서 푸른은 소득 없이 돌아섰다. 아직 제주에서의 일로 꽁한 게 있었지만 밥이라도 챙겨 먹이겠다는 갸륵한 마음으로 바쁜 몸을 끌고 거동했는데 없는 것도 지 팔자다.

"그 녀석 틀림없이 사주에 고독살이 있을 거야. 타로카드를 뽑으면 은둔자만 나올 거고. 그래도 나 같은 훌륭한 친구가 있는 걸 보면 인복 또한 있는 게 분명해."

아무렴, 아무렴 하며 현관으로 가 슬리퍼를 벗던 푸른의 눈이 현관에 단정하게 놓인 인후의 검은 로퍼로 향했다. 푸른은 짝짝으로 널브러져 있는 자신의 보트슈즈에 발을 꿰다 말고 도로 안으로 들어갔다.

"차인후, 너 집에 있지?"

당연히 거기엔 없을 거라고 생각해 빼놓았던 침실 문을 벌컥 열어젖혔다. 캄캄한 방은 침대 옆 스탠드가 켜진 곳만 희미하게 밝았다. 푸른은 그 빛으로 침대 위에 누워 있는 인후를 발견하고 눈이 휘둥그레졌다.

"자냐?"

당장 스위치로 손을 뻗는 푸른에게 "그냥 둬."라는 인후의 목소리가 들려왔다.

"진짜 자려던 참이야? 야, 이제 겨우 일곱 시 넘었어."

"알아. 슬슬 일어나려던 참이야."

두 손으로 뒷머리를 괴고 천장을 올려다보고 있는 인후의 얼굴에서 졸린 기운 같은 건 전혀 보이지 않았다. 시차병이 늦게 온 건 아닌 것 같고, 푸른은 도무지 모르겠다는 얼굴로 침대로 걸어가 인후의 눈앞에서 손을 휘휘 흔들었다.

"그럼 여기 틀어박혀서 뭐 하는데? 자려던 것도 아니면 설마 사색? 일 없이 멍해 있는 거 질색하는 거 아니었어?"

"그림자를 보고 있었지."

"그림자?"

푸른은 인후처럼 천장을 올려다보았지만 그림자라고 해봤자 스탠드 불빛이 만들어낸 가구 그림자들 정도이다. 그나마도 밝기를 최저로 해놓은 터라 또렷하지도 않다. 멀뚱히 천장을 두리번거리던 푸른은 침대 근처의 의자에 엉덩이를 걸치며 말했다.

"네가 나이를 먹기는 먹었나 보다. 평생 안 하던 짓을 다 하고. 이러다가 차인후 철학가로 대변신, 뭐 그런 사태 오는 거냐?"

"그럴 일 없어. 이건 그냥……."

말을 하다 말고 인후는 입을 다물고 물끄러미 천장을 보았다. 차츰 눈을 가늘게 뜨면서.

"동굴 분위기를 내 본 거야."

"느닷없이 무슨 동굴? 세상에 진저리가 나서 이젠 아예 혈거생활을 꿈꾸는 거냐? 야, 아서라. 한 번 들어갔다가 영영 안 나올까 봐 무섭다."

푸른의 말에 인후는 상체를 일으켜 앉으며 물었다.

"동굴의 비유 기억해?"

"플라톤? 〈Politica〉였었나? 징글징글한 책이었지."

푸른은 떠올리는 것도 싫다는 듯 혀를 찼다. 인후도 웃으며 썩 재미있는 책은 아니었다고 동조했다.

"철학적 논의라면 미리 난 기권한다."

"응, 딱히 현학적인 이야기를 하자는 건 아니고……. 불현듯 그런 생각이 들어서. 나도 별수 없이 동굴에 갇힌 포로에 불과한 거 아닌가 하는. 그런 생각해 본 적 있어?"

"뭘 일부러 생각까지야. 당연한 거 아냐?"

푸른의 대꾸에 인후가 의아한 눈으로 그를 돌아보았다. 푸른은 뻬딱하게 꼰 발을 건들거리며 말했다.

"누가 만들어준 동굴에 사느냐, 자신이 파 들어간 동굴에서 사느냐의 차이는 있을지 몰라도 결국 사람은 저마다 제 안에 동굴 하나 킵하고 거기서 보고 싶은 걸 보고 사는 거지 뭐. 갇혔느니 뭐니 복잡한 소리 집어치우라 그래. 발목에 족쇄 채워진 진짜 죄수가 아닌 이상 살아가는 건 자기할 탓이라고. 그러니까 요점은, 사람을 즐겁게 살아야 한다 이거야. 라이프 이즈 펀!"

결론이 살짝 뻬끗하긴 했으나 어쨌든 명쾌한 자기주장. 인후는 자못 감탄했다는 듯이 말했다.

"강푸른, 너 똑똑하구나."

그럼, 그럼 하고 고개를 끄덕이던 푸른이 곧 발끈하며 의자 팔걸이를 때렸다.

"너 여태 날 바보로 알았던 거냐? 야, 나 한국대 정시 합격생이야. 네가 옥스퍼드 다닌다고 한국대를 얕보냐?"

인후는 침대에서 내려서면서 "아, 그래서 학사경고를 두 번이나 받은 거구나?" 하고 받아쳤다. 그 아무렇지도 않은 집중포격에 푸른은 심장을 움켜쥐고 허덕였다.

"야, 나도 정신 차릴 거라고, 이젠. 다음 학기에 복학하면 전처럼은 안 해."

"그러는 게 좋을 거다. 자퇴하고 제적은 엄연히 사회에서 의미가 달라."

"제적 안 당한다니까!"

침실을 나온 인후는 기지개를 켜면서 주방으로 향했다. 제적은 절대 내 인생에 없다고 중얼대며 푸른도 따라갔다. 푸른에게 오렌지주스 한 잔을 내어주고 인후도 한 컵 따르는데 푸른이 투덜거렸다.

"오늘 무슨 날이냐, 왜 다들 굴속에 있고 지랄이야."

인후가 손을 멈칫하며 물었다.

"나 말고 또 누가 굴에 있던?"

"누구긴, 한남동 N씨. 오는 길이라 잠깐 들러봤는데 영 다운돼 있기에 엉덩이만 걸치고 있다 나왔다."

"몸 상태가 별론가 보지."

"너 뭐하느냐고 묻던데. 연락 왔어?"

"달리 연락 온 거 없는데."

"전화기가 어디 있는지 신경도 안 쓴 게 아니라?"

"음…… 그러고 보니 거실에 놔뒀나?"

주위를 한 번 둘러보고 인후가 하는 말에 푸른이 그럴 줄 알았다고 혀를 차며 주방을 나갔다. 되돌아올 땐 그의 손에 인후의 휴대전화가 들려 있었다. 아니나 다를까, 새 휴대폰케이스가 푸른의 주의를 끌었다.

"이거 뻘건 게 꼭 마블링 같네. 야, 한우 먹으러 갈래?"

"넌 일주일에 고기를 며칠을 먹어야 직성이 풀리는 거냐?"

"그야…… 매일!"

"조절 좀 해. 나중에 어떤 식으로든 영향 온다."

"난 먹는 만큼 열심히 발산하고 다니니까 문제없어! 근데 진짜 이거 뭐야?"

푸른이 케이스째로 휴대전화를 테이블에 두드리는 소리에 인후가 못마땅한 낯으로 돌아보았다.

"다현이 연락 온 거 없는지 볼 거 아니었어?"

"아, 그랬지 참."

인후의 유도에 푸른의 주의는 금세 그쪽으로 쏠렸다. 확인해보니 연락은 없었다. 대신 다른 뭔가가 그의 시선을 붙들었다.

"아침에 병원 갔다 왔어?"

대기화면으로 띄워둔 메모장에 기입된 병원 이름과 시각을 보고 푸른이 물었다. 인후가 응, 하고 주스를 마셨다.

"진짜로 결혼할 건 아니지?"

인후의 조부가 마지막 남은 심지를 불태워가며 추진 중인 예의 건에 대해 알고 있는 푸른이 웃음을 섞어 물었다. 입은 웃고 있지만 눈초리는 탐색하듯 인후를 살폈다. 아직 인후는 이렇다 할 자신의 입장을 밝히지 않은 터였다.

"나름대로 방어랍시고 해보긴 했는데 어떨지는……."

"방어? 어떻게? 유언장에서 뺄 테면 빼라고 맞서기라도 했어?"

"아니. 여자를 데려갔어."

"여자?"

푸른의 사고는 거기서 잠깐 혼선이 일어났다. 인후가 말한 '여자'가 어떤 의미인지 여간해선 이해할 수가 없었다. 눈만 끔벅끔벅하는 그의 사정을 알 바 아니라는 듯 인후는 주스를 마저 마시고 싱크대에 컵을 넣었다. 찰캉하고 유리컵이 내는 소음에 푸른은 마침내 벼락같은 깨달음을 얻었다.

"'달리 사귀는 여자가 있습니다' 작전이냐?"

냉장고로 향하며 인후가 고개를 까딱했다. 푸른은 경이로움으로 엉덩이를 들썩였다.

"상아탑에서 구름만 먹고사는 줄 알았더니 할 때는 하는구나, 차인후. 그런 거면 나한테 말하지, 괜찮은 사람 알아봐줄 수도 있었잖아."

"급조한다고 될 일이야? 꼼수 부린 거 들통나는데 얼마나 걸릴까? 하루? 이틀?"

"음. 그건 그렇군."

연극의 한계를 금세 인정하자 푸른의 머릿속엔 다른 의문이 일어났다. 그럼 저 녀석이 데려갈 만한 여자가 누가 있지? 급조를 해도 꼼수가 들통나지 않을 만한 사람…….

언뜻 그의 뇌리를 스치고 가는 누군가가 있었다.

푸른은 설마, 하며 실소를 지었지만 그의 표정은 차츰 진지해졌다.

"그래서 화담일 데려갔어?"

떠보고 말 것도 없이, 다짜고짜 직구를 던졌다. 냉장고 채소 칸으로부터 시선을 돌린 인후가 진심을 담아 말했다.

"맹세컨대, 앞으로 네 머리 무시하는 발언은 안 할게."

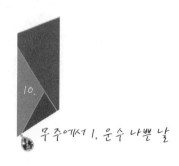

10.

무주에서 1. 운수 나쁜 날

약속대로 실내 야구연습장에서 보낸 한때.

6년 만에 배팅연습을 하는 인후를 생각해서 세 게임씩만 할 예정이었는데 이럭저럭 하는 사이에 각자 다섯 게임씩, 열 게임을 했다. 화담은 기분 좋은 뻐근함을 만끽하면서 인후에게 자고 일어나면 근육통이 올 수도 있다고 경고했다.

"뜨거운 물에 몸 좀 푹 담근 후에 자요. 나 때문에 주말 내내 아팠다고 원망하지 말고."

"주말 내내?"

자판기에서 뽑은 생수를 인후에게 건네고 주차장으로 가면서 화담은 내일 저녁 버스로 무주에 갈 거라고 말했다.

"토요일 아침에 가도 되잖아? 그 늦은 시각에 무리해서 갈 건 뭐야?"

"무리하는 걸 좀 보여주려고요. 사과 받아주고 풀린 것 같으면서도 은근히 틱틱대는 거 있죠. 역시 얼굴 보고 제대로 풀어야겠어요."

결국 승준의 기분을 풀어주려고 허겁지겁 무주로 돌아가겠다는 소리였다. 마시는 물이 유난히 쓴 것 같아 옆으로 뱉어내고 인후는 병의 뚜껑을 잠갔다. 막 주스 캔 하나를 다 비운 참이었던 화담이 그걸 보고 눈을 빛내면서 그게 다 마신 거냐고 물었다. 인후가 잠자코 생수병을 내미니 좋아라 받아든 화담은 시원스레 세 모금쯤 들이켰다.

"아, 난 진짜 몸에 물 먹는 귀신이 사나 봐. 경찰이고 뭐고 필요 없고 나중에 물장사를 해야 하나?"

"시답잖은 소리 마. 넌 서비스업 같은 거 못해."

"에? 왜요? 왜 그렇게 단정하는 데요?"

"간이고 쓸개고 빼놓고 남 비위 맞춰야 하는 일이야. 네가? 못해."

어찌나 단호한지 화담이 흥, 하고 턱을 치켜들며 대거리를 했다.

"그러니 내가 할 수 있다는 거예요. 봐요, 지금 이렇게 선배랑 어울리고 있는 거 보면 모르겠어요?"

그러자 인후가 자못 우습다는 듯 중얼거렸다.

"넌 내가 너한테 굉장히 까다롭게 구는 줄 알지?"

"어휴, 어찌 그런 특별대우를 바라겠나이까? 선배님은 두루두루, 세상 모든 이에게 까칠함을 베풀고 계시지요. 소인, 베푸시는 은혜에 황공하기 짝이 없나이다."

화담의 너스레에 그만 실소를 짓고 마는 인후였다.

"이럴 때 보면 여전히 선머슴애가 따로 없어."

인후가 툭, 그녀의 머리를 건드리며 하는 말에 화담이 날름 혀를 내밀었다.

"나야 뭐 기암절벽 위의 만년송 같은 사람이니까."

"기왕이면 꽃이 되라고. 미모가 아깝게."

"왜요, 소나무도 꽃피는데. 송화! 그걸로 떡도 만들고."

"그래, 봄철 꽃가루 알레르기로 날 괴롭히는 주범이지."

"아……. 그럼 소나무 취소. 나는 만년…… 음, 만년죽이 되지요!"

차 앞에 이르러 인후는 조수석 쪽의 도어를 열어주며 화담에게 말했다.

"어린 시절의 치기는 이쯤에서 졸업하고 기품을 갖추는 게 어떠실지요, 레이디?"

눈을 멀뚱거리던 화담은 이내 손으로 입을 가리고 호홋, 하고 웃었다.

"걱정해 주지 않으셔도 어련히 갖추고 있답니다. 다만 사람을 가려서 내보일 뿐이지요. 호호홋."

그러니까 이쪽이 신사처럼 굴면 자신도 숙녀처럼 굴겠다는 뜻? 인후는 슥 눈썹을 치켜 올리고선 운전석으로 갔다.

"가면 일요일 밤에나 오나?"

한남동으로 바래다주는 차 안에서 묻는 말에 화담은 눈을 동그랗게 뜨고 그를 돌아보았다.

"왜요, 스케줄 생길 것 같아요?"

"딱 부러지게는 말 못해. 워낙에 그런 거 신경 안 쓰는 족속들이라."

"그럼 선배도 이참엔 무시해요. 나는 세상없어도 친구들과 화목을 다질 테니까."

"알았어. 내가 알아서 할게. 그렇지만 너한테 별안간 전화를 할 수도 있어. 모르는 번호는 일단 받지 마."

화담의 눈이 한층 커졌지만 잠자코 고개를 끄덕였다.

"잊지 말고 집에 가면 목욕부터 해요. 뜨겁게, 알았죠?"

차에서 내리면서 화담은 거듭 충고했다. 인후는 눈살을 가볍게 찌푸려 보이면서 들어가라고 손짓했다. 화담이 대문 안으로 들어서는 걸 보고서 인후의 차도 방향을 돌려 내려갔다. 화담은 목을 빼고 벤츠의 미등을 바라보다가 시야에서 아주 사라지고서야 대문을 닫았다.

정원을 걸어가던 화담은 문득 연자주색 피케셔츠 목 부위로 손을 넣어 뭔가를 꺼냈다. 전에 없던 목걸이 중앙에 달려 있는 펜던트는 다름 아닌 인후가 준 반지다. 목걸이 줄을 흔들자 반지가 빙글빙글 돌면서 루비가 반짝거렸다.

그것을 도로 넣고 걸음을 떼어놓으며 화담은 밤하늘을 올려다보았다. 그리곤 달을 향해 나직이 시구를 읊조렸다.

"자신의 감정을 숨기기 위해서는 힘이, 표현하기 위해서는 용기가 필요하다……."[1]

달은 변함없이 무심하고, 화담의 웃음도 쓸쓸했다.

"힘 하나는 자신 있는데."

다음날인 금요일. 아르바이트하는 식당에서 한 시간 빨리 나왔지만 고속버스 막차가 무주에 도착했을 때 사위는 이미 한밤중이었다. 심야라 속도계 쳐다보기가 무서울 정도로 쌩쌩 달린 택시가 그녀를 무주대학교 후문 앞에 데려다 놓았을 땐 새벽 한 시가 넘었다.

그 시각에도 대학 근처의 원룸 건물엔 불 켜진 곳이 드물지 않았다. 걸음을 재우쳐 서윤의 집으로 향하면서 올려다보니 3층 서윤의 방 창문에도 불빛이 어른거렸다. 지금도 촌음을 아껴 공부 중일 친구를 생각하며 화담은 싱긋 웃었다.

이윽고 서윤의 투룸 문 앞에 서서 초인종을 누르고 기다렸다. 인기척은 있는데 사람이 나오는 기색이 없어 창가에 얼굴을 갖다 댔더니 희미하게 물 쓰는 소리가 났다. 샤워 중인가? 하고 화담은 들고 온 가방을

1) 데이빗 그리피스, 〈힘과 용기〉, 윤종호 엮음, 『우리들이 사랑하는 세계의 명시365』, 북찌, 2013

내려놓고 앉아서 다리쉼을 했다. 그렇게 십여 분쯤 기다렸다가 오해하지 않게끔 서윤에게 메시지를 보냈다.

[서윤아, 나 지금 어디게??]

잠시 후 타박타박 발소리가 들리더니 문 안쪽에서 "화담이니?"하고 묻는 소리가 들렸다. 화담은 짐짓 굵은 목소리로 "아뇨, 그런 사람 모르는데요."하고 받았다. 안에서 조금 높다랗게 잠깐만 기다려, 하더니 발소리가 멀어져갔다. 그리고 한동안 잠잠했다.

"집 치우나? 그런 거 신경 안 써도 되는데."

우리 사이에 눈치 볼 게 뭐 있다고. 하지만 천하의 꼼꼼쟁이 오서윤을 누가 말리랴 싶어 화담은 눈을 감은 채 얌전히 기다렸다. 잘 참았던 졸음이 엄청난 기세로 밀려와 이러다 여기서 자지 싶을 정도였다.

이윽고 문이 열리고 서윤이 얼굴을 내밀었다.

"미안, 방이 하도 엉망이라. 가방은 그거야? 이리 줘, 여기다 잠깐 두자."

화담의 가방을 받아서 현관 안쪽에 넣어두고서 서윤은 문밖으로 나왔다. 문단속을 한 서윤은 화담의 팔을 잡으며 상기된 얼굴로 말했다.

"막 편의점에 다녀오려던 참이었어. 같이 갔다 오자. 그래도 되지?"

"당연하지."

실은 말도 못하게 졸음이 쏟아졌지만 화담은 흔쾌히 말하고 걸음을 옮기며 서윤의 손을 잡다가 깜짝 놀랐다.

"너 몸에서 열나는 거 아냐?"

"어? 열? 글쎄, 막 샤워해서 그런가?"

"샤워를 이렇게 뜨겁게 해? 야, 너 잘못 하면 익겠다. 아니 더위 먹는 게 먼전가?"

둘 중 항상 몸에 더 열이 있는 쪽은 화담이었는데 이번엔 반대란 사실이 재미나 화담은 익살스럽게 말했다. 이열치열이라고 중얼거리며 잔머리를 쓸어 넘기는 서윤의 복숭아 같은 뺨을 다정하게 바라보던 화담은 홀연히 든 어떤 생각에 친구의 머리부터 발끝까지 찬찬히 살폈다.

"서윤아, 너 너무 앉아만 있는 거 아냐?"

"응? 왜?"

"약간 동글동글해진 게 살이 좀 붙은 것 같아서. 아니, 막 쪘다는 건 아니고 부은 것처럼 보여. 부었다는 것도 나쁜 뜻이 아니라 그냥 전에 비해서, 우웅, 기분 나쁘면 사과할게!"

어떤 식으로 말해도 결국 '너 살쪘어'라는 말밖에 되지 않아 화담은 괜한 말을 꺼냈다고 후회했다. 서윤도 눈에 띄게 당황한 얼굴로 자신의 몸을 내려다보다가 한숨을 쉬었다.

"괜찮아. 실은 나도 그런 줄 알아."

"……쪘어? 얼마나?"

"5, 6킬로그램 정도. 아무래도 수면 시간도 적고 밤에 야식도 먹다 보니까 찔 수밖에 없어."

"본과 1학년 되고 얻은 훈장이구나. 운동 거의 못 하지?"

"못 하지. 그리고 원래도 운동 같은 거 잘 안 하잖아. 너도 알겠지만 난 순전히……."

"약발로 공부했지. 사시사철 달고 산 보약발로!"

화담은 서윤의 옆구리를 쿡 찌르며 짐짓 야유했다.

"그렇게 한약 덕을 보고 살았는데 한의대를 갔어야 하는 거 아니냐, 오서윤?"

"대학까지 가서 약 냄새 맡으면서 살라고? 악담하지 마."

서윤도 눈을 흘기며 웃었다.

"쳇, 한 명은 양의, 한 명은 한의, 그러면 나는 평생 병원 걱정 없이 살수 있었는데. 부탁이니까 승준이하고는 다른 과로 가야 한다, 너. 하기야 걱정할 일도 없는 일인가? 너라면 문제없이 인기 있는 과 골라서 갈 텐데 말이지. 피부과나 안과, 성형외과 그런 게 제일 인기 있다고 그랬지?"

"분명 선호도가 높은 편이지."

"음. 나는 그 셋 다 별 인연이 없을 것 같은데. 그래도 네가 선생님이 되면 꼭 찾아가서 진료 받을 거야. 나일론환자라고 쫓아내진 않겠지?"

"아직은 그런 거 생각 안 해. 차근차근 공부하고 실습 나가서 생각할 거야. 인기에 휩쓸리지 않고 내 소명이라고 여길 수 있는 걸 찾아야지."

친구의 강한 심지를 엿볼 수 있는 말에 화담은 흐뭇하게 웃다가 덥석 서윤을 끌어안았다.

"역시 내 친구! 세상 쓸데없는 걱정이 오서윤 걱정이라니까. 넌 틀림없이 명의가 될 거야. 앗, 서윤아! 너?"

"왜, 왜?"

화담은 놀란 토끼 눈이 되어 끌어안은 친구의 상체를 내려다보며 말했다.

"가슴이 생겼잖아! 눌린 단팥빵만 하던 게 무주 왕만두만 해졌어! 야, 너 살 빼지 마, 이건 인생 역전이다!"

"뭐, 뭐야, 서화담, 변태 같아!"

보는 것에 그치지 않고 덥석 쥐어본 화담의 경이에 찬 목소리에 서윤은 온 얼굴이 빨개져서 화담을 밀치고 마구 뛰어갔다. 화담은 손안에 남은 감촉을 확인하듯 손가락을 조물거리다가 자신의 가슴에 갖다 대보고 고개를 갸웃했다.

"만만찮겠는 걸? 나도 분발, 아니지 여기서 더 커지면 뜰 때 곤란해. 유지만 하자."

날렵한 가젤처럼 깡충깡충 뛰면서 화담은 친구의 이름을 불렀다.

"서윤아, 같이 가! 오서윤!"

"쉬잇! 지금 다 자는 시간이야."

저만치 앞에서 멈춰선 서윤이 조용히 하라고 손짓하며 쉿쉿거렸다. 이크 하며 화담은 두 손으로 입을 막고 주위를 둘러보았다. 다행히 아무도 조용히 하라고 소리치는 사람이 없는 것에 안도하고, 웃음을 참으며 친구에게 달려갔다.

무주에 돌아오면 꼼짝없이 십 대 시절의 장난꾸러기로 돌아가고 만다. 그렇기에 이곳이 고향이다. 또 한 번 그렇게 절감하는 순간이었다.

생수를 비롯한 이것저것을 사서 돌아오는 길에 화담은 뜻밖의 소식을 들었다. 승준이 어머니와 함께 내일 아침 일찍 인천으로 올라가 거기서 승국과 합류해 사이판으로 가족여행을 간다는 것이었다.

"그야, 승국 형이 필리핀 지사에 간다는 건 알고 있었지."

대학 졸업 후에도 알바를 전전하던 승준의 형, 승국이 마침내 작년 초에 인천의 작은 무역회사에 들어갔는데 이번에 필리핀으로 발령이 났다고 했다. 한 번 나가면 삼사 년은 머물면서 일을 배워야 하는데 그것도 최소의 경우고, 교대하는 전임자의 경우엔 육 년 만에 한국으로 귀국하는 거란다.

여름휴가를 받으면 꼭 한국에 오겠다고 승국은 말한다지만 결혼도 안한 아들을 혼자 이역만리 타지로 보내는 게 마땅치 않아 강 씨의 근심이 큰 모양이었다. 그것을 달래드리기 위해 갑작스럽게 결정된 첫 가족 해외

여행이었다.

"너도 승국 오빠 성격 알잖아. 승준이 재시도 오늘로 끝난다니까 그럼 이런 거 어떠냐고 일사천리로 진행해 버렸어. 여행사에 아는 친구 있다더니 덜컥 토요일 비행기라고 알려온 게 어제저녁이었어."

"어제저녁⋯⋯."

그런 거라면 어젯밤에 잠깐 통화했을 때 알려줄 수도 있었을 텐데, 하고 생각하는 화담의 속을 읽은 듯 서윤이 급히 덧붙였다.

"그때만 해도 재시 준비에 여념이 없었거든. 알잖아, 승준이 하나에 꽂히면 다른 건 보이지도, 들리지도 않는 거."

"그래, 아까 통화할 때도 이번 재시는 무사히 넘길 것 같다면서 온통 그 얘기뿐이더라."

어젯밤이 아니라 오늘 오후에도 통화를 했다. 졸음에 겨운 목소리였지만 서윤이랑 밤새워 공부한 게 효과가 있어서 이번 시험만큼은 자신이 있다며 승준은 들떠 있었다. 확실히 그 순간엔 그 생각밖에 없었을 거라고, 그다음엔 며칠간 못 잔 잠을 자느라 전화를 못 한 걸 거라고 화담은 납득했다.

"쳇, 서프라이즈 이벤트 겸 응원해주려고 왔더니 말짱 꽝에 오히려 내가 더 놀라고 말았네. 이렇게 완전 헛다리 짚는 것도 재밌긴 하다. 하하."

"서운하지? 모처럼 왔는데⋯⋯."

"에이, 이번 아니면 못 보나 뭐. 내일 아침에 잠깐 얼굴이라도 보면 되지. 근데 몇 박 며칠이래? 사이판쯤 되면 최소 2박 3일?"

그런 이야기를 주고받으며 서윤의 자취방으로 돌아왔다. 현관에 들어가기 무섭게 캐모마일 향이 자욱한 게 서윤이 아까 나오기 전에 공기청정제를 어지간히 뿌렸구나 싶어 화담은 슬그머니 웃음을 참았다.

작은 투룸의 거실은 여전히 책들에 점령되어 있었다. 거기서 심심찮게 승준의 학번이며 이름이 적힌 책들이 보이는 것도 으레 그러려니 했다. 여기가 승준에겐 제2의 도서관이니까.

"염치없네, 진짜. 승준이가 떠나니 이번엔 내가 식객이 되겠어. 하지만 머무는 동안 밥값은 충분히 할 테니 모쪼록 쫓아내지 말아주십시오, 마님."

"식객은 무슨. 마실 거 좀 줄까? 주스 마실래?"

"아니 난 그냥 물이면 돼. 아, 얼음 있으면 좀 채워주고."

손을 씻을 겸 욕실로 향하며 화담은 대답했다. 아까 서윤이 샤워를 했던 욕실은 아직도 후끈하니 더웠다. 세면대에서 손을 씻으며 거울 앞 선반을 쳐다본 화담은 칫솔꽂이 통에 꽂혀 있는 두 개의 칫솔을 보고 피식 웃었다.

"승준이 얘 아주 제대로 빈대를 붙는구만. 물값이라도 내라고 해야지."

손을 닦으려고 보니 수건걸이가 비어 있어서 화담은 선반장을 열었다. 마른 수건을 꺼내고 문을 닫던 화담은 막 시야에 들어왔던 뭔가가 마음에 걸려 다시 문을 열었다.

화담이 약간 눈높이를 올린 곳에 뭔가의 끄트머리가 튀어나와 있었다. 그것을 내려 본 화담은 일본어로 설명이 적힌 그것의 정체를 깨닫고 두 눈이 튀어나올 것처럼 커졌다.

'이, 이게 왜, 욕실에 있어? 어, 그렇다는 말은 설마, 서윤이한테……?'

그때 별안간 노크 소리에 이어 서윤이 화담을 부르는 목소리가 들려 화담은 화들짝 놀라 손에 들고 있던 뜨거운 감자를 떨어뜨렸다.

"얼음 다 녹겠어. 뭐해?"

"어, 저기, 들어오니까 아무래도 샤워를 해야 할 것 같아서. 나 샤워부터 할래. 물은 냉장고에 잠깐만 넣어주라. 금방 씻고 나갈게."

"알았어. 그럼 갈아입을 옷 문 앞에 챙겨놓을게."

"응. 서윤아, 졸리면 먼저 자."

화담은 허둥지둥 주워든 뜨거운 감자를 원위치로 돌려놓고 옷을 벗기 시작했다. 티셔츠를 머리 위로 끌어올리는 중에 걸렸는지 고무머리끈이 끊어지며 머리카락이 구름처럼 흘러내렸다. 머리끈을 줍고 몸을 일으키던 화담의 눈길이 무심코 거울 속 자신과 마주친 순간 잠시 움직임을 그치고 빤히 응시했다. 마치 타인을 대하듯이 조금은 진지하게.

스물세 살의 여자. 어머니가 아버지를 만나 사랑을 느낀 때가 이즈음이었던가.

내 가장 아름다운 시절을 사랑으로 아낌없이 보냈노라, 어머니 강희는 말한 바 있다. 부끄러운 기색 같은 건 전혀 없이, 사뭇 자랑스러운 얼굴로.

"그래, 부끄러워할 일이 아니지. 가장 아름다운 시절을 사랑하며 사는 거……. 멋진 일이야."

돌연 친구의 인생에 등장한 무언가에 놀라 혼란스러웠던 마음은 그렇게 순순히 정리되었다. 하지만 샤워기 레버를 올리면서 아직 입술을 비죽일 유감은 있었다.

"기집애, 그런 놈이 생겼으면 언질 좀 해주지. 혼자만 불타는 연애를 한다 이거냐."

나중에라도 털어놓으면 호탕하게 축하해줘야지 한다. 하지만 뒤통수 한 대는, 미리 예약이다. 부웅, 허공을 치는 손목의 스냅이 예사롭지 않았다.

아침 일찍 시장으로 가 승준을 만나려던 화담의 계획은 새벽에 일어난 작은 소동으로 물 건너갔다.

샤워 후 두 시 좀 넘어서 잠자리에 든 화담은 얼마 못 가 깊은 잠에서 억지로 끌려나왔다. 어디선가 자꾸 강아지가 낑낑대는 듯한 소리가 들려온 까닭이다.

깨어보니 강아지가 아니라 서윤이 복통으로 앓는 소리였다. 맹장이라도 터진 줄 알고 119를 부르려는 화담을 서윤이 가벼운 식중독일 거라고 말렸다.

"······배가 고파서 그냥 먹었는데, 순대 맛이 약간 그렇더라고."

"순대? 평소에 손도 안 대더니 뭐 그런 걸 먹어. 가뜩이나 비위도 약하면서."

"뭐든 가리지 않고 먹을 수 있어야 해. 의사 되려면······."

화담의 부축을 받아 욕실로 간 서윤은 거듭 토한 끝에 변기에 앉았다. 한사코 서윤이 나가라고 손짓해서 밖으로 나온 화담은 구급상자를 열어 먹을 만한 약이 있는지 살폈다.

아쉬우나마 소화제라도 들고 밖에서 기다리는데 두어 차례 변기 물 내리는 소리가 났다. 그러다 이윽고 욕실 문이 열리는 것을 보고 화담이 다가가는데 서윤이 그대로 앞으로 쓰러졌다.

"서윤아! 정신 차려봐. 이를 어째, 아, 병원, 구급차!"

얼굴이 백지장처럼 창백해진 서윤을 붙들고 어쩔 줄 몰라 하던 화담은 119에 신고하고도 발을 동동 구르다가 멀리서 사이렌 소리가 들려오자 졸도한 친구를 들쳐 업고 한달음에 아래로 내려갔다.

구급차로 병원에 이르러 응급실 침대에 서윤을 눕히고 수속을 마치고 나자 겨우 숨 돌릴 생각이 들면서 화담은 여태 못 느꼈던 요의를 느꼈다.

화장실에서 볼일을 보고 일어서려는데 다리에 힘이 풀려서 다시 주저앉았다.

"어우, 어지러운 것 좀 봐."

이마를 짚은 손에 차가운 땀이 흥건했다. 아직도 간헐적인 떨림이 그치지 않았다. 겨우 화장실에서 나와 손을 씻고서 화담은 거울을 응시했다. 쓰러진 서윤과는 다른 의미로 파랗게 입술까지 질린 얼굴이 거기 있었다. 화담은 거칠게 얼굴을 씻고 응급실로 돌아갔다.

하지만 문 바로 앞에서 화담은 발이 얼어붙기라도 한 듯이 응급실 문만 뚫어져라 응시했다.

응급실, 구급차, 사이렌 소리. 이런 것들이 얼마나 싫은지 뼈저리게 떠올랐다. 저번의, 다현의 일에선 용케 잠잠했던 것이 오늘은 완전히 수면 위로 드러나고 만 것이다. 쓰러진 서윤을 보고, 구급차를 부르고, 응급실까지 오기까지의 상황, 그 모든 것이 엄마 강희의 일의 반복 같았다.

화담은 뒷걸음질 쳤고 끝내 몸을 돌려 그 자릴 떠났다. 병원 앞의 자판기에서 음료수를 뽑아들고서 희붐했던 주변 하늘이 환하게 밝아오도록 의자에 웅크리고 앉아 있었다.

마침내 정신을 좀 차리게 되었을 땐 들고 있던 캔이 손바닥의 체온만큼이나 미지근해져 있었다. 화담은 음료수를 쭉 들이켜고 한층 단단해진 얼굴로 응급실로 돌아갔다.

수액을 맞으면서 잠들어 있는 서윤의 얼굴은 이제 좀 편안해 보였다. 상태가 어떤지 화담이 간호사에게 묻고 얼마 안 있어 인턴이 서윤을 보러 왔다. 기본적으로 급성 장염은 섭생만 주의하면 며칠 내로 좋아진다고 하면서 인턴은 안경을 추켜올렸다.

"하지만 환자가 임신 초기인 걸 감안해 며칠 입원해서 차후 경과를 지켜보는 것이 좋겠습니다."

네, 네, 하고 고개를 끄덕여가며 듣던 화담의 얼굴이 순간 멍해졌다. 인턴은 이런 일이 드물지 않았던지 덤덤하게 혹시 모르고 있었느냐고 물었다.

"피검사 결과로 보면 12, 3주는 족히 된 걸로 나오는데 본인에게서 전혀 이야길 못 들었습니까?"

"십, 십이삼 주요?"

화담은 그저 꿈을 꾸고 있는 것만 같았다. 너무 늦게 잠든 탓에 엉뚱한 세계에서 눈을 뜬 건 아닐까.

의사가 간 후 화담은 병상 옆에 앉아 서윤을 들여다보며 몇 번이고 자신의 몸 어딘가를 꼬집었다. 한 번은 서윤의 아랫배에 손을 대보려다가 아차 하며 손을 거두었다.

서윤의 자취방 욕실에서 콘돔을 발견한 게 불과 몇 시간 전. 십년지기에게 남자친구가 생겼구나 하고 짐작한 그 몇 시간 후에 임신 사실까지 알게 됐으니 그 벼락같은 전개에 이렇게나 얼떨떨한 게 무리는 아닐 것이다.

승준에게서 온 전화가 그런 화담을 현실로 돌려놓았다. 경황이 없어서 휴대전화 전원 끄는 것도 잊고 있었다는 걸 뒤늦게 깨닫고 응급실을 나가 전화를 받았다.

"있잖아, 놀라지 말고 들어? 나 지금 어디 가는지 알아?"

들뜬 승준의 목소리에 화담은 속으로 한숨을 삼켰다.

"인천 가는 길 아냐? 형이랑 다 함께 사이판 간다는 이야기 들었어."

"뭐야, 어떻게 알아? 아, 서윤이한테 들은 거구나."

"응. 나 지금 서윤이랑 같이 있어. 어젯밤에 무주 왔거든. 그리고 아침에 내가 시장으로 갈까 했는데……."

화담은 응급실을 쳐다보며 미간을 찡그렸다. 승준에게 전할 이야기가 아니라고 판단했다. 적어도 지금은.

"늦잠 자서 못 갔어. 아줌마랑 승국 형한테도 안부 전해줘. 재밌게 놀고."

"기념품 사올게. 나 이제 진짜 시험하곤 굿바이 했으니까 너 보러 서울도 갈 수 있어. 당장 다음 주에라도 갈게!"

"그래, 그건 차차 말하자. 여행 잘 다녀와."

통화를 끝낸 화담은 휴대전화 전원을 끄고 응급실로 돌아가려다 발길을 돌려 매점으로 갔다. 냉장 보관되지 않은 보리차 음료를 두 병 샀다.

서윤이 깨어난 것은 열한 시가 조금 넘은 시각. 일어나자마자 메스껍다며 물을 찾는 친구를 화담은 복잡한 시선으로 바라보며 보리차를 마시게 했다.

"몇 시야? 세상에, 열한 시? 진짜 죽은 듯이 잤네. 뭐래? 나 장염이라지?"

화담은 고개를 끄덕였지만 아무래도 그 표정이 자연스럽지 못했던 모양이다. 서윤이 다른 문제가 있냐며 캐묻기 시작한 것이다. 좀처럼 화담이 운을 떼지 못하자 서윤이 지나가던 간호사를 불러 세웠다.

"아냐, 서윤아, 다른 중한 병이 있어서가 아니라……."

화담은 비로소 입을 열 용기를 냈다.

"너, 임신했다면서?"

보리차 병을 들고 있던 서윤의 손이 움찔했다.

"······뭐라고 했어?"

그 반응에 화담은 서윤이 전혀 모르고 있었다는 걸 깨닫고 어리둥절해
졌다.

"몰라? 어, 벌써 석 달 가까이······ 어, 서윤아, 서윤아! 여기요, 간호사
님!"

서윤은 흰자위를 드러내며 까무룩 졸도하고 말았다.

또 한바탕의 높은 파도가 지나간 후 눈을 뜬 서윤은 주르륵 눈물부터
흘렸다.

"서윤아······."

손을 잡아주려는 화담의 손을 밀쳐낸 서윤은 화담에게 등을 보이고 돌
아누우며 조금 서름하게 말했다.

"부탁인데, 엄마한테 전화 좀 해줄래? 집에 가고 싶어."

부모님과 함께 사는 집을 말한다는 걸 깨닫고 화담은 밖에 나가 서윤의
어머니께 전화를 드리고 돌아왔다. 병원 이름을 듣고 반시간 내로 오겠다
고 한 어머니의 말을 전해주자 서윤은 희미하게 고개를 끄덕이더니 웅얼
거렸다.

"말하지 마. 아무한테도, 아무한테도······ 승준이한테도."

"······응."

화담의 대답을 듣고 이불을 머리끝까지 뒤집어쓴 서윤은 어머니가 올
때까지 단 한마디도 하지 않고, 그렇게 웅크려 있었다.

반시간이 흘러 응급실에 나타난 서윤의 어머니 장 교수는 몇 년 만에
만난 화담의 인사도 받는 둥 마는 둥 쌀쌀맞은 게 여전했다. 여전히 제 딸
에게 어울리지 않는 아이라고 여기는 심사를 고스란히 드러내며, 딸이 아
픈 것도 화담의 탓이라는 듯이 그렇게 냉랭할 수가 없었다.

퇴원하고 싶다는 서윤의 뜻에 장 교수가 병원비를 정산한 후 화담은 서윤을 부축해서 장 교수의 차 있는 곳까지 데려갔다. 눈길을 피하며 "미안."하고 짤막하게 중얼거린 서윤은 차에 타자 눈을 꼭 감고 차창에 머리를 기댔다. 장 교수는 힐끗 화담을 일별하며 고갯짓을 해보인 후 그대로 흰 승용차를 끌고 멀어져갔다.

졸지에 화담은 원피스 잠옷과 슬리퍼 차림으로 병원 주차장에 혼자 남았다. 휴대전화와 지갑을 챙겨왔으니 서윤의 원룸까지 돌아가는 건 문제가 아니지만 마음이 허한 건 어쩔 수 없다.

병원 앞의 횡단보도를 건너다 근처 국밥집에서 나는 음식 냄새에 여태 빈속이었다는 걸 깨닫고 배를 채우러 들어갔다. 이상한 말이지만 병원 주위에서 먹는 국밥은 별나게도 맛있다. 화담은 공기 하나를 추가했다.

반나절만의 귀환인데도 계절을 하나쯤 건너뛴 기분으로 서윤의 자취방 앞에 이르러 번호를 누르던 화담은 오류 신호음을 내는 도어락 때문에 눈을 멀뚱거렸다. 무심코 번호를 잘못 눌렀나 했지만 일일이 번호를 확인해가며 누른 두 번째에도 마찬가지 반응이었다.

"어어?"

파이의 소수점 여섯 자리 맞는데? 141592, 아니면 653589. 덕분에 화담 같은 숫자치가 파이의 소수점 열두 자리까지 외우는 기적을 경험했는데.

"설마 그다음 자리?"

얼른 검색해 보고 숫자를 눌러봤지만 오류는 여전했다.

이젠 어쩔 수 없다 싶어 서윤에게 전화를 걸었지만, 익숙한 벨소리가 문 안쪽에서 들렸다. 따지고 보면 당연한 사실에 화담은 한숨을 쉬며 이마를 짚었다.

별수 없이 입력해 놓은 장 교수 번호로 전화를 했다. 하지만 자신의 날개 아래로 새끼새를 데려온 어미새는 다른 새의 치근거림에 가차 없었다.

"서윤인 잔다. 깨어나면 전화 왔었다고 알려주마."

"아뇨, 제가 서윤이 자취방에 가방을 놓고 나와서요, 들어가려고 하는데 비밀번호를 몰라서. 바꿔주실 것 없이 비밀번호만 어떻게 물어봐주시면……."

"하여간에! 이 사람 저 사람, 아무나 집 안에 들이니 이런 탈이 안 나? 내가 이래서 독립을 반대한 거야. 어린 게 마음이 약해서 이리저리 휘둘리기나 하고. 이놈의 무주를 떠야지 진짜 징글징글해서 원."

짜증을 쏟아내던 장 교수가 뚝 전화를 끊어버린 바람에 화담은 어안이 벙벙해서 휴대폰을 들여다보았다. 집에 들어가는 게 우선이라 심란함은 잠시 미루고 다시 통화를 시도했지만 전원이 꺼져 있다는 안내 멘트만이 흘러나왔다.

"허어."

너무 어이가 없으니 웃음이 나왔다. 대문 하나 너머에 짐을 놓고 꼼짝 없이 손발이 묶였다. 서윤의 예전 집은 알고 있지만 거기까지 찾아가는 것만은 사양이었다.

"서윤이가 좀 진정되면……."

그러면 틀림없이 자신의 일에 생각이 미치리라. 거기에 희망을 걸고 화담은 지갑을 열어본 후 고개를 끄덕였다. 버틸 수 있다. 까짓 하룻밤쯤은 24시간 만화방에서도 보낼 수 있는데 무슨 걱정이랴.

"일단 옷부터 구해야겠어."

옷도 사고, 소싯적에 잘 가던 만화방도 가기 위해서 화담은 버스로 시장까지 갔다. 큰 장이 서는 날은 아니었지만 무난하게 티셔츠와 반바지를 사서 옷을 갈아입었다. 여기까지 왔으니, 하는 기분으로 국밥집 골목까지 갔지만 들어가진 않고 입구에서 안쪽만 바라보다가 돌아서서 나왔다.

시간이 흐른 듯 흐르지 않은 거리에서 화담국밥집 간판만 사라져 있는 걸 보는 것은 언제 봐도 낯설기 짝이 없었다. 나쁜 꿈을 밑도 끝도 없이 되풀이하고 있다는 느낌.

"아…….."

또 하나 과거의 기억이 되어버린 것을 발견했다. 승준과 곧잘 가곤 했던 시장에서 제일 가까이 있던 만화방이 마사지업소로 바뀐 후였다. 1층 약국에 들러서 립밤을 사면서 만화방 이야길 물었더니 이미 삼 년 전에 폐업하고 반년쯤 비어 있다가 마사지업소가 생겼다고 했다.

"만화방이 마사지업소가 되다니. 상전벽해로구나."

립밤을 바른 입술을 쩝쩝대며 화담은 갈 곳을 찾아 발길을 돌렸다. 대안이라고 해봤자 PC방이 고작. 일단 들어가긴 했지만 게임이나 웹서핑 같은 것에 취미가 없는 그녀에게 그곳이 천국은 아니었다.

어렵게 두어 시간 가까이 엉덩일 붙이고 시간을 죽이고 있는데, 한 무리의 학생들이 들어오면서 쏟아지는 비에 대해서 불평했다. 턱을 괴고 모니터를 들여다보면서도 화담의 머릿속에서는 비 생각이 오락가락했다. PC방 옆옆 건물에 틀림없이 슈퍼마켓이 있었다. 거기 앞쪽에 판매용 우산이 꽂혀 있는 걸 본 기억이 있다…….

'나가서 산책을 하자!'

생각을 굳히고 막 일어서려는데 여태 잠잠했던 휴대전화의 벨이 울리기 시작했다. 서윤인가 하고 눈을 빛내며 들여다본 화담은 거기 뜬 이름에 눈이 동그래졌다.

"선배? 웬일이에요?"

"……뭘 이렇게 빨리 받아? 실수로 건 거라 끊을 참이었는데."

"그래요? 알았어요. 끊어요."

떨떠름한 인후의 말에 화담은 크게 시무룩해져선 전화를 끊으려 했다. 인후가, 왜 다 죽어가는 소리를 내냐며 시큰둥하게 물어주어서 화담은 조금이라도 더 통화할 수 있는 기쁨을 얻었다.

"실은요, 제가 지금 엄청 처량한 처지거든요. 말하자면 긴데, 들을 시간 있어요?"

"해봐. 요점만 간단히."

인후의 너그러운 허락에 화담이 감지덕지, 무주에 떨어졌을 때부터 시작해서 새벽의 사건, 이후의 경과 등을 들려주었다. 물론 서윤의 임신 이야기만큼은 쏘옥 뺐다.

"……그래서 지금 그 서윤이란 친구의 연락만 기다리면서 거리를 전전하고 있다 이거야?"

"전전하는 건 아니고 PC방에 있다니까요. 하지만 곧 나갈 참이에요. 밖에 비 오니까 우산 사서 산책하려고요."

"대책 없네, 참. 그냥 그 부모님 집이란 데 찾아가서 비밀번호 말해달라고 해. 다른 일엔 야무진 애가 뭘 이 시간까지 우물쭈물하고 있어?"

짜증이 밴 인후의 말에 화담은 입술을 삐죽이며 대꾸했다.

"가기 싫으니까 그러죠. 서윤인 참 좋지만 걔 부모님들은 별로 존경스럽지 않아요. 특히 서윤이 어머닌 꼭, 꼭…… 극단적인 아리안주의자 같단 말이에요."

"그리고 넌 유대인이고?"

"말하자면 그렇죠."

새삼 쓸쓸해서 한숨을 쉬었지만 바로 발상의 전환을 시도하며 화담은 싱글거렸다.

"그래도 진짜 나치랑 유대인으로 안 만난 게 어디에요? 승준인 한국에 없고 서윤인 나치의 성에 갇혔지만 어쨌거나 나한텐 지갑과 전화기가 있잖아요? 사람이 죽으란 법은 없다니까요. 하하하하. 으히잇!"

"왜 그래? 무슨 소리야?"

"아, 아무것도 아니에요."

고개 젖히고 웃다가 하마터면 의자째로 뒤로 넘어갈 뻔했다. 그 모습을 본 주위 사람들이 킥킥거리는 바람에 화담은 PC방을 나가려던 계획을 서둘러 실행에 옮겼다. 지하 계단을 올라와 지상에 이르자 추적추적 비 내리는 거리 모습이 한눈에 안겨왔다.

"막 PC방 나왔어요. 비가 생각보다 많이 오네요. 그래도 한결 시원해졌어요."

"우산 살 데는 있어?"

"아까 오면서 슈퍼에서 파는 거 봤어요. 선배, 내 수다 들어줘서 고마워요. 살짝 우울해지려던 참인데 선배 덕분에 회복했네요. 그럼 선배, 좋은 하루 보내요!"

전화를 끊으려는 화담의 정리에 인후가 약간 말미를 두었다가 물었다.

"서윤이란 애랑 끝내 연락이 안 닿으면 어쩔 셈이야?"

"그럴 애 아니에요."

"장담하지 마. 몸이 안 좋으면 또 알아? 낙천적인 것도 정도껏 하고 최악의 상황을 미리 고려해 두란 말이야."

여느 때처럼 인후를 부정주의자로 몰아세우기엔 상황이 썩 좋지 않은 게 사실이다. 게다가 화담은 오늘 이래저래 자신의 운이 별로란 걸 절감하고 있었다.

"그땐 찜질방에 가서 한숨 잘 거예요. 내일 아침이 돼도 연락이 없으면 나치를 만나러 가겠습니다. 오케이?"

"고향까지 가서 찜질방? 잘하는 짓이다."

인후가 혀를 차도 딱히 대꾸할 말이 없었다.

"가방에 중요한 거라도 들었어? 놀러 가면서 학교 교재라도 챙겨간 거야?"

"아뇨, 그런 건 아니지만."

"그럼 그만 올라와. 한심하게 뭐 하고 있어, 혼자?"

한심한 처지가 되었다는 것을 누가 모를까. 그래도 애써 아무렇지 않은 척하고 있었는데 인후의 말 때문에 스스로가 더없이 바보처럼 느껴졌다.

"하나도 안 한심해요, 여긴 내 고향이라고요. 뭘 하든 혼자서 재미나게 할 테니까, 선배가 와서 같이 놀아줄 거 아니면 신경 꺼요. 실수로 건 전화, 이렇게 오래 붙들고 있어서 참 미안하게 됐습니다. 그럼 끊을게요!"

화담은 속사포로 쏟아내고서 저쪽에 말할 틈을 주지 않고 전화를 끊었다. 그리곤 상의 안 스포츠브라 한쪽에 휴대폰을 끼워 넣고 지갑을 꼭 쥔 채 빗속으로 걸어 나갔다. 옆옆 건물이라고 생각했던 슈퍼가 사실은 그보다 멀어서 생각보다 비를 더 맞긴 했지만 무사히 비닐우산을 샀고 그때부터 화담은 어디랄 것 없이 익숙한 무주 거리를 쏘다녔다.

날이 어둑해지도록 걷다가 전에 다녔던 상업고등학교 부근에 이르러 화담은 닫힌 교문 너머로 학교를 바라보며 감회에 젖었다. 이 학교에 입학할 당시만 해도 큰 근심·걱정 따위 모르는 태평한 아이였는데. 불과 몇 개월도 다니지 못하고 관두게 될 줄은 짐작도 못 했고.

엄마라는 커다란 울타리가 사라진 것이 화담의 세계를 얼마나 변하게 했는지. 이를테면 엄마의 존재는 자신에게 있어 눈에 보이지 않는 제2의 심장 같은 것이었다고 그녀는 생각해 본다.

그토록 소중한 이의 상실을 견디기 위해 사람이 택하는 최악의 방법은 자신을 버리는 일. 화담은 간발의 차로 최악은 피했다. 다른 방법으로 그저 살아가는 것이 있다. 하루를 살고 또 그 다음 날을 살면서 지난하게 시간의 마모와 함께 무뎌지는 것. 상실에 익숙해지는 것.

돌이켜 보면 화담은 그걸 택한 건 아니었다.

하루하루를 살아낸 건 맞지만 그렇게 살아내면서 그녀는 엄마가 사라진 그 큰 자리를······.

"아, 배고파."

더 생각하지 않겠다는 듯 머리를 내젓고 화담은 출출한 배를 문지르며 주위를 돌아보았다. 여고생으로 바글거리는 학교 부근답게 가벼운 요깃거리를 제공하는 음식점들이 쏙쏙 들어왔다. 화담은 눈에 익은 분식점을 택해 어묵 국물을 마시면서 김밥을 먹었다. 김밥 세 줄로 부족해 떡볶이 한 접시와 어묵 두 꼬치도 추가. 만두를 시켜먹느냐 마느냐의 기로에서 화담은 단호하게 일어났다.

"맛있게 잘 먹었습니다, 번창하세요!"

꾸벅 인사하며 분식집을 나오니 비로소 포만감이 느껴지기 시작했다. 그럼에도 먹지 못한 물만두를 아쉽게 생각하면서 화담은 다시 빗속 산책에 나섰다.

서점이 보이기에 들어가서 찜질방에서 읽을 만한 소설책 한 권을 사서 나온 시각이 여덟 시 사십 분. 인후와 통화한 후 잠잠한 휴대전화를 의식하며 화담은 이젠 정말 오늘 밤을 보낼 찜질방을 찾을 때라고 생각했다.

"서윤아, 나 아직 너 믿어. 부탁이니까 전화 좀 해."

빨간 케이스를 두 손으로 꼭 쥐고 나름의 텔레파시를 간절히 보내보는데 기적처럼 벨이 울리기 시작했다!

"그래, 서윤아, 내가 널 얼마나…… 앙?"

바람 빠진 풍선 같은 목소리가 나오고 만 건 이번에도 액정에 뜨는 '차인후'라는 이름 때문. 화담이 여전히 갈 데 없이 길거리를 쏘다닌다는 말을 들으면 또 얼마나 비웃을까 진저리를 치면서 전화를 받았다.

"네, 선배가 말한 최악의 상황이에요. 난 아직 혼자고, 이젠 잘 만한 찜질방을 찾으러 가려고요. 내가 하는 일이란 게 뭐 이렇습니다."

자포자기한 나머지 선수를 쳐서 비참한 상황을 고해바쳤다. 거봐, 라거나 그럴 줄 알았지, 라며 혀를 차는 반응이 올 줄 알았는데 잠깐 말미를 두었다가 인후가 건넨 말은 어느 쪽도 아니었다.

"어딘데?"

"무주라니까요, 무주. 무주의 고아, 서화담입니다."

"그러니까 무주 어디?"

"어디라고 말하면 선배가 알아요? 여기가 어지간히 두메산골이어야지."

심통 사나운 대꾸에 인후가 희미하게 눈살을 찌푸리는 모습이 상상이 되며 짓궂게도 화담은 기분이 좋아졌다. 화담이 뾰족해지니 반대로 인후의 목소리가 부드러워졌다.

"나는 몰라도 내비는 알겠지."

"내비?"

"내비게이션 말이야. 말해봐. 데리러 갈게."

데리러 오겠다고? 서울에서 여기까지? 빈말이어도 조금 감격할 것 같다.

"일없네요. 어디 들어가서 구겨 자면 그만이지 뭐 비싼 몸께서 예까지 납시고말고 해요. 말이라도 감지덕지이옵니다."

"빈말 아닌데. 어딘지 말해봐. 삼십 분 이내로 갈게."

이제 화담이 어리둥절해 할 차례였다.

"삼십 분? 어떻게요, 날아서?"

무주에서 2. 당신이 잠든 사이

아홉 시 오 분. 앞서 통화한 때로부터 십오 분 남짓 경과 후 익숙한 외양의 벤츠가 화담의 앞에 멈춰 섰다.

차창이 내려가자 그 너머로 인후가 슥 내다보며 타라고 고갯짓했다. 화담은 멀뚱멀뚱 쳐다보다가 마침내 비닐우산을 접고 벤츠에 올랐다. 그리고 물었다.

"뭐가 이렇게 한가해요?"

그새 서윤이랑 이야기가 잘돼서 화담의 방황이 끝났으면 어쩔 뻔했는가? 인후가 무작정 무주까지 차를 끌고 내려왔다는 게, 지금 얼굴을 보면서도 화담은 믿기지가 않았다. 이 사람한테 이렇게 즉흥적인 구석도 있었나?

"드라이빙 한 셈 치고 돌아가면 그만이지."

심드렁하게 대꾸한 인후는 안전벨트를 매라고 지적한 후 화담이 벨트를 매자 차를 출발시켰다.

"아직도 그 가방에 미련 있어? 그런 거 아니면 서울로 바로 가고."

"가방보다도…… 엄마한테 가보고 올라가려고 했던 거라."

화담의 중얼거림에 인후는 잠자코 내비게이션을 조작했다. 호텔, 이라고 찍히는 것을 보고 화담의 눈이 커졌다.

"호텔 비싸요! 하룻밤 정도는 찜질방에서 자도."

"싫어."

인후는 칼같이 자르고 내비게이션에 뜬 여러 호텔명을 가리키며 어떤 게 제일 낫냐고 물었다. 화담도 아는 바가 거의 없었다.

"시내 쪽에 있는 게 낫겠지만 호텔은 역시 비싼데."

"이런 건 비싸야 제값을 해. 더치페이 하자는 거 아니니까 놀란 토끼눈은 그만둬."

내비게이션에 목적지로 정해진 호텔명을 확인한 화담은 지갑을 열어보곤 이것저것 고민했다. 휴대전화로 재빨리 호텔비를 검색하는 것도 잊지 않는다. 역시 비싸다. 자존심이 돈 앞에서 갈대처럼 나부끼려 하는 순간이었다.

"서비스라고 생각해."

그때 인후가 중얼거린 말이 화담의 귓전에 파고들었다.

"할아버지 뵈러 갔던 거. 이런 걸로 부담감 좀 덜자는 이야기야."

"에이, 그게 뭐라고. 병실에 있었던 시간이라고 해봤자 한 십 분도 안 되는데."

"정신노동을 시간으로 따지면 안 되지."

"별로 안 힘들었는걸요. 내 멘탈 그렇게 약하지 않아요."

"고용주가 나잖아? 가치를 매기는 건 내 몫이야."

인후의 말에 화담은 그도 그런가 하며 고개를 갸웃했다. 없잖아 일리가 있어 보여 화담은 어디 한 번 누려보자, 하고 마음을 편히 갖기로 했다.

하지만 무주 시내의 MJ호텔 로비로 들어서는 화담은 누가 봐도 이런 데 처음 들어와 본 얼뜨기처럼 눈에 띄게 어색했다. 결코 사실이 아니다. 화담은 이미 수연고에 다니면서 수학여행, 졸업여행 같은 행사로, 또 명혜네 가족과 몇 차례 다녀온 여행 등으로 호텔 구경은 충분히 했다.

그럼에도 스스럼없는 인후와 달리 화담은 집 잘못 찾아온 어린애처럼 안절부절못하며 연신 입술을 핥느라 바빴다. 프런트에 당도한 인후가 방을 잡는 동안 화담은 몇 걸음 뒤에 멀찍이 떨어져서 반질거리는 바닥을 노려보며 일없이 잔머리를 배배 꼬아댔다.

"가자."

"네? 네."

인후가 부르자 화담은 펄쩍 뛸 듯이 놀란 목소리로 대답하곤 쫄래쫄래 그를 따라갔다. 엘리베이터에 들어가다 하마터면 발이 걸려 넘어질 뻔하는 그녀를 붙잡아주며 인후가 웃었다.

"뭘 그리 긴장해서 그래? 너답지 않게."

"아니, 그게 아무래도 이런 일이 처음이라."

"어떤 일?"

인후의 물음에 화담은 아랫입술을 꾹 깨물었다. 인후는 대답을 듣는 것을 단념하지 않았다.

"어떤 일 말야? 남자랑 단둘이 이런 데 오는 거?"

화담의 얼굴이 삽시간에 빨개졌다. 인후가 피식 웃자 화담은 발끈해선 그를 쏘아보았다.

"아뇨, 선배는 남자가 아니니까 그런 걸로 헤아리지 않을래요. 나중에 진짜로 같이 올 사람한테 미안하니까."

"뭘 그렇게 먼 훗날의 일처럼 가정해? 지금 남자친구는 남자 아냐?"

다시금 화담의 입술이 다물렸다. 이젠 발치를 내려다보는 그녀의 귀까지 빨갰다. 인후의 얼굴에 웃음기가 씻은 듯이 가시며 그녀를 보는 눈에 날이 섰다.

"이제 보니 그 녀석한텐 집이 있었지. 홀어머니는 장사로 바쁘시고…… 그래, 딱히 돈 들여 이런 델 찾을 이유가 없겠네. 주머니 사정 빤한 학생이고 말이야."

"선배가 그런 것까지 걱정해줄 필요는 없어요."

"누가 걱정한대? 남이 연애를 어디서 하건 그게 나랑 무슨 상관이라고."

"글쎄, 나랑은 상관있다는 듯이도 말하지 마요!"

인후의 집 운운에 순간적으로 화담의 머릿속에 서윤의 자취방 욕실에서 본 것이 오락가락하면서 머리에 한층 스팀이 올랐다. 더욱이 '연애'란 단어에 담겨진 노골적인 뼈가 그냥 삼키기엔 너무 컸다.

하지만 인후는 그녀의 단호한 선 긋기를 오히려 의심했다.

"왜 상관이 없어? 그새 지승준이랑 헤어지기라도 했어?"

"안 헤어졌어요, 하지만 승준이랑 나는, 그러니까 우리는 연애를 하는 게 아니라, 에, 그러니까…… 하아, 됐어요."

지리멸렬. 한숨과 함께 설명을 포기해버렸다.

마침 엘리베이터 문이 열려서 난감한 주제로부터 달아나듯 화담은 복도로 나갔다. 그 뒤를 천천히 따르는 인후의 눈빛이 아까완 다르게 온화했다. 유도신문으로 그는 한 가지 우려를 덜어낸 참이다.

화담은 인후의 손에 들린 키카드를 보곤 눈을 깜박였다. 왜 한 매뿐이지? 일단 아무 말도 않고 걸음을 옮겼지만 이윽고 한 호실 앞에 이르러 문을 연 그가 화담을 들여보내고 함께 들어오는 것에는 속으로 소스라쳐 놀랐다.

"방, 따로 잡은 거 아니에요? 아, 트윈룸인가?"

"프런트 앞에서 졸았어?"

슬리퍼로 갈아 신으며 인후는 심드렁하게 핀잔했다. 안으로 걸어가는 그의 뒷모습을 보며 화담은 울상이 되어 쩔쩔매다가 결국 슬리퍼를 신었다. 하지만 몇 걸음 만에 화담은 또 놀라서 외쳤다.

"스위트룸?"

거실 중앙에 서서 사방을 두리번거리는 그녀를 보고 인후는 한숨을 쉬었다.

"진짜 프런트 앞에서 졸았군. 재주도 좋아."

인후가 냉장고에서 꺼낸 맥주를 가지고 소파로 가서 앉는 사이 화담은 발에 모터를 달고 사방을 시찰했다. 굴러다니게 넓은 거실을 둘러싸고 침실 둘에 욕실 둘. 일단 침실이 두 개라는 것에 안도했으나 거실로 돌아오는 그녀의 표정은 여전히 찡찡했다.

"찜질방에 갔으면 내일 아침밥까지 이만 원 안에서 해결했을 텐데 이 무슨 무시무시한 낭비인지 원."

"스스로의 가치를 조금 높여볼 생각 없어? 하루가 됐든 이틀이 됐든 아무 데서나 구겨서 잔다는 발상 자체를 한다는 게 난 이해가 안 가."

인후는 머리를 절레절레 젓고 맥주를 마셨다. 화담이 흥 콧방귀를 뀌었다.

"찜질방에서 한두 밤쯤 잔다고 해서 내 가치가 어찌 되지는 않을 걸요?"

"생각하기 나름이지."

그렇게 중얼거린 인후가 화담에게 앞에 놓인 맥주를 가리켰다. 그 의중을 깨닫고 화담이 질색을 하며 손을 내저었다.

"절대 안 마셔요!"

"왜, 주사 부릴까 봐 무서워서?"

정곡을 찔린 화담은 입을 샐쭉하고는 기지개를 켜며 돌아섰다.

"꿉꿉해서 씻어야겠어요. 난 저쪽 싱글침대 있는 쪽에서 잘게요."

"씻고 바로 자려고?"

"자지 뭐해요? 선배랑 놀아주고 싶어도 나, 오늘 하루가 참 길었거든요. 맞다, 아까 책 한 권 샀는데 그거 차에 두고 내렸나 봐요. 그거라도 가져다 읽을래요?"

"나 아직 저녁 전이야."

잠깐 고개를 갸웃한 화담은 인후가 저녁식사를 안 했다는 말임을 깨닫고 펄쩍 뛰며 놀랐다.

"여기 오느라 밥 때를 놓친 거예요? 왜 그랬어요, 바보같이. 때 되면 휴게소라도 갈 것이지! 그럼 어떡해요, 나가서 뭐라도 먹고 올래요?"

"룸서비스 시킬 거야. 너 그냥 잘 거면 뭐…… TV라도 보면 되니까."

그런 식의 아무래도 좋다는 식의 태도가 화담에게는 늘 주효했다.

"시켜요, 그럼. 어차피 시간 좀 걸릴 테니까 씻고 나오면 얼추 시간 맞겠네. 먹는 동안 자리 지켜줄게요."

"그럴래?"

인후가 싱긋 웃었다. 화담은 눈살을 찌푸리며 돌아섰다.

'그게 뭐 별거라고 저렇게 웃는담?'

냉소와 조소, 그 압도적인 비중 사이로 이따금씩 보여주는 무방비하기 짝이 없는 선한 미소. 심장에 안 좋다, 정말이지. 본인은 그걸 알고 저러나 고민하면서 욕실로 향했다. 손목시계부터 풀고 손을 씻고 있는데 갑자기 노크 소리가 나서 화담이 대꾸하니 인후가 들여다보고 물었다.

"목욕가운이 저쪽 욕실에 다 있는 것 같아서. 여긴 있어?"

"어…… 없네요."

비로소 안을 둘러보는 화담에게 인후가 흰 가운을 내밀었다. 받긴 했는데 그가 가고 생각해 보니 괜히 받았지 싶다.

'저걸 입고 나가야 하는 건가?'

씻는 내내 그 생각을 하느라 머리에 쥐가 날 것 같았다. 우선 입었던 옷다시 입고 저건 잘 때 입어야지, 하고 긴 고민에 종지부를 찍었지만 샤워후 머리를 말리고 옷을 입으려고 보니 입고 있을 땐 의식 못 했던 땀 냄새가 코를 찔렀다. 화담은 일단 팬티를 세면대에서 빨아 드라이어로 말리면서 자신에게 닥친 난관과 씨름했다.

"내가 왜?"

돌연 그런 생각이 뇌리를 때렸다. 내가 왜 이런 걸 고민할까? 화담이뭘 입고 나가든 인후가 어디 그런 거에 신경 쓸 사람인가? 게다가 그는지난 몇 년간 영국에서 지냈다. 6년 만에 만났다고 재회인사로 키스를 하고도 눈 하나 깜빡 안 했지! 화담이 욕실에 틀어박혀 이런 고민을 한 걸알면 얼마나 비웃을까!

"촌스럽게 쭈뼛거리지 말자, 당당하게, 서화담!"

대충 말린 팬티를 입고 목욕가운을 걸치고 단단히 여민 뒤 화담은 거울속 자신을 향해 불끈 주먹을 쥐어보였다. 그리고 힘차게 문을 열고 거실로 돌아갔더니 이미 룸서비스 왜건이 다녀간 뒤였다. 전혀 손대지 않은음식만 있고 정작 인후가 없어서 화담이 음식을 테이블에 챙겨다 놓고 있는데 오른편에서 인기척이 났다.

"그냥 있어. 내가 할게."

막 씻고 나온 참인지 인후도 목욕가운 차림이었다. 상기되어 엷게 분홍빛을 머금은 그의 얼굴에 눈 둘 데를 잃고 아래를 내려다본 화담은 환히 보이는 그의 맨다리에 또 찔끔 놀라 급히 고개를 돌렸다. 전에 옷도 갈아입혔는데 아직도 면역이 안 되다니. 이게 다 남자형제 없이 자란 탓이다, 암!

"너도 좀 들지? 여유 있게 시켰는데."

"아뇨, 난 아까 이것저것 많이 먹었거든요."

"어떤 걸로 이것저것?"

"김밥 세 줄에 어묵꼬치 두 개, 떡볶이도 일 인분. 만두도 먹을까 하다가 참았어요."

"많이는 먹었네. 영양가가 없어서 탈이지."

가볍게 휘저은 수프에 빵을 찢어 적셔 먹는 인후의 손을 화담은 말끄러미 바라보았다. 하여간에 예쁜 손이다. 어딘가의 사진전에 '예술가의 손'이라고 걸릴 법한. 그 시선을 오해했던지 인후가 빵을 찢다 말고 고개를 갸웃했다.

"먹고 싶은 거 아냐?"

"아니에요, 진짜. 그냥 봤어요, 예뻐서."

"……빵이?"

이해할 수 없다는 시선으로 눈앞의 음식들을 보는 인후 때문에 화담은 쿡쿡 웃었다.

"네, 예쁘잖아요. 세상 먹을 것들은 다 예쁘더라, 난."

"아, 그래서 네가 낙천주의자가 된 거구나."

인후의 중얼거림에 화담은 어깨를 으쓱하고선 그가 식사하는 모습을 감상했다. 시선이 신경 쓰이는지 이따금 그녀를 보긴 했지만 전반적으로 그는 느긋하게 식사를 했다. 천천히, 깔끔하게 먹는다. 그것 말고는 딱히 특이할 것도 없다. 그런데도 자꾸만 시선이 가는 이유.

"선배는 진짜 우아하게 먹어요. 타고났어, 진짜."

엷게 붉은 기가 도는 스테이크 조각을 입으로 가져가려던 인후가 멈칫했다. 눈살을 살짝 찌푸리며 그가 물었다.

"혹시 지금 심술부리는 거야? 실은 먹고 싶은데 시간이 늦어서 꾹 참고 있는 게 원통하다든가 해서."

"아하, 그래서 괜히 선배도 못 먹게 하려고 심술부린다? 그렇게 복잡한 심술 같은 건 생각도 못 하네요, 전. 날 대체 어떻게 생각하는 거예요!"

"우아하다느니 뭐니 엉뚱한 소리를 해서 놀리니까……."

"놀리는 게 아니라 솔직한 감상이에요. 막 맛있게 먹는 거하곤 좀 다른데 하여간 보고 있으면 참 예뻐."

인후는 눈썹을 치켜 올리더니 "위험하네."하고 중얼거렸다. 화담이 고개를 갸웃하자 인후가 말했다.

"아까 먹을 게 예쁘다며. 졸지에 나도 같은 반열에 낀 모양인데 난 먹어도 맛없을 거야. 참아줘."

"푸핫, 설마 선배를 먹을 거랑 같은 반열에 두겠어요? 설사 먹지 않으면 죽을 위기에 처한다 해도 안 먹을 테니까, 염려 붙들어 매세요."

"불안해……. 아무래도 안 믿기니까 여기에 방금 그 말 쓰고 사인해줘."

인후가 진지한 표정으로 깨끗한 냅킨을 화담 쪽으로 내미는 것에 화담은 배를 끌어안고 웃었다.

"이상하다니까 진짜. 선배 그 썰렁한 농담이 난 왜 이리 웃기지? 푸른 선배 말대로 내 개그 코드가 별나긴 한가 봐요. 개그 프로그램을 봐도 엉뚱한 데서 혼자 웃고."

"웃을 대목이라도 있는 게 어디야. 난 그런 거 보면서 웃어본 기억이 없는데."

"그래서 푸른 선배도 선배 웃기기가 하늘의 별 따기라고 푸념하잖아요."

맞장구친 화담은 잠시 눈을 멀뚱거리다가 신기하다는 듯 말했다.

"그러고 보면 나는 별 좀 땄는데요? 선배 웃는 거 꽤 자주 본 것 같아."

"그야······."

인후는 말을 꺼내다 말고 와인을 마신 후 잔을 채웠다. 그러면서 와인을 권하는 말에 화담은 질색을 했다. 그런데도 인후는 빈 잔에 와인을 따라 그녀 앞에 놓아주었다.

"한두 번 실패했다고 겁쟁이처럼 굴지 마. 그리고 너 군인이나 경찰 되고 싶다는 꿈은 아주 포기했어?"

"포기 안 했어요."

"그럼 한 번 상상해볼래? 네가 회식 자리에 갔는데, 나는 주사를 부리니까 술을 안 마시겠다고 하면 주위 반응이 어떨까? 내가 보기엔 전혀 먹히지 않을 변명 같은데."

"으음······."

그런 경험이라면 이미 여러 번 겪었다. 심각한 표정으로 와인잔을 보는 그녀에게 인후가 말했다.

"술은 마시면 늘어. 와인은 연습하기 좋은 술이고."

"연습은 혼자 할게요. 정말로요."

하긴 한다는 말에 인후가 피식 웃었다.

"위험한 발상이야. 혼자 홀짝홀짝 마시다 취해버리면 그 뒷감당을 누가 해?"

대꾸할 말이 마땅치 않다. 화담은 입술을 비죽이며 투덜거렸다.

"선밴 경영학 공부 관두고 로펌이나 들어가지 그래요? 세치 혀로 돈을 갈퀴로 모을 수 있을 텐데."

그러면서 천천히 와인잔으로 손을 뻗던 화담이 다시 몸을 젖히며 도리질을 했다.

"다음에요. 아무래도 내가 불안해서 안 되겠어. 쪽 팔려도 승준이 앞에서 쪽 팔려야지……."

인후는 잠자코 고기를 씹어 삼키고 와인을 비웠다. 그리고 다시 술을 따르며 물었다.

"걘 볼 거 못 볼 거 다 본 사이라 이건가?"

"뭐 아무래도……. 아, 이상한 상상 하지 마요! 우린 진짜 건전하게 만난다고요."

"누가 뭐래?"

"뉘앙스라는 게 있잖아요, 뉘앙스. 7년 사귀었다고 하면 다들 뭐 볼 장 다 봤느니 반은 부부니 어쩌니……. 어쩌다 속이라도 한 번 불편할라 치면 임신 운운까지. 이가 갈려서 진짜, 아니 누가 성모 마리아냐고요!"

워낙 쌓인 게 많던 화담의 폭발. 하지만 터뜨리기 무섭게 아차 하며 말할 수 없는 면구스러움에 휩싸였다. 약간 놀란 듯이 이쪽을 보는 인후의 얼굴을 대할 수가 없어 고개를 푹 숙이며 화담은 뒤늦은 수습에 나섰다.

"내가 아직도 이렇게 욱해요, 선배.. 선배한테 화내는 거 아니니까 잊어버려요, 언성 높여서 미안해요."

별안간 목도 타서 화담은 무심코 앞에 놓인 화이트 와인을 가져와 쭉 들이켰다. 한 모금 삼키기 무섭게 술이구나 하고 입을 뗐지만 곧 갸웃

239

하면서 입맛을 다셨다.

"이거 몇 도에요?"

"글쎄. 7도 약간 넘는데?"

화담은 재차 갸우뚱거리면서 약간을 마셨다. 바로 삼키지 않고 입에 머금고 찬찬히 맛을 보다가 결심한 듯 꿀꺽 삼켰다. 그러곤 반응을 살피듯이 잠시 기다리더니 눈앞에 두 손을 펼쳐들고 쥐락펴락했다.

"시야 선명하고 감각 좋고. 이거 괜찮은데요? 어쩐지 안 취할 거라는 자신감이 샘솟기 시작했어요."

인후가 와인병을 들어 보이며 "계속 도전?"하고 물었다. 자신만만하던 화담의 얼굴이 급격히 흐려졌으나 두 손을 쳐다보곤 고개를 끄덕였다. 그녀가 빈 잔을 내밀었고 인후는 채워주었다. 첫 잔보다 약간 더 많이. 그는 자신의 잔도 새로 채워서 앞으로 뻗었다. 그 신호를 알아본 화담이 쥐고 있던 잔을 갖다 대며 중얼거렸다.

"치어스."

챙 하는 청아한 소리를 울리며 잔이 부딪혔다. 인후는 엷게 웃음이 담긴 눈으로 그녀를 바라보며 천천히 입을 떼지 않고 잔을 다 비웠다. 묘한 경쟁의식에 화담은 끊을 시기를 놓치고 마찬가지로 한 번에 잔을 비웠다.

"휴우."

두 번째 잔을 비우는 데 성공했다. 화담은 재빨리 잔을 쥐고 있지 않은 왼손을 확인했다. 여전히 시야는 맑고 세상도 선명하다. 헤벌쭉 그녀의 입이 벌어졌다.

"멋져라!"

"그렇게 좋아?"

인후가 쿡쿡 웃자 화담은 감개무량한 얼굴로 그를 보았다.

"첫 비행에 성공한 독수리가 된 기분이에요! 이제 나도 어디 가서 와인 두 잔은 마실 수 있는 여자가 된 거예요."

화담은 발그레 물든 뺨을 빛내며 잔을 내려놓았다. 두 잔을 마셨으니 그것으로 충분했다. 인후도 더 권하지 않고 자신의 잔만 채우고 와인병을 내려놓았다. 그가 마저 식사에 전념하는 동안 첫 비행에 성공한 독수리는 아직 창공이 고픈지 와인병을 자꾸 힐끔거렸다.

인후는 일부러 와인에 더는 손대지 않고 식사를 마쳤다. 그리고 음식 그릇과 함께 와인까지 왜건에 가져다 놓고 왜건을 밀었다. 화담이 엉덩일 들썩이며 물었다.

"그거 복도에 내놓으려고요?"

"응. 음식 냄새 나잖아."

"그건 그런데, 밖에 내놓으면 이제 그거 버리는 거죠?"

"설마 재활용하겠어?"

상상도 하기 싫다는 듯 눈살을 찌푸리고 인후는 걸음을 크게 내딛었다. 주저 없는 그 걸음이 어린 독수리의 초조한 마음에 불을 질렀다.

"서, 선배, 잠깐만."

어느 틈에 달려온 화담이 왜건을 붙잡았다.

"왜?"

전혀 모르겠다는 듯이 인후가 묻자 화담이 아랫입술을 빨았다.

"아, 아까워서요. 룸서비스면 가격이 어지간할 텐데. 와인은 저기, 미니바에 넣어두고 나중에라도 마시면 어때요?"

"나중에 언제? 자고 일어나서? 그런 취미 없어."

인후가 심드렁하게 대꾸하고 그냥 가지고 나가려 하자 화담이 와인병을 덥석 집어들었다.

"지금 마셔요, 그럼! 나는 도저히 아까워서 이렇게는 못 버려요!"

"무슨 고집이람. 너 취한 거 아냐?"

취한 사람, 혹은 취해가는 사람에게 취했느냐고 묻는 질문만큼 역반응을 끌어내는 게 또 없다. 초보 술꾼 화담도 정통으로 미끼를 물었다.

"안 취했거든요! 사람을 뭘로 보고."

위아래로 그를 훑어본 뒤 화담은 와인병을 끌어안고 거실로 돌아갔다. 할 수 없다는 얼굴로 인후도 잔을 챙겨서 되돌아왔다.

"취해도 난 몰라."

"안 취한다고요. 조짐이 좋다니까? 에헤헷."

생글생글 웃으며 화담은 제 손으로 두 잔에 찰찰 술을 부었다. 다시금 챙 건배를 하고 술을 마신다. 한 모금 마시고 고개를 끄덕이고 또 한 모금 마시고 웃고 마지막 모금을 마시며 제 손을 들여다본다. 손가락은 여전히 멀쩡하다. 화담의 입이 귀에 가 걸렸다.

"그래, 내가 누구냐, 서강희 딸이라 이거야! 서화담이 술을 못 마셔? 말이 안 되지. 선배, 보십시오. 봉인돼 있던 술꾼의 피가 마침내 해방되었습니다!"

이윽고 다섯 번째 잔. 화담은 두 손으로 잔을 붙들고 꿀꺽꿀꺽 비웠다. 그러곤 빈 잔을 쳐다보며 중얼거렸다.

"술이 맛있당. 마침내 나도 어른이당."

이번엔 인후가 따르려는 걸 한사코 화담이 빼앗아 들더니 인후의 잔부터 채웠다. 거기서 와인이 바닥을 드러냈다. 화담은 화등잔만 해진 눈을 병 주둥이에 대고 안을 들여다보았다. "없넹?"하고 중얼거리며 그녀는 인후의 잔과 제 잔을 번갈아 보았다. 있고, 없고. 인후를 바라보는 화담의 눈이 흡사 버려진 강아지처럼 일렁거렸다.

인후의 이성은 이 강아지를 그냥 못 본 체하라고 했다. 지금도 충분히 이상해. 어린애처럼 말하고 있다고.

그런데 인후의 입과 손은 이성과 별개 행동을 취했다.

"너 마셔. 난 됐어."

"우왕, 역시 내 영웅이당!"

인후가 밀어준 잔을 덥석 받아 화담은 금세 반을 비우고 마지막 한 모금을 들여다보며 눈을 가늘게 떴다.

"잘 가랑, 널 잊지 않을겡."

술잔을 뺨에 대고 비빈 후 화담은 사뭇 엄숙하게 마지막까지 들이켜고 빈 잔을 테이블에 내려놓았다. 긴 한숨을 내쉬며 그녀가 중얼거렸다.

"멋진 술이었어요. 선배."

갑자기 말투가 명료해져서 인후가 의아쩍게 바라보노라니 화담이 소파에서 일어나 그에게 꾸벅 인사를 했다.

"그만 자러 가겠습니다. 잘 자요, 선배."

화담은 몸을 돌려 한 발 내딛었다. 하지만 두 번째 발을 내딛는 대신 도로 소파에 앉았다. 그녀는 이마를 짚고 눈을 깜박이다가 돌연 두 발을 소파 위로 올린데 이어 느릿느릿 돌아앉더니 그대로 소파에 누웠다.

"화담아, 뭐 해?"

"잘래요. 너무 졸려요."

두 손을 얌전히 가슴 위에 모으고 화담은 눈을 감았다. 그렇게 몇 초가 지났을까 말까, 새근새근 고운 숨소리가 흘러나오기 시작했다. 인후는 그만 피식 웃고 말았다.

"이 주사는 귀엽군."

인후는 테이블을 치우고 침실에서 베개와 홑이불을 한 장 챙겨 나오면서 소파 근처 스탠드만 켜놓고 거실의 불을 껐다. 이불을 덮어주고 조심스럽게 화담의 머리를 들어 올려 베개를 받쳐주는데 왠지 너무 조용하다 싶어 아래를 본 순간 그를 올려다보고 있는 그녀의 눈과 마주쳤다. 당황한 나머지 약간 더듬을 뻔한 위기가 찾아왔다.

"어…… 흠, 깼어? 베개 받쳐주려고 한 건데. 다시 자. 눈 감으면 잠 올 거야."

"……선배한테서 좋은 냄새 나요."

작게 꺼져들 것 같은 목소리로 화담이 중얼거렸다.

"너한테서도 나."

욕실에 비치된 바디샴푸를 썼을 테니까. 그런데 화담은 희미한 미소를 지으며 "꿈이라서 그래요."라고 말했다.

인후는 흐릿한 화담의 눈빛을 확인했다. 현실과 꿈의 경계 어디쯤. 어쩌면 트랜스 상태에 가까울지도 모르겠다.

"그래서 좋아?"

잠든 이에게는 질문하지 말 것. 그 금기를 그는 보란 듯이 어긴다. 처음이 어렵지 두 번째는 훨씬 쉬운 법.

"악몽이 아니라면요."

"내가 나오는 악몽을 꾼 적 있어?"

화담의 눈이 가늘어졌다. 입술이 얼마쯤 떨리며 "많죠."하고 대답했다.

"어떤 악몽들?"

대답 대신 화담은 그의 옷자락을 붙들었다. 그것을 잡아당기는 힘에 인후가 슬며시 몸을 굽혀주니 거기에 화담이 얼굴을 묻고 작게 도리질을 했다.

"미안해요, 내 멋대로…… 대신으로 삼아서."

옷자락 사이에서 들려오던 웅얼거림이 한숨으로 바뀌었다.

"반짝여서 그랬어요. 반짝반짝한 게 너무 예쁘고 멋져서 내 멋대로 꼭 꼭 담았어요. 화내지 마요. 자꾸 불러내는 건 나도 어쩔 수 없어. 다른 거 찾으려고 노력하고 있는데 잘 안 돼서 그래요. 정말이야, 노력 안 하는 거 아니야."

화담의 까만 머리채에 손을 댄 인후는 정수리부터 천천히 그 머리칼을 쓰다듬으며 중얼거렸다.

"불러도 돼. 어차피 네 꿈이잖아. 내가 화를 내면 너도 화내 버려. 내 꿈까지 왔으면서 뭐 하는 짓이냐고."

"못 해요. 그러다 아예 안 오게 되면 어떡해."

"올 거야. 서화담이 부르는데 차인후가 안 오긴."

그의 자상한 말에 화담이 옷자락에 묻고 있던 얼굴을 떼더니 사뭇 쓸쓸한 얼굴로 그의 얼굴을 닿을락 말락 손으로 쓸어 만졌다. 그러다 별안간 얼굴을 밀쳐내며 눈을 감았다.

"바보 같아. 나 너무 바보 같아……."

"화담아?"

화담은 귀를 틀어막으며 도리질 쳤다.

"부르지 마! 보기 싫으니까 가! 너 같은 거 차인후 아니야, 멋대로 차인 후 흉내 내지 마! 바보 같은 꿈, 매번 도돌이표야! 이제 진짜 지긋지긋해, 차인후가 뭐라고 붙들고 늘어지는데! 서윤아, 승준아, 이리 나와, 나랑 놀 자. 지승준! 너 좀 나와 봐, 이 사람 좀 치워줘, 지승준! 지……."

왈칵 성을 내며 진저리를 내다 못해 승준을 찾아대는 그녀의 입을 인후가 틀어막았다. 도리질 치느라 손바닥을 스치는 화담의 입술이 불꽃처럼 뜨겁다.

"듣기 싫어, 그 이름. 부르지 마. 얌전히 있어. 차라리 이대로 자. 안 그러면 나도 내가……."

기어코 불꽃이 그의 손에서 벗어나 자유를 찾았다. 가쁜 숨과 함께 그를 올려다보는 화담의 눈에 눈물이 그렁거렸다.

"착각하지 마. 서강희 대신? 웃기지 말라고 해. 너 나한테 아무것도 아냐. 6년 동안 목소리 한 번 안 듣고도 산 거 보면 몰라? 빚진 거만 갚으면 이젠 다 끊을 거야. 꿈에도 나타나지 마. 불러도 오지 마. 알량한 영웅 같은 거 필요 없어, 더는 필요 없어, 나도 너 싫어, 가, 가란 말이야!"

힘없이 그를 밀어내며 몸을 일으키던 화담이 반듯하게 서는 시늉도 못 하고 고꾸라지듯 쓰러졌다. 순간 잡아주려고 내민 손을 인후는 닿기 직전에 손가락을 말아 거둬들였다.

그는 싸늘한 눈으로 넘어진 자리에서 일어서려 애쓰는 화담을 지켜보았다. 거듭되는 의미 없는 몸짓.

인후가 손을 뻗어 소파 옆 스탠드 불마저 꺼버렸다. 어둠 속에서 화담의 허둥거림이 손에 잡힐 듯 또렷해졌다.

"엄마……."

겁에 질린 목소리로 화담은 오랫동안 무적의 수호신이었던 이를 불렀다. 진짜 꿈이었다면 몰라도, 지금의 이 꿈에선 그 수호신이 모습을 드러낼 일이 없다.

"엄마, 엄마."

바닥을 더듬거리다가 테이블에 팔이 스친 화담이 그것을 붙들고 일어서려 했다. 이번엔 엉거주춤하게 성공했다. 하지만 거기까지. 화담은 이제 어디로 가야 할지 모르겠다는 듯 망연히 서 있을 뿐이다.

"……길을 잃었네, 또."

같은 자리에서 화담은 천천히 사방을 돌아보며 맴돌았다. 세 바퀴 만에 겨우 어둠이 눈에 좀 익었을까. 그녀는 눈앞, 그리 멀지 않은 곳에 있는 인후에게 시선을 멈추었다.

"누구?"

앞으로 뻗은 손을 그에게 내밀듯이 화담이 다가왔다. 그의 가운 앞자락에 손가락이 닿는 순간 행여 놓칠세라 꼭 움켜쥐며 다른 손도 들어서 그의 옷자락을 붙들었다. 그리고 그대로 뛰어들 듯 그의 품에 부딪쳐 왔다. 바들바들 떨면서 화담이 속살거렸다.

"선배죠? 인후 선배예요, 그쵸?"

싸늘한 방관자의 눈에 일순 물결이 일면서 출렁 흔들렸다.

"……글쎄."

손바닥에 손톱이 박히도록 그러쥐고 있던 주먹을 풀고 그 손을 화담의 등에 얹는다. 머뭇거림을 담아 가운 위를 겉돌다가 조금 더 힘을 넣어 쓰다듬으며 그가 물었다.

"내가 누구였으면 좋겠어?"

"차인후면 돼요."

한숨을 내쉬며 화담은 가만히 몸을 기대어 왔다.

"가지 마요, 아직은. 나중에, 나중에 틀림없이 놓아줄 테니까…… 같이 있어줘요. 동이 틀 때까지만. 응, 선배."

가슴에 기대있는 화담의 머리를 내려다보는 인후의 눈이 형형하도록 반짝였다. 꿈속, 이것은 그녀에게 있어 단지 꿈의 한 조각, 그렇지만…….

등을 쓰다듬던 손에 발작적으로 힘을 넣어 인후는 화담을 품으로 당겨 왔다. 가볍게 바르작거리는 그녀의 숨결을 의식하며 두 팔로 제 품에 깃든 새를 꽉 가두었다.

"선배?"

"······같이 있어줄게. 그러니까."

들이쉰 숨을 멈추고 인후는 화담을 보았다. 몽롱하게 젖어 있는 꿈처럼 아름다운 그녀의 두 눈을 들여다보며 인후는 목에 걸린 한마디를 토해냈다.

"밀어내지 마."

그의 고개가 기울어진다. 화담은 제 눈 위로 사라락 쏟아지는 그의 머리칼에 그만 눈을 감았다. 하지만 입술이 포개어진 순간 다시금 눈을 떴다. 놀라움과 혼란으로 동요하는 일 초, 일 초가 겹쳐지던 어느 때 그녀의 눈이 풀기를 잃고 스르륵 감겼다.

두 팔에 온전히 화담의 체중이 실려 오는 감각. 그것을 깨닫고도 인후는 잠시 더 그녀의 입술 속에 스스로를 놓아두었다. 할짝거리며 빨던 보드라운 입술에서 잠시라도 떨어져야 하는 그 찰나가 못내 싫어 거듭 매달렸다.

"제발······."

신음에 가까운 다그침을 내뱉으며 인후는 고개를 드는 데 성공했다. 꽃빛으로 물든 눈매를 기울여 잠이 든 화담을 바라보다가 아예 시선을 들어 허공의 한곳을 응시하며 골똘히 무언가를 생각했다.

이윽고 그는 화담의 등을 붙들고 있던 손을 풀었다. 대신 그 두 손으로 그녀를 훌쩍 안아 올렸다. 그대로 그는 더블침대가 있는 방으로 향했다.

어둠 속에서도 푸르른 잿빛을 띤 시트 위에 화담을 눕혀 놓자 까만 부챗살처럼 펼쳐진 머리카락 속에서 고운 얼굴이 꽃처럼 도드라졌다. 오래지 않아 인후는 바라보는 것에 그치지 못하고 손으로 꽃을 어루만졌다. 그리고 더 오래지 않아 만지는 것 이상을 갈망하게 된다······.

입맞춤을 위해 고개를 기울이던 인후는 그 직전에 눈을 감고 심호흡을 했다. 다시 눈을 뜨고서 화담의 얼굴을 감싸고 있던 손을 목덜미로 미끄러뜨려 목욕가운을 젖히고 오른쪽 목덜미를 보았다. 일전에 그곳에 만들었던 키스마크는 이미 아주 옅어져 흔적도 없다. 그는 쓰디쓴 웃음을 깨문다.

"너 몽마夢魔가 따로 없는 거 알아, 차인후?"

그런 자조도 스스로의 행동에 제어를 걸지는 못한다. 이런 순간에도 철저히 이성적으로 상황을 지켜보는 머릿속 어딘가에서 부추기듯 속삭였다.

그냥 저질러 버리지 그래?

인후의 눈길이 화담의 목덜미를 지나쳐 아래로 더듬어 내려갔다. 몸속 어딘가로 이어지는 도화선에 전류가 흘러가는 느낌이 찌릿찌릿 그의 등줄기를 타고 흘렀다.

그 아슬아슬한 감각을 물리치듯 인후는 화담의 머리 양옆에 놓인 손을 꽉 움켜쥐며 시선을 끌어올렸다. 다시 그의 두 눈은 그녀의 얼굴, 모든 것의 시초로 돌아왔다.

"화담아, 난 네가 정말 바보라면 좋겠어."

보이지 않는 손에 끌려가듯이 그녀에게로 얼굴을 내렸다.

두 번째 키스.

역시 좋았다. 어쩔 도리가 없을 만큼.

몽매 중에 화담은 감촉 좋은 담요를 씹는 꿈을 꿨다. 향기 좋고 보들보들, 게다가 적당히 따뜻. 햇빛에 잘 말린 이불 속에서 뒹구는 멋진 기분. 이히힛 웃으면서 그녀는 포근한 이불에 뺨을 비비고 그 안으로 푹 파고들었다.

그런데 문득 오른손에 무언가 미끈한 감촉이 찾아왔다. 꿈결에 그녀는 더듬더듬 만졌다. 따뜻한가 싶으면 좀 싸늘하고 싸늘한가 싶으면 어느새 따뜻해지는…… 실리콘?

얼핏 뜨인 눈에 들어온 시야는 처음엔 다 희읍스름했다. 그렇지만 깜박임을 거듭하는 사이 그 허여멀건 것들에도 음영과 주름이 생겨났다. 그래, 이건 내 손, 이건 담요(?), 이건…… 이건 뭐지?

미간에 주름을 지으며 손이 만지작거리는 것의 정체를 들여다보던 화담은 손가락 끝이 가리키는 방향으로 시선을 들어 올렸다가 심장이 쿵 내려앉는 경험을 했다.

사람, 남자, 아니 인후가, 아니 인후는 남자 맞지만, 어쨌든 거기에 인후의 얼굴이 딱!

뭐지, 뭐지, 뭐지, 뭐지, 뭐지, 뭐지?

쿵쿵쿵 뛰는 심장박동에 거의 버금가도록 머릿속에서 같은 의문이 펑펑 솟구쳤다. 화담은 꽉 눈을 감았다가 다시 실눈을 떠 보았지만 여전히 거기에 인후가 있었다!

움찔하며 머리를 들던 화담은 자신의 옆구리에 걸쳐진 인후의 팔을 깨닫고 눈을 껌벅거렸다. 목욕가운이긴 해도 옷은 둘 다 입고 있다. 거기까진 좋다. 좋은데 왜 이러고서—화담은 자신이 베개 삼아 잔 게 인후의 오른팔임을 확인했다, 뿐만 아니라 방금 전까지 꿈에서 씹고 있던 이불이 실은 그의 목욕가운이란 점도 깨달았다—한여름에 얼어 죽을까 봐 걱정하는 것처럼 둘이 꼭 붙어 있는 걸까?

"와, 와악!"

하물며 벌어진 인후의 목욕가운 앞섶 사이로 자신의 손이 들어가 있는 걸 보고 늦어도 한참 늦게 기겁을 하며 손을 뗐다. 그러한 일련의 허둥거

림이 곤히 감겨 있던 인후의 눈꺼풀도 흔들리게 했나 보다. 나른하게 그
의 눈이 뜨이나 싶더니 이내 감겼다가 다시 뜨일 때엔 눈에 힘을 주는지
숨어 있던 속 쌍꺼풀이 진하게 드러났다.

"깼어?"

바짝 잠긴 인후의 목소리가, 여느 때보다 훨씬 굵고 나직한 게 의도치
않게 귀에 치명적. 화담은 달아오른 얼굴을 의식하며 꿀꺽 마른침을 삼켰
다.

"네, 저기, 방금 깼어요."

"몇 시야?"

하품을 하며 인후가 묻는 말에 화담은 허둥거리며 머리를 들었다.

"어, 그게, 몇 신지…… 몇 시지? 아, 여섯 시 못 됐네요."

사방을 둘러보다가 더블침대 바로 오른쪽 협탁에 놓인 시계가 다섯 시
사십 분 조금 넘은 시각을 가리키는 걸 발견했다. 인후는 다행이라고 중
얼거리며 눈을 감았다.

"잠을 설쳐서 아직 머리가 무거워. 한두 시간쯤 더 자야겠어. 그리고
일어나서 조식 먹으러 내려가자. 괜찮지?"

"네? 네, 네, 물론."

긴장한 티가 역력한 화담의 어색한 대꾸에 인후가 웃으며 물었다.

"왜 그래, 목소리가 잔뜩 얼어 있네?"

"아뇨, 얼기는요, 저는 잘 자고 잘 깼습니다, 네."

"저는?"

스르륵 눈을 떠서 이쪽을 바라보는 눈매며 느슨히 흐트러진 자태가 너
무 요염한 나머지 그만 눈에도 치명적. 꾹 눈을 감고 머리를 젖히는 화담
에게 웃음 섞인 목소리가 물었다.

"필름 끊겼지, 너?"

"……네, 그랬나 봐요."

"아깝다. 녹음해 둘걸."

인후가 웃고 있지만 화담은 울상을 지었다.

"역시…… 내가 주사 부렸던 거죠?"

"응. 너 진짜 잘 모르는 사람들이랑 술 마시면 큰일 나겠더라."

"우와앙."

화담은 두 손에 얼굴을 묻고 끙끙대다가 손가락 사이로 슬쩍 인후를 내다보며 대체 무슨 주사를 어떻게 부리더냐고 물었다.

"엄마를 찾던데?"

"엄마? 그냥 찾기만 한 거예요, 아니면……."

"아예 날 엄만 줄 알아."

"으아아아, 또 그랬어. 또!"

이미 서윤에게 그랬던 전적이 있었던 화담은 믿지 않을 수가 없었다.

"그래서 나 때문에 이러고 잔 거예요? 내가 선배를 엄마로 착각해서 안 놔주고 비비대고 막 그런 짓을?"

인후는 눈을 비비며 별수 없지 않냐고 대답했다.

"이유야 뭐든 마시라고 부추긴 게 나였으니 책임져야지. 네가 그 정도로 마마걸일 줄은 상상도 못했지만 말이야."

"죄송합니다, 정말 정말 죄송합니다……."

굴이 있으면 들어가고 싶을 만큼 면구스러워진 화담이 시트를 끌어올려 그 속으로 숨었다. 하지만 얼마 안 있어 시트를 걷어내더니 거의 몸을 굴려 인후로부터 떨어져 나갔다. 그대로 침대에서 내려가 옷매무새를 확인한 그녀가 인후를 돌아보며 거듭 사과했다.

"더 자요, 내가 이따 깨우러 올게요. 여덟 시면 되죠?"

"괜찮을 거야. 으, 아야야……."

반듯하게 돌아누우려던 인후가 문득 오른 어깨를 누르며 신음하는 것을 보고 화담의 눈이 동그래졌다. 처음엔 이유를 몰랐지만, 곧 자신이 그 팔을 베개 삼아 잔 것을 떠올리곤 당황해서 팔이 저리느냐고 물었다.

"조금. 가봐. 이러다 말겠지."

"주물러 줄게요, 선배, 내가 주무른다고요."

울상이 되어 화담은 다시 침대에 올라가 인후가 마다하는 것도 뿌리치고 팔을 꼭꼭 주물러 주었다.

"어디 다른 데 결리진 않아요?"

"딱히. 너는 어때? 목이 결린다거나."

"목? 아무렇지도 않아요. 내가 워낙 통뼈라 어지간한 일로는 끄떡……. 미안해요, 선배, 괜히 고생만 시키고. 진짜 내가 앞으로 다시 술을 마시면 사람이 아니야."

"마셔도 돼. 대신, 철저히 믿을 수 있는 사람이랑만 마셔."

인후가 건 조건에 화담이 눈썹을 늘어뜨리며 웃었다.

"그럴 만한 사람이래 봤자 뻔하잖아요. 좋아하는 사람들한테 그렇게 폐 끼치기 싫어요."

"그 사람들이 널 좋아한다면 폐라고 생각하지 않을 거야. 그 정도로 보기 흉하진 않았어."

인후의 위로에도 화담은 힘없이 웃고선 그의 팔을 주물렀다. 저린 기운이 가시며 시원해지는 팔에 물끄러미 화담을 바라보던 인후의 눈이 저절로 감겼다. 솔직히 말해서 지난밤 거의 자지 못했던 터라 이제 막 몰려오기 시작한 잠을 뿌리치기가 영 쉽지 않다. 자신도 모르게 잠들기 전에 그만 해도 좋다고 말하려는데 화담의 목소리가 귓전에 들려왔다.

"그런 소릴 하는 것도 다, 선배가 착한 사람이라서 그래요."

"……응?"

어렵사리 실눈을 뜨며 물었다. 누군가 눈꺼풀을 위에서 지그시 누르는 것처럼 그 이상 뜨기가 버겁다. 조곤조곤 말하는 화담의 얼굴이 아지랑이 처럼 어른거렸다.

"이러니저러니 까칠하게 굴어도 결국 선배는 바탕이 선하다구요. 곧잘 그 날카로운 혀로 상처 입히는 말을 내뱉곤 해도 치명상은 입히지 않죠. 음, 꼭 그런 느낌이야. 검술의 달인인데 살생만은 하지 않는다!"

"뭐야 그게, 엉터리같이……."

인후가 웃음 짓자 화담도 고개를 갸웃하며 웃었다.

"비유가 좀 그런가? 난 딱이라고 생각했는데."

어둑한 방인데도 그녀의 웃는 모습이 눈부시다고 인후는 생각했다. 눈이 부시지만, 시리지는 않아서 언제까지고 볼 수 있을 것 같다.

"너만 그래. 나보고 착하느니 상냥하다느니 하는 사람, 세상에 달리 없 다고."

"그럼 늘리려고 노력해봐요. 이렇게 좋은 사람인데 달랑 나 하나 그 장 점을 알고 있는 건 아깝잖아요?"

웃음이 좀 더 깊어지며 인후의 눈이 감겼다. 졸음도 졸음이지만 화담 의 손길이 너무 안락했다. 잠의 수면 아래에서 당기는 손으로도 부족해 위에서 화담이 부드럽게 그를 밀어 넣는다……. 이젠 그만 해도 돼, 라는 말을 차마 하지 못하고 인후는 꿈결로 잠겨 들었다.

'너 하나, 너 하나면 충분해.'

수면 너머 아련하게 반짝이는 그녀에게 속삭이면서.

여덟 시 조금 지나 인후가 일어나자 호텔에서 조식을 해결하고 열시 조금 못 돼서 체크아웃을 했다. 그때까지도 통화도 되지 않고 연락도 오지 않는 서윤 때문에 화담은 난감해했다. 일단 화담은 계획했던 대로 엄마 강희의 납골당이 있는 절에 가겠다고 했다. 인후도 별말 없이 동행했다.

운전해 가는 동안 화담은 차창 밖으로 보이는 거리를 가리키며 이런저런 설명을 했고 인후는 귀찮은 기색 없이 보란 걸 보고 들려주는 걸 충실히 들었다. 이따금씩 그가 주변 부동산 시세를 묻곤 해서 화담은 이래서 피는 못 속이나 하는 생각도 했다.

"지금 가는 덴 적명산이라고 붉을적赤 자에 울명鳴 자를 써요. 토질이 좀 붉은데, 나라에 나쁜 일이 생기면 그 흙이 더 붉어져서 마치 피를 흘리는 것처럼 보인다고 해서 적명이래요. 무주에 있는 세 개 산 중에선 가장 꼬맹이 산이지만 산세가 험하지 않아서 등산객이 많아요. 구름만 좀 끼어 있으면 선배도 운동 삼아 잠깐 올라갔다 오면 좋겠네요. 정상까지 갔다가 내려와도 두 시간이면 충분하거든요."

하지만 적명산으로 다가갈수록 하늘이 화창하게 개어 적명산 자락 아래에 있는 절에 이르렀을 땐 사방이 눈부시도록 밝았다. 화담은 인후에게 차에 그대로 있길 권했다.

"무영산이었으면 오늘도 안개가 끼어 있을 텐데 여긴 글렀네요. 조금 걸릴 테니까 차에서 쉬고 있어요."

인후는 잠자코 글러브박스에서 선글라스와 선스프레이를 꺼냈다. 차창을 내려 통풍이 되도록 하고선 얼굴이며 목덜미, 손등까지 스프레이를 충분히 도포한 후 선글라스를 쓰곤 화담에게 내리자고 말했다. 그렇게까지 할 건 없는데, 하고 화담은 미간을 찡그렸지만 이미 차에서 내리는 인후를 보곤 오면서 산 꽃다발을 챙겨 들고 밖으로 나왔다.

산 아래라서인지 볕은 뜨거워도 바람도 불고 습기도 덜했다. 화담은 눈을 감고 고개를 젖혀 한껏 햇볕을 쪼이다가 이 강한 햇살이 불편할 인후를 걱정스레 돌아보았다.

"차에 우산 없어요?"

"전처럼 또 씌워주고 다니게?"

인후가 놀리듯 묻는 말에 화담은 어깨를 으쓱하며 못할 거 없다고 대답했다. 인후는 고개를 저으며 웃었다.

"괜찮아. 그때보다는 조금 더 피부가 단단해졌을 거야."

화담은 그에게 바투 붙어서 얼굴을 올려다보며 회의적인 눈빛을 지었다.

"수긍이 잘 안 되는데. 나보다 피부가 더 고와 보여요."

"순전히 하얘서 그래. 네 쪽이 월등히 나으니까 쓸데없는 생각 마."

"월등히? 그런 칭찬은 받아도 진짜 같지 않아."

투덜거리는 화담의 옆얼굴을 보는 인후의 눈이 가늘어졌다. 오롯한 진실이라는 걸 그의 손이 기억하고 있다. 살짝 그을린 저 살갗이 얼마나 매끄러운지, 그리고 저 입술이 얼마나……

"얼른 들어가기나 해. 어쨌든 난 그늘이 필요하니까."

생각을 떨쳐내듯 인후가 걸음을 내딛으며 채근하자 화담도 보폭을 크게 해서 반 보쯤 앞서 가며 길 안내를 했다.

"대웅전? 위패를 모셔놨어?"

"아뇨, 위패는 다른 곳에 있는데 선배는 여기 있으라고요. 있으면 내가, 음, 넉넉잡아서 이십 분 안으로 돌아올게요. 선배? 선배, 어디 가요?"

시계를 확인하며 다짐하는 화담의 옆을 지나쳐 되돌아가는 인후를 화담이 어리둥절한 얼굴로 쫓아갔다. 인후는 대웅전 앞 계단을 내려가면서 갈 곳이 어디냐고 물었다.

"많지도 않은 인원 찢어질 거 없잖아. 뒤에 잠자코 있을 테니까 내가 뭔가 두들겨 부술 거란 걱정은 안 해도 돼."

"무슨 그런 걱정을 하겠어요. 그냥……."

"왜 내가 있으면 울 것도 못 울까 봐서?"

화담이 낯을 흐리고 입술만 우물거리는 모습에 인후가 좀 더 온화한 어조로 말을 이었다.

"울고 싶으면 나 신경 쓰지 말고 울어. 취해서 엄마, 엄마하고 통곡하는 것도 봤는데 조금 우는 게 대수겠어."

"내가 통곡까지 했어요? 와, 나 진짜 울고 싶네."

절레절레 고개를 흔들며 화담은 탄식했다. 인후는 쿡 웃고선 가야 할 곳을 가늠하듯 절 안을 둘러보며 말했다.

"모처럼 여기까지 왔으니 인사 정돈 드려야지."

"……네. 엄마도 선배 얼굴이 궁금하긴 할 거예요."

심사 흐릿한 것을 한숨으로 쏟아내고 화담은 인후를 봉안당으로 데려갔다. 일요일인데도 적요로울 정도로 텅 빈 봉안당 안에 둘의 발소리가 울리다가 이윽고 멈췄다.

"엄마, 이쪽은 차인후 씨. 전에 말했던 그 선배예요. 선배, 이쪽이 우리 엄마, 서강희 씨."

"처음 뵙겠습니다. 차인후입니다."

전혀 어색한 기색 없이 인후가 강희의 영전에 인사하는 모습에 화담은 괜스레 눈물이 핑 돌아 눈을 부릅뜨며 아무렇지 않은 척했다. 인후는 영전에 놓인 사진 액자를 들여다보다가 싱긋 웃었다.

"아버질 닮아서 미인인 게 아니라 둘 중 누굴 닮아도 미인으로 태어날 팔자였구나, 너."

이 사람이 호텔에서 뭘 잘못 먹었나, 하는 생각도 잠시. 화담은 히죽 웃으며 인후의 어깨를 찰싹 때렸다.

"엄마, 영광인 줄 알아. 엄마 앞이라고 이 선배가 입에 발린 소릴 다 하네. 원래 안 이래. 뭐 그렇지만 듣기엔 나쁘지 않으니까 넘어갈까?"

"입에 발린 말 아냐."

인후가 정색을 하며 강희의 사진을 가리켰다.

"이렇게 눈꼬리가 처진 눈 매력적이라고 생각해. 너나 나나 눈꼬리가 하늘을 향해 있어서 인상이 세 보이잖아."

"어, 그건 그래요. 우리 엄마 눈이 웃을 땐 완전 귀여웠는데! 평상시에도 두 눈에서 푸근하고 선한 기운이 몽글몽글 솟아났다니까요. 봤죠, 엄마? 이렇다니까요, 선배가. 여자 볼 줄도 알아. 괜히 히어로가 아니라니까."

한바탕 웃음을 터뜨리곤 사진을 물끄러미 들여다보는 화담의 곁에서 인후는 조심스레 뒤로 물러났다. 어머니와 무언의 대화를 나누는 화담의 뒷모습을 보며 그는 그녀의 등이 유난히 작아 보인다고 생각했다.

너무도 꼿꼿하게 서 있어서 금세라도 부러질 것처럼 아슬아슬하게 느껴지는 모순. 사람이 드나들지도 않았는데 문득 화담의 목덜미의 잔머리가 가벼이 휘날렸다.

'……바람?'

의아함에 눈을 깜박이며 주위를 둘러보았지만 세상에서 동떨어진 곳처럼 닫힌 공간인 것엔 변함없었다. 다시 돌아보았을 때 화담의 잔머리는 잠잠했다. 신의 존재도, 죽음 이후의 세계도 믿지 않는 인후였지만 이때만큼은 사뭇 묘한 기분으로 화담과 그녀의 소중한 모친을 응시했다.

"다음 주에 또 오고 싶은데, 어찌 될지는 잘 몰라, 엄마. 못 와도 서운해 하기 없기다. 어디에 있든 간에 미역국 잘 챙겨 먹고 케이크도 최고로 맛있는 거 사먹을게."

시간이 얼마쯤 흐른 후 화담이 강희에게 말을 걸었다. 꼭 해야 할 말이 아직 남아 있었다.

"엄마, 서화담 낳은 거 축하해. 참 잘했어요. 브라보!"

환호하며 박수 치는 화담 때문에 인후는 피식 웃었다. 그런 그를 돌아보며 화담이 손짓했다.

"이리 와요. 같이 축하하게."

"나도?"

인후는 엉겁결에 그녀 옆으로 가서 함께 박수를 쳤다.

"축하합니다, 라고 말도 해야죠."

"추, 축하합니다."

시키는 대로는 했으나 여전히 영문 모를 얼굴인 인후와 달리 화담은 한껏 신이 난 얼굴로 생일축하 노래를 불렀다. 태어난 사람 말고 낳아준 사람을 축하하는 희한한 노래를 마치고 화담은 씩씩하게 "또 올게!"라고 한마디 하고 휙 돌아섰다. 작별인사가 너무도 싱거워서 뭔가 미진한 느낌이었던 터라 인후는 봉안당을 나서면서 한 번 뒤를 돌아보았다. 그런 그의 팔을 잡아당기며 화담이 말했다.

"돌아보지 마요. 또 올 거니까."

어떤 마음으로 하는 말일까 생각하며 인후는 화담을 바라보았다.

절을 나서기 전에 화담은 혹시 몰라 자신의 생일날 강희의 위패에 올릴 향과 기도를 부탁하러 다녀왔다. 인후는 손을 씻을 겸 화담이 일러준 해우소 방향으로 향했다.

스님과 이야기를 마치고 나온 화담이 목이 말라서 헛기침을 하고 있을 때 마침 안면이 있는 아주머니와 마주쳤다. 절에서 공양 준비를 거드는 일을 하시는 아주머니에게 마실 물을 청하자 흔쾌히 물 한 잔을 떠다 주시면서 식혜도 한 그릇 내주셨다.

"올핸 무주가 예전보다 덥지? 그런 것에 비하면 비는 덜 내려서 가뭄 조짐이야. 사람들 말이 무영산 산주山主께서 멀리 마실 갔나 보다고들 해."

수다가 고팠는지 화담을 옆에 앉혀놓고 이런저런 이야기를 늘어놓던 아주머니는 문득 어딘가를 보더니 눈을 크게 뜨며 놀란 낯을 지었다.

"으응? 올핸 저 사람이 일찍도 왔네?"

화담이 별생각 없이 돌아본 곳에, 인후가 있었다. 시선의 방향만 보자면 인후 말고도 몇 사람 더 있었지만 화담의 눈엔 그가 가장 생생할 수밖에 없다. 눈을 깜박거리던 화담이 아주머니를 돌아보며 누굴 말하는 거냐고 물었다. 아주머니는 손을 들어 가리키려다 그건 아니다 싶었는지 턱짓에 덧붙여 말로 표현했다.

"저기 저 헌칠하게 큰 청년. 저리 거무튀튀하게 입고 있긴 해도 가까이서 보면 옥을 깎아놓은 것처럼 허여멀쑥한 게 눈이 다 시원해지는 미남이라니까."

화담은 다시 시야에 들어온 사람들을 일일이 살피고 마지막으로 인후를 보았다. 아무리 생각해 봐도 그런 표현에 걸맞은 사람, 차인후밖에 없는데? 누군가와 통화를 하는 그의 손에 들린 빨간 휴대전화 케이스가 햇빛에 불을 뿜듯 반짝였다. 화담은 그걸 특징 삼아 다시 물었다.

"저기 빨간 휴대폰 든 사람이요?"

"그래, 그 사람."

"어…… 아주머니 시력이 좋으신 거 맞아요? 선글라스도 너무 크고 얼굴도 잘생긴 건지 여기서는 영 모르겠는데."

"아가씨가 벌써 눈이 그리 안 좋아서 어째? 궁금하면 가까이 지나가면서 슬쩍 봐봐. 내가 전에 선글라스 안 쓴 것도 두 번인가 봤어. 한 번 보면 여간해선 못 잊을 얼굴이니까 각오는 단단히 해두라고. 아유, 내가 십 년만 젊었어도 진즉 말 한번 붙였을걸."

그만 가서 담가놨던 머윗대 손질을 해야겠다며 엉덩일 털고 일어나는 아주머니를 화담이 다시 붙들며 물었다.

"분명 아주머니가 본 게 저 사람 맞아요? 다시 한 번 보세요, 아주머니."

"맞대도 그런다. 누굴 보러 오는 건지는 몰라도 이맘때 한 번씩 훌쩍 나타났다가 간다고. 올핸 예년보다 한 일주일 빠르지 싶은데. 뭔 일이 있나?"

궁금해하는 얼굴을 하고도 아주머니는 금세 미련 없이 정주간으로 향했다. 화담만 덩그러니 귀신에 홀린 기분으로 남겨졌다.

그러다 언뜻 인후가 그녀를 돌아보며 손짓하는 걸 보고 화담은 앉아 있던 나무 그루터기에서 일어났다. 아주머니와 나눈 이상한 대화에 대해서 생각하며 인후에게 다가가던 그녀는 "네, 그 시각까지. 데리고 가겠습니다. 그때 뵙죠." 하는 인후의 통화 말미 부분을 들었다. 누굴 데리고 누굴 보러 간다는 건지 호기심이 일어 눈을 말똥거리는 화담에게 통화를 마친 인후가 대뜸 서울에 올라가야겠다고 말했다.

"그래요, 선배, 올라가요. 난 알아서 갈게요."

"너도 같이. 널 데리고 가겠다고 했어."

화담이 뭐라 물으려는 순간 그녀의 휴대전화가 울리기 시작했다. 명혜의 이름을 보고 화담이 양해를 구했다.

"아주머니예요. 전화 좀 받을게요."

"역시."

인후의 중얼거림에 화담은 더욱 의아해졌지만 일단 명혜와 통화부터 했다.

"네, 아주머니, 무주예요. 저녁 버스로 올라가려고 했는데, 네? ……아, 아니 그게. ……어떻게 아세요?"

깜짝 놀란 얼굴로 화담은 인후를 쳐다보았다. 그는 팔짱을 끼고 묵묵히 바닥의 한 점을 응시하고 있다. 전화기 저편에서 명혜의 목소리가 흘러나왔다.

"차성 상무 전화를 받았다. 그 여자 말이 인후가 너랑 약혼 운운했다는데, 그거 너도 아는 바야?"

차성 상무? 그 사람이 누군지는 몰라도 명혜의 질문에 해야 할 대답은 하나였다.

"네, 그렇게 됐어요."

명혜는 한동안 말을 잃은 듯 침묵이 길게 깔렸다.

"이따가 얼굴을 보고 말하자꾸나."

부쩍 피곤하게 들리는 말을 남기고 명혜가 전화를 끊었다. 화담은 저도 모르게 숨을 참고 있었던 듯 가쁜 숨을 여러 번 내쉬고 인후를 돌아보며 눈살을 찌푸렸다.

"아주머니가 내가 선배랑 있는 걸 아세요. 아는 정도가 아니라, 어제 호텔에 같이 있었냐고. 세상에, 이게 뭐예요?"

인후가 씩 한쪽 입꼬리를 올리며 웃었다.

"한남동 아주머니도 전해 들은 이야기일 뿐이야. 그런 걸 알아낼 사람은 따로 있지."

"그게 누군데요?"

"차성 상무라고 말씀하시지 않았어?"

"그러니까 그게 누구냐고요."

"내 어머니야."

머릿속이 하얘지며 자동으로 말문도 막혔다. 십여 초 가까운 공백. 그러다 겨우 사고가 정상가동하면서 화담은 잔뜩 억눌린 목소리로 물었다.

"진짜 어머니가 선배한테 사람을 붙인 거예요?"

뒤이어 경계하듯이 절 내부를 살피는 화담을 보며 인후가 쿡쿡 웃었다.

"적어도 여기엔 없어. 어제는…… 있었나 봐. 충동적으로 움직인 거라 거기까진 생각 못했는데."

울상을 지으며 화담이 머리를 감싸 쥐었다. 다 큰 남녀의 호텔 투숙. 누가 봐도 백 번, 천 번, 오해할 일일 텐데. 인후는 이런 순간에도 침착하기 짝이 없었다.

"차라리 잘 됐어. 어머니가 오늘 얼굴 한 번 보게 데리고 오라시는데 가서 구경시켜드리자고."

화담은 정말로 울고 싶어졌다.

"선밴 내 얼굴이 말레이시아산 생고무에 구멍 뚫어놓은 줄 알죠? 난 간이 큰 거지 얼굴 가죽은 한 장뿐이라고요!"

그 말이 대체 어떤 식으로 인후의 웃음 코드를 자극했는지, 인후는 발작적으로 웃음을 터뜨렸다. 배를 끌어안고 허리를 접어가며 웃는 모습에 화담은 그만 어이를 잃고 허엉, 하고 울듯이 웃었다.

"그래, 선배라도 마음껏 웃어요. 어제오늘 내 운이 왜 이러냐, 진짜."

12.

공공연한 애정행각

"뭐라도 간단히 먹고 갈래?"

화담은 팔짱을 끼고 앞만 바라보며 칼같이 고개를 저었다. 웨이브를 넣은 긴 생머리가 찰랑거리며 흔들리자 마치 그곳만 조명을 한 단계 높인 듯 화사하게 보였다.

인후의 눈에 살짝 드러난 감탄의 심경 따위와 무관하게 화담은 찬바람이 쌩쌩 돌 것 같은 굳은 얼굴로 입술을 앙다물고 있었다. 결기 넘치는 그 싸늘한 표정이 평소와는 다른 의미로 인후의 눈길을 자꾸 불러들였다.

신호 대기 중에 인후는 티슈를 뽑아 땀이 배어난 손바닥을 훔치며 화담에게 그렇게 긴장할 것 없다고 말했다.

"말 그대로 얼굴을 보여준다고만 생각해. 그 여자는 딱히 그 이상을 원하진 않을 거야."

'그 여자'라는 표현에 화담은 힐긋 인후를 쳐다보다가 다시금 확 눈살을 찌푸렸다. 그 표정을 오해한 인후가 약간 난감해하며 말했다.

"내가 확실히 커버할 테니까 내키지 않으면 않은 대로 있어. 인사만 마치면 입에 자물쇠 걸고 있어도 돼. 길면 삼십 분? 되도록 그 안에 나오도록 할 테니까."

"알았어요, 선배. 어차피 한 번을 치를 일, 나도 하는 데까진 할 테니까 일단 내 수완을 믿어봐요. 긴장은 내가 아니라 선배가 한 것 같네."

"음, 그런가……."

희미하게 쓴웃음을 짓던 인후는 여전히 심기 불편해 보이는 화담의 얼굴에 고개를 갸웃했다.

"지금 그 표정은 나름대로 콘셉트 잡는 거야?"

"표정이요? 내 표정이 어떤데요?"

화담이 오히려 반문하는 것에 인후는 잠자코 거울을 가리켰다. 그녀는 제 얼굴을 보더니 입술을 비죽거리다 별안간 왈칵 짜증을 냈다.

"내가 왜!"

인후가 움찔 놀랄 정도로 노기가 등등해서 화담은 머리를 싸맸다. 이쯤 되자 그는 진심으로 불안해졌다.

"왜 그래, 서화담? 뭐가 문제야?"

화담은 잘근 입술을 깨물다가 지금 자신이 프로에게 손질 받은 화장을 하고 있음을 떠올리곤 심호흡을 하며 표정을 수습했다. 그리고 제 이마를 가리키며 딱딱하게 말했다.

"이게, 대체, 무슨 사태랍니까. 내가 그때 정신이 어떻게 됐지 어쩌자고 이런 앞머리를 내도록 허락했단 말인지! 두 눈 멀쩡히 뜨고 왜! 아, 갑갑해서 미쳐버릴 것 같아."

"……앞머리?"

인후는 뒤늦게 오늘 오후의 행적을 되짚어 보며 큰 깨달음을 얻는다.

무주에서 서울로 올라온 시각이 세 시 경. 잠깐 인후의 아파트에 들러서 그가 옷을 갈아입고 나온 뒤 화담도 옷 때문에 한남동에 다녀왔으면 하는 것을 푸른에게 소개받은 개인 숍에 데려가 칵테일드레스를 비롯한 구두, 가방 일습을 채비시켰다. 그즈음부터 화담의 표정이 영 떨떠름해서 이런 인형놀이 같은 게 내키지 않아서 저러나 했는데 실은 아파트에서 나온 직후 헤어숍에 다녀온 것이 문제였던 것이다.

지금 그녀는 평소 포니테일로 질끈 묶거나 돌돌 말아 올려 묶고 다니는 게 고작이던 긴 머리를 굵게 웨이브를 넣어 풀어 내리고 늘 환히 드러내던 이마도 눈썹 위로 살짝 올라가는 뱅스타일의 앞머리로 촘촘히 덮고 있었다. 입고 있는 검은 레이스 디테일의 자주색 칵테일 드레스에 잘 어울리는 사랑스러운 스타일이었다. 표정이 뚱한 점마저 뾰로통해진 공주님 같은 느낌이 들 정도로.

"숍에서 손볼 때는 꽤 좋아하지 않았나? 네가 싫은 내색을 한 기억이 없는데."

"미용실 거울이 부린 수작 때문이에요. 게다가 그 디자이너 말빨! '어쩜 이렇게 두상이 예쁠까, 엘레강스해요. 어때요, 언니, 인상이 아주 약간 세 보이니까 이렇게 하면 포인트로 귀여운 분위기도 배어날 텐데. 나 믿고 앞머리 한 번 내봐요, 우리.' 아아아, 내가 얼마나 앞머리를 싫어하는지도 까맣게 잊어버릴 정도로 꼼빡 넘어가게 만들다니!"

두 손에 얼굴을 묻으려다가 화장 망가질까 봐 손가락에 닿기 직전에 얼굴을 든 화담은 화려한 네일케어까지 받은 손가락을 보며 공주처럼 살기도 쉽지 않다고 푸념했다.

"순전히 그 점 때문에 심기가 불편했다고? 난 또……."

"난 또 뭐요?"

인후가 피식 웃는 걸 화담이 치켜뜬 눈으로 쏘아보는데 그새 신호가 바꿰었는지 뒤차들이 경적을 울려대는 통에 그는 얼른 운전대를 잡았다.

"지금 가야 할 곳이 부담스러워서 그러나 했어. 조부와 모친, 둘만 놓고 보자면 후자가 더 껄끄럽게 보이잖아."

"아무래도 그렇긴 하죠. 특히 우리나라 정서상으론……."

화담은 그렇게 수긍한 뒤 씩 웃으며 느긋하게 머리를 뒤로 젖혔다.

"하지만 연극이니까요. 염려할 것 없어요. 전에 선배 조부님 뵐 때는 안 해본 일이라 긴장한 게 사실이지만 이번엔 두 번째니까 더 덤덤히 대처할 자신 있어요."

"아까 내 얼굴이 생고문 줄 아냐고 소리치던 건 뭐였지?"

"그건……."

화담은 무심코 머리카락을 뱅뱅 꼬다가 급히 원래대로 펴면서 대답했다.

"기왕 뵙는 거 좋은 이미지여서 나쁠 건 없잖아요. 이건 뭐 만나기도 전부터 아들이랑 호텔 들락날락했다는 정보를 심어드렸으니……. 내가 늘 하는 말이 있는데, 오해? 받아도 좋다 이거예요. 다만 뭐라도 그럴 만한 일이나 저질러 보고 받으면 억울하지나 않다, 이건데. 아, 참 싫다."

차창에 머리를 기대고 시무룩해져 있는 화담을 힐끗 쳐다보며 엷게 웃고 인후는 묵묵히 운전에 집중했다.

일요일 저녁이라 길이 꽤 막히긴 했지만 이윽고 차는 성북동 일대에 접어들었다. 인후의 조부 차석인은 수원 토박이로 영통에 대궐 같은 본가가 있고 고모 네 분 중 세 분도 인근에 거처하고 있지만 요 몇 년 사이 '차성'이라는 회사명을 걸고 부동산 투자와 개발을 골자로 하는 회사를 설립하면서 며느리 세진이 성북동으로 분가한 참이었다. 석인의 일을 거드는 딸과 사위만도 여섯 명. 하지만 세진이 차성 상무에 발탁되면서 후계자 구도를 확고히 했다.

고급 주택가가 보이면서부터 화담은 목적지가 가까움을 직감하고 복장이며 애물단지인 머리도 한 번씩 매만졌다. 그러다 불쑥 "맞다, 맞다." 하고 클러치 백에서 뭔가를 찾았다. 그녀가 꺼내 든 것을 보고 인후의 눈이 동그래졌다.

"반지, 가지고 있었어?"

"그럼요. 무슨 일이 있을지 모르니까 챙기고 다녀요. 참, 선배도 반지 돌려서 차요."

화담의 지적에 인후는 언뜻 보면 심플한 링으로만 보이던 반지를 돌려 루비가 보이게 했다. 화담에게서 엉뚱한 탄식이 흘러나왔다.

"선배 손가락에 있으니까 그렇게 예쁜데 내 손가락에선 영……. 난 어쩜 손이 이렇게 못났을까?"

"효녀라서. 이유를 알고 보면 더없이 예쁜 손이야."

식당일 하는 엄마를 위해 일찍부터 집안일을 도맡고 시간 될 때마다 식당일도 거드느라 손가락 마디가 굵어지고 몇몇 곳엔 흉터도 있다. 그것을 아는 인후의 무심한 듯 상냥한 말에 화담은 그만 눈시울을 붉히며 입술을 감춰물었다.

그 순간 인후는 앞으로 끼어든 흰 벤틀리 차량을 보고는 눈가에 긴장이 실렸다. 하얀 벤틀리와 그의 검은 벤츠가 나란히 열을 지어 언덕배기를 올라갔다. 성벽에 가까운 울타리를 두른 주택들을 지나쳐가던 벤틀리가 진회색 돌담 옆으로 다가갔다. 오늘따라 돌담 옆으로 즐비한 외제차 행렬에 벤틀리 주인도 대문에서 꽤 먼 곳에서 내릴 모양이었다.

"다 왔어. 내릴 준비해."

"여기에요? 으아, 담이 너무 높아서 집이 안 보여."

바깥을 내다보느라 바쁜 화담에게 불쑥 인후는 앞차의 기사가 먼저 내리는 것을 보며 사뭇 엉뚱한 것을 물었다.

"공공연한 애정행각 어떻게 생각해?"

"엥? 어떻게 생각하기는요, 난 사실 보수주의자라고요. 그런 건 있어선 안 되는 공중도덕의 파괴 행위……."

화담이 자신의 신조를 다 밝히지 못한 건 인후가 별안간 그녀의 정수리를 감싸 쓰다듬듯이 하며 그에게 끌어당겼기 때문이다. 서로의 숨결이 닿을 지경으로 가까워지는 얼굴에 화담이 "선배?"하고 숨죽인 채 물었다. 그가 중얼거렸다.

"전에 했던 인사 생각나지?"

"인사요?"

"오랜만에 만났으니까 제대로 하자고 보여줬던 거."

떠올랐다. 화담의 눈가가 삽시간에 발갛게 물드는 것을 들여다보며 인후가 말했다.

"그것보다 조금 셀 거야."

친절한 경고에 이어 인후의 입술이 그녀의 입술을 덮었다. 흡, 하고 놀라서 숨을 들이마신 화담은 전과 마찬가지로 꽁꽁 얼어붙었다. 그 지나친 경직에 그녀의 입술을 맛보던 인후의 입꼬리가 올라갔다. 자연스럽게 다른 손도 들어서 그녀의 얼굴을 감싸 입 맞추기 좋은 각도로 조정하면서 인후는 "숨 쉬어야지."하고 입술을 댄 채로 속삭였다. "어떻게 쉬란 거예요, 대체."하고 화담이 칭얼대듯 물었다.

"코로. 늘 해왔듯이 들이쉬고 내쉬는 거야."

대꾸하는 인후의 목소리는 웃음을 억누르느라 살짝 떨렸다. 화담은 그제야 코로 숨을 쉴 수 있다는 걸 떠올렸는지 텅 빈 폐를 채우느라 쌕쌕거렸다. 하지만 그것도 인후가 쭉 빨아들인 화담의 입술 사이로 혀를 넣어 치열을 건드리는 순간 두 번째 빙하기가 도래하며 엉망이 됐다.

"아아, 관둘래. 조금 더 하다간 널 죽이고 말겠어."

인후가 참았던 웃음을 흘리면서 입술을 떼자 화담은 어느새 눈물까지 그렁거리는 눈으로 그를 쏘아보았다. 할 말이 있으나 숨이 차서 당장은 말을 못하고 있는 그녀의 뺨을 부드럽게 어루만지며 그는 사과했다.

"미안. 좋은 생각 같았는데 너한테 심했구나."

"심해요? 선배 대체 무슨 생각으로……."

"립스틱이 좀 번졌다. 이것도 미안. 경험 부족이거든."

티슈를 뽑아 조심스럽게 약간씩 번진 립스틱을 닦아주면서 인후가 말했다.

"그대로 나만 보면서 들어. 지금, 내 차 앞에 서 있는 차가 어머니 차야."

움찔하며 눈동자가 돌아가려는 것을 화담은 겨우 인후에게 붙들어 맸다.

"어쩌면 내려서 당장, 어머니를 뵙게 될지도 몰라."

화담의 눈이 더 커질 수 없는 한도까지 커졌다.

"선배 어머니가 밖에 서 계시기라도 해요?"

"의심 많은 쥐처럼 용의주도한 분이야. 어딜 가든 신변을 둘러보는 게 버릇이시니까 차에서 내리면서 내 차를 확인했을 거야."

아직 일곱 시가 못 되어 주변이 환한 시각. 인후의 차를 알아보았다면 차창 너머로 보이는 운전자에게 시선을 주었을 것이다. 그렇다면 당연히 방금 전 광경도 봤으리라.

"왜…… 왜 이렇게까지 해요?"

이해할 수 없는 심경, 어딘가 안타깝기도 한 마음, 그런 걸 섞어서 화담이 묻자 인후가 씁쓸히 웃었다.

"저 여잔 병원에 있는 노인네의 절반만큼도 날 모르지만 딱 하나 정확히 꿰고 있는 게 있거든."

"그게 뭔데요?"

"사랑받고 사랑하는 그런 면에서 내가 지진아인 거. 난 저 여자한테서 소시오패스란 말을 처음 들었어."

"소시오패스……?"

무슨 소리인지 얼른 이해가 가지 않아 눈살을 찌푸리는 그녀에게 인후가 말했다.

"천식 때문에 병원에 입원했을 때 내 담당의한테 했던 말이야. '난 가끔 이 애가 소시오패스가 아닌가 생각하곤 해요. 기왕 입원한 김에 테스트를 한 번 해주실래요?'"

화담의 입이 딱 벌어졌다. 말을 이해는 했지만 그 독성에 소화불량을 일으키면서 그녀가 더듬더듬 물었다.

"그, 그게 대체 언제 일이에요? 천식 이야기가 나오는 거 보면 어릴 때 맞죠?"

"여덟 살 때."

"여덟 살?"

혼외자고 뭐고 다 감안한다고 해도 일곱 살짜리 아이를 상대로 소시오패스 운운?

"선배 어릴 때 새나 강아지라도 죽이고 놀았어요?"

"그런 취미는 없었는데."

"당연히 그럴 리가 없죠! 설사 그랬다고 해도 천지분간 못 하는 어린애한테 그런 무지막지한 소리를 들먹이다니. 잠깐, 설마 선배 면전에서 그런 말을 했단 건 아니죠?"

"진정해. 어쨌든 아니라고 나왔어. 덤으로 내 아이큐가 상당히 높다는 결과를 보고 내 가치도 더 상향조정 됐으니 나쁜 일도 아니었고."

그가 너무도 담담해서 화담은 더 화가 났다.

"그렇게 아무렇지 않게 말하지 마요. 선배가 아무리 강한 체해도 안드로이드는 아니거든요? 빌어먹을 소시오패스 같은 것도 아니고요!"

노기로 얼굴이 새빨개진 화담의 뺨을 꼭 감싸 쥐고 인후는 부드럽게 말했다.

"아니니까 된 거잖아. 난 괜찮아. 저 여자는 날 상처 입히지 못해. 이미 오래전에 극복했다고."

극복을 했다는 말은 상처받던 때도 있었다는 소리. 치밀어 오르는 안쓰러움에 가슴이 터질 듯 답답해하던 화담은 문득 어떤 생각을 하곤 눈빛에 힘을 주었다.

"차에서 내려요, 선배. 그리고 한눈팔지 말고 내 쪽 도어 열어주러 와요. 하지만 한눈팔아야 해요. 밖에 정말 선배 어머니가 서 있거나 하면 도어 열어주면서 신호를 줘요. 눈 한쪽을 찡긋하거나 해서."

인후는 화담이 노리는 바가 궁금했으나 잠자코 그녀의 말에 따랐다. 차 앞으로 돌아가면서 오로지 화담만 신경 쓰는 듯이 하며 시야 반경을 훑었다. 새하얀 투피스를 입은 그의 모친이 시선 끝에 보였다. 인후는 화담 쪽 도어를 열어주면서 왼쪽 눈을 찡긋했다.

차에서 내려선 화담이 "고마워요."라고 말하며 살짝 발돋움을 해 인후의 입술에 쪽 키스했다. 그러곤 그를 올려다보며 쿡쿡 웃었다.

"또 립스틱 묻었어."

장난스럽게 날름 혀를 내미나 싶더니 오른손 엄지에 침을 묻혀 그의 입술을 닦아주었다. 당혹스러울 정도로 친밀한 애정 표현에 급기야 그의 머릿속이 텅 비어 버렸다.

정작 이 순간 무서울 정도로 침착한 화담이 인후의 팔에 쏙 팔을 끼고 클러치를 쥔 손을 뻗어 옆 담을 가리키며 명랑하게 말했다.

"자, 이제 미래 시어머니를 만나 뵈러 갈까요? 으응?"

정면을 돌아본 화담은 흰 투피스를 입은 중년 부인을 발견하고 짐짓 놀란 척했다. 어느 정도는 실제로 놀랐다. 닮았던 것이다. 공공연히 인후가 혼외자라는 소문이 돌지 않는 까닭을 그와 놀라우리만치 이미지가 흡사한 그녀의 외모를 보고 납득했다. 화담은 그 사실을 재빨리 입에 올렸다.

"혹시 저분도 친척이에요? 선배랑 참 많이 닮았는데."

클러치로 입가를 가리고 말했지만 속닥이는 것치곤 잘 울리는 목소리. 들었을 게 뻔한 세진을 보며 인후가 순순히 인정했다.

"내 어머니야. 예상보다 더 빨리 뵙게 되네요."

세진에게 꾸벅 목례를 건네는 인후를 보고 화담도 이내 허리 숙여 인사했다.

"처음 뵙겠습니다. 서화담입니다!"

그런 뒤 화담은 말똥거리는 눈으로 나이를 무색하게 하는 세진의 세련된 자태를 응시하며 싱긋 웃었다.

"절 보고 싶다고 하셨다죠? 이렇게 뵙게 돼서 참 기뻐요, 어머니."

"……그래요, 나도 만나서 반가워요, 아가씨."

세진도 입으로나마 웃음 지으며 고개를 까딱해 보였다. 전화로도 들었던 독특하고 또렷또렷한 목소리는 이지적인 외모와 기막히게 잘 어울렸다.

길에서의 데면데면한 소개가 끝난 후 저택으로 향하는 동안 세진이 앞서고 인후와 화담은 뒤따르는 모양새로 움직이면서도 변변한 말 한마디 나누지 않았다. 담 너머로 흘러나오는 희미한 음악 소리로 뭔가 오늘 이 집에 행사가 있는 건 짐작했지만 저택에 들어서자 그 짐작은 확실해졌다.

샴페인 잔을 들고 삼삼오오 모여 이야기를 나누던 사람들이 들어서는 여주인을 보고 저마다 다가와 인사를 했다. 개중엔 인후를 알아보고 다가와 말을 거는 이도 있었다.

"이게 누구야, 인후 군 맞지? 올해는 들어왔군! 옥스퍼드에 있다는 말은 들었네. 이보게, 여기 인후 군이야, 인후 군. 왜 인서 군 쌍둥이가 있지 않았나."

그 한마디에 긴가민가한 얼굴로 인후를 힐끔거리던 사람들이 너나 할 것 없이 알은체를 해왔다. 중학생일 때 보고 처음이라며 반가운 체를 하던 어떤 여자가 자못 친한 듯이 인후의 팔을 붙들곤 헌칠해졌다고 입에 침이 마르도록 칭찬했다.

"회장님이 이 집 셋째는 얼굴도 볼 필요 없이 데려가면 수지맞는다고 하더니 정말이네요, 어쩜 이렇게 근사해졌담."

"쌍둥이가 다 인물이 나네. 오늘 인서 군 보러 온 뚜쟁이들이 반은 이쪽으로 넘어오겠어!"

"반이 뭐예요, 알게 모르게 싸움 나게 생겼는걸?"

배고픈 승냥이 떼에 던져놓은 고깃감이라고 해야 할까, 그들은 인후에게 온 신경이 쏠려 인후 옆에 껌딱지처럼 붙어 있는 화담은 한동안 아예 투명인간이나 다름없었다. 어쨌든 덕분에 주스를 홀짝거리면서 화담은 이 집에서 벌어지는 파티의 실체도 파악하는데 성공했다.

이른바 인후의 쌍둥이 형 차인서의 생일파티. 그렇다면 오늘은 인후의 생일파티이기도 해야 한다. 화담이 왜 15일이 아니고 지금이냐고 물었더니 인후가 이 집에선 다들 음력으로 생일을 쇤다고 알려주었다.

"하지만 선배는 양력으로 헤아리잖아요?"

인후는 씩 웃기만 했다. 마치 난 이 집 사람 아닌 거 몰라? 하고 묻는 듯한 웃음. 화담은 팔짱을 낀 손에 지그시 힘을 주며 더 바싹 그의 곁을 지켰다.

"이게 누구야? 인후 너, 온다면 온다고 미리 귀띔이라도 하지. 헛것을 보는 줄 알고 놀랐잖아."

사람들 사이를 헤치고 다가온 젊은 남자가 유난히 살갑게 인후의 어깨를 두드리며 알은체했다. 백칠십 후반대의 키에 근골이 실팍하고 쌍꺼풀이 짙은 눈이 부리부리한 쾌남형의 남자는 인후보다 한결 노숙해 보여 고모 쪽 사촌쯤 되나 화담은 추측했는데 잠시 후 그 사람이 차인서라는 걸 알고 내심 당황했다.

"진짜 잘 왔다, 우리가 얼마 만에 같이 생일파티를 하는 거더라? 어쨌든 이리 와, 가서 사람들한테 인사하자."

"아니, 형. 나는 됐어. 오늘은 어머니가 불러서 잠깐 뵈러 온 거야. 약혼녀를 보자고 하시더라고."

"약혼녀? 아아, 그럼 이쪽이 서라가구의……."

사전에 들은 소리가 있었던지 인서는 큼지막한 눈에 호기심을 담아 화담을 돌아보았다. 주저 없이 위아래로 훑어보는 시선에 화담 또한 기죽을 것 없다는 생각으로 꼿꼿하게 마주보았다. 놀란 듯 눈을 끔벅거리며 인서가 머리를 살짝 뒤로 젖혔으니 기싸움에서 밀리지 않은 건 확실했다.

"인후 너 수완이 대단하구나. 이런 미녀가 대체 어디 숨어 있었던 거지?

정식으로 통성명하죠. 차인서입니다. 제가 액면가가 좀 높긴 해도 이 녀석이랑 쌍둥이랍니다."

정중한 찬사며 유머러스한 자기소개에 화담도 빙긋 웃으며 스스로를 소개했다. 악수가 자연스럽고도 능숙한 게 사람 상대에 능한 사교적인 인물이라는 인상이 더 확실해졌다.

하지만 인서가 와서 말을 붙이는 걸 보고 하나둘씩 다가온 다른 이들, 차석인이 이른바 사후에 내 쌀독이 깨진다면 다 이 쌀벌레들 때문이라고 싸잡아 말한 외손녀, 외손자들은 단 몇 마디만 나누었음에도 그 거만함과 안하무인의 태도에 화담이 치를 떨게 했다. 화담과 같은 숙인여대 졸업생이라는 인후의 사촌 하나가 샴페인 잔 너머로 눈알을 굴리면서 옛날엔 안 그랬는데 요즘 숙인여대는 개나 소나 다 들어간다고 말하며 한숨을 쉬는 걸 보고 옆에 있던 여자가 불쑥 일본어로 말하기 시작한 게 피크였다.

"아예 외국 명문대들처럼 등록금을 사, 오천은 되게 해서 진입 장벽을 확 높여야 하는 데 말이지. 말만 대학이지 자사고만 못해."

"그때 봤자 찌질이 몇 마리는 꼭 들어와. 사회적약자 전형 몰라?"

"사회 배려자 전형 말이겠지."

"그거나 이거나. 참 웃겨. 비단잉어들 노는데 기어코 미꾸라지 몇 마리 연못에 풀어야 형평성에 맞다고 생각하는 게 말이 돼?"

"한국이란 나라는 이게 문제야. 제대로 된 귀족문화가 뿌리를 내리질 못한다니까."

"엄연히 존재하는 걸 말로만 평등, 평등. 주제 모르고 설치는 것들이 너무 많아."

한 사람이 시작하자 이 사람이 한 번, 저 사람이 한 번 바통 주고받듯이 일본어를 지껄여댔다. 인후는 쓴웃음조차 아깝다는 듯 무표정하게 지그시 화담의 팔을 당겨 자리를 피하려 했지만 정작 화담은 눈을 말똥거리며 자신을 둘러싼 인간 군상을 구경하다가 기회가 왔을 때 냉큼 끼어들었다.

"맞아요. 혈통 좋은 개들 노는 데 잡종이 끼는 거 정말 꼴사납죠."

대번에 고종사촌들의 눈이 화담에게 쏠렸다. 화담은 그들을 둘러보며 멋지게 다듬은 눈썹을 치켜 올리며 생글거렸다.

"사료 이야기, 개 목걸이 이야기, 다음 시즌 개 밥싸개 이야기 등등. 얼마나 주고받은 이야기가 많은데 잡종이 그런 거에 대해 뭘 알겠어요? 쉰밥에 물이 나 말아먹는 치들이? 글쎄. 잡종들은 할 수 있는 말도 멍멍, 짖는 거밖에 없대요. 고양이 말도 못한다니 어우. 미개하지 않아요? 그게 대체 뭐 어려운 거라고. 안 그래요?"

속사포처럼 빠른 화담의 말에 저마다 황당한 얼굴로 쳐다만 볼 뿐 누구 하나 나서서 대꾸하는 이가 없다. 화담은 고개를 갸웃하면서 "냐오?" 하고 천연덕스럽게 고양이 흉내를 냈다. 여전히 죽은 듯이 조용한 이들. 화담은 인후의 귓가에 입술을 대고선 귀엣말치고는 아주 크고 또렷하게 말했다.

"못 알아듣나 봐. 싫다."

쿡 웃은 인후가 화담의 뺨을 툭 건드리며 사뭇 다정하게 말했다.

"그렇게 수준 낮은 애들이랑 노는 거 아니야. 자, 딴 데 가서 놀자."

"응!"

활짝 웃으며 고개를 끄덕인 화담은 돌아서는 순간까지도 인후의 기대를 저버리지 않았다. 인후의 사촌들에게 상냥하게 손 흔들며 작별 인사를 한 것이다.

"멍멍."

그렇게 한순간에 잡종으로 떨어진 고종사촌 무리와 떨어져 걸어가던 인후는 얼마 못 가 웃음을 참을 수가 없어 손으로 입을 틀어막았다. 잡종이라니. 하물며 사람도 아니고 개. 대체 어떻게 그런 발상이 툭툭 튀어나오지?

"선배, 사레 들렸어요? 아, 저리 가서 뭐라도 마셔요."

영문 모르고 화담은 그를 이끌어 음료 테이블로 데려갔다. 생수 한 병을 뚜껑을 열고 건네주는 것을 인후는 잠자코 받아서 목을 축였다. 그새 그의 얼굴이 빨개져 속눈썹에 이슬까지 반짝이는 것을 보고 화담은 눈살을 찌푸렸다.

"괜찮아요, 선배. 창피해할 것 없어요. 집안에 사람이 많으면 별 종자가 다 있는 법이니까 저런 친척이 있다는 게 선배 흠은 아니에요. 선배도 기억하겠지만 그걸론 나도 떳떳한 입장은 아니고. 광명천지라 연좌제할 일이 없는 게 얼마나 다행이에요? 옛날 역사를 들여다보면 사람 하나 잘못한 걸로 삼족을 멸하느니 구족을 멸하느니, 이건 뭐 아주 일생이 운이야, 운. 사는 게 뭔지. 휴우."

인후를 위로하다가 곁다리로 빠져서 인생의 비감을 느끼고 있는 화담 때문에 그는 또 웃음이 나려는 것을 물을 마셔서 잠재우려다 이번엔 진짜 사레들리고 말았다. 물을 뿜어내고 기침하는 인후의 등을 두드려주며 화담이 혀를 찼다.

"신경 쓸 것 없대도 그런다. 은근히 예민하다니까 진짜."

넌 더없이 엉뚱하고. 아니, 실은 다 알면서 능청스레 상황을 주도하는 걸까? 내 머리꼭대기에 서서?

인후가 겨우 진정된 가슴을 누르며 화담을 보는데 어느 틈에 곁에 와 있던 고용인으로 짐작되는 중년 여자가 사모님께서 찾으신다고 전했다.

그 여자를 따라 둘은 아래층을 벗어나 위층으로 향했다. 아래층이 홀을 중앙에 둔 복층 구조라 위층이라고 해도 계단을 꽤 올라가야 했다.

여자는 붉은 광택이 도는 오크문 앞에서 노크를 해서 그들이 왔음을 알리고는 안에서 대답이 없어도 문을 열어 둘을 들여보냈다. 화담은 방으로 들어서면서 살짝 놀랐다.

순간 여긴 집 안에 온실이 있나, 할 정도로 사방이 녹음에 둘러싸인 방이었다. 천장 중앙의 개폐가 가능하도록 만들어진 천창을 비롯해 은은한 간접 조명들로 밝힌 방은 공기가 더없이 청량해서 그 한 귀퉁이에서 물담배를 피우고 있는 세진을 봤을 땐 자신이 뭘 잘못 본 건가 하고 화담이 눈을 의심할 정도였다.

"왔니? 이리들 와서 앉으렴."

코로 물담배 연기를 뿜어내며 세진이 턱짓으로 제 앞자리를 가리켰다. 화담이 저도 모르게 목을 만지며 인후를 쳐다보자 인후가 피식 웃었다.

"저건 시샤(shisha)라고 니코틴이나 타르하곤 무관해."

"아가씨가 네 기관지 걱정을 해주는 거니? 다감한 면이 있구나."

세진은 그렇게 중얼거리곤 볼이 쏙 들어갈 정도로 파이프를 깊이 빨았다. 팽팽하던 피부가 홀쭉해지면서 순간 세월에 지친 오십 대 여자의 본얼굴이 드러났다.

낮은 커피 테이블을 에워싸고 둥글게 놓인 벨벳 카우치에 세진을 비스듬히 볼 수 있도록 앉은 화담은 젊은 시절의 미모가 남아 있는 세진을 조금 무례할 정도로 빤히 쳐다보았다. 그사이 그녀는 파란 이브닝드레스로 갈아입었는데 드러난 피부가 창백한 옥 같아 더더욱 누가 생각났다.

저것도 묘한 우연의 일치구나 하며 인후를 쳐다보자 그는 화담의 손을 잡아 깍지를 껴서 그러쥐었다. 그 간단한 일로 인후는 화담의 주의를 세진에게서 그에게로 돌려놓았다.

"진짜 걱정해야 할 건 저 아이 일이겠지, 아가씨? 영국에 가더니 골초가 됐다는 걸 설마 모를 리 없고."

불쑥 들려온 세진의 말에 화담은 맞잡은 손을 내려다보던 시선을 들어 인후의 눈을 마주했다.

"나한텐 골초 아니랬잖아요, 선배."

"아니야, 지금은."

그런 애매한 대답 후에 인후가 덧붙여 물었다.

"오늘 나 담배 피우는 거 본 적 있어?"

화담은 곰곰이 생각해보곤 고개를 저었다. 하지만 곧 눈을 번득였다.

"혹시 샤워할 때 몰래 피운 건 아니에요?"

"아니야. 피전블러드 클럽을 두고 맹세."

인후가 오른손을 들어 보이며 맹세하자 화담도 비장하게 고개를 끄덕이고는 세진을 돌아보았다.

"저랑 줄이기로 약속했어요. 아마 조만간 끊을 테니 어머니께서도 걱정 마세요."

"오 년 넘게 피운 게 그리 간단히 끊어지겠어? 아가씬 참 낙천적이로군."

오 년씩이나 피웠냐고 화담이 눈으로 묻자 인후는 시선을 피했다. 화담이 쿡 그의 옆구리를 찌르며 다그쳤다.

"끊을 거죠, 선배?"

"……그래야지."

화담은 다시금 자신만만하게 세진에게 "끊는답니다."라고 말했다. 세진이 처음으로 실소를 지었다.

"애들 장난도 아니고."

빈정거리는 소리에 화담은 천연덕스럽게 대꾸했다.

"전 아직도 이런저런 장난을 좋아하지만 선배는 그다지 장난을 즐기지 않는 걸요. 솔직히 유머면에선 낙제점을 줘야 해요. 하지만 제게 한 말은 한 번도 어긴 적이 없다는 점에서 선배의 성실함을 백 퍼센트 신뢰한답니다. 선배가 끊는다고 하면 끊을 거라고 말이죠. 그게 이상한가요?"

세진은 화담을 빤히 보며 물담배를 빨 뿐 그에 대해선 더 말하지 않았다. 대신 화제는 전혀 다른 방향으로 튀었다.

"무주에 있다는 그 의대생은 뭐지, 아가씨?"

와, 정말 모르는 게 없구나. 화담이 내심 감탄하며 입을 열려는데 인후가 먼저 나섰다.

"위장입니다."

"위장? 뭐 대단한 사람이라고 위장씩이나? 별스럽구나."

어이없다는 듯 세진이 쏘아붙이자 인후는 차분하게 이유를 설명했다.

"수연고가 어떤 곳인지는 어머니도 아실 테니까요. 그 배타적인 성향의 무리 속에서 화담인 저 없이 2년 더 학교를 다녀야 했어요. 무주에 남자친구가 있다는 걸 딱히 비밀로 하지 않았던 마당에 이젠 저와 교제한다고 알리는 게 좋을 것이 없다고 생각했습니다. 어차피 전 영국에 가면 수년 내로는 돌아오지 않을 테니까 소문 속에 화담이 혼자 던져 넣는 건 무책임하기도 하고요. 우리 마음만 확고하다면 일은 나중에 돌아와서 바로잡아도 충분하니까요."

화담도 나름대로 비슷한 얼개를 짜두었기에 인후가 그녀를 돌아보자 빙그레 웃으며 고개를 끄덕였다.

"글쎄, 잘 모르는 사람이 보기엔 이 아가씨가 양손에 쥔 떡을 가늠한 걸로 보이기 십상일걸? 어쩌면 지금도 말이야. 여자는 말이지, 인후야, 아주 많은 얼굴을 가질 수 있는 동물이란다."

세진은 넌지시 인후에게 의심을 부추기고 있다. 화담이 인후가 잡고 있는 손과 텅 빈손을 갈마보며 이 자리에 없는 승준을 떠올려보는 중에도 인후는 세진에게 단언했다.

"화담인 제게 보여주는 얼굴이 전부예요. 아시겠지만 저는 사람을 쉽게 믿지 않죠. 여기 이 아이가 제가 세상에서 믿는 두 사람 중 한 명입니다."

화담의 눈동자가 흔들렸다. 믿는다……. 참 듣기 좋은 말이다. 비록 그것이 임기응변에서 비롯된 수사일 지라도.

어쨌든 그런 감상에 빠져 있을 때는 아니다. 화담은 입술을 삐죽거리며 인후의 팔을 툭 쳤다.

"둘 중 하나라는 말 나 별로거든요? 우위를 정해, 우위를. 선배, 강푸른이에요, 나예요? 우리 둘이 물에 빠지면 누구부터 구할 거냐고요."

예상치 못한 화담의 질투에 인후의 표정이 한순간 정말로 무장해제되었다.

"어? 아니, 둘이 빠지면……."

"누구냐니까요. 네?"

"푸른이부터 구해야겠지? 그 녀석 알고 보면 맥주병, 아!"

화담의 매운 손이 인후의 어깻죽지에 작렬했다. 인후는 쩔쩔매면서 너부터 구하겠다고 번복했지만 그녀의 얼굴에 서린 냉기는 이미 돌이킬 수 없다. 화담은 한숨을 내쉰 뒤 세진을 돌아보았다.

"비록 이런 점에서 모자라긴 해도 어쨌든 제게 있어 선배는 영웅이거든요. 가장 힘든 시절에 큰 의지가 되어준 특별한 사람이에요. 하지만 외관만 두고 봤을 때 제 조건이 선배에게 미치지 못하는 것도 사실이죠. 그러니까 어머니께서 하시는 오해는 얼마든지 감수하겠습니다. 어쨌든 지금은 처음 뵙는 자리이고. 하지만 차차⋯⋯."

화담은 잠시 말을 끊고 인후를 쳐다보다가 불쑥 고개를 저었다.

"아무런 장담도 하지 않을게요. 전 순간순간에 충실하게 살자는 주의거든요. 장래의 일은 알 수 없지만 현재는 선배가 세상 누구보다도 소중해요. 그러니까 지금 선배를 행복하게 해주는 것, 그것만 생각할래요. 그 마음이 앞으로도 쭉 이어진다면 더 바랄 게 없고요."

인후를 바라보는 화담의 눈이 따스하게 빛났다. 누가 봐도 사랑에 빠진 아가씨의 그것이었다. 단순히 화담의 말만이 아니라 말하는 태도며 눈빛, 몸짓 하나하나 모두 관찰한 세진은 거기서 뭐 하나 트집 잡을 게 없음을 받아들여야 했다. 그녀는 담배연기를 뿜어내며 심드렁하게 내뱉었다.

"퍽 즉흥적인 아가씨로군. 장기적인 약속은 할 수 없지만 그럴 마음은 있다, 이 얼마나 편리한 논리야. 변덕스럽다고 생각하지 않니, 인후야?"

인후는 고개를 저었다.

"변덕스러운 것하고도 거리가 멀지만, 설사 그렇다고 해도 상관 안 합니다. 이 아이 마음이 변하지 않게 할 테니까요."

"별안간 자신감이 넘치는구나."

세진에게는 낯선 모습이라 얼마쯤 회의적으로 던진 말에 인후는 물끄러미 화담을 응시하며 말했다.

"화담일 믿습니다. 제가 사람을 믿는 건, 그런 겁니다."

화담의 눈길만큼이나 인후의 눈빛도 온화하고, 깊었다. 세진은 못내 낯선 이라도 대하듯이 인후를 찬찬히 쳐다보다가 대뜸 현실적인 문제를 치켜들었다.

"이 아가씨 때문에 아버님 유언장에서 제명된다면? 아버님은 탐탁찮아 하신다. 이 아가씨가 서라가구 후계자 서열에 있는 것도 아니고 고인이 된 전 사장 소생이란 건 아무런 영양가도 없다 이거지. 빛 좋은 개살구 운운하시더구나."

맞잡고 있는 화담의 손에 순간 확 힘이 들어갔다. 표정은 애써 유지했지만 세진의 말에 불안해하는 기운이 또렷했다. 격려하듯 가벼이 쥐고 있던 깍지를 보다 단단히 얽으면서 인후가 대답했다.

"개의치 않겠습니다."

세진이 절레절레 머리를 흔들었다.

"네가 유류분을 믿는 모양인데 그거라면 생각보다 훨씬 박할 게다. 널 영국에 보내고 교육시킨데 들어간 비용, 그 노인 성격에 허투루 넘어갔을까? 이미 다 증여네 뭐네 서류가 한가득일 걸. 네가 끝내 거스른다면 거기서 학업을 마치는 걸로 만족해야 할 수도 있어."

인후는 빙그레 웃으며 다시금 개의치 않는다고 또렷이 밝혔다.

"아예 이제부터 원조를 끊는다고 하셔도 감수해야죠. 하겠습니다. 이미 조부님께는 넘치도록 많은 것을 받은 것을요. 그렇지 않습니까, 어머니?"

인후의 반문에 세진의 안색이 일순 어두워졌다고 화담은 생각했다. 한동안 뻑뻑 물담배를 피우며 연기를 자욱하게 뿜어낸 세진은 이윽고 질렸다는 듯 파이프를 밀어놓고 옆에 있던 쿠션에 머리를 얹었다.

"그렇게까지 작정하고 있다니 나도 더 할 말은 없구나. 이봐, 아가씨. 방금 이야기 들었지? 조만간 이 집안에 돈잔치가 있을 건데 아가씨가 고른 남자는 뒷전에 서서 구경이나 할 처지가 될지 몰라. 내 유산을 받을 날은 아마도 꽤 후가 될 테고. 예상과 조금 다르지 않겠어?"

생각하기에 따라 한없이 기분 나쁠 수 있는 말이지만 화담은 깊이 생각하지 않고 즉석에서 호쾌하게 말했다.

"전혀요. 인후 선배라면 몸만 와도 대환영인 걸요. 그리고 돈이라면 저도 조금은 있고요."

세진이 다시금 실소를 지었다. 처음에 보였던 것과 달리 깔본다는 느낌은 거의 없는 맥 빠진 미소였다. 그대로 피로한 듯 감은 눈 위에 손을 올리며 잠깐 쉬어야겠으니 그만 나가보라고 말했다. 막 일어서는 둘에게 세진이 한마디 더했다.

"그냥 가지 말고 저녁이나 들고 가렴. 여기 처음 왔는데 선걸음에 보내는 건 경우가 아니잖니?"

"알아서 하겠습니다."

"아니, 그러지 말고. 다른 사람들이 신경 쓰여 그러는 거면 따로 방을 준비시킬 테니까. 나가는 길에 복도에 화성댁 있으면 좀 들여보내주렴."

둘은 발소리를 죽이고 방을 나왔다. 과연 그리 멀지 않은 복도에 아까의 중년 여자가 대기 중이라 인후가 세진의 말을 전했다. 여자가 그 방으로 가는 걸 보고 둘은 다시 걸음을 옮겼다. 하지만 막 아래층으로 내려가는 계단을 밟았을 때 총총히 달려온 화성댁이 그들을 따라잡았다.

"사모님께서 방으로 안내해 드리라고 하셨습니다."

"아뇨, 마음만 받겠다고 전해주세요. 저희는 이만 돌아가겠……, 왜?"

인후가 거절하는데 문득 화담이 소매를 잡아당겨서 돌아보니 그녀가 혀를 날름 내밀고선 말했다.

"밥 먹고 가요, 선배. 나 갑자기 걷잡을 수 없이 배고파졌어요. 허기가 해일처럼 마구 밀려와요."

실제로 꼬르륵거리는 배를 위 부근을 눌러 조용히 시키고 있었다. 아침에 호텔 뷔페에서 조식을 먹은 이후로 식사를 안 했으니 배가 고픈 게 당연했지만 이제껏 별생각 없다가 갑자기 그래서 당혹스러울 정도였다. 역시 내심은 긴장하고 있던 게 이제 풀렸구나 짐작하며 인후는 웃었다.

"그럼 얼른 먹을 수 있는 걸로 해주세요. 대충 허기를 채울 정도로만. 나가서 맛있는 거 사줄게. 괜찮지?"

응, 응, 하고 고개를 끄덕이고서 화담은 한 손은 인후의 팔을 잡고 한 손은 배를 누르며 화성댁을 따라갔다. 좀 전에 세진을 만났던 방과는 반대쪽 복도 끝 두 번째 방의 문을 열고 들어가 불을 켜주곤 화성댁은 총총히 사라졌다.

인후가 떨떠름하게 문간에 서 있는 모습에 화담이 방 안에 머리를 디밀어 방 안을 기웃거리곤 "이상무!"하고 척 경례하고 그의 팔을 이끌어 안으로 들어갔다. 신고 있는 구두를 아무렇게나 벗어버리고 안락의자에 풀썩 주저앉아 한숨 돌리나 싶던 화담은 낯선 방을 한 바퀴 둘러보다가 벽난로 맨틀 위에서 뭔가를 발견하고 눈을 빛냈다. 인후도 그 시선 끝에 있는 걸 보고서 재빨리 몸을 움직였지만 화담이 한 발 빨랐다.

화담이 인후에게 등을 지고 사수한 것은 작은 액자 프레임. 단정한 푸른색 슈트 차림의 어린 소년이 조금 긴장한 듯 입술을 한 일자로 꾹 다물고 피아노에 기대어 이쪽을 바라보는 사진이 담겨 있었다.

"······오 마이 갓, 이거 선배 맞죠?"

화담은 감격으로 손을 떨며 물었다. 인후가 눈을 가리며 한숨을 쉬는 게 그 대답. 화담이 더 말을 잇지 못하고 사진을 들여다보다가 별안간 괴성을 내질러 인후를 놀라게 했다.

"꺄하앙, 어쩜 좋아, 이 깨물어먹고 싶은 생명체를!"

덥석 액자를 가슴에 끌어안고 부둥부둥 몸을 흔들던 화담이 새삼 사진을 들여다보며 괴성을 연발했다.

"세상에, 천사가 따로 없어. 애 눈이 어쩜 이래? 볼은 발그레하고 입술은 앵두 같고 이 분위기 좀 봐, 그야말로 한 떨기 백합……. 아아, 진짜 다행이에요, 선배. 우리가 만난 시기가 조금만 잘못됐다면 난 아마 희대의 변태가 됐을지도 몰라요. 아, 첫눈에 반할 것 같아."

다시금 액자를 가슴에 끌어안고 한숨을 쉰 화담은 문득 눈을 가늘게 뜨고 주위를 살폈다.

"선배, 이걸 내가 몰래 가지고 나가면 난 도둑질을 하는 게 될까요?"

"그딴 걸 가져가서 뭐 하자고. 이리…… 내."

인후가 빼앗으려는 것을 화담은 완강히 사수했다.

"쓸데가 왜 없겠어요. 장담컨대, 나중에 태교할 때 큰 도움이 될 거예요."

"……헛소리."

인후는 목덜미께가 화끈거리는 느낌에 짐짓 성이 난 것처럼 언성을 높였다.

"정말 마음에 안 드는 사진이니까 좋은 말로 할 때 이리 내."

"선배한테 주면 당장 찢어발길 것 같아서 못 주겠어요."

"정말 말 안 듣지?"

"나도 훔쳐가는 거 단념할 테니까 선배도 단념해요. 안전을 보장하면 원래 자리로 가져다 둔다고 약속할게요."

화담의 제안에 인후는 머리를 쓸어 넘기며 한숨을 쉬었다.

"그러든지."

화담은 인후의 말만으론 안심 못하겠다는 듯 그에게 멀리 떨어진 안락의자를 가리키며 가서 앉으라고 명령했다. 기가 차다는 눈빛을 지으면서도 인후는 결국 그리로 향했다. 액자를 벽난로 맨틀 위에 되돌려 놓은 화담은 녹아내릴 것 같은 표정으로 사진을 들여다보며 앓는 소리를 냈다.

"어이구, 예뻐라. 내가 너랑 못 만난 게 다행이기도 하고 일생의 안타까움이기도 하단다."

"그 사진 속 인물이 나거든? 다른 차원에 사는 다른 사람인 것처럼 말하지 마."

인후가 고깝게 중얼거리자 화담은 그를 돌아보더니 다시 액자를 보곤 한숨을 쉬었다. 이젠 타임슬립을 하는 게 일생일대의 소원이라며. 그러고선 사진에 들어가기라도 할 태세로 바라보는 모습에 인후가 참다못해 쏘아붙였다.

"그만 좀 보지? 나 그 사진 정말 싫다고."

"뭐 그리 질색을 해요. 그냥 어릴 때 사진인데."

인후가 너무 정색을 하며 싫어하는 게 화담은 비로소 마음에 걸렸다. 이건 단순히 쑥스러워하는 정도가 아니었다.

"그 사진 찍었을 때가 병원을 집처럼 들락날락하던 시기였어. 뭘 먹는 족족 두드러기가 돋고 햇볕 조금만 쪼였다 하면 여기저기가 시뻘게졌지. 밤엔 천식 때문에 잠도 제대로 못 자는 날들의 무한 반복. 차라리 햇빛 속에서 연기가 되어 타 죽겠다는 생각을 실행에 옮긴 멍청한 때이기도 하고."

인후는 어릴 적 자신을 가차 없이 비웃었지만 화담은 사진 속의 어린아이가 애처로워서 눈물이 날 것 같았다. 하지만 그를 돌아볼 땐 짐짓 장난스럽게 놀리듯 물었다.

"자기가 뱀파이어라도 된다고 생각했던 거예요? 햇빛에 타 죽게?"

"나도 어렸단 말이야."

투덜거리듯이 변명하는 소리에 화담은 쿡쿡 웃었다. 그리고 인후가 그처럼 싫어하는 사진을 뒤로 하고 안락의자로 다가가 팔걸이에 올라앉으며 그의 어깨를 두드렸다.

"지금은 이렇게 잘 자랐으니 인간 승리잖아요. 아주 장하니까 어릴 때의 자신에게도 좀 너그러워지라고요. 그 힘든 시기를 버틴 자신이 기특하지도 않아요?"

"나는 아주 잊고만 싶은데."

"모질기는."

화담은 혀를 찼지만 그를 바라보는 시선은 더없이 따뜻했다. 머리가 지끈거려 관자놀이를 누르던 인후가 쏟아지는 시선을 의식하고 그녀를 올려다보았다. 잠시 그렇게 말없이 서로를 쳐다보다가 그가 먼저 웃으며 입을 열었다.

"자신 없다고 하더니, 아주 연기의 달인이던데? 병원에서보다 일취월장한 솜씨에 혀를 내두를 뻔했어."

"발연기에서 손연기로 실력 상승?"

화담은 장난스레 제 손을 흔들어 보이곤 의자에서 내려서서 뒷짐을 지고 주변을 바장거렸다.

"무주에서 올라오면서 나름대로 노선 하나를 정했거든요. 기치라고 해야 하나. 하여간 그걸 하나 똑바로 세우니까 썩 어렵지 않았어요."

"어떤 기치인지 꼭 듣고 싶은데?"

"맨입으로?"

화담이 눈알을 굴리며 묻자 인후가 고개를 까딱했다.

"대가라면 후히 치를게."

"해본 소리예요. 말하는데 입 닳는 것도 아니고."

손사래를 친데 이어 화담은 인후의 정면에 서서 또박또박 말했다.

"차인후는 내 남자다."

화담에게 못 박힌 인후의 눈동자를 향해 그녀가 싱긋 웃으며 왼손을 들어 보였다.

"그렇게 생각하자고 결심했죠. 이 반지가, 내 손에 있을 때만큼은. 그리고 난 아무래도 암시에 걸리기 쉬운 타입인가 봐요. 통하더라고요, 이게?"

자못 신기하다는 듯 반지를 들여다보던 화담이 당장 인후에게 공격의 끝을 되돌렸다.

"그러는 선배도 연기 제법 하던데요? 이 몸에게 어찌나 다정다감하신지 목덜미에 나도 모르게 몇 번 솜털이 곤두섰다니까요."

"나도 그랬거든."

"내 연기에 감동해서 선배도 소름이?"

인후는 희미한 미소를 머금으며 자신의 왼손을 보았다. 가만히 약지의 반지를 쓸어만지면서 그는 부연했다.

"내 여자라고 생각했어. 너를."

고개를 들며 인후가 화담에게 물었다.

"그럼 나도 암시에 걸리기 쉬운 타입이 되나?"

"머리가 좋은 사람은 그런 거 잘 안 걸린다던데……. 아무튼, 뭐 놀랍네요. 선배, 알고 보니 여자친구에게 엄청 잘할 타입이구나. 푸른 선배 말 들어보면 딱 모솔인데 스킨십 하는 거 보면 예사롭지 않고…… 선배, 솔직히 말해 봐요. 영국에 숨겨둔 여자가 있는 거 아니에요?"

화담이 짓궂은 표정으로 몰아갔지만 인후는 대답할 가치를 못 느낀다는 듯 무시했다. 그는 여전히 반지를 매만지면서 뭔가를 생각하다가 그녀의 관심이 화제에서 아주 떠나기 전에 입을 열어 물었다.

"지승준하고는 왜 그리 지지부진해? 그냥 행세뿐인 일에 그렇게 열정적이더니, 진짜 연애가 되면 별수 없는 겁쟁이가 되는 거야?"

"승준이와는……."

화담이 난감한 빛을 드러내며 막 입을 열려는 찰나 방문을 노크하는 소리가 들렸다. 두 사람의 눈빛이 공중에서 번득 마주쳤고 그것을 신호로 화담은 재빨리 인후의 무릎에 걸터앉았다.

"들어오세요."

낭랑하게 목소리를 늘여 뺀 화담의 대답에 문이 열리고 쟁반을 든 화성댁과 또 한 명의 여자, 그 뒤로 껑충하니 머리 하나는 큰 남자가 방으로 들어왔는데…….

"푸른 선배?"

어리둥절해서 부르는 화담과 그녀를 무릎에 앉힌 인후를 푸른이 입을 벌리고 바라보다가 뒤늦게 "여어." 하고 손을 들었다.

"인서 형한테 들으니 와 있다고 해서. 밥 먹는데 방해되면 나가고."

답지 않게 어름거리는 푸른의 행동에 화담은 다소 머릿속이 복잡했지만 인후가 덤덤한 얼굴인 걸 보고 일단 아무렇지 않은 척 했다.

"방해는 무슨. 앉아, 선배. 선배는 식사했어? 아직이면 같이 들고."

"점심을 늦게 먹어서 난 아직 생각 없어."

화담이 권하는 대로 푸른은 맞은편의 3인용 소파에 앉으면서도 자꾸만 둘을 힐끔거렸다. 앉을 자리가 이렇게나 많은데 굳이 일인용 안락의자에 둘이 앉아 있다니.

"설마 그러고 앉아서 먹겠다는 건 아니지?"

테이블에 음식그릇이며 식기 세팅을 하는 여자들을 쳐다보며 푸른이 묻자 화담이 고개를 갸웃하며 웃었다.

"왜, 인후 선배 다리 아플까 봐 그래? 아파요, 선배?"

"아니. 난 오히려 네가 걱정인데. 불편해?"

인후의 능청스런 대꾸에 화담이 생글거리며 두 다리를 가볍게 흔들었다.

"난 원래 푹신한 의자보다 딱딱한 쪽을 더 좋아하니까 괜찮아요. 음, 난 손 씻고 올래요. 선밴 손 하나 까딱 말고 내가 주는 대로 먹기에요. 알았죠?"

"좋으실 대로 하시죠, 공주님."

인후의 무릎에서 내려선 화담은 경쾌한 걸음걸이로 방에 딸린 욕실로 모습을 감추었다. 완전히 식사 준비를 마치고 여자들이 방을 나갈 때까지 푸른은 카나페 따위로 입을 바쁘게 했다. 마침내 문이 닫히고 고용인들의 모습이 사라지자 푸른이 고꾸라질 듯 상체를 내밀며 눈을 부라렸다.

"너 내가 아는 차인후가 맞다는 증거를 세 가지 대라. 안 그러면 맨인 블랙에 제보할 거야."

목이 탔던 터라 주스잔을 들어 단번에 바닥이 보이도록 들이켜고서 인후가 말했다.

"모른 체하지? 눈치 없게 굴지 말고."

"눈치가 있으니까 이러는 거다."

잔뜩 목소리를 죽인 푸른이 슥 욕실 쪽을 틱으로 가리켰다.

"이렇게 얼렁뚱땅 눈뜨고 코 베려는 수작, 쟤한테 통할 것 같아? 시대 착오야, 요즘 세상에 누가 서동요를 믿어."

인후는 눈앞에 놓인 나이프를 들어 그 날에 자신의 얼굴을 비춰보며 중얼거렸다.

"글쎄……. 선화 공주님 애인?"

13.

섣이은 격정

성북동에서 한남동으로 돌아가는 차 안에서 화담은 서윤의 전화를 받았다.

"미안해, 네가 집에 못 들어왔을 거라곤 생각을 못했어. 지금 서울이야?"

서윤은 막 자취방에 돌아왔다가 화담의 가방이 그대로 있는 걸 보고 부랴부랴 전화한 것이었다. 결국 장 교수가 딸한테 자신의 이야길 입도 뻥긋 안 했다는 사실을 확인하고 화담은 쓴웃음을 삼켰다.

"응, 서울이야. 용케 지갑하고 폰은 챙겨 나왔었거든."

"그나마 다행이네. 내가 너무 무심했어. 아, 조금만 생각했어도 될 일을 워낙 정신이 없는 나머지……."

"응, 응. 이해해. 난 아무 탈 없이 서울 왔으니까 마음 놔. 내가 누구냐?"

쩔쩔매지 말라고 화담이 너스레를 떨었더니 운전석으로부터 날카로운 시선이 날아왔다. 슬쩍 그 시선을 피해 몸을 돌리며 화담은 계속 마음 한편으로 걱정스럽던 걸 물었다.

"몸은 좀 괜찮아?"

"응. 아직 골골대긴 해도 또 병원에 실려갈 일은 없을 거야. 헛공부한다고 엄마한테 한 소리 들었어."

"들어도 싸, 이번엔."

그 새침데기 아줌마랑 통하는 게 다 있다고 방글거리는데 서윤이 머뭇거리면서 "있잖아, 화담아……."하고 어려운 말을 꺼낼 기색을 풍겼다. 어떤 화제가 나올지 직감한 화담은 부러 선수를 치며 지금 집에 가는 차 안이라고 말했다.

"도서관에서 공부하다가 이제 귀환 중이야. 넉넉잡아서 삼십 분? 그쯤이면 집에 도착하니까 그때 통화하자. 내가 전화할게."

통화를 마치고 저도 모르게 한숨짓는 화담에게 대뜸 독설이 날아들었다.

"대범한 척하기는. 너 때문에 엄청 난처했다는 말 한마디도 못해?"

"아직 아픈 애거든요? 가뜩이나 미안할 텐데 마음 좀 편하게 해주자는 게 그리도 잘못입니까?"

"가만 보면 너 착한 사람 콤플렉스 있어."

가차 없는 독설은 얼마쯤 사실에 부합하는 바가 없지 않아 몹시 아팠다. 착한 사람 콤플렉스까지는 아니더라도 '좋은 사람'이 되는 것에는 은근히 집착한다.

"그래요, 기왕이면 세상에 소금 같은 사람이 되는 게 내 목표예요. 근데 선배가 그걸 뭐라 할 입장은 아닐 텐데요?"

화담은 눈을 가늘게 뜨고 인후를 향해 이죽거렸다.

"그 콤플렉스 비스무리한 것 때문에 지금 내 도움을 얻고 있다는 생각 안 해요?"

인후는 슥 눈썹을 치켜 올리며 그녀에게 시선을 던졌다.

"팬으로서 영웅을 돕는 거라고 알고 있었는데 난?"

그건 또 그렇다. 화담은 이 사람에겐 허투루 말 한마디도 해선 안 된다고 속으로 투덜거리며 순순히 고개를 끄덕였다. 그래도 완벽한 패배는 곤란해서,

"크게 봐선 그렇죠. 하지만 어려운 처지의 사람을 돕자, 뭐 그런 의리도 작용한 거라고요. 애초에, 내가 좋은 사람이라서 그렇습니다. 알겠어요?"

꿋꿋하게 무승부로 이끌었다. 인후는 또 얼마든지 거기서 말꼬리를 잡을 수 있었으나 그쯤에서 물러나기로 했다.

"뭐 그렇다고 할까."

"어머? 그게 오늘 혼신의 힘을 다해 서포트해준 나한테 할 말이에요? 봐요, 난 선배 때문에 이 무시무시한 앞머리도 냈다고요."

눈을 부라린 화담은 새삼 앞머리를 끌어모아 위로 넘겨 누르고서 후회로 몸부림쳤다. 마에 씌었던 게 분명하다.

"어차피 자른 건데 좀 참아봐. 확실히 어울리긴 하니까."

인후의 의견에 화담은 또르르 눈을 굴려 그를 보긴 했지만 못마땅한 표정엔 별 변화가 없었다. 인후는 언제고 한 번 묻고 싶었던 것을 이 기회에 입에 올렸다.

"머리는 왜 그렇게 길렀어? 보니까 삼사 년 기른 것 같진 않은데."

"그냥 길렀어요. 다달이 머리 자르러 가는 돈도 아깝고. 서울은 뭐든 다 비싸."

오늘 끄트머리를 조금씩 다듬었어도 허리께에서 찰랑거리는 머리카락. 삼사 년은 떠보듯 던져본 말일 뿐 족히 6년 넘게 길렀으리라 인후는

확신한다. 그는 한국을 뜨기 전에 본 화담의 머리 길이를 선명하게 기억했다.

그 겨울 목덜미를 덮었던 머리는 그가 딱 한 번 손질해준 후로 계속 기르던 중이었다. 떠나기 전에 작별 인사 대신 머리라도 손봐줄까 하는 생각을 한 적도 있지만 그냥 생각뿐, 그대로 온다간다 말도 없이 런던행 비행기에 올랐다.

쓸데없는 감성에 젖을 필요는 없었으니까. 작별의 말 한마디 남기지 않은 데서 화담도 무언가 깨닫길 바랐다.

과연 그녀도 깨달았는지 6년간 화담은 단 한 번도 그에게 연락을 취하려는 노력을 하지 않았다. 가끔 영국에 오곤 했던 푸른이나 다현 편에 잘 지내냐는 안부 정도는 물을 수 있었을 텐데 그조차 하지 않았다.

그 철저한 외면과 그간 단 한 번도 자르지 않고 길러낸 머리카락에서 모종의 동일함을 느낀다면 지나친 비약일까. 아니, 꼭 그렇지만은 않을 것이다. 서화담에겐 극에서 극으로 치달을 수 있는 기질이 있다. 분명히.

"그쯤 되면 커트 비용보다 샴푸 값이 더 드는 거 아냐? 말리고 빗고, 번거로울 텐데 용케 버티네."

"확실히 귀찮긴 한데……."

화담은 머리 한 줌을 쥐고 조물거리며 말했다.

"이만큼 길러놓으니까 나도 모르게 의미를 부여하게 됐달까요? 재수할 때만 해도 대학 들어가면 잘라야지 했는데 대학 들어오니까 지금 아니면 언제 또 길러보겠냐 싶어서 내버려두고. 이젠 이왕 이렇게 된 거 대학 졸업할 때 확 자르자, 그러고 있고요. 그땐 정말 자를 생각이에요."

스스로 다짐하듯 고개를 끄덕이고서 화담은 뭐가 우스운지 히힛 웃었다.

"긴 머리가 지긋지긋해서 한 번 완전히 밀어버릴까 하는 생각도 하고 있어요. 그리고 자른 머리로 가발을 만들어 쓰고 무주에 귀향! 어때요, 선배? 뭔가 영화 같지 않아요?"

"……대체 무슨 메타포야, 그게?"

"졸업 시즌이면 몹시 추울 텐데 대머리로 돌아다니면 곤란하잖아요? 그러니까 외출용 모자 삼아 가발!"

주먹을 불끈 쥐며 두 눈을 반짝이는 화담의 머릿속을 인후는 도통 모르겠다. 아마 평생 연구대상일 거라고 생각하며 인후는 가벼이 한숨을 쉬었다.

그러고선 한동안 말없이 운전을 해가는 그의 머리 한편에 한 가지 생각이 들어앉아 통 나갈 생각을 안 했다. 일요일 밤거리는 꽤 한산해서 주변의 차들은 속도를 내고 있지만 그는 슬슬 늑장을 부려 신호대기를 받아가면서 그 말을 할까 말까 고민했다. 그러던 중에 화담이 뒤늦게 끼고 있던 반지를 빼는 모습을 보곤 충동적으로 물었다.

"무주에 아주 돌아간다는 생각은 여전한 거야?"

"네."

일말의 주저도 없는 대꾸. 인후는 입술을 빨고 쏘아붙이듯 물었다.

"뭐하고 살 건데?"

"그건 내년에 본격적으로 고민할 거예요. 아직도 하고 싶은 게 많거든요. 전보다 더 늘었어요. 하지만 당장 고민하기엔 너무 바빠. 복수전공을 시작한 게 괜한 짓이 되지 않으려면 학업에 집중해야 해요."

"그렇게 공부한 거, 무주에 가서 써먹을 일이나 있겠어?"

야유 어린 대꾸에 화담은 눈을 찡그렸으나 쉽사리 도발되지는 않았다.

"쓸 일 없을지도 모르죠. 그래도 자기만족은 되잖아요? 어쨌든 지금

하겠다고 정한 일에 최선을 다하는 건 절대 쓸데없는 일은 아니라고 생각해요."

"현실에 충실하게 산다 이거지. 그 여자에게 네 나름대로 솔직했군."

인후의 중얼거림에 화담은 막 떠나온 성북동 저택을 떠올렸다. 결국 그 방에서의 짧은 대화를 끝으로 세진의 얼굴을 보지 못하고 저택을 나온 길이다.

이상하리만치 인후와 닮았던 여자. 그 바람에 내심 작정한 것의 반의 반도 펼치지 못했다. 바짝 칼을 갈아 보다가도 순간순간 이쪽을 보는 눈빛이라던가 물담배 파이프를 빨아들일 때의 텅 빈 눈동자에서 드러나는 공허함, 그런 게 꼭 누군가를 보는 것 같아 벼려진 날을 무디게 했다.

참으로 이상한 일이었다. 쌍둥이 중 한쪽인 차인서는 또 어찌나 어머니와 분위기가 다르던지. 설마 세진이 낳은 쪽이 인후이고 차인서가 이복 소생인 건가 하는 의문이 고개를 들었지만 그건 통 말이 되지 않는다. 자기 자식은 나 몰라라 하고 시앗 자식 생일을 챙겨주는 여자를 화담은 상상할 수가 없는 것이다.

"그분이랑 선배, 참 많이 닮은 거 알죠?"

"그런가?"

아무래도 좋다는 듯 심드렁한 대꾸에 화담은 좀 더 캐물어볼까 하다가 그만두었다. 더 내밀한 속사정을 자신이 알아야 할 이유도, 인후가 알려 줘야 할 이유도 없으니까.

"푸른 선배한텐 괜히 약점 잡힌 기분이야. 그건 선배가 책임지고 커버 해줘요."

"맡겨둬."

그렇게 작은 걱정거리 하나를 미뤄놓고서 화담은 큰 걱정거리를 입에 올렸다.

"유언장에서 제명되는 거, 쉽게 생각할 일이 아닌 모양이던데."

"되면 되는 거지. 전에는 까짓 유산 못 받으면 어떠냐 하더니 정작 그 소리 들으니까 걱정돼? 나중에 내가 원망하기라도 할까 봐?"

"원망은 둘째 치고 이게 과연 잘한 일인가 싶어지네요."

화담은 한숨을 내쉬며 손에 움켜쥔 반지를 들여다보았다.

"뭘 시작하든 자본이 많은 건 나쁠 게 없을 텐데, 괜한 패기로 굴러들어온 복을 발로 차는 건 아닌지. 그 옆에서 나도 중뿔나게 나서서 쫓아내는데 일조하고. 선배 조부님을 뵈었을 땐 거의 실감이 안 나던 게 아까 어머님이랑 이야기 중에 들으니까 정수리에 찬물을 끼얹는 기분이었어요. 내가 지금 뭘 하고 있는 거지? 하고 소름이 쫙 끼치는 게……."

인후는 뭐라고 대답하려다가 입을 다물었다. 옆얼굴에 와 닿는 화담의 시선을 느꼈지만 그는 잠자코 음악을 켜는 것으로 말할 의사가 없음을 표현했다. 그대로 대화는 끊어지고 한남동 저택에 가까워질 때까지 골드베르크 변주곡이 차 안에 맴돌았다.

"아, 비네."

불현듯 차체를 두드리기 시작한 빗방울에 화담이 인후에게 혹시 예비용 우산이 있냐고 물었다. 인후가 코웃음 쳤다.

"장우산, 2단 우산, 3단 우산 말씀만 하시죠. 취향대로 골라 모시겠습니다."

"가만 보면 상비품이야. 아니, 필수품인가?"

화담도 웃고서 뒷좌석 아래에 있던 3단 우산을 가져와 손바닥에 탁탁 두드리며 여기서 내려달라고 부탁했다.

"아직 좀 더 가야 하잖아?"

"걸으려고요. 운동 삼아."

"또?"

인후는 눈썹을 치켜 올리면서도 차 속도를 줄였다. 차 댈 만한 곳을 찾아 서행해 나가다가 맞춤한 곳을 찾았을 때 일단 차를 정차하고 그가 물었다.

"요즘 바로 집에 들어간 적이 별로 없는 거 알아?"

"내가요?"

화담은 전혀 몰랐다는 듯 눈을 동그랗게 떴다.

"저번 주부터 내가 바래다주면서 집 앞에서 내려준 게 딱 한 번이야. 야구연습장 다녀온 날. 네 번 중에 한 번."

"선배 그렇게 세세한 것까지 신경 쓰면서 살면 머리 안 아파요? 예민하기는."

눈살을 찌푸리며 인후의 예민함으로 몰아붙이고서 화담은 도어를 열었다.

"바래다줘서 고마워요. 조심히 돌아가고요."

화담은 우산을 펼쳐들며 차에서 내렸다. 가로등 불빛에 반짝이는 빗속으로 그녀가 걸어가는 모습을 지켜보며 입술을 잘근거리던 인후는 오래 망설이지 않고 차키를 뽑았다.

뒷좌석을 돌아본 그는 마침 뭔가를 발견하곤 눈을 빛내며 그것과 장우산을 챙겨 내렸다. 보폭을 크게 해 몇 걸음 만에 거의 화담을 따라잡았다.

"뭐예요, 선배, 왜 따라와요?"

발소리에 돌아본 화담이 어리둥절해서 묻자 인후가 손에 쥔 것을 들어 보였다.

"책 두고 갔어."

"아. 깜박했다. 마저 읽어야지."

무주에서 산 소설책을 돌려받고서 화담은 인후가 돌아가는 걸 보려고 기다렸지만 그는 차와는 반대 방향으로 걸음을 옮겼다. 선배? 하고 부르는 그녀의 목소리를 무시하며 인후가 걸음을 재우치자 별수 없이 화담이 뒤따라갔다.

"어디 가는 길이냐고 물어도 돼요?"

"아마 너랑 같은 곳일 걸."

"설마 들르게요? 뭐 하러?"

인후가 슥 그녀를 돌아보며 한숨을 섞어 말했다.

"코앞에서 들어갈 집 놔두고 주변에서 뱅뱅 맴도는 거, 머리 무거워서 집에 들어가는 시각을 조금이라도 늦춰보려는 거 아냐? 나도 일조한 게 있으니 도와줘야지."

"아……."

포인트는 살짝 엇나갔지만 분명히 그런 부담도 얼마쯤 작용하는 게 사실이다. 혹시 외삼촌과 마주치지 않을까 하는 기대—좋은 의미는 전혀 아니지만—에 대해서도 털어놓을까 하다가 화담은 입을 다물었다. 마주칠 때 마주치더라도 이번엔 온전히 제 힘으로 해결하겠다는 각오였다.

'이 사람은 어디까지나 과거의 영웅이어야 해. 나는 지금 이미 오래전에 끝난 꿈의 잔재를 보고 있을 뿐이니까.'

화담이 그런 생각을 하는 줄은 꿈에도 모르고 인후는 빗발이 일정치 않은 소나기를 감상하며 말했다.

"더구나 오늘은 아주머니가 벼르고 있을 테니까. 뭐 그분 성격에 난폭한 언행을 할 일은 전혀 없겠지만 말이야."

"당연하죠. 아주머니는 곱게 자라신 공주님이라고요. 곱게만, 곱게

만······."

"그리 곱게 자란 사람들 특성이 뭔 줄 알아? 세상이 자기 뜻과 달리 돌아가는 걸 쉽게 받아들이지 못한다는 거야."

경험에서 비롯된 교훈을 전제로 깐 뒤 인후는 화담의 얼굴을 유심히 들여다보며 말을 이었다.

"어째서 다현이가 아니라 나일까, 의아해하고 계실걸. 어느 모로 봐도 자기 아들이 더 나은데 하면서."

"어느 모로 봐도? 에이, 설마요."

화담이 손사래를 치는 것에 인후가 피식 웃었다.

"내기할래?"

인후는 눈을 들면 보이는 명혜의 저택을 응시하며 말했다.

"이번엔 내가 방패가 될 차례로군. 다현이도 동석하려나? 기왕이면 단박에 백일몽을 깨주고 싶은데."

인후의 처신을 못 믿는 건 아니지만 그리 서슴없이 말하니 화담은 조금 거북해졌다. 이건 다현 한 사람만이 아니라 명혜의 기대까지 아주 꺾어놓아야 하는 일. 언제고 그리될 일이었으나 막상 닥치고 보니 역시나 머리가 무겁다.

말이 없는 화담을 인후가 찬찬히 쳐다보았다.

"내가 너무 쉽게 생각하나? 내친김에라는 거지, 귀찮아서 그러는 거 아니야. 각개격파도 나쁠 건 없어. 아무튼 확실하게 꺾어주자고."

"······꼭 그렇게 인정머리 없이 말해야겠어요?"

"인정머리?"

어느 쪽이 먼저랄 것 없이 발이 멈추었다. 화담은 딱딱해진 표정을 감추려는 노력 없이 발치를 응시하며 말했다.

"푸른 선배만큼은 아닌 줄 알지만 그래도 다현 형, 선배 친구잖아요. 그런 사람 마음을 깨부수러 가면서 어쩌면 그렇게 망설임 하나가 없어요? 꼭 즐기는 것처럼……."

"이제 보니 별것도 아닌 일로 질질 끄는 데 다 이유가 있었네."

싹 눈빛이 달라진 인후가 고개를 모로 꼬며 중얼거렸다.

"나한테 왜 망설이지 않느냐고 따질 게 아니라 너는 왜 그리 망설이는지부터 파악하지 그래? 너 가만 보니 다현이한테 마음 있어."

"그런 거 아니라고 몇 번을 더 말해야 해요?"

답답하다는 표정으로 화담이 머리를 흔들었지만 인후는 시큰둥했다.

"아니면 이제 완전히 끝장을 내자는 판에 뭐가 문제라고 뒷걸음질이야?"

"마음이 걸린 일이잖아요. 인간적으로 거절을 해도 모자랄 판에 이렇게 기만에 가까운 방식으로. 언제고 아닌 게 밝혀질 텐데 속은 사람들이 느낄 배신감은 생각 안 해요?"

"하여간 그놈의 착한 사람 콤플렉스!"

버럭 인후가 소리치는 바람에 화담이 꿈쩍 놀라 그를 보았다. 그가 그녀를 노려보며 매섭게 다그쳤다.

"남다현 마음 받아줄 것도 아니면서 어쭙잖게 좋은 사람으로 남고 싶어? 네가 그렇게 미적미적 여지를 보이니까 다현이가 엉뚱한 수작을 부리는 거야."

"선배, 여지라니 나는 결코……."

"두루두루 인망 좋은 팔방미인 남다현. 뭐든 대충 하는 거 없고 누구에게나 잘한다? 뒤집어보면 사소한 일 하나하나에 연연하는 소심한 현실주의자란 소리야. 전형적인 안전지향형 타입. 예측 불가능한 모험은 꿈도 안 꾸지. 그런 녀석이 오토바이 사고가 났기로서니 너한테 대뜸 고백을 해?"

숨도 쉬지 않고 빠르게 내뱉은 인후는 하, 하고 헛웃음을 터뜨린 후 한 층 낮아진 목소리로 말했다.

"사람의 본성은 그리 쉽게 바뀌지 않아. 네가 바늘 하나 들어갈 틈 없는 철옹성이라고 판단했으면 남다현 성격에 입 하나 뻥긋할 리가 없어. 사고는 단지 촉발제였을 뿐, 녀석이 계산한 건 가능성이겠지. 그 녀석은 자신에게 승산이 있다고 생각한 거야. 당연히, 네가 보여준 여지 때문에."

꿀꺽, 화담은 마른침을 삼켰다. 창백해진 얼굴에서 눈동자가 표가 나도록 동요했다. 비록 인후가 짐작하는 바와는 다를지라도 다현만 아는 여지가 있는 것은 사실이다. 거기에 다현이 건 기대 또한……

화담은 다현의 속내를 너무도 정확히 꿰뚫어본 인후가 별안간 크게 두려워졌다. 다현의 속을 헤집어 본 것처럼 내 속 또한 저 날카로운 눈에 훤히 비치는 건 아닐까. 아, 안 돼.

불현듯 창백해져선 화담이 시선을 피하는 모습에 인후 안에선 강렬한 오해가 일어났다. 그는 거칠게 그녀의 팔을 움켜쥐며 물었다.

"뭐가 있군, 확실히. 그렇지?"

"선배가 생각하는 그런 건 아니에요. 다현 형은 다만……."

맺지 못한 말이 빗속에 흩어진다. 상황이 좀 우습긴 해도 다현이 아는 바를 인후에게 변명조로 늘어놓아야 할 이유는 없다고 화담은 생각했다. 애초에 이런 언쟁이 의미가 없다. 그녀는 마른 입술을 핥고서 약간 맥이 빠져서 대꾸했다.

"알았어요, 선배 말대로 착한 사람 노릇 관둘게요. 얼굴에 철판 깔고 속여 보죠, 뭐. 뒷일은 뒷일이고 오늘 확실히 해치워 버리자고요."

그녀의 항복 선언에도 인후는 잡은 팔을 놓아주지 않았다. 내려다보는 두 눈이 여전히 시리도록 차갑다. 선배, 하고 화담이 다시 입을 여는데 인후의 입에서 바싹 가라앉은 목소리가 흘러나왔다.

"뭘 한 거야?"

"뭘 하다뇨?"

"저 다현이 녀석을 어떤 식으로 호려낸 거야?"

"호리다니…… 말 가려 해요, 선배. 난 맹세컨대 다현 형한테 선을 넘는 짓을 한 적 없어요."

화담의 단언에 인후는 입꼬리를 올리며 쿡, 웃었다.

"당연히 그랬겠지. 그러면서 간이며 쓸개, 다 빼줄 것처럼 헤헤거렸겠지? 멋져, 근사해, 입술이 반질반질해지도록 노래도 했을 테고? 아, 이 눈빛 공격을 빼면 섭섭하지. 세상에 내 눈앞에 있는 너만큼 흥미 있는 건 전혀 없다는 듯이 삼킬 것처럼 바라보면서 웃고 재깔거리며 혼을 쏙 빼놓기. 물론 너는 단지 친해지고 싶은 사람한테 최선을 다 했다고 할 거야. 네 자신이 얼마나 행동거지가 화려한 사람인지 자각이 없으니까. 차라리 푸른이가 너보다는 깔끔해. 그 녀석은 자각도 없이 이리저리 흘리고 다니는 짓은 안 하거든."

빈정거림은 마지막 한마디에 이르러 정점을 찍었다.

"너는 스스로가 얼마나 싸구려같이 구는질 좀 알아야 해."

우산 손잡이를 쥔 화담의 손이 바르르 떨렸다. 과부하가 걸린 머리는 인후의 말을 이해하는 데에 얼마쯤 시간차를 두었다. 그러다 몸의 반응을 머리가 따라잡았을 때, 화담은 찰싹 인후의 뺨을 때렸다.

그의 고개가 옆으로 돌아갔다가 천천히 되돌아왔다. 무슨 일이 있었냐는 듯 태연한 표정 속에 맞은 뺨이 엷게 홍조를 띨 뿐이다. 아프지 않았다. 화담의 매운 손을 생각하면 방금 전 것은 어린아이의 장난 수준. 화담이 순간적으로 주저한 까닭이다. 지금도 손찌검을 하고 만 자신의 손과 인후를 번갈아 보면서 그녀는 갈팡질팡하고 있다.

"미안……해요. 때리려던 건 아닌데……."

빗속에 금세 녹아버릴 것 같은 중얼거림을 토해내고 화담은 인후에게서 물러나려 했다. 그러나 여전히 그에게 잡힌 팔 때문에 여의치가 않다. 팔을 흔들어 놓으라 신호했지만 인후는 그 뜻을 들어주지 않는다. 화담은 덫에 걸린 사슴처럼 혼란에 빠진 눈빛을 흩뿌리며 세차게 팔을 잡아당겼다.

"놔요, 선배. 이거 놓으라고요."

놓치지 않으려는 자는 더욱 세게 팔을 쥐는 것으로 모자라 다른 쪽 팔까지 손아귀에 넣었다. 바닥에 두 개의 우산이 뒹굴고 그들은 빗속에 고스란히 노출되었다.

화담은 똑바로 마주하지 않으려고 기를 쓰던 것을 단념하고 인후를 쳐다보며 물었다.

"왜…… 왜 이렇게 모질어요, 나한테? 내가 그렇게 크게 잘못한 것도 없잖아. 이젠 눈치 없이 막 쫓아다니지도 않고. 근데도 거슬려요? 그래서 그렇게……."

빗방울이 내려앉은 속눈썹에 감싸인 눈동자가 말갛게 그렁거리다 순식간에 뚝 눈물 한 방울을 그려냈다. 그것이 인후를 불러들이는 강한 자기磁器가 되어 그는 속수무책으로 이끌려갔다. 정신을 차렸을 땐 그녀의 입술이며 뺨, 눈물까지 정신없이 물고 빨고 있었다.

"선배……?"

가슴이 터질 것 같아 간신히 그 한마디를 내는 게 고작인 화담의 입술을 서둘러 봉하듯 덮어 누르고 인후는 세차게 입맞춤을 퍼부었다. 유린하듯 쏟아내는 키스였다. 윗입술, 아랫입술, 통째로 입에 머금어 잘근거리고, 빨아대고, 억지로 입술을 열어 꽉 맞물린 치열을 훑으며 파고들 기회를 엿봤다.

"으, 으응."

숨쉬기에 미숙한 화담의 입이 열리는 건 시간문제. 결국 잠깐 벌어졌다 서둘러 숨을 들이켜며 닫히려는 입 안으로 혀를 밀어 넣으며 강하게 숨을 빨아들였다. 방금 들이마신 숨을 빼앗긴 화담이 허덕이며 더 입을 열어 그의 침입을 도왔다. 난폭하게 밀고 들어온 침입자에게서 그녀는 달아날 생각조차 못하고 사정없이 휘둘렸다. 숨은 쉬어도, 쉬어도 부족하고 침입자는 더욱더 방자하게 점령지를 휩쓸었다.

빗발도 처음보다 더 거세게 두 사람을 두들겨대는 가운데 온몸이 흠뻑 젖도록 이어진 긴 키스. 그것은 뇌빈혈에 가까운 감각에 화담이 비틀거리면서 겨우 그쳤다.

인후는 그가 놓는 순간 주저앉고 말 게 틀림없는 화담의 파리한 얼굴을 들여다보며 말했다.

"내가 모질어? 바라는 바야. 네가 나 때문에 아팠으면 좋겠어."

온몸의 피가 참을 수 없이 뜨거워진 것을 자각하며 인후는 화담의 이마에 이마를 대고 눈을 감았다.

"아주 아주 많이 아팠으면 좋겠어. 정말이지 널······."

감았던 눈을 뜨자 화담의 말간 눈이 그를 보고 있었다.

"엉망으로 만들어 버리고 싶어."

또 한 번 그의 입술이 그녀를 베어 문다. 그의 품속에서 화담은 연신 몸을 떨었다. 여름비가 차가워서가 아니라 그녀의 몸이 너무도 뜨거운 탓. 그 뜨거움에 비견할 것은 지금의 그녀에게 있어선 인후의 품뿐이었다. 화담은 둥지에 파고드는 작은 새처럼 인후의 가슴에 매달렸다.

그래서일까, 두 번째 입맞춤은 훨씬 부드러웠다. 품을 파고드는 새끼에게 그러하듯이 입맞춤은 상냥해졌다.

그리고 그 상냥함에 서서히 화담도 반응했다. 인후는 그의 혀에 닿는 그녀의 혀가 달아나지 않고 서툴게나마 이쪽에 다가오는 것을 느꼈다. 맞물린 입술도, 단순히 열어준 데 그치지 않고 머뭇머뭇 그의 입술을 빨아들였다. 그것을 확신하는 순간 인후는 겨우 사탕 맛을 본 아이에게서 사탕을 빼앗듯이 고개를 들어 키스를 끝냈다.

망연하게 올려다보는 화담의 눈동자는 취한 이의 그것처럼 초점이 어렴풋했다. 더, 하고 금세라도 애원할 것처럼 벌어진 입술이 파르르 떨렸다. 한없이 깊은 우물 같은 눈에 그녀를 담고서 인후가 말했다.

"나랑 같이 가자."

멍하니 그를 바라보며 화담이 희미하게 웃었다.

"……응."

그 몽롱한 대꾸에 인후의 전신에 전류가 내달렸다.

포옹을 풀고 손을 붙잡은 인후가 이끄는 대로 화담은 걸음을 옮겼다. 막 사람이 된 허수아비처럼 걷는 법이 엉망이라 넘어지지 않고 가는 게 용했다. 눈을 뜨고 꿈을 꾸고 있는 것만 같았다.

도로 화담을 태운 차는 명혜의 저택 앞을 지나쳤다가 방향을 되돌려 쏜살같이 멀어져갔다. 까맣게 잊힌 우산 두 개가 바람결에 나뒹굴고 있었다.

인후의 아파트에 가기까지 둘은 단 한마디도 섞지 않았다. 눈조차 마주치지 않았다. 딱 한 번 엘리베이터 안에서 화담이 손톱을 물어뜯는 것을 그가 붙잡았을 때, 그때 눈이 마주쳤다. 섬광같이 부딪힌 눈빛. 누가 먼저랄 것 없이 눈을 돌렸다. 말 한마디, 눈빛 한 번으로도 깨어져 버릴 수 있는 아슬아슬한 때라는 자각으로 사위가 팽팽했다.

복도를 걸어가는 발소리가 사뭇 쫓기듯이 다급하다. 도어락 번호를 누르는 신경질적인 손가락 끝. 이윽고 열린 문 안으로 두 사람은 빨려 들어가듯 사라졌다. 또옥, 도어락에 묻은 물방울이 흘러내리는 그 짧은 순간 문 안쪽에서 희미하게 뭔가 부서지는 소리가 났다.

오늘 오후 화담의 발을 빛냈던 아름다운 스트랩힐이 벗겨지며 문에 부딪히는 소리였다. 잡아 뜯듯 벗기는 힘을 이기지 못하고 다른 한쪽 구두는 연결고리가 부러져 버렸다. 화담이 신을 벗는 그사이를 견디지 못하고 달려들어 입술을 겹친 인후에겐 들려도 들리지 않는 소리였다. 벗겨낸 신을 아무렇게나 내던진 손으로 인후는 화담의 뒷머리를 끌어당기며 강하게 입술을 빨아올렸다.

허리를 감아 끌어안은 팔 때문에 옴짝달싹할 틈 없이 인후에게 밀착된 화담의 가슴이 크게 오르내리며 가쁜 숨결만큼이나 세찬 심장 고동을 그에게 전했다. 슈트 속에 감춰진 인후의 가슴에도 위태로울 정도로 고동치는 심장이 숨어 있다. 그렇게 터질 듯이 뛰어본 적이 처음이면서도 두 개의 심장은 하나같이 같은 소릴 했다. 더. 이보다 더…….

겨우 입술을 떼어낸 인후가 번쩍 화담을 안아 올려 안으로 들어갔다. 붙잡은 그의 어깨에 머리를 기대며 화담은 눈을 꼭 감았다. 머릿속에서 쿵쾅대는 것처럼 들리는 심장소리로 정신을 차릴 수가 없었다.

이성을 회복해보려는 시도는 하지 않는다. 애초에 아무 생각도 하지 않을 거라 작정했다. 이젠 그렇게 작정한 바조차 잊었다. 그저 이러다 미쳐버리지 않을까 하는 생각에 저도 모르게 그녀의 몸이 떨렸다.

"아!"

매트리스가 등에 와 닿는 순간 화담은 소스라쳐서 눈을 떴다. 그 바람에 그녀의 몸을 누르듯이 타고 올라온 인후와 정면으로 눈이 마주쳤다.

아아, 그 눈빛. 숨이 콱 막힐 정도로 강렬한 욕망을 뿜어내는 그 낯선 얼굴에 화담의 눈동자가 일순 흔들렸다. 바야흐로 맞이할 일에 대한 처녀로서의 두려움이 일깨워져 온통 달아나고픈 충동에 휩싸였다.

포식자는 피식자가 뿜어낸 그 공포의 공기를 또한 본능으로 읽었다. 얼핏 인후의 입가에 떠오른 미소 한 줄기를 화담이 목도한 다음 순간, 그가 그녀를 덮쳤다.

두 손을 붙들어 올려 깍지를 끼워 결박하고 인후는 화담의 입술을 빼앗았다. 그녀가 단순한 시늉을 넘어서 세차게 버둥거렸지만 조금도 흔들리지 않고 계속되는 키스가 결국 그녀의 두려움마저 옭아맸다. 뻣뻣이 움츠러들었던 몸도 조금씩 녹으면서 이윽고 그녀 안의 꺼진 듯했던 욕망의 불도 발갛게 타올랐다.

인후가 한 손의 결박을 풀고 그녀의 등을 더듬거리며 원피스의 지퍼를 내리려 하자 그녀는 가만히 허리를 띄워 그의 손길을 도왔다. 지이익, 지퍼 내리는 소리가 지독하게 도발적이었다. 뜨겁게 입맞춤을 나누면서도 바짝바짝 입이 마르는 기분에 인후는 나지막이 헐떡였다.

원피스에서 화담의 두 팔을 빼내고 아래로 끌어내려 다리 너머로 미끄러뜨리는 순간순간이 아득히 길다. 속옷 차림이 된 화담이 가슴을 손으로 덮으며 얼굴을 돌렸다. 가녀린 목덜미에 시선을 두고서 인후는 자신의 셔츠며 바지를 벗었다. 길다, 길다, 쓸데없는 일에 쏟아야 하는 시간이 터무

니없이 길어 인후는 자칫 소리를 지를 것만 같았다.

그러나 그 모든 일에도 끝이 오고 둘은 전라가 되었다. 한사코 눈을 감고 있는 화담의 턱을 잡아 돌려 얼굴을 바라보다가 입술을 맞대는 찰나, 인후는 새삼스럽게 전율했다. 도둑키스로 화담의 첫 키스를 빼앗던 언젠가의 일이 꿈처럼 어른대다가 품에 맞닿아오는 그녀의 살결에 전부 하얗게 사라졌다. 행여나 부서질세라 조심스럽게 그녀를 안고 인후는 긴 한숨을 쉬었다.

급히 들어오느라 불도 켜지 않았지만 인후는 화담의 머리카락 한 올, 떨리는 속눈썹 한 올까지 다 헤아릴 수 있었다. 그 좋은 눈과 섬세한 손으로 찬찬히, 느긋하게 이 순간을 만끽하는 것이 그의 바람이었으나 그에게 지금 이 순간 절대적으로 부족한 게 있다면 바로 여유였다.

이제 간신히 품에 들어왔으나, 아직 그의 것이 아니다. 터질 것 같은 욕망에 초조함이라는 조력자가 가세하면서 인후는 성급함으로 내몰렸다.

화담은 감각의 해일에 휩쓸렸다. 온몸 어디랄 것 없이 인후의 입술이 헤집고 손길이 스쳐갔다. 팔을 들었다 다리를 들었다 옆으로 눕혔다가 뒤집었다가, 인후의 뜻대로 들까불리는 사이 다시 어린애가 된 것 같은 착각마저 들었다.

그 모든 게 너무 빠르게 지나가 뭐가 뭔지 정신이 하나도 없었다. 애무라 할 수도 없는 인후의 맛보기만으로도 얼떨떨하다 못해 망연해져버린 화담은 이윽고 인후가 그녀의 다리를 벌리고 지그시 몸을 맞춰오는 것도 멍하니 방관했다.

"아, 아…… 앗!"

엷게 이슬을 품은 꽃잎 사이의 숨겨진 길에 다다른 침입자가 묵직하게 힘을 가하는 순간 비로소 화담은 파랗게 질려 몸을 일으키려 했다.

"안 돼요, 선배, 못해, 나는……."

"쉬잇, 겁먹을 거 없어. 아프게 하지 않을게."

착하지, 하며 뺨을 쓰다듬어주는 인후의 깊고 나직한 음성에 화담은 그만 귀부터 아찔해지며 전의가 꺾였다. 그리고 고개를 기울여 입을 맞춰 주면서 들여다보는 그의 까만 두 눈이 삼킬 듯이 응시해 오는 것에 그녀는 탄식을 삼키며 눈을 감았다. 이제는 더 이상 달아날 곳도 없다…….

인후는 입맞춤을 계속 하면서 막 거절당할 뻔했던 은밀한 문으로 다가들었다. 보드라운 거웃 위로 가볍게 비비대며 꽃의 이슬을 핥아낸 그의 분신이 마침내 깊은 샘으로 이르는 동굴로 파묻혀 들어갔다. 화담의 숨결이 크게 흐트러지며 그에게 막힌 입술 속으로 신음이 출렁였다. 인후는 충분히 그것을 달래줄 여유가 없었다. 그는 다급했고, 필연적으로 거칠어졌다.

"으, 으으응, 흐으."

견딜만 했던 처음의 몇 초가 지나고 찾아온 살을 도려내는 듯한 화끈거림에 화담은 도리질을 치며 엉덩일 들썩였다. 몸부림친 끝에 위로 얼마쯤 달아난 그녀의 몸을 끌어내리며 인후는 더욱 거세게 허리를 움직였다.

화담은 발작적으로 인후의 입술을 깨물었다. 희미한 그의 신음에 작은 통쾌함을 느낀 것도 일순간, 인후의 분신이 푸욱 파고들면서 그녀의 머리 끝까지 충격이 내달렸다. 인후는 파르르 경련하는 그녀의 두 다리를 더욱 넓게 벌리고 또 한 번 격하게 허리를 밀어붙였다.

"하아……!"

더할 나위 없이 온전히 그녀와 맺어진 후에야 인후가 고개를 들고 참아온 신음을 내뱉었다. 화담은 받은 숨을 헉헉 토해내느라 정신이 없었다.

그와 이어진 부분은 하반신뿐, 그 한계가 어디까지인지 모르지 않는데도 그녀를 꿰뚫은 뜨겁고 단단한 욕망으로 인해 전신이 삐걱대고, 손끝, 발끝까지 쉴 새 없이 따끔거렸다. 조금 움직여 보면 다를까 하고 살짝 허리를 들었다가 지잉 하고 퍼지는 불 같은 아픔에 화담은 흑 숨을 참았다. 눈물이 속절없이 눈꼬리를 적시며 머리카락 사이로 흘러내렸다. 고통도 고통이거니와 별안간 찾아온 말할 수 없는 허망함에 눈물이 그치지 않았다.

그때 눈물 위로 닿아오는 따뜻한 입술이 있었다. 힘에 겨워 말조차 나오지 않는 입술을 몇 번이나 들썩여 "싫어……."라고 내뱉고 입술을 피해 고개를 돌렸지만 뒤따라온 입술은 그녀의 눈물 자국마다 따라다녔다. 흐느낌을 참으려 입술을 깨물어 봤지만 마지막으로 그녀의 입술에 내려앉은 인후의 입술이 그 노력조차 흩어놓았다.

그는 빗속에서 그랬듯이 인정사정없이, 머리가 아찔해지도록 퍼붓는 키스로 화담을 휘저어놓았다. 언젠지 모르게 눈물도 그치고 그녀가 다시 한 번 그와 나누는 키스에 매몰되어 신음할 즈음, 인후가 천천히 허리를 놀리기 시작했다.

그러자 또 데일 것 같은 통증이 화담을 집어삼켰다. 하지만 울고 키스하는 그 시간 동안 대체 무슨 일이 일어난 걸까. 다시 시작된 아픔은 한결 견디기가 쉬웠다. 더 이상 쓰디써서 못 삼킬 정도는 아니다.

어쩌면 입맞춤 때문일지 모른다고 생각하며 화담은 인후의 목을 그러안고 키스에 열중했다. 비례하듯 그녀 안을 파고들며 누비는 그의 움직임도 점차 더 기세를 얻었다.

"아, 아읏, 하아, 선배, 이제 그만……."

갈수록 거세지는 허리놀림에 급기야 통증의 역치에 다다른 화담이 수차례 애원하고서야 인후가 아주 깊게 허리를 찔러 올리더니 움직임을 그치고 흠뻑 그녀를 껴안았다.

"아아, 화담아……."

첫 사정의 순간을 맞은 그가 그녀의 귓가에 토해내는 신음소리에 화담의 목덜미에 오싹 소름이 돋았다. 그 즉시 온몸이 사시나무처럼 떨리며 폭발할 것 같은 번열로 그의 분신을 머금은 곳까지 바싹 아물어들며 몇 번이고 경련했다.

뒤이어 찾아온 거짓말 같은 정적. 서로 엇비슷한 속도로 쏟아내는 헐떡임 속에서 화담은 말라버린 눈물 자국을 만져보며 지금 자신을 사로잡은 말도 안 되는 생각에 대해 기막혀했다. 너무도 기가 막히지만…… 문득 고개를 든 인후가 그녀의 턱을 잡아 돌려 다시 입맞춤한 순간 그 사실을 인정하기로 했다.

"아팠지? 미안……. 나는……."

말에 서툴다고는 한 번도 생각해 본 적 없었던 사람이 어름거리며 할 말을 찾지 못해 애를 먹고 있었다. 홍조로 목덜미까지 달아오른 얼굴, 별안간 어찌할 바를 모르는 듯 흔들리는 눈매, 연신 빨아대는 입술 같은 걸 하나하나 눈에 담던 화담은 아무 말도 없이 인후의 머리를 당기며 입술을 겹쳤다. 이번엔 그녀가 먼저 혀를 넣어 그를 유혹했다.

얼얼한 꽃잎 속에서 형체를 거의 유지하고 있던 인후의 분신이 삽시간에 힘을 얻으면서 꾸욱 밀고 들어왔다. 신음을 삼키면서 화담은 스스로 다리를 벌려 인후가 보다 편할 만한 자세를 찾았다. 그녀의 두 다리와 두 팔이 그렇게 자연스럽게 그의 몸에 휘감겨 얽혔다.

탄탄하게 근육이 자리 잡은 등이 꿈틀대며 초반부터 격해지는 인후의 움직임을 지탱했다. 화담의 속을 휘도는 번열은 먼젓번보다 더하면 더했지 덜하지는 않다. 그저 견뎠다. 조금만, 조금만 더 하고 스스로를 달래가며 참을 수 있는 한계를 늘려 갔다.

오직 그 순간, 쾌감에 신음하는 인후를 볼 수 있는 그때를 바라고.

화담에겐 그것이 처음 맛본 절정.

그 설익은 열매가 화담에겐 너무도, 너무도 달콤했다…….

어느 결엔가 정신을 잃었다. 몇 번이나 몸을 섞었는지 헤아리는 것이
의미가 없어질 즈음부터 저도 모르게 깜박깜박 의식을 놓쳤던 터라 정확
히 언제인지 따질 의미가 없다.

의식을 놓쳤던 짧은 순간 꾼 꿈에서조차 살 내음 가득한 끈적이는 일을
치렀다. 깨어나 보면 여전히 어둠으로 채워진 방과 싸늘하니 추운 침대
위에서 인후와 한 몸처럼 얽혀 사랑을 나누고 있었다.

밤이 얼마나 깊었는지, 새벽인지, 어쩌면 낮인지, 시간조차 불분명했
다. 몸은 이미 물먹은 솜처럼 지치고 또 지쳤다. 그럼에도 인후의 입맞춤
에 희미하게나마 반응하고 그가 깊게 파고들 때마다 가는 신음을 흘리며
그의 등을 그러안았다. 꿈이라면 꿈대로, 현실이라면 현실대로 화담은 안
간힘을 썼다. 인후가 주는 것의 반의반이라도 돌려주려고.

쏟아지는 졸음만 아니었으면 훨씬 더 잘해낼 수 있는데. 어떻게 이 사
람은 잠도 자지 않는 거지?

그런 궁금증에 대해 물어볼 틈도 없이 또 화담의 머릿속이 암전되었
다. 이번엔 꿈도 꾸지 않는 사뭇 깊은 잠.

그런 깊은 잠이었기에 다시 깨었을 땐 방금 전에 눈을 감았을 뿐인데
왜 여기에? 라며 어리둥절했다. 직전의 어둠이 거짓말처럼 환한 곳. 살짝
몸을 움직였을 뿐인데 가슴께까지 찰랑이며 감겨오는 물에서 뜨겁게 김
이 피어올랐다.

희미하게 캐모마일 향이 피어오르는 욕조 안이었다. 살결에 촉촉이 맺혀오는 매끄러운 증기가 반갑고 기뻤다. 꿈이라도 이런 꿈은 대환영이라고 화담은 빙그레 웃으며 버거울 정도로 묵직한 눈꺼풀을 도로 감았다.

다리를 펴며 뻐근한 팔을 들어 올려 기지개를 켜보았다. 전신이 녹아내릴 것처럼 노곤해지는 느낌에 화담은 기분 좋게 신음하며 머리를 뒤로 젖혔다. 그녀의 머리는 무언가 단단하고도 실팍한 형체에 얹어졌다. 그 형체가 무엇인지 알게 된 건 욕조의 벽인 줄 알고 기댔던 게 자꾸만 부드럽게 맥동치는 이유를 깨닫는 것과 거의 동시였다.

천천히 눈을 뜬 화담의 시야에 그림처럼 아름다운 눈이 다가오더니 이마를 비비곤 그녀의 코에 입술을 맞췄다. 그러곤 커다란 손으로 뺨을 감싸듯이 하여 그녀의 입술도 쪽 빨아올렸다.

"그리 좋아? 배부른 고양이처럼 웃었어, 너."

귓바퀴를 따라 인후가 혀를 미끄러뜨리며 속삭이는 말에 화담은 목을 움츠리며 질끈 눈을 감았다. 이건 결코 꿈이 아니라고 벼락처럼 깨달은 순간이었다. 꿈속에선, 적어도 꿈속에서는 이렇게나 부끄러운 마음은 일지 않는다.

"고, 고양이 좋아한다고 내가 말했었나?"

원망스러울 지경으로 정신이 번쩍 든 것을 감추기 위해 화담은 부러 몽롱한 듯, 혀 짧은소리로 어름거렸다.

"했지. 넌 싫어하는 동물 같은 건 전혀 없다고 천명할 때. 하물며 살모사나 아나콘다도 나름대로 근사하다고 두둔했어. 다만 좋아하는 동물 베스트 쓰리는 있다면서……."

인후는 화담의 귓불을 물고 잘근거리며 그 세 동물을 차근차근 늘어놓았다.

"소와 말, 그리고 고양이. 베스트 파이브가 되면 개하고 원숭이를 넣는 다고 했었고. 베스트 쓰리 중에서 탑을 고르라면 고양이. 왜냐하면 소하 고 말은, 어지간해선 기를 수가 없으니까 너무 좋아하면 안 된다고 했어."

그런 말을 언제 했는지 화담은 전연 기억조차 나지 않았지만 그게 자신 이 한 말이란 건 분명했다. 어느샌가 그녀의 배와 가슴을 어루만지며 희 롱하는 인후의 손 때문에 정신이 흐트러지는 와중에도 그의 말에 집중하 려 애를 썼다.

"네, 현실적으로 가질 수 있는 것 중에선 고양이가 단연 최고죠. 언젠 가 꼭 키울 거예요. 한 마리는 외로울 테니까 두 마리, 이름도 지어놨다고 말했던가요? 초담이랑 목담이. 꽃이랑 풀이랑 나무. 어때요, 지, 진짜 형 제 같죠? 나, 무주에 돌아가면 안정되는 대로 꼭, 흐으윽……."

인후가 이겼다. 화담은 말을 제대로 마무리할 경황도 없이 신음하며 몸부림쳤다. 앞으로 고꾸라질 듯 상체가 숙여지면서 얼굴이 물에 잠길락 말락 하는 것을 가까스로 욕조 가장자리를 붙잡아 모면하는데, 뒤에서 뻗 어온 인후의 팔이 그녀의 상반신을 도로 자신에게 끌어당겼다.

그리곤 바로 전까지 따끔거릴 정도로 세차게 빨아들여 울혈의 조짐이 있는 목덜미 바로 옆에 입술을 대며 다른 손은 물속으로 뻗었다. 유방을 훑고 내려간 손은 곧게 숨죽은 거웃으로 파고들어 이제 주변을 빙 도는 노력조차 없이 바로 화심花心을 지분거렸다.

그냥 가볍게 닿기만 해도 움찔할 정도로 예민해져 있는 곳을 거의 아플 지경으로 자극해오는 것에 화담은 얼굴이 새빨개지도록 입술을 깨물며 참았다. 그러다 마침내 도리질을 치며 벗어나려는 뜻을 피력했다.

"그만 나갈래요, 선배, 더워서 그런가 속이 울렁거려요."

"음. 들어온 지 꽤 됐으니까. 마실 거라도 줄까?"

"네, 마실 게 필요해요, 그러니까……."

그러니까 욕조에서 나가려고 몸을 뒤트는 화담과는 다른 방향으로 인후의 고개가 돌아갔다. 그는 욕조 귀퉁이에 놓인 무언가를 들어서 쭉 들이켰다. 그리고 바로 화담의 얼굴을 붙잡아 입술을 내렸다. 맞물린 입술 사이로 인후의 입에 머금어져 있던 것이 화담에게로 흘러들어 갔다.

막 한 모금 삼키기 무섭게 코끝으로 피어오른 특유의 향기. 마시지 않으려고 화담이 도리질 했지만 그녀의 턱을 붙든 손은 완강했다. 그러는 중에 그녀의 턱을 따라 흘러내린 몇 방울의 와인이 붉게 욕조에 퍼졌다.

"나…… 정말 술은 안 되는데 왜 또."

화담의 탄식 속에 인후는 빈 잔을 채워 이번엔 자신이 달게 마셨다. 손등으로 입술을 훔친 그가 쿡 웃으며 시무룩해진 그녀의 귓가에 속삭였다.

"주사 부리는 모습도 귀여웠다고 말했잖아."

"……엉터리 같은 말 하지 마요. 술 취해서 바보짓 하는 게 뭐가 귀여워. 아, 싫어요, 정말 안 돼. 선배, 선, 으읍."

또다시 인후는 와인을 머금고서 화담에게로 입술을 내렸다. 그녀가 세차게 버둥거리느라 욕조의 물이 찰박찰박 넘쳐흘렀지만 기를 쓴 방어도 부질없이 목을 타고 흘러들어온 와인을 꼴깍거리며 삼켜야 했다. 마지막 한 방울까지 정성스레 화담에게로 흘려 넣어주고선, 놀리듯이 그녀의 혀를 얽어매 쪽쪽 빨아들이며 인후는 쿡쿡 웃었다.

"이렇게 달콤한 게 아닌데, 네 입속에 들어가니까 아주 다른 술이 되어 버리네? 어때? 이번엔 삼키지 말고 나한테 다시 돌려주는 거야. 할 수 있겠어?"

그렇게 말하며 인후는 잔에 따른 와인을 직접 화담의 입술에 대어주었다. 미약하게 도리질치는 그녀에게 네가 마시란 게 아니라 나한테 달라는 거라고 달래서 술을 흘려 넣고선 잔이 비기 무섭게 입술을 덮어 입술 속 감주를 탐욕스레 훔쳐냈다.

"정말 좋잖아?"

진심어린 감탄을 그녀의 귓가에 속삭이며 인후는 몇 번이나 같은 방식으로 이 특별한 잔에 데워진 와인을 만끽했다. 하지만 그러한 잔 노릇으로 인후가 받아간 것보다 화담의 목구멍을 타고 몸속으로 흘러들어 간 쪽이 필연적으로 더 많았다. 중간부터 화담도 그 사실을 깨달았지만 이미 머릿속이 어질어질해서 손가락 하나 까딱할 수가 없었다.

"선배, 나, 나갈래요, 여기 너무 더워…… 더워서 죽을 것 같아."

아주 잠시라도 방심하면 분명 녹아웃이 되고 말리라. 뜨거운 욕조 안이라 더 빨리 취했지만 그만큼 예민했던 탓인지 화담은 그 경계선이 눈에 보이는 듯한 기분이었다.

"조금만 더 있어. 몸살 날까 봐 쉽게 해주려고 하는 건데."

"누워서 쉴래요, 나가요, 제발. ……어지러워."

머리를 가누는 것만으로도 세상이 빙빙 돈다. 욕조에서 일어서는 인후를 따라 몸이 일으켜 세워지자 용케 두 발로 바닥을 디디고 서 있긴 하는데 그것도 얼마 못 가 주르륵 허물어지려 했다.

"이런, 고작 그거 마시고 취하는 거야?"

껴안듯이 하여 데리고 나온 화담을 앉혀놓고 목욕수건으로 감싸 다독다독 물기를 닦아주며 인후는 머리조차 제대로 못 가누는 그녀의 얼굴을 붙잡고 이 뺨에 쪽, 저 뺨에 쪽 하며 수도 없이 입술을 가져다댔다. 그녀가 그의 얼굴을 밀어내며 "정말 모, 못 됐어."라고 중얼거렸다. 그는 웃음을 터뜨리더니 확 그녀의 머리를 끌어당겨 뜨겁게 키스했다.

"안 되겠다. 머리는 나중에 말려줄게."

입술을 댄 채로 속삭이고서 인후는 화담을 안아 들고 침실로 향하는 문을 열어젖혔다. 새로 깐 시트 위로 화담을 누이곤 곧장 달려들어 입술을 겹치며 그녀의 다리를 벌렸다.

"으으응!"

마음의 준비를 할 틈도 없이 몸 안으로 단숨에 깊게 밀고 들어오는 감각에 놀란 꽃송이가 파르르 경련을 했다. 지독한 조임에 진로가 막힌 인후 또한 고통으로 미간을 찌푸렸지만 그래서 더 화담을 꼭 껴안아 하반신을 밀착하면서 뜨거운 입맞춤 사이사이로 중얼거렸다.

"열어주지 않을 거야? 아직도 아파서 그래? 응? 그만두면 좋겠어? 화담아, 눈떠 봐. 눈뜨고 날 보면서 말해. 싫어? 그만둘까?"

무도한 침입자 때문에 얼어붙었던 몸이 부드러운 말 몇 마디로 사르르 녹아간다. 아직 취기로 혼란스러워 꼭 감고 있던 눈을 뜬 화담은 인후를 마주보며 한숨을 쉬었다. 그렁거리며 젖은 그녀의 눈이 붉게 흔들리는 것에 인후는 순간 마음이 아파서 눈을 찡그렸다.

"이제 이런 거 하지 말까?"

걱정스레 바라보는 눈빛과 상냥한 말 한마디. 그 마법 같은 조합에 마음 저 깊이에서 솟아난 훈기가, 왈칵 뜨거운 꽃물이 되어 인후의 분신을 감쌌다. 바로 인후도 그것을 느꼈지만 단순한 몸의 반응일지도 모르는 것에 휩쓸리지 않으려 꼼짝도 하지 않았다.

"더……."

겨우 들어 올린 팔을 인후의 목에 감으며 화담은 입술을 들썩였다. 미약하지만 아래로 당기는 힘을 따르며 고개를 기울인 그의 입술에 제 입술을 맞추며 그녀가 속삭였다.

"더 멋대로 해도 돼요. 선배가 좋다면 얼마든지. 날 엉망으로 만들고 싶다며. 그렇게 해요. 기쁘게 망가져줄게."

"너는? 네 뜻은 어떤 건데?"

바싹 가라앉은 그의 목소리에 흠뻑 배인 적나라한 욕망에 화담의 몸속 깊은 곳이 떨려왔다. 화담은 애써 취기를 이겨내려 노력하기가 싫어졌다. 다 잊도록 취하고 싶은 기분이기도 했다. 말로는 표현할 수 없는 게 너무도 많다……

"내 뜻을 왜 물어요. 선배는, 내 영웅이잖아."

배시시 웃으며 화담은 인후의 입술을 아주 덮었다. 그런 그녀를 내려다보는 그의 눈빛이 한순간 어둡게 흔들렸다.

더 이상의 대화는 없다. 인후는 잠시 내려놨던 고삐를 들어 올려 팽팽하게 쥐어 잡았다. 서툴게 그의 입 안을 유영하는 혀를 얽어 한껏 타액을 빨아들이며 무르춤해졌던 분신을 일깨워 그녀를 세차게 꿰뚫었다. 입술을 놓아주자 참을 수가 없었던지 화담이 고개를 뒤로 젖히며 헐떡거렸다.

'내가 좋다면 얼마든지? 나만? 내가 영웅이니까?'

시트를 비틀어 움켜쥔 화담의 손에 깍지를 끼워 머리 양옆에 결박하고서 인후는 사정 봐주지 않는 강한 힘으로 그녀 안으로 질주했다. 자신도 바라고, 그녀도 바라는 대로 확실하게 멋대로 굴어볼 참이었다.

그 순간에도 현관에 아무렇게나 내동댕이쳐진 핸드백 안에선 화담의 휴대전화가 울리고 있었다. 그러나 수십, 수백 번 벨소리를 내는데 진력이 난 배터리가 소진되며 홀연히 고요가 찾아든다.

얼마 안 있어 인후의 휴대전화가 울리기 시작했다.

바깥은 이미 한낮이었다.

14.

가파른 잠식

잠깐 선잠이 들었다 깨어났을 때 화담은 홀로 있는 자신을 발견했다. 전에 없이 머리가 멍한 가운데서도 몇 시나 되었을까 하는 걱정이 들었다. 학교는 둘째 치고 아르바이트하는 식당이 마음에 걸려 몸을 일으키려다 도로 엎드린 채 숨을 몰아쉬었다. 생전 허리 한 번 아픈 적 없이 살아온 게 얼마나 큰 복이었는지 이제 비로소 절감했다.

몇 번이나 일어나려고 해도 다리에 제대로 힘이 안 들어가 조금만 더, 조금만 더 하며 기운을 끌어모으고 있는데 찰칵 문 열리는 소리가 나고 인후가 들어왔다.

"깼어?"

어둠 속에서도 똑바로 침대를 향해 다가온 인후가 침대 머리맡의 스탠드를 켜고서 가져온 쟁반을 침대에 올렸다. 토마토 샐러드와 양송이 수프, 토스트 같은 가벼운 요깃거리와 찻주전자가 준비되어 있었다.

"홍차 괜찮아? 뜨거운 걸 좀 먹어야 할 것 같아서. 주스가 필요하면 말해. 드레싱 소스는 달게 한다고 했는데 토스트가 밍밍하겠어. 아무래도 잼을 몇 가지 만들까 봐. 요즘 나온 과일 뭐가 있으려나."

인후가 만드는 잼? 저도 모르게 입맛을 다시면서 화담은 그에게 좀 잤느냐고 물었다. 인후가 고개를 끄덕였다.

"아무렴. 안드로이드는 아니잖아?"

하지만 안드로이드여도 나쁘진 않을 거라고 중얼거리며 인후는 홍차를 찻잔에 따랐다. 그것을 화담 쪽으로 내민 인후는 여전히 엎드려 누워 있는 그녀를 보고 씩 웃었다.

"못 일어나겠어?"

뭐랄까, 몹시도 도발적인 미소라 화담은 얼굴을 붉히며 베개에 얼굴을 묻었다. 그녀의 옆으로 다가앉은 인후가 어깨 아래로 손을 넣으며 말했다.

"일으켜 줄게."

"아……."

인후는 분명히 그녀를 일으켜 앉혀주긴 했다. 다만 그리 앉혀놓은 장소가 문제였다.

"선배, 이건……."

"좀 더 기대봐. 새삼스레 왜 얼어서 그래?"

욕조에서 있었던 일의 데자뷰. 인후는 당황스러워하는 화담을 뒤에서 껴안아 바싹 제 품으로 당겨 앉혔다. 비록 그는 목욕가운이라도 걸치고 있었지만 화담은 얇은 시트 아래로 전라였다. 엉덩이에 생생히 느껴지는 그의 몸에 화담이 열없이 고개를 떨어뜨리는 동안 인후는 태연히 쟁반을 옆으로 가져와서는 수프 그릇을 들었다.

"내가 먹여줄까?"

"돼, 됐어요. 스푼 들 힘은 있어요."

"스푼만? 이런, 역시 내가 먹여주는 게 좋겠는데."

"적당히 해요."

왠지 좀 능글맞아진 인후 때문에 화담은 더욱 얼굴을 붉히며 수프를 떠먹었다. 처음엔 몰랐는데 먹다 보니 자신이 무척 허기가 져 있었다는 걸 깨닫고 열심히 그릇을 싹싹 비웠다. 토마토와 파프리카, 파인애플에 발사믹식초가 주가 된 달달한 소스를 뿌린 샐러드를 먹을 땐 너무 맛있어서 저도 모르게 끙끙 앓았다. 덥석 토스트 한 장을 물어 우물거리고 홍차로 입가심을 하면서 화담은 한숨을 쉬었다.

"선밴 진짜 금손이에요. 아, 나도 이렇게 몇 번 해 먹었는데 통 이 맛이 나야 말이지."

찬탄 후에 또 바지런히 먹었다. 천천히 입 안에 든 걸 씹으며 인후는 말없이 그런 그녀를 감상했다. 가짓수는 적어도 양은 풍성히 준비한다고 챙겨온 음식들이 금세 바닥을 드러냈다. 그제야 좀 겸연쩍은 얼굴로 화담이 우물거렸다.

"어째 내가 다 먹은 기분이 드는데, 선배 양 안 찬 거 아니에요?"

"준비하면서 좀 집어먹었어. 걱정 마."

대꾸하고서 인후는 별안간 화담의 입술 가장자리를 혀로 핥았다. 눈을 동그랗게 뜨고 쳐다보는 그녀에게 토스트 부스러기가 묻었다고 말하곤 입맛을 다시며 싱긋 웃는다.

뭔지 몰라도 한창 몸을 섞을 때보다 더 쑥스러운 기분에 화담은 시트를 꽁꽁 여미며 화장실에 가야겠다고 말했다. 도와주겠다고 말한 인후는 쟁반을 옆으로 치우곤 화담을 안아 들어 욕실로 데려갔다.

간밤의 일이 떠올라 화담이 긴장한 것과 달리 인후는 그녀를 좌변기 위에 앉혀놓고 바로 밖으로 나갔다. 볼일을 보고 손을 씻고서 얼굴도 가볍게 씻던 화담은 문득 눈에 들어온 칫솔 컵을 보고 얼마쯤 멍해졌다.

그때 똑똑 노크 소리가 나며 인후가 들어가도 되느냐 물었다. 네, 하고 화담이 대답했다.

"양치질하려고. 너도 할 거지?"

옆으로 다가와 선 인후는 아무렇지 않게 컵에서 두 개의 칫솔을 꺼내 치약을 묻혀 내밀었다. 둘 다 손잡이가 붉은색이지만 화담 쪽이 한결 더 붉다. 언제 이런 것까지 챙겨놨을까 생각하며 화담은 잠자코 칫솔을 입에 물었다.

"머리가 영 엉망이다."

사이좋게 양치질을 하던 중에 인후가 화담의 머리칼을 쓰다듬으며 말했다. 아닌 게 아니라 난리통이 따로 없는 부스스한 머리를 거울을 보며 정리하던 화담이 금세 얼굴을 붉혔다. 거울에 비친 목덜미를 비롯한 어깨 곳곳에 키스마크가 춤을 추고 있었다. 인후도 같은 것을 눈에 담고 있다는 걸 깨닫고 화담은 부랴부랴 양치질을 마치고 입을 헹궜다.

그에게 등을 돌리고 머리를 빗으면서 화담은 지금 몇 시쯤 됐느냐고 물었다. 거울 속으로 그녀의 뒷모습을 바라보는 인후의 눈이 가늘어졌다.

"이제 슬슬 세상일이 머릿속에 들어오나 보네?"

"학교는 몰라도 식당은 책임의 문제니까……."

"갈 수 있겠어? 그 몸으로?"

인후가 입을 헹구면서 하는 말에 화담은 한숨을 쉬었다. 저리 말하는 걸 보면 아직 시간 여유가 있나보지만 아무래도 당장은 서 있는 게 고작이라 일은 무리라고 판단했다.

"연락이라도 해야죠. 성실하게 일해 왔는데 별안간 무단결근을 하면 걱정할 거예요."

낙담한 기색에 인후의 눈이 더욱 가늘어졌다. 입술의 물기를 수건으로 훔치고 돌아서며 그가 말했다.

"아까 보니까 휴대폰 배터리가 다 됐더라. 충전해 놨으니까 가져올게."

인후는 욕실을 나서다 말고 화담을 돌아보며 혼자 침대까지 갈 수 있느냐 물었다. 또 화담 혼자만 얼굴이 달았다.

"갈 수 있어요."

"그래? 그렇구나."

인후의 입가에 희미하게 웃음이 돋아났다. 화담이 힐끗 뒤돌아봤을 땐 이미 그가 욕실에서 나간 후였다.

큰소리는 쳐놨지만 침대까지 돌아가기가 결코 만만치 않았다. 침대 끝에 겨우 걸터앉아 뻐근한 허리를 두드리고 있는데 인후가 돌아왔다.

"어쩌지? 네 걸 충전한다는 게 내 것부터 한 모양이야. 전화만 거는 거니까 내 걸로 해도 되지? 그나저나 핑계는 생각해뒀어?"

"핑계요?"

인후는 그녀가 다니는 식당 번호를 검색하며 화담에게 시선을 던졌다.

"생각 안 한 모양이네? 궁리해 봐. 일곱 시 반이야, 지금."

"……아, 그러니까 저녁?"

"설마 화요일 아침이겠어?"

쿡 웃은 그와 달리 화담은 난감해서 마른세수를 했다. 인후의 여유를 두고 오판을 했다. 이미 한 시간 반이나 늦어버렸다니. 미리 좀 말해주지 하는 원망을 뒤로 하고 핑계거리를 생각하느라 눈을 굴렸다. 아프다는 것 말고는 뾰족한 게 떠오르지 않는다. 아, 사정이 생겨서 아직 무주라고 할까?

"해양칼국수, 연결됐어. 자, 받아."

미처 생각을 정리하지도 못하고 인후가 건넨 전화기를 받은 화담은 숨 돌릴 새도 없이 저 편에서 들려오는 익숙한 목소리에 식은땀을 찔끔 흘렸다.

"아, 지애 아줌마? 저, 화담이에요."

"으응? 화담 학생? 아니 대체 어디야, 아까부터 얼마나 전화를 했는지 알아? 전화기가 꺼져 있어서 우린 무슨 일이라도 난 줄 알았잖아."

성질 급한 찬모 아주머니가 화담의 한 마디에 열 마디 스무 마디를 하는 동안 화담은 마른 입술을 빨며 머리에 쥐가 나도록 대답할 말을 짜냈다.

"죄송해요, 걱정하시게 했네. 그게요, 제가 지금…… 헉."

느닷없는 방해가 화담의 사고를 정지시켰다. 곁에 와 앉은 인후가 등 뒤에서 와락 끌어안으며 그녀의 가슴을 움켜쥔 것이었다. 경악해서 돌아보는 화담을, 인후는 가볍게 밀어뜨려 침대 위로 뉘었다. 그리고서 묶어놓은 시트매듭을 푸는 손길에 화담은 잠시만요, 하고 통화 상대에게 양해를 구하곤 수화기 부분을 가렸다.

"대체 뭐 하는 거예요, 지금!"

"아프다고 할 거잖아. 도와주려고. 너 거짓말 못하니까."

말도 안 되는 이유에 어안이 벙벙한 것도 잠시, 인후가 진심으로 덤벼드는 것을 깨닫고 몸을 굴려 옆으로 피했다.

"부탁이에요, 내가 알아서 할 수 있으니까 돕지 말아요!"

허겁지겁 끌어온 시트로 아랫도리만 겨우 가리며 쏘아붙이고선 다시 통화를 시도했다.

"죄송해요, 아주머니, 제가 지금, 지, 지금…… 으으읏."

막 몇 마디 건네다가 화담은 손등으로 제 입을 틀어막으며 발작 같은 신음을 삼켰다. 인후에게 등을 보였다고 안심한 게 어리석었다. 그는 덜 렁 화담의 허리를 들어 올려 그녀의 다리 사이에 얼굴을 묻었다. 화담이 뒤로 손을 저어 그를 뿌리쳐보려 했으나 그 손마저 꼼짝없이 붙들렸다.

"화담 학생? 여보세요? 화담 학생?"

"네에, 아줌마, 죄송해요, 제가……."

억지로 끌어낸 목소리가 바들바들 떨렸다. 화가 나야 할 상황인데도 화담은 속절없이 허리가 떨리는 자신을 발견하곤 그만 울고 싶어졌다.

"제가 좀 아파서요. ……학교도 못 나가고 정신없이 잤네요. 미리 전화 드리려고 했는데 깨어보니까, 깨어보니까 벌써 시각이……."

몸을 굽혀온 인후가 화담의 귀를 깨물었다. 화담은 이를 악물곤 눈을 가리면서 재차 사정을 설명하고 사과를 했다. 울먹임에 가까운 목소리는 과연 애처롭게 들렸다.

"다신 이런 일 없게 할게요. 정말 죄송합니다."

"목소리가 너무 안 좋네. 그래, 병원은 다녀왔고?"

"아, 아뇨. 괜찮……아요, 몸살이니까 푹 쉬면 될 거예요."

"그럼 내일은 나올 수 있는 거야? 병원 가보고 안 되겠으면 미리 연락 을 해."

"나갈게요. 내일……. 내일은 괜찮아질 거예요."

별안간 그가 목덜미를 잘근거리며 깨무는 바람에 화담은 하마터면 수 화기 너머로 신음소릴 들려줄 뻔했다. 가까스로 말을 갈무리하고 식당 아 주머니가 몸조리 잘하라며 걱정해주는 말을 서둘러 받아넘기고서 화담은 전화를 끊었다.

탁 하고 케이스를 덮는 순간 무사히 전화를 끝마쳤다는 안도감에 화담 은 맥없이 시트 위로 머리를 떨궜다. 그 순간에도 목덜미를 맛있게 빨고 있던 인후가 중얼거리는 말이 뒤에서 들려왔다.

"멋진 연기였어. 눈 감고 들었는데 정말 아픈 것 같더라."

화담은 꼼짝도 하지 않다가 발작적으로 머리를 쳐들며 "제 정신이에요?"하고 소리쳤다. 쏘아보는 눈에 분한 나머지 이슬마저 맺혀 있다.

"놔요, 놔줘요……, 이 손 좀 놓으라고요!"

화담이 몸부림치며 외치자 순간 거짓말처럼 인후가 손을 놓았다. 곧장 침대 위쪽으로 달아나 인후에게 거리를 두고서 화담은 헝클어진 머리칼을 쓸어 넘기며 한숨을 내쉬었다. 그리고 그를 바라보며 믿을 수 없다는 듯 머리를 저었다.

"말해 봐요, 선배, 날 정말 도와주려고 한 거 맞아요?"

"그게 아니면?"

고개를 갸웃하는 인후가 너무도 태연해 화담은 발끈 눈살을 찌푸렸다.

"날 망하게 하려고 작정한 게 아니라요?"

"내가? 내가 왜?"

"그러니까요! 나도 그게 궁금해서 묻잖아요. 선배가 그렇게 나오면 내가, 내가 어떤 반응을 보일지 뻔히 알면서 대체 왜 그랬어요! 난 진짜 순간적으로 선배가 아니라 내 머리가 어떻게 된 줄 알았다고요."

인후는 싱긋 웃더니 무릎걸음으로 화담에게 다가오기 시작했다. 그녀는 저도 모르게 두 다리를 바싹 끌어모으며 몸을 움츠렸다. 시선을 애써 인후의 얼굴에만 두고 있지만 그럼에도 불구하고 시야엔 더 많은 것이 들어온다. 이를테면 풀어헤쳐진 목욕 가운 사이로 보이는 그의 눈부신 몸이라거나……. 화담은 급히 시선을 돌려 침대 머리맡에 켜진 스탠드를 보며 설명을 재촉했다.

"이렇게 대답을 끌어야 할 만큼 어려운 문제예요?"

"불을 끄는 게 좋겠어?"

인후는 대답 대신 엉뚱한 질문으로 화담의 주의를 끌었다. 하필 불빛 때문에 너무 많은 게 보인다고 속으로 생각하던 참이라 화담은 움찔하면서도 쌀쌀맞게 쏘아붙였다.

"그런 생각 안 했어요!"

"그럼 다행이고. 어둠도 좋지만……."

이미 화담의 바로 앞까지 다가온 인후가 그녀의 허벅지를 쓰다듬으며 말했다.

"이젠 좀 환하게 하고 싶었던 참이거든."

인후의 눈에 어린 노골적인 욕망에 화담은 마른침을 삼켰다. 그의 다른 손이 꼭 붙어 있는 그녀의 무릎을 붙잡았다. 그대로 무릎 사이로 파고들려는 손을 화담이 움켜쥐고 고개를 저었다.

"내 질문에 아직 대답 안 했어요, 선배."

말끄러미 그녀를 바라보던 인후가 문득 씩 하고 웃었다. 짓궂은 심술마저 엿보이는 미소에 이어 그는 와락 화담의 다리를 벌리고 그녀가 미처 어찌할 틈도 없이 욕망을 밀어붙여 왔다.

"하읏! 아, 아, 아아……!"

마구 몰아붙이는 인후의 기세에 떠밀려 화담의 잔등이 침대헤드에 부딪는 소리가 한동안 요란하게 침실을 채웠다. 나름 욕망을 부추기는 소리였지만 이러다 화담에게 자칫 멍이라도 들까 싶어 그는 그녀를 안은 채 뒤로 물러났다. 그리고 베개를 끌어와 북돋운 자리에 화담을 누이곤 더 격하게 그녀에게로 몸을 실었다.

아등바등 살을 섞어가며 그녀의 얼굴 어디랄 것 없이 퍼붓는 입맞춤에 화담은 제대로 눈도 뜰 수가 없었다. 그가 쏟아내는 격정의 폭풍에 화담은 겨우 그의 등을 그러안고 떠내려가지 않으려 안간힘 쓰는 게 고작이었다.

"흐으, 하, 선배, 선배, 조금만 천천히…… 선배, 제발……."

끝도 없이 빠르게 몰아붙이는 기세에 화담이 인후의 어깨를 두드리며 애원했다. 그마저 무시해버리나 했지만 홀연 인후가 움직임을 그치고 고개를 들어 그녀를 내려다보았다.

올려다보는 화담의 눈에 엷게 땀이 배어난 그의 뺨과 입술, 그녀를 보며 가볍게 떨리는 새까만 눈동자가 무서우리만치 요염하게 비쳤다. 그 감동이 한숨이 되어 흘러나오는 화담의 뺨을 그가 부드럽게 감싸며 입을 열었다.

"나더러 멋대로 하라고 했잖아. 내가 좋으면 된다고."

화담은 멍하니 고개를 끄덕였다. 인후의 얼굴이 서서히 그녀에게로 기울어졌다. 코가 닿을 정도로 가까이에서 인후가 중얼거렸다.

"아직 부족해. 그러니까 버텨, 불평하지 말고. 아니면 이제라도 관둘까? 이건 아니다 싶으면 지금 말해."

말하면, 그걸로 이 시간은 끝난다. 완전히. 틀림없는 예감에 화담은 부르르 떨며 고개를 저었다.

"버틸게요."

"기특하네."

어쩐지 사늘한 미소에 이어 인후가 입술을 내렸다. 가볍게 화담의 입술을 훔친 걸 시작으로 이내 뜨겁게 밀착하며 다시 격렬하게 그녀의 몸을 탐했다.

어느 때쯤인가 인후의 휴대전화가 기지개를 켜며 울었지만 거푸 무시당하다가 짜증을 낸 주인의 손에 걸려 잠잠해졌다. 더 이슥해진 무렵엔

밖에 누가 왔는지 인터폰이 울리기도 했다. 마침 잠들어 있던 화담의 귀를 막아준 인후는 벨소리가 잠잠해진 후 침실을 나가 인터폰이란 방해물도 조용히 처리했다.

밤 열한 시 반. 보통 이런 시간엔 졸려본 기억이 없는 그였지만 이때만큼은 하품을 하느라 정신을 못 차렸다. 생수 한 병을 거의 비우고 새로 한 병을 들고 침실로 돌아가던 인후는 문득 나른한 이마를 짚고 서서 현관 쪽을 응시했다. 그는 침실에서 자신의 휴대폰을 챙겨서 거실로 나왔다.

"방금 너였어?"

블라인드를 올린 창가에 서서 바깥을 내다보며 묻는 말에 아니나 다를까 저편에서 푸른이 펄쩍 뛰었다.

"역시 있으면서 무시한 거냐? 내 그럴 줄 알았다, 암튼 기다려, 지금 페페 돌린다."

차를 돌리겠다는 말에 인후는 인상을 쓰며 유리창에 이마를 댔다.

"오지 마, 나 혼자 있는 거 아니야."

"어?"

대략 이삼 초 정도의 공백 후 푸른이 물었다.

"껵정이가 거기 있냐?"

인후는 구태여 긍정도 부정도 하지 않았다. 그 훌륭한 대답에 푸른이 나지막이 휘파람을 불었다.

"오 마이 가쉬! 너 자칫 유괴범으로 몰리게 생긴 거 알아?"

"유괴? 화담이가 한두 살 먹은 애야?"

"그럼 납치범이라고 할까? 아무튼 농담 아냐. 한남동에선 실종 소리까지 나왔다고."

"유괴 다음엔 실종이냐."

인후는 쓴웃음을 지으며 얼굴을 문질렀다. 진지하게 생각해보려고 해도 하품을 하느라 여념이 없다. 귀도 밝은 푸른이 그걸 귀신같이 알아듣고선 놀리기 시작했다.

"뭐냐, 너? 지금 하품한 거냐? 자정도 안 됐는데 차인후가 하품을 해? 왜지? 이제 와서 시차병일 리도 없고, 아프냐? 아프구나. 친구로서 이 비상사태에 그냥 가는 건 도리가 아니지. 역시 내가 차를 돌리마."

"깐죽거리지 마."

내버려두면 한없이 이빨을 깔 게 분명한 푸른의 만담에 경계를 그어주고 인후는 눈에 힘을 주며 목소릴 가다듬었다.

"어제 성북동에서 우리 본 거 말 안 했어?"

"안 할 생각이었는데 새벽에 다현이가 연락하는 바람에 불었다. 내가 마지막으로 볼 땐 너랑 있었으니까 별일이야 있겠냐고 했지."

"근데 무슨 유괴에 실종 운운이야."

"아주머니가 그랬단 이야기야. 다현이가 기다려보잔 말만 하고 입을 다물었나 봐. 걔가 정보를 깔고 뭉갠 마당에 중간에서 내가 또 입 털기가 뭣해서 몸 좀 사렸다. 난 그래도 혹시나 싶어 와봤는데……. 꺽정이 오늘도 외박시킬 셈이야?"

묘하게 푸른의 말이 거슬려서 인후는 잠이 좀 깼다.

"내가 간다는 애 못 가게 묶어두기라도 했을까 봐?"

돌아오는 답이 가관이다.

"원래 유난히 금욕적인 체하는 녀석들이 한 번 눈 뒤집히면 못할 짓이 없더라고. 오죽하면 늦게 배운 도둑질에 날 새는 줄 모른다는 말도 있지?"

"그럼 이러고 있을 게 아니라 당장 경찰에 신고나 하시지?"

"으흐흐, 이미 하고 있을 거란 생각은 못 하시나? 이 강푸른, 세컨드폰 뿐 아니라 써드폰까지 있다는 걸……."

더 들어줄 이유를 알 수 없어 인후는 전화를 끊었다. 블라인드를 내리고 창을 등지고 돌아서는데 손에 들린 휴대폰이 다시 진동했다. 푸른이겠거니 하고 전화를 받아 계속 성가시게 굴면 차단해 버린다고 으르렁대는데 푸른의 것과는 확연히 다른 차분한 목소리가 들려왔다.

"이젠 통화가 되네."

남다현. 인후의 잠이 또 얼마쯤 깼다.

"그러게. 운 좋다. 잠깐 켰다가 끌 참이었는데."

"원래 내가 사소한 운 같은 건 좋잖아. 로또를 해도 자잘한 건 곧잘 당첨되고."

"그랬던가."

웬 로또 타령인가 하며 인후가 심드렁하게 중얼거려도 다현은 그 주제를 잠시 이어나갔다.

"푸른인 늘 허탕인가 싶으면서도 이따금 쓸 만한 게 걸려서 본전은 잃지 않지. 그리고 넌 기억나? 생일 로또라고 딱 한 번 산 게 3등이 됐잖아."

"내가 산 거 아니야. 돈을 갈취당했던 거지. 엄밀히 말해선 내 운도 아니고."

기억을 못 할 리 없다. 그것은 6년 전 7월 15일에 산 두 장의 로또에 얽힌 이야기이다. 어릴 때부터 생일엔 엄마가 사주는 복권을 선물 받았다는 화담이 인후에게서 빼앗은 오천 원과 자신의 오천 원을 보태서 로또복권을 샀다. 7과 15란 숫자를 빼고 자동으로 돌렸던 10개의 조합 중 하나가 그 주 토요일에 3등에 당첨되었다. 생전 세 자리 넘게 맞아본 적이 없었는데, 이건 순전히 인후의 운이 틀림없다며 화담은 한동안 그를 마이더스라고 부르며 볼 때마다 만 원 줄 테니 오천 원만 달라며 굽실거리곤 했다.

"화담인 자기 운이 아니라고 하고, 넌 네 운이 아니라고 하고. 그럼 그 행운은 대체 뭐였을까."

"행운에 무슨 정체가 있어. 그냥 눈먼 운이었던 거지."

언젠가 말했던 것과 같은 논지로 대꾸하면서도 인후의 머리 한편엔 다른 대답이 서성였다. 1+1=3이 되는 경우. 스스로 운이 좋다고 생각해본 적은 한 번도 없었는데 화담을 만난 후 약간 생각이 달라졌다.

그렇게 혼자 묻어두는 대답이 저편에 느낌이라도 전해진 걸까, 다현이 전에 없이 긴 한숨을 쉬었다. 그걸 듣는데 인후 스스로도 의아할 정도로 기분이 가라앉았다.

화담이 흔히 무주의 두 친구와 자신을 한데 싸매어 삼총사 운운하는 것에 영향을 받아 푸른도 이따금 그와 인후, 다현의 셋을 묶어 삼총사라고 말하곤 하는데 인후는 딱히 그걸 본질에 부합한 표현이라고는 여기지 않았다. 우리 셋의 경우는 어디까지나 강푸른이란 중심 원자를 두고 극을 이루는 별개의 원자로 중심 원자가 사라질 경우 자연스럽게 그 연대가 소멸하지 않을까 생각한다. 막연하긴 해도 다현도 그리 여길 거란 심증은 있다.

만약 화담을 좋아한다고 말한 게 푸른이었다면 인후의 처신은 지금과는 꽤 달랐으리라. 솔직히 다현에게 이렇다 할 미안함 같은 건 없었다. 그런데도 다현의 한숨 소리를 듣자 왠지 떨떠름해졌다. 그 석연찮은 기분을 털어버리려고 인후가 툭 말을 던졌다.

"이 시각에 로또 이야기나 하려고 전화한 거 아니잖아. 용건을 말해."

다현이 숨을 들이쉬더니 나직이 대꾸했다.

"……냉정한 줄은 알았지만 이제 보니 내 생각 이상으로 각박하구나, 차인후."

인후의 눈썹이 슥 치켜 올라갔다. 안 된 말이지만 그렇게 먼저 때리니 이쪽도 마음이 편해졌다.

"화담이 이야길 하는 건가?"

"화담이 이야길 하는 거냐고? 그래, 그 이야기야. 그 애랑 같이 있는 거, 맞아?"

"맞아."

물어보니까 대답했는데, 새삼 충격이라도 받은 듯 다현이 조용해졌다. 인후는 여전히 미안하지 않았다. 다만 다현이 지금 느낄 더러운 기분은 십분 이해했기에 조금은 더 부드럽게 말을 이었다.

"난 딱히 널 배신한 게 아니야. 애초에 너와 화담일 두고 경쟁한 적이 없으니까. 무슨 말인지 알 거라고 생각해."

"애초부터 네 거였다는 말이야? 어떻게 그럴 수가 있지? 지난 6년간 너흰 얼굴 한 번 본 적 없어. 이제 보니 그것도 철저한 기만이었나?"

"6년……. 글쎄."

인후는 씁쓰레하게 미소를 머금으며 눈을 감았다.

"넌 사람에 대한 마음을 키우는 게 뭐라고 생각해? 같이 보낸 시간과 추억? 내 경우에 그건, 그 사람을 생각하면서 보낸 시간이었어……."

통화를 끝내고 인후는 전원을 끈 휴대전화를 거실 테이블에 두고 침실로 돌아갔다. 스탠드 불빛 속에 곤히 잠든 화담의 얼굴을 보는 순간 견딜 수 없을 정도로 가슴 언저리가 욱신거렸다. 조용히 발소릴 죽여서 침대로 다가간 그는 잠시 머리맡에 앉아서 잠든 그녀를 내려다보았다.

멀리 떨어져 얼굴을 보지 않는 걸로 잊힌다면 그 정도의 마음이었거니

하고 깨끗이 잊을 참이었다. 구태여 잊으려고 버둥거리지 않았다. 마음이란 건 고삐를 죄면 죌수록 더 버둥거린다는 것 정도는 알았으니까. 낯선 환경에서 만나게 될 새로운 사람들 중에 화담의 존재감을 지워줄 사람 하나가 없을까 하는 그로서는 보기 드문 낙관도 조금은 있었다.

늘 그래 왔듯, 그에게 낙관 같은 건 쓸데가 없었다. 같은 행운은 두 번 찾아오지 않는다는 걸 재삼 깨달은 후에도 좀 더, 좀 더 하며 늑장을 부렸다.

"인정할게. 실은 좀 겁이 났어."

속삭이면서 화담의 머리칼을 조심스레 쓸어 만졌다.

"난 원래 사람과 관련해선 운이 없어서."

딱 한 명 예외적인 존재가 푸른. 화담이 두 번째 예외가 되어줄 거란 확신은 인후에겐 없었다.

그가 떠나기 전까지 간이고 쓸개고 내어줄 것처럼 졸졸 따라다니던 화담이 영국에 간 그에게 소식 한번 전하지 않은 것도 그의 두려움을 부추겼다. 말없이 한국을 떠버린 건 자신이지만 뒤늦게라도 화담이 알면 어떻게 그럴 수 있느냐고 노발대발할 줄 알았다. 그러지 않았다. 실은 영국에 갔다고 푸른에게 전해들은 뒤에도 '역시 큰물에서 놀 줄 알았다'며 생글생글 웃었다고 한다.

인후가 그녀의 일을 묻지 않았듯이 화담도 지나가는 말로라도 인후에 대해 궁금해하지 않았다. 푸른이 제풀에 늘어놓는 수다를 경청하면서 '굉장하다, 역시, 과연' 등등으로 추임새 한 마디씩 보태는 것이 그녀가 보이는 반응의 전부. 심지어 화담이 대학생이 된 뒤 방학 때마다 영국에 같이 가지 않겠느냐고 물어도 나중에, 라고 고개를 흔드는 게 끝이었다. 오죽하면 푸른이 화담에게 장거리비행 공포증 같은 게 있는 게 아닐까 하는 설까지 제기했다.

한국을 떠나기 전날까지만 해도 하루라도 안 보면 눈에 가시가 돋는 것처럼 굴던 아이가 보여주는 무덤덤한 반응이 못내 아팠다. 결국 화담조차 그가 놓으면 끝나는 관계였구나 싶어 더욱더 사람에게 염증을 느끼기도 했다.

귀국하는 게 무슨 소용이 있을까, 하는 비관이 그의 발길을 얽어맸다. 가봤자 화담의 옛날 앨범 중 한 페이지를 장식하는 추억 속 사람이 된 자신을 확인하게 될 뿐이라면?

마음 속 그늘에 둥지를 튼 갈까마귀가 그의 비관을 먹고 자라며 시에서처럼 속삭였다. 'Nevermore.'

그런 그의 무거운 등을 떠밀어주었다는 점에서, 인후는 다현에게 감사해야 한다. 그리고 이렇게 화담을 들여다보고 있자니 다현의 처지를 애석하게 여기는 마음도 일어났다.

같은 것을 바랐으나 갖지 못한 자에게 보내는 오롯한 연민이랄까. 그에겐 결코 이런 순간이 오지 않을 테니까.

스탠드를 끄고 가운을 벗으며 침대에 오른 인후는 화담을 품에 당겨 안았다. 몇 번을 안아도 살갗이 닿는 순간이면 그의 피부 및 혈관에서 전류가 흐르며 훅 체온이 올라갔다. 그러안은 팔에 힘을 주며 더욱 밀착하고자 하는 시도에 잠결에 화담이 칭얼거리다 도로 잠들며 뿜어내는 숨결이 그의 목덜미를 간지럽혔다. 또다시 가슴 언저리가 욱신거리며 단전에 뿌듯하게 힘이 들어갔다. 이번만큼은 포옹에 만족하고 잠든 얼굴을 물끄러미 바라보았다.

'사람이 사랑스러워 미칠 것 같다는 게 이런 건가.'

이윽고 화담이 불어넣은 잠의 숨결이 인후의 눈을 가물거리게 했다.

인후는 기분 좋게 눈을 감으며 미소 지었다.

아주 깊고 단 잠이 기다릴 것을, 아는 자의 미소였다.

"그게 또 휴대폰에 문제가 생겼지 뭐니. 이번 달 들어서 자꾸 이러네. 아무래도 중요한 사람들 전화번호는 몸에 문신을 하든지 해야지 진짜."

서윤과 통화를 하는 중에도 화담은 초조한 눈빛으로 시계를 들여다보며 연신 입술을 핥았다. 막 아홉시 반이 넘었는데 아직 숙인여대는 코빼기도 보이지 않는 상황이다. 월요일과 화요일, 이틀 연속으로 수업을 빠진 것으로 모자라 오늘도 지각으로 수업을 시작하고 싶지는 않았다.

"이따 한 시에 전화할 수 있는데 시간 괜찮아? 그때 아니면 다섯 시에서 여섯 시 사이도……. 아, 밤에? ……그래? 오후에? 벌써 사박오일이 지났나? ……그렇구나. 말했잖아, 내가 좀 정신이 없다. 응, 이따 통화하자."

통화를 마치고 가볍게 한숨을 내쉰 화담은 머리카락을 쓸어 올리다 말고 골똘히 생각에 잠겼다. 그 굳은 얼굴에 인후는 알은체하지 않으려 했던 처음의 생각을 버렸다.

"지승준이 오후 비행기로 돌아온대?"

"네? 아, 네, 그렇다네요."

사이판에 가족여행을 갔던 승준이 오후 비행기로 인천에 올 거란 소식을 듣고 화담의 머릿속이 수런거렸다. 딱히 얼굴을 보자는 말을 해놓은 건 아니지만 인천까지 온 승준이 그냥 무주로 내려갈 성싶지는 않았다.

"인천공항으로 오나?"

"네. 한 이틀 승국 형네 집에서 있다 내려갈 거래요."

반건성으로 대꾸하는 화담을 인후는 힐끔 쳐다보고 무슨 말을 하려다가 입을 다물었다. 그의 입에서 맴도는 말도 다른 게 아니었다.

'그 녀석 널 보러 올 수도 있겠네?'

인천까지 와서 서울에 있는 화담일 안 보고 가는 게 더 이상하다. 하물며 화담의 생일이 얼마 남지 않은 상황. 인후는 연신 입술을 핥았다.

화담은 숙인여대 정문에 이를 때까지 멍하니 생각에 빠져 있었다. 아무 말도 않긴 인후도 마찬가지였지만 옆자리에 앉은 그녀의 머릿속에 무슨 생각이 오가는지 알 수가 없어 몇 번이나 불편한 기색으로 자세를 고쳐 앉았다.

그런 그에게 시선 한 번 주지 않을 만큼 화담은 생각에 골똘했다. 왠지 인후에겐 그게 썩 좋지 않은 징조로 느껴졌다. 운의 문제가 되면 인후는 자신이 있었던 적이 단 한 번도 없다. 아니, 잠깐. 이게 과연 운의 문제일까?

"아, 학교다. 다행이에요, 지각 안 하고 수업 들어갈 수 있겠어요. 설마 사물함까지 뛰어가다가 발이 겹질려 넘어지거나 하는 비참한 사태는 없겠죠?"

문득 주변을 돌아본 화담이 부산스레 말하며 풀어놓았던 머리를 묶었다. 아직 완전히 마르지 않은 머리칼을 묶는 끈은 다름 아닌 인후의 손수건이다. 깜빡 늦잠을 자고 정신없이 나오는 와중에 머리끈도 미처 못 챙겼다. 그나마 지난주 목요일에 교재를 사물함에 두고 와서 한남동에 들러야 할 일이 없는 것만으로도 다행이었다.

한남동. 화담은 명혜 생각에 새삼 안색이 어두워졌다. 서윤에게 전화하기 전에 한남동에 전화를 넣었다가 메이드에게 명혜가 늦게 잠자리에 들었다는 소리를 듣고 학교 가는 길이니까 나중에 다시 전화 드리겠다고 말하고 전화를 끊었다. 맞을 때를 늦춰놓은 매 때문에 더 머리가 무거웠다.

뒷일 생각 않고 저지른 일. 그 결과 눈앞엔 태산이 쌓여 있다. 화담은 심호흡을 하며 하나씩 차근차근 해결하리라 다짐했다.

"그냥 여기 세워주면 되는데."

잠깐 화담이 딴생각을 하는 사이 인후의 차는 숙인여대 안으로 들어가고 있었다. 길이나 안내하란 말에 그녀는 잠자코 손짓을 해가며 경영대 쪽까지 데려갔다.

"시계탑 옆에서 세워줘요. 사물함에 들렀다 가야 해서."

인후가 시계탑에 살짝 못 미쳐서 차를 세우자 화담은 안전벨트를 풀고 도어에 손을 뻗었다.

"고마워요, 선배, 그럼……."

화담은 말을 하다 말고 인후가 쥐어 잡은 자신의 왼손을 내려다보았다. 그녀가 약간 어리둥절한 눈으로 그를 쳐다보자 인후는 말없이 그녀의 뒤통수를 당겨와 입술을 겹쳤다. 부드럽게 포개었던 입술을 살짝 벌려 그녀의 입술을 지그시 감싸 물었다가 놓아주면서 다시금 방향을 바꾸어 거듭 입을 맞추었다. 달콤한 기대로 금세 노곤해지려는 몸을 억지로 추슬러 화담은 인후를 밀쳐냈다.

"이럴 시간이 없어요. 그만 갈게요."

귀까지 빨개진 얼굴과 모기만큼 가늘어진 음성. 인후의 눈에 엷게 웃음이 떠올랐다.

"무리해서 일하러 가지 마. 일단 다섯 시 경에 여기로 올 테니까."

"그러지 마요, 일할 거예요, 내가 진짜 아픈 것도 아닌데."

"꼭 그렇지만도 않잖아?"

인후의 지적에 화담은 눈썹을 파닥거리며 고개를 떨구었다. 평소 거의 볼 수 없는 모습이기에 그녀의 그런 수줍음은 더할 나위 없이 자극적이다. 본의 아니게 강한 유혹술을 펼치는 그녀의 손을 마지못해 놓아주면서 인후는 어쨌든 저녁은 먹을 거 아니냐고 물었다.

"배고프다고 점심 너무 많이 먹지 마. 저녁에 진짜 맛있는 걸 먹여줄게. 확실하게 피가 되고 살이 될 걸로. 가뜩이나 스키니한데 여기서 더 빠지면 곤란하지."

"스키니? 난 어디까지나 날렵한 근육질이라고요. 나올 데 나오고 들어갈 데 들어간 훌륭한 몸매!"

좀 전까지 쑥스러워하던 것도 잊고 힘주어 주장하는 화담을 보며 인후가 슥 눈썹을 치켜 올렸다.

"하긴, 확실히 보이는 것 이상이었어."

부랴부랴 화담은 팔을 교차하여 그의 시선으로부터 가슴을 사수했다.

"그, 그렇게 능글맞게 웃지 마요! 푸른 선배가 둔갑한 것 같아!"

찰싹, 가방으로 인후의 팔을 때리고 화담은 삼십육계 줄행랑을 놓았다. 열심히 달아나는 화담의 모습을 전면 유리창 너머로 내다보며 인후는 피식했다.

"강푸른이 둔갑이라. 그건 좀 치명적인데? 왕년에 싸움질 좀 했다더니 역시 급소를 안다니까."

핸들에 기대어 인후는 마냥 다정한 눈길로 화담을 응시했다. 저만치 안전거리를 확보한 그녀가 뒤돌아보더니 아직 같은 자리에 있는 차를 보곤 겸연쩍은 얼굴로 손을 흔들었다. 왼쪽 뺨의 흉터가 보조개처럼 푹 팰 정도로 그는 웃었다.

"도로 데려가고 싶어 미치겠군."

월요일로 부족해 화요일까지 아무 데도 못 가게 붙들어놓고 보낸 시간도 이미 지나버리고 나니 눈 깜짝할 새와 별 차이가 없다. 당장 화담을 데려와 다시 침실에 틀어박히고픈 바람으로 입이 다 바싹 탔다. 방심하면 정말로 도어를 열고 내릴 것 같은 몸을 진정시키려고 물을 마시던 인후는 무언가를 보고 눈이 커졌다. 옆 좌석 발치에 떨어져 있는 걸 들어 올린 그가 고개를 갸웃했다.

"실수?"

화담이 휴대폰을 두고 내렸다. 프로이트라면 화담의 마음속 부담감이 휴대폰의 존재를 일부러 잊게 했다고 설명할 법한 상황이다. 이유야 아무래도 상관없었지만 그의 머릿속엔 어떤 생각이 구체적인 형상을 띠기 시작했다.

인후는 혹시라도 화담이 전화기를 깜박한 걸 알아채고 돌아오기 전에 차를 돌렸다. 화담은 4교시 수업이 끝나고 점심 먹을 때가 되어서야 휴대폰이 없다는 걸 깨달았으니 인후의 노심초사가 쓸데없었다 하겠다.

학생식당 공중전화 앞에서 화담은 인후에게 전화를 하느냐 마느냐로 갈등했다. 전화를 하지 않은 건 인후의 전화번호가 떠오르지 않아서는 아니다. 그의 번호는 화담이 기억하는 몇 안 되는 전화번호 중 하나였다.

'승준이가 전화할 텐데.'

전화는 온다. 그것이 언제일까를 두고 화담은 고민했다. 여행길이 고됐을 테니 한숨 돌리고 느지막이 전화할 거란 쪽으로 생각의 추를 기울였다. 어머니와 형도 함께 있으니까 더욱 그쪽에 무게를 두었다. 전이었다면 상황은 달랐겠지만 요 몇 달 사이 부쩍 진중해진 승준이라면 마냥 들떠서 화담에게 제일 먼저 보고하지는 않으리라.

'아마도 내일.'

내일, 승준과 대면할 거라는 막연한 예감을 하며 화담은 공중전화를 뒤로 하고 식당으로 들어갔다.

"여보세요?"

사이판의 해변에서 모은 조개로 만든 목걸이를 햇빛에 비춰보던 승준은 수화기에서 들려오는 낯선 남자의 음성에 두 눈이 동그래졌다.

"아, 죄송합니다, 제가 전화를……."

무심코 잘못 걸었나 하고 사과하다가 그럴 리가 없기에 말을 멈추었다. 단축번호를 눌러서 건 전화에 실수 같은 게 있을 리 없다. 그것을 확인시켜 주듯 상대방이 말했다.

"화담이 전화 맞습니다. 주인이 자리에 없어서 대신 받았어요."

"네……. 같은 수업 들으세요? 아, 그럴 리가 없나."

당황한 바람에 말도 안 되는 소릴 했다. 화담이가 여대에 다닌다는 것도 순간 망각할 만큼 승준은 남자의 음성에 동요하고 있었다.

"아침에 학교에 태워다줄 때 차에 두고 갔더군요. 야무진 것과 별개로 이따금 그런 자잘한 거 흘리는 버릇 있잖아요."

"네, 확실히."

여유롭고 차분하면서도 성인 남자의 패기가 묻어나는 목소리였다. 분명히 모르는 목소리인데, 어디선가 들어본 것 같은 느낌에 승준은 눈살을 찌푸렸다. 언뜻 떠오르는 이름이 있어 승준이 조심스레 물었다.

"혹시 푸른 선배십니까?"

오래전에 한 번 인사를 나눴고 그 뒤로 몇 번 전화상으로 흘리듯이 지나가는 목소리를 들은 기억으로 물어보면서도 고개를 갸웃했다. 대답도 듣기 전에 그 남자가 아니야, 라는 답이 마음속에서 올라왔다. 과연 저편에서 희미하게 웃는 기척이 났다.

"강푸른이라면 내 친구입니다만."

"아, 죄송합니다. 어디서 들어본 목소리인 것 같아서 혹시나 하고."

"의대생이라더니 과연 기억력이 꽤 명철하군요."

돌아온 대답에 승준은 새삼 어리둥절해졌다.

"그래요? 역시 전에 이야기한 적이 있나요?"

"최근이 아니니 긴가민가할 만도 하죠."

"최근이 아니라면……."

"만으로 6년이 넘었어요. 화담이가 한창 서울에 올라온다 만다 말이
나올 때니까."

그제야 승준의 뇌리에 번득이는 한 개의 점이 있었다.

"기억나요, 당신. 분명히 나한테 전화를 해서 화담일 바꿔달라고 한 적
있어요. 이름이…… 맞다! 그쪽이 차인후, 인후 선배 맞죠?"

"그래요, 내가 차인후예요."

부드럽게 상대가 긍정하는 것에 승준은 머쓱해하며 머리를 긁적였다.

"전에 화담이가 많이 신세졌다고 한 게 기억나서 목소리가 높아졌네
요. 영국에 계신다고 들었는데, 한국에 오셨나 봐요."

"네, 가져갈 게 있어서 잠시 들어왔죠."

그러시군요, 하고 대꾸하고 승준은 손에 들린 조개목걸이를 내려다보
며 다시 화담의 일로 주제를 가져왔다.

"화담이랑 통화해야 하는데 언제 가능할지 모르겠네요."

"연락 온 거 전해주죠. 두 시간 반 남짓 후에 볼 거니까."

그가 말하는 시각이 다섯 시쯤인 걸 헤아리고는 승준이 물었다.

"휴대폰 전해주러 일부러 가시는 건가요? 그런 거면 제가 받으러 갈

게요. 지금 인천공항인데 화담이 보러 갈 참이거든요. 계신 곳이 어딘지 알려주시면 제가…….”

“아뇨, 그럴 것 없습니다. 내 쪽이 선약이니까 그쪽은 괜히 헛걸음하지 않았으면 좋겠네요.”

“네?”

유난히 얼뜨기처럼 들리는 자신의 목소리에 견주었을 때 잘 다듬어진 유리공예품 같은 인상마저 드는 깔끔한 어투로 상대가 말했다.

“화담이랑 저녁 약속이 있습니다. 그리고 일을 마치면 한남동까지 동행할 생각이에요. 혼자서 야단맞게 둘 수는 없죠.”

“화담이가 무슨 야단을 맞는다는 거죠?”

상대편은 잠시 침묵했다. 이윽고 입을 열었을 때, 그는 엉뚱한 말을 꺼냈다.

“인천 형 집에 며칠 머물 거라고 들었습니다. 오늘 화담일 못 보면 내일 올라올 생각입니까?”

“……그래야겠죠? 일단 화담이랑 통화를 해봐야겠지만요.”

오늘은 승준이 화담과 못 만난다는 걸 기정사실로 단정 짓는 말투에 승준은 불쾌감이 스멀거리며 일어났다. 인후에게 다소 독선적인 데가 있다던 화담의 말이 얼핏 떠오르며, ‘과연’ 하고 생각했다.

“그럼 내일 오전에 달리 스케줄이라도?”

“딱히 없는데 그걸 왜 그쪽이 궁금해하십니까?”

승준의 딱딱한 대꾸에도 개의치 않는 경쾌한 답이 돌아왔다.

“우리 좀 만나죠.”

15.

설상가상

"참, 아까 지승준한테 전화 왔었어."

"네에?"

한남동 저택을 목전에 두고 인후가 꺼낸 말에 화담은 화들짝 놀라 그를 쳐다보다가 급히 휴대폰 통화목록을 살폈다. 두 시 이십 몇 분경에 온 전화를 확인한 그녀는 바싹 가라앉은 목소리로 물었다.

"전화, 선배가 받은 거예요?"

인후와 저녁 먹기 위해 만났을 때 휴대전화를 돌려받았지만 부재중통화가 없는 걸 보고 연락이 없었거니 했다. 그게 아니었다는 사실을 뒤늦게 안 화담의 얼굴이 창백해진 걸 보고 인후의 눈초리가 가늘어졌다.

"받았는데?"

"받아서 뭐라고……."

"왜, 내가 폭탄이라도 투척했을까 봐?"

빈정거리는 말에 화담이 눈살을 찌푸렸다. 인후 또한 미간에 주름이 섰다.

"걱정 마. 너 한국에 없는 동안 네 여자친구랑 재미 좀 봤다는 소리 같은 건 안 했어."

"선배!"

"안 했어도 불만이야? 할 걸 그랬나 보지?"

화담이 입술을 깨물며 아예 그에게서 시선을 돌렸다. 마찬가지로 정면을 보는 인후의 눈빛도 서리가 내릴 듯 쨍하다.

화해를 하기에도 제대로 한 번 싸워보기에도 좋지 않은 때였다. 이미 차는 명혜의 집 앞에 이르렀다.

"역시 혼자 들어갈래요."

오늘 밤에만 몇 번째로 화담이 자기 뜻을 어필했으나 인후는 먼저 차에서 내려 화담에게 돌아와 도어를 열어주었다. 무덤덤한 얼굴로 그녀를 내려다보며 인후가 말했다.

"반지부터 끼워."

화담은 작게 한숨을 내쉬고 반지를 꺼내 약지에 끼웠다. 그 반지를 가만히 들여다보던 그녀가 인후를 올려다보며 물었다.

"선밴 내가 그리도 못 미더워요?"

인후는 몸을 숙여 그녀의 안전벨트를 직접 풀어주고 입술이 스칠락 말락 한 거리에서 그녀의 눈을 보며 말했다.

"너는 어떤데?"

"……뭐가 어떠냐는 거죠?"

너무 가까워진 거리에 화담은 숨결을 죽였다. 반면 전혀 아무렇지도 않은 얼굴로 인후는 묻고 있다.

"날 못 믿어? 영웅이니 뭐니 한 건 그냥 해본 말이야?"

"결단코, 믿어요!"

화담의 눈이 번득 빛나더니 불끈 주먹을 쥐며 역설했다.

"믿고말고요. 선밴 맨몸으로 남극에 떨어뜨려놔도 당당히 펭귄왕국을 세워 군림할 사람이에요."

조금 분위기를 잡아보려던 인후의 계획은 화담의 엉뚱한 기습을 받고 와르르 무너졌다. 맨몸으로 남극에 떨어지는 건 둘째 치고, 펭귄왕국? 대체 애 머릿속에선 내가 어떤 형상을 하고 있는 거지?

돌아서서 그가 심호흡하는 사이 화담이 차에서 내렸다. 그리곤 옆으로 다가와 눈치를 보듯 올려다보며 물었다.

"기분 상했어요? 나쁜 뜻으로 한 말 아닌데."

인후가 아랫입술을 깨문 걸 보고 화담이 급히 변명했다.

"나 펭귄 좋아해요, 어릴 때 엄마가 사준 펭귄 베개도 있었어요. 거의 끌어안고 자는 용도였지만 미스 펭귄이라고 부르면서 얼마나 아꼈는지 몰라요. 눈알 떨어진 자리에 단추까지 꿰매어가면서 중학교 들어갈 때까지 애지중지했는데, 어느 날 학교 간 사이에 엄마가 버리고 만 거 있죠! 맹세컨대 난 절대로 내 아이들이 사랑하는 무언가를 낡았다는 이유로 버리는 엄마는 되지 않을 거예요. 암요!"

콧김까지 뿜으며 다짐한 화담은 그러고서 잠시 고개를 갸웃했다.

"무슨 이야기를 하다가 이 이야기가 나왔지?"

결국 인후가 참았던 웃음을 터뜨렸다. 눈을 가리고 웃는 그의 모습에 화담은 어안이 벙벙해하다가 이윽고 그녀도 하, 하고 웃었다.

"별로 웃긴 말도 아닌데 뭘 그리 웃고 그래요. 하여간 웃음 코드가 좀 이상해."

머쓱해하는 화담의 뺨을 인후가 가볍게 꼬집었다.

"어디로 튈지 모르는 공 같은 건 여전하구나."

"구기종목 운동이라면 못 하는 게 없긴 하죠."

볼을 꼬집힌 상태에서도 화담은 기고만장한 얼굴로 잘난 체했다. 그 바람에 푸훗 하고 또 웃고서 인후는 화담을 품으로 끌어당겨 보듬었다.

"좀 잠잠해지면 또 같이 야구연습장에 가자."

"나 스쿼시도 좋아하는데."

"그것도 좋고."

안고 있자 놓아주기가 싫어졌다. 하지만 한없이 이러고만 있을 수도 없는 노릇. 인후는 포옹을 풀고 화담의 양 어깨를 잡고서 목전의 일에 집중하게 했다.

"너 혼자서도 잘해낼 줄 알아. 하지만 기왕이면 같이 하자 이거야. 어차피 아주머니가 나한테도 확인하시지 않겠어? 그때 이중으로 걸음 할 것 없이 처음부터 확실하게 우리 둘의 뜻을 밝히는 편이 더 깔끔할 거라고 보는데. 안 그래?"

"무슨 말인지 알아요. 하지만 괜히 선배를 방패막이 삼는 것처럼 비칠까 봐……."

"체면 문제라면 넣어둬. 우리 애초에 서로 방패가 되어주기로 한 거 아니었나? 내가 이미 널 방패로 써먹었는데 왜 네가 그걸 주저해? 아무래도 역시 네가 날 못 미더워하는 모양이야. 제 발이 저리니 괜히 나한테 뒤집어씌우고."

"절대 아니거든요?"

펄쩍 뛰는 화담의 어깨를 툭툭 토닥여주며 인후가 웃었다.

"그런 거라면 됐어. 이제 그만 생각하고 씩씩하게 루비콘 강을 건너는 거야. 오케이?"

화담은 물끄러미 그를 바라보다가 씁쓸한 미소와 함께 고개를 끄덕였다.

"이미 주사위는 던져졌으니까. 따르겠습니다, 카이사르!"

하지만 대문 앞에서의 설왕설래가 참 쓸데없는 것이었음을 저택에 들어간 후 알게 됐다. 명혜가 집에 없었던 것이다. 젊은 메이드가 사모님께선 병원에 계신다고 말했다.

"병원이라니, 별안간 무슨 일로요? 전 아무 연락도 못 받았는데?"

"그것이……."

"신경증이야. 늘 그렇듯이."

먼저 다현의 목소리가 들리더니 휠체어 바퀴 굴리는 소리가 도르르 들려왔다.

"주말부터 내내 머리가 아프다, 속이 불편하다, 가슴이 뛴다 하시더니 오늘 병원에 입원하셨어. 어쨌든 거기선 잠이라도 제대로 잘 테니까. 한두 번 겪는 일도 아니잖아?"

모르는 사람은 친아들이 아니니 저리 시큰둥하다고 할지도 모르지만 워낙에 자주 겪어 익숙해진 것에 불과했다. 일이 뜻대로 되지 않으면 견뎌내지 못하는 명혜의 나약한 정신에 대해선 화담도 지난 몇 년간 충분히 겪었고.

사실 화담의 재수 결정엔 보육원 지원 약속 외에도 명혜의 그런 고질병도 한몫을 했다. 편두통에 소화불량, 불면증 등으로 보름 넘게 고생하다가 병원에 입원하기에 이른 명혜를 보고 화담이 딱 일 년만 재수하겠노라 백기를 들었더니 명혜가 어찌나 빨리 훌훌 털고 일어서는지 화담은 그녀가 꾀병을 부린 건 아닌가 의심했을 정도였다.

하지만 결코 꾀병 같은 건 아니다. 정신적인 고뇌가 금세 몸으로 드러나도록 타고났을 뿐.

"들어가서 이야기할까? 어차피 병원엔 지금 가도 소용없을 테고."

다현의 권유에 화담이 인후를 쳐다보자 그가 고개를 끄덕이며 그녀의 손을 잡았다. 가볍게 깍지 낀 손을 꼭 잡고 걸음을 뗐다. 다현은 분명히 그걸 봤음에도 별 내색 없이 고개를 돌리고 휠체어 방향을 바꿔 거실로 향했다. 공연히 수선스러워지는 마음속에서도 자신 옆의 인후가 큰 산처럼 느껴져 화담은 볼을 붉혔다.

홀어머니의 외동딸로서 어릴 적부터 어떤 사내아이에게도 지지 않으려고 기를 쓰곤 했다. 또래 애들 중에서도 체격이 좋고 발군의 운동신경도 한몫해서 누구도 그녀를 계집애라고 얕보지 못했다. 스스로 강하다고 자부했고, 그래서 약한 사람을 돕는 일에 주저 없이 뛰어들곤 했다. 승준과 서윤, 두 절친과도 그런 식으로 친해졌듯이.

남편 없는 엄마를 보면서 '내가 얼른 커서 엄마를 지켜줘야지.' 했었고, 주변에 곤경에 처한 아이들을 보면서 '내가 저 애를 지켜줘야지.' 했었다. 반면 그 반대는 익숙지 않았다. 익숙하지 않은 것을 넘어서 불편했다.

하지만 인후로 인해 그녀는 번번이 그 반대의 위치에 처하곤 했다. 이를테면 그는 그녀의 자부심이 산산조각 나는 순간을 정통으로 목도한 사람이다.

때리는 시어미보다 말리는 시누이가 더 밉다고 했던가. 상처 난 자존심이 괜스레 부정적인 방향으로 뻗어나갔을 가능성, 얼마든지 있다. 솔직히 인후가 흠 하나 없는 완벽한 사람이었다면 못난 질투로 부글부글 끓었을지도 모른다.

그것이 용케 지금과 같은 모습을 갖춘 것. 보호해주겠다는 의지로 충만한 그의 손길에 그저 기쁨을 느끼는 것.

한때 화담은 자신의 마음을 들여다보며 인후에 대한 그 당혹스런 애착의 이유를 따져보기도 했다. 막 엄마에 이어 아버지마저 잃었을 때 그를 만나 수차례 도움을 받는 처지가 됐던 것을 나름의 실마리로 삼았다.

절실할 때마다 도움을 준 구원자. 의지가 되는 사람. 마음이 너무 허전한 나머지 그만 죽고 싶었던 화담에겐 그가 반짝이는 등대처럼 보였다고 해도 무리는 아니다.

무리는 아니지만…… 오롯한 이유가 되지는 않는다.

이번에 인후를 다시 만나 화담은 그것을 절실히 깨달았다. 본질적인 이유는 따로 있다. 그렇다, 분명히.

그럴 때가 아니란 것은 알지만 화담은 이 순간의 두근거림을 한껏 만끽하며 엷게 한숨을 쉬었다.

"그건…… 커플링인가?"

메이드가 차를 내어주고 자리를 뜬 후 다현이 물어왔다. 인후는 무릎에 올려놓은 손을 보란 듯이 까딱거리며 약혼반지라고 말했다. 다현은 반지를 물끄러미 보다가 화담에게 눈길을 돌리며 물었다.

"혹시 인후 조부님도 만나 뵌 거야?"

"가장 먼저 뵈었어. 선배 어머니는 지난 주말에 뵀고."

"그럼 인후 조부님께서 추진 중이신 혼인동맹 이야기도 알아?"

"거창하게 무슨 동맹씩이나."

싸늘히 조소하며 인후가 찻잔으로 손을 뻗었다. 아랑곳하지 않고 다현은 화담에게 재차 아느냐 물었다. 화담은 안다고 인정했다. 다현이 그럴 줄 알았다는 듯이 한숨을 쉬었다.

"화담이 네가 봉사정신이 투철하다는 건 잘 알지."

"그렇게라도 자위하면 마음이 좀 편해?"

353

인후가 눈 하나 깜빡 않고 중얼거렸다. 다현은 이렇다 할 표정 없이 고개만 갸웃했다.

"곰곰이 생각해봤지만 역시 납득이 안 되더라고. 그렇게 서로 좋아하는 마음을 끌어안고 6년씩이나 안 본다? 지금이 20세기 초야? 인후 네가 비행기 삯이 아까워서 그랬을 리는 없고, 오가는 시간이 아까워서 그랬을까? 그런 거라면 화담이 표를 끊어줘서 불러들이고도 남았을 텐데? 또 화담인 왜 그렇게 꼼짝 않고 있었지? 너랑 마찬가지로 화담이가 돈이 없어, 시간이 없어? 이유는 하나 아냐? 안 봐도 살 만하니까. 6년을 안 봐도 아무 지장 없이 살 만한 정도의 마음이란 거, 결국엔 시시하다, 그게 내 결론이야."

인후도 한때 그런 생각을 한 적이 있으니 만큼 더 뜨악해서 인상을 찌푸렸다. 막 찻잔을 내려놓고 반박하려는 그에 앞서 화담의 경쾌한 목소리가 실내에 퍼졌다.

"맞아, 시시하지. 시대에 역행하는 것도 맞고. 근데 형, 이 청개구리는 몰라도 난 살 만해서 산 거 아니야. 보고 싶은 거 꾹꾹 참으며 살았어. 한번 가서 봐버리면 바짓가랑이 붙들고 죽어도 여기서 죽겠다고 떼쓰지 않을까 무서웠거든. 인후 선배 가기 전까지 내가 선배를 좀 따라다녔어? 그거 겨우 끊어놨는데 거기까지 가서 반복해? 그랬으면 지금 이런 반지는 커녕 스토커로 철창행이었을 걸? 은팔찌, 철컹철컹."

익살맞게 두 팔을 흔들어 보이는 화담을 바라보던 인후가 툭 그녀의 관자놀이를 건드렸다.

"미친 척 한 번 오지 그랬어."

"흥, 그랬다가 귀찮다고 템스강에 멍석 말아서 버려지게?"

"아무렴 내가 그랬을까."

인후의 쓴웃음에도 화담은 크게 고개를 저으며 혀를 쯧쯧 찼다.

"연애는 자고로 타이밍입니다, 선배. 내가 여기서 잘 참고 씩씩하게 살아서 오늘의 이런 영화를 맞는 거라고요. 눈치 없는 민폐 덩어리가 되지 않고."

"민폐라니, 그런 생각은 한 번도……."

한 적 없다고 말하려던 인후는 불현듯 화담이 드러낸 어떤 표정에 멈칫했다. 짧은 순간 화담의 눈가가 일그러지며 눈동자가 그를 피해 흔들렸다. 바로 직전까지 싱글거리며 웃고 있던 만큼 먹구름에 뒤덮인 그 변화가 선연했다.

"뭐 그럼 그랬던 거로 쳐요."

그러나 금세 감쪽같이 웃는 얼굴로 돌아와 인후의 어깨를 두드리며 능청을 떨었다.

"나도 역사 공부 좀 해서 역사에 '만약'이란 말이 하등 쓸데가 없다는 걸 잘 알지만 인후 선배가 그렇다면야 그런 걸로! 전이나 지금이나, 믿습니다! 영험하셔라, 인멘!"

커다란 제스처며 떠들썩한 목소리는 워낙에 화담의 트레이드마크 같은 것이었으나 지금 인후에게는 너무도 작위적으로 보였다.

'연기를 하고 있어.'

그의 조부를 뵈러 간 병원에서의 연기와는 천양지차, 그것도 지금 이쪽이 '땅'일 만큼 어색했다. 방금 전에 본 표정도 그렇고 지금의 이 서먹한 공기도 원인을 알 수 없어 인후는 어리둥절해졌다.

'설마 다현일 의식해서?'

힐끗 다현을 돌아본 인후의 시선과 이미 그에게로 향해 있던 다현의 시선이 공중에서 부딪쳤다. 보이지 않는 불꽃이 튈 것 같은 안력 싸움. 인후는 다현이 '너무 서툰 거 아니야?' 라고 비웃는 느낌에 잠자코 앉아 있을 수가 없었다.

"차 잘 마셨어. 아주머니를 뵐 생각이었는데 아무래도 내일로 미뤄야겠군."

자리에서 일어나며 인후는 화담에게 어쩔 거냐고 물었다. 화담이 눈을 말똥거리는 모습에 그가 재차 물었다.

"아주머니도 안 계신데 굳이 여기 있을 이유 없잖아?"

같이 아파트로 돌아가자는 무언의 압박이었다. 다현이 부러 그러는 듯이 크게 한숨을 내쉬었다.

"정식으로 약혼을 한 것도 아니고 고작 둘이서 반지 나눠 낀 걸 가지고 약혼자 행세를 하는 건 이르지 않아? 막말로 이런 경우 이야기가 흐지부지돼도 남자 쪽엔 타격이 없지."

"남다현."

싸늘하게 꽂히는 인후의 시선을 무시하며 다현이 화담을 똑바로 쳐다보았다.

"어머니께서 이제 네 법정후견인은 아니라지만 아직 도의적인 책임이란 걸 갖고 계셔. 나중에라도 네 어머니에게 책잡힐 거리는 반기지 않으실 거란 말이야. 너도 어머니가 살아계셨으면 어떻게 행동할지 생각해 봤으면 좋겠어."

이어서 그는 별것 아니라는 듯 덧붙였다.

"당장 내일 어머니한테 네 이야길 어떻게 전할지는 둘째 치고 말이야."

"치졸한 협박이로군. 망자와 산자, 골고루 이용하면서 정작 네 욕심을 챙기는 주제에."

인후의 신랄한 냉소에 다현 또한 냉소로 맞섰다.

"그래서 내가 틀린 말한 거 있어?"

인후가 나지막이 혀를 차며 화담을 돌아보았다.

"결정은 네가 해. 함께 가지 않는다고 해도 이해할게."

귀밑머리를 꼬면서 생각에 잠겨 있던 화담이 이윽고 싱긋 웃으며 다현을 보았다.

"다현 형 말이 틀리진 않아."

표정은 지켰지만 움켜쥐고 있던 인후의 주먹에 힘이 들어갔다. 하지만 화담이 그를 돌아보며 하는 말에 그 표정조차 깨어졌다.

"그래도 선배랑 같이 갈래. 선배랑 있고 싶어."

"화담아, 넌 호적에만 안 올랐지 이 집 수양딸인 거 몰라? 내키는 대로 행동해 버리면 네 평판은 뭐가 돼? 이 세겐 넓은 것 같아도 엄청 좁아."

다현이 답답해하는 말에도 화담은 손사래를 쳤다.

"상관없어. 평판 따위 어찌 되든 말든. 그리고 우리 엄마도 똑같은 소릴 했을 걸? 자그마치 23년 전에 불같은 사랑으로 날 낳아주신 분이야. 나한테 너는 그러면 안 된다, 이중잣대를 쓰실 분이 아니라고. 서강희 도량을 얕보지 마."

비죽이 다현에게 혀를 내밀어 보이고 화담은 발딱 일어나 인후의 팔에 팔짱을 꼈다.

"이 멋진 사람이랑 한순간이라도 더 같이 지내야지. 삶은 유한하다고. 아우, 멋져라. 근사한 내 애인."

헤헤거리며 바라보는 것에 그치지 않고 그녀는 그의 어깨에 머리를 비비며 애교를 부렸다. 약간 떨떠름했던 눈빛을 감춘 인후가 다현을 돌아보며 말했다.

"그럼 데리고 갈 테니까."

다현은 알아들었다는 말도 몸짓도 없이 눈을 감으며 옅은 한숨을 쉬었다. 그리고 막 둘이서 함께 거실을 나가려는데 다현이 불쑥 입을 열었다.

"가기 전에 등기 온 건 확인하고 가, 화담아."

"등기?"

"무주에서 온 거야. 본인만 개봉하라고 적혀 있어서 그대로 테이블에 올려뒀어."

"무주에서 등기? 뭐지?"

의아해하면서도 일단 화담은 2층으로 향했다. 인후에겐 정원에 먼저 나가 있어도 된다고 하고 갔지만 잠자코 그는 계단참에서 그녀를 기다렸다. 몇 발자국 떨어진 자리에서 인후를 싸늘히 응시하던 다현이 중얼거렸다.

"화담이가 널 좋아하는 건 그럴 수 있다 쳐도 난 네 감정은 도저히 신용이 가지 않아. 차라리 확신이 없었다면 모를까 감정을 자각하고도 6년간 참기만 했다고? 네가?"

인후가 피식 웃었다.

"남다현, 네가 모르는 게 있어. 실은 나……."

갑자기 들려온 쿵쾅거리는 소리에 인후의 말이 흩어졌다. 계단을 날듯이 뛰어내려온 화담이 다현에게 뭐라고 말하려다가 한 자리에 있는 인후를 보곤 급히 입을 다물었다. 꿀꺽 마른침을 삼키는 그 얼굴이 크게 놀란 사람처럼 창백했다.

"왜 그래? 뭐 안 좋은 소식이라도?"

"아니에요, 선배. 안 좋은 소식은요."

인후의 물음에 그녀는 짐짓 고개를 저으며 웃기까지 했다. 하지만 연신 입술을 빨다가 돌연 그와 함께 갈 수 없겠다고 말했다. 인후는 미간을 좁히며 다현을 쳐다보고는 다현의 덤덤한 표정에 역시 뭔가 있다고 생각했다.

"무슨 일인지 알려줘. 다현이도 아는 얼굴인데."

"형이 알긴요, 등기는 내가 뜯었어요."

"그럼 그 내용이라도 말해. 말하기 곤란한 거면 내가 올라가서 확인해?"

"아니에요! 그럴 것 없어요. 그러지 말아요."

아예 계단으로 향하는 그의 앞을 화담이 막아섰다. 더한층 찌푸리는 인후의 눈길을 피하며 그녀가 말했다.

"선배가 관여할 일 아니에요. 모른 체해줘요, 그냥……."

인후는 한마디도 하지 않았다. 그저 매섭게 화담을 쏘아보고 다현에게로 눈길을 옮긴 뒤 삽시간에 다른 편이 되어버린 자신의 처지를 깨닫고선 쓰게 웃었다. 그는 돌아섰고, 그대로 돌아보는 일 없이 자리를 떠났다.

우두커니 서 있던 화담은 멀리서 현관문 닫히는 소리가 나자 천천히 계단을 내려오다가 마지막에 이르러 풀썩 주저앉았다. 그녀는 몇 번이나 심호흡을 한 뒤 꼭 쥐고 있던 오른손을 폈다. 거기 있는 건 그저 한 장의 메모지였다.

"이거, 이거 정말이야, 형?"

화담의 목소리가 제멋대로 시소를 탔다.

"그렇대. 본인 말론."

다현이 덤덤히 대꾸했다.

"어떻게 만난 건데? 어떻게 형하고 연락이 닿은 거냐고. 설마 계속 연락해 왔어?"

"연락은 내가 아니라 어머니 변호사가 했어. 그것도 끊긴 지 몇 년 됐는데, 어쨌든 통장에 보내주는 돈은 계속 빠져나간다고 하더라."

"여태 그 인간한테 돈을 보내줬다고? 아주 돈이 썩어나는구나. 거머리도 살찌우게."

화담의 빈정거림은 못 들은 체하고 다현이 만난 경위를 말했다.

"어제 집 앞에서 기웃거리다가 순찰 도는 경호팀에게 붙들린 모양이야. 며칠 전부터 종종 이 주변에 보였다고, 아는 사람 맞냐고 확인하더라고. 마침 어머니가 안 계셨기에 내가 나가서 확인했어."

화담은 힘없이 고개를 끄덕이고는 이마를 짚은 채 손에 놓인 메모지를 뚫어져라 쳐다보았다.

[서상만. ○○○모텔 304호. 살인(미수?)으로 도주 중. 베트남 밀항 요구.]

중간의 살인이라는 글귀 하나가 화담의 눈앞에서 한없이 커져만 갔다. 황망함에 눈앞이 아득해지는 것을 가누어내며 화담은 헛웃음을 지었다.

"살인이라, 이제 정말 막장이구나, 외삼촌……."

"어떻게 할래?"

화담이 너무 가라앉을까 봐 다현은 부러 재촉하듯 물었다. 멍하니 고개를 든 그녀는 그를 보고 뭘 어떡하느냐고 물었다.

"무시할 건지 도울 건지 묻는 거야."

"도와?"

화담은 생전 처음 듣는 말인 것처럼 거듭해서 "도와? 돕는다고?"라고 중얼거리다가 입가를 경련하며 웃었다.

"사람을 죽였다잖아. 신고해야지."

"확실치 않은 일이야. 내가 요즘 기사들을 훑어 봤는데 네 외삼촌 말에 부합할 만한 사건은 눈에 띄지 않았어."

"더 무섭네. 죽이고 시신까지 어떻게 해버렸나 보지."

두 손으로 마른세수를 해서 정신을 차리려고 애쓰고서 다시 메모지를 들여다본 화담이 입술을 아드득 깨물었다.

"이건 도저히 못 덮어. 외삼촌은 벌을 받아야 해. 신고하겠어."

그리고 휴대전화를 손에 드는 그녀를 다현이 말렸다.

"신고가 급한 게 아니야. 일단 그 사람 말이라도 듣고 결정해. 얼마나 다급했으면 너한테까지 찾아왔겠어."

"뜯어먹을 구석이라곤 나밖에 안 남았나 보지! 듣고 말고 할 것도 없어. 처음부터 이런 망종이었어. 용케 손에 피는 안 묻힌다 했는데 결국 갈 데까지 간 거야. 젠장, 젠장! 생전에 그렇게나 싸고돌더니만 꼴좋게 됐네, 서강희 씨!"

위를 올려다보며 악에 받쳐 소리치는 화담의 눈에서 눈물이 흘렀다. 엄마를 생각하자 목전에 닥친 상황에 더욱 억장이 무너졌다. 닮았는데. 망종이니 뭐니 해도 그 사람, 엄마의 하나뿐인 혈육인데 어쩌다 이런 지경까지 와 버렸을까.

"잘 좀 살지, 뭐야 이게……."

화담은 무릎에 얼굴을 묻고 서럽게 흐느꼈다. 그녀 앞으로 간 다현이 손을 뻗어 말없이 어깨를 토닥여주다가 지그시 그 손길에 힘을 실었다.

"그렇게 최악은 아닐지도 몰라. 우선 그 사람 만나서 상황부터 정확히 파악해 보자. 나도 도와줄 테니까. 응?"

천천히 화담은 고개를 들었다. 다현의 도움을 기대하는 건 아니었지만 상황부터 정확히 파악해야 한다는 것에는 동의했다. 이렇게 어린애처럼 펑펑 울기나 하는 건 아무짝에도 쓸모가 없다. 그녀는 눈물을 훔치고 자리에서 일어났다.

"좀 나갔다 올게."

다현의 눈이 동그래졌다.

"혼자서 거길 가겠다는 거야?"

"이건 내 가족 일이니까 내가 알아서 하는 게 당연해. 형은…… 며칠만 입을 다물고 있어주면 고맙겠어."

그를 지나쳐가려는 화담의 팔을 다현이 붙들었다.

"그렇게는 못해. 지금 그 사람 내 휴대폰 가지고 있어. 그 사람이 정말로 죄를 저질렀다면 이미 나도 거기 깊이 개입한 거야."

"그러니까 더욱 안 돼. 나중에라도 그게 문제가 되면 형 휴대폰은 외삼촌이 뺏어간 걸로 해. 형이 지금 그 모양이니 뺏겼다고 해도 충분히 납득하겠지. 휴대폰은 내가 찾아다 줄게. 이제 형은 이 일에서 손 떼."

부상 때문에 힘이 다 돌아오지 않은 다현의 손을 화담은 쉽사리 뿌리쳤다. 정말로 화담이 혼자 가버리기 전에 다현은 어떻게든 그녀를 붙잡을 말을 꺼내야 했다.

"내가 미덥지 않아서 그래? 그럼 인후한테 알려야겠네."

더없이 훌륭한 카드였다. 화담은 걸음을 멈추고 이글거리는 눈으로 다현을 노려보았다.

"그건 싫은 거지? 그럼 꿩 대신 닭이라고 나라도 데려가. 보시다시피 내 상황이 썩 좋진 않지만 그래도 짐은 안 될 자신 있어."

그래도 굳게 다문 입술을 열 생각을 하지 않는 화담의 서릿발 같은 표정에 다현은 더 간곡히 부탁했다.

"돕게 해줘. 뭣하면 예전에 내가 저지른 일에 대한 속죄라고 생각해도 좋아. 그때 그 일이 얼마나 내 목에 걸린 가시 같았는지, 넌 아마 모를 거야. 두고 가면 날 영영 용서 안 한다는 뜻으로 알겠어."

"소심해 빠진 주제에 협박까지 해?"

화담은 애꿎은 머리칼을 죽어라 헝클어뜨리다가 한숨을 쉬며 휴대전화를 들었다. 뭐 하려고 그러느냐 다현이 묻자 다시금 성가셔 죽겠다는 시선을 그에게 던졌다.

"같이 갈 거라며? 그럼 택시라도 불러야 할 거 아냐."

"맞다, 그래야지."

천덕꾸러기 취급에도 다현의 입가엔 겨우 안도의 미소가 떠올랐다.

직감이란 것은 결코 만만히 볼 게 아니다. 인후는 명혜의 저택 앞에 택시가 한 대 서더니 택시기사와 화담의 도움으로 다현이 택시에 오르고 뒤이어 화담도 올라타는 모습을 지켜보며 그런 생각을 했다.

"난 좀 더 감이란 걸 신뢰하는 게 좋겠군."

씁쓸히 중얼거리며 인후는 글러브박스를 열었다. 안쪽에 교묘하게 숨겨져 있던 케이스를 열어 담배 한 개비를 꺼내 입에 물었다. 둘을 태운 택시가 실내등을 끄고 있던 인후의 벤츠 옆으로 지나쳐 가는 것을 힐끗 쳐다보았다.

뒷자리의 두 사람은 이쪽을 볼 기미도 없이 무언가 이야기를 주고받느라 바빴다. 순간적으로 화담의 표정이 꽤 안 좋았단 것까지 확인한 인후는 택시가 어느 정도 멀어진 후에 미행에 나섰다.

택시를 뒤쫓는 동안 연신 잘근거리느라 담배 세 개비의 필터가 잘려서 못 쓰게 됐다. 그리고 네 개비째의 담배가 아슬아슬한 위기를 맞고 있을 때, 택시는 어느 허름한 모텔 골목에 섰다. 거기까지 뒤따르면 들킬세라 인후는 부러 그 옆 골목으로 들어갔다. 차를 세우고 급히 뛰어간 자리에 아직 택시가 서 있었다. 택시기사가 차에 기대어 담배를 피우는 모습을 보며 인후도 물고 있던 담배에 불을 붙였다. 밤하늘에 피어오르는 파란 연기가 미약하나마 그에게 진정 효과를 불어넣었다.

담배를 다 피우고서도 한참을, 인후에겐 끔찍하게도 길게 느껴졌던 한참을 기다렸다. 그리고 마침내 모텔에서 화담과 다현이 나왔다. 힐긋 시계를 확인한 인후는 이 골목에 들어온 후 아무리 길게 잡아도 십 분도 안 흘렀다는 사실이 믿기지 않아 재차 휴대전화를 확인했다.

이제 택시가 떠나려 한다. 인후는 다시 뒤따르는 대신 그 자리에 남았다. 그들이 한남동으로 되돌아가는 거라는 감을 믿기로 했다. 시야에서 택시가 아주 사라진 후 인후는 발을 떼어 문제의 모텔로 향했다.

무인모텔이라면 난감하겠다고 생각했는데 모텔 문을 들어서자 바로 프런트에 앉아 있는 늙수그레한 여자가 보였다. 언제 한 번 총기가 반짝였을까 싶은 죽은 물고기 같은 눈동자를 한 여자만큼이나 낡은, 시대착오적인 여인숙이었다.

'여기 대체 누굴 보러 온 거지?'

인후는 노란 지폐를 손가락에 감아쥐며 창구로 내밀었다. 비로소 얼마쯤의 탐욕을 담아 그의 손에 이어 얼굴을 바라보는 여자에게 인후는 부드럽게 미소를 보였다.

"말씀 좀 묻겠습니다……."

이튿날 오후.

자판기 커피로는 도무지 잠이 깨질 않아서 화담은 큰맘 먹고 테이크아웃으로 아메리카노 한 잔을 샀다. 그 좋아하는 시럽도 넣지 않고 바로 커피에 입을 댔다.

"써."

그럴 줄 알고 샀지만 그래도 쓰다. 이렇게 쓰니까 잠을 확실히 쫓아주겠지 하며 다시 커피를 마셨지만 또 금세 몸서리를 치고 있다. 스스로를 고문하는 느낌이었다. 쓴 커피의 맛을 알게 될 즈음이 인생을 알게 된 나이라는 소리가 있던가 없던가. 무슨 뜻으로 하는 말인진 알겠는데 그런 거라면 화담은 평생 인생 따위 몰라도 상관없다고 생각했다.

'고해, 고해苦海……. 아, 어서 여기서 빠져나가야 해.'

화담은 우선 눈앞에 놓인 난제인 아메리카노를 벌컥벌컥 들이켜는 것으로 물질적인 고해에서 탈출했다. 하나는 해치웠다. 이제 다른 고해에서도 빠져나와야 하는데…….

'그러고 보니 승준이 18번인가.'

막막한 상황에 그녀는 다른 생각으로 도피해보았다. '고해'라는 노래가 승준의 18번인 건 확실했다. 노래방을 가면 꼭 첫 곡은 '고해'로 스타트하고 끝 곡은 '여행을 떠나요'로 마무리해야 직성이 풀리는 녀석이다. 그나마 노래를 꽤 잘하니 참고 들어줄 만하지만 다른 사람 같았으면 진즉에.

"아뿔싸!"

화담은 불현듯 뭔가를 떠올리고 벤치에서 벌떡 일어났다. 그리고 급히 가방을 열어 휴대전화를 꺼냈다. 그것은 화담의 아이폰이 아니다. 하지만 화담은 휴대전화에 입력된 전화부 목록에서 승준의 번호를 찾는 데 성공했다. 지체 없이 그녀는 승준에게 전화를 걸었다.

"받아라, 승준아, 받아 좀, 앗, 승준아, 나야, 화담이! 혹시 나한테 연락했어?"

잠시 후 그녀의 눈이 휘둥그레졌다.

"뭐, 여기? 여기 어디? 경영대 앞? 기다려, 내가 그리로 갈게. 땡볕에 있지 말고 그늘에 들어가 있어."

저쪽에서 뭐라 할 틈도 없이 가방을 들쳐 메고 화담은 달렸다. 그 얼마 후 매미 소리 요란한 경영대 앞 플라타너스 그늘에서 승준과 마주쳤다. 못 본 사이 머리를 아주 짧게 커트한 승준을 어리둥절하게 바라보던 화담이 이윽고 "야!" 하고 웃으며 그에게 총총 뛰어갔다.

"머리가 그게 뭐냐, 밤톨이냐?"

대뜸 그 보송보송한 머리를 만져보는 화담의 손길을 슥 밀어내며 승준이 미간을 찡그렸다. 그 썰렁한 반응에 순간 당황해서 화담이 눈을 깜박이는데 그가 손에 쥐고 있던 모자를 눌러쓰며 변명했다.

"땀나서 식히던 중이야. 머리가 짧으면 시원할 줄 알았더니 오히려 더 덥다."

"······오, 그래? 그럼 난 절대 그 정도로는 안 잘라야겠다. 겨울에는 추울 게 뻔한데 여름에도 안 시원하면 메리트가 없네. 그치?"

다소 미묘했던 순간을 그렇게 넘기고 화담은 앉을 곳을 찾아 경영대 건물 안으로 들어갔다. 자판기에서 뽑은 음료 하나를 승준에게 건네고 자신은 생수를 뽑아 텁텁한 입을 가시면서 화담은 대화의 물꼬를 텄다.

"못 만나면 어쩌려고 무작정 학교로 와."

"그 건물에서 오후 수업 듣는다고 알고 있었는데 아니야? 나 네 시 반에 도착했는데."

"거기 페인트칠 새로 한다고 저번 주부터 강의실이 변경됐거든. 사회대 뒷문으로 나왔으니 못 볼 밖에."

"그랬구나. 그런데 방금 그 번호는 뭐야? 그거 분명 남다현 번호잖아?"

응, 하고 중얼거리며 화담은 손에 든 휴대전화를 내려다보았다. 지난밤에 외삼촌 상만을 만난 자리에서 화담은 다현의 휴대폰을 되찾은 대신 제 것을 그에게 주었다. 다른 기기를 구할 시간 여유도 없었고, 그와 연락

할 방법은 있어야 하니 수는 그것뿐이었다. 그리고 집으로 돌아가는 길에 다현은 화담에게 자신의 휴대전화를 주었다. 정 비서나 신 기사를 통해 오늘 중으로 다른 휴대전화를 구할 테니까 우선 자기 걸 쓰고 있으란 거였다.

"내가 폰을 잃어버렸거든. 그래도 혹시 몰라서 한 며칠 기다려보려고. 그사이에 쓰고 있으라고 다현 형이 줬어. 형은 너도 알다시피 사고 때문에 집에만 있으니까."

어설픈 변명에 다행스럽게도 승준이 고개를 끄덕거렸다.

"너한테 이런 건 정말 사줘선 안 되겠다. 스트랩도 잃어버려, 전화기도 잃어버려. 애들처럼 목걸이 만들어서 걸고 다녀야 안 잃어버리려나?"

승준의 말에 화담은 오래전에 잃어버린 파란 리본 달린 곰인형 스트랩을 떠올렸다. 승준이 녹음한 말이 있었다는 그 곰돌이는 고장 난 채로도 몇 개월 그녀 곁을 지키다가 그해 겨울에 감쪽같이 사라졌다. 분명 그녀를 싫어하는 반 애 중의 하나가 한 짓 같았는데 결국 증거를 찾지 못했다.

"야, 그거에 아직도 꽁해 있는 거냐. 왜, 너도 내가 떠준 목도리 잃어버렸잖아!"

가뜩이나 제대로 간수 못 한 게 미안해서 그해 크리스마스에 화담이 필살의 솜씨를 부려 승준에게 목도리를 선물했다. 아버지의 그림 솜씨를 물려받지 못한 것에서 알 수 있듯이 손재주하고는 인연이 없어 자세히 보기 민망한 졸작이 되고 말았지만 받은 승준은 한껏 기뻐하며 겨우내 잘하고 다녔다. 하지만 그 다음해 겨울, 점심에 농구로 몸을 풀고 교실로 돌아왔을 때 사라졌다고 한다.

"그건 누가 훔쳐간 거야. 내가 그 무렵 한창 성적이 오르니까 어떤 얍삽한 놈이 그걸 시기한 게 틀림없다고."

"아, 예, 예. 그랬다고 치지요. 아무튼 둘 다 피장파장인 건 맞지?"

한 번만 더 들으면 귀에 딱지가 생길 것 같은 변명에 화담은 손사래를 쳤다.

"피장파장은 무슨, 엄연히 네가 더……."

"내가 더 뭐?"

눈을 부라리며 화담이 쏘아보자 승준이 한숨을 쉬며 고개를 돌려버렸다. 화담은 그의 목에 팔을 걸어 머리를 옆구리에 끼고 정수리를 꾹꾹 누르며 "제대로 인정 못 하지?"하고 을러댔다. 조금 버텨보는 듯하던 승준이 얼마 못 가 우는소리를 했다.

"뇌세포 다 죽어! 의사 되라고 바람은 다 불어넣고 이제 와서 안 그래도 딸리는 머리 더 모자라게 만들 셈이야?"

"머리가 딸리긴 무슨. 이미 의대를 들어간 시점에서 네 머리를 의심할 단계는 지났지. 여기 진골, 아니 성골의 허접한 두뇌 앞에서 엄살 부리지 말라고. 엉?"

"그래, 너 나보다 머리 나쁜 거 인정. 인정한다고, 됐어?"

"암, 그래야지."

머리 나쁜 걸 두고 화담이 기고만장해하는 꼴에 결국 승준이 두 손 들고 웃고 만다. 티격태격 예전처럼 소소한 장난을 친 것뿐이지만 왠지 모르게 확 마음이 풀리며 화담은 조금 울고 싶어졌다.

역시 승준과는 이 정도 사이가 좋다. 이렇게 격의 없이, 성별과 무관한 친구로 지내왔다면 오죽 좋았을까.

남국의 바닷바람을 쐬고 온 탓에 많이 그을린 승준을 바라보며 화담은 이번에 만나면 하고 싶은 이야기가 있었던 것을 떠올렸다. 꼭 해야 할 말. 틀림없이 파경으로 이어질.

그런데 지금 오랜 친구의 얼굴을 보면서 그 결심이 마냥 약해졌다. 하긴 할 것이다. 하지만 그게 꼭 지금이어야 할까? 꼭 여기여야 할까?

지난밤 잠을 설쳐서 무거운 머리와 답답한 가슴이 좀 봐달라고 하소연을 했다. 한 번에 하나씩, 일단 더 급한 불부터 끄고 보자고 그녀를 설득했다. 더 급한 쪽……. 적어도 이 일은 사람이 죽고 사는 것과는 거리가 멀다.

'외삼촌 일부터 해결하자. 그리고 무주에 내려가는 거야. 그래, 무주에서 말하는 게 좋겠어. 서윤이가 분명 의지가 되어줄 테니…….'

이렇게 뒤로 미루는 일이 승준에게 너무 잔인한 일이 아니길 빌면서 쓴웃음 짓던 화담은 퍼뜩 또 한 가지 잊고 있었던 일을 생각해냈다.

"참, 서윤이!"

간밤에 통화하자고 그렇게 단단히 약속해놓고 상만에게 덜컥 휴대전화를 쥐버렸으니 이거야 원! 무릎에 이마를 콩콩 찧는 그녀를 보고 승준이 무슨 일이냐고 물었다.

"서윤이가 왜? 뭣 때문에 그래?"

"어제 통화하기로 약속했는데 까맣게 잊고 있었어. 이놈의 정신머리, 아우, 아우!"

"지금이라도 해봐."

"응. 저기, 서윤이 전화번호 좀 알려줘."

"으이그, 너 진짜 우리 전화번호 끝내 못 외우기냐?"

핀잔을 하면서도 승준이 보여준 전화번호로 화담은 전화를 걸었다. 낯선 번호라서인지 저쪽에선 받지 않고 메시지 녹음으로 넘어갔다. 승준이 자기 전화로 해보라는 것을 화담은 고개를 젓고 서윤에게 음성메시지를 남겼다.

"……일이 생겨서 며칠간 이 번호를 쓰게 됐어. 시간 날 때 전화해줘. 지금부터 여섯 시 사이도 좋고, 그게 안 되면 열 시 이후엔 틀림없이 받을게. 정말로."

전화를 끊고 한숨을 쉬는 그녀의 어깨를 가볍게 도닥거리며 승준이 몹시 피곤해 보인다고 말했다.

"가만 보니 얼굴도 까칠하고 턱에 뾰루지도 났어. 맞다, 생리전증후군 아냐?"

일단 기분이 나빠서 승준의 정강일 가볍게 차줬지만 승준은 족집게였다. 주기에 이상이 없다면 슬슬 시작할 때였다. 저쪽에선 이쪽이 첫생리를 시작한 날을 알고 있고 이쪽은 저쪽이 고래를 잡은 날을 알고 있다. 참으로 무지막지한 불알친구가 아닐 수 없다.

"인간적으로 우린 서로에 대해 너무 많은 걸 알아. 안 그래, 승준아?"

"알면 아는 거지 거기에 왜 '너무'란 말이 들어가?"

승준의 목소리에 대뜸 경계의 기색이 어리는 것을 화담은 의식했다. 번번이 그랬다. 화담이 커플이되 연인이 아닌 둘 사이의 관계에 대해 털끝이라도 건드릴라 치면 승준은 한사코 못 알아듣는 체하며 화제를 바꿔버리곤 했다. 그러면 화담은 속으론 한숨을 쉬면서도 뭐, 지금이 아니어도 상관없겠지 하며 그 순간을 넘겨버리길 거듭했다.

그것이 어느새 7년. 이미 지나버린 그 순간들 중 하나를 놓치지 말았어야 한다는 후회를 그녀는 쓰게 삼켰다.

"십 년 더 늦게 만났다면 어땠을까? 최소한 중학교에 들어간 뒤라거나?"

화담은 그렇게 포석 같은 말을 미리 던져놓는다. 승준은 고집스레 입술을 다물고 다른 곳을 보고 있다.

"아니면 서윤이가 네 소꿉친구고 나는 서윤이 친구로 널 만나게 됐다거나……."

"자꾸 엉뚱한 소리 할래? 그래서 내가 너 두고 서윤이랑 어떻게 된 건 아니잖아?"

따져 묻는 승준의 목소리가 그답지 않게 신경질적이다.

'미안. 우리 더는 안 되겠다. 실은 나, 좋아하는 사람이 있어.'

승준의 언짢은 얼굴을 보며 화담은 속으로 중얼거렸다. 연습에 그치지 않고, 그냥 이대로 쏟아버릴까 했다. 쓰디쓴 아메리카노가 뒤늦게 효과를 보이는지 순간 화담의 눈이 날카롭게 반짝였다. 다 터뜨려 버리자. 어디 바닥을 한 번 쳐 보자고.

"너 메시지 온 거 아냐?"

하지만 그 순간의 기세도 승준이 돌아보며 하는 말에 흐지부지되었다. 과연 서윤에게서 온 메시지가 있었다.

[지금은 졸려서 통화를 못하겠어. 이따가 전화할게.]

그 짧은 메시지를 몇 번이나 읽었다. 특히 화담의 눈에 걸린 건 졸리다는 대목이었다. 지금도 많아봤자 하루에 다섯 시간 자는 게 고작인 서윤이 이 시간에 졸리다는 말을 하고 있다. 그 이유를 떠올리며 화담은 조심스럽게 승준에게 서윤의 남자관계에 대해 물었다.

"남자? 무슨 소리야, 서윤이한테 남자라니."

그의 반응도 화담과 다를 바 없다.

"뭔가 썸이라도 있었던 사람 없어? 나는 어쩌다 한 번 보니까 모르지만 너는 늘 붙어 다니니 알 거 아냐. 누구 관심 보인 남자도 없었어?"

"없지는 않지. 하지만 서윤이가 좀 철벽을 쳐야 말이지. 그런 데에는 정말 칼이야."

"그래……."

그 깔끔한 성격, 모르지 않는다. 그렇지만 엄연히 누군가의 아이를 임신하고 있다. 게다가 자취방 욕실에서 본 콘돔. 승준도 모르게 감쪽같이 만나는 남자가 있다면…….

덜컥 유부남인가, 하는 생각이 들면서 화담은 두 눈이 휘둥그레졌다. 그리고 승준을 다그쳤다.

"잘 좀 생각해봐. 서윤이가 왠지 널 따돌린다는 느낌 줄 때 없었어? 아니면 뭔가 다른 데에 정신을 쏟은 듯해 보인다거나."

"글쎄, 내가 걔 일거수일투족을 알 수는 없지."

"4월, 4월엔 어땠는지 좀 유심히 기억해봐."

"4월……. 워낙에 정신없이 흘러간 달이라."

승준은 모자를 벗어 머리카락을 가볍게 턴 후 다시 깊게 모자를 눌러썼다. 영 건성건성인 태도에 화담은 답답한 마음에 툭 그의 등을 쳤다.

"서윤이한테 신경 좀 써. 걔 지금 몸 상태도 안 좋고 여러모로 힘들다고."

"어디 아파?"

"아픈 게 다 뭐야. 저번 토요일 새벽엔 데굴데굴 구르다 병원에 실려갔어. 다음날 퇴원하긴 했는데 난 진짜 십년감수했다고. 서윤이랑 통화 안 했어?"

승준은 인상을 찌푸리며 고개를 저었다. 화담이 혀를 찼다.

"공부할 때만 단짝이냐. 여태 전화 한 통을 안 하고."

"……어디가 아팠는데?"

"식중독. 그 입 짧은 애가 순대를 먹고 그 탈이 났단다."

승준이 손으로 입을 문지르다가 거듭 모자를 벗었다 다시 썼다. 초조해지면 쓸데없는 행동이 많아지는 승준을 잘 아는 화담은 그래도 단짝은 맞네 하며 말했다.

"지금은 잔다니까 나중에 통화해봐. 놀리지 말고 상냥하게. 말 안 해도 알지, 서윤인 나랑 아주 딴판인 거?"

그 말에 내리깐 승준의 눈에 착잡한 미소가 떠올랐다.

"그러게. 너랑은 다르지. 한참 달라……."

승준과 이야기가 길어져서 화담은 식당까지 부랴부랴 달려갔다. 전에도 곧잘 그랬듯이 일하는 곳에 따라가겠다고 승준이 보챌 줄 알았는데 의외로 잡지 않고 그녀를 보내줬다.

서윤이가 아프단 소식에 내심 걱정이 많이 되는 게 틀림없다. 그러면서 괜히 뚝뚝한 척하고. 무게를 잡아보려고 해도 지승준은 지승준. 본바탕이 어디 가지는 않는다고 생각하면서 그녀는 히죽 웃었다.

저녁을 먹고 왔다고 둘러대고 빈속으로 아르바이트를 했다. 여느 때 같으면 표가 나도 대번에 났을 텐데 이날은 멀쩡했다. 심지어 허기조차 못 느꼈다. 그래도 몸을 써서 일했더니 종일 묵직하던 머리가 그럭저럭 맑아졌다. 역시 난 블루칼라가 체질이라는 확신에 한 표 더 던졌다.

[나, 골목 어귀 편의점에 있어.]

열 시가 다가오자 승준에게서 문자가 왔다.

"진짜 기다린 거야? 하여튼 지승준. 으이구."

아까 헤어지기 전에 승준은 화담을 명혜가 입원한 병원까지 바래다주고 인천에 가겠다고 말했다. 아르바이트 시각이 촉박해 서두르느라 무작정 오늘은 그만 가라고만 하고 헤어졌는데 결국 식당 근처에서 기다렸던 모양이다.

안 그래도 아침 일찍 병원에 갔다가 새벽에 수면제를 먹고 겨우 눈을 붙였다는 명혜의 자는 모습만 보고 저녁에 다시 오겠다고 말해둔 터였다. 올 시간을 대충 짐작하고 기다리고 있을 텐데 승준을 바래다주고 가면 너무 늦어진다.

"별수가 없네."

식당을 나서서 얼마나 걸었을까, 오른쪽 귀퉁이의 편의점 간판이 눈에 들어올 즈음 누군가 갑자기 팔을 낚아채는 바람에 화담은 소스라쳐 놀랐다. 그 사람의 얼굴을 보곤 더더욱 놀랐다.

"선배!"

"뭘 그렇게 놀래?"

피식 웃은 인후가 쥐어 잡은 그녀의 위팔을 은근하게 어루만지며 고개를 기울여왔다.

"어제 그렇게 보내놓고, 오늘 하루 종일 내 전화를 무시했으면 이런 재회 정도는 각오했어야지?"

"아, 그게, 저기······."

화담은 삽시간에 바싹 마른 입술을 혀로 훔치며 인후와 인후 너머로 보이는 편의점 간판을 갈마보았다. 죄지은 사람처럼 가슴이 쿵쿵거리며 겨드랑이에 식은땀마저 흘렀다.

"오늘은 그냥 가요, 선배. 나 지금 병원 가는 길이에요. 아주머니 보러 가기로 했거든요."

"그럼 데려다줄게. 병원에서 잘 건 아니잖아? 설마 병원에서 잘 거야?"

"상황 봐서요. 내일은 학교 안 가도 되니까."

"흠. 뭐 어쨌든 데려다줄게. 가면서 이야기하자."

몸을 돌린 인후가 화담의 팔을 이끌며 걸음을 뗐다. 화담은 발을 땅에

꾹 붙이고 버렸다. 그가 돌아보자 그녀는 고개를 저었다.

"안 돼요, 선배. 같이 못 가요. 부탁이니까 돌아가요, 오늘은."

인후의 눈이 가늘어지더니 고개를 모로 꼬며 내려다보는 표정이 일순 가면처럼 변했다.

"……뭐가 문제야?"

지체할 시간이 없었다. 이러다 승준이 편의점에서 나오기라도 하면 그 야말로 아수라장. 화담은 마른침을 삼키고 퀭한 눈을 부릅떴다.

"승준이가 기다리고 있어요. 그게 선약이니까, 선배하고는 같이 못 가 요."

인후의 눈썹이 슥 치켜 올라갔다.

16.

불충분한 고백

"지승준?"

인후는 바보가 아니니 오늘 중으로 승준이 화담을 찾아올 것을 짐작했을 것이다. 그런데도 천만뜻밖이란 표정으로 빤히 이쪽을 쳐다보는 것에 화담은 강한 압박감을 느꼈다.

"부탁이에요, 선배. 오늘은 일단 가요."

"병원에 간다는 건 거짓말이야?"

인후의 질문에 화담은 크게 고개를 저었다.

"정말 가요. 지금부터 갈 거예요."

"그런데 지승준이 기다린다는 건 뭐야? 병원에 들른 후에 데이트라도 할 셈이야?"

"아니요, 내가 병원까지 가는 걸 승준이가 바래다주는 것뿐이에요. 거기서 승준인 인천으로 갈 거예요."

"바래다만 준다……."

메마른 목소리로 그 대목을 되뇌는 인후를 보며 화담은 연신 고개를 끄덕였다. 그의 표정은 여전히 가면 그 자체였다. 깊이를 가늠할 수 없는 우물 같은 눈동자에 화담은 또 죄인이 된 것처럼 가슴이 오그라들었다.

때마침 각다귀 하나가 눈가로 날아들어 화담은 냉큼 손을 휘저으며 시선을 피했다. 동시에 그에게 할 말이 있는 게 떠올라 급히 입을 열었다.

"나 오늘 선배 전화 무시한 게 아니라 못 받은 거예요. 사정이 생겨서 지금 임시로 다현 형 휴대폰을 갖고 있거든요. 무슨 사정인지는 나중에 말해줄 테니까, 우선은 여기서 헤어져요. 네?"

제발 내가 애원하는 상황까지는 가지 않게 해달라고 속으로 빌었다. 그 절실함이 통하기라도 했는지 인후가 스르륵 쥐고 있던 팔을 놓아주었다.

"알았어. 가봐."

더는 아무것도 묻지 않고 인후가 슥 옆으로 비켜섰다. 화담은 꾸벅 고개를 숙이고 가방끈을 고쳐 쥐며 행여 그의 마음이 바뀔세라 급히 걸음을 뗐다.

"병원에서 나올 때 전화해."

몇 발자국 빠르게 내딛었을 때 뒤에서 그런 말이 들려왔다. 화담이 돌아봤지만 이미 인후는 등 돌려 걸어가고 있었다. 화담은 네, 하고 어름거리곤 편의점으로 향했다. 영 마음이 개운치 않아서 편의점까지 가는 짧은 거리 동안 서너 번은 족히 뒤돌아보았다.

승준과 만나서 병원으로 가는 중에도 그 불편한 기분이 계속 머리 한편에 달라붙어 있었다. 옆에 있는 사람에게도, 다른 곳에 있는 사람에게도 충실하지 못한 상황이 진저리나게 싫었다.

'이래선 꼭 바람피우고 있는 기분이야. 아니지, 이게 진짜 바람인가?'

돌연 화담은 누군가 정수리에 찬물이라도 끼얹은 것처럼 정신이 번쩍 들었다. 양다리다. 이건 어떤 변명을 갖다 붙여도 결국엔 양다리일 뿐이다.

'맙소사, 끝내는 승준이한테 똥차가 되고 말았어!'

그만 화담은 눈앞이 깜깜해져 약간 비틀거렸다. 승준이 그 기척을 느끼곤 어깨를 잡아주며 괜찮으냐고 물었다.

"으, 응. 괜찮아. 괜찮고말고."

화담은 승준과 눈을 마주할 수가 없어 푹 고개를 숙였다. 지쳐서 그러는 것처럼 그대로 목적지에 와 갈 때까지 버스 손잡이에 머리를 대고 눈을 꼭 감고 있었다.

병원 부근 사거리에서 둘은 버스에서 내렸다. 왼편에 보이는 병원 간판을 바라보면서 승준이 중얼거렸다.

"여기까지 왔는데 찾아뵙지 않아도 되려나."

"신경 쓰지 않아도 돼. 아주머니, 낯가리시잖아."

뿐만 아니라, 승준을 은근히 무시하고 있다. 화담은 명혜가 승준을 두고 했던 말을 가슴에 담아 두고 있다. 언제까지 소꿉놀이만 할 거냐던 물음. 얌전한 말투로 아무렇지도 않게 냉정한 말을 하는 모습에 적이 놀랐었다.

하지만 그 말이 정말 기분 나빴던 건, 그게 여지없이 정곡을 찌른 까닭이었다. 실제로 화담조차 그것을 '놀이' 같은 기분으로 여겨온 것이다.

'난 한 번도 성실하지 않았어.'

승준과의 교제에 있어서 단 한 번도 진지한 노력을 기울인 적이 없다는 점이 못내 씁쓸했다. 그래도 되는 줄 알았다. '어디 한 번 내 마음을 움직여보든가.'라고 선심 쓰듯 말하던 처음 기분 그대로 쭉 유지되어온 관계였던 것이다.

일의 발단은 열여섯 살의 크리스마스 때.

중학생으로서 보내는 마지막 겨울방학이 시작된 며칠 후 이브를 맞아 서윤이까지 셋이 함께 시내로 트리 구경을 가자는 화담에게 승준은 자꾸만 둘이서 가자고 우겨댔다. 화담은 감히 서윤일 따돌릴 셈이냐고 을러대며 꼭 둘이 가야 한다면 너 말고 서윤이랑 같이 가겠다고 엄포를 놓았다. 승준은 욱했는지 그럼 멋대로 하라면서 휑하니 집으로 가버렸다. 그래서 정말 그해 이브엔 서윤과 둘이서만 트리 구경을 다녀왔다. 단단히 삐쳤는지 승준은 그해 말이 되도록 화담의 앞에 코빼기도 비추지 않았다.

12월 31일. 문제의 그날, 화담은 이게 무슨 바보 같은 싸움인가 싶어 먼저 승준을 찾아갔다. 공원벤치에 앉아 화해를 위해 가져온 따끈한 캔 커피를 주면서 그만 좀 꽁해 있고 내년에도 사이좋게 지내자는 그녀의 말을 승준은 울음으로 받았다. 그랬다, 승준은 울었다. 그것만으로도 패닉이 되어버린 화담에게 그는 더욱 황당한 소릴 했다.

─널 좋아해.

화담은 '물론 나도 널 좋아하지.' 라고 받아쳤다가 승준이 대성통곡하게 만들었다. 그 시절의 승준은 정말로 감수성이 폭발해 우주로 날아가도 신기하지 않을 지경이었다.

마음은 알겠다, 하지만 난 그런 거 잘 모르고 생각도 없으니 어쩌냐, 기억은 해둘 테니까 전처럼 친구로 지내자, 화담은 쩔쩔매면서 그런 말로 승준을 달랬다. 그런데도 승준은 널 너무 좋아해서 도저히 친구로는 지낼 수 없다고, 차라리 아예 모르는 사람이 되는 게 덜 괴로울 거라고 주장했다.

화담은 난감하기도 하고 어이가 없기도 했다. 고작 그런 이유로─당시의 화담에겐 정말로 그게 '고작'이었다─십년지기랑 절교를 해야 하다니.

승준이 먼저 뛰어가 버린 공원에서 한동안 멍하니 앉아 있던 화담은 결국 집으로 돌아와 김치 담글 준비를 하던 강희를 의논상대로 삼았다.

'엄마. 승준이가 날 좋아한다네.'

'애송이가 결국 말을 한 모양이네? 다 컸네, 다 컸어.'

'뭐야, 걔가 엄마한테 미리 말했어?'

'말하긴.'

'근데 그걸 어떻게 알아, 엄마가?'

'딱 보면 알지. 한창 코흘리개 때부터 너 쫓아다니는 이마에 '난 화담이가 좋아요'라고 써 붙이고 다녔는걸. 너만 모르고 시장 사람 다 알걸? 그래, 어쩌기로 했어?'

'어쩌긴 뭘 어째. 걔가 괜히 엉뚱한 소릴 해서 절교하게 생겼어.'

'절교할 거야?'

'별수 있어? 사귀든가 연을 끊든가, 둘 중 하나라고. 에잇, 바보 같은 놈! 느닷없이 뭔 연애를 하재!'

'한 번 해보지? 승준이 그만 하면 마음에 드는 사윗감인데. 밑져야 본전이잖아.'

'엄마까지 뭔 헛소리야!'

딸은 일생일대의 난제에 봉착했는데 엄마란 사람이 천하태평으로 그런 소릴 하는 걸 보곤 화담은 채 썰던 무를 팽개치고 방으로 올라가버렸다. 그리고 방에 틀어박혀 두문불출, 이라고 해봤자 일곱 시간을 못 갔다. 당시의 화담에겐 일곱 시간의 고민도 너무 길었다!

화담은 곧장 청과물 가게로 가선 어찌나 울었는지 눈이 다 퉁퉁 부은 승준을 끌고 다시 공원으로 향했다.

'좋다, 사귀어 주마.'

다짜고짜 그렇게 시작했다.

'하지만 말했다시피 난 그런 거 전혀 모르겠고, 그래서 네가 눈곱만큼도 남자로 안 보여. 넌 그래도 상관없겠어?'

'괜찮아. 둘 중 어느 한쪽만 좋아해서 시작하는 커플이 세상에 얼마나 많은데.'

승준은 열성적으로 고개를 끄덕였다.

'특히 여자는 자길 좋아해 주는 남자를 만나서 사귀어야 행복하대.'

'웃기네. 그거야 사람 나름이지. 아무튼 이미 뱉은 말이니, 네가 그래도 상관없다면 사귀긴 하겠는데 내 마음이 오 년이고 십 년이고 이러고 말면 나도 어쩔 수 없어. 막말로 어느 날 갑자기 어떤 사람한테 한눈에 반해서 야, 오늘로 좋다 그럴지도 몰라. 그래도 괜찮단 말이야?'

무조건 승준은 고개를 끄덕였다. 몇 번이고.

'내가 노력할게. 너도 날 좋아할 수 있도록. 지성이면 감천이라잖아. 내가 꼭 너 감동시켜 보인다.'

힘차게 다짐하는 승준이 분명 그 순간은 꽤 멋있어 보였다. 하기야 근성이 없는 놈은 아니지, 라고 생각하며 화담은 이게 잘하는 짓 맞을까 하는 마지막 고민마저 떨쳐버렸다.

'애써봐라, 지승준. 어디 한 번 내 마음을 움직여보든가.'

그런 말을 하는 자신이 어쩐지 드라마의 여주인공이 된 것 같아 조금 우쭐하기도 했었다. 그렇게 시작된 장난 같은 교제였다.

그로부터 7년이 흘러 이제 그들은 스물세 살. 비록 그 태반이 서울과 무주를 오가는 장거리 교제였다고 해도 시간의 흐름은 엄연하다. 이렇게까지 길어질 거라곤 그땐 정말 꿈에도 짐작 못 했다. 그럴 줄 알았다면…….

화담은 한숨을 삼키며 걸음을 멈추었다.

"이제 그만 가봐, 승준아."

"조금 더 가서."

병원 건물 입구까지는 데려다주려고 하는 걸 화담은 고개를 저어 마다했다.

"어영부영하다가 막차 놓치면 어쩌려고. 가봐, 어서."

"놓치면 뭐, 그땐 그때지. 설마 내가 막차 놓쳤다는데 입 싹 씻을 서화담이 아니잖아. 안 그래?"

"그러지 말고, 어서……."

승준의 팔을 붙잡아 돌아서게 하려는데, 문득 주머니 속 휴대전화가 진동하는 바람에 동작을 그쳤다. 내심 긴장하며 전화길 확인해 보니 서윤의 전화였다.

"어, 서윤아. 미안해, 지금 막 승준이 보내는 중이거든? 얼른 보내고 내가 다시 걸게, 조금만 기다려줄래? 응? 어, 승준이. 아까 학교에서……."

말하다 말고 화담은 송화기 부분을 막고 승준에게 서윤이한테 연락 안 했느냐고 물었다. 승준은 어깨를 으쓱하며 시선을 발치로 떨어뜨렸다. 사이판으로 가기 전에 둘이 싸우기라도 한 건가 의아해하며 화담은 일단 전화를 받았다.

"막차 안 놓치고 인천 가려면 서둘러야 하는데도 늑장을 부린다, 글쎄. 그러게. 더운 나라 다녀오더니 여유로워졌어. 응. 곧 전화할게, 기다려."

휴대폰을 넣고 화담은 통화 중에 느꼈던 미묘한 공기에 대해 물어보려 했는데 불쑥 승준이 뭔가를 건네는 바람에 말이 쏙 들어갔다.

"뭐야?"

"보다시피."

리본을 풀고 포장지 안쪽을 살펴보니 희고 붉은색 조개와 고둥 껍질로 만든 목걸이가 있었다. 사이판 여행 기념 선물이 분명했다.

"산 게 아니라서 모양이 좀 그래. 그게 그래 보여도 투자 시간이 어마어마하다는 건 잊지 마라. 쓸 만한 껍질 찾기가 하늘의 별 따기였어. 내 여행 절반은 거기에 투자했다고."

화담이 물끄러미 목걸이를 바라만 보고 있자 승준이 모자를 썼다 벗었다 하며 머쓱한 얼굴로 변명했다.

"그게 하나하나 들여다보면 예쁜데 모아놓으니까 영……."

화담은 별안간 포장째로 선물을 승준에게 내밀었다. 고개를 푹 숙인 그녀를 승준이 의아하게 바라보다가 왜 그러느냐 물으려는 순간, 그녀가 말했다.

"미안해, 승준아."

"……야, 화담아."

이름을 부르자 그녀가 고개를 들었다. 가득 고인 이슬로 눈동자가 출렁거렸다.

"못 받아. 나, 이거 받을 자격 없어. 받으면 안 돼."

"대체, 무슨 소릴 하는 거야. 그냥 여행 기념품일 뿐인데 뭘 못 받는대."

승준의 눈빛이 불안스레 흔들렸다. 화담은 꾹 입술을 깨물었다. 시작은 그렇게 장난처럼 했어도 마지막은 제대로 맺고 싶었는데, 그 장소가 엉뚱하게도 길바닥 위가 되었다. 하물며 여긴 무주도 아니다.

"무주에 내려가서 말할 참이었어. 그러는 게 맞다 싶어서. 근데 안 되겠어, 배려랍시고 널 더 기만하는 거란 생각밖에 안 들어. 기만…… 그러고 보니 이게 하루 이틀 일이 아니구나. 난, 이미 오래전에 이 말을 너한테 했어야 했어."

"서화담, 하지 마."

무슨 예감을 했는지 승준이 인상을 쓰며 화담을 붙들었다. 화담은 그의 눈을 마주하며 고개를 저었다.

"해야 돼. 승준아, 나 좋아하는 사람이 있어. 좋아해, 그 사람을 사랑해. 이제 더는 감추지 않을래."

승준은 울지 않았다.

대신 이번엔 화담이 울었다.

화담을 기다리며 깨어 있던 명혜는 그녀의 얼굴을 보기 무섭게 울었느냐 물었다. 화담은 엷게 웃음 짓다가 그만 눈물이 핑 돌아 빠르게 눈을 깜박여 눈물을 말렸다. 명혜가 티슈 상자를 화담에게 건네며 가만히 손을 잡아주었다.

"방금 그건 누수였어요. 이젠 꽉 잠갔습니다."

짐짓 힘차게 말했지만 명혜는 잡은 손을 놓지 않고 물끄러미 화담을 들여다보았다. 그러다 문득 감회에 잠긴 목소리로 중얼거렸다.

"조금 요염해졌나. 꽃망울을 터뜨린 꽃처럼……."

"제, 제가요? 뭐지, 울면 나 같은 사람도 요염해지나."

당황스러운 기분으로 제 얼굴을 더듬어보는 화담에게 명혜가 말했다.

"그래서 어떤 못된 녀석이 이 예쁜 꽃을 괴롭힌 건데?"

어떤 녀석인지 알면 혼내주겠다는 듯이 찡그리는 명혜를 보고 화담은 또 울컥 뜨거운 게 차올랐다. 뭉텅 뽑은 티슈로 눈을 누르며 화담은 고개를 저었다.

"그게 아니라 제가 괴롭힌 거예요. 오늘 승준일 만났어요. 만나서, 좋아하는 사람이 있다고, 그 사람 사랑한다고 말해버렸어요."

"……해야 할 말을 한 거잖아. 그건 괴롭힘이라고는 할 수 없어. 사람의 마음이 변하는 걸 탓해 뭘 하겠어."

"차라리 마음이 변한 거였으면 덜 미안하겠어요."

화담은 붉어진 눈을 들어 허공을 향해 탄식했다.

"단 한 번도 그 애한테 온전히 마음 준 적이 없어요. 그런 어정쩡한 심정으로 시작하는 게 아니었는데. 그러다 다른 사람이 마음에 들어왔는데도 여전히 그게 뭔지도 모르는 바보였어요, 전. 그렇게 마음에 딴사람 들여놓고 무심하게 허울뿐인 관계를 여기까지 끌고 왔다는 걸 생각하면……. 저 너무 나쁘죠?"

주르륵 흐르는 눈물을 훔칠 생각도 하지 않는 화담을 응시하던 명혜가 조금 진정되길 기다렸다가 물었다.

"그 다른 사람이 인후 군이야? 그 애가 네 진짜 첫사랑인 거니?"

화담은 꿈꾸는 듯한 눈길을 천천히 명혜에게로 돌렸다.

"네, 아주머니. 선배가 제 첫사랑이에요."

또 한 줄기의 말간 눈물과 함께 화담이 함빡 미소했다.

"……이기적이게도, 전 그게 기뻐요."

화담이 병실을 떠나고 침대에 머리를 뉘었을 때 명혜는 오랜만에 그림을 그리고픈 충동에 휩싸였다. 남편과 취미를 같이 하기 위해 배웠고, 나름대로 소질을 인정받아 꾸준히 실력이 느는 재미를 느껴가며 그렸던 여러 그림들이 두서없이 뇌리에 떠올랐다가 사라졌다. 남편이 사라진 세상에서 이미 그 의미가 퇴색했다고 여겼지만 실은 여태 그리고 싶은 것이 없었을 뿐임을 깨달았다.

"어떤 걸 그릴까? 아, 꽃이 좋겠어. 꽃. 그래, 아직 조금은 덜 여문 듯한 흰 꽃봉오리가 캔버스 가득, 아니, 아니야, 그거보다는 좀 더……."

전전반측하며 명혜는 머릿속에서 어른거리는 어떤 심상을 붙잡는 데 집중했다. 화담이 제 사랑을 고백하던 그 순간의 모습을 몇 번이고 돌이켜본다.

흘러내린 눈물에 담긴 일말의 수치심. 외면한 사랑에 대한 죄책감. 하지만 더 강렬하게 뿜어내던 그 빛, 제 사랑에 대한 환희와 열망.

이기적이지만 기쁘다…….

그렇다, 원래 사랑이란 그런 것이다. 그 사람을 원하여 어찌할 수 없을 정도로 빠져들기에 사랑이다.

명혜도 그런 사랑을 했다. 얼마쯤 새침데기 같은 면은 있었을지언정 다른 사람 마음에 상처 내는 말 한 번 할 줄 몰랐던 그녀가 남재현이라는 남자를 갖기 위해서 얼마나 많은 사람을 힘들게 했던가. 때때로 아이를 갖지 못하는 자신을 돌아보며 욕심을 부려 벌을 받은 거라고 생각하면서도 남재현, 그를 붙잡은 자체를 후회한 적은 없었다. 사랑했으니까. 마음을 다해. 혼을 다해.

"하얀 꽃. 거기에 붉은 물이 드는 걸 그리자. 화제畫題는 꽃피는 소리가 어떨까."

눈꼬리를 타고 흘러내린 눈물이 베개를 적시는 것을 느끼며 명혜는 나직이 중얼거렸다.

"그렇게 눈부신 때를 지나왔구나, 나도……."

한가득 메말라 버린 가슴. 박제가 되어버린 줄 알았던 심장에 홀연히 뜨거운 피가 도는 것을 느끼며 명혜는 눈을 떴다. 그 눈부신 때는 아직 지나가지 않은 것이다.

그녀는 지금도 그를 사랑하고 있기에.

명혜는 급히 몸을 일으켜 앉아 간호사 호출 버튼을 누르려다가 자신이 침대에서 내려서는 쪽을 택했다. 불쑥 나타난 환자를 보고 모니터를 들여다보던 중인 당직 간호사가 무슨 일이시냐고 물어왔다. 명혜는 약간은 쑥스러워하는 표정으로 고개를 갸웃하면서 자그마한 입을 열었다.

"흰 종이랑 필기도구를 좀 빌릴 수 있을까요? 뭘 좀 그리고 싶어서……."

화담은 병원 1층 화장실에서 세수를 하고 식수대에서 실컷 물을 들이 켠 뒤 복도 의자에 앉았다. 얼마쯤 방심 상태가 되어 시간이 가는지 마는지 관심도 없이 멀거니 있었다.

그러다 문득 정신이 들어 여기가 어딘가 하는 눈빛으로 주위를 둘러보곤 싱겁게 웃었다. 출입구를 찾아 걸음을 떼면서 비로소 이 사람 저 사람 앞에서 펑펑 운 게 조금 겸연쩍어졌지만 후회는 하지 않았다. 묵은 빚을 싹 갚은 사람처럼 후련한 기분이 더 컸다.

"앗, 배고프다."

멈췄던 위가 이제야 활개를 치는지 꼬륵꼬륵 노래를 해댔다. 뭘 좀 먹고 들어가야 하나 하고 시계를 들여다보던 화담은 퍼뜩 서윤과 아직 통화를 못한 사실을 떠올렸다.

아까 승준과 그렇게 헤어지고 전화를 걸어봤지만 통화중 신호음이 들려서 할 수 없이 전화를 끊었었다. 이제 자정이 다 돼가는데 혹시 자는 건 아닐까 걱정하면서 화담은 다시 통화를 시도했다. 이번에도 통화 중 신호만 들렸다.

"누가 있긴 있는 모양인데……."

어쩐지 아까도 지금도 같은 사람이랑 통화 중이지 않나 하는 느낌이 들었다. 그 상대가 아이 아빠가 아닐까 하는 상상이 너무 나간 것 같지는 않다.

일단 전화를 끊고 화담은 두 번째로 한남동 집으로 전화를 걸었다. 마치 기다리고 있었던 것처럼 다현이 전화를 받았다.

"아직 병원이야. 이제 막 나가려고."

"지금? 많이 늦어졌네. 택시 타고 와."

"그럴까 해. 근데 저녁을 부실하게 먹었더니 배고파서 뭐라도 사먹고 갈까 하거든."

"못 참을 정도야? 그런 거 아니면 집에 와서 먹지."

"못 참아. 배에서 천둥 친다고."

어서 뭐라도 먹고 싶어서 단내까지 나는 입술을 빨며 화담은 물었다.

"어떻게, 일 알아보기로 한 건 잘 됐어?"

"응. 정 비서님 통해서 실력 확실하다는 조사업체에 의뢰 맡겼어. 음지쪽으로도 발이 넓다니까 이삼일 안에 뭔가 소득이 있을 것 같아."

"이삼일…… 피 좀 마르겠네."

씁쓸하게 웃고서 화담은 다현에게 고맙다고 인사했다. 그는 정색을 하며 그런 말은 나중에 듣겠다고 했다.

"말했다시피 지금 이건 순전히 마음의 빚 갚는 차원이니까. 하지만 좋은 결과가 나오면 그때는 감사의 말 정도는 들어줄게. 기쁨은 둘이 나누면 더 커진다잖아."

"꼭 감사 인사를 할 수 있었으면 좋겠네."

하늘을 올려다본 화담은 오늘따라 별이 꽤 많이 보이는 밤하늘 속에서 달을 찾아 두리번거렸지만 어디에도 달은 보이지 않았다.

"아주머니도 슬슬 주무시겠대. 형도 일찍 자! 푹 자야 뼈도 붙고 살도 차지. 나는 배 채우고 돌아가겠습니다."

"가볍게 먹어. 자다가 부대끼지 않게."

"부대낀다는 게 뭐죠?"

짐짓 능청스럽게 대꾸하고서 화담은 전화를 끊었다. 통화 중에 샘솟았던 희망 비슷한 것도 빠르게 빛바랬다. 외삼촌의 일에 거는 기대가 정도 이상으로 커져선 곤란하다는 자각 때문이다.

지난밤 만난 상만은 자신이 사람을 죽였다고 순순히 인정했다. 원인은 돈. 지난 몇 년간 도박판 주변을 전전하면서 끌어 쓴 빚이 좀 있었는데 원금은 이천이 될까 말까 한 그 돈이 어느새 2억 가까이 불었다고 한다. 신체포기각서까지 썼던 그는 알아서 내놓지 않으면 쥐도 새도 모르게 세상 뜨게 해주겠다는 대부업자의 협박에 얼마 전에 신장까지 하나 떼어낸 상태였다.

상만은 채 아물지 않은 흉터를 보여주면서 1억을 변제해주겠다고 하더니 수술 후에 말이 바뀌었다고 울분을 토했다. 상대편에선 애초에 간이랑 신장을 받기로 했는데 간 상태가 너무 나빠 신장 하나밖에 못 뗐으니 원금을 탕감한 셈 치겠다면서 나머지 이자 1억 8천은 갚아야 한다고 했단다.

그만 눈이 돌아서 차라리 날 죽이라고 덤벼들어 싸우는 사이 어느새 상만의 손엔 대부업자가 평소 품고 다니던 회칼이 들려 있었다고…….정신없이 뛰쳐나오느라 숨이 아주 끊어졌는지는 확인 못 했지만 그 상태면 틀림없이 죽었을 거라고 상만은 남 이야기하듯 말했다.

단순히 조카의 돈을 노리고 어설픈 연극을 벌이는 거라면 좋겠지만 어젯밤 상만과 마주했을 때, 화담은 절감했던 것이다. 이 사람, 이번엔 정말로 절벽 끝에 내몰렸구나 하고.

상만을 둘러싼 기운이 혼탁하다 못해 이글이글 끓고 있었다. 온갖 색으로 잡탕이 된 도가니에선 끈적끈적한 타르를 닮은 것들이 꿈틀거렸다. 틀림없는 죄인의 그것이었다.

어떻게 해서든 상만을 설득해 자수시킬 요량이지만 화담은 그래도 딱 하나 바라는 게 있었다. 그 죄가 부디 돌이킬 수 없는 지경에 이른 것은 아니길.

이미 연을 끊고 사는 거나 다름없다고 해도, 단 한 명 있는 혈육이 살인자일지 모른다는 건 싸하게 피가 식을 만큼 두려웠다. 오늘 아침엔 태양 아래로 나서는 자체가 죄악처럼 느껴져 움찔했을 정도였다.

"엄마……."

차라리 달이 없어서 다행이라고 생각하며 화담은 하늘을 향해 속삭였다. 도와줘, 도와줘, 제발. 바보 같은 동생에 질렸더라도 날 봐서, 제발. 나 정말로 살인자의 조카 같은 건 되고 싶지 않단 말이야.

"제발."

눈을 감고 간절히 두 손 모아 기도했다. 그러나 몸에 쌓인 피곤과 허기가 눈을 감은 그녀의 몸을 멋대로 휘청거리게 했다. 어, 하며 균형을 잡으려는 그녀의 팔을 어떤 단단한 손이 붙잡아주었다.

"고맙습……니다?"

화담은 그 손의 주인을 보고 얼떨떨해졌다. 인후가 그녀를 내려다보고 있었다.

"뭐예요, 선배? 왜 여기 있어요?"

"나오면 전화하랬잖아. 내가 기다리고 있을 줄 몰랐어?"

눈을 깜박이며 화담은 그가 마지막으로 했던 말을 떠올렸다. 병원에서 나올 때 전화하라고 했던 말이 그럼……. 화담은 곧 눈살을 찌푸렸다.

"내가 오늘 병실에서 잘 수도 있다고 했잖아요."

"그땐 그때지."

"뭐가 그땐 또 그때에요. 설마 안 나오면 여기서 자기라도 할 셈이었어요? 아침이 되도록?"

"하룻밤쯤 차 안에서 자도 안 죽어. 죽는 경우도 있겠지만, 내가 그런 바보는 아니잖아?"

"당연히 선배는 그럴 리……. 지금 그게 중요한 게 아니잖아요, 선배, 교묘하게 딴 방향으로 날 유도하지 말아요!"

"어어? 자기가 멋대로 끌려와놓고선 내 탓하긴?"

화담은 정색을 하려고 했지만 인후가 눈을 동그랗게 뜨고 입술을 삐죽이는 바람에 그만 뭐에 화가 났는지도 잊어버렸다. 언제 또 봤나 싶은 귀여운 표정으로 인후가 고개를 갸웃이 하며 물었다.

"어쨌든 이젠 돌아가는 거지? 걸으면서 졸지 말고 차 타고 가. 바래다줄게."

인후가 화담의 손을 잡고 주차장에 세워둔 차를 향해 걸어갔다. 어리둥절한 눈을 하고 인후의 뒤통수를 바라보던 화담은 방금 전에 본 그의 표정이 생각나자 배시시 뺨을 붉히며 웃었다. 자신의 손을 잡고 있는 큰 손이 좋아서 웃었고 진한 먹색의 긴팔 셔츠를 걸친 넓은 등이 좋아서 웃었다.

종종걸음을 옮겨 끌려가는 위치가 아니라 그의 옆자리에 선 화담은 그의 어깨에 찰싹 뺨을 대며 헤헷 하고 소리 내어 웃었다. 인후가 "웬 애교?"하고 짐짓 뚝뚝하게 묻는 말에 화담은 방글거리며 그를 올려다보았다.

"좋아서요."

마음이 흘러넘쳐 뭐라도 더 말하고 싶어 입이 근질거리는 걸 주체할 수가 없었다.

"봐도 봐도 좋아요. 방금 전까지 배고파서 죽겠더니 지금은 배도 안 고파요. 이게 사람들이 말하는 보기만 해도 배가 부르다는 경지인가 봐요. 난 진짜 암만해도 그 말이 이해가 안 됐었는데. 근데 그런 경우가 정말 있네요. 선배는 나 같은 경험 한 적 있어요?"

인후는 시무룩하게 웃어보이곤 말없이 걸었다. 그저 그녀의 손을 좀 더 꽉 잡고서. 크게 대답을 기대하지 않았기에 화담은 낙담하지 않고 그에게 기대어 살짝 눈을 감았다.

지금 그와 함께 있어서 화담은 행복했다. 아주 잠시였지만 혼자 어둠 속에 떨어진 듯이 막막했었는데 이제는 그런 기분이 다 날아갔다. 여전히 어둠이 깊다. 그래도 인후와 같이 걷는 어둠은 두렵지 않았다.

'이 터널을 지날 때까지라도 함께 있고 싶은데.'

완벽한 행복은 없다고 증명이라도 하듯 슬며시 걱정 한 오리가 깃들었다. 화담은 눈을 떠서 물끄러미 인후를 쳐다보았다. 그도 그녀를 돌아보며 말했다.

"다 왔는데."

"벌써요? 그럴 리가, 아직 터널이 한참……."

"터널?"

자신의 착각을 깨닫고 화담은 냉큼 아무것도 아니라고 손을 젓고선 조수석에 탔다. 운전석에 탄 인후가 안전벨트를 매고 있는 화담을 보다가 갑자기 그녀의 얼굴을 돌려 입술을 겹쳤다. 화담도 순발력 있게 응했지만 자꾸만 농염해지는 입맞춤에 그만 어깨를 움츠리며 머리를 젖혔다.

"병원에서 이러면, 벌 받을 것 같아요."

"병원이 아니면 되는 거네?"

바짝 잠긴 그의 음성에 화담은 시선을 피하며 도리질을 했다.

"나 오늘 정말 긴 하루였어요."

그래서 지쳤다고 호소하는 그녀의 목소리가 얼마나 유혹적인지, 미처 모르리라. 인후는 잠자코 입을 다물고 주차장에서 차를 뺐다.

병원을 빠져나오고도 한동안 각자의 생각에 잠겨 차 안은 고요했다. 그러다 화담은 휴대전화에 생각이 미쳐 나름 궁리해뒀던 변명을 꺼내려 했다.

"휴대폰 말이에요, 무슨 일이 있었냐면요……."

"뭐 또 덜렁대다가 고장을 내거나 했겠지. 잃어버린 건 아니잖아? 그럴 틈도 없었고."

"네, 네, 잃어버린 건 아니에요."

"그럼 됐어. 알아서 원상복귀나 해."

"원상복귀 해야죠. 암요."

당장 내일 오전에 세컨드폰이라도 개통해서 상만에게 쥐어주고 받아오겠다고 화담은 단단히 별렀다. 그런 중에 차창 밖으로 흘러가는 풍경을 보고는 빠르게 눈을 깜박거렸다.

"선배? 이쪽 한남동 가는 길이 아닌 것 같은데요?"

인후는 태연하게 정면을 쳐다보며 배고프다고 하지 않았느냐고 물었다.

"비프스튜 만들어놨어. 한 그릇 먹고 가."

비프스튜. 저도 모르게 혀밑샘이 자극됐는지 군침이 솟아났지만 인후의 아파트까지 가서 과연 스튜만 먹고 돌아갈 수 있느냐, 하는 난제가 있었다.

"어, 스튜⋯⋯. 맛있겠네요. 근데 거기까지 가서 먹고 돌아가면 시간이⋯⋯."

"싫으면 말고. 가서 혼자 먹지 뭐."

심드렁하게 중얼거린 인후는 얼마 후 유턴을 위해 옆 차선으로 옮겨갔다.

"혹시 저녁 안 먹었어요, 선배?"

"신경 쓰지 마. 한 끼 놓쳤다고 사람이 죽나."

그런 무심한 화법이 화담에겐 늘 치명적이었다! 화담은 욱해서는 큰소리로 나무랐다.

"끼니를 왜 놓쳐요, 끼니를! 오늘 놓친 끼니때는 다시는 돌아오지 않는다고요. 장사壯士 한 번 가면 다시는 돌아오지 못하리, 몰라요?"

다소 엉뚱한 인용구에 호오, 하고 웃으며 인후가 그녀를 돌아보았다.

"그새 『사기』도 읽었나 보네?"

"읽었습니다, 서화담은 교양인이니까요!"

"만화로?"

"내 얼굴에 만화로 읽었다고 쓰여 있어요?"

대번에 교양의 정체를 꿰뚫어본 인후 때문에 화담은 시무룩해졌다.

"그게 그래도 11권이나 되는 방대한 양이었는데⋯⋯."

나직이 웃음을 터뜨린 인후가 손을 뻗어 그녀의 어깨를 토닥였다.

"잘했어, 잘했어. 만화로 입문했으니 이번엔 정식으로 한 번 도전해야지? 오늘 가면 서가에서 사기 찾아줄게. 이번 방학 동안 읽어봐."

"네, 그럴게요!"

씩씩하게 대답하고 보니 얼렁뚱땅 인후의 아파트에 가는데 동의해 버린 셈이 됐다. 유턴은 무슨 유턴이냐는 듯 다시 원래 차선으로 돌아와 부드럽게 질주하는 차를 화담은 이제 그러려니 하고 내버려두었다.

정신을 바짝 차리고 있으면 아무렴 또 저번 빗속에서처럼 눈이 맞아 이성이 날아가 버리는 사태가 올까. 정말이지 그땐 어디가 어떻게 됐었지 싶을 뿐이다.

아파트에 도착한 뒤 인후는 매우 신사적으로 화담을 에스코트할 뿐 손조차 잡지 않았다. 집으로 들어가 따끈하게 데워낸 비프스튜를 마주 앉아 먹으면서도 화제는 이런저런 책 이야기로 건전하게 흘러갔다. 전이었다면 거의 경청하는 입장이었던 화담이 이따금 아는 소리를 하며 대화를 나눌 수 있는 것에 고무되어 분위기도 화기애애했다. 화담은 공연한 걱정을 했다 싶어 얼마쯤 겸연쩍어졌다.

식사를 마치고서 화담이 먼저 거실로 나와 인후의 서가를 돌아보았다. 지난 몇 년간 살면서 실컷 구경했던 터라 어렵잖게 『사기』 전집을 찾아냈다. 번역본과 중국어본이 나란히 있는 모습만으로도 위압감이 철철 흘렀다. 당연히 한글로 된 쪽 책등을 가볍게 훑어보고 있는데 어느새 뒤로 다가온 인후가 그중 [열전]을 골라 꺼냈다.

"형가의 시를 예사로 읊을 만큼 인상 깊었던 모양인데, 이거부터 읽어 볼래?"

"거기 자객열전이 있겠네요. 좋아요. 이거부터 읽을게요."

냉큼 고개를 끄덕였으나 만화와 달리 책의 두께와 활자의 양은 참으로 위풍당당. 슬슬 넘겨보면서 저도 모르게 한숨을 내쉬는 화담의 모습에 인후가 피식 웃었다.

"천천히 읽어도 돼. 왜 빨리 못 읽느냐고 무안 주지 않을 테니까."

"아뇨, 가끔은 무안도 필요해요. 마냥 편해선 교양인이 될 수 없어요."

"교양 좀 없으면 어때? 인간적으로 매력적인 사람인데."

화담은 또르르 눈을 굴려 인후를 보았다. 방금 내가 뭘 들었나 하는 표정. 게다가 딸꾹질까지 시작됐다.

"선배가 갑자기 이상한 소릴 하니까 이러잖아요."

"내가 뭘? 인간적으로 매력적인 거 맞는데 왜?"

"이러지 말아요, 진짜 푸른 선배가 둔감한 거 아니죠?"

딸꾹, 딸꾹거리며 화담은 책을 방패삼아 얼굴을 가리고 의심스러운 눈초리를 던졌다. 웃음이 나오려는 것을 참던 인후는 계속되는 그녀의 딸꾹질에 확 그녀를 끌어당겨 품에 안았다. 그리고 놀라서 눈이 동그래진 그녀의 보들보들한 과육 같은 입술을 덥석 감싸 물었다.

그 정도로는 그치지 않는 딸꾹질에 그는 쿡쿡 웃으면서 한층 강하게 입술을 내리눌렀다. 운동신경은 그렇게 좋으면서도 아직 그녀는 키스하면서 숨 쉬는 것에 애를 먹는다. 그래서 가끔 숨 돌릴 여유를 주려고 입술을 떼어야 하는데 이번엔 그녀의 얼굴이 빨개지는 걸 보면서도 한 치의 틈도 주지 않는 입맞춤을 강행했다.

숨이 바닥이 나자 화담이 파닥거리며 인후의 팔을 두드렸다. 그는 모른 체하고 더 기다렸다. 그러곤 이젠 분명히 딸꾹질을 안 한다는 확신이 들었을 때 고개를 들었다.

"어때 이제는 좀, 어어, 이런."

딸꾹질이 멈춘 건 좋았는데 뇌빈혈이라도 왔는지 화담이 맥을 못 추며 축 늘어지려는 걸 인후가 붙들었다. 그 와중에 떨어뜨린 책 모서리가 발등을 찍는 바람에 화담은 의도치 않게 정신을 차렸다.

"에구구, 내 발! 선배 책이 나한테 왜 이래요, 내가 그간 먼지 안 내려앉게 쓸고 닦아준 정도 모르고. 청소는 하게 허락해줬지만 너 같은 거한테 읽힐 줄 아냐, 뭐 그런 거냐고요. 주인 닮아서 책도 사람 무시하네.

히잉."

울상이 되어 칭얼거리는 화담 때문에 인후는 정통으로 웃음 바이러스에 붙들리고 말았다. 그녀를 품에 보듬어 안고 큭큭거리고 웃으면서 인후는 책을 대신해 거듭 사과했다.

"내가 다 잘못했어. 어서 딸꾹질 그치게 하려고 너무 몰아세워서 그래. 내 책들이 왜 널 무시해. 주인 닮았으면 열렬히 좋아해야지. 아, 좋아하는 나머지 괴롭히는 걸 수는 있겠다. 내가 원래 좀 삐딱하잖아."

인후의 웃음소리가 잦아들 동안 품속의 화담은 눈썹 하나도 깜빡이지 않고 얼어 있었다. 아직도 기분이 안 풀리냐고 화담의 얼굴을 들여다본 인후는 비로소 그녀가 서름하게 굳어 있는 모습에 의아한 표정을 지었다.

"왜 그래, 화담아?"

그의 질문에 화담은 천천히 그를 올려다보다가 이내 시선을 떨구며 가볍게 품에서 벗어났다. 떨어진 책을 주워들고 그녀가 말했다.

"배가 불러서 그런가 갑자기 졸음이 쏟아지네요. 그만 갈래요. 바래다주지 마요, 요 앞에서 택시 타고 갈게요."

서둘러 거실을 가로질러가는 화담을 멍하니 쳐다보던 인후가 뒤늦게 달려가 현관 앞에서 그녀를 붙잡았다.

"단지 졸려서 그러는 거 아니잖아. 왜 그러는데? 갑자기 왜 이렇게 기분이 다운됐어? 내가 무슨 실수라도 했어?"

"실수는요. 나, 다운되고 그런 거 없어요. 정말 너무 졸려서 그래요. 봐요, 눈도 부었죠?"

부러 그가 모른 체했던 걸 화담이 가리키자 인후는 기회를 놓치지 않고 그녀의 얼굴을 감싸 눈꺼풀 위에 입술을 가져갔다. 질끈 눈을 감은 그녀에게 그는 입술을 댄 채로 중얼거렸다.

"정말 눈꺼풀에 희미하게 미열이 있네. 안쓰러워서 이대로 못 보내겠어. 여기서 자고 가."

화담은 흠칫 눈을 뜨더니 옆으로 고개를 돌렸다.

"아뇨, 돌아갈래요."

"여기보다 한남동이 편해? 그렇지 않을 거 아냐. 한남동보다 여기서 훨씬 오래 살았으면서."

"그거야 선배가 없을 때였죠."

화담의 지적에 인후는 입을 다물고 그녀를 내려다보았다. 아무 말도 없는 그가 신경 쓰여 화담이 슬며시 시선을 주자 그제야 그가 입을 열었다.

"내가 푸른이 집에 가서 자고 내일 아침에 돌아올게. 그럼 편히 잘 수 있겠어?"

"선배를 내쫓고 차지한 집에서 잠이나 오겠어요?"

답답하다는 듯 화담이 미간을 찡그렸다. 인후가 중얼거렸다.

"내가 있어도 없어도 여긴 싫다 이거네. 내 신뢰도가 형편없이 추락해버렸구나."

"선배……."

"뭐 전적이 있으니 어쩔 수 없나. 괜찮아. 몸을 사리고픈 기분, 이해할 수 있어."

인후는 화담의 뺨과 귀를 다정스레 쓸어 만지며 말했다.

"그래, 돌아가렴. 늑대한테 잡아먹히기 전에."

부드러운 경고를 남기고 인후는 손을 거두어 들였다. 마지막으로 일렁이는 눈 가득 화담을 담고서 그는 등을 돌렸다. 멀어져가는 그의 뒷모습을 보던 화담은 가슴을 움켜쥐며 억지로 몸을 돌렸다. 하지만 내딛는 한 걸음, 한 걸음이 아뜩하도록 무겁다. 저도 모르게 뒤에서 사락사락 들려오는 그의 슬리퍼 소리에 귀를 쫑긋 세우고 있던 그녀는 그 소리가 거의 희미해지자 참지 못하고 되돌아섰다.

"선배!"

달려가서 인후의 등에 매달리듯 끌어안았다. 쿵쾅거리는 심장까지 으스러지도록 꼭 껴안으며 화담이 속삭였다.

"그냥 잡아먹힐래요. 아니, 제발 좀 잡아먹어줘요."

"……졸려서 죽을 지경인 거 아니었어?"

"죽을 때 죽더라도 선배 품에서 죽을래요."

"그건 좀 무서운데."

엷게 웃음이 밴 목소리로 말하며 인후가 그녀를 돌아보았다. 다시금 감싸 올린 얼굴 위로 그는 가붓한 깃털 같은 키스를 쏟아냈다.

"죽게 내버려두진 않을 테지만 대신 죽을 만큼 좋은 기분, 느끼게 해줄게. 그러면 분명 푹 잘 수 있을 거야."

인후가 화담의 손을 잡아 침실로 이끌었다. 먼저 침실에 딸린 욕실에 들어가 함께 몸을 씻었다.

그것은 가벼운 애피타이저 같은 전희. 비누거품 가득한 샤워볼 하나로 서로의 몸을 문지르고 머리를 감겨주는 건 유쾌하면서도 짜릿한 놀이였다. 양치질을 하다 말고 거품으로 미끌거리는 상대를 끌어안아 쪽쪽 입을 맞추다 몇 번이고 칫솔을 떨어뜨리기도 했다. 그 와중에 칫솔이 바뀐 것도 모르고 이를 닦다가 먼저 눈치챈 화담이 칫솔을 뺏으려고 하고 인후는 주지 않으려고 해서 한바탕 힘겨루기에 들어갔다. 그조차 겨루기를 빙자한 끈적끈적한 스킨십으로 변질되어 양치질을 끝낼 시간이 자꾸자꾸 늦춰졌다.

샤워 호스 아래에서 거품을 씻어내며 흠뻑 입맞춤을 나누다가 문득 인후가 화담을 돌려세우고 등 뒤에서 그녀를 보듬어 안았다. 뜨겁게 흥분한 그의 분신이 엉덩이에 밀착되어오는 감각에 화담은 숨을 몰아쉬며 살짝 허리를 들었다.

하지만 인후는 그녀의 짐작과 달리 분신을 그대로 두고서 그녀의 가슴을 감싼 손을 섬세하게 움직이며 다른 손을 천천히 그녀의 샘터로 들여보냈다.

"……아!"

거웃을 따라 계곡을 가벼이 쓰다듬던 손이 불현듯 꽃술을 자극해 오는 것에 화담의 입에서 탄성이 흘러나왔다. 불과 며칠 전까지, 정확히 자신의 몸 어디에 있는지도 몰랐던 존재가 이제 그녀의 깊은 곳을 여는 강력한 스위치가 되어 있었다. 그 작은 스위치를 집요하게 자극하는 손길에 화담은 얼마 안 가 몸을 비틀며 그만 해달라고 애원했다.

순간 너무도 간단히 손을 뗀 인후가 그녀를 돌려세우는 바람에 화담은 말 못할 허탈함마저 느꼈다. 가파르게 정상으로 등 떠밀려 가다가 단 몇 발자국 앞에서 정상을 두고 굴러 떨어지는 것만 같은. 맥이 풀린 그녀를 위로하듯 인후가 쪽 하고 가볍게 키스를 해주곤 스르륵 몸을 굽혔다.

"……아? 선배, 선배, 앗! 아아……."

화담은 멍해 있다가 바닥에 한쪽 무릎을 꿇고 그녀의 샘으로 얼굴을 들이미는 인후 때문에 소스라치며 깨어났다. 그가 하려는 바를 깨닫고 화들짝 놀라 뒷걸음질 치는 화담의 골반을 단단히 붙잡고서 그는 거침없이 혀를 놀렸다.

수치스러운 기분에 강한 자극이 포개어지며 황홀감이 폭발적으로 부풀어 올랐다. 금세 머리가 어떻게 될 것 같은, 거의 폭력에 가까운 감각에 마구 휘몰리면서 화담은 바들바들 떨었다. 인후의 머리카락이라도 쥐고 있는 두 손이 없었다면 그대로 바닥으로 널브러지고 말았을 것이다. 머릿속이 순간순간 새하얗게 변하면서 온몸이 붕 떠오른 것처럼 몽롱한 지경으로 빠져들었다. 아무것도 보이지도, 들리지도, 만져지지도 않았다. 심지어 자신이 누군지도 잊었다.

그저 온 세상이…… 온 세계가 빛으로 가득 찬 듯한 눈부심의 연속.

절정의 끝에 그만 까무룩해지며 휘청거리는 화담을 인후가 늦지 않게 팔로 지탱했다. 게슴츠레 뜨인 그녀의 눈과 단내 나는 숨결을 확인하며 그가 웃었다.

"이 정도 맛보기로 만족해 버리면 곤란해. 좀 더 힘내봐, 서화담."

화담을 침대로 데려간 인후는 이제 애무의 대상을 전 방위로 넓혔다. 한차례 절정을 느껴 한껏 예민해진 그녀의 몸은 그의 입술과 손길을 맞이하며 깜짝깜짝 놀랄 만큼 뜨겁게 반응했다. 이미 알고 있던 몇 곳의 성감대 외에도 요소요소의 숨은 비경을 발견해 나가는 인후의 눈빛도 맹렬히 빛났다. 서서히, 더없이 공들여 분위기를 고조시켜 나가는 그의 두 번째 공략은 다시금 꽃술에서 그 마침표를 찍었다.

이번엔 화담도 기다렸던 만조를 충분히 음미했다. 고개를 젖히고 가늘게 탄성을 내뱉으며 눈부신 황홀경의 바다를 지나온 그녀는 막 씻은 것이 무의미하게 촉촉이 젖은 제 몸을 의식하며 심호흡을 했다.

"어땠어?"

귓가에 들려오는 인후의 물음에 화담은 겨우겨우 눈꺼풀을 들어 올렸다.

"……근사했어요. 잠시만 기다려줘요, 선배. 이번엔 내가 선배를 즐겁게 해줄게요."

인후가 빙그레 웃으며 그녀의 코에 제 코를 대고 비볐다.

"그럴 필요 없어. 오늘은 너만 즐기면 돼. 한껏 느끼다가 그대로 꿈나라로 가는 거야. 아마 잠조차 달고 맛있을걸?"

"싫어요, 나만 받는 건. 나도 선배를……."

억지로 몸을 일으키려 하는 화담을 인후가 부드럽게 몸으로 눌러 내렸다. 그럼에도 여간해선 포기하지 않고 버둥거리는 그녀를 보고 그가 쯧쯧 혀를 찼다.

"고집쟁이 같으니. 조금만 더 고분고분해져 보라고."

"내가 세상에서 제일 고분고분한 사람이 선배라고요. 선배한테 하는 거 보면 우리 엄마가 놀라서 제가 내 딸 맞나 할 걸요? 아이참, 선밴 왜 이리 힘이 세요, 영국에서 공부 안 하고 몸만 만들었나?"

"운동하면서 공부했어. 하루 두세 시간은 기본으로? 내킬 땐 반나절도 하고."

"그거 운동중독 아니에요?"

걱정스러운 표정을 짓는 화담의 뺨에 인후는 입을 맞췄다. 그리고 물끄러미 그녀의 눈을 들여다보며 물었다.

"걱정되면 나 따라갈래?"

화담의 눈이 살짝 커지며 눈동자가 흔들렸다. 인후가 고개를 갸웃하며 "생각 없어?"하고 물었다. 화담은 입술만 몇 번 뻐끔거리다 갑자기 그의 목을 휘감아 확 제게로 끌어당겼다. 그의 목덜미에 얼굴을 묻고서 그녀가 애원했다.

"안아줘요, 선배. 어서요."

"이렇게 버젓이 안고 있는 건 뭔데?"

"더 선명하게 느낄 수 있게 선배로 날 가득 채워줘요. 내 안으로 와요,

어서."

쿡, 화담의 귓가에 대고 인후가 웃었다.

"야하긴. 역시 내가 좋아하는 여자야."

충분히 무르녹은 그녀 안으로 인후가 자신을 깊게 밀어 넣었다. 한껏 그를 품고자 하는 그녀의 의지와 별개로 완연히 길이 들지 않은 협소함에 다소간의 완력을 쓰는 건 피할 수 없다. 입술을 감쳐문 화담의 목 언저리에서 신음이 절로 일었다. 좋아서 내는 것과는 분명 다른 소리임에도 그소리에 반응하여 인후는 뱃속 깊은 곳이 뜨거워지는 걸 느꼈다. 이렇게 버거워하면서도 몸을 열어 기꺼이 그를 받아들여준 그녀가 더더욱 사랑스럽게 느껴졌다.

하나가 되었다. 사람과 사람 사이에 허락된 가장 가까운 거리에, 화담이 있다. 이대로 떨어지고 싶지 않다는 갈망에 휩싸여 인후는 으스러져라 화담을 껴안았다. 화담도 마주 응해 그를 안은 팔과 다리에 한층 힘을 넣으며 탄식했다.

"어떡해, 너무 좋아서 미칠 것 같아."

좀 전까지 그를 받아들이며 끙끙대던 것도 잊은 듯 그토록 귀여운 소릴 하는 것에 인후는 연신 웃으면서 그녀의 귓전에서 물었다.

"힘들지 않았어? 방금 참느라 애썼잖아."

"참을 수 있다는 것도 기뻐요. 선배라면, 선배에게라면."

"너…… 그렇게 내가 좋아?"

몸만이 아니라 마음까지 그로 꽉 차 있다는 걸 확인하고 싶었다.

"좋아해요. 선배가 좋아요."

열에 휩싸인 화담의 목소리에 인후는 가슴이 뻐근하도록 벅차오르는 것을 느끼며 고개를 들어 그녀의 눈을 응시했다. 그 눈 너머에 숨은 우주의 비밀이라도 파헤칠 것처럼 깊고 깊은 눈빛으로 그녀를 바라보면서 그는 말했다.

"나도 그래. 나도 네가 좋아서…… 정말이지 좋아서……."

느닷없이 화담이 손으로 그의 입술을 덮어 고백을 가로막았다. 놀라움에 약간 커진 그의 눈을 향해 그녀는 고개를 저어보였다. 어째선지 몹시 우울한, 상심어린 눈빛으로.

"그런 말은 나만 해도 돼요. 선배는 하지 마요."

언뜻 들어선 이해할 수 없는 말에 눈을 깜박이던 인후가 그녀의 손을 옆으로 치우며 무슨 소리냐고 물었다.

"왜 나는 좋아한다는 말을 하지 말란 거야?"

화담은 짐짓 크게 눈을 뜨며 함빡 웃었다.

"나는…… 나는 워낙에 묻어 두질 못해서 좋아하면 좋아한다 표현하지 않고는 못 배기는 것뿐이에요. 선배에게 부담 지울 생각 전혀 없고, 하물며 세뇌할 생각도 아니에요. 근데 또 단순한 바보라, 잠자리 분위기에 휩쓸려 나온 말에 괜한 착각 같은 걸 할 수도 있거든요. 그러니까 그런 말은 하지 마요. 그렇게까지 상냥할 필요는 없으니까……."

그녀의 말을 듣는 사이 인후는 어리둥절해졌다가 곧 표정이 굳었고 이해해보려고 몇 번이고 곱씹는 사이 마침내는 노여움 비슷한 것마저 느꼈다.

"그러니까 네 말은 네가 날 좋아한다고 하는 건 진심인데, 내가 좋아한다고 하는 건 잠자리에서 네 비위 맞추려고 던지는 말이다 이거야, 지금?"

물끄러미 그를 바라보던 화담이 "선배는 참 상냥한 사람이니까."라고 중얼거렸다. 인후의 눈이 확 가늘어졌다.

"상냥해서 마음에도 없는 소리를 내뱉는다고?"

"은근히 고지식하기도 하고."

"알아듣게 얘길 해, 좀."

잔뜩 날카로워진 인후의 어조에 화담은 난처한 듯이 입을 오물거렸다.

"이런 관계가 되어버려서 책임감 비슷한 것을 느끼는 거라면 난 괜찮다는 말이에요. 착각 안 해요. 약혼이니 뭐니 한 것도, 아, 반지도 진짜 아니란 거 명심하고 있어요."

화담은 급히 덧붙였다.

"선배랑 이렇게 나누는 시간, 좋은 추억으로 삼을 거예요. 처음으로 반한 남자랑 이렇게 짜릿한 일까지 함께할 수 있는 여자가 몇이나 되겠어요. 그거면 돼요, 난. 어떤 식으로든 선배에게 걸리적거릴 생각 없다는 거 알아줘요. 이번 여름이 끝나면 다시 확실하게 선 그을 테니까 안심하고요."

여전히 인후는 화담의 말을 알아들을 수 없었다. 어째서 내게 이런 소릴 하는 거지? 설마 내가 오로지 그녀의 몸에 안달해서 이러는 줄 안단 말인가? 좋은 추억으로 삼는다? 여름이 끝나면? 설마 이 여름 동안 반짝 나와 즐기고 내가 돌아가면 다시 지승준에게 돌아가겠다는 뜻으로……?

"……말은 꽤 쿨한데 그게 되겠어? 왜 차라리 욕심을 부려보지 않고. 내가 좋다며. 이게 날 잡을 수 있는 기회라는 생각, 안 해?"

인후의 도발에 화담이 눈을 내리깔며 미소 지었다.

"억지로 붙잡는 게 무슨 의미가 있다고요. 예전에 잠깐, 그리고 지금 잠시 이렇게 함께 있지만 다시 훌쩍 떨어져서 각자의 세계에서 살게 되겠죠."

작은 한숨에 이어 장난스럽게 눈을 치뜬 화담이 애교스럽게 투덜거렸다.

"카르페디엠! 난 그 격언에 충실할 테니까 괜한 헛바람 넣어서 사람 놀리지 마시죠, 차인후 씨? 영양가 없는 말은 이쯤 하고 우리 즐거운 걸 해요. 내일은 학교 수업도 없으니까, 마음 놓고 이 밤을 하얗게 불태워 보자고요."

천천히 들어 올린 팔로 인후의 목을 감아 당기는 화담의 시선이 순간순간 물들 듯이 농염해졌다. 농 같은 말과 달리 그의 입술을 빼앗는 입술은 더없이 진지하다. 아직 얼마쯤 서툰 점이 오히려 풋풋한 자극으로 다가오는 키스.

인후는 오래지 않아 목석 행세를 관두고 그녀의 노력에 응했다. 그러면서 자신의 목을 감고 있던 그녀의 팔을 풀고 두 손 모두 깍지를 끼워 머리 위로 끌어올렸다. 손가락 하나하나에 힘을 넣어 더할 수 없이 꽉 손을 움켜쥐었다. 옭아매고 싶은 건 비단 손만이 아니었지만 아무래도 좋았다.

'모르는 거든 모르는 체하는 거든, 상관없어.'

슬슬 감질이 나서 입맞춤의 주도권을 넘겨받으면서 인후는 엉킨 마음의 타래를 싹둑 잘랐다. 억지로라도 붙잡고 말 테다. 화담이 무슨 생각을 하는지는 그 다음의 일.

차인후에게는 서화담이 필요하다.

지난 6년간, 그가 정말로 배운 건 그것 하나뿐이었다.

17.

흰 옷의 여자

화담은 먹물 같은 어둠 속에서 홀로 눈을 떴다. 눈 바로 앞에 있는 손가락과 베갯잇 정도가 가까스로 구별될 뿐이었지만 이미 꽤 날이 밝았을 거란 건 그냥 알 수 있었다.

손가락과 발가락들을 꼼질거려 보곤 천천히 누운 채로 쭉 기지개를 켜보려다가 커다란 장애에 가로막혀 실패했다. 등허리는 물론이요 둔부, 다리까지 욱신거리고 쑤신 통에 입에서 절로 에구구, 신음소리가 나왔다.

"뭘 했다고 엄살이야. 잘 놀고 아프다니, 바보도 아니고."

엄격한 자아비판이 끝나기 무섭게 화담은 기습적으로 벌떡 몸을 일으켰다. 다시금 기회는 이때다 하고 찾아드는 근육통을 그녀는 웃음으로 얼버무렸다.

"아하하, 심두멸각心頭滅却, 심두멸각! 심두…… 아이고야, 나는 해탈하기는 글렀나 보다."

집념을 버리고 마음을 비우면 불조차 차갑다는 선인의 경지는 화담에게는 저 먼 구름 세계의 이야기가 분명했다. 금세라도 다시 눕고 싶은 걸 참으며 쑤시는 허리께를 두드리던 화담은 뒤늦은 깨달음에 눈빛이 좀 더 또렷해졌다.

오늘은 어쩐 일로 옷을 입고 있었다. 잠결에 옷을 입은 기억이 없는데. 내려다보니 어제 입었던 옷도 아니다. 큼직한 티셔츠에 파자마 바지. 인후가 입혀놓은 걸까?

고개를 갸웃하던 화담은 그 이유가 번쩍하고 머릿속을 때리는 순간 구르듯이 침대에서 내려가 욕실로 뛰어 들어갔다. 잠시 후 욕실에선, "꺄아아, 아니야, 이게 아니야!"라고 부르짖는 그녀의 절규가 메아리쳤다.

욕실에서 나온 화담은 침대로 뛰어가 시트를 젖히고 매트리스를 살폈다. 이미 인후가 커버까지 싹 바꿔놓은 터라 증거는 없다. 그 깨끗한 매트리스에 얼굴을 묻고 화담은 팡팡 매트리스를 때렸다.

"왜 이리 정직해 빠진 거냐고, 내 몸은! 아니 너도 조금은 긴장이란 걸 해보라고."

남들은 첫 관계를 맺고 나면 생리 주기가 얼마쯤 미뤄지더란 소리를 풍문으로 들었건만 외려 화담은 내일이나 내일모레쯤 시작할 게 더 빨리 왔다.

"설마 벌써 밤인가?"

뒤늦은 가능성에 부랴부랴 시계를 찾은 화담은 막 두 시가 넘은 시각을 확인하고 안도의 한숨과 함께 자리에 주저앉았다. 오늘을 마지막으로 식당 아르바이트는 9월 개학날까지 잠정휴가인데 다행히도 잘 마무리 지을 수 있게 되었다.

그건 그거고 화담은 인후의 얼굴을 어찌 볼지 눈앞이 캄캄했다. 세상에, 차인후에게 생리 뒤처리를 시킨 여자라니!

"이걸로 선밴 날 죽어도 못 잊을 거야."

짐짓 거드름을 피우며 턱을 치켜들었지만 금세 푹 수그러진 고개가 무릎 사이로 파고들었다. 차라리 다시 침대에 들어가서 자는 척할까 심각하게 고민하다가 결국은 비장한 각오로 자리에서 일어났다.

"선배? 선배, 어딨어요? ……없나?"

고민이 무색하도록 아파트는 텅 비어 있었다. 화담은 주방에 가서 물을 마시려다가 냉장고에 붙여진 포스트잇을 발견했다.

[당귀차 끓여놨어. 달게 마시고 싶으면 꿀 넣어서 마셔. 매운맛이 나는 건 생강 때문이니까 안심하고.^^]

과연 화담은 레인지 옆에 있는 작은 유리주전자에 든 차를 발견했다. 비위가 약한 인후가 한방차를 즐겨 마시는 건 그녀도 주지하는 바였다. 그래도 당귀차라니.

따끈하게 데운 찻물에 그의 충고대로 꿀을 한 숟갈 넣어 마시면서 화담은 괜스레 눈이 시큰해지려는 걸 꾹 참았다.

"뭐 평생에 한 번쯤 이런 이벤트도 있는 거지. 잘 기억해두자."

눈을 감고 한 모금 한 모금을 감사히 음미하며 마셨다. 빈 잔을 내려놓고선 휴대전화를 가져와 주전자와 잔, 메모를 한 데 놓고 증거사진도 찍었다.

"이게 내 휴대폰이었으면 더 바랄 게 없을 텐데."

한숨을 쉰 화담은 휴대전화를 내려놓으려다가 다시 들어서 인후에게 전화를 걸었다.

"이제 깼어?"

수화기 너머에서 들려오는 나직한 목소리에 화담은 저도 모르게 숨을 들이켰다. 귀부터 비롯해서 얼굴이 금세 빨개지는 걸 느꼈다. 큰일이다. 원래도 며칠이 멀다 하고 꿈에서 볼 정도로 좋아했는데 이렇게 자꾸만 더 좋아지면 어떡하나. 또 뜨거워지려는 눈가를 꾹꾹 문지르며 화담은 말했다.

"당귀차 잘 마셨어요. 달콤쌉싸름한 차 덕분에 옥상에 올라가 투신할까 하던 생각도 떨쳐냈어요."

"투신이라니, 내가 제대로 들은 거 맞아?"

"쳇, 의뭉 떨지 말아요. 어설프게 덮고 가는 것보다 정공법이 훨씬 나으니까. 하여간에, 좀 깨우지 그랬어요!"

멋쩍은 나머지 투덜거리고 마는 화담에게 대꾸하는 인후의 목소리에서 웃음이 묻어났다.

"너무 곤히 자는 걸 어쩌라고. 나는 또 내가 너무 괴롭혀서 탈이 난 줄 알고 얼마나 허둥댔게. 너 자칫하면 병원에서 깨어났을지도 몰라."

"병원이요? 으아, 그랬으면 정말 굴 파고들어갈 뻔했다."

"그렇지? 그러니 그 정도에서 그친 걸 둘 다 다행으로 여기자."

"애초에 날 깨웠으면 되는 문제에요! 인후 선배 바보."

"그래, 그래. 맘고생은 맘고생대로 하고 욕은 욕대로 먹고. 연애란 건 버라이어티하구나."

인후의 장난스런 탄식에 방글거리던 화담은 그가 마지막에 덧붙이는 말에 그만 얼굴이 홍시가 됐다. 착각하게 되니까 그런 소리 할 것 없다고 했는데 또 이렇게 놀리듯이.

화담은 재빨리 지금 어디 있느냐며 화제를 돌렸다. 인후는 누굴 좀 만나기로 했다고 할 뿐 자세한 건 말하지 않고 도로 그녀의 일로 화제를 끌어왔다.

"자면서 끙끙 앓던데. 아무래도 네가 운동을 더 하든지 내가 스포츠 마사지를 배우든지 양자택일을 해야겠어."

"지금 내 체력이 부족하다고 말하는 거예요? 내가 하고 싶은 말은 많지만 간밤에 끼친 폐가 있어 입 닫겠습니다. 그리고 운동은 내가 할게요. 겸사겸사 이참에 철인 3종 경기 나갈 몸 한 번 만들죠, 뭐."

쿡쿡쿡 웃으며 이따 보자고 말하는 인후의 말을 마지막으로 통화를 끝냈다. 화담은 당귀차 한 잔을 더 마시면서 휴대폰을 들여다보았다. 문자가 몇 통 와 있기에 제목만 살펴보다가 서윤에게서 온 메시지를 발견했다.

[나 오늘 서울 올라가. 오후에 잠깐 볼 수 있을까?]

어, 하고 놀라서 시계를 확인하고 화담이 급히 서윤에게 전화를 걸었다.

"미안, 몸이 좀 안 좋아서 늦잠 자느라 메시질 이제 봤어. 지금 서울이야?"

"응. 몸이 안 좋다니 어디가?"

금세 꺼질 것처럼 힘없는 목소리를 하고서도 서윤이 화담 걱정을 했다. 이래서 거짓말은 질색이라고 한숨을 삼키며 화담이 생리통이라고 둘러댔다. 아주 거짓말은 아니니까.

"너야말로 어때? 아니다, 이렇게 물어볼 게 아니라 얼굴을 봐야지. 어디야? 내가 얼른 준비하고 나갈게."

"그게, 지금은 좀. 누굴 만나기로 했어."

이 사람도 저 사람도 바쁜 하루인데 자신만 한가하게 늦잠을 잤나 싶어 머쓱하게 뺨을 긁적이며 그럼 언제가 괜찮겠냐고 물었다. 서윤은 망설이는 눈치였다.

"좀 애매하네. 그 사람이랑 언제 헤어지게 될지 몰라서. 오늘 아르바이트하는 거 맞지?"

"응. 오늘이 마지막 날이야."

"열 시 넘어서 보는 건 너무 늦나?"

"늦은 건 아닌데 만날 만한 장소가……. 한남동으로 올 수 있겠어? 어차피 늦게 된 거 아예 하루 자면서 이야기도 하게. 뭣하면 중간에서 만나서 한남동까지 가도 되고."

여전히 마음에 걸리는 게 있는지 서윤은 확답을 주지 않고 문득 승준에 대해서 물어왔다.

"오늘 승준이랑은 안 만날 거야?"

"어, 승준이……. 글쎄 어떻게 될지 모르겠는데."

화담도 당황스러운 기분으로 얼버무리고 만다. 한편으론 그러고 간 승준이 걱정스러워 서윤을 떠보듯 물었다.

"둘이 통화는 했어? 걔 너한테 뭐 잘못한 거 있는지 어째 좀 쭈뼛대던데 둘이 진짜 싸운 건 아니지?"

"싸우긴……."

서윤은 그렇게 대꾸했지만 원체 힘없는 목소리에 답을 피하는 것처럼도 들렸다. 화담은 일이 끝날 즈음에 다시 연락하자는 말을 나누고 전화를 끊었다.

차를 마시면서 화담은 가만히 생각했다.

"그 사람이라."

그렇게 지칭하던 서윤의 목소리가 무척 다감했던 것 같다. 그렇기에 그 사람이 혹시…… 하는 생각도 해본다.

상념에 잠겨있을 때 불쑥 휴대전화 벨소리가 귓전을 두드렸다. 십중팔구는 다현의 지인일 터라 멀뚱히 액정을 들여다보았더니 이름도 입력되지 않은 번호가 떴다. 구태여 받을 이유가 없을 것 같아 무시했는데 상대편은 꽤 끈질겼다. 녹음으로 넘어갈 만하면 끊어졌다가 다시 걸어오길 세 번 반복했다. 네 번째엔 전화 대신 문자 메시지가 왔다. 슬쩍 메시지를 본 화담의 눈이 휘둥그레졌다.

"정세진, 정세진이면 인후 선배 어머니!"

왜 갑자기 연락을? 아니지 다현 형에게 보낸 메시지인가, 하고 들여다보니 화담에게 보낸 메시지가 맞았다.

[정세진이에요. 아가씨를 한 번 만났으면 하는데. 세 시 반에서 네 시까지 시간이 비네요. 가능하다면 연락 줘요. 인후에게 알릴 건 없어요.]

가능하지 않더라도 연락은 하는 게 맞겠지만 선뜻 전화할 엄두가 안 났다. 그런 상황에서 휴대전화가 또 울렸다. 이번엔 액정에 '푸른강'이란 글자가 떴다. 푸른이라면 한남동으로 전화하라고 가르쳐줄 요량으로 전화를 받았다. 그런데 화담이 운을 떼기도 전에 저쪽에서 "꺽정아!"라고 불러왔다.

"뭐야, 난 줄 알았어?"

무슨 조화지 하고 놀라서 물었더니 푸른이 그깟 게 무슨 비밀 축에나 드냐며 코웃음 쳤다.

"암튼 어머니 연락 받았어?"

"어머니? 우리 아주머니 말이야?"

"한남동 어머니 말고 성북동 어머니. 다시 말해 인후 어머니 말이다. 아직이야?"

화담은 더욱 놀라서 그건 또 어떻게 알았느냐 물었다.

"어떻게 알기는, 척하면 견적 안 나오냐? 인후는 너 같은 밥통하고 어떻게 살 작정이라지?"

"싸우자는 거 아니면 본론만 좀 말하지, 응?"

슬머시 부아가 난 바람에 화담은 스피커폰으로 바꿔놓고 전화길 쏘아보며 팔짱을 꼈다.

"너랑 연락이 안 닿는다고 어머니가 나한테 전화 주셨더라고. 그래서 이 몸이 한남동에 전화 넣어서 네 소재 파악하고, 다현이 전화로 해보시라고 알려드렸지."

"이해했어. 인후 선배한테 전화했으면 간단했을 텐데 선배한텐 일부러 연락 안 한 거겠네."

"걔한테 전화하면 뭐 하러 연락하느냐고 캘 게 뻔하잖아."

"캐게 좀 두면 안 돼? 굳이 선배가 인후 선배 어머니한테 의리 지켜야 할 필요까지 있나?"

푸른의 행위를 다소 고깝게 여긴 화담의 어조가 냉랭했다. 푸른도 걸리는 게 있는지 작게 한숨을 쉬었다.

"나 그분 싫어. 싫지만 우리 캡틴 밥줄하고 밀접한 연관이 있으니 별수 없잖아? 피해 볼 사람이 거의 없는 박쥐 짓이라면 해 드리는 수밖에."

푸른이 캡틴이라고 말하는 사람은 그의 두 어머니 중 한 분으로 로펌 변호사로 재직 중이다. 인후의 조부 차석인은 약 삼십 년 전 그 로펌이 일개 변호사 사무실일 당시부터 알고 지내온 큰 고객이었고 후엔 로펌이 들어간 빌딩주로도 인연을 맺게 되었다. 그 인연으로 푸른의 어머니는 석인의 집안 변호사로도 이름을 올리게 되었다.

의심 많은 토끼처럼 굴 세 개는 기본인 차석인인지라 변호사도 셋을 두고 있어 크게 발언권이 있는 편은 아니지만 여자가 많은 집안이다 보니 여자변호사라는 이유로 알게 모르게 얻어듣는 바가 적지 않다. 특히 내실 內室의 일이 되다 보면 주로 그녀의 몫으로 떨어지곤 했다. 푸른이 인후와 친해진 계기도 그와 무관하지 않다.

그런 사정상 푸른도 내키는 대로는 할 수 없을 것이다. 인후에 대한 우정으로 선을 넘는 박쥐 짓은 하지 않을 거란 믿음을 가지고 화담은 순순히 고개를 주억거렸다.

"피해를 볼지 안 볼지는 봐야 알겠지만, 혹시 그분이 나 불러내서 쥐도 새도 모르게 드럼통에 넣어 바다에 버린다든가 하면 선배 지분도 얼마쯤 있다는 거나 명심해."

"캬하하하, 너 그런 망상까지 했냐? 야, 그럴 거면 뭘 날 찾고말고 해. 너 그분 머리 무시하지 마라. 인후 머리가 누구한테서 나왔는데?"

화담의 눈이 동그래졌다. 푸른의 말은, 인후가 꼭 정세진의 아들이란 것처럼 들리지 않는가?

"아버지 쪽 닮은 거 아냐? 선배 조부님, 언뜻 뵀지만 총기가 예사롭진 않겠던데."

"뭐, 불학무술에 적수공권이었던 사내가 땅으로 천만금을 모은 거, 머리가 안 받쳐주면 불가능했겠지. 그런데 그분 말고 딱히 자녀들 중에 머리가 대단하다고 할 정도의 사람은 없어. 반면 인후 어머니는 확실히 개천에서 용 난 케이스. 한국대 재학 중에 아나운서 시험 1등으로 입사했을 정도의 재원이라고. 집안이 아주 조금만 멀쩡했다면 충분히 명망 있는 재벌가문에 들어갔을 여자야."

새삼 대단한 여자였네 하는 감탄에 이어 집안이 어느 정도로 형편없었을까 하는 의문도 고개를 들었다.

하지만 역시 궁금한 건 인후와의 관계. 화담은 말을 꺼낼까 말까 고민하다가 인후가 푸른을 얼마만큼이나 신뢰하는지를 되새기며 물어볼 만한 가치가 있다고 생각했다.

"푸른 선배, 나 진지하게 묻는 거니까 너무 엉뚱하게 생각하지 말아줘."

"서꺽정, 뭔 말을 꺼내려고 그렇게 무게를 잡냐?"

"호적상으론 어떨지 몰라도 인후 선배 어머니는 따로 계신 거 아니야?"

"뭐?"

푸른의 반문에 화담은 언젠가 인후와 나눈 이야기의 요체만 들려주었다. 쌍둥이라고 알려진 형과 인후의 실제 생일에 얽힌 이야기. 화담은 자신이 인후를 혼외자로 간주했던 것에 인후가 아무런 부정도 하지 않았음을 강조했다.

"실제로 뵙고는 너무 닮아서 뭘 착각했나 하는 생각도 했는데 나중에 자리를 같이 해보니까, 역시 내 생각이 맞다 싶더라고. 아무리 그래도 친모자 사이가 그렇게 냉랭할 수는 없잖아? 선배? 푸른 선배, 듣고 있어?"

말없이 듣기만 하던 푸른이 비로소 듣고 있다고 말하며 한숨을 쉬었다.

"인후가 말 안 한 거면 내가 말하긴 그렇다, 이게. 근데 네가 단단히 착각하는 건 바로잡아야 할 것 같아서 말할게. 인후는 정세진, 그 여자 아들 맞아. 호적도 그렇고, 생물학적으로도 그렇다고."

화담은 미간을 모으고 푸른이 말한 내용을 곱씹었다. 이십년지기라고 해야 할 죽마고우에 집안끼리도 가까운 사이인 푸른이 잘못 알고 있을 가능성은 거의 없다고 봐야 한다.

화담은 언젠가 자신이 했던 말을 인후가 부정도 안 했지만 긍정도 하지 않았다는 것을 떠올렸다. 그런 게 아니라고 말하는 건 간단했을 텐데, 왜 안 했을까? 쌍둥이 형의 치부를 드러내는 일이라?

"모를 일이네. 아무튼 그분이 확실히 인후 선배 어머니라 이거지? 단단히 명심하고 대할게."

어지간히 기합이 들어간 목소리였던지 푸른이 심드렁하게 웃었다.

"그렇다고 너무 쩔쩔매고 그럴 거 없어. 그 여자는 딱히 '어머니' 라고 불릴 만한 일을 거의 하지 않았으니까. 옆에서 본 세월 내내 차라리 남보다 못한 여자였다고."

"응."

그래서 그렇게 당당하게 그분이 싫다고 못 박았나 보다. 볼 때마다 타시락거리긴 해도 푸른은 인후를 좋아하고 아낀다. 그런 푸른이 싫어하는 여자. 화담의 마음에서도 어떤 결정이 내려졌다.

"선배 전화 오기 전에 오늘 만났으면 하시는 메시지 받았어. 아직 전화 안 드렸는데, 이제 드리고 만나뵐 참이야."

"장소하고 시각, 결정되면 알려줘."

"염탐이라도 하게?"

"혹시 모르잖냐. 드럼통에 실려 가지 않는지 확인해야지."

푸른의 너스레에 화담이 낄낄대며 웃었다.

"어우, 든든해라. 푸른 선밴 참 좋은 사람이야."

"너도 그만하면 뭐, 봐줄 만해."

끝내 얄미운 소릴 했지만 이번엔 눈감아주기로 했다. 이 뒤에 드럼통에 실려 갈 일을 대비해서.

약속 시간보다 오 분 일찍 나갔는데 약속한 3층엔 이미 세진이 자리해 있었다. 카페 손님들 모두 볕을 피해서 안쪽 자리에 앉아 있는데 반해 세진은 블라인드마저 걷어 올린 창가 자리에 앉아 있었다. 얼굴의 반은 될 것 같은 큰 선글라스를 쓰고 창밖을 보고 있는 세진을 화담은 한동안 걸음도 멈추고 바라보았다.

푸른 느낌이 돌 정도의 흰 피부, 단정히 차려입은 아이보리 투피스와 자그마한 진주귀걸이, 진주반지. 밝은 빛 속에 노출되어 있는 그녀의 모습이 더없이 환함에도 불구하고 화담은 거기서 까닭 모를 서늘함을 느꼈다.

"안녕하세요."

바로 앞으로 다가가 인사를 건네자 그제야 천천히 세진이 고개를 돌렸다.

"앉아요."

권하는 대로 화담이 앞자리에 앉는 사이 세진은 선글라스를 벗고는 살짝 흐트러진 머리카락을 귀 뒤로 넘겼다. 그 별것 아닌 손짓 하나하나가 보는 이쪽에서 압도되리만큼 우아했다. 이윽고 화담을 빤히 건너다보는 그 눈매에 화담은 속으로 마른침을 삼켰다.

'인후 선배와 똑같아.'

특히 두 눈은 인후와 느낌마저도 흡사하도록 닮아 있었다. 사람을 빨아들이는 우물 같은 묘한 힘도.

"이렇게 밝은 곳에선 어쭙잖은 기만술은 통하지 않는데 아가씬 확실히 미인이로군요. 인후의 감식안도 이만하면 인정해야겠어요."

"감사합니다."

꾸며낸 미소 아래로 화담은 세진이 이 밝은 곳에 앉아 있었던 게 순전히 화담의 외모평가를 위해서였나 하고 의아해했다. 다가온 점원에게 아이스커피를 주문하고 기다리는 사이 세진은 또다시 창밖을 물끄러미 응시했다. 햇볕을 즐기는 듯 나른해 보이는 표정에 동화되어 화담도 잠시 아무 생각 없이 볕을 쪼였다.

주문한 아이스커피를 받고 화담이 시원하게 두 모금쯤 마시고 나자 세진이 본격적으로 말을 꺼냈다.

"이미 아는지는 모르겠는데, 이대로라면 인후는 아버님 유언장에서 제명될 게 분명해요. 손자 손녀까지 챙기는 건 어디까지나 피상속인 본인의 재량권일 뿐, 강제 사항이 아닌 건 알고 있겠죠?"

"얼추요. 자녀들이 다 생존해 있으니 법이 인정하는 건 그 자녀들 선까지겠죠. 조모님도 예전에 돌아가셨다고 들었고."

화담은 가볍게 입술을 빨고서 세진에게 물었다.

"선배가 역시 저 말고 할아버님께서 원하는 다른 여자랑 약혼하길 바라시는 거죠? 그 경우엔 제명도 없던 이야기가 될 테니까요."

세진은 선선히 고개를 끄덕이곤 물 약간으로 입을 가셨다.

"아버님께선 인후를 병원장집 딸과 맺어주고 싶어 하시죠. 평생 건강하게 사셨던 분인지라 별안간 닥쳐온 환고에 돈으로도 못 살 게 있다는 걸 깨달으셨나 봐요. 고모님들 딸 몇도 의사랑 짝지어줄 모양이시고……"

"어느 병원인지 혹시 들을 수 있을까요?"

화담의 질문에 세진은 야릇한 미소를 지으며 병원 이름을 알려주었다. 가본 적은 없어도 이름은 들어본 큰 종합병원 이름에 화담은 눈썹을 치켜올리며 한숨을 쉬었다.

"쟁쟁하네. 뭐하는 여잔데요?"

"의대 다녀요. 올해 국시 볼 거라고 들었어요."

"의사 선생님. 흐음."

의사 가문의 의사 아가씨라 이건데, 이건 화담이 어찌 명함을 내밀 수준이 아니다. 승준과 서윤에게 바람 넣어서 의대에 가게 할 게 아니라 정작 자신이 의대를 갔어야 했나 하는 생각에 쓴웃음이 났다. 하지만 그랬다가는 아직도 재수를 하고 있을 가능성이 농후하다. 서화담 의사 선생님의 미련을 떨치며 화담은 말했다.

"당장엔 제 판정패네요. 하지만 삶은 살아봐야 하는 거잖아요? 저는 뭘 하든 성공할 자신 있어요. 또 하나, 그 장래 의사 선생님은 물론 세상 어떤 여자에게도 안 질만한 비장의 무기도 있고요."

"비장의 무기?"

"말씀하셨듯이 미인이잖아요, 제가. 선배랑 제 조합이면 자녀들 외모는 보증수표나 다름없을 걸요?"

화담의 뻔뻔한 내세움에 세진도 어이가 없는지 슬며시 실소했다. 딱 그 정도의 반응을 바랐던 터라 화담은 더 욕심내지 않고 진짜 본론을 말했다.

"하지만 진짜 무기는 선배에 대한 제 마음이에요. 마음이 밥 먹여 주는 건 아닐지 몰라도 살면서 단단한 마음이 아니면 버티기 어려운 순간도 종종 오는 법이니까요. 극단적으로 우리가 사는 동안에 3차 대전이 아시아에서 일어나지 말란 법 없잖아요? 저는 세상이 지옥으로 변해도 선배 손 놓지 않고 끝까지 싸워서 지킬 거예요."

"세상이 지옥으로 변해도……."

천천히 눈을 내리까는 세진의 눈가에 희미한 잔주름이 눈에 띄었다. 세월의 흐름을 담고 있는 그 잔주름을 물끄러미 화담이 보고 있자니 세진이 다시 입을 열었다.

"아가씨가 고만고만한 집안에서 풍파 모르고 자란 온실 속 화초였다면 방금 그 말로 주위 사람 여럿이 다쳤을 거예요."

"네?"

귀를 의심하면서 되묻는 화담의 눈을 세진이 똑바로 쳐다보았다. 일순 저도 모르게 흠칫할 정도로 싸늘한 눈빛.

"아버님께선 아가씨가 반반한 얼굴 하나로 오르지 못할 나무를 넘본다며 심기가 꽤나 불편하세요. 그래서 내게 아가씨가 알아서 떨어져나가게 할 공작을 주문하더군요. 이를테면 서라가구에 두고두고 아플 만한 스크래치 몇 개 남긴다거나 하는 식으로. 건전한 걸 예로 들면 그래요."

그렇다면 건전하지 못한 경우는 대체? 아무리 배포가 큰 화담이라도 가슴이 옥죄는 듯한 기분에 사로잡혔는데 세진의 말은 아직 끝난 게 아니었다.

"하지만 떼어낼지 말지는 내게 맡겨두시라고 했지요. 나는 어쨌든 인후가 자기 의지로 선택했다는 여자에게 꽤 흥미가 있었거든요."

미소 한 줄기가 세진의 눈에 드러나기 무섭게 자취를 감추었다.

"내가 본 아가씨 인상은 예쁘장한 강아지예요. 왜 개들은 주인이라면 맹목적으로 충성하기 마련이니까."

"……인후 선배가 제 주인이 되는 건가요."

빈정거림이라기보다 세진의 기에 질려서 뭐라도 중얼거리고 본 거였다. 세진은 말이 그렇다는 거지 진지하게 생각하지 말라고 손을 저었다. 그래 봤자 화담의 머릿속에서 '예쁘장한 강아지'는 뜨거운 감자가 되었다. 어째 생각하면 할수록 아주 적절한 표현이란 생각이 드는 것이…….

세진은 유리창 너머를 가늘게 뜬 눈으로 응시하며 말했다.

"나는 말이죠, 진창에서 굴러본 적 없는 사람들이 보여주는 밝음이란 걸 신뢰하지 않아요. 살면서 '악'을 써본 적이 없는 사람들은 큰 위기에 봉착하면 태반이 어찌할 바를 모르다 망가지거든요. 그런 주제에 멋모르고 거창한 포부를 들먹이고 진창에서 발버둥치는 사람들을 내려다보며 경멸하든가 동정하든가 하죠. 자기들은 그 높은 자리에서 절대 내려갈 일

없다는 듯이. 요즘 젊은 사람들 중엔 그런 치들이 적지 않더군요. 아가씨 표현을 빌자면, 난 종종 그런 사람들을 보면서 '세상이 지옥으로 변하면 어떨까' 생각해요. 내 눈앞에 있는 이 사람은 그 지옥에서 얼마나 버틸 수 있을까, 상상하는 거죠."

평범한 사람의 머리에선 나오지 않을 독한 상상. 고귀함마저 느껴지는 외면과 달리 여자의 내면엔 커다란 굴절이 있음을 화담이 깨닫는 계기이기도 했다.

"제가 말씀드린 내용이 상당히 언짢으셨나 보네요. 저는 어디까지나 비유로, 그만큼 선배를 생각하는 마음이 극진하다는 뜻에서……."

"아, 아가씨를 겨냥해 한 말이 아니니까 오해 말아요. 내 기준에서 보자면 아가씨는 나름대로 진창을 떨치고 일어선 역전의 용사니까."

변명하려는 화담을 세진이 그런 말로 간단히 무마했다. 하지만 화담은 고개를 저었다.

"전 그런 진창이라 할 만한 곳을 지난 기억이 없는데요."

"그래요? 없다고 생각해요, 정말?"

세진이 재미있다는 듯 슥 한쪽 눈썹을 치켜 올렸다. 인후처럼 왼쪽 눈썹이 드라마틱하게 올라가는 게 이래서 피는 못 속인다고 하나 싶었다.

"네, 없습니다. 저는 정 많고 강한 어머니에게 사랑 듬뿍 받으며 자랐고, 좋은 친구들도 있고, 잠깐 어려운 시기가 닥쳤을 때 냉큼 손 내밀어 보호해 주신 한남동 아주머니 같은 분도 계세요. 그 인연으로 인후 선배도 만났고요. 이만하면 온실 속 화초는 못 돼도 양지바른 언덕배기에서 쑥쑥 큰 들장미는 된다고 봅니다."

웅변이라도 하듯이 저도 모르게 테이블에 올린 두 주먹을 불끈 쥐어 보인 화담은 세진의 실소에 비로소 쑥스러워하며 손을 얌전히 내려놓았다.

세진은 어지간히 우스웠던지 손수건을 꺼내 눈가의 이슬을 콕콕 찍어냈다.

"꽤 유머러스한 구석이 있네요, 아가씨. 인후 그 아이한테 통 없는 게 그건데, 지금은 몰라도 나중엔 어떨지 몰라."

세진은 시계를 확인하곤 가는 한숨을 내쉬었다.

"거두절미하고, 난 아버님과는 생각이 달라요. 병원장 집안 의사 며느리? 있어도 그만 없어도 그만, 그 정도 병원 나중에 하나 못 차릴 것도 없고. 인후가 아버님 유언장에서 제명되는 걸 감수하겠다면 내가 그 결정을 존중하지 못할 것도 없죠."

"네."

저렇게 쿨해도 되나 싶을 정도로 쿨했다. 이것도 무심함의 발로인가 생각하는 화담에게 세진이 이어서 말했다.

"하지만 그 바람에 나까지 아버님께 페널티를 먹을 건 각오해야 해요. 난 그 정도 가치가 있는 일인지 생각하지 않을 수 없더군요."

화담도 슬쩍 다리를 움직여 앉은 자세를 고쳤다. 앉은 지 몇 분 안 된 것 같은데 등줄기가 뻣뻣한 게 은근히 긴장의 강도가 높은가 보다.

"그래서 말인데 이참에 아예 혼인신고 하고 인후 따라서 영국으로 가지 그래요, 아가씨?"

전혀 상상도 못한 제안에 화담의 눈이 휘둥그레졌다.

"여, 영국으로 가면요?"

"푸른이 말 들으니 인후, 거기서 아예 눌러 살 뜻도 없는 게 아니라던데. 잘 설득해서 한 번 그렇게 일 추진해 보라 이 말이에요."

"그 말씀은 지금 저희에게…… 이민을 가라는?"

설마 그 뜻으로 한 말일까 하며 물었는데 세진이 가볍이 고개를 끄덕였다.

"그렇게 하겠다면 유산상속 전이라도 두 사람이 평생 먹고 살 걱정 없도록 한몫 떼어줄 의향이 있어요. 뭣하면 푸른이에게 확인해 봐도 좋은데, 내가 후하게 마음 쓰면 그건 정말 후한 거예요. 나나 병원에 있는 인후 아버지가 죽길 기다려도 그보단 더 받지 못할 만큼 챙겨줄 테니까요."

화담은 어안이 벙벙해서 벌린 입을 다물지 못하고 세진을 쳐다볼 따름이었다.

"생각해보고 연락 줘요."

계산서를 들며 자리에서 일어나던 세진이 문득 한마디 덧붙였다.

"이 대화는 여기서만 듣고 가슴에 묻을 양식 정도는 있을 거라고 믿어요. 그럼, 또 봐요. 아가씨."

고개를 까딱하며 세진이 미소를 지었다. 얼어붙은 백장미같이 푸른 미소. 화담은 엉거주춤히 일어나 맞인사를 하고 카페를 나가는 세진의 뒷모습을 쳐다보았다. 그녀는 단 한 번도 돌아보지 않았다.

다시 똑바로 앉아 아이스커피를 벌컥벌컥 들이켠 화담은 뒤늦게 밀려온 한기에 부르르 떨었다. 맞은편 빈자리를 보면서 화담은 방금 전 말을 곱씹었다. 아들의 여자에게 아들과 지구 반대편으로 이민 가서 살라는 말을 눈 하나 깜빡 않고 하는 엄마라니, 도무지 믿기지가 않는다. 인후가 한국에서 얼굴 들고 살지 못할 범죄를 저지른 것도 아닌데 대체 왜 그렇게까지 하는 걸까?

"알고 보면 저 여자가……."

소시오패스 아냐? 그 말을 꾸욱, 목 너머로 삼켰다. 별안간 인후가 보고 싶어서 견딜 수 없어졌다. 화담은 휴대전화를 꺼냈지만 누굴 만난다고 했던 그의 말을 떠올리고 손을 내렸다.

물끄러미 창밖을 내다보면서 이 여름이 끝나지 않으면 좋겠다고, 멍하니 생각하고 있는데 문득 똑똑 하고 테이블을 노크하는 소리가 나서 보니 푸른이 눈앞에 서 있었다.

"멀리서 보니까 한 방 먹은 얼굴이던데, 데미지가 크냐?"

세진이 앉았던 자리에 앉으며 푸른이 물었다.

"다 보고 있었어? 어디서?"

쓴웃음을 지으며 화담이 묻는 말에 푸른이 카페 구석 칸막이 자리를 가리켰다. 목소리는 안 들릴 법한 거리였다.

"데미지라 할 것까지는……. 근데 한 방 먹긴 먹었어. 워낙 짐작도 못한 공격을 받아서."

"나한테 이야기하기 곤란한 공격?"

화담은 아이스커피 잔의 겉면에 생긴 물방울을 가지고 테이블에 의미 없는 낙서를 하면서 글쎄, 하고 중얼거렸다.

"여기서만 듣고 가슴에 묻으랬으니까 여기서 말하는 건 상관없겠네."

"지당하신 말씀."

빠져나갈 구멍을 찾는 화담을 푸른이 제꺽 거들었다. 화담은 간추린 이야기를 들려주었다. 차석인이 화담 때문에 인후를 유언장에서 제명하려고 하지만 세진은 개의치 않는다고 한다, 눈감는 걸 넘어 내친김에 결혼해서 인후를 따라 영국에 가더라.

"그러면서 하는 말이, 아예 거기서 살라는 거야."

"아예, 살라고?"

"인후 선배가 그럴 의향도 없지 않다는 식으로 선배가 말했다던데?"

날아온 화살에 푸른은 이맛살을 찌푸리고 머리를 긁적이다가 그 비슷한 말을 하긴 했다고 인정했다.

"향수병이고 뭐고 외려 한국에서보다 몸도 나고 더 좋아 보인다는 소리 했어. 조금은 찔리라고 한 말인데, 그런 걸 기대한 내가 바보네. 에잇."

"난 도무지 그분 이해가 안 돼. 친아들이라며? 그런데 어떻게 지구 반대편이나 다름없는 나라로 이민 보낼 생각을 하지? 아무래도 선배 정보통에 좀 문제가 있는 거 아냐?"

푸른이 긴 한숨을 내쉬더니 주위를 둘러보곤 슥 상체를 화담 쪽으로 기울이며 목소리를 낮췄다.

"혹시라도 나중에 인후한테서 이 이야기 나오면 무조건 처음 듣는 척해. 내가 재재거린 거 들키는 날엔 알지?"

슥 손날로 목을 그어 보이는 푸른의 행동에 화담도 굳게 고개를 끄덕였다.

"염려 마. 요새 알았는데 내가 연기를 좀 하더라고."

"착각이 아니길 빈다."

의심스럽다는 눈초리를 짓던 푸른이 다시금 주위를 둘러보더니 "한 여자가 있어."라는 나직한 말로 운을 뗐다.

"미모와 실력을 겸비한 신입 아나운서였는데 본인이 아주 출중한데 반해 여자 집안이 참 지독했지. 사업병이 있는 아버지에 아들밖에 모르는 어머니. 그 아들이자 여자의 남동생이란 녀석은 또 오만 사고는 다 치고 다니는 망종이야. 그 셋의 공통점이 있다면 하나같이 야무지고 똑똑한 이 여자를 뜯어먹으려고 눈에 불을 켰다는 거였어. 그 진드기들 때문에 동기들은 잘만 받는 마담뚜 전화 한 번을 못 받던 여자가 밑 빠진 독 신세에 진저리가 날 무렵, 굴지의 자산가로 알려진 한 남자가 그녀를 며느리로 탐을 냈어. 여자의 빚도 탕감해 주고 친정에 원조도 해주겠다는 약속에 여자는 두 눈 질끈 감고 시집을 가버렸지. 그런데 결혼 후에 보니까 여자가 결혼한 남자가 숨겨놓은 애인이 있는 게이였던 거야."

놀란 화담이 갑자기 딸꾹질을 하는 바람에 승준이 말을 멈췄다. 화담은 급히 물을 마시며 계속 하라고 손짓했다.

"여자는 그 자체엔 크게 개의치 않았어. 한동안은 남편의 비밀을 감추는 걸 적극적으로 거들기까지 했어. 결혼 직후부터 성화인 시아버지의 손자 재촉에 시험관 시술을 제안한 쪽도 여자였어. 그렇게 해서 첫아이가 태어났는데 여덟 달도 못 채워 조산한 아이는 심장을 비롯해 여기저기가 부실했어. 두 살이 되도록 병원 신세를 밥 먹듯이 지는 손자를 못 마땅히 여긴 시아버지는 아들 부부에게 둘째를 가지라고 종용했지. 여기서 여자 남편이 빵하고 터져버린 거야. 아버지에게 아우팅을 해버렸어. 여자의 시아버지는 아들의 애인을 찾아내서 갖은 협박으로 아들을 떠나게 했고, 아들은 정신병원에 처넣어버렸지."

겨우 잠잠해졌던 화담의 딸꾹질이 또 시작된 순간이었다.

"정신병원에 감금시켰단 말이야? 그런 이유로?"

"요새도 종종 있는 일이라는데 예전엔 어땠겠어? 그리고 이야기 속의 시아버지란 사람, 최근 모습으로 예전 모습을 상상하면 곤란해. 이런 말은 참 그렇지만 그분이 곱게 죽지 않길 바라는 사람을 모으면 작은 도시도 세울 수 있을걸."

자신도 기꺼이 그 도시민이 되겠다는 듯한 눈빛을 던지고 푸른이 끊긴 이야기를 재개했다.

"아들이 정신병원에 갇힌 그 몇 달 동안 아들의 애인이 자살하고 그 충격으로 애인의 노모까지 유명을 달리하고 말았대. 자세히는 몰라도 헤어지게 만드는 과정에서 뭔가 지독한 짓을 했던 모양이야. 어떻게 친구들이랑 연락이 닿아서 그 사실을 안 아들은 친구들 도움으로 병원을 탈출해선 종적이 묘연해졌어. 사람을 풀어서 1년여 만에 태국에서 찾아낸 아들은 마약으로 정신이 망가진 데다 몹쓸 병까지 걸려 있었어. 여자의 시아버지는 돌아온 아들을 다시 병원에 넣었어. 이번엔 정신 차리게 할 요량이 아니라 영영 거기 가둬둘 셈으로. 그자는 자기 아들을 포기했지만 여전히 며느리에게 손자를 기대했어. 여자는 남편의 권리를 모두 넘겨받는 조건으로 시아버지와 모종의 거래를 하고선 공부를 한다며 미국에 나갔어. 그 후 1년 반쯤 지나 한국에 돌아올 땐 쌍둥이를 데리고 왔지. 한쪽은 남편, 한쪽은 아내와 닮은 이란성 아들 쌍둥이. 둘 다 확실히 여자의 아들이 맞아. 다만 그녀는 그 둘 중 누구도 낳은 적이 없을 뿐이야."

그제야 화담은 개안을 하는 느낌으로 뭔가를 깨달았다. 푸른은 지금 대리모에 대해 말하고 있는 것이다!

그렇게 생각하자 인후에게 들었던 이야기의 아귀가 딱딱 맞았다. 예정일보다 일찍 태어난 한쪽 때문에 다른 한쪽의 분만일을 당겨서, 그래서 7월 15일에…….

"가능한 이야기야? 꽤 오래전이잖아, 그때 그런 게 가능했다고?"

"미국에서는 충분히. 우리나라에서도 89년도에 성공한 케이스가 있고."

화담은 반쯤 넋 나간 얼굴을 하고서 의자에 깊이 등을 묻었다. 과부하가 걸리지 않도록 천천히 관자놀이를 문지르며 들은 내용을 정리하고서도 여전히 석연찮은 게 남았다.

"차인서한테는 생일파티까지 열어줬잖아. 같은 처지의 아이인데 그쪽한테는 모정이 얼마쯤 작동하고, 정작 자신을 쏙 닮은 이쪽 아이는 나 몰라라 팽개친다 이거야?"

"어쩌면 그렇게 많이 닮아서 더 모진 게 아닐까, 생각한 적이 있어."

푸른의 대꾸에 화담은 눈을 동그랗게 뜨고 더 설명을 요구했다. 그는 손가락을 마주 댄 두 손을 내려다보며 말했다.

"그분, 궂은 환경 속에서도 꿋꿋이 일하고 공부하면서 자신을 일으켜 세운 사람이니 자존감이 말도 못하게 대단할 거야. 하지만 결국 세상과 타협해서 돈이 전부인 세상 속으로 걸어 들어갔어. 그건 자존감이 강한 사람에게는……."

말을 하다 말고 도리질을 한 푸른이 다시 입을 열었다.

"아까도 그분 온통 하얗게 차려입으신 거 봤지? 원래 흰옷은 어지간히 깔끔한 성격이 받쳐주지 않으면 입기 힘들거든. 그런데 그분은 강박증이 느껴질 정도로 흰옷을 즐겨 입으셔. 갈수록 색깔 있는 옷을 입는 걸 보기가 힘들어지고 있어. 나는 그걸, 일종의 반동심리라고 생각해."

반동심리. 화담은 진창 운운하던 세진의 얼굴을 떠올렸다. 푸른의 말이 여전히 이어지고 있었다.

"빈말로도 순백과는 무연해진 삶을 그렇게라도 치장하고픈 사람 앞에 천진한 아이의 얼굴을 한 자신을 쏙 빼닮은 거울이 놓여 있는 거지. 돌이킬 수 없어지기 전의 자신을 연상시키는 거울……. 과연 그 거울을 들여다보는 심정이 어떨까? 나는 감히 짐작도 못 하겠어."

한 가지 더. 푸른이 이건 차마, 하고 입에 담지 못하는 사실 때문에 더더욱 그렇다. 그 사실이 세진보다도 인후에게 더 치명적으로 작용할까 봐 도저히 말할 수가 없다.

분위기가 너무 가라앉은 걸 의식한 푸른은 어디까지나 내 생각일 뿐이라고 너스레를 떨었다.

"뭐 이런저런 이유 없이 그냥 싫을 수도 있는 거지. 깨물어도 안 아픈 손가락도 종종 있으니까. 하물며 인후가 애교가 좀 없냐?"

화담은 천천히 고개를 끄덕여 보였다. 하지만 이내 딱딱한 얼굴로 자신이 테이블에 그린 낙서를 뭉개버리곤 얼음이 녹아내려 멀게진 아이스커피를 벌컥벌컥 들이켰다. 잔을 내려놓고 푸우, 하고 한숨을 쉰 그녀가 별안간 씩 웃었다.

"까짓 이 말이 됐든 저 말이 됐든 결론은 하나 아냐? 인후 선배랑 결혼할 여자는 고부 갈등은 겪을 일 없다는 사실! 남편을 오롯이 독차지할 수 있다니 멋져."

"그게 멋지냐? 어머니가 두 분인 나는 울어야 되는 건가."

눈물 훔치는 시늉을 하는 푸른을 보며 화담은 낄낄거렸다.

"선배네 어머니들은 완전 쿨하시잖아. 설마하니 미래 며느리랑 아들 사랑을 두고 싸우시겠어?"

"설마…… 그럴 리가 없지. 내가 정말 무서운 건, 내 마누라를 엄마들한테 **뺏기는** 거야!"

"에잉, 오버하기는."

"오버라고 생각해?"

푸른의 질문에 화담은 멈칫하고 몇 번 뵌 적이 있는 푸른의 두 어머니를 생각했다. 잠시 후 그녀는 턱을 문지르며 자신의 말을 슬쩍 회수했다.

"음. 나는 그 일에 대해선 노코멘트."

푸른이 그것 보라고 하면서 두 손에 얼굴을 묻었다. 훌쩍훌쩍 어깨마저 들썩이며 우는 연기를 펼치는 그 때문에 화담은 웃음을 터뜨렸다. 그렇게라도 웃음을 쥐어짜내니 분명히 얼마쯤 가벼워졌다. 바로 이게 해답이 아닐까, 그녀는 문득 생각했다.

화담은 창가로 비쳐드는 햇살 너머 하늘을 새삼스레 바라보았다. 이렇게 햇볕이 강한 날에는 선뜻 밖에 나올 엄두도 내지 못하는 인후의 창백한 얼굴을 떠올리며 그가 충분히 받고 자라지 못한 건 햇볕만이 아니란 걸 절감했다. 때론 실패하고 보기 흉한 실수를 저질러도 예쁘다, 예쁘다 하고 보듬어주는 무조건적인 사랑, 그 따뜻한 비에 푹 젖어보는 게 그에겐 참 요원한 일이었던 것이다.

"푸른 선배, 나랑 약속 하나 하자."

"응? 뭐냐, 갑자기 비장한 얼굴로."

푸른이 경계하건 말건 화담은 그에게 손을 내밀었다.

"선배는 인후 선배랑 평생 가는 거다. 문경지교, 알지? 배신하면 내가 그냥 안 둬."

"우, 웃기시네. 야, 네가 뭐라고 남의 우정에 대고 이래라 저래라냐?"

"그 말은 약속 못 한다 이거야? 자신 없어?"

"자신이 없기는 개뿔. 평생 간다, 평생! 내가 지금껏 그 녀석한테 들인 시간이 아까워서라도 베프 자리 양보 못 하지. 암! 나 말고 그 지랄 맞은 성격 받아주는 사람이 또 누가 있겠어?"

역설을 하는 푸른에게 화담도 크게 고개를 끄덕여 보였다.

"맞아. 푸른 선밴 대인배야. 서화담이 보증한다. 그런 의미에서 자!"

얼떨결에 푸른은 화담이 내민 손을 잡고 악수를 했다. 그녀가 짐짓 손에 힘을 주는 바람에 그도 지지 않으려고 이를 악물었다. 그래도 화담은 평화롭기 그지없는 얼굴로 방긋 웃었다.

"약속 성립. 두 분의 변치 않는 우정을 기원합니다."

"흥, 그럼 넌 나한테 뭘 약속할래? 변치 않는 사랑이라도 약속할래?"

손에 힘주느라 목에도 핏대가 선 푸른의 목소리가 덜덜 떨렸다. 화담은 고개를 갸웃하다가 자신의 왼손을 보곤 싱글거리며 손등을 푸른 쪽으로 해서 들어 올렸다.

"웬 반지 자랑? 반지만 찼다고 사랑이 변치 않는다든? 지나가는 개가 웃겠다."

"루비는 열정과 깊은 애정, 용기 등을 상징해. 정이라면 내가 넘치게 갖고 있는데, 딱 하나 용기에서 애매했었거든."

"네가?"

공감할 수 없다는 푸른의 반문을 화담은 깨끗이 무시했다.

"그 용기, 이젠 내보려고 해."

"인후한테 프러포즈라도 하겠다는 거야?"

화담은 빙그레 웃기만 했다.

늦은 밤, 식당 아르바이트를 마치고 나온 화담은 혹시나 하는 마음에 주변을 둘러보았지만 오늘은 아무도 그녀를 기다리는 사람이 없다는 것을 확인하고 정류장을 향해 걸어갔다. 오후에 명혜의 퇴원소식도 듣고 해서 한남동으로 바로 갈 셈이었지만 그래도 아쉬운 마음에 인후에게 전화를 걸었다. 그리고 뜻밖에 그가 지금 서울에 없다는 이야길 들었다.

"서울이 아니면 어딘데요?"

"그건 비밀."

"비밀? 흥, 그렇게 나온다 이거죠?"

"이렇게 나갈 건데? 왜, 그러시는 서화담 씨는 나한테 아무 비밀도 없으신가?"

되받아치는 인후의 질문에 화담은 제 발이 저려 입을 다물었다. 나지막이 웃는 기척이 나더니 인후가 말했다.

"일이 잘 풀리면 말해줄게. 그러니 시한부 비밀이라고 하자고. 나는 이런데 서화담 씨는?"

"내, 내가 뭘요. 난 비밀 같은 거 없어요."

거짓말을 하려니까 혀가 꼬이고 말이 빨라졌다. 얼굴이 빨개진 건 덤이다. 인후는 꼭 그걸 보기라도 한 것처럼 혀를 찼다.

"좋을 대로 해봐. 나중에 큰 코 다쳐도 난 모르니까."

"안 다칠 거거든요?"

말은 그렇게 하면서 화담은 제 얼굴에서 특히나 잘생긴 코를 감싸 쥐었다. 이야기가 이런 식으로 풀리면 재미없지 싶어 그녀는 언제 올 거냐고 화제의 방향을 틀었다.

"내일은 올 수 있는 거예요? 온다면 오후? 저녁?"

"그것도 봐야 알겠는데. 왜? 벌써 보고 싶어서 그래?"

보고 싶긴 누가 보고 싶냐고 쏘아붙이려던 것을 화담은 마른침을 삼키면서 함께 삼키고 슬머시 중얼거렸다.

"보, 보고 싶어요."

"……뭐지, 갑자기 전화가 감이 엄청 멀어졌어."

인후가 능청을 부리는 건지, 화담의 목소리가 작아진 걸 오해한 건지는 알 수 없지만 화담은 그 반응에 한 번 더 용기를 내서 모기 눈물만큼은 더 크게 말했다.

"선배 보고 싶다고요. 보고 싶으니까, 얼른 왔으면 좋겠어요."

말을 마치기 무섭게 송화기 부분을 가리고 화담은 숨을 골랐다. 이 정도 말은 늘 했던 것 같은데 왜 갑자기 힘들고 쑥스러워 죽을 것 같은 기분이 드는지 통 모를 일이다.

"응……. 얼른 갈게. 보고 싶어, 나도."

그런 기분이 인후에게도 전해진 걸까. 대꾸하는 그의 목소리가 전에 없이 수줍게 들렸다. 귀까지 빨개진 화담은 괜스레 툭툭 땅을 차면서 먼저 전화를 끊으라고 말했다. 인후는 인후대로 화담에게 먼저 끊으라고 말한다. 그렇게 몇 번이고 공이 오락가락 한 끝에 화담이 쑥스러움을 참지 못하고 알겠다며 마지막 공을 잡았다.

"자, 끊습니다, 선배. 잘 자요. 음, 혹시 꿈을 꿀 거면 나 나오는 꿈꿔요. 나도 그럴 참이거든요."

인후가 저편에서 웃음을 터뜨린 모양이다. 화담은 "진짜 잘 자요!"라고 외치곤 부리나케 전화를 끊었다.

잠시 휴대전화를 멀찍이 떼어놓고 손부채질로 얼굴의 열을 식혔다. 드라마에서 보면 닭살스러운 애정행각 같은 거 잘만 펼치던데, 그게 실은 엄청난 내공이 필요하다는 것을 배웠다. 그 바람에 이 연애내공 초심자는 버스 안에서 넋을 놓고 있다가 하마터면 내릴 곳을 놓칠 뻔하기도 했다.

"짝사랑을 몇 년이나 했으면서 새삼스레 왜 이런담."

한심해 하다가도 금세 인후 생각에 샐샐거리며 걸었다.

그렇게 명혜의 저택에 면한 길로 접어든 화담은 하필 저택 쪽 담벼락에 기대어 웩웩거리고 있는 남자를 발견하곤 인상을 찌푸리며 최대한 멀찍이 떨어져서 대문 앞까지 갔다. 인터폰을 누르고서 화담은 힐끗 그 남자 쪽을 돌아보았다.

"누구세요?"

"저예요, 화담이."

메이드가 열어준 대문 안으로 걸음을 내딛던 그녀는 대문을 닫기 전에 왠지 기분이 찜찜해서 다시 바깥을 내다보았다. 토하느라 정신이 없는 술 취한 남자의 뒷모습이 이상하게 신경이 쓰였다. 일단 대문을 닫고 정원을 향해 돌아섰다. 하지만 몇 걸음 못 가서 멈추고 뒤를 돌아보았다.

"내가 아는 사람인가? 이 근처에 이웃이라거나……."

그때 번득하며 화담의 뇌리를 때리는 무언가가 있었다. 그녀는 곧장 달음질쳐 대문을 열어젖히고 골목으로 뛰쳐나갔다. 아직도 게우느라 정신없는 취객 옆으로 내달은 그녀는 찰싹 남자의 등을 때리며 소리쳤다.

"야, 지승준! 너 여기서 뭐해, 인마!"

비슬거리며 고개를 들어 화담을 올려다보는 건, 눈이 게게 풀린 승준이 틀림없었다.

"……서화담, 화담아, 나 너한테 할 말이……."

무슨 말인지 몰라도 당장엔 들을 운명이 아니었다. 벽을 짚고 있던 손이 풀리며 주르륵, 자신의 토사물 위로 쓰러지려는 승준을 간신히 화담이 붙들었다. 얼굴을 들쳐보니 감은 눈에 흰자위가 보이는 게 도저히 말을 나눌 상황이 아니었다.

이날의 마지막 힘을 화담은 승준을 들쳐 메고 집으로 데리고 가는 데 썼다. 뒤치다꺼리다 뭐다 해서 없는 힘도 끌어내서 썼더니 침대로 갈 즈음엔 거의 혼수상태. 베개에 머리를 대기도 전에 잠들어서 아침이 될 때까지 통잠을 잤다.

장담했던 인후의 꿈은커녕 다른 꿈도 전혀 기억에 없다.

혹시 이날 꿈을 꿨다면 그게 악몽이 되었을지, 그 뒤로도 화담은 여러 번 궁금해했다.

18.

HERO

"좋은 아침. 아주머니는 아직 주무시지?"

요즘 들어 생활리듬이 깨진 탓인지 깜빡 늦잠을 잔 화담이 식당으로 내려왔을 땐 먼저 온 다현이 식사를 들고 있었다. 경쾌하게 건넨 아침 인사에 다현도 웃는 얼굴로 눈인사를 보냈다. 지난밤 화담이 들어왔을 때 명혜는 이미 자러 들어간 뒤라 자그마한 소동도 다행히 보지 못했다.

"어머닌 이미 일어나서 아틀리에에 가 계셔."

"아틀리에? 이렇게 일찍부터 거긴 왜?"

"그림을 그리고 계셔."

"그림? 그림을 그리신다고?"

명혜가 일찍 자고 일찍 일어난 것만으로도 퍽 신선한 일인데 그림을 그린다니 놀라움의 수치가 훌쩍 치솟았다. 메이드가 건네준 녹즙을 시원하게 비우고서 화담이 물었다.

"내가 건너가 봐도 되려나?"

"뭘 그렇게 걱정스럽게 물어봐. 구경 간다고 난리 안 나. 문 열었을 때

붓이라도 날아올까 봐 그래?"

"아니 꼭 그런 건 아니고."

예술 방면엔 소질이 전혀 없는 대신 그런 걸 잘하는 사람에 대해선 대단한 환상을 품고 있는 화담은 내심 드라마틱한 상상 속에 명혜를 대입하는 중이다. 다현은 난리가 안 난다고 했지만 이쪽은 난리가 좀 나주면 오히려 반갑겠는데.

"어떤 그림을 그리고 계시는 건지 혹시 알아?"

"그리시겠다는 말씀만 들었어. 그래도 그렇게 들뜨신 얼굴 오랜만에 봤어. 분명 멋진 그림이 나올 거라고 생각해."

"나 아주머니 그림 본 적이 없는데 이번에 보는 건가. 아니, 아주머니도 그렇고 형도 그림 꽤 그린다면서 정작 한 번도 그리는 걸 안 보여줘서 내가 은근 서운했었다고. 6년 만에 그림 한 점. 후아, 역시 오래 살고 볼 일이야."

벌써부터 기대를 하는지 공기에 담아준 밥이 식어가는 것도 모르고 화담은 눈을 빛냈다. 다현이 묘한 미소와 함께 중얼거렸다.

"그렇게 좋아할 줄 알았으면 내가 선수를 치는 건데."

화담의 번득이는 눈길이 다현에게 화살처럼 날아갔다.

"선수 좀 뺏긴 게 뭐 어때서! 그려, 형도 그리는 거야. 아, 그 손 깁스가 문제인가. 에이, 언젠가 풀 거 아냐. 풀면 당장에 한 점 척척 그려주시면 되겠습니다. 내가 형의 신작을 학수고대할 테니까."

다현은 말없이 웃고는 음식 식겠다며 어서 들라고 권했다. 화담이 재빨리 몇 술 뜨는 걸 보고 그는 승준에 대해 물었다.

"친구는 어떤지 들여다봤어?"

"일어나서 제일 먼저 개 생존 여부부터 확인했어. 그렇게까지 몸을 못 가누도록 마신 거 처음 봤어. 정말 흔한 일 아니니까 고주망태라고 오해하지 마. 오해하지 말아주세요. 의사 선생님이 될 착실한 친구예요."

다현에 이어 서빙해주는 젊은 메이드에게도 화담은 잊지 않고 변명했다. 다현은 화담의 머리 너머로 메이드에게 눈짓을 해서 그녀를 내보냈다. 조용해진 식당에선 한동안 식사가 이어졌다. 먼저 온 만큼 일찍 끝내고 화담이 마치길 기다리던 다현이 이윽고 중단된 화제를 꺼내 들었다.

"그렇게 취하고도 용케 여기까지 찾아온 게 다행이네."

"내 말이."

입을 가신 화담이 승준이 일어나면 마시게 꿀물이나 타다 놔야겠다며 일어섰다. 그 뒷모습에 대고 다현이 물었다.

"헤어지자고 한 거야?"

"응."

바로 대답하는 목소리에선 망설이거나 당황하는 기색 따윈 엿볼 수 없다. 그것이 의미하는 바에 다현의 얼굴엔 옅게 구름이 꼈다.

"단호하네. 죽마고우를 영영 잃을지 모르는 판국에."

조금은 아파 보라고 던진 말 맞다. 하지만 화담의 뒷모습은 여전히 똑 부러질 듯 당당했다.

"일시적으론 그렇게 될지 모르겠지만, 장기적으로 봤을 땐 이게 맞다고 생각해. 더 일찍 그러지 못한 게 유감스러워."

"친구가 순순히 받아들일 거라고 생각해?"

"글쎄. 감에 불과하긴 하지만 그렇게까지 최악으로 치닫는 상황은 없을 거라고 생각해. 승준이, 지난 몇 해 동안 제법 남자다워졌어. 원래도 멋진 구석이 있었고."

화담은 튜브의 꿀을 짜다 말고 고개를 주억거리며 한마디 덧붙였다.

"무주엔 서윤이도 있으니까."

거리가 멀어진 탓에 어느새 그 둘이 단짝이 되고 화담은 도리 없이 깍두기 신세가 되어버렸다는 기분이 든 적도 여러 번 있었다. 그때마다 의지만 굳건하면 우주 끝으로 떨어져 있어도 우정은 영원하다고 마음을 달래곤 했지만 서로의 변해가는 삶까지는 어쩔 수 없었다.

화담은 하루의 태반을 함께 보내는 두 사람의 공감대에 도저히 끼어들수 없다. 이미 몇 년 전부터 그랬다. 소외감을 느끼는 자신을 유치하다고 할 게 아니라 덤덤히 인정할 때다. 이제 승준의 단짝은 서윤이란 걸.

그때 어떤 생각이 일어나 화담의 마음에 파문을 만들었다.

물을 휘젓던 스푼을 멈추고 눈을 깜박거리길 몇 차례.

이내 천천히 손을 움직이면서 마른침을 삼켰다. 심장 고동이 조금 빨라진 것을 헛기침으로 얼버무리며 화담은 식당에 함께 있는 다현을 의식하곤 물었다.

"연락 온 건 없어? 중간보고라도 말이야."

"어제 저녁에 전화가 오긴 했는데, 별것 없어. 외지인들에 대해서 텃세가 심한 동네라 경찰 입 열기도 쉽지 않다는 모양이야. 문제의 사금융업체가 잠정 휴업상태인 건 맞다는 것 같고……."

"잠정 휴업상태라. 쳇, 살다 살다 불법 대부업자가 장사 다시 하길 바라는 날이 다 오네."

조사업체 사람들이 상만이 서울 오기 전까지 지냈다는 성주로 내려가활동을 시작했다. 이삼일이면 가닥을 잡을 거라고 했던 말이 있으니 빠르면 오늘 안에 형태가 잡힐지 모른단 생각에 화담은 다른 의미로 긴장이됐다. 살인과 살인미수, 그 차이는 정말이지 어마어마하니까.

"혹시라도 중요한 연락 오면 주저 말고 나한테 전화해줘. 좋은 소식, 나쁜 소식 가릴 거 없이. 알았지?"

"어디 가려고?"

"기분도 그렇고, 모처럼 성애원 봉사 가려고. 피자랑 빙수 쏜다고 약속해놓은 게 벌써 한 달 다됐어."

화담이 꾸준히 다니는 보육원에 간다는 이야기에 다현은 새삼 자신의 처지가 얄궂어졌다.

"함께 가자고 말하고 싶은데 보다시피 이런 처지라. 근데 나는 그렇고 친구는 어쩌려고? 깨면 상당히 민망할 텐데?"

"메모 남기고 갈게. 일단 옷 때문에라도 떠나긴 애매할 거야. 어제 입었던 옷 세탁소 보낸 걸로 해달라고 부탁할 거니까 형도 협조해줘. 아, 옷도 빌려주면 안 돼. 아무럼 옷 없이 팬티 바람으로 나가겠어?"

"선녀와 나무꾼 패러디야?"

다현의 웃음에 화담도 빙그레 웃고는 꿀물을 탄 컵을 쟁반에 올려 위층으로 향했다. 그 뒷모습을 보며 다현은 비록 화담에게 차였을지언정 승준을 부러워하지 않을 수 없었다. 애초부터 가망 없는 꿈이었는지 몰라도 어쨌든 그는 기회라도 가져보지 않았는가. 반면 다현은…….

바람을 쐬러 정원에 나간 다현은 포치의 그늘에서 옅은 파랑으로 물든 하늘을 올려다보다가 뜰의 나무 사이로 날아다니는 새를 보곤 문득 자조했다.

"저 진귀한 새가 이 정원에 날아든 것도 벌써 여러 해가 흘렀으니 기회라면 나도 가질 수 있었어. 다만 나는…… 나는 너무 여유를 부렸어. 용기는, 말할 것도 없고."

사고가 좀 더 빨리 났다면 어땠을까 하는 가정도 부질없다. 그 사고가 아니었다면 다현은 끝내 고백 없이 중국으로 떠났으리라. 그러고선 마음 한쪽 자리에 몰래 숨겨놓은 화담을 생각하면서 때로 우수에 잠겼을지 모른다. 열없는 한숨을 토해내며 다현은 눈을 감았다.

아직 곤히 잠들어 있는 승준의 머리맡 테이블에 꿀물을 두고 잠자리를 살펴준 화담은 몇 줄의 메모를 남기고 아틀리에로 향했다. 하지만 화담은 텅 빈 캔버스를 앞에 두고 명상 중인 명혜밖에는 볼 수 없었다. 캔버스는 하다못해 연필 스친 자국 하나 없는 완벽한 순백이었다.

"저 성애원 다녀올 참인데 그때는 좀 진전이 있을까요?"

조심스럽게 화담이 묻는 말에 명혜는 알쏭달쏭한 미소를 지었다.

"있을 수도 있고 없을 수도 있고."

"음. 영감이 번뜩이길 기다리시는 건가요?"

"영감은 있어. 다만 내 머릿속에서 그림이 완전해지길 기다리고 있단다."

"오오오, 저 그거 뭔지 알아요. 미켈란젤로가 대리석을 보면 그 안에 숨어 있는 완전한 조각을 봤다던가 하는 그런 이야기 읽었는데, 아주머니도 그런 거죠? 어쩜, 근사해라!"

감탄으로 이글거리는 목소리에 화담을 돌아본 명혜는 그 뜨거운 기대의 시선을 마주하고는 움찔했다.

"그렇게 거창한 일 아니야. 미켈란젤로는 불세출의 천재였고 나는 그냥 보통의⋯⋯."

"저는 아주머닐 처음 뵐 때부터 딱 알았어요! 아니 실은 뵙기 전부터 알았던 거예요, 아주머니 안엔 열정이 숨어 있어요! 폭풍의 언덕! 한 사람을 그렇게 뜨겁게 사랑할 수 있는 능력은 아무에게나 있는 게 아니죠, 암요. 아주머니 안에 숨어 있는 예술가 기질이 바로 그 근원이었던 거예요.

반 고흐가 자기 귀를 잘랐던 것처럼 아주머니도 사랑을 위해 목숨을 걸었잖아요. 비록 제겐 예술적 재능이 눈곱만큼도 없지만 이 마음만은 항상 뜨겁게 예술을 사랑하고 있어요. 그러니까 아주머니, 파이팅! 아주머니께서 무엇을 그리시든 전 아주머니를 응원합니다. 그 예술혼을 존경해요!"

활활 타오르다 못해 열광의 도가니에 빠진 화담을 진정시킬 만한 기력이 명혜에겐 절대적으로 부족했다. 엉겁결에 기에 밀려서 고개를 끄덕이는 명혜의 손을 화담이 움켜잡더니 예술가의 손이라며 또 한참 감격하는 것을 명혜는 성애원에 가야 하지 않느냐며 일깨웠다. 점심 전에 가야 한다며 부리나케 아틀리에를 떠나면서도 화담은 문간에서 몇 번이고 파이팅을 외쳤다.

화담이 떠난 아틀리에는 폭풍이 지나간 뒤의 바다 같았다. 명혜는 다시 캔버스를 향해 앉아 눈을 감았지만 아무래도 마음이 차분해지지 않았다. 하물며 봉사를 마치고 돌아올 화담을 생각하니 벌써부터 가슴이 두근거렸다.

얼마 후 본채로 건너온 명혜가 다현을 찾더니 별안간 양평 별장에 가겠다는 말을 꺼내서 그를 놀라게 했다.

"가시는 건 좋은데, 혼자서는 좀 적적하지 않으시겠어요? 화담이 아르바이트도 끝났다고 하니까 일정을 조정해서 셋이 같이 가는 게 어떨까요? 지금은 좀 그렇고 다음 주 중에라면 저도 목발을 쓸 수 있을 것 같으니까……."

명혜가 느끼는 부담을 알 리 없는 다현은 명혜 혼자 가는 여행에 한사코 난색을 표했다. 명혜는 그럼 중년의 메이드와 동행해서 가겠다고 타협안을 제시했다. 그녀가 처녀일 때부터 집안일을 돌봤던 메이드라면 다현도 믿을만했다.

"그림을 마칠 때까지는 거기 머물 거야. 하지만 이건 화담이에겐 비밀이다. 묻거든 양평 말고 어디 멀리 갔다고 해. 음, 피서 겸 훗카이도에 갔다고 하는 게 좋겠구나. 강원도도 괜찮겠고."

"왜…… 그래야 하는데요?"

둘러댈 만한 이유를 찾던 명혜는 문득 자신을 바라보는 아들의 모습에 마음이 뭉클해졌다. 그녀는 손을 뻗어 다현의 머리를 쓰다듬으며 같이 가겠느냐고 물었다.

"너도 훌쩍 바람이나 쐬다 올래, 아들?"

재현의 사고 후로 두 모자 사이에도 사람 냄새 나는 살가움이 조금씩 쌓여왔지만 아직 그것이 천연덕스러울 정도의 경지에는 이르지 못했다. 때문에 다현은 명혜의 따스한 손길과, 아들이란 부름에 당황해서 얼굴마저 상기되었다.

"저도 정말 같이 가고 싶어요, 같이 가고 싶은데요……. 어머니, 그게 지금은……."

난처해하는 다현을 보며 명혜는 아마도 화담이 마음에 걸려서 이러지 하고 짐작했다. 엄밀히 말하자면 반 정도 맞는 짐작이었지만 그 반의 이유로도 명혜는 가련함을 느꼈다.

'이 아이의 마음은 아마도 이뤄지지 못할 테지.'

자신처럼 나약한 아이는 아니니 막무가내로 화담을 붙잡지도 못할 것이다. 한쪽은 길러온 아들. 한쪽은 마음으로 딸로 여기는 아이. 도와주고 싶어도 도울 수 없고, 말리고 싶어도 말릴 수 없다. 그 결과가 빤히 보이는 일 앞에서 명혜는 다 큰 아들의 머리를 쓰다듬어 주면서 오고 싶어지면 언제든 오라고 말해주는 게 할 수 있는 전부였다.

"공기 좋은 데서 맛있는 거 먹고 지내면 한결 회복에도 도움이 될 테고."

"그렇게 좋은 일을 화담이 몰래 둘이서만 하는 거예요?"

그 말에 명혜가 웃더니 얼굴을 가까이해서 소곤거렸다.

"내 아들 마다하는 여자, 엄마도 얄밉거든."

애처로운 미소를 지으며 다현은 가만히 고개를 숙였다. 그런 그의 머리카락을 조금 더 쓰다듬어주던 명혜는 문득 그 머리카락이 참으로 보드랍다는 것을 깨닫고 눈길이 아련해졌다. 막 다현을 입양했던 무렵 몇 번 가볍게 두드리듯 머리를 만져준 때 이후 아주 오랫동안 잊고 있던 감각이었다.

'아기곰.'

눈앞에 있는 다현이, 아직은 엄마 손길이 필요한 아기곰이란 것을 깨우친 때이기도 했다. 아니다, '아직'이 아니라 아마도 '영원히' 아기곰이리라, 그녀에게는. 명혜의 부모가 그녀에게 그러했듯이 그녀도 이 아이에게 마지막의 마지막까지 한껏 힘을 내서 의지할 수 있는 지붕이 되어주는 것이 제 소명임을 그 순간 명혜는 아프게 깨우쳤다.

"너 오는 거 봐서 소현이도 불러야겠다."

"소현일요?"

"그래. 둘이 앉혀 놓고, 오랜만에 그림 그려줄게. 한 십 년 만에 그리는 게 되려나?"

다현은 기쁜 마음에 이를 드러내며 웃다가 불현듯 이는 말 못할 불안에 불쑥 명혜의 손을 잡고 말했다.

"십 년 후에도 그려주세요. 그다음 십 년 후에도요."

명혜는 빙그레 웃으며 고개를 끄덕였다.

"그러자, 아들."

붙잡고 있는 아이의 손이 크고도 따뜻했다. 명혜에게 그리고 싶은 것이 또 하나 생기는 순간이었다.

사 들고 간 피자와 빙수를 아이들과 나눠 먹고 대청소에 이어 이불이며 커튼까지 싹 뜯어서 빨고 나니 어린애들의 낮잠 시간이 돌아와 성애원이 한결 조용해졌다. 중학생 이상 아이들의 영어 공부를 봐주는 게 거의 마무리되어 갈 무렵 화장실에 다녀오던 아이가 막 전화가 오다 끊어졌다며 화담의 휴대폰을 가져왔다. 버릇처럼 가방에 넣은 채 다른 방에 뒀던 휴대전화엔 부재중전화가 여섯 통 와 있었다. 화담은 아이들에게 복습하도록 하고 밖으로 나왔다.

네 통은 화담의 번호로 걸려온 외삼촌 상만의 전화. 안 그래도 아침에 화담이 저택을 나와 통화할 때 상만이 또 돈을 요구하는 데에 질려서 염치 좀 알라고 소리치고 끊었던 참이다. 저번날 밤에 만났을 때 모텔비며 당장 요기에 쓸 돈을 충분히 쥐어줬건만 그걸 벌써 다 탕진하고 한 푼이 없다며 우는소리를 하는 것이었다.

"이건 진짜 사람이 아니네, 사람이 아니야."

자신이 무슨 짓을 저지르고 숨어 있는지 잊어버린 게 아니고서야 어쩌면 이럴까. 화담은 눈앞이 새삼 막막해지는 것을 추스르며 머리를 쓸어 올렸다.

일단 상만의 전화는 무시하고 다른 두 통의 전화에 마음을 돌렸다. 두 통 다 서윤의 전화였다. 상만과는 다른 의미로 그 번호를 내려다보는 눈빛이 다소 착잡했지만 이윽고 입꼬리를 한껏 올려 웃어보곤 서윤에게 전화를 걸었다.

"미안, 전화 온 줄 몰랐어. 성애원에 와 있거든. 어디야? 큰집?"

"⋯⋯응. 좀 자다가 깨서 전화해봤어."

서윤의 몸을 걱정해서 이것저것 묻는 말에 서윤은 영 맥없는 목소리로
괜찮다는 말만 반복했다. 도시 잘 먹고 지내는 사람 목소리 같지 않아서
화담은 한숨을 삼켰다.

"얼굴 보자, 우리. 내가 너 있는 데로 갈게."

"계속 방에만 있었더니 나도 나가고 싶어진 참이야. 근데 지금은 너무
더우니까 날 어두워지면 천천히 보자."

"확실히 서울이 무주보다 덥지? 이따 소나기 소식 있던데 시원하게 좀
쏟아지면 좋겠다."

"그러게."

돌아오는 서윤의 목소리는 여전히 희미했다. 약속 시간은 다시 정하기
로 하고 전화를 끊으려는데 자꾸만 머뭇거리는 서윤의 기척이 전해져서
그럴 수가 없었다. 화담은 결국 입을 떼지 못하는 서윤에게 먼저 물었다.

"승준이랑은 연락해봤어?"

"……."

대답은 없고 서윤이 숨 쉬는 소리가 유난히 크게 메아리쳤다. 화담은
미간을 찡그리고 입술을 잘근거리다가 꾸며낸 너털웃음과 함께 선수 쳐
서 말했다.

"그 녀석 지금 어딨는지 모르지? 글쎄, 어제 술에 진탕 취해서 이쪽에
왔더라니까. 인사불성 된 거 재워주고 아침에 안 죽은 거 보고 나왔어. 지
금은 일어났는지 모르겠네."

"……거기라면 어디? 아파트?"

"아니, 한남동. 인후 선배 한국 왔다고 했잖아."

"그랬나? 오랜만에 들어오네, 그 사람."

전화로 서윤에게 몇 번이나 인후 이야길 했는데 마치 처음 들은 사람처

럼 반응하는 것에 화담은 쓴웃음을 지었다. 제아무리 똑똑한 서윤도 사랑에 빠지니 바보가 되는 건 매한가지인가 보다.

"……시간이 이렇게 됐는데 아직 안 일어났겠어? 벌써 일어나서 어디든 갔겠다."

"아니, 못 갔을 거야."

키득거리며 화담은 자신이 펼치고 온 공작에 대해 들려주었다. 웃음소리는 금세 사그라지고 대신 한숨이 흘러나왔다.

"이따 들어가서 차분히 이야기할 것도 있고 해서 수 좀 썼어. 야, 오서윤, 너도 알아둬야 하니까 잘 들어. 지승준이랑 서화담, 마침내 깨졌다. 우리 소꿉놀이 같은 연애가 결국엔 종지부를 찍었다 이거야."

"정말, 이야? 어떻…… 어떻게?"

"내가 뻥 찼어. 나 실은 계속 좋아하는 사람 있었는데, 너 몰랐지? 짝사랑이라서 묻어뒀었는데 이번에 심폐 소생해서 살렸어. 죽이 되든 밥이 되든 계속 살려보려고. 그래서 승준이도 시원하게 차 버리고. 야, 나 엄청 이기적이지 않냐?"

작정한 대로 얼굴을 철판을 깔고 깔깔거리며 웃었다.

"이기적이라고 욕해도 좋아. 비로소 마음에 얹힌 돌을 다 내려놔서 난 엄청 후련해졌거든. 서윤아, 난 너도 그랬으면 좋겠어."

"화담아, 있잖아 이따 만나서 내가……."

주저하며 서윤이 말을 꺼내는 동안 화담의 휴대전화로 다른 전화가 걸려왔다. 또 상만의 전화임을 확인하고 화담은 눈살을 찌푸리며 무시했다.

"그래, 만나서 다 이야기하자. 우리."

"내가 그리로 갔으면 하는데. 한남동 집으로. 그래도 될까?"

"안 될 게 뭐야? 오랜만에 삼총사가 뭉치겠네. 이런 날에 술 한 잔 해야 하는데 아쉽군, 아쉬워."

"술도 제일 못 마시면서 술타령은."

"배울 거야! 오늘 말고 일 년 후에 두고 보자고."

이를 갈며 장담하는 화담의 말에 비로소 서윤이 조금 웃는 것 같았다. 그제야 화담의 얼굴도 걷히면서 말간 진짜 미소가 흘렀다.

통화를 마치기 무섭게 상만에게서 전화가 왔다. 적당히 좀 하라고 속으로 쏘아붙이며 화담은 휴대폰을 바지 뒷주머니에 넣고 아이들에게로 돌아갔다.

여름 해는 여섯 시가 넘고도 한창이었으나 빗방울이 한두 방울 듣기 시작해서 서둘러 빨래를 걷으러 옥상 여기저기로 뛰어다녔다. 커튼을 다시 달고 있을 때 서윤에게서 지금 출발한다는 메시지가 왔다. 화담은 원생들 저녁식사 준비를 거들고 화장실 간다고 빠져나와서 수녀님들께만 인사하고 성애원을 나섰다.

빗길을 걷는데 심심하면 주머니 속 휴대전화가 진동해댔다. 들여다보니 아니나다를까 상만. 인내심의 한계를 느낀 화담이 전화를 받았다.

"글쎄, 삼촌 드릴 돈 없어요! 이틀 만에 사십만 원 다 쓰고서 또 뭘 바라는 거예요, 대체. 삼촌 나 모르게 다현 형한테도 받아 챙긴 돈 있는 거 누가 모를 줄 알아요? 약속대로 내일 갈 거니까 내일까지 굶든 말든 알아서 해요. 사람 하루쯤 굶는다고 안 죽어요!"

저편에서 뭐라 말하는 걸 들을 생각도 하지 않고 하고픈 말만 퍼붓고서 전화를 끊었다. 열이 뻗쳐서 씨근덕거리고 있는데 방정맞은 휴대폰이 그 새를 못 참고 다시 진동했다.

"망할, 사람이 염치란 게 좀 있어 보라고요!"

이번엔 언성까지 높여서 내지른 소리에 놀라 숨죽이는 기척이 있었다.

"……내가 안 좋을 때 전화했나?"

"서, 선배!"

천만뜻밖에도 인후의 목소리가 들려오는 바람에 화담은 기겁을 하며 멈춰 섰다. 이번엔 틀림없이 '차인후'에게서 걸려온 전화였다.

"왜 그래, 누구랑 싸우는 중이었어?"

"아니, 그게요…… 네, 보이스피싱 전화가 와서 조금 상대를 해준다는 게……."

울상이 되어 아무렇게나 변명해 보는 그녀의 말을 인후는 다행히 웃음으로 받아들였다.

"의협심이 발동했나 보지? 아, 세상 사람들이 다 서화담 같으면 사기꾼들이 남아나질 못할 텐데 말이야."

"저기, 내가 욕한 건 잊어버려요. 이렇게 부탁할게요."

"무슨 욕?"

"있잖아요. 내가 처음에……. 아무튼 잊어요, 잊는 거예요, 알았죠?"

"욕을 들은 기억이 없는데 무슨 욕을 했다고 그래. 설마, 망할? 그걸 욕이라고 했던 거야? 와, 너 욕 되게 못한다."

인후가 놀리느라 바쁜 줄도 모르고 화담은 연신 잊으라고 사정했다. 그는 망각엔 재주가 없다면서 그녀를 애타게 하더니만 불쑥 저녁 먹었느냐고 물어왔다.

"이제 막 성애원 나와서 한남동 가는 길이에요."

"어차피 여덟 시는 넘어야 들어가겠네? 기왕 늦은 김에 한 시간쯤 더 늦게 먹으면 안 돼? 내가 그쯤에 도착할 것 같은데."

"서울 오고 있어요?"

반가운 마음에 화담의 얼굴이 확 살아났다.

"보고 싶다며. 그런 소리까지 들었는데 재고 말고 하면 안 되지. 덕분에 오늘 미친 척 과소비 좀 했어."

"뭐 사치품이라도 샀어요? 나 그런 거 필요 없는데?"

"누가 널 준대? 김칫국은."

인후의 면박에 화담은 슬쩍 얼굴을 붉히긴 했으나 이내 생글거리며 대꾸했다.

"그런 거 아니면 됐고요. 근데 어쩌죠? 몇 시간이라도 기다릴 수는 있는데 먼저 만나기로 한 사람이 있거든요."

"누구?"

"서윤이가 한남동으로 오고 있어요. 저녁 두 끼 먹는 건 일도 아닌데, 이야기가 좀 길어질 것 같아서."

"내가 끼면 안 되는 자리야? 나도 그 친구 만날 의향 있는데."

"어? 서윤일요? 선배가요?"

"안 잡아먹어. 왜 그리 놀라서 펄쩍 뛰어?"

"아니 좀 갑작스러워서. 저기 이번은 그렇고 다음 기회에 해요. 오늘은 이야기 주제가 아무래도……."

난처해하는 화담의 기색에 인후가 순순히 물러났다.

"여자들만의 자리라 이거군. 대신 다음 기회, 꼭 지켜."

"……네, 네."

여자들만의 자리라고는 할 수 없는데 엉겁결에 화담은 능치듯이 대꾸하고 말았다. 다음 순간 그래선 안 되겠다는 생각에 승준의 일도 말하려고 했으나 삐삐삑 소리와 함께 휴대전화 배터리가 한계치에 다다랐다는 신호가 왔다. 그래도 짧게 변명할 여유 정도는 있었는데 하필 그 순간 또 상만이 전화를 걸어오는 것이었다.

"선배, 나 배터리가 다 돼서 전화 끊을게요, 이따가 집에 가서 다시…… 아."

말을 다 맺지도 못하고 아주 전원이 꺼졌다. 화담은 편의점에라도 들어가서 충전할까 하다가 한시바삐 집에 가는 길을 택하고 걸음을 내디뎠다. 그사이에도 하늘에 깔린 먹구름 속에선 심상찮은 뇌성소리가 들렸다. 지나가는 소나기면 좋겠는데 하며 화담은 일단 걸음을 재우쳤다.

하지만 지하철역 밖으로 나와 보니 빗발이 말도 못 했다. 내릴 역이 가까워질 무렵부터 올라탄 사람들이 호우주의보 어쩌고 해서 다른 지방 이야기를 하는 줄 알았더니 그게 서울 이야기였음을 퍼붓는 비를 보고 이해했다.

이왕 내리는 거 시원하게 쏟아진다고 좋아한 것도 잠시, 앞을 보기 힘들 정도로 쏟아지는 빗발을 헤치며 걸어가던 화담은 교차로 신호등 앞에서 있다가 지나가는 버스가 튀긴 물에 봉변을 당하고 말았다. 피하려 해도 우산을 든 사람들 때문에 물러날 자리가 없어 겨우 몸이나 돌리는 게 고작이었는데 그 바람에 정통으로 등 쪽으로 물벼락을 맞았다.

여느 때라면 크게 개의치 않았겠지만 오늘은 달랐다. 생리 이틀째인데, 아랫도리가 흠뻑 젖은 상황. 가만히 서 있기만 해도 구정물이 엉덩이로 흘러들고 있다. 파란 불이 켜져서 다른 사람들은 길을 건너기 시작했지만 화담은 걸음을 내딛다가 으윽 하고 신음하며 멈춰 섰다.

그대로 홱 고개를 돌려 교차로 주변을 훑었다. 오가며 봐온 대로 아케이드 상점가는 건재하다. 비록 이 주변에서 손수건 한 번 사 본 적이 없지만 이제는 지갑을 열 때였다.

"내가 비 오는 날을 얼마나 좋아하는데, 이렇게 날 실망시키다니. 아아아, 기분 나빠. 기분 나빠!"

가장 가까이에 보이는 여성의류 점포로 줄달음치며 화담은 끊임없이 투덜거렸다. 이윽고 속옷을 비롯한 상하의 전부 새 걸로 갈아입는데 성공. 시간 낭비는 물론 깊게 생각하면 속이 쓰릴 만한 돈을 쓰긴 했어도 기분만큼은 상쾌해져서 집으로 향했다.

대문 앞에 이르러서 인터폰을 누르려던 화담은 응? 하고 고개를 갸웃했다. 곁문이 빠끔히 열려 있는 게 눈에 들어온 것이다. 험악한 일기에 길가의 가로수가 휘청거리도록 거센 바람이 불더니만 그예 문이 저절로 열렸나 보다.

"멀끔하게 생겨선 허술하네."

안으로 들어와 닫아보았지만 걸림쇠 부분의 뭐가 빠졌는지 금세라도 덜컹거리며 열리게 생겼다. 일단 들어가서 연장을 챙겨 나와야지 하고 화담은 미덥잖은 문을 뒤로 했다. 정원을 걸어가면서 건너다본 별채가 캄캄했다. 명혜가 이미 본채로 건너왔나 보다고 짐작했다.

"다녀왔습니다."

현관문을 열고 들어간 화담은 슬리퍼로 갈아 신고 몇 걸음 걸어가다가 뭔가를 보고 눈살을 찌푸렸다. 말갛게 닦인 모래빛깔 대리석 복도에 웬지저분한 얼룩이 있었다.

"진흙?"

한 번 눈에 띄자 그런 진흙 자국이 하나가 아니란 것도 확 눈에 들어왔다. 흙 자국이 줄을 지어서 늘어섰는데 가만 보니 그것도 크고 작은 게 뒤섞인 게……

'신발 자국이다.'

번득하고 뇌리를 때리는 생각에 화담은 모골이 송연해졌다. 문득 아까 열려 있던 문도 떠오르면서 화담은 이 집에 초대받지 않은 손님이 들어왔다는 확신을 품었다. 아무렴, 이 집에 드나드는 손님 중에서 이렇게 무식한 짓을 서슴없이 저지를 수 있는 사람은 없다.

집 안이 이상스레 조용하다는 것도 알아챈 화담은 조심스레 주위를 둘러보며 무기로 삼을만한 것을 찾았다. 이거다 하고 눈에 들어오는 게 없던 차에 신발장 앞의 화분 옆에 있는 길쭉한 청동 오브제가 눈에 들어왔다. 가늠한 무게가 대략 3, 4킬로 남짓한 것을 잡기 좋게 쥔 뒤 다시금 흙 발자국을 따라 조심스레 걸음을 떼는데, 별안간 어떤 목소리가 침묵을 깨트렸다.

"화담이냐? 괜히 쓸데없는데 들쑤시지 말고 일로 와라!"

순간 화담은 아무것도 생각할 수 없을 정도로 머리가 멍해졌다.

"서화담, 화담이 너 내 목소리 안 들리냐? 넌 줄 알아, 이년아!"

쿵쿵, 심장이 득달같이 고동치기 시작했다. 상만이다. 틀림없는 그녀의 외삼촌 상만의 목소리가 집 안 어디선가 나고 있다.

화담은 이제 흙 발자국의 주인이 누군지 분명히 알게 되었다. 그녀가 모르는 것은, 다른 사람들의 행방. 대체 어째서 주위에 아무도 없는지, 어째서 상만의 목소리만 집 안에서 저리 쩌렁쩌렁 울리는지 그것을 도저히 알 수가 없었다.

혹시나, 혹시나……

피가 싸늘하게 얼어붙을 만한 상상을 해버리고는 다리가 풀려 곱드러질 뻔하다가 겨우 중심을 잡았다. 바로 그 순간에도 그녀를 부르는 외삼촌의 목소리가 들렸다.

"서화담, 당장 일로 오라니까! 부엌으로 와, 확 이년 목을 그어 버리기 전에!"

상만의 목소리 밑으로 누군가 흐느끼는 소리를 들은 화담은 이것저것 생각할 틈도 없이 주방을 향해 내달렸다. 뛰어 들어가는 화담에게 여섯 개의 눈동자가 날아와 꽂혔다.

　"헉……."

　상만에게 붙들린 인질은 메이드도 아니고, 명혜도 아니었다. 어째선지 상만이 겨누는 과도에 목이 눌려 눈물범벅이 되어 있는 건 서윤이었다. 벌린 입을 다물지 못하고 눈만 깜박이던 화담이 급히 숨을 가누며 떨리는 입을 열었다.

　"외삼촌? 지금…… 이거 장난이죠?"

　"장난? 네 눈엔 이게 장난으로 보이냐?"

　"보세요, 외삼촌. 지금 외삼촌이 잡고 있는 여자, 누군지 기억 안 나는 거예요?"

　"기억이 안 나긴, 너 따라서 식당 드나들던 그 생콩이 같은 안경잡이 계집애잖아? 얘가 틀림없이 교수집 딸내미였지? 흥, 안경은 벗었어도 사람 깔보듯이 쳐다보던 그 눈깔은 여전하더만!"

　외려 상만이 더 치를 떨며 서윤의 목에 바짝 칼을 들이미는 서슬에 화담은 질끈 눈을 감으며 고개를 돌렸다. 겁에 질려 비명을 지르는 서윤을 상만이 입에 담지도 못할 욕설로 겁박했다. 말 한마디도 함부로 해서는 안 되는 상황임을 화담은 뼈저리게 주지했다.

　화담은 최대한 천천히 심호흡을 하면서 눈을 뜨고 주방 안을 돌아보았다. 식탁 맞은편으로 휠체어에 앉아 있는 다현이 보였고, 그 옆으로 식탁에 푹 쓰러져 있는 누군가도 보였다. 그게 승준임을 깨달은 순간 화담이 놀라 소리쳤다.

　"승준이한테 무슨 짓을 한 거야!"

"가만있어! 너 거기 가만있으라고…… 하여간에 더럽게 말도 안 쳐들어."

이미 날듯이 승준 곁으로 뛰어간 화담을 만류하려다 실패한 상만이 구시렁거리는 가운데 화담은 승준을 살폈다. 다현이 마른침을 삼키고 힐끗 상만 쪽을 보면서 입을 열었다.

"해코지를 당한 건 아니야. 저 사람이 왔을 땐 이미 인사불성이 되도록 술을 마신 후라……."

"술?"

비로소 화담은 식탁에 널브러져 있는 양주병이며 술잔들이 눈에 들어왔다.

"내가 미처 몰랐어. 거실에 계속 있다가 좀체 내려오는 기미가 없어서 잠깐 서재에 다녀오려고 자릴 비웠거든. 그사이 내려왔던 모양이야. 메이드 분들도 어머니 모시고 별장에 간 터라 집에 달리 사람이 없었거든. 까맣게 모르고 있다가 물 마시러 와서 보니 이러고 있더라고."

다현의 이야기로 화담은 명혜와 메이드들은 이 사태에 휘말리지 않았음을 알고 십년감수했다. 하지만 저편에 상만에게 붙들려 지금도 펑펑 눈물을 쏟는 서윤을 보고선 치솟는 노여움에 철썩 승준의 뒤통수를 쳤다.

"일어나, 일어나라고 지승준, 네가 지금 이 판국에 술 처먹고 자면 다야! 일어나, 일어나지 못해!"

뒤통수며 등을 때려도 꿈쩍도 하지 않는 승준을 보고 싱크대로 다가간 화담이 물을 틀곤 승준을 잡아 일으켜 싱크대로 데려가 머리부터 레버 아래로 짓쳐 눌렀다. 워낙에 순식간에 벌어진 일이라 다현은 물론 상만까지도 어안이 벙벙해서 구경만 했다.

"일어나, 지승준! 눈뜨고 정신 좀 차려, 이 멍청아!"

쏟아지는 찬물세례에 팔다릴 버둥거리며 승준도 가까스로 눈을 뜨는가 싶었지만 붙들어주는 화담의 손이 없으니 하릴없이 비슬거리다 싱크대 앞으로 널브러지는 게 고작이다. 뒷덜미를 붙들어 다시 그를 거칠게 일으켜 세우는 화담을 말린 건 다현도 상만도 아닌 서윤이었다.

"그, 그만해, 화담아, 그러다 승준이 죽겠어!"

지금이라도 기절하지 않는 게 이상할 정도로 새파랗게 질렸으면서도 승준의 걱정에 애가 닳는 서윤을 보며 화담이 아랫입술을 으드득 깨물었다.

"이 자식, 너 그런 건 알아?"

화담의 질문에 서윤의 퉁퉁 부은 눈이 순간적으로 크게 뜨였다. 화담은 다그치듯 물었다.

"얘도 알고 있느냐고 물었어. 얘, 맞잖아. 안 그래?"

"어, 어…… 어떻게…… 설마?"

서윤의 눈길이 승준에게 향한 걸 보고 화담은 머리를 저었다.

"그럴 만한 사람이 없으니까. 나도 모르고, 얘도 모르는 그런 놈이 하늘에서 뚝 떨어졌겠어, 땅에서 솟았겠어? 진짜, 내가 눈뜬장님이다. 쯧."

"그, 그게, 이, 일부러 속이려고 그런 건……."

"이 자식도 아냐니까?"

"어제 전화로 말하고……. 만나려고 했는데 전화기를 꺼놔서 찾을 수가……."

오서윤답지 않게 어눌하기 짝이 없는 말들은 별안간 상만이 벌컥 짜증을 내며 칼을 휘두르는 바람에 마무리 지어지지 못했다.

"이것들이 둘이서 무슨 수작들이야? 엉? 둘 다 입 닥쳐, 지금 이거 안 보여? 엉!"

상만의 방해에도 불구하고 서윤과 할 말은 다 했다. 화담은 승준을 붙든 손을 놓으며 일단 들어오면서 상상한 최악의 장면은 피했다는 것에 안도하고 마음을 단단히 다잡았다. 그리고 날카롭게 상만을 응시했다.

"다 같이 죽자고 이럴 리는 없고 뭐하자는 거예요, 지금?"

상만이 누런 이를 드러내며 징그럽게 웃었다.

"뭘 하자는 거긴, 살려고 이러지. 안 그래도 사내새끼들이 다 저 모양이라 손이 부족했던 참인데 잘 왔다. 이 댁 사모님 방으로 가서 돈 될 만한 거 가방에다 싹 긁어모아라, 조카야."

"……어련히 알아서 돕겠다고 했잖아요. 신고도 안 하고 외삼촌 숨겨 준 것만으로도 이미 한 발씩 담근 셈인데 그새를 못 참고 도와주겠다는 사람들한테 와서 이 짓을 해요?"

화담의 차분한 면박에 상만은 눈살을 찌푸리며 빠드득 이를 갈았다.

"흐, 흥, 내가 너희들 수작을 모를 줄 알고? 앞에선 얼러주는 척하고 뒤로는 그놈을 보냈지? 오, 오죽하면 프런트의 그 조선족 년까지 알아서 협박질이야? 응? 이놈도 저놈도 날 돈이나 뜯어낼 호구로 본다 이거지, 니미럴! 안 당해, 사람도 죽인 놈이 뭐가 무서워서 또 그러고 당하고 살아? 나도 이젠 뵈는 게 없는 놈이야! 한 사람을 죽이나 두 사람을 죽이나, 킬킬킬."

그가 하는 말을 다 이해는 할 수 없었지만 번들거리는 눈이 이틀 전 밤보다 더 지독한 광기에 사로잡힌 것만은 확연했다. 몸도 한층 부었고 얼굴은 뻘겋다 못해 거무튀튀했는데 초점이 잘 안 맞는 눈만이 핑핑 도는 것이 흡사 광인이었다. 그런 사람 손에 칼이 들려 있고, 서윤이 붙들려 있다. 오래 끌면 큰일이란 생각에 화담은 목소리를 가다듬으며 상만 쪽으로 걸음을 뗐다.

"외삼촌, 그 사람이 죽었는지 살았는지 외삼촌도 모르신다면서요. 성주로 사람 보내서 알아보고 있어요. 사람만 살아 있으면 외삼촌 빚이랑 합의금이랑 제가 어떻게든 해결해 볼 거니까 벌써부터 자포자기할 일 아니에요. 저는요, 틀림없이 엄마가 저 하늘에서 도와주셨을 거라고 생각해요. 엄마 기억하죠? 그래도 동생이라고 외삼촌 일엔 끔찍하셨잖아요. 그런 엄마가 외삼촌이 살인자가 되도록 내버려두겠어요?"

"강희 누나……. 누나만 살아 있었다면 나도, 나도 이렇게는……."

화담의 말에 상만도 조금쯤 흔들렸는지 목소리가 한결 수그러들었다. 하지만 화담이 팔을 뻗으면 닿을 만한 거리로 다가서려는 순간 상만은 서윤의 목에 댄 칼날을 번득이면서 악을 질렀다.

"다 소용없어, 소용없다고! 설사 그놈이 안 죽었어도, 오늘 그 여자는 죽었어, 눈 뒤집어지고 혀 빼문 거 내가 봤으니 꼼짝없이 살인죄야! 돈, 돈이나 내놔! 잔말 말고 돈이나 내놓으라고, 망할 년아!"

"외삼촌, 조금만 진정하시고 말씀해 보세요. 대체 어떤 여자를 죽였다고 그러시는 거예요? 혹시 꿈에서 저지른 일을 착각하시는 거 아니에요?"

"누구긴 누구야, 프런트의 그년이지! 어젯밤에 돈 뜯어내고도 모자라 오늘 또 경찰을 들먹이면서 사람 피 말려 죽이려는 걸 내가 선수 쳤어, 깔아뭉개고 자근자근 목을 졸라 죽였지. 말했잖아, 난 안 당한다고! 난 두 번은 안 당해!"

아아. 정말 꿈이어야 하는데. 술을 한 거든, 약을 한 거든 저게 제발 상만의 환각이어야 하는데. 타는 듯 간절한 바람과 달리 상만의 눈을 보면서 화담은 그 말이 사실에 한없이 가깝다는 직감으로 온몸에 힘이 빠지는 듯했다.

그런 그녀의 기분을 알아챈 듯 다현이 재빨리 말했다.

"외삼촌이 원하시는 대로 해드려, 화담아. 돈 될 만한 걸 모아서 드리라고. 바라는 게 해결되면 네 친구한테 해를 끼칠 이유가 없으니까. 그렇지 않습니까, 서상만 씨? 일을 크게 키우고 싶지 않은 건 피차 마찬가지잖아요?"

"아무렴, 아무렴, 역시 배운 놈이라 머리가 도는 게 달라. 이미 말했지만 필요한 건 돈이랑 차야. 자, 어서, 말로 수작 부려서 시간 끌려고 하지 말고 당장 돈을 긁어모아 오란 말이야!"

"말씀드렸지만 당장 이 시간에 집안에서 조달할 수 있는 현금이라고 해봤자 얼마 안 돼요. 졸부라면 또 모를까, 집안 금고에 금괴 따위를 쌓아두는 건 시대착오란 말입니다."

"닥치지 못해? 이만한 집에…… 으으윽."

다현의 말에 상만은 눈을 부라리며 식탁을 발로 걷어차다가 오른쪽 배를 움켜쥐며 끙끙 댔다. 상만이 움켜쥔 자리가 수술 부위라는 것을 알아챈 화담과 다현 사이에 순간적으로 눈빛이 오갔다.

"이만한 집에 아무리 현금이 없어도 돈 몇 천이 없을까! 현금이 아니면 현물이라도 내놔, 이 집 사모님 패물은 있을 거 아냐, 엉!"

상만은 식탁 쪽으로 다가와 바닥에 찰랑이도록 남아 있는 양주병을 들어 벌컥거리며 들이켜고서 윽박질러 말했다. 병을 내려놓은 손이 당연하다는 듯이 오른쪽 옆구리를 누르는 것을 눈여겨보며 짐짓 크게 한숨을 내쉰 화담은 주방 한구석에 떨어져 있는 자신의 가방을 들어 지갑을 꺼냈다.

"아주머니가 용돈으로 주시는 돈을 모으는 통장이 있어요. 대학 들어온 뒤부터 알바를 해서 거의 안 건드렸으니까 그게 찾아보면 꽤 될 거예요. 이게 카드예요, 통장이랑 도장도 필요하다면 찾아다 줄게요."

"누굴 등신으로 알아? 이거 찾다가 경찰에 붙들리게 만들 셈인 거 누가 모를 줄 알고?"

"외삼촌! 그 사건 저지르고도 나 찾아온 이유가 뭔데요? 내가 함부로 신고는 못 할 거라고 생각하고 온 거잖아요. 하물며 이젠 사람을 둘이나 죽인 사람이 외삼촌이라는 게 밝혀져서 좋을 사람이 세상에 어딨어요? 최악을 대비해서 외삼촌 가짜 여권 만들 루트도 찾아보고 있었다고요! 그런 입장에서 내가 어쩌자고 신고를 해요!"

필사적으로 상만을 구슬리는 화담에게 보조를 맞춰서 다현도 그렇다고 말을 거들었다. 어르듯이 부드러운 어조로 다현은 또 다른 방안도 짜냈다.

"어머니 패물이야 화장대 서랍에 있는 걸 보긴 했지만 그게 진품일 거란 보장은 없는 상황이니까 감안하셔야 할 겁니다. 옷은 몰라도 어머닌 주얼리 욕심은 별로 없으신 터라…… 대신 제게 시계가 좀 있어요."

"시계?"

"네, 제가 시계 좋아하는 줄 아시고 부모님들이 기념일 등에 선물해 주신 건데 단가가 꽤 있는 거라 업자만 잘 만나면 상당히 돈이 될 겁니다. 아시겠지만 남자 시계란 게 좋은 건 한없이 비싸잖아요."

상만이 홀린 듯이 고개를 끄덕이는 걸 보고 다현은 화담에게 자신의 방에 있는 시계 박스 위치를 가르쳐 주었다. 설명을 들은 화담이 주방을 나가려는데 상만이 휴대폰을 내놓고 가라고 소리쳤다. 바라는 대로 방전된 휴대전화를 내놓고 돌아서는 등에 대고 엉뚱한 짓을 벌이면 이 계집애 목을 따 버리겠다고 상만이 으르렁댔다. 서윤이 흐느끼는 소리에 순간 화담은 진심으로 살의를 느끼며 힘겹게 걸음을 뗐다.

"아기가 무사히 버텨야 할 텐데."

다행히 아무도 안 다치고 사태가 해결된다고 해도 서윤이 괜찮을지 벌써부터 걱정이 앞섰다. 다현이 말한 시계 박스를 열어본 화담은 그가 아끼며 손질해온 걸로 보이는 십 여 종의 시계를 확인하곤 한숨을 내쉬었다. 이래저래 주변 사람들에게 못할 짓을 하게 된 상황에 눈앞이 막막할 따름이다.

제 방에도 들러 여행가방 하나를 비워 얼마 안 되는 현금과 통장도 함께 담아서 주방으로 가져갔는데 내용물을 확인한 상만은 명혜의 패물이 빠졌다며 눈을 부라렸다.

"외삼촌, 이 선에서 해결해요. 패물에 손대면 아주머니가 아시고 어떤 결정을 할지 우리도 장담할 수 없어요."

"잔말 말고 가져오라면 가져와, 네가 아직 피를 못 봐서 덜 급했구나? 어디 한 번 맛 좀 봐라!"

"까아악!"

"외삼촌!"

여태 칼등으로 누르고 있던 것을 고쳐 쥐며 칼날을 슬쩍 비끼듯이 돌렸을 뿐인데도 서윤의 살갗이 긁히며 새빨간 피가 후두둑 배어 나왔다. 비명을 지르다 그만 반쯤 실신해 버리는 서윤의 옆구리를 주먹으로 질러 쇼하지 말라고 윽박지르는 상만에게 화담이 벼락같이 소리쳤다.

"그만해! 원하는 거 다 갖다 주면 되잖아! 갖다 준다고, 망할 자식아!"

"오라, 이제야 네년이 성깔을 보이는구나. 그래, 네가 곧 죽어도 서강희 딸이지, 암. 언제부터 네가 고상한 년이었다고 말이지, 킬킬킬."

"시궁창 같은 입으로 엄마 이름 지껄이지 마, 개자식아!"

식탁이 부서져라 주먹으로 내리치고 화담은 주방을 나갔다. 명혜의 방으로 가서 화장대 서랍을 열고 보석함을 여는 손이 덜덜 떨렸다. 분노?

아니다, 화담은 두려웠다. 이러다 정말로 무슨 끔찍한 일이 일어나는 게 아닐까 덜컥 겁이 나면서 모든 게 다 두려워졌다. 위아래 이빨이 딱딱 마주하도록 떨리는 것을 아랫입술을 사정없이 깨물어 억누르며 배어 나온 눈물을 훔쳤다.

"엄마, 나 무서워, 도와줘, 도와줘……."

파랗게 질린 그녀의 얼굴이 화장대 거울에 비쳤다. 눈물을 훔쳐내는 손에 끼워진 반지가 눈에 들어온 순간 화담은 간절히 그를 불렀다.

"선배. 인후 선배. 보고 싶어, 보고 싶어요."

반지를 낀 손을 움켜쥐고 기도하듯 그를 그리는 사이 조금씩 떨림이 가라앉아 갔다. 두려움을 대신해 그녀 안에서 바닥이 난 것 같았던 용기가 천천히 차올랐다.

그리하여 충분히 용기로 무장할 수 있게 되었을 때 화담은 반지를 빼서 보석함이 있던 자리에 놓았다. 그리고 차분히 화장대 위를 훑어보며 무언가를 찾았다.

화담은 보석함을 손에 들고 주방으로 돌아갔다. 병째로 술을 들이켜던 상만이 그녀더러 함을 열게 했다. 내용물을 보여주자 상만은 만족스럽게 휘파람을 불다가 얼굴을 찡그렸다. 상만은 챙겨 넣으라는 듯 가방을 가리키곤 다시금 오른쪽 배를 손으로 눌렀다. 줄줄 땀이 흐르는 그의 얼굴을 보며 화담은 꼼짝도 하지 않았다.

"뭐하고 섰어, 어서 가져다 담으라니까!"

"이게 갖고 싶으면 서윤일 놔줘."

화담의 요구에 상만의 눈이 휘둥그레졌다. 하지만 곧 킬킬거리며 헛수작 말라고 쏘아붙였다.

"머리 쓰지 말고, 그거나 가방에 잘 챙겨서 차고로 날 따라오라고, 이

년아."

"시키지 않아도 따라갈 거야. 그런데 운전할 수 있겠어? 아주머니가 외출하셨으니 차고에 있는 차라고 하면 뻔한데, 그거 아버지가 모시던 거라 수동이거든."

"수, 수동?"

아니나 다를까 상만의 얼굴에 당혹감이 드러났다. 화담의 기억 속에서 상만은 강희가 운전을 배워서 기사라도 하라고 해도 끝내 차일피일하며 면허도 따지 않았던 사람이다. 학원을 다니겠단 핑계로 돈을 뜯어간 것만 해도 족히 열 번은 되리라. 무면허라고 해도 본 게 있어 운전 흉내는 낼지 몰라도, 오토가 아닌 수동? 어림없다고 짐작했던 게 아무래도 맞아떨어진 모양이다.

"내가 운전할 수 있어. 그러니까 서윤인 그만 놔주고 나랑 같이 가자고. 인질이 필요하면 날 잡으면 되잖아."

상만은 갈팡질팡하는지 머리를 벅벅 긁다가 인상을 쓰며 바닥에 침을 뱉었다.

"흥, 내가 널 몰라서 그 말을 믿으라고? 어쭙잖게 태권돈가 뭔가 했으니 여차할 때 날 때려잡겠단 수작이겠지? 쓸데없이 이빨 까지 말고 어서 보석이나 담아!"

"그럼 날 인질로 잡으세요."

다현이 불쑥 꺼내는 말에 상만의 눈길이 그리로 쏠렸다. 다현은 최대한 온순한 태도로 자신의 처지를 어필했다.

"보다시피 이래서야 반항을 하려고 해도 할 수가 없는 상황이잖습니까. 대단한 회사는 아닐지 몰라도 장래에 가구회사 CEO가 될 걸 생각하면 인질로서의 가치도 제 쪽이 더 높지 않나요?"

제법 구미가 당기는지 상만은 연신 입술을 핥았다. 그렇지만 다현의 회유도 결국 실패로 끝났다. 체격 면에서 서윤 쪽이 훨씬 만만했던 것이다. 이래저래 들쑤시는 것에 진저리를 내며 상만이 악을 질렀다.

"어서 그거나 담아! 셋을 세겠어, 그 안에 담지 않으면 확 이년 목을 쑤시고 니들도 다 죽어, 하나, 두…… 뭐야! 이 새끼, 언제!"

생각지 못했던 변수가 상황을 급변시켰다. 인사불성인 줄만 알았던 승준이 얼마나마 의식을 찾았던지 별안간 상만의 오른다리에 매달려오며 그를 교란한 것이었다.

"나, 놔…… 서윤이, 서윤이 놔줘, 서윤이……."

바지를 털어 떨쳐내려고 해도 한사코 꽉 매달린 승준을 뿌리치기가 쉽지 않았던 상만이 이 녀석 좀 떼라고 소리 질렀다. 상만의 눈길이 자신에게서 떠난 틈을 타 화담은 번개처럼 바지 주머니에 손을 넣어 뭔가를 움켜쥐고 등 뒤로 손을 감추었다.

그런 후 기회를 노리고 상만에게 다가가는 화담과 일순 눈이 마주친 다현이 저도 모르게 고개를 내저었다. 그녀의 눈빛에서, 그는 뭔가 위태로운 것을 읽었다.

"안 돼, 화담아……."

입속말밖에 되지 못한 그의 중얼거림을 뒤로 하고 화담은 승준을 상만에게서 떼어낼 것처럼 몸을 굽히다가 확 고개를 들며 상만의 얼굴을 향해 손에 쥔 것을 뿌렸다.

반짝거리는 펄 파우더의 비산.

그러나 그런 것을 알 리 없는 상만은 그저 본능적으로 얼굴로 날아드는 정체 모를 것을 피해 꿈쩍 눈을 감으며 손을 내저었다. 오른손은 욱신거리는 배를 누르고 있으니 자유로이 쓸 수 있는 손은 왼손뿐. 다름 아닌 과도를 움켜쥔 그 손이 허공을 휘젓기 위해 일순 앞으로 내뻗어지며…….

"서윤아, 머리 젖혀!"

반쯤 몽롱한 와중에 서윤은 화담이 외치는 소릴 알아듣고 주춤 머리를 뒤로 젖혔다. 칼날과 서윤의 목 사이의 거리가 또 몇 센티쯤 벌어졌다. 그 사이로 치고 올라온 화담의 손이 서슴없이 쫙 펴지며 칼을 움켜쥐려는 찰나—.

한발 빨리 다가온 어떤 손에게 선수를 빼앗겼다.

"쯧."

화담의 머리 뒤쪽에서 못마땅함 가득한 혀 차는 소리가 들렸다.

"칼을 맨손으로 잡는 바보가 어디 있어?"

과도를 잡고 있는 큰 손을 화담은 얼이 빠져서 쳐다보았다. 칼날을 타고 금세 시뻘건 피가 배어나 바닥으로 떨어졌다. 이상하리만치 주방 안이 고요해져서 핏방울 떨어지는 소리가 그녀의 귀에 들리는 것 같았다.

마침내 천천히 고개를 돌리는 화담에게 먼저 흰자위를 드러내고 있는 상만의 얼굴이 보였다. 그리고 백지장처럼 하얗게 질린 서윤과 눈이 마주하는 순간 서윤이 비슬거리며 쓰러져 내렸다. 무너지는 서윤을 얼결에 받아내며 화담은 다시 위를 올려다보았다.

비로소 상만의 뒤에 있는 누군가의 모습이 보였다.

머리 뒤쪽에서 비친 불빛 때문에 순간 후광을 두른 것처럼 보인 사람.

인후를 보고 화담은 온 얼굴을 일그러뜨렸다.

"……선배!"

인후가 빙그레 웃더니 슥 턱짓을 했다.

"좀 비켜봐. 이 자식 무겁다."

정신없이 고개를 끄덕이며 화담이 서윤과 함께 뒤로 물러나자 인후가 서서히 무릎을 굽혀 상만을 주저앉혔다. 목덜미를 붙잡은 손을 놓고 그는 상만의 숨결을 확인한 뒤 한숨을 내쉬며 다현에게 말했다.

"이거 묶어놓을 게 필요한데 노끈 같은 거 있어?"

"……찾아볼게."

눈앞에 펼쳐진 상황에 반쯤 얼이 나가 있던 다현도 번뜩 현실감각을 되찾으며 부지런히 휠체어 바퀴를 굴렸다. 주방을 나가는 다현에게 인후가 "112에 신고도 좀 부탁해."하고 말했다. 일순 망설이듯이 그를 돌아보는 다현에게 인후는 "당장."이라고 쐐기를 박았다. 다현은 화담에게 시선을 던졌다가 이내 크게 고개를 끄덕이고 멀어져갔다.

고개를 돌린 인후는 그의 왼손 앞에서 새파랗게 얼어 있는 화담을 보고 피식 웃었다. 그리고 아직 칼을 움켜쥐고 있는 자신의 왼손을 내려다본 뒤 그녀를 불렀다.

"화담아, 식탁 위에 술 있던데 좀 가져다주지?"

멍한 얼굴로 그를 쳐다본 화담이 인후가 술, 이라고 반복하자 부리나케 양주를 가져왔다. 덜덜 떨리는 그녀의 손에서 받아든 양주를 왼손 위로 부으면서 인후는 천천히 칼을 쥔 손가락을 폈다. 아무래도 먼저 한 모금 마실 걸 그랬다고 후회하면서도 화담을 의식해 신음소리 한 번 내지 않았다. 칼을 놓은 손을 다시 움켜쥐면서 인후는 씩 웃으며 굳어버린 화담의 뺨을 톡 건드렸다.

"경찰 오는 거 보고 병원 데려다줘. 근데 정말 수동 운전할 줄 아는 거 맞아?"

"……해요. 할 줄 알아요. 나는 수동이든 오토든 다, 근데 남재현 씨 차 수동 아니거든요? 그 사람 길치에다 기계치……."

말하다 말고 화담의 눈물샘이 터졌다. 화담은 어쩔 줄 몰라 하며 인후의 왼손에 손을 뻗다가 차마 만지지도 못하고 주룩주룩 눈물만 흘렸다.

"어, 어떡해요, 손이, 손이…… 선배 손이……."

"괜찮아, 이만하면 양호해. 칼이 보기보다 무디네."

그걸 보여주려고 뒷골이 띵하도록 아픈데도 불구하고 손가락을 쥐락 펴락 해보였다. 하지만 그 바람에 왈칵거리며 피가 쏟아져 화담이 경기를 일으킬 것은 미처 생각 못했다. 얼른 멀쩡한 손으로 그녀를 붙들며 인후가 달랬다.

"정신 차려야지, 나 병원 데려다줄 거 아냐?"

"데려다줄 거예요! 가요, 지금 당장, 어서요!"

하나에 생각이 꽂히면 앞뒤 돌아보지 않는 서화담 부활이다. 인후가 혀를 차며 상만을 가리키자 그제야 화담은 얼굴이 창백해져서 주저앉았다. 퀭한 눈으로 기절한 상만을 쳐다보던 그녀가 마침내 긴 한숨을 토하며 얼굴을 감쌌다.

"전부 끝장인가……."

그래도 최악은 피해보겠다고 발버둥친 모든 게 헛수고에 그친 상실감에 화담은 쓰디쓴 신물을 삼켰다. 저런 사람이라도 너무너무 사랑하는 엄마의 동생이니까, 이번만큼은 제 손으로 바른길로 끌어다놓고 싶었는데.

마치 그러한 화담의 속내를 읽은 것처럼 인후가 부드럽게 그녀의 어깨를 감싸 안았다.

"괜찮아, 화담아. 적어도 저 사람, 살인자는 아니야."

화담의 눈이 순간 커졌지만 다만 지금 상황에 국한된 말인 줄 알고 힘없이 고개를 끄덕였다. 인후가 그런 그녀의 오해를 바로잡듯 고개를 기울여 소곤거렸다.

"성주의 사채업자, 멀쩡히 살아 있어. 모텔 프런트의 여자는 말할 것도 없고. 그런 밑바닥 인생들 쉽게 죽지 않아."

"……네? 어, 어, 어, 서, 선배가 그걸 어?"

이번에야말로 경악에 가까운 눈으로 쳐다보는 화담의 이마를 쿡 찌르며 인후가 한숨을 쉬었다.

"하여간에 성가신 녀석이라니까."

살짝 뒤로 밀렸다가 돌아온 화담의 얼굴이 눈 깜빡할 사이에 새빨갛게 물들더니 인후가 말릴 새도 없이 와앙, 하고 큰 소리를 내며 울음을 터뜨렸다. 엎드려 통곡하는 화담이 어찌나 서럽게 우는지, 이렇게까지 마음 졸이게 하다니 하고 상만을 노려본 인후는 눈길을 돌리다 저편에서 이쪽을 보고 있는 서윤과 언뜻 눈이 마주쳤다.

이제 간신히 실눈이나마 뜨려고 애쓰는 승준에게 기대앉아 있는 서윤이 인후에게 뭐라고 말하려는 듯 입술을 들썩였지만 말할 기력도 없는지 좀체 소리가 나지 않았다. 그러나 인후는 그녀가 말하려는 바를 이해했다.

이해 못 했다고 해도 상관없다. 인후는 울고 있는 화담의 등을 부드럽게 토닥거리며 언제까지고 그녀에게서 눈을 떼지 않았다. 욱신거리는 손에서 흐르는 피보다 화담의 눈에서 흐르는 눈물이 더 아팠다.

그런 생각을 하는 자신이, 인후는 살아온 중에 가장 마음에 들었다.

19.

짝사랑의 마침표

자그마한 노크에 이어 화담은 빠끔히 문을 열고 안을 들여다보았다. 서윤은 읽고 있던 책을 덮으며 화담에게 들어오라고 손짓했다. 2인용 병실을 함께 쓰는 다른 환자는 마침 자리에 없었다. 그쪽 환자는 산책하러 나간 지 얼마 안 됐다고 서윤이 말하자 화담은 반색을 하며 병실로 들어섰다.

"오늘도 모기만 한 소리로 말해야 하는 줄 알고 내심 긴장했네. 자, 호박죽 사왔다!"

소리에 유난히 민감한 옆 침대 환자에게 이틀 연속으로 타박을 당했던 화담이 기를 펴고 말하는 소리에 서윤이 엷게 웃으며 고맙다고 말했다.

"막 해서 맛있대. 두 시간 안에 먹으라던데. 지금 먹을래?"

"그럴까?"

서윤도 마다하지 않고 화담이 준비해주는 대로 호박죽을 먹기 시작했다. 뭐 사갈까 하고 묻는 말에 언뜻 떠오른 대로 호박죽이라곤 했는데 먹어보니 정말 군침이 돌도록 맛있어서 서윤은 한껏 식탐을 내며 먹었다.

그런 서윤을 화담은 마냥 흐뭇하게 지켜보았다. 유산기가 있어서 병원에 입원한 게 불과 며칠 전인데 이렇게 잘 먹는 모습을 보니 한결 마음이 가뿟하다.

잘 이겨낸 서윤도 기특하지만 배 속의 아이도 보통 녀석이 아닌 것 같아 저절로 웃음이 났다. 부모의 좋은 점만 골라서 닮았으면 하고 생각하던 화담이 그제야 생각났다는 듯 주위를 돌아보며 "승준인?" 하고 물었다. 호박죽을 우물거리며 서윤은 나갔다고 말했다.

"나가? 어딜? 환자 간병해야지 지가 가긴 어딜 가."

대뜸 도끼눈을 하는 화담에게 입 안에 든 걸 삼킨 서윤이 변명했다.

"내가 찹쌀떡이 먹고 싶어져서. 사러 나간 지 얼마 안 됐어."

"엥? 찹쌀떡? 너 자꾸 달달한 걸 찾는다?"

"응. 그런 것들만 생각나."

"헤에. 임신하면 식성이 변한다더니 진짜네. 신기하다."

아직 거의 태도 안 나는 서윤의 배를 쳐다보며 화담은 고개를 갸웃거렸다. 승준도 그렇고 서윤도 단걸 그리 안 좋아하는데 누굴 닮아서 단걸 찾는 걸까? 그 눈길을 읽은 서윤이 배를 가만히 덮으며 중얼거렸다.

"아마 너를 닮은 모양이야."

"나아?"

생각지도 못한 말에 화담은 두 눈이 휘둥그레졌다. 눈을 굴리며 서윤의 말을 이렇게 또 저렇게 생각해 본 화담은 서윤이 호박죽을 다 비우길 기다렸다가 아무래도 마음에 걸릴 것 같아 물어보았다.

"저기, 아기가 날 닮았을 거란 건 배 속 아기는 엄마가 미워하는 사람 닮는다는 뜻에서……?"

"응?"

이번엔 서윤의 얼굴에 어리둥절한 기색이 퍼졌다. 화담은 어깨를 으쓱하며 머쓱하게 웃었다.

"괜찮아, 나 미워했다고 해도 이해할 수 있어. 내가 눈치가 좀 없었냐. 그리고 그런 이유로라도 나 닮으면 아기 입장에서야 복 받았지. 완전 튼튼한 거 하나는 보장 아냐. 대신 혹시라도 머리가 나쁘거나 하면 그건 내 탓 아니다. 내 탓으로 하면 안 돼. 나는 미리 말했다."

비로소 화담이 하고 싶은 말을 이해한 서윤이 빈 죽 그릇을 내려다보며 아랫입술을 깨물었다. 화담은 마음에 걸려도 그냥 둘 걸 그랬다고 후회하면서 물을 가져오겠다고 짐짓 부산을 떨며 일어났다.

화담이 떠다 준 물을 반쯤 마시고서 서윤이 슬쩍 화담을 쳐다보았다. 뭔가 말을 꺼낼 기색인 것을 화담은 재빨리 선수 치며 말했다.

"이제 무주에 내려간 후가 큰일이겠구나."

"……응."

"어머니, 알고 계셔?"

"거의 눈치를 채신 것 같아. 자꾸만 의심하시면서도 꼬집어 묻지는 않으셔. 사실이 되어버리면 머리 무거울까 봐 그러시는지……."

"아버지는?"

그 질문에 서윤은 가만히 고개를 저었다. 서윤의 부모님 두 분 다 성격이 만만찮은 편이지만 보다 강한 건 어머니 장 교수 쪽이다. 그 장 교수가 당장 쫓아 올라와서 서윤을 데려가지 않은 걸 보면 얼마쯤 희망을 두어도 좋지 않을까, 화담은 생각했다. 문득 화담은 당연하다고 여겨 물을 생각도 하지 않았던 것을 확인하기로 했다.

"아기, 낳을 거지?"

서윤의 창백한 얼굴이 화담에게 향했다. 이를 악물었는지 한결 굳세 보이는 얼굴로 서윤은 크게 고개를 끄덕였다.

"다른 생각은 해보지도 않았어."

빙그레 웃으며 화담도 마주 고개를 주억거렸다.

"그럴 거라고 생각했어."

겁 많고 소심한 것 같으면서도 이거다 하고 결심한 일엔 괴물 같은 깡을 보이는 친구의 강한 면을 알고 있다. 그러니 무주에 내려가서 어떤 소동이 일어난다고 해도 결국은 이겨내고 말 터였다. 미덥지 않은 쪽은 아무래도 따로 있다.

"오늘 얼굴 보니까 더 우려할 일은 없을 것 같아서 안심했어. 그래도 한동안 배 속의 꼬마로도 충분히 골치 아플 테니까 나까지 거기에 더 얹지는 않을게. 여기 며칠 더 있든 무주로 내려가든, 당분간 난 연락 안 할 테니까 나중에 마음이 편해질 때 네가 연락해."

"왜…… 그렇게 피하듯이…….'

확연히 풀이 죽은 서윤의 중얼거림에도 화담은 어깨를 으쓱하고 말았다. 서윤이 고개를 떨구며 쓴웃음을 지었다.

"우리가, 널 속인 게…… 역시 그렇지? 배신감 느낄 거야. 응, 나라도 크게…….'

"아무렇지도 않다고 말하는 건 거짓말이겠지. 하지만 그렇다고 어마어마한 배신감에 소태를 씹는 것도 아니야. 조금, 아주 조금 쓸쓸한 건 좀 있는데 그건 내가 알아서 잘 극복할게. 이런 건 보통 시간이 알아서 해결해주더라고."

너무 무겁지 않게, 그렇다고 가볍지도 않게 화담은 자신의 심사를 내비쳤다. 그래도 고개를 못 들고 있는 서윤의 작은 손을 쥐어 잡으며 화담은 말했다.

"나중에 다시 만나면, 난 전처럼 네 친구 서화담으로 있을 거야. 그러니까 너도 내 친구 오서윤으로 돌아와. 만약에 남자 하나 때문에 이 나를 팽시켜버린다면 기필코 복수를…… 하지는 않겠지만 몹시 서운해서 울고 싶어질 거야. 너, 나 울릴 참은 아니지?"

서윤은 여전히 고개를 들지 못했지만 대신 몇 번이고 고개를 가로저었다. 꽉 그녀의 손을 움켜쥐며 화담은 말로 하라고 다그쳤다.

"나 울리지 마라, 오서윤. 약속하는 거다?"

"응. 안 울려. 안 울릴게."

"야, 울라고 한 말 아니거든? 울지 마, 이러면 내가 임신부 울린 파렴치한이 되잖아. 그만, 그만 울어, 뚝!"

어르고 달래도 밸브가 열려버린 서윤의 수도꼭지는 좀체 잠길 생각을 안 했다. 애를 가지면 감정 변화가 크다는 소린 들었는데 그게 벌써부터인가 하고 화담은 진땀을 뺐다. 할 수 있는 모든 광대짓을 다 해봐도 방울방울 눈물을 흘리는 서윤에게 두 손 든 화담이 찹쌀떡 사러 간 놈이 죽었나 보다며 승준을 찾아오겠다고 병실에서 도망쳐 나왔다.

그리고 한숨 돌릴 새도 없이 병원 복도를 걸어오고 있는 승준과 딱 마주쳤다.

"우리 둘 다 족보 없는 인생들인 건 알고 있었지. 흐흐."

화담의 엉뚱한 말에 승준은 눈을 깜빡이다가 금세 서윤과 똑같은 고개 숙이기 병증이 도졌다.

"서윤이 보러 왔어?"

"보고 나오는 길이야. 그거 찹쌀떡이야?"

화담이 승준의 손에 들린 검은 비닐봉지를 보면서 묻자 그가 묵묵히 고개를 끄덕였다. 그에게 걸어간 화담이 승준의 어깨에 팔을 올리며 어깨동

무를 했다.

"서윤이 방금 호박죽 먹어서 당장엔 그게 별로 안 땡길 거다. 그러니까 잠시 구여친에게 시간 좀 내지 그러냐?"

구여친, 이란 표현에 잠깐 승준의 시선이 화담에게 향했지만 눈이 마주한 순간 쫓기듯이 눈을 내리깔았다. 그럴 만도 하다고 이해한 것도 하루 이틀이지 이제 화담은 슬며시 뿔이 났다.

니들이 그렇게 짠 것처럼 날 따돌릴 모양인데, 내가 호락호락 당할 줄 알고! 난 죽어도 무주 삼총사 자리 양보 못한다! 그런 오기에 불타 화담은 승준을 힘으로 돌려세웠다.

"자, 자, 날 좋은데 잠깐 바람 좀 쐽시다, 지닥."

마지못해 보조를 함께 하는 듯한 승준 때문에 화담은 마음이 좀 헛헛했지만 병원 밖으로 나와서 햇볕 쨍쨍한 하늘 아래 서 있자니 또 언제 그랬냐 싶게 심사가 탁 트였다. 화담은 두 팔을 쭉 펴서 기지개를 켜고는 뱅그르르 몸을 돌려 승준을 보았다.

"서윤이 애 낳을 작정인 거, 알지?"

단도직입적인 물음에 승준은 희미하게 고개를 끄덕였다. 정말이지 풀기라곤 없어 보이는지라 한 대 걷어차 주고 싶은 생각이 굴뚝같은 걸 참으면서 화담은 거듭 물었다.

"아버지가 되겠다는 각오는 서 있어?"

그 말에 승준이 천천히 고개를 들었다. 완전히 눈을 마주한 건 아니었지만 그래도 그녀를 똑바로 보려고 나름 애쓰는 게 느껴졌다.

"책임질 거야."

"책임이니 뭐니 하는 무거운 소리보다, 네 본심은?"

"본심?"

"난 너희 둘 다의 친구로서 어느 한쪽 편을 들 생각 없어. 그렇다고 누군가는 마음에도 없는 실수로 여기는 일 때문에 두 친구가 다 불행해지는 걸 보고 싶지도 않고. 말해봐, 지승준. 실수야?"

서윤의 눈빛에서, 행동에서 화담은 승준에 대한 진심을 읽었다. 하지만 승준의 마음에 대해서는 확신할 수 없었다. 그도 그럴 것이 그는 너무도 우울한 얼굴을 하고 있었다.

날카롭게 와서 꽂히는 화담의 시선을 마침내 제대로 마주하는데 성공한 승준이 한 일자로 꽉 다물었던 입술을 열어 말했다.

"이제는 아니야."

다소 애매한 뉘앙스의 말이었지만 화담은 깊게 추궁하는 대신 크게 고개를 끄덕였다. 처음엔 실수였다고 승준은 변명하고 싶은 건지도 모른다.

서윤의 임신 주수를 따져서 계산해보면 아이가 생긴 때는 4월 초중순쯤. 그때 한창 해부학 수업 때문에 학업 포기까지 생각할 정도로 힘들어하던 승준을 서윤이 지탱해주던 과정에서 일어났을 법한 어떤 일. 그것은 정말 실수일 수도 있고 예상치 못한 강한 스파크였을 수도 있다.

어느 쪽이든, 화담이 알아야 할 성질의 것은 아니다.

그녀는 바야흐로 확실하게 두 사람에게서 몇 발씩 더 떨어져 설 참이다. 한때는 정삼각형이라고 생각했던 모양의 틀이 이제 꼭짓점 하나가 멀리 있는 이등변삼각형으로 바뀌겠지만 기꺼이 감수할 것이다. 어른스럽게, 웃으면서. 눈앞에 서 있는 승준의 눈빛도 저렇게 단단하지 않은가.

"그럼 이거 잘된 일 맞지?"

화담의 물음에 승준은 슬쩍 입가를 일그러뜨리며 웃었다. 쓸쓸하게 시작된 그 미소는 잠시 후 두 눈 가득 퍼진 온화한 빛으로 달게 물들었다.

"그래. 나 서윤이랑은 주고받는 사랑을 할 수 있을 것 같아."

승준의 담담한 고백에 화담 안에서 얼마쯤 굳어 있던 소외감이란 앙금
도 먼지가 되어 날아갔다. 자신이 줄 수 없었던 것을 찾아낸 지승준, 이제
진짜 사랑을 할 수 있게 된 친구의 일이 그만큼 기뻤다.

"그거 멋지다. 아주 근사해, 지담!"

진심으로, 순도 백 프로의 진심으로 그렇게 생각했다.

"감사합니다! 수고하세요!"

서비스센터를 나온 화담은 새로 액정을 간 아이폰을 햇빛에 이리저리
비춰보며 행여 먼지라도 묻을세라 셔츠자락으로 열심히 문질렀다. 토요
일의 소동 중에 상만의 주머니에서 떨어졌던지 액정이 산산이 금이 간 아
이폰을 발견했을 땐 눈앞이 캄캄했었는데 이렇게 감쪽같이 새 걸로 돌아
왔다.

그딴 거 당장 버리라고 눈살을 찌푸리던 인후에게 멀쩡해진 모습을 보
여줄 생각에 화담은 신이 나서 상만에게 빌려주기 전에 벗겨놓았던 케이
스를 도로 씌웠다.

"커플폰 완전 부활."

흐뭇한 마음으로 아이폰을 품에 안고 몸을 흔들흔들하고 있는데 바로
그 순간 감격스런 첫 전화가…….

"에이씨, 왜 또 강푸른이야!"

화면에 뜬 이름을 보고 화담은 분통을 터뜨렸다. 마땅히 인후와의 첫
통화로 커플폰 부활의 서장을 열어야 했건만 이 눈치 없는 인간은 정말이
지 약방의 감초도 아니고. 씩씩거리며 전화를 받은 화담에게 푸른이 대뜸
소리쳤다.

"너 방금 에이씨, 강푸른 어쩌고 하고 욕했지? 엉!"

"으잉? 무, 무슨 소릴 하는 거야, 별안간 더위 먹었나, 왜 전화로 생사람을 잡아?"

찔끔 놀란 것을 시치미를 딱 잡아떼며 버렸지만 기껏 꺼내 든 거짓말 카드의 수명은 짧아도 너무 짧았다. 화담이 서 있는 인도 바로 앞으로 눈에 익은 차가 와서 멈춘다 싶더니 차창이 내려가고 운전석에서 푸른이 얼굴을 내밀었다.

"야, 내가 두 눈으로 똑똑히 봤거든? 내가 십 미터 거리에서 사람 입술을 읽을 줄 아는 사람이야! 어디서 감히 오리발이야, 오리발이?"

"허, 뗀석기시대도 아니고 광명천지에 뭔 그런 쓰잘데없는 능력을 다……."

"서꺽정, 구시렁거리는 소리 다 들리거든?"

"귀도 밝아요, 하여간에……."

고개를 모로 꼬고 시부렁대는 걸 단념한 화담은 활짝 웃는 얼굴로 푸른을 돌아보며 천연덕스럽게 손을 흔들었다.

"어머, 푸른 선배, 여기서 다 보네. 저녁은 먹었어?"

"아주 쇼한다 진짜. 와, 내가 혼자 봤으면 진짜 말도 안 해. 다현아, 봤지? 애가 나한테 이런다, 이래."

푸른이 뒤를 돌아보며 하는 말에 화담은 비로소 차 안에 다현도 있다는 것을 알았다. 어쩐지 눈에 익은 차다 싶더니 명혜네 집 차고에 남아 있는 바로 그 차였다.

"집에만 있기 답답해서 드라이브 좀 시켜달라고 했어. 인후한테 들렀다 오는 길이야. 그러고 있지 말고 일단 타."

다현의 말에 화담은 무심코 조수석문을 열었다가 눈을 부라리는 푸른을 보고 냉큼 뒷좌석에 올라탔다.

"근데 내가 여기 있는 건 어떻게 알았어?"

"위치추적."

다현의 대구에 화담이 흠칫 놀라자 그가 쿡 웃으며 내 휴대폰 아직 갖고 있지 않냐고 말했다. 과연 아직 화담의 수중에 있는 다현의 휴대전화를 두고 푸른이 위치 찾기를 해서 부근에 온 것이었다.

"아침 먹으면서 휴대폰 수리한 거 찾으러 간다고 했잖아. 와서는 아 여기겠다 했지."

화담은 고개를 끄덕이곤 그간 잘 썼다며 다현의 휴대전화를 돌려주었다. 다현이 아직 화담의 온기가 남아 있는 휴대전화를 손에 쥐고 들여다보는 동안 화담은 푸른에게 그렇게까지 해서 찾아낼 건 또 뭐냐고 시비를 걸었다. 너는 추적의 스릴도 모르냐고 받아치는 푸른과 화담 사이에 잠시 또 타시락타시락 말다툼이 일어났다.

흡사 견원지간을 방불케 하는 둘의 신경전은 자리를 옮겨 중화반점에서 점심을 먹으면서도 간간히 이어졌다. 바로 그 자리가 화담이 다음날인 7월 15일에 앞서 생일 턱을 내는 자리라는 것도 아랑곳하지 않았다.

소식을 하는 다현이 일찌감치 젓가락을 놓고도 왕성한 식욕을 자랑하던 둘의 식사가 이윽고 끝이 났을 때 푸른이 오다 주웠다면서 화담 앞으로 뭔가를 툭 던졌다. 오다 주운 것치곤 포장이 화려한 그것은 다름 아닌 여권지갑.

"너도 앞으론 비행기 좀 타게 될 것 같아서. 좋은 여권지갑을 써라, 멋진 곳에 비행기 타고 갈 일이 생길 거다, 뭐 그런 속설이 있지."

이 자리에서 지어낸 듯한 말이었지만 화담은 가만히 선물을 들여다보며 고맙다고 중얼거렸다. 왠지 조금 다운되어 보이는 그녀의 표정에 푸른이 재빨리 덧붙여 말했다.

"그게 그리 멋대가리 없어 보여도, 어떤 놈 영국 갈 때 줬던 거랑 같은 거다. 그놈이 도무지 멋을 모르니 선물하는 재미가 없다니까."

커플 여권지갑임을 넌지시 알려줬어도 화담의 표정엔 별 변화가 없다. 푸른은 약간 머쓱한 얼굴로 다현을 쳐다봤다가 물끄러미 화담의 손에 들린 여권지갑을 보는 다현의 모습에 더욱 머쓱해져서 화장실을 핑계로 자리를 잠시 피했다.

"별로 안 기뻐하네. 푸른인 나름 신경 쓴 모양인데."

다현의 지적에 화담은 빙긋 웃으며 고개를 저었다.

"안 기쁘긴. 기뻐. 푸른 선배, 이런 거에 은근 센스 있잖아. 그냥 난, 내가 이걸 언제 쓸까 싶어져서……."

"아, 알겠다. 이제 보니 인후가 영국으로 돌아갈 걸 생각하고 우울해진 거구나."

화담은 다현의 추측에도 빙그레 웃기만 했다.

"그게 걱정이면 이참에 너도 어학연수라도 가지 그래? 일 년 정도면 인후 대학원 과정도 끝날 테니까, 함께 돌아올 수 있지 않겠어?"

"친구 따라서 강남 간다더니 남자 따라서 영국까지 가? 나도 내 생활이 있어."

핀잔하듯 대꾸한 화담은 여권지갑을 쓰다듬으며 한숨을 쉬었다.

"성가시다는 말을 들을 바엔 한 걸음도 안 떼는 게 낫지."

다현이 그 말에 대해 뭐라고 말하기 전에 화담이 휙 고개를 들어 형 선물은 없느냐고 물었다.

"내일 줄 생각인데. 생일은 오늘이 아니라 내일이잖아?"

"으음. 유감스럽게도 내일 형 얼굴을 볼 수 있을 것 같지가 않은데."

겸연쩍은지 여권지갑으로 입가를 가리며 화담이 하는 말에 다현이 엷게 웃었다.

"어머니도 안 계시겠다, 당당하게 외박하겠다 이거야?"

"아주 당당하진 않지만…… 어쨌든 함께 맞는 생일은 오랜만인걸. 후회 없이 보내고 싶어."

수줍게 웃는 얼굴에 도는 홍조가 더할 나위 없이 화담을 아름답게 했다. 의외로 그걸 보는 다현의 가슴이 크게 아프거나 하진 않았다. 얼마쯤 그녀의 그 설레는 마음을 축복하고픈 마음조차 일었다. 그만큼 행복해 보였다, 화담이.

다현은 덤덤한 얼굴로 이럴 줄 알고 준비했던 것을 화담 쪽으로 내밀었다.

"그럼 선물을 미리 줘야겠구나. 생일 축하해."

손바닥에 올려놓기 좋은 작은 상자를 열어본 화담이 곧 동그래진 눈으로 그를 보았다.

"어머니와 내가 함께 준비한 거야. 지금도 아주 예쁘지만 그걸 하면 조금 더 근사해질 거야. 인후가 또 한 번 네게 반해도 우린 책임 못 지지만."

선량한 말과 다정한 눈빛. 화담을 바라보는 다현의 기운은 말갛고 따스하기만 했다. 그렇기에 화담도 그저 맑은 마음으로 다현을 바라보며 웃을 수 있었다.

"고마워, 오빠."

오빠. 다현이 하나를 내려놓고, 아주 단단한 다른 하나를 얻은 순간이었다.

화담을 인후의 아파트 앞에 내려주고 돌아가면서 푸른은 슬쩍슬쩍 다현 눈치를 봤다. 모를 체할 생각이었던 다현은 푸른이 한눈파느라 접촉

사고를 낼 뻔하자 비로소 나는 길에서 죽을 생각 없다고 일침을 가했다.

"미안, 미안, 길에서 죽기 싫은 건 미투다."

푸른의 사과에 다현은 작게 한숨을 내쉬며 말했다.

"운전하기 싫으면 어디 차 세워놓고 술이나 한 잔 할까?"

"술? 아직 해도 안 떨어졌는데?"

"낮술은 역시 그런가. 참, 양평 갈래, 그럼?"

"양평? 양평은 왜 또?"

"어머니가 거기 별장에 가셨어."

"강원도 가신 거 아니었어? 그렇게 들은 기억은 뭐지?"

"양평이라고 하면 화담이 찾아갈까 봐 둘러댄 거야."

그 말에 푸른이 우스꽝스러운 표정을 했다.

"아주머니가 화담이 피해 도망가신 거냐!"

"사실 그래. 어머니가 그림 재개하신 걸로 화담이 기대가 이만저만이 아니거든. 부담스러우셨나 봐."

"이야, 서꺽정, 재주도 각별하네. 그 무덤덤하신 분을 겁나서 달아나게도 만들 수 있다니. 하여간 여간내기가 아니야."

감탄 섞인 휘파람을 불어 젖힌 푸른은 잠시 운전에만 집중하다가 신호를 받았을 때 느긋하게 고개를 젖히며 물었다.

"진짜 양평으로 고고?"

"다른 스케줄 없어? 이제 가면 자고 와야 하잖아."

말은 꺼내봤지만 크게 기대하지 않았던 다현이 물릴 기회를 주었다. 푸른은 턱을 긁적이며 생각해 보다가 휙휙 손을 저었다.

"있어도 없는 걸로 만들 수 있어. 아무렴 실연당한 친구를 이길 만한 게 흔하진 않지."

그렇게 직설적으로 말해도 믿지 않은 게 푸른의 능력이다.

"나, 실연당한 거냐?"

다현의 자조 섞인 중얼거림에 푸른이 크게 고개를 끄덕였다.

"된통 당했지. 하물며 그게 첫사랑이지, 아마? 도끼질이랍시고 했는데 나무엔 스크래치 하나 안 생겼으니 내 기준에선 차후 십 년은 우려먹을 흑역사다."

듣는 다현의 가슴에 생채기가 될 만한 소릴 서슴없이 한 푸른이 위로랍 시고 한마디 덧붙였다.

"하지만 우려먹지 않을게. 친구 좋다는 게 뭐냐."

"고마워서 눈물 나려고 한다."

"울고 싶은 거면 양평 말고 다른 데 갈까? 진짜 강원도 어떠냐?"

"됐어. 이 몸을 해서 뭐 하러 거기까지 가."

"뭐하긴, 구경! 아, 강이나 바닷가가 더 낫겠다. 실연을 했을 땐 물을 봐야지. 참, 낙화암 있는 데가 어디였더라?"

푸른이 내비게이션에 검색까지 하는 모습을 보고 다현은 하필이면 낙 화암이냐고 쏘아붙이려던 것도 관뒀다. 바다든 강이든 흘러가는 물을 보 러 간다는 발상은 마음에 들었다. 꽃이 떨어지고 물이 흘러가듯이, 결국 그의 닿을 데 없는 마음도 시간과 함께 사뭇 빛바랠 거란 생각에 안심이 되기도 하고 쓸쓸해지기도 했다.

"푸른아. 만약에 내가 애초에 아무 말도 꺼내지 않았다면 어땠을까?"

다시 운전을 시작한 푸른은 잠자코 룸미러로 다현을 쳐다보고는 한참 뒤에야 입을 열었다.

"나도 솔직히 너라는 트리거가 있어서 그 엉덩이 무거운 놈이 움직인 거라고 생각했는데……. 따지고 보면 그것도 아닌 것 같아. 인후 그 녀석,

그냥 움직일 계기가 될 것이 필요했을 뿐이야. 화담이는 말할 것도 없고. 둘 다 이미 오래전부터 상대를 보고 있었어. 돌이켜보면 빤하지 않아?"

확실히 해답이 정해진 뒤에 돌아본 경로는 선명한 법이다. 그럼에도 다현은 일말의 아쉬움을 담아 중얼거렸다.

"그토록 빤한 길을 왜 그렇게 돌아온 걸까, 두 사람."

톡톡 핸들을 두드리던 푸른이 고개를 갸웃하면서 말했다.

"아마도, 용기의 문제였을까?"

인후는 거실 소파에 누워 얼굴을 책으로 덮고 있었다. 케이크를 냉장고에 넣고 온 화담은 진짜 잠을 자나 싶어 슬쩍 책을 들어 올렸다가 인후가 가볍게 실눈을 뜨는 걸 보고 "짜잔!"하며 휴대전화를 그의 눈앞에 들이밀었다.

"멋지게 부활했습니다!"

"흥."

관심 없다는 듯이 인후가 소파 등 쪽으로 돌아누웠다. 쉽게는 풀리지 않는 고집쟁이의 마음을 돌리려고 화담은 휴대폰이 너무너무 멀쩡해서 막 산 새것 같다고 입이 아프게 자랑했다. 결국 바위에 계란 치기란 걸 보여주려는지 인후의 등은 꿈쩍도 않는다. 화담은 마지막으로 한 번 더 큰 날계란, 아니 날타조알을 던져보았다.

"이래서 가정교육이 중요한 거구나. 오빠는 잘했다고 칭찬해주던데. 멀쩡히 쓸 수 있는 걸 기분 나쁘다고 버리라는 누구와는 아주 다르다니까."

파삭하고 깨진 타조알이 그 효과를 입증했다. 천천히 인후가 고개를 돌리며 "오빠?"하고 중얼거렸다. 화담이 짐짓 아무것도 모른다는 얼굴로 눈만 끔벅이고 있자 그가 다시금 물었다.

"너한테 나 모르는 오빠가 있었어?"

"에이, 모르긴요. 선배도 아는 사람이죠. 우리 오빠 알잖아요, 다현 오빠."

"다현, 오빠?"

인후가 상체를 반쯤 일으켰다. 화담은 살짝을 귀 뒤로 넘기는 손동작으로 색다른 무언가를 선보이면서 "오빠지 그럼 언니예요?"하고 받아쳤다. 인후의 눈이 과연 그녀의 변화를 알아보았다.

"그 귀걸이 뭐야?"

"예쁘죠? 생일 선물이에요, 이거 진짜 루비래요! 나 올해 루비 부자가 됐어요. 이만하면 나름 자산가 축에 들려나?"

기다렸다는 듯 화담이 활짝 웃으며 호들갑을 떨었다. 인후의 오른편 관자놀이가 꿈틀거리는 게 육안으로도 보여 슬며시 무서워지긴 했다.

"빼, 그거, 당장."

"네? 누가 준 건 줄 알고 빼라는 거예요."

"다현이가 줬겠지. 설마 푸른이가 줬겠어? 푸른인 낚을 고기 아니면 그런 거 미끼로 안 써."

앉아서 삼천리를 보시는 차인후 님. 화담은 순간 상황도 잊고 감탄으로 눈을 빛냈다. 그 와중에도 그의 싸늘한 나무람은 이어졌다.

"강푸른이 아니더라도 남자가 여자한테 보석 주는 의미는 하나밖에 없어. 봐, 당장에 네 입에서 오빠 소리가 다 나오잖아. 기가 막혀서."

"으이그, 졸지에 날 보석 받고 오빠 소리 남발하는 헤픈 애로 만들기에요? 이거 아주머니랑 오빠랑 같이 해준 거예요. 그래도 빼요, 빼?"

명혜도 같이 해준 거란 말에 인후의 표정이 약간 풀렸지만 잠시 후 미덥지 않다는 듯 눈썹을 치켜 올렸다.

"어떻게든 주고 싶은 마음에 어머니 핑계를 댄 거라면?"

"속고만 살았나 진짜. 여기 올라오면서 아주머니께 전화로 감사 인사 드렸어요. 마음에 들어 해서 기쁘시대요. 통화목록 볼래요?"

"그런 거야 말을 맞추기로 한다면 얼마든지."

"아이참! 하여간에 부정주의자 맞다니까. 기다려봐요!"

말로 설득이 안 되는 인후에게 화담은 귀걸이 상자와 함께 받은 생일카드도 보여주었다. 명혜가 한 줄, 다현이 한 줄 써서 생일을 축하해준 카드를 보고서야 인후의 표정이 또 반쯤 풀렸다.

"사람이 말을 하면 좀 믿어요. 다른 사람 말은 못 믿어도, 최소한 내 말은 좀 믿어달라고요. 내가 아무렴 선배를 속여먹겠어요?"

"글쎄, 온갖 거짓말에 다 자신 있다고 장담하던 네 모습이 아직 눈에 선해서."

"그, 그거야 하려고 들면 할 수는 있단 말이었죠."

뜨끔해서 화담은 혀를 내빼 물었지만 이내 인후의 코앞까지 얼굴을 디밀고 빙글거리며 웃었다.

"능력은 있지만 선배한텐 발휘 안 할게요. 내 연정에 걸고 엄숙하게 맹세합니다."

"흥."

코웃음은 쳤지만 달콤한 미끼에 끌린 사냥감처럼 인후의 눈길이 화담의 입술로 향했다. 그의 갈등을 덜어줄 겸 화담이 그의 입술에 쪽 입 맞췄다. 그러곤 헤헤 웃으며 말했다.

"보기 좋은 떡은 정말 맛도 좋다니까요. 맛있어라."

혀로 입술을 날름거리고 다시 그의 입술을 훔쳤다. 쪽쪽쪽 소리만 커다란, 영양가는 별로 없는 키스에 사냥감은 얼마 못 가 미끼를 덥석 물고 만다. 뒤통수를 붙잡아 누르며 뜨겁게 겹쳐진 입술 사이로 깊게 둘의 혀가 얽혀들었다. 어느 쪽이 먼저랄 것 없이 가빠진 숨결 속에 달아오른 몸을 상대에게 밀어붙였다. 그러다 무심코 그녀를 안아 올리려고 왼손을 썼던 인후의 입에서 짧은 신음이 새어나왔다.

"괜찮아요, 선배?"

신음소리를 듣는 순간 바로 무슨 일인지 깨달은 화담이 그의 손을 살펴보았다. 절묘하게 힘 조절을 했다고 해도 과도의 칼날을 움켜잡았던 손은 한동안 움직여서는 안 되는 상태이다. 다행히 신경이나 뼈가 상하진 않았지만 깁스까지 해둔 것도 주의의 차원. 그럼에도 깜빡깜빡 잊고 손가락을 쓰려다가 고생할 때가 있다.

"안 괜찮아. 널 안으려면 한 손으론 부족해."

걱정하는 화담의 주의를 돌릴 겸 인후가 속삭인 말에 그녀는 쓴웃음을 지으면서도 얼굴을 붉혔다. 화담은 다친 인후의 손을 조심스레 어루만지며 그의 가슴을 살며시 소파 위로 밀었다. 그리고 자연스럽게 그녀가 위로 올라가 그를 내려다보며 말했다.

"아뇨, 선배. 선배라면 두 손이 다 없어도 충분해요."

젖은 숨결로 간지럽히던 얼굴 위로 고개를 내려 입술을 덮었다. 인후의 뺨을 쓰다듬으며 조금씩 단계를 높여가는 키스는 자못 흥미롭다는 듯 눈을 뜨고 지켜보던 그의 얼굴에 서서히 당혹감을 불러일으켰다.

"잠깐만, 너 왜 이렇게……."

"잘하냐고요?"

잠깐 입술을 떼어낸 사이 인후가 물어오는 말에 화담이 그의 셔츠 사이로 손을 넣으며 찡긋 윙크했다.

"몸으로 하는 거니까요."

셔츠 속을 더듬는 손과 단추를 풀어 내리는 손의 호흡이 환상처럼 착착 들어맞으면서 어느 순간 활짝 드러난 그의 상반신 위로 화담이 지긋하게 제 상반신을 밀착시켜 왔다. 스포츠브라 속에 감추어진 탄력 있는 가슴이 그에게 반응해 파르르 긴장하는 감각이 근사했다.

"처음엔 조금 헤맬지 몰라도, 원리를 익히면…… 잘해요."

상반신에 이어 하반신을 인후 위로 천천히 내려놓았다. 아침에 일어나 블랙의 저지 원피스를 골라 입은 노력이 훌륭하게 보답 받는 순간이다.

"머리로 생각 안 해도 몸이 알아서 움직이거든요."

목소리조차 의식하지 않아도 저절로 붉은 색향을 뿌린다. 화담은 홀린 듯이 그녀를 보고 있는 인후에게 소르르 눈웃음치면서 다시 그의 입술을 훔쳤다. 달아날세라 꽉 끌어안은 그의 머리를 쓸어 만지면서 다른 손으론 옆구리를 쓰다듬는다.

그도 모자라 옷 위로도 똑똑히 전해지는 그녀의 은근한 허리짓에 인후는 억제할 틈도 없이 욕정에 집어삼켜졌다. 아래로 뻗어간 손이 대번에 그녀의 치마를 걷어 올리려는 것을 겨우 억누르며 인후는 기다리고 또 기다렸다.

"오늘 괜찮은 거 맞아? 이렇게 만들어 놓고 안 된다고 하는 거면……."

자신에게 깔려 헐떡이는 인후를 화담은 재미나다는 듯이 바라보다가 얼마쯤 이성을 회복했다.

"으음. 안 될지도 몰라요. 그러니까 확인할 겸, 나 씻고 올게요."

발딱 그에게서 몸을 일으킨 화담이 경쾌한 뜀걸음으로 욕실로 향했다. 반면 뒤이어 일어나 앉는 인후는 귀까지 빨개진 얼굴이 몸살이라도 앓는 사람 같다.

"안 되겠어, 휘말릴 것 같아. 정신 차려, 차인후."

이미 휘말려 들었다는 걸 인정 못 하고 인후는 몇 번이나 머리를 흔들었다. 그러면서 생각을 다른 데로 돌릴 겸 주위를 둘러보던 그는 소파 앞 테이블에 놓여 있는 두 개의 똑같은 휴대전화를 보고 화담에게 전해야 할 나쁜 소식이 있다는 걸 기억해냈다.

토요일의 소란 후에 경찰에 체포된 상만은 수사 중에 고열을 동반한 급성 복통으로 쓰러져 병원으로 실려 갔다. 무면허 의사에게 신장 절제 수술을 받은 후 사후관리를 전혀 받지 못한데서 온 복막염이었다. 오늘 오전으로 잡혀 있던 개복수술 후에도 급성신부전 증세가 나타나는 등 예후가 극히 좋지 못하다는 소식이다.

가봤자 깨어나지도 못하고 있으니 얼굴만 잠깐 들여다보고 나와야 한다. 그런 모습이라도 화담이 보고 싶어 할지 어떨지, 인후는 착잡한 눈길로 생각했다.

인후 또한 어제 오후 혈압이 급격히 떨어져 혼수상태에 빠진 조부 석인을 보고 왔다.

인간적인 도리 따위를 염두에 두어서가 아니다. 인후는 이미 오래전에 저 차석인이라는 인간, 돈과 형식뿐인 피붙이에 대한 맹목으로 아들의 인생을 산산조각내고도 가책 한 조각 없이 얼굴을 들고 살아온 저 존재가 어떤 얼굴로 마지막을 맞이하는지 두고 보겠다는 결심을 한 바가 있었다.

그리하여 그 많은 돈으로도 이겨내지 못한 죽음 앞에 굴복하게 될 때 버려진 아들을 대신해 한 조각 경멸을 그 등에 얹어 주겠다고 약속했었다. 딱 한 번, 세진이 인후를 '아버지'라는 사람이 있는 곳으로 데려간 그 때에.

자신이 불치병에 걸린 것도, 바보가 되어버린 것도 모르고 사는 그 사람은 차라리 행복해 보였다. 그래서일까, 인후는 그에게 차씨 집안 누구에게도 느껴 본 적 없는 혈육의 정 비슷한 것을 품었다.

그리고 진심으로 동정했다. 대를 잇기 위한 용도가 없어지자 폐기되고
만 그 사람을. 뜻대로 죽을 자유도 없이 박제되어 인후와 인서의 서류상
의 '아버지'로 남을…… 형을.

어쩌면 그 동정심은 그에게서 자신의 미래를 엿본 까닭이었을지도 모
른다. 운 좋게 아들로 판명되어 세상에 태어났지만 명목상의 쌍둥이인 다
른 형제에 비해 현격히 허약했던 어린 시절, 그를 버려진 카드처럼 바라
보곤 하던 세진의 눈빛을 인후는 결코 잊지 못할 것이다. 그 다른 형제를
불러들여 제 옆에 두고 금쪽같은 손자 운운하며 기르던 석인의 뻔뻔한 얼
굴도 쉬 잊히진 않을 것이다.

그 비틀린 사람들 사이에서 태어난 자신. 햇빛 속으로 쉬 나설 수 없는
그의 몸은 마치 하늘이 알고 그에게 내린 당연한 저주처럼, 벌처럼…….

"까꿍. 뭘 그렇게 심각하게 생각해요?"

별안간 인후 앞으로 톡 누르면 물방울이 뚝뚝 떨어질 듯 싱그러운 얼굴
을 들이밀며 화담이 활짝 웃었다. 인후는 출구 없는 감옥에 홀연 드리워
진 빛줄기라도 보는 듯 부신 눈으로 그녀를 바라보았다.

"선배, 혹시 근시예요? 가끔씩 날 그렇게 보더라. 말해 봐요, 시력이 몇
이에요?"

걱정스런 눈으로 인후의 눈을 살피는 그녀를 인후가 와락 끌어안다가
또 왼손 때문에 애를 먹었다. 화담이 괜찮으냐고 묻는 말에도 안은 손을
풀지 않고 고개만 끄덕였다. 품에 안고 따뜻한 목덜미에 뺨을 대며 그는
마음을 정했다.

'너까지 그런 사람들 때문에 마음 아파하는 건 보고 싶지 않아. 나중에
원망을 받더라도 그때 가서의 일이야. 넌 행복해야 해. 하루라도 더 많이.

내가 그렇게 해줄게.'

"안아도 돼?"

인후의 물음에 화담은 발그레한 미소를 머금었다. 먼저 포옹을 푼 그녀가 몸을 일으키며 그의 손을 잡아 이끌었다. 조금도 급하지 않게 그와 눈을 맞춘 채로 침실로 한 발 한 발 걸어갔다. 이윽고 침실의 문 앞에 이르러 그녀는 "기꺼이."라고 중얼거리며 그를 안으로 데려갔다. 천천히 문이 닫히며 스르륵 그녀의 몸을 감싸고 있던 목욕수건이 떨어졌다.

"몇 시에요?"

벌써 몇 번째인지 모를 질문에 인후는 약간 짜증이 배인 얼굴로 강하게 허리를 밀어붙였다. 자지러질 듯 신음을 흘리는 화담의 목덜미를 아플 정도로 깨물었다 놓으며 그가 물었다.

"그게 뭐가 중요해?"

대답하려는 화담의 입술을 탐욕스레 빨면서 인후는 화담의 몸이 크게 요동칠 정도로 한바탕 기세를 올렸다. 화담도 뒤늦게 분발하며 마주 응해 오는 바람에 그는 그만 완급을 조절하지 못하고 그대로 절정까지 쭉 치달았다.

하늘이라도 날 수 있을 것 같은 극도의 고양감에 사로잡혔다가 차츰 현실로 돌아오는 과정에서 인후는 화담이 같은 즐거움을 맛보지 못했단 사실에 확 인상을 썼다. 그녀가 먼저 이르게 하겠다는 결심이 화담의 분발 때문에 벌써 여러 차례 위기를 맞고 있다.

더 노련해져야겠다고 이를 갈며 고개를 들던 인후는 화담이 목을 빼고 뭔가를 보려고 낑낑거리는 모습에 그쪽을 돌아봤다가 그녀가 보려는 게 시계임을 깨닫고 눈살을 찌푸렸다. 당장 그녀의 얼굴을 잡아 돌리면서 싸늘하게 다그쳤다.

"몇 신지 알아서 뭘 하려고? 졸려서 그래? 그런 거면 그냥 자. 자는 사람 어쩔 만큼 굶주리진 않았어."

"졸려서가 아니라……."

"아니면 날 밝으면 학교 갈 일이 걱정이야? 미안하지만 안 보내. 좀 더 내 상대를 해줘야겠어."

"안 가요, 아무 데도. 선배 옆에 있을 거예요. 있지 말라고 쫓아내도 그러고 싶은데요."

억울한 표정으로 화담이 칭얼거린 뒤 그래도 역시 몇 신지 궁금하다고 말했다. 인후가 한숨을 내쉬며 힐끗 시계를 쳐다본 뒤 열두 시 반이라고 말했다. 그 말에 화담이 으앙, 하고 얼굴을 찡그렸다.

"역시 그쯤 됐을 줄 알았는데. 생체시계를 못 믿은 내가 바보지."

"……아, 혹시 너 배고파서 그래? 뭣 좀 챙겨올까?"

짚이는 게 그것뿐인 인후를 올려다보며 화담이 쿡 웃었다. 그리고 이내 두 팔로 그의 목을 휘감으며 그의 두 뺨에 쪽쪽 입을 맞췄다.

"생일 축하해요, 선배. 태어나줘서 눈물 나게 기뻐요."

다음 말은 그의 두 눈을 들여다보며 했다.

"무엇보다 내 앞에 나타나줘서 고마워요. ……인후 씨."

차인후 씨, 라고는 곧잘 불렀는데 거기서 성 하나 떼니까 엄청나게 쑥스러워 화담은 얼굴이 불탔다. 어쨌든 난관을 이겨내고 마음을 다해 그의 입술에 키스하는데 성공했다.

그리곤 가장 하고 팠던 말을 조곤조곤 속삭였다.

"당신을 세상 누구보다도 사랑해요. 하늘 끝과 끝으로 떨어져 있게 된다고 해도, 이건 잊지 말아요. 하늘 아래에 당신을 당신 자신보다도 더 사랑하는 사람이 있다는 거요. 비가 와도 바람이 불어도, 만나도 만나지 못해도 늘 내 가슴 속에 당신이 살 거예요. 그러니까 어느 날 문득 세상에 뚝 떨어진 혼자처럼 느껴지는 날이 와도 날 떠올려 봐요. 서화담이 언제까지고 차인후 편일 테니까."

그녀를 바라보는 인후의 눈동자에 커다란 물결이 일었다. 끌어안고 있는 몸, 눈빛으로 이어진 마음, 더 나아가 그의 혼을 감싸 안아주는 것 같은 다정한 말에 그는 속절없이 떨려 아무 말도 할 수 없었다.

"화담아, 화담아, 서화담⋯⋯."

그저 간신히 그녀의 이름을 몇 번이고 부르다가 가슴에 그녀를 품었다. 떨림이 가라앉지 않는 그의 몸을 화담이 꼭 보듬어 주었다.

그렇게 얼마나 시간이 지났을까, 인후가 진저리를 치며 화담에게 말했다.

"나랑 영국에 가자. 도저히 몇 달이나 안 보고는 못 살 것 같아. 며칠도 긴데 달이 넘어가 버리면, 미칠지도 몰라."

"그럴까요? 영국 가서 선배 공부하는 거 내조나 할까?"

화담이 웃으며 묻자 인후가 고개를 끄덕이려다가 얼른 말을 고쳤다.

"그랬으면 하는 건 내 욕심이고. 너도 하고 싶은 공부해. 내가 열심히 도울 테니까."

그러다 말의 순서가 바뀌었다는 생각에 인후는 아차 했다.

"우선 혼인신고만 하고 가자고 하면 좀 그런가? 역시 결혼식, 하고 싶어?"

웃으며 그를 보고 있던 화담이 작은 한숨을 내쉬었다.

"아무래도 좋아요. 혼인신고, 결혼식. 와, 선배한테 이런 말을 다 듣고. 이럴 때 죽어도 여한이 없다는 말을 하나?"

"너 꼭 남의 이야기라도 하는 것처럼 멀뚱멀뚱한 얼굴이야."

인후의 말은 사실에 아주 근접했다. 화담은 여전히 웃는 얼굴이었지만 슬쩍 몸을 뒤틀어 인후의 품에서 빠져나갔다. 시트로 몸을 감싸며 앉은 화담은 긴 머리칼을 쓸어 넘기며 또 한숨을 쉬었다. 허망하고 어쩌면 서글프기까지 한 기분이 드러나는 그녀의 옆얼굴에 인후도 몸을 일으켰다.

"내 말을, 못 믿는 거야? 내가 아직도 분위기에 휩쓸려 지키지도 않을 말을 하는 것처럼 보여?"

"지킬 것 같아서 그래요."

"뭐? 무슨 뜻이야, 그게?"

"내가 그러자고 하면 정말로 그래버리고 나중에……."

"나중에 무르자고 라도 할까 봐?"

답답함에 인후의 언성이 높아지자 화담이 그를 쳐다보며 고개를 흔들었다.

"나중에 후회할 테니까요. 후회하면서도 성실하게 약속을 지키는 것처럼 슬픈 게 없잖아요. 그런데도 난 바로 옆에 있어도 눈뜬장님처럼 혼자 행복 속에 살지도 몰라요. 나, 이제 보니 다른 사람 감정에 참 둔하더라고요."

머쓱하게 웃는 화담의 어깨를 인후가 꽉 붙잡았다. 왜 자꾸만 그렇게 단정 짓느냐고 소리쳐 묻고 싶은 것을 참아내느라 이를 악물어야 했다. 붙잡힌 어깨가 아픈지 얼굴을 찡그리는 그녀에게 바싹 가라앉은 목소리로 인후가 물었다.

"혹시 너, 내가 누군가를 진심으로 좋아할 수 없는 사람이라고 생각해?"

"그런 거 아니에요, 선배. 그럴 리가요."

"그런데 왜 내가 널 진심으로 좋아한다는 건 믿지 않아?"

화담은 물끄러미 그를 쳐다보다가 눈길을 떨구며 중얼거렸다.

"예전에…… 선배가 말하는 걸 들었어요."

뭘 들었다는 건지 몰라 가만히 그녀를 응시하고 있자니 뒷말이 이어졌다.

"선배가 영국으로 가기 전날, 실은 나도 소현이 통해서 알게 됐거든요. 소현이도 아는 걸 나는 까맣게 몰랐다는 게 어이가 없고 분하고…… 그래서 어떻게 나만 그렇게 따돌리고 가냐고 따지러 여기 왔었어요."

인후의 눈길이 찌푸려졌다. 설마 하고 생각하면서도 뭔가 떠오르는 게 있어 저도 모르게 마른침을 삼켰다.

"근데 아파트에 아무도 없더라고요. 벌써 떠나버렸나 싶어 전전긍긍하다가 혹시나 하고 아래 정원 쪽을 내다봤더니 푸른 선배의 핑크색 코트가 보이는 거예요. 기억나요? 그해에 푸른 선배가 즐겨 입었던 호랑이 줄무늬의 핑크색 코트요."

"멀리서도 눈에 확 띄었지."

남자 옷 따위를 기억할 이유가 없는 인후도 수년 전의 그 옷을 기억하고 있었다. 그리고 그 옷을 입은 푸른과 했던 대화도 어렴풋이 떠올랐다.

"두 사람이 같이 산책 중인 거 보고 그 당장에 쫓아내려 갔어요. 얼굴을 보기만 하면 치사하다고 실컷 퍼부어줄 생각이었어요. 그런데 그거 알아요? 다른 사람이 자기 이름 말하면 그게 거리가 꽤 멀어도 유난히 잘 들리는 거? 내가 그때 그걸 경험했어요. 겨울밤이라 그랬던가 푸른 선배 목소리가 정말정말 잘 들렸어요. 화담이가 엄청 서운해 할 텐데 한이라도 품으면 어쩔 거냐고 묻는 말."

정확하게는 한이라도 품고 영국까지 쫓아가면 어쩔 거냐는 물음이었다. 당시의 화담은 그러고도 남을 것처럼 인후를 따랐다. 가끔 푸른이 화담더러 인후의 충견 났다고 빈정거려도 그건 전생의 일이라고 받아칠 정도였다.

인후는 애도 아니고 그러지 않을 분별력 정도는 있을 거라고 대꾸했던 기억이 있다. 푸른은 도무지 이해가 안 간다는 듯 물었었다. "어째서 걔한테는 비밀로 하는 건데?" 인후는 대답했었다.

—성가셔. 알게 되면 또 한바탕 부산을 떨겠지. 떠날 때까지 그런 소동은 사양이야. 조용히 갈래.

—여태 잘 지내놓곤 마지막에 매정하게 구네. 용케도 잘 상대해주는 게 나름 꽤 아끼는 줄 알았는데. 아니야?

—그럭저럭 사교성 훈련의 일환쯤은 됐나?

—독한 놈.

—좀 가엾기도 했고.

—언제부터 그렇게 다른 사람에게 측은지심을 발휘하셨나? 야, 솔직히 인정해. 너 서화담 특별 취급한 거 맞잖아. 너 실은 떠날 때 걔가 울기라도 할까 봐 겁먹은 거 아니야? 우는 거 보면 발이 안 떨어질까 봐서. 맞지?

—시답잖은 소리 마.

—정색하는 게 더 의심스러워. 야, 그거 인정해도 네 위신 안 깎여. 서화담 같은 애가 생긋거리고 따라다니면 진짜 목석에도 피가 돌 텐데 너는 뭐 사람 아니냐? 정들었어도 어쩔 수 없는 거라고.

—정이니 뭐니 할 만한 거 없어. 차라리 네 말대로 진짜 개라도 된다면 몰라.

—사람이라서 정이 안 들었다고?

―애초에 같이 어울릴 부류가 아니었어. 끊을 수 있을 때 끊어야지 아니면 앞으로도 방해밖에 안 돼.

성에가 낀 것처럼 차가웠던 그 목소리, 바위처럼 보이던 그의 등을 떠올리며 화담은 새삼 소르르 몸을 떨었다.

"거기까지 들었어요. 방해밖에 안 돼, 라고 말하던 거. 앞으로도라는 말은 지금까지도 쭉 방해가 돼 왔다는 거잖아요. 그땐 참 충격이었는데…… 생각해보니까 수긍이 되더라고요. 너무 수긍이 돼서 할 말이 없을 정도로."

화담은 천천히 고개를 끄덕이고선 아련한 눈으로 인후를 바라보았다.

"그리고 같이 어울릴 부류가 아니란 말도. 내가 나보다 훨씬 더 나은 사람과 어울려 다니는 게 그 사람한텐 어떤 의미가 될지, 나는 진지하게 생각하지 않았던 거예요. 생각해 보면 그때부터 난 눈치가 없었나 봐요."

헤헷 하고 웃고서 화담은 인후의 팔을 어루만졌다.

"그래도 난 꿈이 이루어져서 기뻐요. 선배가 지금 날 진심으로 좋아한다는 말도 믿을래요. 내가 이렇게 예쁜데 뭐 선배 눈에도 콩깍지 좀 쓰일 수 있죠. 그러니 그거 벗겨질 때까진 즐겁게, 기왕이면 알차게 연애해 봐요. 나 선배와 함께하는 이 꿈같은 순간에 후회는 남기고 싶지 않거든요."

밝게 웃어야 하는데 마음과 달리 눈가에 주책없는 이슬이 번졌다. 그래서 화담은 화장실이 급해졌다며 허둥지둥 욕실로 달아났다.

덩그러니 침대에 남은 인후는 그야말로 백일몽에서 깬 듯 멍한 얼굴을 하고 있다.

"맙소사, 저 녀석 6년간 저런 오해를 하고 있었어……."

무의식중에 문제의 화근이었던 입술을 얼얼하도록 문지르면서도 거의 느끼지도 못했다. 대체 그간 뭘 하고 있었던 건지 하는 기막힘에 웃음마저도 났다.

그렇게 웃다가 문득 정색을 했다. 허탈한 웃음이 사라진 자리에 날 선 다짐을 채우며 그는 자리를 박차고 일어났다.

욕실에서 세수를 하고 들어온 김에 머리도 빗으며 얼굴을 매만진 화담이 마음을 굳게 다잡고 침실로 돌아왔지만 어디에도 인후가 보이지 않아 살짝 당황했다. 불을 켜고 침대에 앉았던 화담은 그가 기분이 상해 아예 나가버린 건지도 모른단 불안에 사로잡혀 도로 일어났다.

곧장 침실 문으로 달려가 문을 미는데 딱 인후도 그때 벌컥 문을 열어 젖히는 바람에 화담은 앞으로 고꾸라질 뻔했다. 냉큼 인후가 잡아주었지만 대신 그의 손에 들려 있던 무언가가 바닥으로 떨어지면서 안에 있던 것들이 좌르륵 바닥에 쏟아졌다. 인후의 팔에 기대어 그것을 보던 화담의 눈이 일순 커졌다.

"······저거 난데?"

인후는 말없이 주섬주섬 쏟아진 것들을 주워 모았다. 급히 따라 앉은 화담도 몇 개의 종이를 집어 들었다.

영어와 한글이 혼재하는 작은 종이들은 모두 비행기 탑승권 귀퉁이를 잘라낸 것이었다. 그리고 그 중 하나인 사진은, 언뜻 봐도 화담의 사진이었다. 눈에 익은 검은색 여름옷. 게다가 사진의 배경은······.

"여기 천영사 아니에요?"

화담이 엄마 강희를 모셔 놓은 절 이름을 꺼내자 인후가 슥 그녀를 쳐다보더니 묘한 미소를 지었다.

"여기 쪼그려 앉아서 할 말은 아니야. 들어가자."

왠지 모를 두근거림을 끌어안고 화담은 인후와 함께 침실로 들어갔다.

침대에 앉은 인후가 바닥에 떨어져 순서가 뒤엉킨 탑승권 조각이며 화담의 사진들을 정리해서 그녀에게 내밀었다. 여권지갑과 함께.

"네가 꼭 알아야 할 게 있어. 우선 여권을 한 번 봐."

오늘 푸른이 화담에게 선물한 것과 동일한 것이지만 손에 길들어서인지 한결 부드럽게 펼쳐지는 지갑을 열고 그녀는 여권 속지를 보았다. 화담의 여권과는 비할 수 없을 정도로 많은 여행 기록을 담고 있는 여권을 감탄 섞인 눈으로 한 장 한 장 넘겨보는 것에 조바심이 난 인후가 뒤를 보라면서 뭉텅뭉텅 몇 장을 패스해 버렸다.

"은둔자 행세를 하는 것치고 비행기 너무 자주 탄 거 아니에요? 난 영국에서 꼼짝도 않고 공부만 하는 줄 알았는데 어딜 이렇게 자주……. 응?"

일련의 출입국 스탬프 기록이 화담의 주의를 사로잡아 그녀는 잠시 말을 잃었다. 자주라고 하는 지탄은 인후 입장에선 억울하게 들릴 것이다. 적어도 지난 몇 년간 그의 비행 기록은 아주 일정했다. 일 년에 한 번, 7월 12일에서 13일 사이에 영국을 떠났다가 16, 17일경에는 돌아갔다.

"선배, 한국에 왔었네요?"

'대한민국'이라고 적힌 입국 스탬프가 마지막 페이지에 선명했다. 그가 지난 몇 년간 꾸준히 고국에 찾아오는 사이 새겨진 것처럼. 일 년에 단 며칠이었다고 해도 그가 한국에 있었던 사실은 화담에겐 상당한 충격이었다.

"이것도 나만 몰랐나?"

의도치 않게 목소리가 떨려서 화담은 입술을 깨물었다. 바투 다가앉으며 인후가 그녀의 어깨에 입술을 댔다.

"그런 거 아니야. 푸른이도 몰랐어. 그냥 나 혼자 훌쩍 왔다가 훌쩍 갔을 뿐이야."

"왜요? 기껏 한국까지 왔으면서……. 아, 그때가 재산세 낼 기간이었나? 아니다, 그런 일 처리해주는 세무사가 따로 있으니 그럴 이유도 없네."

화담의 싱거운 농담에 인후는 엷게 웃으며 그녀의 어깨를 계속 지분거렸다. 화담은 여권을 덮고 인후가 준 다른 종이들을 살폈다. 연도별로 순차적으로 모은 비행기 탑승권 조각. 그리고 사진들.

찬찬히 들여다보는 사이에 사진 역시 저마다 다른 해에 두세 장씩 찍어서 모은 것임을 알아챘다. 어떤 해의 사진 속에서 그녀는 모자를 쓰고 있었고, 어떤 해의 사진 속에선 이마며 뺨에 반창고를 붙이고 있었다. 그리고 어떤 해엔 우산을 쓰고 있다. 모두, 무주의 천영사를 배경으로. 화담이 자신의 생일 즈음해서 엄마를 보러 갔을 때 찍힌 사진이었다.

"선배한테 왜 이런 사진이 있어요?"

목이 잠긴 것을 겨우 틔워서 화담이 물었다. 지난번에 인후와 절에 갔을 때 그곳 아주머니가 했던 말이 생생히 떠오르면서 가슴 속에 자꾸만 어떤 기대감이 드는 것을 모른 체하느라 애쓰는 중이었다.

"얼굴을 보니까 사진도 찍고 싶어져서. 사람 욕심이란 게 그래. 처음에 찍은 거, 화질이 영 우습지? 그거 휴대폰으로 찍은 거 확대한 거야. 멀리서 찍어서 화소가 영."

"……왜, 왜 이런 걸 찍었는데요. 선배가 정말 여기에 있었단 말이에요? 왜요? 왜?"

도리질치는 화담을 인후가 뒤에서 껴안았다. 다친 왼손으로 사진을 쥔 화담의 손을 덮으며 그가 말했다.

"보고 싶어서. 하지만 나름 결심한 게 있어서 서울엔 가지 않았어. 대신 무주에 가서 널 기다렸어. 네가 생일엔 엄마를 보러 가던 게 떠올라서. 그래서 그 절에서 널 만났어. 일 년에 하루, 그 하루 중 단 몇 시간……."

품속의 화담의 몸이 바들바들 떨리는 게 느껴져 인후는 보다 꽉 그녀를 보듬어 안으며 간절히 속삭였다.

"그걸로 겨우 다음 일 년을 살았어. 나, 실은 네 어머니랑 인사한 것도 저번이 처음 아니야. 2년 전에 이틀을 기다렸는데 15일 날이 저물도록 네가 안 와서 네 어머니한테 투정한 적 있어. 당신이 돌아가신지 십 년도 안 됐는데 벌써 딸이 게을러진 거냐고."

"그날, 그날은 오전에 내려가다가 고속버스가 빗길에 미끄러져서 그 조사 때문에……."

사진 속 얼굴에 반창고와 밴드가 붙여진 그날의 일이다. 땅거미가 질 무렵에야 간신히 절에 도착해서 강희에게 오늘 큰 액땜 했다고 자랑하듯 말했었다.

인후가 고개를 끄덕이며 한숨을 쉬었다.

"알아. 너 들어왔을 때, 거기 나도 있었어. 놀라서 당장 튀어나가고 싶은 걸 어떻게 참았는지 지금도 아뜩해."

"나오지. 그날 나 정말 놀라고 무서웠는데. 승준이랑 서윤인 엠티 가서 연락도 안 되고……."

그날의 두려움이 되살아나 목소리가 꺼질 듯 가늘어진 화담의 얼굴을 제게로 돌리며 인후가 말했다.

"나는 내가 무서웠어. 거기서 나가버리면 모든 게 걷잡을 수 없어질 게 뻔했으니까. 미친 척 나가버릴까, 생각하지 않은 거 아니야. 절 밖에서 나 정말 너 따라갔어. 몇 발자국 뒤까지. 그런데 그때, 전화가 오더라."

"전화요?"

화담의 반문에 인후가 눈을 내리깔며 쓴웃음을 지었다.

"지승준한테서."

"아……."

"언뜻 들으니까 네가 사고 났단 소식에 그 녀석이 엠티도 박차고 오겠다는 걸 네가 말리고 있었어. 전화 말미에 '사랑한다, 친구야.' 라고 네가 외치더라."

"아, 아아, 그건, 그건 승준이한테만 한 게 아니라 서윤이한테도, 그때 승준이가 스피커폰으로 이야기해서 서윤이도 같이 통화 중이었는데."

뒤늦은 기억에 허둥지둥 화담이 말했지만 2년 전 천영사에서 인후가 느꼈던 쓸쓸함은 어찌할 수가 없다. 결국 그는 몇 걸음을 더 나서지 못하고 그녀를 보냈던 것이다.

어쩌면 인후가 바로 등 뒤에 있었어도 모를 수 있었을까 안타까워하며 화담은 인후의 눈을 향해 물었다.

"정말 그렇게 내가 보고 싶었어요?"

인후가 가늘어진 눈으로 그녀를 보며 웃었다.

"아직도 믿기지 않아? 그럼 말해봐. 어떻게 해야 내 마음을 증명할 수 있겠어?"

믿고 싶어서 미칠 것 같다. 하지만 화담은 그가 그렇게까지 마음을 감춘 이유를 도무지 알 수가 없었다.

"그런 이야긴 단 한 번도……. 내가 정말 바보라서 몰랐던 거예요?"

"아니, 네 탓이 아냐. 감추려고 노력한 내 탓이지. 노력했어. 나도 누구처럼 노력하면 잘하거든."

"어째서요, 왜 그래야 했는데요?"

그 천진한 물음에 인후는 웃음이 났다.

"몰라서 물어? 너한텐 남자친구가 있었어. 게다가 그때 넌 열일곱 살밖에 안 됐고."

"겨우 세 살 차이인데!"

"어느 나이 대의 세 살 차이이냐를 봐야지. 넌 열일곱이었고 난 스무 살이었어. 나는 말이야, 널 상대로 소꿉놀이 같은 건 바라지 않았어."

"나도 선배랑 소꿉놀이를 할 생각은 안 해봤는데?"

여전히 천진한 의문을 품고 있는 화담을 보며 인후는 쿡 웃었다. 그러곤 입술을 포개며 그녀를 침대 위로 밀어뜨린 뒤 곧장 몸에 타올라 그녀의 사랑스러운 몸을 감추고 있는 시트를 벗겨내 전라로 만들었다.

"그럼 너도 이런 놀이를 바랐어?"

멍하니 눈을 깜박거리던 화담이 비로소 "아!" 하고 얼굴을 붉혔다. 그녀는 입술을 가리며 머리를 젓다가 아무래도 믿기지 않는다는 얼굴로 확인했다.

"그때 날 보면서 이, 이런 상상을 했다는 거예요? 선배가요? 에이, 설마."

빙그레 웃으며 인후는 화담의 탄력 있는 몸의 굴곡을 따라 손을 미끄러뜨렸다. 이미 그때도 도드라지게 늘씬한 몸매였던 것을 똑똑히 기억한다. 이토록 완연히 여성스럽진 않았다고 해도, 첫사랑을 하고 있던 스무 살 남자에게는 늘 치명적이었다.

눈을 맞추면서 화담의 다리를 벌린 인후는 촉촉하게 젖은 샘 안으로 자신을 밀어 넣었다. 단숨에 가장 깊은 곳까지 파고들어 묵직하게 고동치는 존재감에 화담이 입술을 열어 탄식했다. 마주한 그녀의 눈동자가 요염하게 흔들리는 것에 인후는 더 감상할 여유를 잃고 화담에게로 얼굴을 기울였다.

"그때 내가 푸른이한테 한 말은 열에 아홉은 허세였지만, 하나는 사실이었어."

"어, 어떤 게 사실인데요?"

"우리가 어울리지 않는다는 말. 그때 내가 이렇게 했으면, 나 분명히 범죄자가 됐을 걸? 너는 몰라, 너는 정말이지."

그때의 갈망을 풀 듯 굶주린 키스를 퍼부으며 인후는 쫓기는 사람처럼 다급하고도 거칠게 화담을 안았다. 마구 휘몰아치는 열정에 순간순간 머릿속이 아득해지도록 짜릿하기도 했으나 그 순간을 곱씹어 음미할 여유가 없는 급박함에 화담은 쉬 피로를 느꼈다. 마침내는 그를 밀쳐내며 그녀가 애원했다.

"천천히요, 선배, 조금 더 즐겁게, 만끽하며 할 수 있잖아요. 나 어디로 도망 안 가요."

쿡 인후가 웃으면서 화담의 코를 깨물었다가 놓았다.

"봐. 역시 내가 범죄자가 되지 않았겠어?"

알 듯 모를 듯한 얼굴로 화담도 피식 웃었다.

"뭐 그때 선배가 이렇게 나왔다면 조금 무섭긴 했겠네요."

무서운 걸 넘어 달아났을지도 모르겠다. 내가 알던 인후 선배가 아니야, 하면서. 그런데 지금은 전혀 무섭지도 않고 마냥 좋기만 하다. 바라보는 것도, 입을 맞추는 것도, 이렇게 깊게 살을 섞는 것도. 아아, 또 몸이 달아올라 가만있을 수가 없다.

팔을 들어 인후의 목을 감아 뜨겁게 그의 입술을 빨아들이고서 또 오래도록 그의 눈을 바라보던 화담이 행복에 겨운 한숨을 쉬었다.

"정말로 날 좋아한다는 거죠?"

"이만하면 그냥 날 못 믿는 거라고 생각할게."

인후의 푸념에 화담은 도리도리 머리를 흔들었다.

"좀 봐줘요. 너무 오랫동안, 꾸던 꿈이 이루어진 걸요. 나한테 이건 기적이에요. 너무 기뻐서 그러니까 선배가 좀 봐줘요."

그렁거리며 차오른 눈물이 끝내는 방울방울 넘쳐흘렀다. 그것을 보이지 않으려고 눈을 가리는 화담의 손을 치우고 인후는 그녀의 감은 눈 위로 다정하게 입을 맞췄다.

"너야말로 내 기적이야, 서화담."

화담의 울음은 진정되기는커녕 보다 더 심해졌다. 끙끙거리며 그의 가슴에 파고드는 그녀의 머리를 보듬어 안고서 인후 역시 자꾸만 눈가가 뜨거워지는 것을 무시하려고 애썼다. 그러다 문득 자신은 아직 화담에게 생일 축하 말을 하지 않았다는 게 떠올랐다. 그래서 한마디 하려고 했는데, 이게 평소에 통 안 하던 거라 쉽지가 않았다.

"생일…… 축하해, 화담아. 음, 나도 네가 태어나서 기뻐. 내 앞에 나타나줘서 고맙고. 아, 고맙고 기쁘단 말의 순서가 틀렸나?"

본의 아니게 화담이 해준 말을 카피나 하고 있었지만 그마저도 매우 애쓰는 중이다. 또 무슨 말을 해줘야 할까 열심히 머리를 굴리는데 어느새 울음을 그치고 그를 멀뚱멀뚱 올려다보는 화담과 눈이 마주치자 조금 당황해 버렸다.

"나도 생일 선물 준비했는데, 지금 보여줄까? 얼른 가서 가져올게."

몸을 일으키려는 그를 화담이 두 팔로 끌어안고 막았다.

"선물보다 나 소원이 두 개 있는데 그거 들어줄래요?"

"고작 두 개? 천 개라도 들어줄게. 말만 해."

웃으면서 눈물을 훔친 화담이 우물쭈물하다가 말했다.

"아주 다정하게요, '우리 화담이 정말정말 사랑해' 하고 말해줘요."

인후는 한숨을 삼키면서 화담을 껴안고 말했다.

"우리 화담이, 정말정말 사랑해. 비록 이렇게 당연한 걸 소원으로 비는 바보지만."

"뒷말은 안 해도 되는데."

"두 번째 소원은 뭐야, 사랑하는 화담아?"

"에헤, 그게요, 이히힛, 그게 뭐냐면, 아, 안 되겠어, 선배, 사랑하는 화담이라고 한 번만 더 말해줘요. 응?"

놀리자고 하는 말에도 입이 귀에 걸려 다물어지지 않는 화담이 너무도 사랑스러워 인후가 키스를 퍼붓다가 그만 또 불처럼 일어난 충동에 사로잡혀 내처 그녀를 안았다. 사랑을 나누는 사이사이 수없이 들려준 사랑한다는 말에 화담이 얼마나 민감하게 반응하는지 몇 번이나 절정을 느끼다 거의 까무러칠 지경에 이르렀다. 화담의 격한 반응에 촉발된 인후도 잠깐 쉰다는 게 깜박 잠이 들어버려 그녀의 두 번째 소원을 듣는 데에는 시간이 꽤 걸렸다.

"그래서 두 번째 소원은?"

눈을 떴을 때 또랑또랑한 눈으로 그를 지켜보고 있던 화담과 마주하자마자 그가 물었다. 화담이 배시시 웃더니 그의 귓가에 입술을 가져와 무언가를 소곤거렸다. 듣는 사이 잠시 암담해졌던 그의 눈빛이 이내 어떤 각오로 반전했다.

"그것도 들어줄 거예요?"

걱정스레 묻는 화담에게 인후가 짐짓 과장된 한숨을 쉬어보였다.

"알았어. 그렇게 소원하니 들어줄게. 대신, 나도 한 가지 소원이 있어."

"에게, 고작 한 개? 나는 만 개라도 들어줄 수 있어요. 말만 하라고요."

배포 자랑을 하듯 그가 했던 말을 열 배 부풀려내는 화담의 머리카락을 인후가 장난스레 헝클어뜨렸다.

"만 개 같은 하나일 테니까, 각오하는 게 좋을걸."

"얼마든지요. 사랑하는 선배를 위해서라면 우주라도 정복할 테니까 나만 믿어요."

빙그레 웃으며 인후는 눈앞의 사랑스러운 존재를 품에 끌어와 안았다.

"그 비슷한 거야."

정말로, 아주 비슷한 소원이었다.

에필
로그.

두 번의 장례식과 한 번의 결혼식

같은 날, 두 번의 죽음이 있었다.

한쪽은 새벽에 명을 달리해 장례식도 없이 그날 오후 화장터에서 한 줌의 뼈가 되었다. 지켜보는 이라곤 달랑 화담과 인후, 둘뿐인 초라한 마지막이었다.

그 가벼운 죽음을 담은 유골함을 받아들고 두 사람이 망자를 보낼 곳에 대해 의논하고 있을 때 또 다른 죽음이 그들에게 찾아왔다.

복도에 줄줄이 자리를 다투며 늘어선 조문화환들과 북적이는 조문객 인파가, 막 그들이 보고 온 죽음과는 너무도 딴판이라 화담은 망연해지고 말았다. 그런 그녀의 기분을 이해한 인후가 가만히 등을 쓰다듬는 것으로 그녀 안에서 일어난 쓸쓸한 감정을 위로했다. 그 위로에 평상심을 회복한 화담이 이번엔 인후의 손을 꼭 잡으며 짧게 미소했다.

"힘내요, 우리."

화담의 다짐에 인후가 고개를 저었다.

"너만 힘내면 돼."

"으이그. 그냥 고개만 끄덕하면 되는데 꼭 토를 달아."

타시락거리며 쿡 그의 옆구리를 찔러보지만 목소리는 화담의 생각만큼 힘차지 못했다. 하루에 두 번의 죽음은, 사람이 감당할 수 있는 적정량이 아니다.

앞서 겪고 온 외삼촌의 죽음. 경찰이 사정청취를 할 때 지나가는 말로 상만이 병원에 있다는 말을 들었을 뿐 그 후 근황에 대해 일체 모르다가 일주일 만에 닥친 죽음 앞에서 화담은 스스로도 깜짝 놀랄 만큼 많이 울었다. 그런 그녀를 인후가 든든한 산처럼 지탱해 주었다.

이제 조부의 죽음을 맞이한 인후가 아무리 덤덤한 체해도 화담은 자신이 정신을 바짝 차려 그의 산이 되겠다고 다짐했다. 그 다짐은 아주 쓸데없는 것은 아니었다.

인후가 영정까지 나아가는 그 길에 참으로 많은 눈들이 그에게 모여들었다. 혈연이란 이름으로 뭉뚱그릴 수 있는 사람들의 눈빛은 또 얼마나 야멸차던지. 상주를 맡고 있는 차인서가 인후에게 몇 마디 알은체를 했을 뿐 친척 중의 누구도 그에게 따로 말을 거는 이가 없었다.

아들이 온 걸 본 듯 만 듯 무심한 얼굴로 찾아온 손님들을 상대하고 있던 세진은 인후가 밖으로 나가는 걸 보고 얼마쯤 짬을 두었다가 조용히 자리를 떴다.

"잠깐 기다려보렴."

장례식장 밖에서 그들을 따라잡은 세진이 말을 거는 것에 화담이 힐긋 돌아보고 인후의 손을 당겼다. 인후는 모른 체할 셈으로 계속 걸었지만 세진이 재차 부르고 화담도 강하게 그의 손을 쥐는 것에 어쩔 수 없이 발을 멈췄다.

"무슨 일이십니까?"

차갑게 물으며 내려다보는 아들을 어머니도 냉정한 눈빛으로 올려다본다. 마주한 모습이 무서우리만치 닮아서 더 쓸쓸한 모자간이었다.

"남으로 해도 있을 성싶지 않으니 붙잡진 않으마. 하지만 장지에는 모습을 비추렴."

"기꺼이 참석하겠습니다. 장소와 시각, 전화로 알려주십시오."

"그날 본가에서 유언장 공개도 있을 거야. 경고했던 대로, 네 이름은 거기 없다."

인후는 씩 웃더니 살짝 목례를 했다.

"미리 알려주셔서 감사합니다. 그럼 본가엔 가지 않는 걸로 하지요. 그밖에 제가 달리 알아야 할 점이라도?"

세진은 슥 화담을 쳐다보며 말했다.

"너희, 혼인신고를 했더구나."

화담이 세진의 눈빛을 받아내는 동안 인후가 대답했다.

"네, 했습니다. 15일에 한다는 게 여의치 않아서 16일 부로."

인후의 소원대로 서류작성은 둘의 생일 당일에 일사천리로 끝났지만 혼인신고서 증인란에 죽어도 자필 서명을 해야겠다고 우기는 푸른 때문에—그는 자신의 뜻이 무시당한다면 이번에야말로 인후와 절교하겠노라 으름장을 놓았다—그날 서류접수에는 끝내 실패했다.

다현과 같이 부여에 내려가 있던 푸른이 그날 밤 올라와서 증인란에 서명을 했고, 그 김에 양평에 있는 명혜에게도 가서 증인 서명을 받았다. 8월 안에 결혼식을 올린다는 조건부의 서명이었다. 그만하면 평화로운 우주정복이었다.

"성·본 협의는 누구 머리에서 나온 거지?"

여전히 화담을 보면서 세진이 물었지만 역시 인후가 대답했다.

"제 머리에서요."

"네 발상이라고?"

세진의 입가에 싸늘한 조소가 떠올랐다. 그렇게 냉소 짓는 모습에서도 화담은 무서운 유전자의 힘을 실감했다.

한편으로 성·본의 협의에 대해 세진이 못마땅함을 느낀다는 사실이 화담에겐 꽤 흥미로웠다. 인후가 한국에 있는 것도 싫어해서 영국에 이민 가라는 둥 하더니 둘 사이의 자녀가 화담의 성을 따르게 됐다는 사실에 왜 가시를 세우는 걸까. 이걸 어쩌면 희망의 불씨로 여겨도 좋을지도 모르겠다고 마음 한편에 새겨두면서 화담이 입을 열었다.

"선배 뜻이 강경해서 일단 그렇게 신고했지만 아이는 차차 시간을 두고 가질 생각이니까 그사이 조금 더 의논을 해보겠습니다. 혹시 아주 제 성을 따르는 쪽으로 결정이 나더라도 너무 서운해 하지는 마셨으면 좋겠어요. 서 씨도 아주 예쁜 성이니까요, 어머니."

어머니란 호칭에 미세하게 세진의 눈썹이 떨렸다. 이제는 진짜 시어머니가 되었다는 것을 상기한 모양이다.

울어서 퉁퉁 부은 눈으로 열심히 미소를 짓던 화담이 문득 고개를 돌리며 기침을 몇 번 하고선 인후에게 마실 걸 좀 가져다 달라고 부탁했다. 그를 잠시 자리에서 쫓으려고 부러 그러는 걸 꿰뚫어본 인후가 눈살을 찌푸렸지만 화담은 "어서요, 자기."하고 졸라댔다.

'뭐 하려고 그래?'

'뭘 하든 잘할게요.'

눈빛이 오간 끝에 인후가 내키지 않는 발걸음으로 자리를 떴다. 가면서도 몇 번이고 돌아보려다 마는지 머리가 이따금 움찔거렸다. 그 모습을 나란히 지켜보던 세진이 먼저 입을 열었다.

"운이 좋네요, 아가씨."

여전한 공대와 아가씨라는 호칭에 조금은 상심한 내색을 숨기며 화담은 "네?"하고 고개를 갸웃했다.

"아버님이 한 달만 더 살아계셨어도 이렇게 쉽게 될 일이 아니었는데. 결국 아버님의 본색을 볼 일이 없게 됐으니 자신이 얼마나 운이 좋은지 깨달을 일도 없겠네요. 두어 달은 더 버티실 것처럼 보이던 분이 불쑥 가신 것도 그렇고."

한숨을 내쉬는 세진의 옆얼굴이 몹시 까칠한 것이 휴식이 간절해 보였다. 화담은 인후의 어머니로서의 그녀에겐 거의 적의에 가까운 감정마저 품고 있었지만 그 순간만큼은 인간적인 연민으로 안쓰러운 눈빛을 지었다.

"네, 저는 운이 좋은 편이에요. 틀림없이 행운의 별자리 아래에서 태어났을 거라고 생각해요."

화담의 대꾸에 세진이 쓴웃음을 지었다.

"얼굴도 두껍군. 인후 왼손이 저렇게 된 이유, 내가 모를 거라고 생각해요?"

"알고 계셨다면 소고기라도 한 근 끊어서 보내주시지 그러셨어요. 피꽤 많이 흘렸는데."

천연덕스럽게 대꾸하는 화담을 세진이 기가 차다는 듯 쳐다보았다. 그 눈빛을 받아 화담이 웃으며 덧붙였다.

"혹시라도 보내주시고 싶어지시면 송아지고기로 부탁드려요. 어머니도 아시다시피 선배 입맛이 좀 까다로워요?"

"피붙이 태우는 연기를 본 게 몇 시간이나 됐다고 고기 타령을."

가시 돋친 빈정거림에도 화담은 웃음을 지우지 않았다.

"산 사람은 먹어야 살죠. 어머니도 공연히 끼니 걸러서 몸 축내지 마시고 잘 챙겨 드세요. 제 생각엔 사람이 잘 산다는 건 뭐니 뭐니 해도 잘 먹는 게 최고인 것 같아요."

마침내 졌다는 듯 세진이 피식 웃고 말았다.

"그 뻔뻔스러움에 인후가 홀렸나 보네요. 그런데 그게 얼마나 갈까요. 사람은 자신과 상반되는 것에 끌리기 마련이지만 결국엔 익숙한 것을 찾는 법인데."

"어머, 모르시는구나. 우리 생각보다 많이 닮았는데."

세진이 의아한 눈빛을 던졌지만 화담은 그것까지 미주알고주알 설명할 마음은 없었다. 슬슬 인후가 돌아오기 전에 확실히 해둬야 할 말이 있었다.

"저번에 해주셨던 이야기는 잘 생각해 봤어요, 어머니."

"그래서 어떤 결론을?"

"선배랑 저는 영국이든 한국이든 그때그때 있고 싶은 곳에 있겠습니다."

세진이 눈을 가늘게 내리뜨며 자신의 손을 내려다보았다. 곱게 다듬어진 왼손 약지에 끼워진 다이아몬드 반지를 뱅뱅 돌리는 손길이 조금 초조해 보였다.

"그 말인즉슨, 내 원조를 거절하겠다는 이야기가 되는데."

"네."

"인후 공부 욕심이 꽤 클 걸요? 그런데도 앞으로 지원 없이 살겠다?"

"혼인신고까지 했으니 어엿한 어른인 걸요. 해주신다고 해도 사양하는 게 맞죠."

고개를 모로 꼬고 세진이 화담을 쳐다보았다.

"한남동을 믿고 이러나, 아가씨?"

"그럴 리가요. 하지만 결혼 선물로 신혼여행을 보내주신다고 한 건 받기로 했어요. 그것마저 안 받으면 아주머니가 몹시 서운해 하실 것 같아서요."

반지를 계속 만지작거리며 화담을 쳐다보던 세진이 다시 물었다.

"둘 다 학생인 처지에 변변한 수입 없이 산다는 게 말처럼 쉬운 줄 알아요? 인후 앞으로 된 재산이라고 해봤자 아파트랑 오피스텔 두 채뿐인 거 모르지 않을 텐데."

"아, 그거 말인데, 어차피 알게 되실 테니 미리 말씀드릴게요. 오피스텔은 조만간 처분할 참이에요."

"오호라, 그런 계산속이 있었나?"

그럼 그렇지 하며 빈정거리던 세진의 미소는 이어진 화담의 말에 그대로 굳어졌다.

"처분해서 저희 결혼 기념으로 좋은 곳에 기부하려고요."

"……기부?"

"네. 제가 봉사 다니는 보육원이랑 이곳저곳에 고루고루."

"설마하니 오피스텔 처분한 돈을 전부 기부할 거란 이야기예요?"

"네."

산뜻한 인정에 이어 화담은 애석하다는 듯 말했다.

"선배는 아파트도 처분하면 어떨까 했는데 그건 아무래도 저희한테 추억이 깃든 곳이라 그냥 두기로 했어요. 대신 나중에 부지런히 벌어서 그만한 금액을 사회에 환원하자고 했어요. 그날이 하루라도 빨리 올 수 있도록 저희 열심히 살아야 해요."

"기부니 환원이니 별안간 왜 그런 소리를……. 대체 아가씨가 인후에게 무슨 바람을 불어넣은 거예요? 무슨 마음을 먹고 애를 그리 조종하느냔 말이에요."

세진은 도통 이해할 수가 없어 인상을 찡그리기에 이르렀다. 화담은 눈 하나 깜빡하지 않고 차분하게 대답했다.

"어머니께서 선배를 잘 몰라서 하시는 말씀이라고 생각할게요. 조종이라니, 설사 할 수 있다고 해도 그런 건 사양이에요. 제가 한 게 있다면 자유로워지고 싶어 하는 선배의 등을 살짝 밀어준 것 정도죠."

"자유?"

"버리고 싶으면 다 버리고 오라고 했어요. 빈털터리가 되는 게 대수냐고요. 제가 이래 봬도 아버지께 물려받은 유산이 꽤 되거든요."

"하, 그 알량한 돈 몇 억?"

세진의 조롱에도 화담은 굴하지 않고 꿋꿋하게 말했다.

"어머니께선 이미 돈의 가치를 잊어버리신 모양인데, 그 돈은 제 아버지가 정직하게 일해서 모으신 훌륭하고도 큰돈이에요. 선배가 우리 아이에게 물려줄 성조차 쓰기 싫어하는 차씨 집안 돈에 비할 바가 아니죠."

"그래서 그 아이 성격에 여자 부양을 잘도 받겠군요."

그 말에 화담은 도도한 태도를 고수하던 것도 잊고 그만 나사가 풀려서 헤헤 웃었다.

"저도 선배가 그럴 기회를 줘서 참 기뻐요! 이번에 엄마 보러 가서 자랑할 생각에 벌써부터 행복해요. 정말이지 제가 그렇게 근사한 데릴사위를 데려올 줄 엄마가 짐작이나 했을까요!"

세진은 그만 멍해져서 화담을 쳐다보았다. 이미 둘 가까이에 돌아와 있던 인후는 화담이 박수를 치면서 어깨까지 들썩거리는 모습과 세진의 망연한 얼굴을 보곤 부랴부랴 두 사람에게 다가왔다. 그를 보고 화담이

시치미를 뚝 떼곤, 부탁했던 음료수를 받아 꼴깍거리며 마시는 동안 인후
는 세진에게 무덤덤하게 작별인사를 건넸다.

세진은 그에게 뭔가 할 말이 남은 얼굴이었지만 마침 그때 장례식장
에서 나온 비서가 그녀를 찾는 걸 보고 그대로 총총히 멀어져갔다. 부러
질 듯 꼿꼿한 세진의 뒷모습에 화담이 마시던 음료수에서 입을 떼며 물
었다.

"아주머니 말씀이 저분이 그 많은 사위들 다 제쳐놓고 돌아가신 분한
테 인정받은 2인자라던데, 이젠 명실상부한 일인자가 된 건가요?"

"그래, 먹이사슬의 정점에 올랐어. 그 오랜 시간의 인고를 보상받았으
니 샴페인을 딸 때야."

"인고라⋯⋯."

인후의 담담한 인정에 화담도 곰곰이 생각에 잠긴 얼굴이 되었다. 하
지만 얼마 못 가 잘래잘래 고개를 저으며 한숨을 쉬었다.

"철없을 때 잠깐 우리 엄마도 드라마 속에 나오는 우아하고 똑똑한 사
모님들 같으면 좋겠다고 바란 적이 있어요. 우리 엄마, 억척스럽고 생활
력도 끝장나게 강했지만 도무지 약은 데가 없어서. 하지만 역시 내가 참
운이 좋았던 거예요. 선배에겐 좀 미안하지만 저런 사람은 백 트럭을 가
져다줘도 서강희 씨 한 사람이랑 안 바꿀래요."

"왜, 트럭은 가져야지."

"흥. 그 트럭도 잘난 체할 것 같아서 싫어."

입술을 비죽거리며 음료수를 홀짝이는 화담을 인후가 물끄러미 바라
보았다. 지금도 많이 부었는데 자고 일어나면 앞이나 볼까 싶은 그녀의
눈두덩을 살짝 건드리며 세진과 무슨 말을 했느냐고 물었다.

"저 사람이 그렇게 멍한 얼굴 하는 거 처음 봤어."

"그래요? 별거 아니었는데. 흠. 그냥 있는 사실 그대로요. 천하의 차인후가 우리 엄마 서강희 씨의 데릴사위가 됐다고 말이죠!"

"……그러네. 별거 아니었어. 자, 우리 그만 갈까?"

빙그레 웃으며 고개를 주억거리고서 인후는 걸음을 떼어놓았다. 장례식장을 뒤로하고 걸어가던 그가 문득 뒤돌아보는 것을 화담이 곁눈질했다. 세진이 들어간 출입구 쪽을 잠시 바라보다가 아무 일도 없었다는 듯 도로 앞을 보았지만 화담의 가슴에 이미 아주 작은 씨앗 하나가 떨어진 후였다.

지중해와 태평양만큼 멀리 떨어진 두 개의 섬으로 보이긴 하지만, 어쩌면 미래에 두 섬 사이에 해저통로 하나쯤은 생길 수도 있다는 가능성의 씨앗. 그 씨앗을 틔우려면 중간에서 화담이 어지간히 머리 좀 굴려야 할 것 같으나.

"지혜로워지고 싶어요, 선배."

"응?"

화담의 뚱딴지같은 소원에 인후의 눈이 동그래졌다.

"현명해지고 싶다 이 말이에요. 현명한 건 머리가 좋은 거랑은 다르니까 나한테도 가능성이 있겠죠?"

"당연히."

으레 어떤 딴죽을 걸줄 알았는데 인후는 그렇게만 말하고 그녀의 머리를 쓰다듬어 주었다. 화담은 그의 어깨에 찰싹 기대어 헤헤 하고 웃었다.

"선배가 그렇게까지 말하니 분발할게요. 이러다 나중에 '무주의 현자' 소리 들으면 어떡하지?"

"걱정 마. 천 년쯤 살면 몰라도 백 년 가지곤 턱도 없을 테니까."

"그래요, 천 년이라면 모를까 백 년으론…… 선배!"

화담의 앙칼진 외침에 인후가 나지막이 웃음을 터뜨렸다. 온통 잿빛이었던 하루의 끝에서 별들이 반짝거리는 밤이 시작되고 있었다.

"이게 누구야, 아직 8월 안 됐는데 또 걸음 했어?"

천영사 부엌에서 공양 준비를 하다 나온 아주머니가 화담을 보곤 반갑게 알은체를 했다. 지난번에 마시게 해준 식혜의 보답 삼아 화담이 가져온 음료수 한 박스를 건네자 보름달 같은 아주머니 얼굴에 싱글벙글 웃음꽃이 피었다.

"고마워, 안에서 다 같이 나눠 먹을게. 그런데 정말 왜 이리 빨리 왔어? 어머니 생신이 8월이라고 들은 것 같은데?"

"일이 여럿 겹쳤어요. 근래에 외삼촌이 돌아가셔서 기왕이면 여기 모실까 하고."

"저런, 외삼촌이 그리되셨나?"

혀를 차며 자기 일처럼 안타까워해 주는 아주머니의 위로에 화담은 공연히 뭉클해진 것을 서둘러 수다로 풀었다.

"그리고 다음 달 엄마 생신에는 못 오게 돼서요. 한 달 예정으로 좀 멀리 여행을 가거든요."

"한 달씩이나? 어디, 바다 건너에라도 가나?"

"네, 바다 건너 저 멀리 유럽에 가요."

함빡 웃는 화담의 꽃 같은 미소에 덩달아 웃던 아주머니가 불현듯 화담을 유심히 보더니 예사 여행이 아닌가 보네 하신다.

"이 한여름에 얼굴이 활짝 핀 것도 그렇고, 아가씨, 혹시 신혼여행 가는 거 아니야?"

"어머, 제 얼굴에 그렇게 써 있어요?"

넘겨짚은 말에 홀랑 넘어간 화담이 자신의 뺨을 감싸며 놀라워했다. 아주머니가 제 무릎을 치면서 자신이 반은 돗자리 깔 실력이라고 농을 치는 것을 화담은 진짜로 받아들이고 혹시 관상도 볼 줄 아시느냐 심각하게 물었다. 넉살 좋은 아주머니는 까짓 관상이 뭐 별거냐 너스레를 떨었다.

"그럼요 아주머니, 이따가 어떤 사람 관상 한 번만……. 아니, 아니에요. 못 들은 걸로 치세요."

"왜 들은 걸 못 들은 걸로 하래. 누구 관상이 궁금해서 그래? 맞다, 혹시 신랑감이랑 같이 온 거야? 맞네, 맞아. 신랑이 같이 온 모양이야. 어디 있는데? 응?"

두툼한 목을 쭉 늘여 빼고 주변을 두리번거리는 아주머니에게 화담은 정말로 됐다면서 손사래를 쳤다.

"그런 거 안 봐도 아주 훌륭한 사람이에요. 전에 그렇게 잘생겼다고 칭찬도 하셨으니까."

"그렇게 잘생긴 사람인가 보지?"

일전에 자신이 한 말은 까마득히 잊고 마냥 궁금히 여기는 아주머니 때문에 화담이 쑥스러운 듯이 웃으며 손수건으로 목덜미의 땀을 훔쳤다. 그 모습을 바라보며 꽃 같은 아가씨가 꽃 같은 낭군을 만났나 보네 생각하던 아주머니의 시선이 화담의 보기 좋은 가슴춤으로 떨어졌다. 가슴에서 잘록한 허리로 이어지는 티셔츠 앞자락에 프린트된 큰 꽃 한 송이가 별나게도 곱고 어여뻤다.

"……여름동백인가?"

절 주변에 있는 곧잘 여름동백이라고도 부르는 노각나무 꽃인가 여긴 흰 꽃을 보고 화담이 배시시 웃었다.

"아, 이거 들장미인데요, 아직 색을 덜 입힌 거래요. 신혼여행 마치고 올 때쯤엔 완성작이 나올 거라는데 어떤 그림이 될지 엄청 기대 중이에요. 실은 이렇게 몰래 찍어서 티셔츠에 프린트 한 거 알면 펄쩍 뛰며 놀라실 거예요."

"그림을 찍어서 이렇게 옷으로도 만드나 보지?"

"네, 정말이지 멋진 세상이라니까요. 주문만 하면 커플티도 척척 만들 수 있고!"

그 말에서 화담이 입고 있는 옷이 커플티인가 보다, 아주머니는 추측했다. 그때 어디에선가 "화담아!" 하고 부르는 남자의 목소리가 들려와 두 사람의 주의가 그리로 쏠렸다. 화담은 둘째 치고 아주머니의 두 눈이 휘둥그레졌다.

"으응? 저 남자도 또 왔네?"

멀리 서 있어서 더 그 훤칠한 신장이 도드라지는 남자는 긴소매 후드 점퍼를 모자까지 푹 눌러써서 걸치고 있었는데 후드 아래로도 캡모자를 쓴 대신 선글라스를 쓰지 않은 두 눈이 이쪽을 똑바로 응시해오고 있었다. 존재만으로도 자비를 베푸는 듯한 은혜로운 얼굴을 정면에서 감상하느라 아주머니는 옆에 앉아 있던 화담이 그만 가보겠다고 인사하는 것도 건성으로 응, 응 하고 넘겼다.

화담이 타박타박 인후에게 달려가 그 앞에 설 즈음에야 아주머니의 눈이 다른 의미로 동그래졌다. 인후와 잠시 이야기를 주고받던 화담은 부러 슬쩍 그의 옆으로 떨어져 서서 저편에 앉아 있는 아주머니가 인후를 제대로 볼 수 있게 했다. 아주머니의 눈에 후드 점퍼 안에 받쳐 입은 인후의 티셔츠가 보인 것도 그때였다.

"여름동백…… 아, 들장미라고 했지."

홀린 듯이 중얼거리고 있는데 화담이 이쪽을 향해 다시금 고개 숙여 인사를 했다. 인후도 덤덤한 얼굴로 슥 목례를 보내온다.

"누군데?"

"여기서 공양 준비하는 거 거들어주시는 분이에요. 종종 이것저것 얻어먹었어요."

손을 잡고 걸어가면서 인후가 묻고 화담이 답했다. 저분이 선배도 똑똑히 기억한다는 말은 하려다가 관두고 대신 화담은 힐끗 뒤를 돌아보았다. 아주머니와 눈이 마주치자 화담은 고개를 갸웃하며 크게 뜬 눈을 깜박거렸다.

그 무언의 질문에 관상을 볼 줄 안다고 허풍을 떤 게 아주머니의 뇌리에 떠올랐다. 고민의 시간도 잠시, 아주머니는 대뜸 두 손을 들어 엄지를 추켜세웠다. 하늘을 찌를 태세로 힘차게.

백 마디 말이 필요 없는 훌륭한 답변에 화담은 웃음을 터뜨리며 감사의 뜻으로 손을 흔들었다. 인후가 어리둥절해서 왜 그러느냐 물어도 고개만 저을 뿐 대답하지 않았다.

힘차게 걸음을 내딛는 화담의 등에선 글리터로 인쇄된 새빨간 글씨가 반짝거렸다.

'WE ARE 715 SOCIETY!'

feat. pigeon blood

—Since 07/15/201X—

화담의 두 번째 소원이 이루어졌다는 증거였다.

The End.